東坡七集

四部備要

集部

中華書局據匋齋校刊本校刊

桐鄉陸費逵總勘
杭縣高時顯
杭縣吳汝霖輯校
杭縣丁輔之監造

東坡續集目錄

第一卷

古詩一百六十五首

第二卷

第四卷

第五卷

第十六卷

書簡二百二十七首

第七卷

書簡一百八十首

第八卷

論三十二首

第九卷

第十卷

第十一卷

書三十七首

東坡續集卷第一

古詩

靈上訪道人不遇

花光紅滿欄草色綠無岸不逢青眼人長歌白石澗

送淡公二首

燕本冰雪骨越淡蓮花風五言雙寶刀聯響高飛鴻
翰苑錢舍人詩韻鏗雷公識本不識淡仰詠嗟無窮
清韻生物表朗玉傾壺中常於冷竹坐相語道意沖
嵩洛與不薄稽江事難同明日若不來我作黃石翁
何以兀其心爲君學虛空

坐重青草公意合滄海濱渺渺獨見水悠悠不聞人
鏡淚洗手淥剡花入心春雖然防外觸眼前遶衣新
行當譯文字慰此吟殷懃

北歸次韻

秋風捲黃落朝雨洗淥淨人貪歸路好節近中原正
下嶺獨徐行艱難一作嶮未敢忘遙知叔孫子已致
魯諸生

上韓持國

韓氏三虎秉樞極中有一虎似偉節端居隱几學無
心夙駕入朝常正色犯時獨行太嵔嶇回天不忌真

藥石葦致歸來荷二聖推排使至有衆力吾儕小人但飽飯不有君子何能國西湖醉臥春水船如何爲人作豐年

送別

鴨頭春水濃如染水面桃花弄春臉衰翁送客水邊行沙襯馬蹄烏帽點昂頭問客幾時歸客道秋風落葉飛繫馬綠楊開口笑傍山依約見斜暉

琴枕

清眸作金徽素齒爲玉軫響泉竟何用金帶常苦窘斕斑漬珠淚宛轉堆雲鬟君若安七絃應彈卓氏引

黃州

南山一尺雪雪盡山蒼然澗谷深自暖梅花應已繁使君厭騎從車馬留山前行歌招野叟共步青林間長松得高蔭盤石堪醉眠祇樂聽山鳥攜琴寫幽泉愛之欲忘返但苦世俗牽歸來始覺遠明月高峯顛

常山贈劉鎡

劉侯年少日駿馬拊便面援弓鴈自落不待白羽貫

古風

精神洞元化白日昇高旻俯仰凌倒景龍行速如神半道過紫府弭節聊逡巡金床設寶几璀璨明月珍

仙者二三子眷然骨肉親飲我霞石盃放盃恍如春
遂朝玉虛上冠劍班列眞無端拜失儀放弃令自新
雲霄難遽返下土多埃塵淮南守天庖嗟我復何人

遊杭州山

山平村塢迷野寺鐘相答晚陰失林莽一作杪落日
猶在塔行招兩社僧共步青山月送客渡石橋迎客
出林樾幽尋本眞性往事聽徐說錢王方壯年此邦
事輕俠鄉人鄙貧賤異類識英傑立石像與王遺址
今岌業功勳三吳定富貴四海甲歸來父老藏崇高
畏傾一作輕壓詩人工譏病此欲恣挑抉流傳後世
人談笑資口舌是非今已矣興廢何倉卒持歸問禪
翁笑指浮漚沒

遊三遊洞遊洞之日有亭吏乞詩既爲留
三絕句於洞之石壁明日至峽州吏又至
意若未足乃復以此授之

一徑遶山翠縈紆去似蛇忽驚溪水急爭看洞門呀
滑磴攀秋蔓飛橋踏古槎三扉迎北吹一穴向西斜
歎息煙雲去追思歲月遐唐人昔未到古俗此爲家
洞暖無風雪山深富鹿猳相逢衣盡草環坐髻應髽
竈突依巖黑樽罍就石窪洪荒無傳記想像在犧媧

此事今安有遺蹤我獨嗟山翁勸留句強爲寫槎牙

穆父新涼

家居妻兒號出仕猿鶴怨未能逐什一安敢搏九萬
常恐樗櫟身坐纏冠蓋蔓受恩如負債粗報乃焚券
但知眠牛衣寧免刺虎圈淸風來旣雨新稻香可飯
紫螯應已肥白酒誰能勸君今崔蔡手政比張趙健
三公行可致一語自先獻幸推江湖心適我魚鳥願

無題

引手攀紅櫻紅櫻落如線仰首看紅日紅日走如箭
年光與時景頃刻互衰變何當血肉身安得常強健
人心苦執迷富貴憂貧賤憂色常在眉歡容不上面
吾今頭半白把鏡非不見惟應花下盃更待他人勸

十一月三日與幾先自竹西來訪慶老不
見獨與君卿供奉蟾知客東閣道話久之

惠州追錄

卷卷長廊走黃葉席簾垂地香煙歇主人待來終不
來火紅銷盡灰如雪

古意

兒曹鞭笞學官府翁憐兒癡旁笑侮翁出坐曹鞭復
呵賢於羣兒能幾何兒曹鞭人以爲戲公怒鞭人血

流地等爲戲劇誰復先我笑爲翁兒更賢

次子由詩相慶

我似老牛鞭不動雨滑泥深四蹄重汝如黃犢却走來海闊山高百程送庶幾門戶有八慈不恨居隣無二仲他年汝曹笏滿床中夜起舞踏破甕會當洗眼看騰躍莫惜癡腹笑空洞譽兒雖是兩翁癖積德已自三世種豈惟萬一許生還尚恐九十煩珍從六子晨耕簞瓢出衆婦夜緝燈火共春秋古史乃家法詩筆離騷亦時用但令文史還照一作昭世糞土腐餘安足夢

用定國韻贈二十姪震

衡門老苔蘚行柏千兵屯開樽邀落日未對烏烏言清風舉吹籟散亂書帙翻傳呼一何急人馬從車奔貧居少賓客隣婦窺籬藩牆頭過春酒綠泛田家盆比來伏青蒲坐捉白獸樽王猷修潤色亦有簿領煩朝廷貴二陸屢聞天語温猶能整筆陣媿我非韓孫

正輔既見和復次前韻慰鼓盆勸學佛

稚川信一作真長生少從鄭君游孝章偶不死免爲文舉憂餘齡會有遇一作適獨往豈相依由來警露鶴不羨撮蚤鵂願加視後鞭同駕蹋空靷寧殆脫齒

堇勿憶齊眉羞何時遂縱壑歸路同首丘東岡松柏
老西嶺橘柚秋着意尋彌明長頸高結喉無心逐定
遠燕頷飛虎頭君方卒功名一泛范蠡舟我亦霑濡
渥漸解鍾儀囚寧須張子房萬戶自擇留猶勝嵇叔
夜孤憤甘長幽南窻可寄傲北山早歸棲此語君勿
疑老彭跨商周

聞潮陽吳子野出家

子昔少年日氣蓋里閭俠自言似劇孟叩門知緩急
千金已散盡白首空四壁烈士歎暮年老驥悲伏櫪
妻孥真弊屣脫棄何足惜四大猶幻塵衣冠矧外物
一朝發無上顧老靈山宅世事子如何禪心久空寂
世間出世間此道無兩得故應入枯槁習氣要除拂
丈夫生豈易趣舍志匪石當爲獅子吼佛法無南北

呂倚夢得承事借示古今書一軸作詩代
跋尾倚年八十一

楊雄老無子馮衍終不遇不識孔方兄但有靈照女
家藏古今帖墨色照箱筥飢來據空案一字不堪煑
枯腸五千卷磊落相撐拄吟爲蜩蚻聲時有島可句
爲語里長者德齒敬已古如翁有幾人薄少可時助

補唐文宗柳公權聯句

人皆苦炎熱我愛夏日長薰風從南來殿閣生微涼
一爲居所移苦樂永相忘願言均此施清陰分四方
宋玉對楚王此獨大王之雄風也庶人安得而
共之譏楚王知己而不知人也柳公權小子與
文宗聯句有美而無箴故爲足成其篇云

食檳榔

月照無枝林夜棟立萬礎眇眇雲間扇蔭此九月暑
上有垂房子下繞絳刺禦風欺紫鳳卵雨暗蒼龍乳
裂包一墮地還以皮自煑北客初未諳勸食俗難阻
中虛畏泄氣始嚼或半吐吸津得微甘著齒隨亦苦
面目太嚴冷滋味絕媚嫵誅彭勳可策推轂勇宜賈
瘴風作堅頑導利時有補藥儲固可爾果錄詎用許
先生失膏粱便腹委敗鼓日啖過一粒腸胃爲所侮
蟄雷殷臍腎藜藿腐亭午書燈看膏盡鉦漏歷歷數
老眼怕少睡竟使赤眥努渴思梅林嚥飢念黃獨舉
奈何農經中收此困羈旅牛舌不餉人一斛肯多與
乃知見本偏但可酬惡語

古離別送蘇伯固

三度別君來此別真遲暮白盡老髭鬚明日淮南去
酒罷月隨人淚溼花如霧後夜逐君還夢繞湖邊一

作江南路

次韻魯直書伯時畫王摩詰

前身陶彭澤後身韋蘇州欲覓王右丞還向五字求
詩人與畫手蘭菊芳春秋又恐兩皆是分身來入流

試筆

子石如琢玉遠煙真削黳入我病風手玄雲洊淒淒
是中有何好而我喜欲迷既似蠟屐阮又如鍛柳嵇
醉筆得天全宛宛天投蜺多謝中書君伴我此幽棲

雷州八首

白髮坐鉤黨南遷瀕海州灌園以餬口身自雜蒼頭
籬落秋暑中碧花蔓牽牛誰知把鋤人舊日東陵侯
荔子無幾何黃柑遽如許遷臣不惜日恣意移寒暑
層巢俯雲木信美非吾土草芳自有時鶗鴂何關汝
下居近流水小巢依嶺岑終日數椽間但聞鳥遺音
爐香入幽夢海月明孤斟鷦鷯一枝足所恨非故林
培塿無松柏駕言此焉游讀書與意會却掃可忘憂
尺蠖以時屈其伸亦非求得歸良不惡未歸且淹留
粵嶺風俗殊有疾皆勿藥束帶趨房祀用史巫紛若
絃歌薦繭栗奴至洽觴酌呻吟殊未央更把雞骨灼
粵女市無常所至輒成區一日三四遷處處售鰕魚

青裙脚不韈臭味猿與狙孰云風土惡白洲生綠珠
海康臘已酉不論冬孟仲殺牛撾鼓祭城郭爲傾動
雖非堯頌曆自我先人用苦笑荆楚人嘉平臘雲夢
舊時日南郡野女出成羣此去尚應遠東風已如雲
蚩氓託絲布相就通慇懃可憐秋胡子不遇卓文君

五色菊贈朱遜之次韻

黄華候秋節遠自夏小正坤裳有正色鞠衣亦令名
一從人爲勝遂與天力爭易性偶一作寓非族改顏
隨所令新奇既易售稡駁宜一作定相傾疾惡逢伯
厚識真似淵明君言我所印世論誰敢評願君爲霜
風一洗紫與赬

妬佳月

狂雲妬佳月怒飛千里黑佳月了不嗔曾何汙潔白
爰有謫仙人舉酒爲三客今夕偶不見汍瀾念風伯
毋煩風伯來彼也易滅沒支頤少待之寒空淨無迹
粲粲黄金盤獨照一天碧玉繩慘無輝玉露洗秋色
浩瀚玻瓈琖和光入胸臆使我能永延約君爲莫逆

追和沈遼頃贈南華詩

善哉彼上人了知明鏡臺歡然不我厭肯致遠公材
莞爾無心雲胡爲出岫來一堂安寂滅卒歲扃蒼苔

殘杯失春溫破被生夜悄開門千山白俯仰同一照
雖時出圭角固自絕瑕窾兒童勿驚怪調汝得一笑

夢雪

雪林硯屏率魯直同賦

西山無時春巉巖鎖頑陰分明倚天壁點綴無風林
物固爲人出興誰於此深窮奇真自盡詩句且娛心

次韻黃魯直赤目

誦詩得非子夏學紬史正作丘明書天公戲人亦薄
相略遣幻翳生明珠賴君年來屏鮮腴百千燈光同
一如書成自寫蠅頭表端就君王覓鏡湖

寄子由

吾謫海南子由謫雷被命即行了不相知至梧
乃聞其尚在藤也旦夕當追及作詩以示之

九疑聯綿屬衡湘蒼梧獨在天一方孤城吹角煙樹
裏落月未落江蒼茫幽人拊枕坐歎息我行忽至舜
所藏江邊父老能說子白鬚紅頰如君長莫嫌瓊雷
隔雲海聖恩尚許遙相望平生學道真實意豈與窮
達俱存亡天其以我爲箕子要與此意留要荒他年
誰與作地志海南萬里真吾鄉

湛然無觀古真人我獨觀此衆妙門夫物芸芸各歸根衆一作妙中得一道乃存道人晨起開東軒趺坐一醉扶桑暾餘光照我玻瓈盆倒射窗几清而溫欲收月魄飱日魂我自日月誰吐一作使呑

南屏謙師妙於茶事自云得之於心應之於手非可以言傳學到者十月二十七日聞軾遊壽星寺遠來設茶作此詩贈之

道人曉出南屏山來試點茶三昧手忽驚午盞兔毫斑打作春甕鵝兒酒天台乳花世不見玉川風腋今安有東坡有意續茶經會使老謙名不朽

琴枕

中郎不眠仰看屋得此古椽圍尺竹輪囷濩落非笛材破作細琴徽軫足流傳幾處到淵明臥枕綸巾酒初漉驚鸞別鶴誰復聞鼻息齁齁自成曲

申王畫馬圖

天寶諸王愛名馬千金爭致華軒下當時不獨玉花驄飛電流雲絕瀟灑兩坊岐薛寧與申憑陵內廄多清新肉駿汗血盡龍種紫袍玉帶真天人驪山射獵包原隰御前急詔穿圍入揚鞭一麾破霜蹄萬騎如風不能及鴈飛兎走驚弦開翠華按轡從天回五家

錦繡變一作遍 山谷百里鳥餌遺纖埃青騾蜀棧兩一作西 超忽高準濃娥數荊棘回首追風趁日飛一作苜蓿連天鳥自飛五陵佳氣春蕭瑟

奉和成伯大雨中會客解嘲

樂事難并真實語坐排用意多乖誤興來取次或成懽瓦鈎却勝黃金注我生禍患久不擇肯爲一時風雨阻天公變化豈有常明月行看照歸路

和公濟飲湖上

昨夜醉歸還獨寢曉來宿雨鳴孤枕扁舟小棹截湖來正見青山駮雲錦須知老人興不淺莫學公榮不共飲與君歌舞樂豐年喚取千夫食陳廩

贈僧

道人自嫌三世將棄家十年今始壯玉骨猶含富貴餘漆瞳已照人天上去年相見古長干衆中矯矯如翔鸞今年過我江西寺病瘦已作霜松寒朱顏不辨供歲月風月蒿火湯中雪好問君家黃面翁乞得摩尼照生滅莫學王郎與支遁臂鷹走馬憐神駿還君畫圖君自收不如木人騎土牛

周教授索枸杞因以詩贈錄呈廣倅蕭大夫

鄴侯藏書手不觸嗟我嗜書終日讀短檠照字細如
毛怪底昏花懸兩目扶衰賴有王母杖名字於今掛
仙錄荒城古塹草露寒碧葉叢低紅萼粟春根夏苗
秋著子盡付天隨恥充腹蘭傷桂折緣有用爾獨何
損丹其族贈君慎勿比薏苡採之終日不盈掬外澤
中乾非爾儔斂藏更借秋陽曝雞壅桔梗一稱帝堇
也雖尊等臣僕時復論功不汝遺異時謹事東籬菊

次韻董夷仲茶磨

前人初用茗飲時煮之無問葉與骨寖窮厥味臼始
用復計其初碾方出計盡功極至於磨信哉智者能
創物破槽折杵向牆角亦其遭遇有伸屈歲久講求
知處所佳者出自衡山窟巴蜀石工强鐫鑿理疎性
軟良可咄予家江陵遠莫致塵土何人爲拔拂

送公爲遊淮南

負米萬里緣其親運甓無度憂其身讀書莫學流麥
士挾策莫比亡羊人洒翁辛苦到白首汝今强勉當
青春昔時管鮑以君霸此兩士寧非貧

謝蘇自之惠酒

高士例須憐麴蘖此語嘗聞退之說我今有說殆不
然麴蘖未必高士憐醉者墜車莊生言全酒未若全

於天達人本自不虧缺何暇更求全處全景山沉迷
阮籍傲畢卓盜竊劉伶顛貪狂嗜怪無足取世俗喜
異矜其賢杜陵詩客尤可笑羅列八子參羣仙流涎
露頂置不說爲問底處能逃禪我今不飲非不飲心
月皎皎長孤圓有時客至亦爲酌琴雖未去聊忘絃
吾宗先生有深意百里雙罌遠將寄且言不飲固亦
高舉世皆同吾獨異不如同異兩俱冥得鹿亡羊等
嬉戲決須飲此勿復辭何用區區較醒醉

西山戲題武昌王居士

予往在武昌西山九曲亭上有題一句玄鴻橫
號黃槲峴九曲亭卽吳王峴山一山皆槲葉其
旁卽元結陂湖也黃花極盛因爲對云皓鶴下
浴紅荷湖坐客皆笑同請賦此詩

江干高居堅關扃犍耕躬稼角掛經篙竿繫舸菰茭
隔笳鼓過軍雞狗驚解襟顧景各箕踞擊劍賡歌幾
舉觥荊笄供膾愧攬聒乾鍋更戛甘瓜羹

戲和正甫一字韻

故居劍閣隔錦官柑果薑蕨交荊菅奇孤甘掛汲古
綆僥覬敢揭鈎金竿已歸耕稼供藁桔公貴幹蠱高
巾冠改更句格各蹇吃姑因狡獪加間關 王方平謂麻

姑云姑因少年吾老矣不復作此狡獪變化也

池上二首

小池新鑿會天雨一部鼓吹從何來有蟾正碧亂草色時沼出沒東南隈井幹跳梁亦足樂洞庭魚龍何有哉能歌德聲莫入月清池與爾俱忘回

不作太白夢日邊還同樂天賦池上池上新年有荷葉細雨魚兒喚輕浪男兒學易不應舉幽人一爻吾得尚此池便可當長江欲傍茅齋來蕩瀁

贈仲素寺丞致仕歸隱潛山

潛山隱君七十四紺瞳綠髮方謝事腹中靈液變丹砂江上幽居連福地彭城爲我駐三日明月滿舟同一醉丹書細字口傳訣顧我沉迷真棄耳年來四十髮蒼蒼始欲求方救憔悴他年若訪潛山居慎勿逃人改名字

魯直以詩餽雙井茶次韻爲謝

江夏無雙種奇茗汝陰六一誇新書磨成不敢付僮僕自看雪湯生幾珠列仙之儒瘠不腴只有病渴同相如明年我欲東南去畫舫何妨宿太湖 歸田錄草茶以雙井爲第一畫舫宿太湖北渚貢茶故事

揚州以土物寄少游

鮮鯽經年祕醽醁團臍紫蟹脂填腹後春蓴茁活如
酥先社薑芽肥勝肉鳧子纍纍何足道點綴盤飧亦
時欲淮南風俗事瓶罌方法相傳竟留蓄且同千里
寄鵝毛何用孜孜飫麋鹿

贈曇秀

白雲出山初無心棲鳥何必戀山林道人偶愛山水
故縱步不知湖嶺深空巖已禮百千相曹溪更欲瞻
道像要知水味孰冷暖始信夢時非幻妄袖中忽出
貝葉書中有璧月匡星珠人間勝絕略已遍匡廬南
嶺并西湖西湖北望三千里大堤冉冉橫秋水誦師
佳句說南屏瘴雲應逐秋風靡胡為只作十日歡杖
策復尋歸路難留師笥蕨不足道悵望荔子何時丹

再過泗上二首

眼明初見淮南樹十客相逢九吳語旅程已付夜帆
風客睡不妨背船雨黃柑紫蟹見江海紅稻白魚飽
兒女殷勤買酒謝船師千里勞君勤轉櫓

繫舟淮北雨折軸繫舟淮南風斷橋客行有期日月
疾歲事欲晚霜雪驕山根浪頭作雷吼縮手敢試舟
師篙不用燃犀照幽怪要須拔劍斬長蛟

贈李兕彥威秀才

魏王大瓠實五石種成濩落將安適可憐公子持十牛海上三年竟何得先生少負不羈才從軍數到單于臺天山直欲三箭取白衣將軍何人哉夜逢怪石曾飲羽戲中戟枝何足數誓將馬革裹尸還肯學班超苦兒女封侯儋霍知幾許老矣先生困羈旅酒酣聊復說平生結襪猶堪一再鼓棄書捐劍學萬人紈袴儒冠皆誤身窮途政似不龜手與世羞爲西子顰如今惟有談天口雲夢胸中吞八九世間萬事寄黃粱且與先生說烏有

次韻謝子高讀淵明傳

枯木嵌空微黯淡古器雖在無古絃袖中正有南風手誰爲聽之誰爲傳風流豈落正始後甲子不數義熙前一山黃菊平生事無酒令人意缺然

龐公

襄陽龐公少檢束白髮不髡亦不俗世所奔趍我獨棄我已有餘彼不足鹿門有月樹下行虎溪無風舟上宿不識當時捕魚客但愛長康畫金粟杜口如今不復言龐公爲人不曲局東西有人問老翁爲道明燈照華屋五言七言正兒戲三行五行亦偶爾我性不飲只解醉正如春風弄羣卉四十年來同幻事老

去何須別愚智古人不住亦不滅我今不作亦不止
寄語悠悠世上人浪生浪死一埃塵洗墨無池筆無
冢聊爾作戲悅吾神

送呂行甫司門倅河陽

結交不在久傾蓋如平生識子今幾日送別亦有情
子生公相家高義久崢嶸天才既超詣世故亦屢更
譬如追風驥豈免羈靮與纓念我山中人久與麋鹿幷
誤出掛世網舉動俗所驚歸田雖未果已覺去就輕
河陽豈云遠出處恐異程便當從此別有酒無徒傾

食雉

雄雉曳脩尾驚飛向日斜空中紛格鬬綵羽落如花
喧呼勇不顧投網復誰嗟百錢得一雙新味時所佳
烹煎雜雞鶩爪距漫槎牙誰知化爲蜃海上落飛鴉

雙鳧觀在葉縣

王喬古仙子時出觀人寰常爲漢郎吏厭世去無還
雙鳧偶爲戲聊以驚世頑不然神仙迹羅網安能攀
紛紛塵埃中銅印紆青綸安知無隱者竊笑彼愚姦

郭綸 綸本河西弓箭手屢戰有功不賞自黎州都監
官滿貧不能歸今權嘉州監稅

河西猛士無人識日暮津亭閱過船路人但覺驄馬

瘦不知鐵槊大如椽因言西方久不戰截髮願作萬騎先我當憑軾與寓目看君飛矢射蠻氈

初發嘉州

朝發鼓闐闐西風獵畫旗故鄉飄已遠往意浩無邊錦水細不見蠻江清更鮮奔騰過佛腳曠蕩造平川野市有禪客釣臺尋暮烟相期定先到久立水潺潺

是日期鄉僧宗一會別釣魚臺下

犍爲王氏書樓

樹林幽翠滿山谷樓觀突兀起江濱云是昔人藏書處磊落萬卷今生塵江邊日出紅霧散綺窗畫閣青氛氳山猿悲嘯谷泉響野鳥嘐戛巖花春借問主人今何在被甲遠戍長苦辛先登搏戰事斬級區區何者爲三墳書生古亦有戰陣葛巾羽扇揮三軍古人不見悲世俗回首蒼山空白雲

過宜賓見夷中亂山

江寒晴不知遠見山上日朦朧含高峯晃蕩射峭壁橫雲忽飄散翠樹紛歷歷行人挹孤光飛鳥投遠碧蠻荒誰復愛穠秀安可適豈無避世士高隱鍊精魄誰能從之遊路有豺虎迹

夜泊牛口

日落江霧生繫舟宿牛口居民偶相聚三四依古柳
負薪出深谷見客喜且售煑蔬為夜飡安識肉與酒
朔風吹茅屋破壁見星斗兒女自咿嚘亦足樂且久
人生本無事苦為世味誘富貴耀吾前貧賤獨難守
誰知深山子甘與麋鹿友置身落蠻荒生意不自陋
今予獨何者汲汲強奔走

牛口見月

掩窗寂已睡月脚垂孤光披衣起周覽飛露洒我裳
山川同一色浩若涉大荒幽懷耿不寐四顧獨彷徨
忽憶丙申年京邑大雨霶蔡河中夜決橫浸國南方
車馬無復見紛紛操栰郎新秋忽已晴九陌尚汪洋
龍津觀夜市燈火亦煌煌新月皎如畫疎星弄寒芒
不知京國喧謂是江湖鄉今年牛口渚見月重淒涼
却思舊遊處滿陌沙塵黃

舟中聽大人彈琴

彈琴江浦夜漏永斂袵竊聽獨激昂風松瀑布已清
絕更愛玉珮聲琅璫自從鄭衞亂雅樂古器殘缺世
已忘千年寥落獨琴在有如老仙不死閱興亡世人
不容獨反古强以新曲求鏗鏘微音淡弄忽變轉數
聲浮脆如笙簧無情枯木今尚爾何況古意墮渺茫

江空月出人響絕夜闌更請彈文王

泊南牛口期任遵聖長官到晚不及見復來

江上有微徑深榛煙雨埋崎嶇欲取別不見又重來下馬未及語固已慰長懷江湖涉浩渺安得與之偕

江上看山

船上看山如走馬倏忽過去數百羣前山槎牙忽變態後嶺雜遝如驚奔仰看微逕斜繚繞上有行人高縹緲舟中舉手欲與言孤帆南去如飛鳥

留題仙都觀

山前江水流浩浩山上蒼蒼松柏老舟中行客去紛紛古今換易如秋草空山樓觀何崢嶸真人王遠陰長生飛符御氣朝百靈悟道不復誦黃庭龍車虎駕來下迎去如旋風摶紫清真人厭世不回顧世間生死如朝暮學仙度世豈無人飡霞絕粒長辛苦安得獨從逍遥君泠然乘風駕浮雲超世無有我獨行

屈原塔 在忠州原不當有塔於此意者後人追思故爲作之

楚人悲屈原千歲意未歇精魄飄何處父老空哽咽至今滄江上投飯救飢渴遺風成競渡猿叫楚山裂

屈原古壯士就死意甚烈世俗安得知眷眷不忍決南賓舊屬楚山上有遺塔應是奉佛人恐子就淪滅此事雖無憑此意固已切古人誰不死何必較考折名聲實無窮富貴亦暫熱大夫知此理所以持死節

西山詩和者三十餘人再次前韻爲謝

朱顏發過如春醅胸中梨棗初未栽丹砂未易掃白髮赤松却欲參黃梅寒溪本自遠公社白蓮翠竹依崔嵬當時石泉照金像神光夜發如五臺飲泉鑒面得真意坐視萬物皆浮埃欲收暮景返田里遠泝江水窮離堆還朝豈獨羞老病自歎才盡傾空罍諸公渠渠若夏屋吞吐風月清隅隈我如廢井久不食古甃缺落生陰苔數詩往復相感發汲新除舊寒光開遙知二月春江闊雪浪倒卷雲峯摧石中無聲水亦靜云何解轉空山雷欲就諸公評此句 一作語 要識憂喜何從來願求南宗一勺水往與屈賈湔餘哀

新灘

扁舟轉山曲未至已先驚白浪横江起槎牙似雪番番從高來一一投澗坑大魚不能上暴鬣 一作楒 灘下横小魚散復合瀺灂如遭烹鸕鷀不敢下飛過兩翅輕白鷺誇瘦捷插脚還欹傾區區舟上人薄技

安敢呈只應灘頭廟賴此牛酒盈

新灘阻風

北風吹寒江來自兩山口初聞似搖扇漸覺平沙走飛雲滿嵓谷舞電穿窗牖灘下三日留識盡灘（一作山）前叟孤舟倦鵶軋短纜困牽楺嘗聞不終朝今此何其久只應留遠人此意固亦厚吾今幸無事閉戶爲飲酒

昭君村

昭君本楚人豔色照江水楚人不敢娶謂是漢妃（一作家）子誰知去鄉國萬里爲胡鬼人言生女作門楣昭君當時憂色衰古來人事盡如此反覆縱橫安可知

黃牛廟

江邊石壁高無路上有黃牛不服箱廟前行客拜且舞擊鼓吹簫屠白羊山下耕牛苦磽确兩角磨崖四蹄溼青芻半束長苦飢仰看黃牛安可及

蝦蟆培

蟆背似覆盂蟆頤如偃月謂是月中蟆開口吐月液根源來甚遠百尺蒼崖裂當時龍破山此水隨龍出入江江水濁猶作深碧色稟受苦潔清獨與凡水隔

豈惟煮茶好釀酒應無敵

留題峽州甘泉寺 姜詩故居

輕舟橫江來弔古悲純孝逶迤尋遠迹婉孌見遺貌
清泉不可挹涸盡空石窖古人飄何之唯有風竹鬧
行行翫村落戸戸懸網罟民風坦和平開戸夜無鈔
叢林富筍茹平野絶虎豹嗟哉此樂鄉無乃姜子教

寄題清溪寺 在峽州鬼谷子之故居

口舌安足恃韓非死說難自知不可用鬼谷乃真姦
遺書今未亡小數不足觀秦儀固新學見利不知患
嗟時無桓文使彼二子顛死敗無足怪夫子固使然
君看巧更窮不若愚自安遺宮若有神頷首然吾言

赴嶺表過金陵蔣山泉老召食阻雨不及往

今日江頭天色惡礮車雲起風雨 一作欲 作獨望鍾
山叫寶公雲間白塔如孤鶴寶公骨冷叫不聞卻有
老泉來喚人電眸虎齒霹靂舌爲余吹散千峯雲南
行萬里亦何事一酌曹溪知水味他年若畫蔣山圖
爲作泉公喚居士

荊門惠泉

泉源從高來走下隨石脈紛紛白沫亂隱隱蒼崖拆

縈回成曲沼清澈見肝膈淥瀉爲長溪奔駛蕩蛙蟈
初開不容椀漸去已如帛傳聞此山中神物懶一作
頻遭謫不能致雷雨瀺灂吐寒碧遂令山前人千古
灌稻麥

次韻答荆門張都官維見和惠泉詩

楚人少井飲地氣常不洩蓄之爲惠泉坌若有所折
泉源本無情豈問濁與澈貪愚彼二水終古恥莫雪
只應所處然遂使語異別泉旁平地衍泉上山嵽嵲
君子慎所居此義安可闕古人貴言贈敢用况高節
不爲冬霜乾肯畏夏日烈泠泠但不已海遠要當徹

浰陽早發

富貴本先定世人自榮枯囂囂好名心嗟我豈獨無
不能便退縮但使進少徐我行念西國已分田園蕪
南來竟何事碌碌隨商車自進苟無補乃是懶且愚
人生重意氣出處夫豈徒永懷江陽叟種藕春滿湖

夜行觀星

天高夜氣嚴列宿森就位大星光相射小星鬧若沸
天人不相干嗟彼本何事世俗强指擿一一立名字
南箕與北斗乃是家人器天亦豈有之無乃遂自謂
迫觀知何如遠想偶有以茫茫不可曉使我長嘆喟

漢水

捨棹忽逾月沙塵困遠行襄陽逢漢水偶似蜀江清
蜀江固浩蕩中有蛟與鯨漢水亦云廣欲涉安敢輕
文王化南國遊女儼如卿洲中浣沙子環珮鏘鏘鳴
古風隨世變寒水空泠泠過之不敢慢佇立整冠纓

萬山

西行度連山北出臨漢水漢水蹙成潭旋轉山之趾
禪房久已壞古甃含清泚下有仲宣欄綆刻深容指
回頭望西北隱隱龜背起傳云古隆中萬樹桑柘美
月烱轉山曲山上見洲尾綠水帶平沙盤盤如抱珥
山川近且秀不到懶成恥問之安能詳畫地費簪筆

隆中

諸葛來西國千年愛未衰今朝遊故里蜀客不勝悲
誰言襄陽野生此萬乘師山中有遺貌矯矯龍之姿
龍蟠山水秀龍去淵潭移空餘蜿蜒迹使我寒涕垂

竹葉酒

楚人汲漢水釀酒古宜城春風吹酒熟猶似漢江清
耆舊何人在丘墳應已平惟餘竹葉在留此千古情

鯿魚

曉日照江水遊魚似玉瓶誰言解縮頸貪餌每遭烹

杜老當年意臨流憶孟生吾今又悲子輟筯涕縱橫

望夫臺在忠州南數十里

山頭孤石遠亭亭江轉船回石似屏可憐千古長如昨船去船來自不停浩浩長江赴滄海紛紛過客似浮萍誰能坐待山月出照見寒影高伶俜

永安宮今夔之永安門卽宮之遺趾

千古陵谷變故宮安得存徘徊問耆老惟有永安門遊人雜楚蜀車馬晚喧喧不見重樓好誰知昔日尊吁嗟蜀先主兵敗此亡魂只應法正死使公去遭燔

八陣磧

平沙何茫茫髣髴見石蕝蹤橫滿江上歲歲沙水齧孔明死已久誰復辨行列神兵非學到自古不留訣至人已心悟後世徒妄說自從漢道衰蜂起盡姦傑英雄不相下禍難久連結驅民市無煙戰野江流血萬人賭一擲殺盡如沃雪不爲久遠計草草常無法孔明最後起意欲掃羣孽崎嶇事節制隱忍久不決志大遂成迂歲月去如瞥六師紛未整一日英氣折唯餘八陣圖千古壯夔峽

諸葛鹽井井有十四自山下至山上其十二井常空盛夏水漲則鹽泉迤邐遷去常去於江水

之所不及

五行水本鹹安擇江與井如何不相入此意復誰省
人心固難足物理偶相逞猶嫌取未多井上無閑綆

潁大夫廟

人情難強回天性可微感世人爭曲直苦語費搖撼
大夫言何柔暴主意自慘荒祠旁孤塚古隧有殘坎
千年惟茅焦世亦貴其膽不解此微言脫衣徒勇敢

許州西湖

西湖小雨晴灩灩春渠長來從古城角夜半傳新響
使君欲春遊浚沼役千掌紛紜具畚鍤鬧若蟻運壤
夭桃弄春色生意寒猶怏唯有落殘梅標格若矜爽
遊人登已集挈榼三且兩醉客臥道傍扶起尚偃仰
池臺信宏麗貴與民同賞但恐城市歡不知田野愴
潁川七不登野氣長蒼莽誰知萬里客湖上獨長想

江上值雪效歐陽體限不以鹽玉鶴鷺絮
蝶飛舞之類爲比仍不使皓白潔素等字

縮頸夜寒如凍龜雪來唯有客先知江邊曉起浩無
際樹杪風多寒更吹青山有似少年子一夕變盡滄
浪鬢方知陽氣在流水沙上盈尺江無澌隨風顛倒
紛不擇下滿坑谷高陵危江空野闊落不見入戶但

覺輕絲絲沾裳細看若一作巧刻鏤豈有一一天工爲霍然一麾遍九野吁此權柄誰執持世間苦樂知有幾今我幸免沾膚肌山夫只見壓樵擔豈知帶酒飄歌兒天王臨軒喜有麥宰相獻壽嘉及時凍吟書生筆欲折夜織貧女寒無幃高人著屐踏冷冽飄拂巾帽真仙姿野僧斫路出門去寒液滿鼻清淋漓洒袍入袖濕靴底亦有執版趨堦墀舟中行客何所愛願得獵騎當風披草中咻咻有寒兔孤隼下擊千夫馳敲冰煮鹿最可樂我雖不飲强倒卮楚人自古好弋獵誰能往者我欲隨紛紜旋轉從滿面馬上操筆爲賦之

諸宮

諸宮寂寞依古郢楚地荒茫非故基二王臺閣已鹵莽湘東王高氏何況遠問縱橫時楚王獵罷擊靈鼓猛士操舟張水嬉釣魚不復數魚鱉大鼎千石烹蛟螭當時郢人架宮殿意思絕妙般與倕飛樓百尺照湖水上有燕趙千娥眉臨風揚揚意自得長使宋玉作楚詞秦兵西來取鍾簴故宮禾黍秋離離千年壯觀不可復今之存者蓋已卑池空野迥樓閣小惟有深竹藏狐狸臺中絳帳誰復見臺下野水一作鴨浮清

漪綠窗朱戶春晝閉想見深屋彈朱絲腐儒亦解愛
聲色何用白首談孔姬沙泉半涸草堂在破窗無紙
風飀飀陳公蹤跡最未遠七瑞寥落今何之百年人
事知幾變直恐荒廢成空陂誰能為我訪遺迹草中
應有湘東碑

出峽

入峽喜巉岩出峽愛平曠吾心淡無累遇境即安暢
東西徑千里勝處頗屢訪幽尋遠無厭高絕每先上
前詩尚遺略不錄久恐忘憶從巫廟回中路寒泉漲
汲歸真可愛翠碧光滿盎忽驚巫峽尾岩腹有穿壙
仰見天蒼蒼石室開南嚮宣尼古廟宇叢木作幃帳
鐵楯橫半空俯瞰不計丈古人誰架構下有不測浪
石竇見天囷瓦棺悲古葬新灘阻風雪村落去攜杖
亦到龍馬溪茆屋沽村釀玉虛悔不至實為舟人誑
聞道石最奇寤寐見怪狀峽山富奇偉得一知幾喪
苦恨不知名歷歷但想像今朝脫重險楚水渺平蕩
魚多客庖足風順行意王追思偶成篇聊助舟人唱

神女廟

大江從西來上有千仞山江山自環擁恢詭富神姦
深淵鼉鼈橫去聲巨壑蛇龍頑旌陽斬長蛟雷雨移

蒼灣蜀守降老蹇至今帶連環縱横若無主蕩逸侵人寰上帝降瑶姬來處荆巫間神仙豈在猛玉座幽且閑飄蕭駕風馭弭節朝天關倏忽巡四方不知道里艱古粧具法服邃殿羅煙鬟百神自奔走雜沓來趨班雲興靈怪聚雲散鬼神還茫茫夜潭靜皎皎秋月彎還應搖玉佩來聽水潺潺

巫山

瞿塘迤邐盡巫峽崢嶸起連峯稍可怪石色變蒼翠天工運神巧漸欲作奇偉坱軋勢方深結構意未遂旁觀不暇瞬步步造幽邃蒼崖忽相逼絶壁凜可悸仰觀八九頂俊爽凌顥氣晃蕩天宇高崩騰江水沸孤超死不讓直拔勇無畏攀緣見神宇憩坐就石位巉巉隔江波一一問廟吏遥觀神女石綽約誠有以俯首見斜鬟拖霞弄脩帔人心隨物變遠覺含深意野老笑吾旁少年嘗屢至去隨猿猱上反以繩索試石筍依孤峯突兀殊不類世人喜神怪論說驚幼稚楚賦亦虛傳神仙安有是次問掃壇竹云此今尚爾翠葉紛下垂婆娑綠鳳尾風來自偃仰若爲神物使絶頂有三碑詰曲古篆字老人那解讀偶見不能記窮探到峯背採斫黄楊子黄楊生石上堅瘦紋如綺

貪心去不顧澗谷千尋縋山高虎狼絶深入坦無忌
洪濛草樹密蓊蒨雲霞膩石竇有洪泉甘滑如流髓
終朝自盥漱冷冽清心胃浣衣掛樹梢磨斧就石鼻
徘徊雲日晚歸意念城市不到今十年衰老筋力憊
當時伐殘木牙蘖已如臂忽聞老人說終日爲嘆喟
神仙固有之難在忘勢利貧賤爾何愛棄去如脫屣
嗟爾苦無還絶粮應不死

觀大水望朝陽巖作

朝陽巖前不結廬下眺江水百步餘春泉濺濺出乳
竇青莎白石半洿涂不到津頭二三日誰知江水漲
天墟遙望橫盃不敢濟巖口正有人罾魚

滄洲亭懷古

湘水悠悠天際來夾江古木抱山回城中人物若可
數日晏市散多蒼苔九嶷巉天古雲埋遙想帝子龍
車迴心衰目極何可望九歌寂寂令人哀

柏家渡

柏家渡西日欲落青山上下猿鳥樂欲因新月望吳
雲遙看北斗掛南嶽一夢惜惜四十秋古人不死終
未休草舍蕭條誰與語香風欲過白蘋洲

清遠舟中寄耘老

小寒初渡梅花嶺萬壑千岩背人境清遠聊爲泛宅行一夢分明隨鄉井覺來滿眼是湖山鴨綠波搖鳳凰影海陵居士無雲梯歲晚結廬潁水湄山腰自懸蒼玉珮野馬不受黃金羈門前車蓋獵獵走笑倚清流數鬢絲汀洲相見春風起白蘋吹花散煙水萬里飄蓬未得歸目斷滄浪淚如洗北雁南來遺素書苦言大浸沒我廬清齋十日不燃鼎曲突往往巢龜魚今年玉粒賤如水青銅欲買囊已虛人生百年如寄爾七十朱顏能有幾有子休論賢與愚倪生枉却帶經鋤天南看取東坡叟可是平生廢讀書

書堂嶼

蒼山古木書堂嶼北出湘川百餘步誰爲往來虧世界至今人指安禪處豈無驚虬與飛鳥後來那復知其趣不知我身今是否空記名稱作常住

次履常臘梅韻

天工點酥作梅花此有臘梅禪老家蜜蜂采花作黃蠟取蠟爲花亦其物天工變化誰得知我亦兒嬉作小詩君不見萬松嶺上黃千葉玉蕊檀心兩奇絕醉中不覺度千山夜聞梅香失醉眠歸來却夢尋花去夢裏花仙覓奇句此間風物屬詩人我老不飲當付

君君行適吳我適越笑指西湖作衣鉢

醉睡者

有道難行不如醉有口難言不如睡先生醉臥此石
間萬古無人知此意

戲詠子舟畫兩竹兩鸜鵒

風晴日暖搖雙竹竹間對語雙鸜鵒鸜鵒之肉不可
食人生不才果爲福子舟之筆利如錐千變萬化皆
天機未知筆下鸜鵒語何似夢中蝴蝶飛

老翁井

井中老翁誤年華白沙翠石公之家公來無蹤去無
跡井面團圓水生花翁今與世兩何與無事紛紛驚
牧豎改顏易服與世同無使世人知有翁

贈山谷子

黃童三尺世無雙筆頭衮衮懸秋江不憂老子難爲
父平生崛强今心降我來喜共阿戎語應敵縱橫如
急雨生子還如孫仲謀豚犬謾多何足數黃家小兒
名拾得眉如長松眼如漆只今數歲已動人老人留
眼看他日笑君老蚌生明珠自笑此物吾家無君當
置酒我當賀有兒傳業更何須

覲子玉郎中草聖

柳侯運筆如電閃子雲寒悴羊欣儉百斛明珠便可扛此書非我誰能雙

鰒魚行

漸臺人散長弓射初啖鰒魚人未識西陵衰老繐帳空肯向北河親饋食兩雄一律盜漢家嗜好亦若肩相差食每對之先太息不因噎嘔緣瘡痂中間霸據關梁隔一枚何啻千金直百年南北鮭菜通往往殘餘飽臧獲東隨海船號倭螺異方珍寶來更多磨沙瀹瀋成大胾剖蚌作脯分餘波君不聞蓬萊閣下駝碁島八月邊風備胡獠舶船跋浪黿鼉震長鑱鏟處崖谷倒膳夫善治薦華堂坐令雕俎生輝光肉芝石耳不足數醋芼魚皮真倚牆中都貴人珍此味糟浥油藏能遠致割肥方厭萬錢廚決眥可醒千日醉三韓使者金鼎來方奩饋送煩輿臺遼東太守遠自獻臨菑掾吏誰爲材吾生東歸收一斛包苴未肯鑽華屋分送羹材作眼明却取細書防老讀

次韻水官詩

淨因大覺璉師以閻立本畫水官遺編禮公公既報之以詩謂某汝亦作某頓首再拜次韻仍錄二詩爲一卷以獻

水官騎蒼龍龍行欲上天手攀時且往浩若乘風船
不知幾何長足尾猶在淵下有二從臣左右乘魚黿
矍鑠相顧視風舉衣袂翻女子侍君側白頰垂雙鬟
手執雉尾扇容如未開蓮從者八九人非鬼非戎蠻
出水未成列先登揚旗旛長刀擁旁牌白羽注強拳
雖服甲與裳狀貌猶鯨鱣水獸不得從仰面以手扳
空虛走雷霆雨雹晦九川風師黑虎囊面目昏塵煙
翼從三神人萬里朝天闕我從大覺師得此詭怪編
畫者古閻子于今三百年見者誰不愛予者誠已難
在我猶在子此理寧非禪報之以好詞何必畫在前

老泉

高人豈學畫用筆乃其天譬如善游人一一能操船
閻子本逢掖疇昔慕雲淵丹青偶為戲染指初嘗黿
愛之不自已筆勢如風翻傳聞正觀中左衽解椎鬟
南夷羞白雉佛國貢青蓮詔令擬王會別殿寫戎蠻
熊冠金絡額豹袖擁旛旜傳入應門內俯伏脫劍拳
天姿儼龍鳳雜沓朝鵬鱣神功與絕跡後世兩莫扳
自從李氏亡羣盜竊山川長安三日火至寶隨飛煙
尚有脫身者漂流出東關三官豈容獨得此今已編
吁嗟至神物會合當有年京城諸權貴欲取百計難

贈以玉如意豈能動高禪信應一篇詩畋若畫在前

弔徐德占

余初不識德占但聞其初爲呂惠卿所薦以處士用元豐五年三月偶以事至蘄水德占聞余在傳舍惠然見訪與之語有過人者是歲十月聞其遇禍作詩弔之

美人種松柏欲使低映門栽培雖易長流惡病其根哀哉歲寒姿骯髒誰與倫竟爲明所誤不免刀斧痕一遭兒女污始覺山林尊從來覓棟梁未免傍籬藩南山隔秦嶺千樹龍蛇奔大廈若果傾萬牛何足言不然老巖壑合抱枝生孫死者不可悔吾將遺後昆

題李伯時淵明東籬圖

彼哉嵇阮曹終以明自膏靖節固昭曠歸來侶蓬蒿新霜着疏柳大風起江濤東籬理黃華意不在芳醪白衣挈壺至徑醉還遊遨悠然見南山意與秋氣高

李白謫仙詩

我居青空裏君隱黃埃中聲形不相弔心事難形容欲乘明月光訪君開素懷天盃飲清露展翼登蓬萊佳人持玉尺度君多少才玉尺不可盡君才無時休對面一笑語共躡金鼇頭絳宮樓闕百千仞霞衣誰

與雲煙浮

數日前夢一僧出二鏡求詩僧以鏡置日中其影甚異其一如芭蕉其一如蓮花夢中與作詩

君家有二鏡光景如湛盧或長如芭蕉或圓如芙蕖
飛電着子壁明月入我廬月下合三璧日月跳明珠
問子是非我我是非文殊

飲酒四首

我觀人間世無如醉中真虛空爲銷殞況乃百憂身
惜哉知此晚坐令華髮新聖人驟難得且致賢人
左手持蟹螯舉觴矚雲漢天生此神物爲我洗憂患
山川同恍惚魚鳥共蕭散客至壺自傾欲去不得間
有客遠方來酌我一甌茗我醉方不啜强啜忽復醒
旣鑿渾沌氏遂遠華胥境操戈逐儒生舉觴還酩酊
雷觴淡於水經年不濡脣爰有擾龍裔爲造英靈春
英靈韻甚高蒲萄難與鄰他年血食汝當配杜康神

大雪獨留尉氏

古驛無人雪滿庭有客冒雪來自北紛紛笠上已盈
寸下馬登堂面蒼黑苦寒有酒不能飲見之何必問
相識我酌徐徐不滿觥看客倒盡不留湮千門晝閉

行路絕相與笑語不知夕醉中不復問姓名上馬忽
去橫短策

阮籍嘯臺在尉氏

阮生古狂達遁世默無言猶餘胸中氣長嘯獨軒軒
高情遺萬物不與世俗論登臨偶自寫激越蕩乾坤
醒爲嘯所發飲爲醉所昏誰能與之較亂世足自存

留別叔通元弼坦夫

田三昔同寮向我每傾倒當年或齟齬反覆看愈好
寇三我部民孝悌化鄰保有如袁伯業苦學到衰老
石生吾邑子勁立風中草宦遊甑生塵菽水媚翁媼
我窮交舊絕計拙集枯槁三子尤見存往復紛紵縞
迎我淮水北送我睢陽道願存金石契凜凜貫華皓

余歸自道場何山遇大風因憩耘老溪亭
命官奴秉燭捧硯寫風竹一枝題詩云

更將掀舞勢把燭畫風篠美人爲破顏憐此腰肢裊

和寄天選長官

寓形宇宙間佚我方以老流光安足恃百歲同過鳥
頊子縈網羅文采緣自表自古山林人何曾識機巧
但記寒岩翁論心秋月皎黃香十年舊禪學參衆妙
虛懷養天和肯徇奔走鬧官居職事理晨起何用早

桐陰滿西齋叱吏供灑掃眷予東南來野飯煮芹蓼
葆光既清尚令尹亦高蹈相將古寺行軟語頹晚照
公家有畸人（公有族人隱嵩山）虛緣能自保卜築嵩山
陽何（一作行）當從結好中山饒勝景一覽未易飽何
時命巾車共陟雲外嶠翻然（一作思）筋力疲不復追
踴跳公詩擬南山雄拔千丈峭形容逼天眞邂逅識
其要藩籬吾未窺敢議窮闔奧

昭陵六馬唐文皇戰馬也琢石象之立昭
陵前客有持此石本示予爲賦之

天將劃隋亂帝遣六龍來森然風雲姿颯爽毛骨開
飆馳不及視山川儼莫回長鳴視八表擾擾萬駑駘
秦王龍鳳姿魯鳥不足擢腰間大白羽中物如風雷
區區數豎子搏取若提孩手持掃天　六合如塵埃
艱難濟大業一一非常才維時六驥足績與英衛陪
功成鏘八鑾玉輅行天街荒涼昭陵闕古石埋蒼苔

顏闔

顏闔古有道躬耕自衣食區區魯小邦不足隱明德
軺軒來我門聘幣繼金璧出門應使者耕稼不謀國
但疑誤將命非敢憚行役使者反錫命戸庭空履迹
薄俗徇世榮截趾履之適所重易所輕隋珠彈飛翼

伊人畏照影獨往就陰息鼎俎薦忠賢誰能死燔炙
念彼藏皮冠安知獲堯客

送朱壽昌使蜀七首

藹藹青城雲娟娟峨眉月隨我西北來照我光不滅
我在塵土中白雲呼我歸我游江湖上明月溼我衣
岷峨天一方雲月在我側謂是山中人相望了不隔
夢尋西南路默數長短亭似聞嘉陵江跳波吹枕屏
送君無一物清江飲君馬路穿慈竹林父老拜馬下
不用驚去裝使者我友生聽訟如家人細說爲汝評
若逢山中友問我歸何日爲話腰腳輕猶堪弄泉石

贈狄崇班季子

狄生臂鷹來見客不會揖踞床咤得雋借筋數禽入
短後掬豹裘猶濺猩血溼指呼索酒嘗快作長鯨吸
半酣論刀槊怒髮欲起立北方老猘子狂突尚不縶
要須此慓悍氣壓邊鋒急夜走追鋒車生斬活離級
持歸獻天王封侯穩可拾何爲走獵師日使羣毛泣

題盧鴻學士堂圖

昔爲太室花盧岩在東麓直上登封壇一夜蠒生足
徑歸不復往巒壑空在目安知有千老舒卷不盈軸
一處一盧生裘褐蔭喬木方爲世外人行止何須錄

百年入篋笥犬馬同一束嗟予縛世累歸未有茆屋
江干百畝田清泉映脩竹尚欲逃世名豈須上圖軸

蘆

蘆筍初似竹稍開葉似蒲方春節抱甲漸老根生鬚
不愛當夏綠愛此及秋枯黄葉倒風雨白花摇江湖
江湖不可到移植當勤劬安得雙野鴨飛來成畫圖

寄周安孺茶

大哉天宇內植物知幾族靈品獨標奇迥超凡草木
名從姬旦始漸播桐君錄賦詠誰最先厥傳惟杜育
唐人未知好論著始於陸常李亦清流當年慕高躅
遂使天下士嗜此偶於俗豈但中土珍兼之異邦鬻
鹿門有佳士博覽無不矚邂逅天隨翁篇章互賡續
開園顧山下屏跡松江曲有興即揮毫燦然存簡牘
伊予素寡愛嗜好本不篤越自少年時低回客京轂
雖非曳裾者庇廕或華屋頗見綺紈中齒牙厭粱肉
小龍得屢試糞土視珠玉團鳳與葵花碔砆雜魚目
貴人自矜惜捧玩且緘櫝未數日注卑定知雙井辱
於茲自研討至味識五六自爾入江湖尋僧訪幽獨
高人固多暇探究亦頗熟聞道早春時攜籯赴初旭
驚雷未破蕾采采不盈掬旋洗玉泉蒸芳馨豈停宿

須臾布輕縷火候謹盈縮不憚頃間勞經時廢藏蓄
髹筒淨無染箬籠匀且複苦畏梅潤侵暖須人氣燠
有如剛耿性不受纖芥觸又若廉夫心難將微穢瀆
晴天敞虛府石碾破輕綠永日遇閑賓乳泉發新馥
香濃奪蘭露色嫩欺秋菊閩俗競傳誇豐腴面如粥
自云葉家白頗勝中山醁好是一杯深午窗春睡足
清風擊兩腋去欲凌鴻鵠嗟我樂何深水經亦屢讀
□子咤中泠次乃康王谷蟆培頃曾嘗瓶罌走僮僕
如今老且懶細事百不欲美惡兩俱忘誰能強追逐
薑鹽拌白土稍稍從吾蜀尚欲外形體安能徇心腹
由來薄滋味日飯止脫粟外慕既已矣胡爲此羈束
昨日散幽步偶上天峯麓山圃正春風蒙茸萬旗簇
呼兒爲佳客採製聊亦復地僻誰我從包藏置廚簏
何嘗較優劣但喜破睡速況此夏日長人間正炎毒
幽人無一事午飯飽蔬菽困臥北窗風風微動窗竹
乳甌十分滿人世真局促意爽飄欲仙頭輕快如沐
昔人固多癖我癖良可贖爲問劉伯倫胡然枕糟麴

余自城中還道中雲氣自山中來如羣馬奔突以手掇開籠收其中歸家雲盈籠開而放之作攓雲篇

物役會有時星言從高駕道逢南山雲歘吸如電過竟誰使令之袞袞從空下龍移相排拶鳳舞或頽亞散爲東郊霧凍作枯樹稼或飛入吾車偪仄人肘胯搏取置笥中提攜反茅舍開緘仍放之掣去仍變化雲兮汝歸山無使達官怕

游山呈通判承議寫寄參寥師

煌煌世胄餘夫子非碌碌由來有詩書所以能絕俗得官本河朔瓜期未易促扁舟下南來逸駕追鳴鵠遇勝即倘佯風餐兼露宿嗟予偶傾蓋一笑外羈束杖策每過從相攜訪山谷東風披鮮雲繡錯出林麓松門有時盡幽景無斷續崖轉聞鐘聲林疎見華屋銜山餘落景歸迹猶躑躅誰云鄴下歡往事不可復吾曹二三事取樂亦云足願公寄新詩一一能見錄船頭行北歸囊橐有美玉塵埃京洛人亦與洗心目

和郭功父韻送芝道人游隱靜

觀音妙智力應感隨緣度芝師訪東坡寧辭萬里步道義偶相契十年同去住行窮半世間又欲浮杯渡我願焚囊鉢不作陳俗具會取卻歸時只是而今路

次韻魯直戲贈

昨夜試微涼汗衾初退紅我願隨秋風隨身入房櫳

君王不好事只作好驚鴻細看卷蕫尾我家真栗蓬

夜坐與邁聯句

清風來無邊明月翳復吐自 松聲滿虛空竹影侵半戶邁 暗枝有驚鵲壞壁鳴飢鼠自 露葉耿高梧風螢落空廡邁 微涼感團扇古意歌白紵自 樂哉今夕游復此陪杖屨邁 傳家詩律細已自過宗武短詩膝下成聊以慰懷祖自

寄傲軒

先生英妙年一掃千兔禿仕進固有餘不肯踐場屋通闤何所傲傲名非傲俗定知軒冕中享榮不償辱豈無自安計得失猶轉轂先生獨揚揚憂患莫能瀆得如虎挾乙失若龜藏六茅簷聊寄寓俛仰亦自足東坡無邊春方寸盡藏蓄醉哦旁若無獨侑一樽醁床頭車馬道殘月掛疎木朝客紛擾時先生睡方熟

榆

我行汴堤上厭見榆陰綠千株不盈畝斬伐同一束及居幽囚中亦復見此木蠹皮溜秋雨病葉埋牆曲誰言霜雪苦生意殊未足坐待春風至飛英覆空屋

槐

憶我初來時草木向衰歇高槐雖驚秋晚蟬猶抱葉

淹留未云幾離離見疎莢棲鴉寒不去哀叫飢啄雪破巢帶空枝疎影掛殘月豈無兩翅羽伴我此愁絶

竹

今日南風來吹亂庭前竹低昂中音會甲刃紛相觸蕭然風雪意可折不可辱風霽竹已一作亦回猗猗散青玉故山今何有秋雨荒籬菊此君知健否歸掃南軒曲

柏

故園多珍木翠柏如蒲葦幽囚無與樂百日看不已時來拾流膠一作肪未忍踐落子當年誰所種少長與我齒仰視蒼蒼幹所閱固多矣應見李將軍膽落溫御史

問淵明 或曰東坡此詩與淵明反此非知言也蓋亦相引以造意言者未始相非也元祐五年十月日

子知神非形何復異人天豈惟三才中所在靡不然我引而高之則爲星斗懸我散而卑之寧非山與川三皇雖云沒至今在我前八百要有終彭祖非永年皇皇謀一醉發此露槿妍有酒不辭醉無酒斯飲泉立善求我譽飢人食饞涎委運憂傷生憂一作運去

生亦遷縱復大化中正爲化所纏應盡便須盡寧復事此言

題雲龍草堂石磬

折爲督郵腰懸作山人室殊非濮上音信是泗濱石

朱亥墓

昔日朱公子雄豪不可追今來游故國大冢屈稱兒平日輕公相千金棄若遺梁人不好事名字寄當時魯史盜齊豹求名誰復知愼無怨世俗猶不遭仲尼

嚴顏碑

先主反劉璋兵意頗不義孔明古豪傑何乃爲此事劉璋固庸主誰爲死不二嚴子獨何賢談笑傲碪几國亡君已執嗟子死誰爲何人刻山石使我空涕淚吁嗟斷頭將千古爲病悸

峴山

遠客來自南游塵昏峴首過關無百步曠蕩吞楚藪登高忽惆悵千載意有偶所憂誰復知嗟我生苦後團團山上檜歲歲閱榆柳大才固已殊安得同永久可憐山前客倏忽星過霤賢愚未及分來者當自剖

驪山

君門如天深幾重君王如帝坐法宮人生難處是安

穩何爲來此驪山中複道淩雲接金闕樓觀隱煙横翠空林深霧暗迷八駿朝東暮西勞六龍六龍西幸峨眉棧悲風便入華清院霓裳蕭散羽衣空麋鹿來游猿鶴怨我上朝元春半老滿地落花無人掃羯鼓樓高掛夕陽長生殿古生青草可憐吳楚兩醯雞築臺未就已堪悲長楊五柞漢幸免江都樓成隋自迷由來留連多喪國宴安酖毒因奢惑三風十愆古所戒不必驪山可亡國

和子由除日見寄

薄宦驅我西遠別不容惜方愁後會遠未暇憂歲夕强歡雖有酒冷酌不成席秦烹惟羊羹隴饌有熊腊念爲兒童歲屈指已成昔往事今何追忽若箭已釋感時嗟事變所得不償失府卒來驅儺矍鑠驚遠客愁來豈有魔煩汝爲攘磔寒梅與凍杏嫩蕚初似麥攀條爲惆悵玉蕊何時拆不憂春豔晚行見棄夏覈人生行樂耳安用聲名籍胡爲獨多感不見膏自炙詩來苦相寛子意遠可射依依見其面疑子在咫尺兄今雖小官幸忝佐方伯北池近所鑿中有汧水碧臨池飲美酒尚可消永日但恐詩力弱鬬健未免馘詩成十日到誰謂千里隔一月寄一篇憂愁何足擲

次韻范淳父送秦少章

宿緣在江海世網如予何西來庾公塵已濯長淮波
十年淮海人初見一麥禾但欣爭訟少未覺舟車多
秦郎忽過我賦詩如卷阿句法本黃子二豪與揩磨
嗟我久離羣逝將老西河後生多名士欲薦空悲歌
小范真可人獨肯勤收羅瘦馬識騄耳枯桐得雲和
近聞館李生病鶴借一柯贈行苦說我妙語慰蹉跎
西羌已解仇烽火連朝那坐籌付公等吾將寄潛沱

東坡續集卷第一

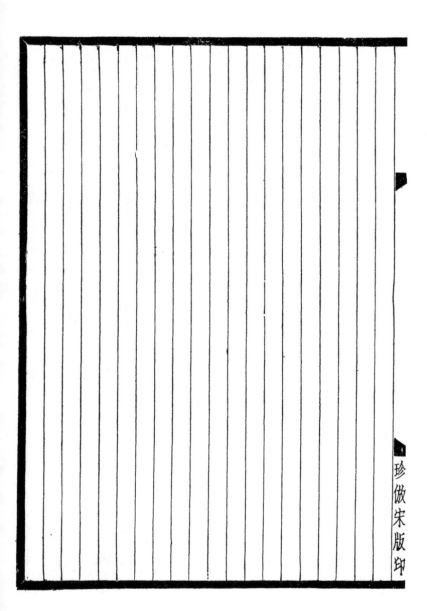

東坡續集卷第二

律詩

過巴東縣不泊聞頗有萊公遺跡

萊公昔未遇寂寞在巴東聞道山中樹猶餘手種松
江山養豪傑禮數困英雄執版迎官長趨塵拜下風
當年誰刺史應未識三公

白帝廟

朔風催入峽慘慘去何之共指蒼山路來朝白帝祠
荒城秋草滿古樹野藤垂浩蕩荊江遠淒涼蜀客悲
遲回問風俗涕泗閔興衰故國依然在遺民豈復知
一方稱警蹕萬乘擁旌旗遠略初吞漢雄心豈在夔
崎嶇來野廟閔默愧常時破甑蒸山麥長歌唱竹枝
荊都眞壯士吳杜本經師失計雖無及圖王固已奇
猶餘帝王號皎皎在門楣

戎州

亂山圍古郡市易帶羣蠻瘦嶺春耕少孤城夜漏閑
往時邊有警征馬去無還自頃方從化年來亦款關
頗能貪漢布但未脫金鐶何足爭强弱吾民盡玉顏

見魯人孔宗翰題詩二首

屈指從來十七年交親零落亦潸然嬋娟再見中秋

月依舊清輝照客眠右孔

壞壁題詩已五年故人風物兩依然定知來歲中秋月又照先生枕麴眠

更邀明月說明年記取孤吟孟浩然此去宦遊如傳舍揀枝驚鵲幾時眠

奉和凝祥池

似知金馬客時夢碧雞坊氷雪消殘臘煙波寫故鄉鳴鑾自容與立馬久回翔乞與三韓使新圖到樂浪時有高麗使在京每至勝境即圖畫以歸

奉和頴叔萬壽觀

道人幽夢曉初還已覺笙簫下月壇風伯前驅清宿霧祝融參乘破朝寒英姿連璧從多士妙句鏘金和八鑾已向詞臣得頻牧路人莫作老儒看

正月十四夜扈從端門觀燈三絕

淡月踈星遶建章仙風吹下御爐香侍臣鵠立通明殿一朵紅雲捧玉皇

薄雪初消野未耕賣薪買酒看昇平吾君勤儉倡優拙自是豐年有笑聲

老病行穿萬馬羣九衢人散月紛紛歸來一琖殘燈在猶有傳柑遺細君上元夜登樓貴戚例有黃柑相遺侍臣謂

之傳柑

獲鬼章二十韻

青唐有逋寇自首已窮妖竊據臨洮郡潛通講諸橋
廟謀周召虎邊帥漢班超堅壘千兵破連航一炬燒
擒姦從窟穴奏捷上烟霄詭異人圖像驩娛路載謠
干誅非一事伐叛自先朝取道經陵寢前期告廟祧
西來聞幾日面縛見今朝二聖臨雲陛千官溢海潮
載囚車轣轆失主馬蕭條橫拜如蹲犬胡裝尚衣貂
理卿辭具服譯長舌初調緩死恩殊厚求生尾屢搖
慈仁逢太母寬厚戴唐堯赤手真擒虎和羹未賜梟
藁街虛授首東市偶全腰困獸何須殺遺雛或可招
威聲西振夏武節北通遼帝道有强弱天時或長消
羌情防報復軍勝忌矜驕愼重關西將奇功勿再要

光祿庵二首

文章恨不見文園禮樂方將訪石泉何事庵中着光
祿枉教閑處筆如椽
城中太守的何人林下先生非我身若向庵中覓光
祿雪中履迹鏡中眞

過通判曹仲錫飲書懷兩絕

公退清閑如致仕酒餘歡適似還鄉不妨更有安心

病臥看縈簾一炷香
心有何求遣病安年來古井不生瀾只應戲瓦閑童
子卻作泠泠一水看

過木櫪觀

石壁高千尺微蹤遠欲無飛簷如劍寺出劍門東望上寺宇彷彿可見古柏似仙都許子嘗高遁行舟悔不迂
斬蛟聞猛烈提劍想崎嶇寂寞棺猶在脩崇世已愚
隱居人不識化去俗爭吁洞府煙霞遠人間爪髮枯
飄飄乘倒景誰復顧遺軀

和喜雨

密雲今日破郊西小雨蕭蕭未作泥且及清閑同笑
樂行看衰病費扶攜花前白酒傾雲液戶外青驄響
月題不用臨風苦揮淚君家自與竹林齊

觀開西湖次吳左丞韻

偉人謀議不求多事定紛紛自唯阿盡放龜魚還綠
淨肯容蕭葦障前坡一朝美事誰能絕百尺蒼岩尚
可磨天上列星當亦喜月明時下浴明波

荊州十首

遊人出三峽楚地盡平川北客隨南賈吳檣間蜀船
江侵平野斷風捲白沙旋欲問興亡意重城自古堅

南方舊戰國慘澹意猶存慷慨因劉表淒涼爲屈原
廢城猶帶井古姓聚成村亦解觀形勝昇平不敢論
楚地闊無邊蒼茫萬頃連耕牛未嘗汗投種去如捐
農事誰當勸民愚亦可憐平生事游惰那得怨凶年
朱檻城東角高王此望沙江山非一國烽火畏三巴
戰骨淪秋草危樓倚斷霞百年豪傑盡擾擾見魚鰕
沙頭煙漠漠來往厭喧卑野市分麞鬧宮帆過渡遲
遊人多問卜傖叟盡攜龜日暮江天靜無人唱楚詞
太守王夫子山東老俊髦壯年聞猛烈白首見雄豪
食鴈君應厭驅車我正勞中書有安石愼勿賦離騷
殘臘多風雪荊人重歲時客心何草草里巷自嬉嬉
爆竹驚隣鬼驅儺逐小兒故人應念我相望各天涯
江水深成窟潛魚大似犀赤鱗如琥珀老枕勝玻瓈
上客舉雕俎佳人摇翠篦登庖更作器何以免屠刲
北鴈來南國依依似旅人縱橫遭折翼感惻爲沾巾
平日誰能挹高飛不可馴故人持贈我三嗅若爲珍
柳門京國道驅馬及春陽野火燒枯草東風動綠芒
北行連許鄧南去極衡湘楚境橫天下懷王信弱王

渝州寄王道祖

曾聞五月到渝州水拍長亭砌下流唯有夢魂長繚

繞莫論唐史更綢繆舟經故國歲時改霜落寒江波
浪收歸夢不成冬夜永厭聞船上報更籌

過安樂山聞山上木葉有文如道士篆符
云此山乃張道陵所寓二首

天師化去知何在玉印相傳世共珍故國子孫今尚
在滿山秋葉豈能神

真人已不死外慕墮空虛猶餘好名意滿樹寫天書

涪州得山胡鳥鳴出黔中

終日鎖筠籠回頭惜翠茸誰知聲嚾嚾亦自意重重
夜宿煙生浦朝鳴日上峯故巢何足戀鷹隼豈能容

巫山廟上下數十里有烏鳶無數取食於
行舟之上舟人以神之故亦不敢害

羣飛來去噪行人得食無憂便可馴江上飢烏無足
怪野鷹何事亦頻頻

夷陵縣歐陽永叔至喜堂

夷陵雖小邑自古控荆吳形勝今無用英雄久已無
誰知有文伯遠謫自王都人去年年改堂傾歲歲扶
追思猶咎呂感歎亦憐朱時朱太守爲公築此堂舊種孤
楠老新霜一橘枯清篇留峽洞醉墨寫邦圖三游洞有
詩夷陵圖後有留題處故老問行客長官今白鬚著書多

念慮許國滅歡娛寄語公知否還須數倒壺

入峽

自昔懷幽賞今茲得縱探長江連楚蜀萬派瀉東南合水來如電黔波綠似藍餘流細不數遠勢競相參入峽初無路連山忽似龕縈紆收浩渺蹙縮作淵潭風過如呼吸雲生似吐含墜崖鳴窣窣垂蔓綠毿毿冷翠多崖竹孤生有石楠飛泉飄亂雪怪石走驚驂絕澗知深淺樵僮忽兩三人煙偶逢郭沙岸可乘籃野戍荒州縣邦君古子男放衙鳴曉鼓留客薦霜柑聞道黃精艸叢生綠玉篸盡應充食飲不見有彭聃氣候冬猶暖星河夜半涵遺民悲昶衍孟昶從此入覲王衍亦蜀主舊俗接魚蠶版屋漫無瓦嵓居窄似庵伐薪常冒嶮得米不盈甔歎息生何陋劬勞不自慚葉舟輕遠泝大浪固嘗諳矍鑠空相視嘔啞莫與談蠻荒安可駐幽邃信難妉獨愛孤棲鶻高超百尺嵐橫飛應自得遠颺似無貪振翮游霄漢無心顧雀鷂塵勞世方病局束我何堪盡解林泉好多為富貴酣試看飛鳥樂高遁此心甘

馬融石室

未應將軍聘初從季直遊絳紗生不識蒼石尚能留

豈害依梁冀何須困李侯吾詩慎勿刻猿鶴爲君羞

代書寄桃山居士張聖可

十日春寒不出門不知江柳已搖村稍聞決決流氷谷漸見青青沒燒痕數畝荒園留我住半缾濁酒待君温去年今日關山路細雨梅花正斷魂

題贈田辨之琴姬

流氷隨絃滑清風入指寒坐中有狂客莫近繡簾彈

六月六日以病在告獨遊湖上諸寺晚謁損之戲留一絕

示病維摩元不病在家靈運已忘家何須魏帝一丸藥且盡盧仝七椀茶 是日淨慈南屏惠昭小昭慶及此凡飲已七椀

重九日以病辭府宴來謁損之啜茶清話復留小詩

湖上青山翠作堆葱葱鬱鬱氣佳哉笙歌叢裏抽身出雲水光中洗眼來白足赤髭迎我笑拒霜黃菊爲誰開明年桑苧煎茶處憶着衰翁首重回 皎然有重九日與陸羽煎茶詩羽自稱桑苧翁

李鈐轄坐上分題戴花

二八佳人細馬馱十千美酒渭城歌簾前柳絮驚春

晚頭上花枝柰老何露溼醉巾香掩冉月明歸路影
婆娑綠珠吹笛何時見莫把斜紅插皂羅

同前

半雨半晴寒食夜野酴醾發暗香來分無素手簪羅
髻且折霜蕤浸玉醅

四十年前元夕與故人夜遊得此句

午夜朧朧淡月黃夢回猶有暗塵香縱橫滿地霜槐
影寂寞蓮燈半在亡

戲孫公素

投扇昔年笑溫嶠握刀晚歲戰劉郎不須戚戚如馮
衍便與時時說李陽

雪後便欲與同僚尋春一病彌月雜花都
盡獨牡丹在耳劉景文左藏和順闍黎詩
見贈次韻答之

殘花怨久病剩雨泣餘妍不見雙旌出空令九陌還
開園市井皆入知君苦寂寞妙語嚼芳鮮淺紫從爭發
浮紅任早蔫天葩尚青萼國色待華顛載酒邀詩將
臞儒不是仙

南康望湖亭 一本云過洞庭

八月渡長湖蕭條萬象疎 一本云瀟湘景物疎 秋風片帆

急暮靄一本作雨一山孤許國心猶在康時術已虛術一作業岷峨家萬里投老得歸無

半山亭

登嶺勢巍巍蓮峯太華齊凭欄紅日早回首白雲低
松柏月中老猿猴物外啼禪師吟絕後千古指人迷

儋耳山

突兀隘空虛他山總不如君看道傍石盡是補天餘

建中靖國元年正月復過虔再次前韻

吾生如寄耳嶺外亦閑遊贛石三百里寒江尺五流
楚山微有霰越瘴久無秋望斷橫雲嶠魂飛咤雪洲
曉鐘時出寺暮鼓各鳴樓歸路迷千嶂勞生閱百州
不隨猿鶴化甘作賈胡留只有貂裘在猶堪買釣舟

次韻聞復上人

前身本同社宿業獨臨邊一悟鏡空老始知圓澤賢
歸心忘犢佩生術寄羊鞭不似歐陽子空留六一泉

宋復古畫瀟湘晚景圖三首

西征憶南國堂上畫瀟湘照眼雲山出浮空野水長
舊游心自省信手筆都忘會有衡陽客來看意渺茫
落落君懷抱山川自屈蟠經營初有適揮洒不應難
江市人家少煙村古木攢知君有幽意細細爲尋看

咫尺殊非少陰晴自不齊徑蟠趨後崦水會赴前溪
自說非人意曾經入馬蹄他年宦遊處應話劍山西

儋州二首

小邑浮橋外青山石岸東茶槍燒後出麥浪水前空
萬戶不禁酒三年真識翁結茅來此住歲晚有誰同
荔子幾時熟花頭今已繁探春先揀樹買夏欲論園
居士常攜客參軍許扣門（周參軍家多荔子）明年更有
味懷抱鬧諸孫（一云帶諸孫）

海上道人傳以神守氣訣

但向起時作還於作處收蛟龍莫放睡雷雨直須休
要會無窮火嘗觀未盡油夜深人散後惟有一燈留

曹溪夜觀傳燈錄燈花落一僧字上口占

山堂夜岑寂燈下看傳燈不覺燈花落茶毗一個僧

贈包安靜先生三首

皓色生甌面堪稱雪見羞東坡調詩腹今夜睡應休
（偶謁大中精藍中故人烹日注茶果不虛亦故詩以記之）
建茶三十斤不審味如何奉贈包居士僧房戰睡魔
（昨日點日注極佳點此復云罐中餘者可亦及舟中滌神耳）
野菜初出珍又珍送與安靜病酒人便須起來和熱
喫不消洗面裹頭巾

杭州次周壽韻遊天竺觀激水

道眼轉丹青常於寂處鳴早知雨是水不作雨般聲

過海得子由書

經過廢來久有弟忽相求門外三竿日江關一葉秋
蕭疏悲白髮漫浪散窮愁世事江聲外吾生幸且休

去歲與子野遊逍遙堂日欲沒因並西山叩羅浮道院至已二鼓矣遂宿于西堂今歲索居儋耳子野復來相見作詩贈之

往歲追歡地寒窗夢不成笑談驚半夜風雨暗長檠
雞唱山椒曉鐘鳴霜外聲只今那復見髣髴似三生

元祐五年十二月十二日同景文義伯聖途次元伯固仲蒙游七寶寺題竹上

結根豈殊衆修柯獨出林孤高不可恃歲晚霜風侵

泗洲過倉中劉景文老兄戲贈一絕

既聚伏波米還數魏舒籌應笑蘇夫子僥倖得湖州

戲題巫山縣用杜子美韻

巴俗深留客吳儂但憶歸直知難共語不是故相違
東縣聞銅臭江陵換裌衣丁寧巫峽雨慎莫暗朝暉

初貶英州過杞贈馬夢得

萬古仇池穴歸心負雪堂殷勤竹林詠猶得比山王

答晁以道索書

閱世真難記如公自不忘其於書太簡正以懶相妨

大老寺竹間閣子

殘花帶葉暗新筍出林香但見竹陰綠不知汧水黃
樹高傾隴鳥池浚落河魴栽種良辛苦孤僧瘦欲尫

惠州太守東堂祠故相陳文惠公堂下有公手植荔枝一株郡人謂之將軍樹今歲大熟嘗啗之餘下及吏卒其高不可致者縱猿取之

丞相祠堂下將軍大樹傍炎雲駢火實瑞露酌天漿
爛紫垂先熟高紅挂遠揚分甘遍鈴下也到黑衣郎

贈何道士

安心守玄牝閉眼覓黃庭問疾來三客澆愁有半瓶
風松時落蕊病鶴不梳翎樽空我歸去山月伴君醒

和廬山上人竹軒

洞外復空中千千萬萬同勞師向竹頌清是阿誰風

欵塞來享

蠢爾氐羌國天誅亦久稽旣能知面內不復議征西
斥候銷烽火邊城息鼓鼙輸忠脩貢職棄過爲黔黎
雪滿流沙靜雲沉太白低巍巍二聖治盛德古難齊

觀臺

三界無所住一臺聊自寧塵勞付白骨寂照起黃庭
殘磬風中嫋孤燈雪後青須防童子戲投瓦犯清泠

吳江岸

曉色兼秋色蟬聲雜鳥聲壯懷銷鑠盡回首尚心驚

嘲子由

堆几盡埃簡攻之如蠹虫誰知聖人意不在古書中

無題

六秩行當啓區中緣更疎不貪為我寶安步當君車
故國多喬木先人有弊廬誓將閑散好不着一行書

元祐九年立春

熊白來山北猪紅削劍南春盤得青韭臘酒寄黃柑

扶風天和寺

遠望若可愛朱欄碧瓦溝聊為一駐足且慰百回頭
水落見山石塵高昏市樓臨風莫長嘯遺涕浩難收

再贈常州報恩長老

薦福老懷真巧便淨慈兩本更尖新憑師為作鐵門
限準備人間請話人

聞洮西捷報

漢家將軍一丈佛詔賜天池八尺龍露布朝馳玉關

塞捷書夜到甘泉宮似聞指揮築上郡已覺談笑無
西戎牧臣不見天顏喜但驚草木放一作皆春容

三萼牡丹

風雨何年別留真向此邦至今遺恨在巧過不成雙

己未十月十五日獄中恭聞　太皇太后
不豫有赦作詩

庭柏陰陰晝掩門烏知有赦鬧黃昏漢宮自種三生
福楚客還招九死魂縱有鋤犂及田畝已無面目見
丘園只應　聖主如堯舜猶許先生作正言

題李景元畫

聞說神仙郭恕先醉中狂筆勢瀾翻百年寥落何人
在只有華亭李景元

謝人惠雲巾方舄二首

燕尾稱呼理未便翦裁雲葉卻天然無心只是青山
物覆頂宜歸紫府仙轉覺周家新樣俗頭巾起後周未
容陶令舊名傳鹿門佳士勤相贈黑霧玄霜合比肩
皮襲美贈天隨子紗巾詩云掩斂乍疑裁黑霧輕明渾似帶玄霜

胡鞾短靿格麤疏古雅無如此樣殊妙手不勞盤作
鳳晉永嘉中有鳳頭鞋輕身只欲化爲鳧魏風褊儉堪羞
葛楚客豪華可笑珠擬學梁家名解脫武帝作解脫履

便於禪坐作跏趺

儋州上元過子赴使君會

使君置酒莫相違守舍何妨獨掩扉臥看月窗蟠蜥蜴靜聞風幔落蛜蝛燈花結盡吾猶夢香篆消時汝欲歸回首淒涼十年事傳柑歸遺滿朝衣

儋耳寄子由

燈燼不挑垂暗蕊香爐重撥尚餘薰狂風欲發鴉翻樹缺月初升犬吠雲閉目此生新活計隨身孤影舊知聞雷州別駕應危坐跨海清光與子分 駕一作乘子由時謫雷州別駕

謝宋漢傑惠李承晏墨

老松燒盡結輕花妙法來從北李家翠色冷光何所似牆東鬒髮墮寒鴉

被命南遷途中寄定武同僚

人事千頭及萬頭得時何喜失時憂只知紫綬三公貴不覺黃粱一夢遊適見恩綸臨定武忽遭分職赴英州南行若到江干側休宿潯陽舊酒樓

李委吹笛并引

元符五年十二月十九日東坡生日也置酒赤壁磯下踞高峯俯鵲巢酒酣笛聲起於江上客

有郭石二生頗知音謂坡曰笛聲有新意非俗
士也使人問之則進士李委聞坡生日作新曲
曰鶴南飛以獻呼之使前則青巾紫裘要笛而
已既奏新曲又快作數弄嘹然有穿雲裂石之
聲坐客皆引滿醉倒委袖出嘉紙一幅曰吾無
求於公得一絕句足矣坡笑而從之

山頭孤鶴向南飛載我南遊到九嶷下界何人也吹
笛可憐時復犯龜茲

書衮儀所藏惠崇畫二首

兩兩孤鴻欲破羣依依還似北歸人遙知朔漠多風
雪更待江南半月春

竹外桃花三兩枝春江水暖鴨先知蔞蒿滿地蘆芽
短正是河豚欲到時

次韻徐得之常與余約卜隣於江淮閒將
赴登州同舟至山陽以詩見送留別

別時酒盞照燈花知我歸期漸有涯去歲渡江萍似
斗今年並海棗如瓜多情明月邀君共無價青山爲
我賒千首新詩一竿竹不應空釣漢江槎

書黃筌畫翎毛花蝶圖二首

短翎長喙喜喑臾曳練雙翔亦自奇賴有黃鸝鬭嬛

好獨依蘚石立多時
綠陰青子已愁人忍見中庭燕麥新悩悵劉郎今白
首時來看卷覓餘春
次韻王定國得晉卿酒相留夜飲
短衫壓手氣橫秋更着仙人紫綺裘使我有名全是
酒從他作病且忘憂詩無定律君應將醉有真鄉我
可侯且倒餘樽盡今夕睡蛇已死不須鉤
偶於龍井辨才處得歙硯甚奇作小詩
羅細無文角浪平半九犀壁浦雲泓午窗睡起人初
靜時聽西風拉瑟聲
秋晚客興
草滿池塘霜送梅疎林野色近樓臺天圍故越侵雲
盡潮上孤城帶月迴客夢冷隨楓葉斷愁心低逐鴈
聲來流年又喜經重九可意黃花是處開
陳伯比和回字復次韻
曰里馮生寧屑去湖海陳侯猶肯來詩書好在家四
壁蒲柳翁然城一隈騎上下山亦疎矣傔從容出何
爲哉市橋十步即塵土晚雨瀟瀟殊未回
廣陵後園題申公扇子
露葉風枝曉未勻綠陰青子淨無塵閑吟遶屋扶疏

句須信淵明是可人

山光寺回次芝上人韻

鬧裏清遊借隙光醉時眞境發天藏夢回拾得吹來句十里南風草木香

與道源遊西莊過濟道人同往草堂爲濟書此

桑麻已零落藻荇復銷沉園宅在人境歲時傷我心强穿南埭路遙望北山岑欲與道人語跨鞍聊一尋

寒食夜

漏聲透入碧窗紗人靜鞦韆影半斜沉麝不燒金鴨冷淡雲籠月照梨花

答子勉三首

君不登郎省還應上諫坡才高殊未識歲晚幸無他

櫪馬羸難出鄰雞東不歌寒爐餘幾火灰裏撥陰何

驚人得佳句或以傲王公處士還清節滑稽安足雄

深沉似康樂簡遠到安豐一點無俗氣相期林下風

欲舞腰身柳一窠小梅摧拍大梅歌舞餘片片梨花落爭奈當塗風物何

送楊奉禮

譜牒推關右風流出靖恭時情任險陂家法故雍容

南去河千頃（大水中相別）餘惟酒一鍾更誰哀老子令得放疎慵

別東武流杯

莫笑官居如傳舍故應人世等浮雲百年父老知誰在唯有雙松識使君

走筆謝呂行甫惠子魚

臥沙細肋吾方厭通印長魚誰肯分好事東平貴公子貴人不與與蘇君

孔周翰嘗爲仙源令中秋夜以事留於東武官舍時陳君榮右王君建中皆在郡其後十七年中秋周翰持節過郡而二君已亡感時懷舊留詩於壁又其後五年中秋軾與客飲于超然臺聞周翰乞此郡客有誦詩者乃次其韻二篇以爲他日一笑

壞壁題詩已五年故人風物兩依然定知來歲中秋月又照先生枕麴眠

更邀明月說明年記取孤吟孟浩然此去宦遊如傳舍揀枝驚鵲幾時眠

送穆越州

江海相忘十五年羨公松柏蔚蒼顏四朝耆舊冰霜

後兩郡風流水石間舊政猶傳蜀父老先聲已振越
溪山樽前俱是蓬萊守莫放高樓雲月閑

贈葛葦

竹椽茆屋半摧傾肯向蜂窠寄此生長恐千頭卷室
去欲將船尾載君行小詩試擬孟東野大草閑臨張
伯英消遣百年須底物故應憐我不歸耕

雨二首

越井岡頭雲出山牂牁江上水如天床床避漏幽人
屋浦浦移舟蜑子船龍卷魚蝦幷雨落人隨雞犬上
墻眠只應樓下平堦水長記先生過嶺年

疎一作急雨蕭蕭作晚涼臥聞榕葉響長廊微明燈
火耿殘夢半濕簾櫳浥舊香高浪殷床吹甕盎暗風
驚樹擺琳琅先生不出晴無用留向空堦滴夜長

杭州牡丹開時僕猶在常潤周令作詩見
寄次其韻復次一首送赴闕

羞歸應爲負花期已是成陰結子時與物寡情憐我
老遣春無恨賴君詩玉臺不見朝酣酒金縷猶歌空
折枝從此年年定相見欲師老圃問樊遲

莫負黃花九日期人生窮達可無時十年且就三都
賦萬戸終輕千首詩天靜傷鴻猶戢翼月明驚鵲未

安枝君看六月河無氷萬斛龍驤到自遲

訪詹使君食槐芽一作葉冷淘

枇杷已熟粲金珠桑落初嘗灩玉蛆暫借垂蓮十分盞來澆空腹五車書青浮卵盌槐芽餅紅點氷盤藿葉魚醉飽高眠眞事業此生有味在三餘

示過幷跋

春鴻社燕巧相違白鶴峯頭玉板扉石建方欣洗牏廁姜龐不解嘆蠨蛸一龕京口嗟春夢萬炬錢塘憶夜歸合浦賣珠無復有當年笑我泣牛衣

戊寅上元余寓儋耳過子夜出余獨守舍作違字韻詩今庚辰上元已再期矣家在惠州白鶴峯下過子幷婦子從余來此其婦亦篤孝惻然憫之故和前篇有石建姜龐之句而又復悼懷同安君季章故有牛衣之句悲君之亡而喜余在此也書以示過看了勿復感愴切切

焦坑寺

渺渺疎林集晚鴉孤村燈一作煙火梵王家幽人自種千頭橘遠客來尋百結花浮石已乾霜後水焦坑聊試雨前茶只疑歸夢西南去翠竹江村繞白沙

贈虔州慈雲寺鑒老

居士無塵堪洗沐道人有句借宣揚窗間但見蠅鑽紙門外唯聞佛放光徧界難藏真薄相一絲不掛且逢場却須重說圓通偈千眼薰籠是法王

和方南圭寄迓周文之三首

共惜相從一寸陰酒杯雖淺意殊深且同月下三人影聊豁一作莫作天涯萬里心東嶺舊一作近開松竹徑南堂初絕斧斤音知君善頌如張老猶望攜壺更一臨

數畝蓬蒿古縣陰小窗明快夜堂深也知卜築非真宅聊欲跏趺看此心聞道攜壺問奇字更宜登木助徽音一云振履出商音相娛北戸江千頃直下都無地可臨

此生真欲老牆陰却掃都忘歲月深拔薤已觀賢守政摘蔬聊慰故人心風流賀監常吳語憔悴鍾儀獨楚音治狀兩邦俱第一潁川歸去肯重臨

壺中九華詩

湖口人李正臣蓄異石九峯玲瓏宛轉若窗櫺然余欲以百金買之與仇池石爲偶方南遷未暇也名之曰壺中九華且以詩識之

我家岷蜀最高峯一作清溪電轉失雲峯夢裏猶驚翠掃

空五嶺莫愁千嶂外九華今在一壺中天池水落層
層見一作石泉水落涓涓滴玉女窗明處處通念我仇池
太孤絶百金歸買小一作碧玲瓏

留別登州舉人

身世相志久自知此行閑看古黃腄自非北海孔文
舉誰識東萊太史慈落筆已吞雲夢客抱寒欲訪水
仙師莫嫌五日匆匆守歸去先傳樂職詩

過海

參橫斗落轉一作轉欲三更苦雨終風也解晴雲散月
明誰點綴天容海色本澄清空餘魯叟乘桴意無復
一作粗識軒皇奏樂聲九死南荒吾不恨茲游奇絶冠
平生

過嶺寄子由三首

七年來往我何堪又試曹溪一勺甘夢裏似曾還海
外醉中不覺到江南波生濯足鳴空澗霧繞征衣滴
翠嵐誰遣山雞忽驚起半岩花雨落毿毿

投章獻策謾多談能雪冤忠死亦甘一片丹心天日
下數行清淚嶺雲南光榮歸佩呈佳瑞瘴癘幽居弄
曉嵐從此西風庾梅謝却迎誰與馬毿毿

山林瘴霧老難堪歸去中原茶亦甘有命誰憐終反

北無心却笑亦巢南蠻音慣習疑傖語脾病縈纏帶
嶺嵐賴有祖師清淨水塵埃一洗落毿毿

歇白塔鋪

甘山廬阜鬱長望林隙依稀一作熹微漏日光吳國晚
蠶初斷葉占城早稻欲移秧迢迢澗水隨人急冉冉
岩花撲馬香望眼儘從一作窮飛鳥遠白雲深處是
吾鄉

嘗天門冬酒

載酒無人過子雲年來家醞有奇芬醉鄉杳杳誰同
夢睡息齁齁得自聞口業向時猶小小眼花因酒尚
紛紛點燈更試淮南語汎灩東風有縠紋

西蜀楊者二十年前見之甚貧今見之亦
貧所異於昔者蒼顏華髮耳女無美惡富
者妍士無賢不肖貧者鄙使其逢時遇合
豈減當世之士哉頃宿長安驛舍聞泣者
甚怨問之乃昔富而今貧者乃作一詩今
以贈楊君

孤村漸一作微雨逐秋涼逆旅愁人怨夜長不寐相
看唯櫪馬愁吟一作悲歌互答有寒螿天寒滯穗猶橫
畝歲晚空機尚倚墻勸爾一杯聊復睡人間貧富海

茫茫

贈人

別後休論信息疎仙凡自古亦殊途蓬山路遠人難
到霜柏威高道轉孤舊賞未應亡楚國新詩聞已滿
皇都誰憐澤畔行吟者目斷長安貌欲枯

趙成伯家有姝麗僕忝鄉人不肯開樽徒
吟春雪謹依元韻以當一笑

繡簾朱戶未曾開誰見梅花落鏡臺試問高吟三十
韻 俗云檢驗死秀才帶上有詩三十韻 何如低唱兩三杯 世
傳陶穀學士買得黨太尉家故妓遇雪陶取雪水烹團茶謂妓曰黨
家應不識此妓曰彼麤人安有此景但能於銷金暖帳下淺斟低唱
喫羊羔兒酒耳陶默然媿其言 莫嫌衰鬢聊相映須得纖腰
與共回知道文君隔青鎖梁園賦客敢言才 聊答來句
義取婦人而已罪過罪過

觀湖二首

乘槎遠引神仙客萬里清風上海濤回首不知沙界
小飄衣猶覺色塵高須彌有頂低垂日兜率無根下
戴鼇釋梵茫然齊刦火飛雲不覺醉陶陶

朝陽照水紅光開玉濤銀浪相徘徊山分宿霧儘寬
遠雲駕高風馳送來昇霞影色斂殘火及物氣象明

纖埃可憐極大不知己浮生野馬悠悠哉

寄高令

滿地春風掃落花幾番曾醉長官衙詩成錦繡開胸臆論極冰霜繞齒牙別後與誰同把酒客中無日不思家田園知有兒孫委蚤晚扁舟到海涯

獄中寄子由二首

聖主如天萬物春小臣愚暗自忘身百年未滿先償債十口無歸更累人是處青山可埋骨他年夜雨獨傷神與君世世爲兄弟更結人間未了因

柏臺霜氣夜淒淒風動琅璫月向低夢遶雲山心似鹿魂飛湯火命如雞眼中犀角真吾子身後牛衣愧老妻百歲神遊定何處桐鄉知葬浙江西 獄中聞湖杭民爲余作解厄齋經月所以有此句也朱邑葬桐鄉犀角杜琮事

出獄次前韻

百日歸期恰及春殘生樂事最關身出門便旋風吹面走馬聯翩鵲啅人卻對酒杯渾是夢試拈詩筆已如神此災何必深追咎竊祿從來豈有因

平生文字爲吾累此去聲名不厭低塞上縱歸他日馬城中不鬬少年雞休官彭澤貧無酒隱几維摩病有妻堪笑睢陽老從事爲余投檄向江西 子由聞余下

獄乞以官爵贖罪貶筠州監酒

寄子由

厭暑多因一向慵銀鉤秀句益疎通也知堆案文書滿未暇開軒硯墨中湖面新荷空照水城頭高柳謾搖風吏曹不是尊賢事誰把前言語化工

詩送交代仲達少卿

此身無用且東來賴有江山慰不才舊尹未嫌衰廢久清尊猶許再三開滿城遺愛知誰繼極目扁舟挽不回歸去青雲還記否交遊勝絶古城隈

次韻馬元賓

流落江湖萬里歸相逢自慰已差池初聞好句驚人倒悔過東庭識面遲握手寧知無賀監結交誰復許袁絲塞鴻正欲摩天去垂老追攀豈可期

第五橋

白露淒風洗瘴煙夢回相對兩淒然雀羅廷尉非當日鳩杖先生愈少年世事飽諳思縮手主恩未報恥歸田誰憐第五橋東水獨照台州老鄭虔

次韻完夫再贈之什某已卜居毗陵與完夫有廬里之約云

柳絮飛時筍籜班風流二老對開關雪芽爲我求陽

羨乳水君應餉惠山竹簟水風眠晝永玉堂制草落
人間應容緩急須閭里桑柘聊同十畝閑

和林子中待制

兩翁留滯各皤然人笑迂疎老更堅共把鵝兒一作鵾夷一樽酒相逢柳色五湖天江邊遺愛啼斑白海
上先聲入管絃早晚淵明賦歸去浩歌長笑老斜川

九日袁公濟有詩次其韻

古來靜治得清閑我愧眞常也一班舉酒東榮挹江
海回樽落日勸湖山平生傾蓋悲懽裏早晚抽身簿
領閒笑指西南是歸路倦飛弱羽久知還

和吳安持使者迎駕

小雪疎煙雜瑞光清波寒引御溝長曈曈日色籠丹
禁杳杳鞭聲出建章鵷偶叨陪下列天閽聊啓望
中央歸來喜氣傾新句滿座疑聞錦繡香

鹿鳴宴

連騎匆匆畫鼓喧喜君新奪錦標還金罍浮菊催開
宴紅蕊將春待入關他日曾陪探禹穴白頭重見賦
南山何時共樂昇平事風月笙簫夜闌

次韻張甥棠美晝眠

炎歊五月北窗涼更覺甘如飯稻粱宰我糞墻譏敢

避孝先經笥誰兼忘憂虞心謝知時鴈安穩身同挂角羊要識熙熙不爭競華胥別是一仙鄉

真興寺閣禱雨

太守親從千騎禱神翁遠借一盃清雲陰黯黯將噓遍雨意昏昏欲醞成已覺微風吹袂冷不堪殘日傍山明今年秋熟君知否應向江南飽食稉

惠州近城數小山類蜀道春與進士許毅野步會意處飲之且醉作詩以記適參寥專使欲歸使持此以示西湖之上諸友庶使知余未嘗一日忘湖山也

夕陽飛絮亂平蕪萬里春前一酒壺鐵化雙魚沉遠素劍分二嶺隔中區花曾識面香仍好鳥不知名聲自呼夢想平生消未盡滿林煙月到西湖

送蜀僧去塵

十年讀易費膏火盡日吟詩愁肺肝不解丹青追世好欲將芹芷薦君盤誰爲善相寧嫌瘦復有知音可廢彈拄杖挂經須倍道故鄉春蕨已闌干

曾元恕遊龍山呂穆仲不至

青春不覺老朱顏強半銷磨簿領間愁客倦吟花似酒佳人休唱日啣山共知寒食明朝過且赴僧窗半

日閒命駕呂安邀不至浴沂曾點暮方還

黃河

活活何人見混茫崑崙氣脈本來黃濁流若解污清濟驚浪應須動太行帝假一源神禹跡世流三患梗堯鄉靈槎果有仙家事試問青天路短長

壬寅重九不預會獨遊普門寺僧閣有懷子由

花開酒美盍不歸來看南山冷翠微憶弟淚如雲不散望鄉心與鴈南飛明年縱健人應老昨日追歡意正違不問秋風強吹帽秦人不笑楚人譏

小飲公瑾舟中

青泥赤日午相烘走訪一作扣船窗柳影中輟我東坡無限睡賞君南浦不貲風坐觀邸報談迂叟閑說滁山憶醉翁我去澄江三萬頃應明月照還空鄧滁人也是日坐中觀邸報云叟入下省

和子由次王鞏韻如囊之句可爲一噱

平生未省爲人忙貧賤安閑氣味長粗免趨時頭似葆稍能忍事腹如囊簡書見迫身今老樽酒聞呼首一昂欲挹天河聊自洗塵埃滿面鬢眉黃

儋耳

霹靂收威莫雨開獨憑欄檻倚崔嵬垂天雌霓雲端下快意雄風海上來野老已歌豐歲語除書欲放逐臣回殘年飽飯東坡老一壑能專萬事灰

答李端叔

若人如馬亦如班笑履壺頭出玉關已入西羌度沙磧又來東海看濤山識君小異千人裏慰我長思十載間西省怜君（一作隣居）時邂逅相逢有味是偷閑

立春日病中邀安國仍請率禹功同來僕雖不能飲當請成伯主會某當杖策倚几於其間觀諸公醉笑以發滯悶也

孤燈照影夜漫漫拈得花枝不忍看白髮敧簪羞彩勝黃耆煮粥薦春盤東方烹狗陽初動南陌爭牛臥作團老子從來興不淺向隅誰有滿堂歡

齋居臥病禁煙前辜負名花已一年此日使君不强喜青春風物爲誰姸青衫公子家千里白首先生杖百錢曷不相將來問病已教呼取散花天

和參寥見寄

黃樓南畔馬臺宮雲月娟娟正點空欲共幽人洗筆硯要傳流水入絲桐且隨侍者尋西谷莫學山僧老祝融待我西湖借君去一杯湯餅潑油葱

東園

岑寂東園可散愁膠膠擾擾夢神州萬竿苦竹旌旗卷一部鳴蛙鼓吹收雨後月前天欲冷身閑心遠地偏幽杜門謝客恐生謗且作人間鵬鷃遊

次韻錢穆父以汝陰用杭越唱和韻作詩見寄

大耿疲勞已離羣小馮慈孝且當門某以弟親嫌請郡玉堂不著扶犂手霜鬢偏宜畫鹿轓豪傑雖無兩王繼子直深父風流猶有二歐存叔弼季默清詩已入新歌舞要使邦人識雅言

奉和陳賢良

不學孫吳與六韜敢將駑馬並英豪望窮海表天還遠傾盡葵心日愈高身外浮名休瑣瑣夢中歸思已滔滔三山舊是神仙地引手東來一釣鼇

秋興三首

野鳥游魚信往還此身同寄水雲間誰家晚吹殘紅葉一夜歸心滿舊山可慰摧頹仍健食此生通脫屢酡顏年華豈是催人老雙鬢無端只自斑

故里依然一夢前相攜重上釣魚船嘗陪大幙今陳迹謬忝承明愧昔年報國無成空白首退耕何處有

名田黃雞白酒雲山約此此計當時已浩然
浴鳳池邊星斗光宴餘香滿上書囊樓前夜月低韋曲雲裏車聲出未央去國何年雙鬢雪黃花重見一枝霜傷心無限厭厭夢長似秋宵一倍長

夜直祕閣呈王敏甫

蓬瀛宮闕隔埃氛帝樂天香似許聞瓦弄寒蟬鴛臥月樓生晴靄鳳盤雲共誰交臂論今古只有閑心對此君大隱本來無境界北山猿鶴謾移文

題永叔會老堂

三朝出處共雍容歲晚交情見二公乘興不辭千里遠放懷還喜一樽同嘉謀定國垂青史盛事傳家有素風自顧纓塵猶未濯九霄終日羨冥鴻

次韻參寥寄少游

岩棲木石已皤然交舊何人慰眼前素與晝公心印合每思秦子意珠圓當年步月來幽谷拄杖穿雲冒夕煙臺閣山林本無異故應文字不離禪

謝曹子方惠新茶

陳植文華斗石高景公詩句復稱豪數奇不得封龍額祿仕何妨有馬曹囊簡久藏科斗字銛鋒新瑩鷓鴣膏南州山水能爲助更有英辭勝廣騷

題潭州徐氏春暉亭

曈曈曉日上三竿客向東風竟倚欄穿竹鳥聲驚步武入簷花影落杯盤勿嫌步月臨玄圃冷笑乘槎向海灘勝槩直應吟不盡憑君寄與畫圖看

贈仲勉子文

雨昏南浦曾相對雪滿荊州喜再逢有子才如不羈馬知君心似後凋松閑看書冊應多味老傍人門想更慵何日晴軒觀筆硯一杯相屬更從容

講武臺南有感

山城九月冒朝寒講武臺南路屈盤驄子雨中乘馬去村童煙外倚墻看鵶啼冢木秋風急鷺立漁船夜水乾花似去年堪折贈插花人去淚闌干

題寶鷄縣斯飛閣

西南歸路遠蕭條倚檻魂飛不可招野闊牛羊同鴈鶩天長草樹接雲霄昏昏水氣浮山麓汎汎春風弄麥苗誰使愛官輕去國此生無計老漁樵

重遊終南子由以詩見寄次韻

去年新柳報春回今日殘花覆綠苔溪上有堂還獨宿誰人無事肯重來古琴彈罷風吹坐山閣醒時月照杯嬾不作詩君錯料舊逋應許過時陪

次韻和子由欲得驪山沉泥硯

舉世爭稱鄴瓦堅一枚不換百金頒豈知好事王夫子自採臨潼繡領山經火尚含泉脈暖弔秦應有淚痕潛封題寄去吾無用近日從戎擬學班

次韻子由彈琴

琴上遺聲久不彈琴中古意本長存苦心欲記常迷舊信指如歸自看痕應有仙人依樹聽空教瘦鶴舞風騫誰知千里溪堂夜時引驚猿撼竹軒

和晁美叔

反觀皆自直相詆競誰訣事過始堪笑夢中今了無珍材尚空谷疲馬正長途未識造化意茫然同一爐

絶句

再次前韻 係織錦圖上回文

春機滿織回文錦粉淚揮殘露井桐人遠寄情書字小柳絲低日晚庭空

紅牋短寫空深恨錦句新翻欲斷腸風葉落殘驚夢蝶戍邊回鴈寄情郎

羞雲斂慘傷春暮細縷詩成織意深頭伴枕屏山掩恨日昏塵暗玉窗琴

和人回文五首

紅窗小泣低聲怨永夜春寒斗帳空中酒落花飛絮
亂曉鶯啼破夢忽忽
同誰更倚閑窗繡落日紅扉小院深東復西流分水
嶺恨無愁續斷絃琴
寒信風飄霜葉黃冷燈殘月照空床看君寄憶傳紋
錦字字縈愁寫斷腸
前堂畫燭夜凝淚半夜清香荔惹衾煙鎖竹枝寒宿
鳥水沉天色霽橫參
娥翠斂時聞燕語淚珠彈處見鴻歸多情妾似風花
亂薄倖郎如露草晞

次韻參寥詠雪

朝來處處白氈鋪樓閣山川盡一如總是爛銀幷白
玉不知奇貨有誰居

嵇紹似康

王淩謂賈充曰汝非賈梁道之子耶乃欲以國
與人由此觀之梁道之忠於魏也久矣司馬景
王既執淩而歸過梁道廟淩大呼曰我大魏之
忠臣也及司馬景王病見淩與梁道守而殺之
二人者可謂忠義之至精貫於幽明矣然梁道
之靈獨不能已其子充之姦至使首發成濟之

事此又理之不可曉者也故余嘗戲作小詩云

嵇紹似康爲有子郗超叛鑒似無孫如今更恨賈梁
道不殺公閭殺子元

移合浦郭功甫見寄

君恩浩蕩似陽春合浦何如在海濱莫趁明珠弄明
月夜深無數採珠人

過太行 自過太行至聞潮陽吳子野出家共十九篇

始余赴中山連日風埃未嘗了了見太行也意
頗以爲恨今將適嶺表過臨城道中天氣肅然
西山草木皆可數忽悟笑曰余南遷其必返乎
此退之衡山之祥也乃作小詩

逐客何人著眼看太行千里送征鞍未應愚谷能留
柳可獨衡山解識韓

惠州一絶

羅浮山下四時春盧橘楊梅次第新日啖荔枝三百
顆不妨長作嶺南人

送佛面杖與羅浮長老

十方三界世尊面都在東坡掌握中送與羅浮德長
老攜歸萬竅揔號風

過子忽出新意以山芋作玉糝羹色香味

皆奇絕天上酥陀則不可知人間決無此味也

香似龍涎仍釅白味如牛乳更全清莫將北海金虀鱠輕比東坡玉糝羹

次韻功父觀余畫雪鵲有感二首

早知臭腐即神奇海北天南總是歸九萬里風安稅駕雲鵬今悔不卑飛

可怜倦鳥不知時空羨騎鯨得所歸玉局西南天一角萬人沙苑看孤飛

追憶郭功父觀余舊畫雪鵲復作二韻寄之時在惠州

平生才力信瑰奇今在窮荒豈易歸正似雪林樓上畫羽翰雖好不能飛

復官北歸再次前韻

秋霜春雨不同時萬里今從海外歸已出網羅毛羽在却尋雲迹帖天飛

儋耳四絕句

船一作北船不到米如珠醉飽蕭條半月無明日東家知祭竈隻雞斗酒定膰吾

父老爭看烏角巾應緣曾見宰官身溪邊古路三义

口獨立斜陽數過人

半醒半醉問諸黎棘刺藤梢步步迷但尋牛屎覓歸
路家在牛欄西復西

寂寂東坡一病翁白頭蕭散滿霜風小兒誤喜朱顏
在一笑那知是酒紅

蜀僧明操思歸龍丘子書壁

更厭勞生能幾日莫將歸思擾衰年片雲會得無心
否南北東西只一天

武昌酌菩薩泉送王子立

送行無酒亦無錢勸爾一杯菩薩泉何處低頭不見
我四方同此水中天

舉舊詩次今韻呈曇秀

春風何處不歸鴻非復羸羊踏舊蹤但願老師真似
月誰家甕裏不相逢

答海上翁

山翁不復見新詩疑是河南石壁曦海水豈容鯨飲
盡然犀何處覓瓊枝

古山亭

尚父提封海岱間南征惟到穆陵關誰知海上詩狂
客占得膠西一半山

我是膠西舊史君此山仍占與君分故應竊比山中相時作新詩寄白雲

題懷素草帖

人人送酒不曾沽終日松間掛一壺草聖無成狂飲發真堪畫作醉僧圖

雨中明慶賞牡丹

霏霏雨露作清妍爍爍明燈照欲然明日春陰花未老故應未忍着酥煎

與王郎夜飲井水

吳興六月水泉溫千頃荷花聚暗蚊此井獨能深一丈源龍如故亦如君

贈僧思誼

瀉湯舊得茶三昧覓句近窺詩一斑清夜漫漫困披覽（一作搜攪）齋腸那得許慳頑

子玉以詩見邀同刁文遊金山

君年甲子未相逢難向君前說老翁更有方瞳八十一奮衣矍鑠走山中

次韻致遠

長笑右軍稱草聖不如東野以詩鳴樂天自欲吟淮月懷祖無勞聽角聲

次韻景文山堂聽箏二首

忽憶韓公二妙姝琵琶箏韻落空無猶勝江左狂靈
運空鬬東昏百草須
馬上胡琴塞上姝鄭中丞後有人無詩成畫燭飄金
燼八尺英公欲燎須
荻花楓葉憶秦姝切切幺絃細欲無莫把胡琴挑醉
客回看霜戟諸公須

成伯家宴造坐無由輙欲效顰而酒已盡
入夜不欲煩擾戲作小詩求數酌而已

道士令嚴難繼和僧伽帽小却空迴隔籬不喚鄰翁
飲抱瓮須防吏部來道士令悅神樂中所謂離而復合者杜詩
云肯與鄰翁相對飲隔籬呼取盡餘盃

成伯席上贈所出妓川人楊姐

坐來眞个好相宜深注唇兒淺畫眉須信楊家佳麗
種洛川自有浴妃池

又答氈帳

臥病經旬減帶圍清樽志却故人期莫嫌雪裏閑氈
帳作事猶來未合時

往年宿瓜步夢中得小詩錄示民師

吳塞蒹葭空碧海隋宮楊柳只金堤春風自恨無情

水吹得東風竟日西

送范德孺

漸覺東風料峭寒青蒿黃韭試春盤遙想慶州千嶂裏暮雲衰草雪漫漫

陸蓮庵

何妨紅粉唱迎仙來伴山僧到處禪陸地生花安足怪而今更有火中蓮

僕年三十九在潤州道上過除夜作此詩又二十年在惠州錄之以付過

寺官官小未朝參紅日半窗春睡酣爲報隣雞莫驚覺更容殘夢到江南

釣艇歸時菖葉雨繰車鳴處楝花風長江昔日經遊地盡在如今夢寐中

壽陽岸下

街東街西翠幄成池南池北綠錢生幽人獨來帶殘酒一作雨偶聽一作聞得黃鸝第一聲

戲答王都尉傳柑

侍史傳柑玉座傍人間草木盡天漿寄與維摩三十顆不知薝蔔是餘香舉輕明重維摩猶三十枚

萬州太守高公宿約遊岑公洞而夜雨連

明戲贈二小詩

肩輿欲到岑公洞正怯衝泥傍險行定是岑公閟清境春江一夜雨連明

蓬窗高枕雨如繩恰似糟床壓酒聲今日岑公不能飲吾儕猶健可頻傾

遊中峯盃泉

石眼盃泉舉世無要知杯度是凡夫可憐狡獪維摩老戲取江湖入鉢盂

憩寂圖

東坡雖是湖州派竹石風流各一時前世畫師今姓李不妨還作輞川詩

送柳宜歸

折腳鐺邊煨淡粥曲枝桑下飲離盃書生不是南遷客魑魅驚人須早回

寒具 乃撚頭出劉禹錫佳話

纖手搓來玉數尋碧油輕蘸嫩黃深夜來春睡濃於酒壓褊佳人纏臂金

參寥惠楊梅

新居未換一根椽只有楊梅不直錢莫共金家鬬甘苦參寥不是老婆禪

雨夜宿淨行院

芒鞋不踏利名場一葉輕一作虛舟寄渺茫林下對床聽夜雨靜無燈火照淒涼

送惠州監押

一聲鳴一作鴻鴈破江雲萬葉梧桐卷露銀我自飄零是羈旅更堪秋晚送行人

過黎君郊居

半園荒草沒佳蔬煮得占禾半是藷萬事思量都是錯不如還叩仲尼居

贈王覲

何人生得寧馨子今夜初逢掣筆郎莫怪圍棊忘瓜葛已能作賦繼靈光

太夫人以無咎生日置酒書壁一絕

壽樽餘瀝到朋簪要與郎君夜語深敢問阿婆開後閤井中車轄任浮沉

余舊在錢塘伯固開西湖今方請越戲謂伯固可復來開鏡湖伯固有詩因次其韻

已分江湖送此生會稽行復得岑成鏡湖席卷八百里坐嘯因君又得名

召伯梵行寺山茶

山茶相對阿一作本誰栽細雨無人我獨來説似與君君不會一作見爛紅如火雪中開

奉和成伯兼戲禹功

金錢石竹道傍秋翠黛紅裙馬上謳無限小兒齊拍手山公又作習池遊

洗兒

人皆養子望聰明我被聰明誤一生惟願孩兒愚且魯無災無難到公卿

病後醉中

病爲兀兀安身物酒作蓬蓬入腦聲堪笑錢塘十萬戶官家付與老書生

劉監倉家煎米粉作餅子余云爲甚酥潘邠老家造逡巡酒余飲之莫作醋錯著水來否後數日余攜家飲郊外因作小詩戲劉公求之二首

一杯連坐兩髯棋數片深紅入座飛十分瀲灩君休訴且看桃花好面皮唐詩云未有桃花面皮先作杏子眼孔

野飲花間百物無杖頭惟挂一葫蘆已傾潘子錯著水更覓君家爲甚酥

夢中絶句

楸樹高花欲插天暖風遲日共茫然落英滿地君方
見惆悵春光又一年

元翰少卿寵惠谷簾水一器龍團二枚仍
以新詩爲貺歎味不已次韻奉和

巖垂疋練千絲落雷起雙龍萬物春此水此茶俱第
一共成三絕景中人

藏春塢二首

退之身外無窮事子美生前有盡花更有多情君未
識不隨柳絮落人家

莫尋羣玉峯頭路莫看玄都觀裏花但解閉門留我
住主人休問是誰家

朱閣前頭露井多碧桃枝下美人過寒泉未必能如
此柰有銀床素綆何

謝都事惠米

平生忍慾今忍貧閉口逢人不少陳俸薄身輕趙都
事也能作意向詩人

擷菜

吾借王參軍地種菜不及半畝而吾與過子終
年飽菜夜半飲醉無以解酒輒擷菜煮之味含
土膏氣飽風露雖粱肉不能及也人生須底物

而更貪耶乃作四句

秋來霜露滿東園蘆菔生兒芥有孫我與何曾同一飽不知何苦食雞豚

別公擇

黍離不復閔宗周何暇雷塘吊一丘若問西來祖師意竹西歌吹是揚州

絕句

春來濯濯江邊柳秋後離離湖上花不羨千金買歌舞一篇珠玉是生涯

書寄韻

已將鏡鉢投諸地喜見蒼顏白髮新歷數三朝軒冕客色聲誰是獨完人

遊靈隱寺戲贈開軒李居士

推倒牆垣也不難一軒復作兩軒看若教從此成千里巧歷如今也被漫

常州太平寺薝蔔亭

六花薝蔔林前佛九節菖蒲石上仙何似東坡鐵柱杖一時驚起野狐禪

過文覺顯公房

斕斑碎玉養菖蒲一勺清泉養石盂淨几明窗書小

楷便同爾雅注蟲魚

惠州靈惠院壁間畫一仰面向天醉僧云是蜀僧隱巒所作題詩於其下

直視無前氣吐虹五湖三島在胸中相逢莫怪不相揖只見山僧不見公

同狀元行老學士秉道先輩遊太平寺淨土院觀牡丹中有淡黃一朵特奇爲作

醉中眼纈自斕斑天雨曼陀照玉盤一朵淡 一作官 黃微拂掠鞓紅魏紫不須看

此君軒

雲幢煙節十洲 一作七洲 人犀甲檀槍百萬軍蓊薈發生何足道 一作數 此君真是此君君

觀子美病中作嗟嘆不足因次韻

百尺長松澗下摧知君此意爲誰來霜枝半折孤根出尚有狂風急雨催

謁敦詩先生因留一絕

凜凜人言君似雪我言凜凜雪如君時人盡怪蘇司業不解將錢與廣文

余將赴文登過廣陵而擇老移住石塔相送竹西亭下留詩爲別

竹西失却上方老石塔還逢惠照師我亦化身東海
去姓名莫遣世人知

絶句三首

松柏蕭森溪水南道人只作兩團庵市區收罷豚魚
稅來與彌陁共一龕
此生分付一蒲團靜對蕭蕭竹數竿偶與老僧煎茗
粥自攜脩綆汲清泉
天風吹月入闌干烏鵲無聲夜向闌織女明星來枕
上乃知身不在人間

呈定國

舊病應逢醫口藥新粧漸畫入時眉信知詩是窮人
近覺王郎不作詩

絶句二首

峨峨疊石立何孤賴有蕭蕭翠竹俱日暮無人鷗鳥
散空留遠水伴寒蘆
漠漠秋高露氣清新蒲倚石近溪生夜來雨後西風
急靜向窻前似有聲

破琴詩後

余作破琴詩求得宋復古畫邢和璞於柳仲遠
仲遠以此本託王晉卿臨寫爲短軸名爲邢房

悟前生圖作詩題其上

此身何處不堪爲逆旅浮雲自不知偶見一張閑故
紙便疑身是永禪師

送柳子玉至靈山

世事方艱便猛迴此心未老已先灰何時夢入真君
殿也學傳呼觀主來

次韻章子厚飛英留題

款段曾陪馬少游而今人在鳳麟洲黄公酒肆如重
過杳杳白蘋天盡頭

贈江州景德長老

白足高僧解達觀安排春事滿幽欄不須天女來相
試總把空花眼裏看

雜詩二首

窗搖細浪魚吹沫一作日手弄黄花蝶遶一作透衣
不覺春風吹酒醒空教明月照人歸

昔日雙鸚照淺眉如今婀娜綠雲垂蓬萊老守明朝
去腸斷簾間蟋蟀悲

元祐癸酉八月二十七日於建隆章淨館

書贈王覿

海上東風犯雪來臘前先折鏡湖梅遙思禁苑青春

夜坐待宫人畫詔回

元祐元年二月八日朝退獨在起居院讀

漢書儒林傳感申公故事作小詩一絶

寂寞申公謝客時自言已見穆王幾綃𢃽下吏明堂

廢又作龍鍾病免歸

聞捷

元豐四年十月二十二日謁王文父齊愈於江

南坐上得陳季常書報是月四日种諤領兵深

入破殺西夏六萬餘人獲馬五千匹衆喜忭各

飲一巨觥

聞說將軍取乞誾將軍旗鼓捷如神故知無定河邊

柳得共中原雪絮春

睡起

柿葉滿庭紅顆秋薫爐沉水度春篝松風夢與故人

遇自駕飛鴻跨九州

秋思寄子由

黄葉山川知晩秋小蟲催女獻功裘老松閲世卧雲

壑挽著蒼江無萬牛

碣石庵戲贈湛庵主相國寺僧也

保康橋上夜觀燈碣石巖前夏飲冰莫把山林笑朝

市老夫手裏有烏藤

散郎亭

法花下有散郎亭老樹蒼崖如有情歡戚已隨時事去壁間只有古人名

侯灘

江邊皎皎過侯灘更上山腰看打盤百歲老兒親擊鼓城中憂患不相干

春夜

春宵一刻直千金花有清香月有陰歌管樓臺聲細細鞦韆院落夜沉沉

火星巖

火星巖下石淩壁閣上相忘止一僧莫問人間興廢事門前流水几前燈

讀開元天寶遺事三首

姚宋亡來事事輿一官銖重萬人輕朔方老將風流在不取西蕃石堡城

潭裏春船百倍多廣陵銅器越溪羅三郎官爵如泥土爭唱弘農得寶歌

琵琶絃急袞梁州羯鼓聲高舞臂鞲破費八姨三百萬大唐天子要纏頭

過泗上喜見張嘉父二首

眉間冰玉照淮明筆下波瀾老欲平直得全生如許妙不知形諜已多名

空翠娛人意自還明窗一榻共秋閑會知名利不到處定把清觴屬此山

謝惠貓兒頭筍

長沙一日煨籩筍鸚鵡洲前人未知走送煩公助湯餅貓兒突兀鼠穿籬

題淨因壁

瞑倚蒲團臥鉢囊半窗疎箔度微涼蕉心不展待時雨葵葉爲誰傾夕陽

同景文詠蓮塘

塘上鈎簾對晚香不知斜日已侵床江妃自借淩波韈長在高荷扇影涼

睡起

食罷茶甌未要深清風一榻直千金腹搖鼻息庭花落還盡平生未足心

書望洪亭壁

河漲平來出舊洪山城都在水光中忽然歸鑿無尋處千里禾麻一半空

子美召公擇飲偶以病不及往公擇有詩

次韻

樊素阿蠻皆已出使臣應作玉箏歌可憐病士西窗
下一夜丹田手自摩

和參寥

芥舟只合在坳堂紙帳心期老孟光不道山人今忽
去曉猨啼處月茫茫

醉題信老方丈

鶴作精神松作筋堦庭蘭玉一時春願君且住三千
歲長與東坡作主人

常州太平寺觀牡丹

武林千葉照觀空別後湖山幾信風自笑眼花紅綠
眩還將白首看鞓紅

竹枝詞

自過鬼門關外天命同人鮓瓮頭船北人墮淚南人
笑青嶂無梯問杜鵑

寄歐叔弼

昔葬衣冠今在否近來消息不須疑曾聞圮上逢黃
石久矣留侯不見欺

題淨因院

門外黄塵不見山箇中草木亦常閑履聲如渡薄氷過催粥華鯨吼夜闌

絶句

柴桑春晚思依依屋角鳴鳩雨欲飛昨日已收寒食火吹花風起却添衣

和黄龍清老三首

萬山不隔中秋月一鴈能傳寄遠書深密伽陀枯戰筆真誠相見問何如

風前橄欖星宿落月下桄榔羽扇開靜嘿堂中有相憶清江或遣化人來

騎驢覓驢真可笑以馬喻馬亦成癡一天月色爲誰好二老風流各自知

過土山寨

南風日日縱篙撑時喜北風將我行湯餅一杯銀線亂蔞蒿如筯玉簪横

書辨才白雲堂壁

不辭清曉叩松扉却值支公久不歸山鳥不鳴天欲雪卷簾惟見白雲飛

琴詩

若言琴上有琴聲放在匣中何不鳴若言聲在指頭

上何不於君指上聽

韓康公坐上侍兒求書扇

一一窗扉面水開更於何處覓蓬萊天香滿袂人知否曾到旃檀小殿來

驪山絕句三首

功成雖欲善持盈可嘆前王恃太平辛苦驪山山下土阿房纔廢又華清

幾變雕墻幾變灰舉烽指鹿事悠哉上皇不念前車戒却怨驪山是禍胎

海中方士覓三山萬古明知去不還咫尺秦陵是商監朝元何必苦躋攀

短橋

誰能鋪白簟永日臥朱橋樹影欄邊轉波光版底搖

軒窗

東隣多白楊夜作雨聲急窗下獨無眠秋蟲見燈入

曲檻

流水照朱欄青紅亂明鑑誰見檻上人無言觀物泛

雙池

泝流入城郭疊疊渡千家不見雙池水長漂十里花

荷華

田田抗朝陽節節臥春水平鋪亂萍葉屢動報魚子

魚

湖上移魚子初生不畏人自從識鉤餌欲見更無因

牡丹

花好常患稀花多信佳否未有四十枝枝枝大如斗

桃花

爭開不待葉密綴欲無條傍沼人窺鑑驚魚水濺橋

李

不及梨英軟應慚梅蕚紅西園有千葉淡佇更纖穠

杏

開花送餘寒結子及新火關中幸無梅汝彊充鼎和

梨

霜降紅梨熟柔柯已不勝未嘗蠲夏渴長見助冬冰

棗

居人幾番老棗樹未成槎汝長才堪軸吾歸已及瓜

櫻桃

獨遶櫻桃樹酒醒喉肺乾莫除枝上露從向口中溥

石榴

風流意不盡獨自送殘芳色作裙腰染名隨酒琖狂

樗

自昔爲神樹空聞蜩鵙鳴杜公頌見輟爲爾致羊羹

槐

採擷殊未厭忽然已成陰蟬鳴看不見鶴立赴還深

松

彊致南山樹來經渭水灘生成未有意鴉鵲莫相干

檜

依依古仙子鬱鬱綠毛身每長須成節明年漸庇人

柳

今年手自栽問我何年去他年我復來搖落傷人思

跋姜君弼課冊 姜君瓊州人己卯閏九月來從學於東坡至儋耳庚辰三月方還瓊四言

雲興天際歘若車蓋凝矑未瞬瀰漫霮䨴驚雷出火喬木靡碎殷地爇空萬夫皆廢霤縆四墜一作懸霤縆墜日中見沫移晷而收野無完塊

龍山補亡 并引四言

丙子九日客有言龍山之會風吹孟嘉帽落桓温使孫盛爲文嘲之嘉作解嘲辭致超逸四座驚歎恨今世不見其文因戲爲補之

征西天府重九令節駕言龍山宴凱羣哲壺歌雅奏緩帶輕帢胡爲中觴一笑粲發梗栩競秀榆柳獨脫

驥騄交騖駑蹇先蹶楚狂醉亂隕帽莫覺戎服囚首
枯顱茁髮惟明將軍度量宏達容此下士顛倒冠韈
宰夫揚觶兕觥舉罰請歌相鼠以侑此爵

孟嘉解嘲四言

吾聞君子蹈常履素晦明風雨不改其度平生丘壑
散髮箕踞墜車天全顛沛何懼腰適忘帶足適忘屨
不知有我帽復奚數流水莫繫浮雲暫寓飄然隨風
非去非取我冠明月佩服寶璐不纓而結不簪而附
歌詩寧擇請歌相鼠罰此陋人俾出童羖

憶江南寄純如五首六言

楚水別來十載蜀山望斷千重畢竟擬爲傖父憑君
說與吳儂

湖目也堪供眼木奴自足爲生若話三吳勝事不惟
千里蓴羹

人在畫屏中住客依明月邊游未卜柴桑舊宅須乘
五馬一作湖扁舟

生計曾無聚沫孤蹤謾有清風治產猶嫌范蠡攜孥
頗笑梁鴻

弱累已償俗盡老身將伴僧居未許季鷹高潔秋風
直爲鱸魚

數日前夢人示余一卷文字大略若論馬者用吃蹶兩字夢中甚賞之覺而忘其餘

戲作數語足之四言

天驥雖老舉鞭脫逸交馳議封步中衡石旁睨駑駘豐肉滅節徐行方軌動輒吃蹶天資相絕未易致詰

惠崇蘆鴈六言

惠崇煙雨蘆鴈坐我瀟湘洞庭欲買扁舟歸去故人云是丹青

東坡續集卷第二

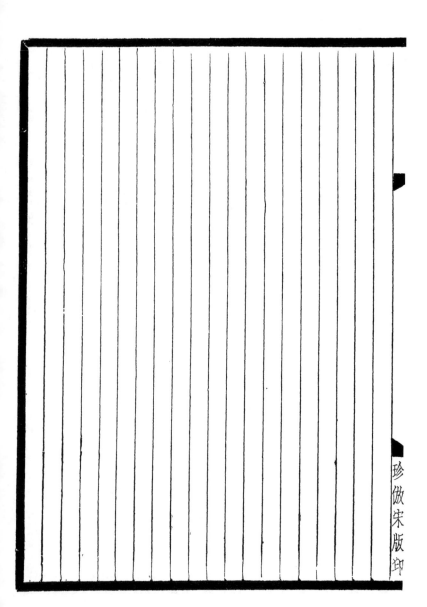

和陶詩

追和陶淵明詩引子由作

東坡先生謫居儋耳寘家羅浮之下獨與幼子過負擔度海葺茅竹而居之日啗藷芋而華屋玉食之念不存於胸中平生無所嗜好以圖史爲園囿文章爲鼓吹至是亦皆罷去獨猶喜爲詩精深華妙不見老人衰憊之氣是時轍亦遷海康書來告曰古之詩人有擬古之作矣未有追和古人者也追和古人則始於吾吾於詩人無所甚好獨好淵明之詩淵明作詩不多然其詩質而實綺癯而實腴自曹劉鮑謝李杜諸人皆莫及也吾前後和其詩凡一百有九篇至其得意自謂不甚愧淵明今將集而併錄之以遺後之君子其爲我志之然吾於淵明豈獨好其詩也哉如其爲人實有感焉淵明臨終疏告儼等吾少而窮苦每以家弊東西游走性剛才拙與物多忤自量爲己必貽俗患黽勉辭世使汝等幼而飢寒淵明此語蓋實錄也吾真有此病而不早自知半生出仕以犯世患此所以深愧

淵明欲以晚節師範其萬一也嗟乎淵明不肯爲五斗米一束帶見鄉里小兒而子瞻出仕三十餘年爲獄吏所折困終不能悛以陷大難乃欲以桑榆之末景自託於淵明其誰肯信之雖然子瞻之仕其出處進退猶可攷也後之君子其必有以處之矣孔子曰述而不作信而好古竊比於我老彭孟子曰曾子與子思同道區區之迹蓋未足以論士也轍少而無師子瞻既冠而學成先君命轍師焉子瞻嘗稱轍詩有古人之風自以爲不若也然自其斥居東坡其學日進沛然如川之方至其詩比李太白杜子美有餘遂與淵明比轍雖馳驟從之而常出其後其和淵明轍繼之者亦一二焉丁丑十二月海康城南東齋引

和時運

丁丑二月十四日自鶴峯新居成自嘉祐寺遷入詠淵明時運詩云斯晨斯夕言息其廬似爲余發也乃次其韻長子邁與余別三年矣挈攜諸孫萬里遠至老朽憂患之餘不能無欣然

我卜我居居非一朝龜不吾欺食此江郊廢井已塞

喬木干霄昔人伊何誰其裔苗下有碧潭可飲可濯江山千里供我遐矚木固無脛瓦豈有足陶匠自至嘯歌相樂我視此邦如洙如沂邦人勸我老矣安歸自我幽獨倚門或揮豈無親友雲散莫追旦朝丁丁誰款我廬子孫遠至笑語紛如翦髮垂髫一作翦綵垂髫覆此瓠壺三年一夢乃復見余

和勸農

海南多荒田俗以貿香爲業所產秔稌不足於食乃以藷時諸切芋雜米作粥糜以取飽余既哀之乃和淵明勸農詩以告其有知者

咨爾漢黎均是一民鄙夷不訓夫豈其真怨忿劫質尋戈相因欺謾莫訴曲自我人天禍爾土不麥不稷民無用物怪珍是殖播厥薰木腐餘是穡貪夫汚吏鷹鷙狼食豈無良田膴膴平陸獸蹤交締鳥喙諧穆驚麏朝射猛狶夜逐芋羹藷糜以飽耆宿聽我苦言其福永久利爾鉏耜好爾鄰偶斬艾蓬藋南東其畝父兄搢挺以扶游手天不假易亦不汝匱春無遺勤秋有厚冀雲舉雨決婦姑畢至我良孝愛袒跣何愧逸諺戲侮博弈頑鄙投之生黎俾勿冠履霜降稻實千箱一軓大作爾社一醉醇美

和停雲

自立冬以來風雨無虛日海道斷絕不得子由書乃和淵明停雲詩以寄

停雲在空黯其將雨嗟我懷人道修且阻眷此區區俛仰再撫良辰過鳥逝不我佇颶作海渾天水溟濛雲屯九河雪立三江我不出門寤寐北窗念彼海康神馳往從凜然清癯落其驕榮餽奠化之廓兮忘情萬里遲子晨興宵征遠虎在側以寧先生對奕未終摧然斧柯再游蘭亭默數永和夢幻去來誰多彈指太息浮雲幾何

和歸田園居六首

三月四日游白水山佛迹巖沐浴于湯泉晞髮于懸瀑之下浩歌而歸肩輿却行以與客言不覺至水北荔枝浦上晚日蔥曨竹陰蕭然時荔子纍纍如芡實矣有父老八十五指以告余曰及是可食公能攜酒來游乎意忻然許之歸卧既覺聞兒子過誦淵明歸園田居詩六首乃悉次其韻始余在廣陵和淵明飲酒二十首今復爲此要當盡和其詩乃已耳今書以寄妙總大士參寥子

環州多白水際海皆蒼山以彼無盡景寓我有限年
東家著孔丘西家著顏淵市爲不二價農爲不爭田
周公與管蔡恨不茅三間我飽一飯足薇蕨補食前
門生餽薪米救我廚無煙斗酒與隻雞酣歌餞華顛
禽魚豈知道我適物自閑悠悠未必爾聊樂我所然
窮猿旣投林疲馬初解鞅心空飽新得境熟夢餘想
江鷗漸馴集蜑叟已還往南池綠錢生北嶺紫筍長
提壺豈解飲好語時見廣春江有佳句我醉墮渺莽
新浴覺身輕新沐感髮稀風乎懸瀑下却行詠而歸
仰觀江搖山俯見月在衣步從父老語有約吾敢違
老人八十餘不識城市娛造物偶遺漏同儕盡丘墟
平生不渡江水北有幽居手插荔枝子合抱三百株
莫言陳家紫甘冷恐不如君來坐樹下飽食攜其餘
歸舍遺兒子懷抱不可虛有酒持飲我不問錢有無
坐倚朱藤杖行歌紫芝曲不逢商山翁見此野老足
願同荔枝社長作雞黍局教我同光塵月固不勝燭
霜颷散氛祲廓然似朝旭 莊子云月固不勝火郭象曰大而暗不若小而明陋哉斯言也余爲更之曰明於大者必晦於小月能燭天地而不能燭毫釐此其所以不勝火也然卒之火勝月勝耶
昔我在廣陵悵望柴桑陌長吟飲酒詩頗獲一笑適

當時已放浪朝坐夕不夕矧今長閑人一劫展過隙
江山互隱見出沒爲我役斜川追淵明東皋友王績
詩成竟何爲六博本無益

五月旦日作和戴主簿

海南無冬夏安知歲將窮時時小摇落榮瘁俯仰中
上天信包荒佳植無由豐鉏耰代肅殺有擇非霜風
手栽蘭與菊侑我清宴終擷芳眼已明飲酒腹尚冲
草去土自隤井深牆愈隆勿笑一畝園蟻垤齊衡嵩

酬劉柴桑

紅藷與紫芋遠插牆四周且放幽蘭春莫爭霜菊秋
窮冬出甕盎磊落勝農疇淇上白玉延淇上出山藥一名玉延能復過此不一飽忘故山不思馬少游

與殷晉安別和送昌化軍使張中罷官赴闕

孤生知永棄末路嗟長勤久安儋耳陋日與雕題親
海國此奇士官居我東鄰卯酒無虛日夜棋有達晨
小甕多自釀一瓢時見分仍將對床夢伴我五更春
暫聚水上萍忽散風中雲恐無再見日笑談來生因
空吟清詩送不救歸裝貧

和王撫軍座送客再送張中

胸中有佳處海瘴不能腓三年無所愧十口今同歸

汝去莫相憐我生本無依相從大塊中幾合幾分違
莫作往來相而生愛見悲愁悠悠含山日烱烱留清暉
懸知冬夜長不恨晨光遲夢中無與別作詩記忘遺

和答龐參軍三送張中

留燈坐達曉要與影晤言下帷對古人何暇復窺園
使君本學武少誦十三篇頗能口擊賊戈戟亦森然
才智誰不如功名歎無緣獨來向我說憤懣當奚宣
一見勝百聞往鑿皋蘭山白衣挾三矢趁此征遼年

形贈影

天地有常運日月無閑時孰居無事中作止推行之
細察我與汝相因以成茲忽然乘物化豈與生滅期
夢時我方寂偃然無所思胡爲有哀樂輒復隨漣洏
我舞汝凌亂相應不少疑還將醉時語答我夢中辭

影答形

丹青寫君容常恐畫師拙我依月燈出相肖兩奇絕
妍媸本在君我豈相媚悅君如火上煙火盡君乃別
我如鏡中像鏡壞我不滅雖云附陰晴了不受寒熱
無心但因物萬變豈有竭醉醒皆夢爾未用議優劣

神釋

二子本無我其初因物著豈惟老變衰念念不如故

知君非金石安足長託附莫從老君言亦莫用佛語
仙山與佛國終恐無是處甚欲隨陶翁移家酒中住
醉醒要有盡未易逃諸數平生逐兒戲處處餘作具
所至人聚觀指目生毀譽如今一弄火好惡都焚去
既無負載勞又無寇攘懼仲尼晚乃覺天下何思慮

怨詩楚調示龐主簿鄧治中

當歡有餘樂在戚亦頹然淵明得此理安處故有年
嗟我與先生所賦良奇偏人間少宜適惟有歸耘田
我昔墮軒冕毫釐真市廛困來臥重裀憂愧自不眠
如今破茅屋一夕或三遷風雨睡不知黃葉滿枕前
寧當出怨句慘慘如孤煙但恨不早悟猶推淵明賢

九日閑居

明日重九雨甚展轉不能寐起坐索酒和淵明
一編醉熟昏然殆不能佳也

九日獨何日欣然愜平生四時靡不佳樂此古所名
龍山憶孟子栗里懷淵明鮮鮮霜菊豔溜溜糟床聲
閑居知令節樂事滿餘齡登高望雲海醉覺三山傾
長歌振履商起舞帶索榮坎軻識天意淹留見人情
但願飽秔稌年年樂秋成

和移居二首

余去歲三月自水東嘉祐寺遷居合江樓迨今一年多病寡歡頗懷水東之樂也得歸善縣後隙地數畝父老云古白鶴觀也意欣然欲居之乃和此詩

昔我初來時水東有幽宅晨與鳥鵲朝暮與牛羊夕誰令遷近市日有造請役歌呼雜閭巷鼓角鳴枕席出門無所詣樂事非宿昔病瘦獨彌年束薪誰與析洄潭轉碕岸我作江郊詩今爲一廛氓此地乃得之葺爲無邪齋思我無所思古觀廢已久白鶴歸何時我豈丁令威千歲復還茲江山朝福地古人不吾欺

歲暮作和張常侍

十二月二十五日酒盡取米欲釀米亦竭時吳遠游陸道士客於余因讀淵明歲暮和張常侍亦以無酒爲歎乃用其韻贈二子

我生有天祿玄膺流玉泉何事陶彭澤乏酒每形言仙人與道士自養豈在繁但使荆棘除不憂梨棗愆我年六十一頹景薄西山歲暮似有得稍覺散亡還有如千丈松常苦弱蔓纏養我歲寒枝會有解脫年米盡初不知但怪飢鼠遷二子眞我客不醉亦陶然

和郭主簿二首

清明日聞過誦書聲節閑美感念少時悵然追懷先君宮師之遺意且念淮德二幼孫無以自遣乃和淵明二篇隨意所寓無復倫次也

今日復何日高槐布初陰良辰非虛名清和盈我襟
孺子卷書坐誦詩如鼓琴却念四十年玉顔如汝今
閉戶未嘗出出爲鄰里欽家世事酌古百史手自斟
當年二老人喜我作此音淮德入我夢角羈未勝簪
孺子笑問我君何念之深
雀鷇含淳音竹萌抱靜節此兩句先君少時詩失其全首誦
我先君詩肝肺爲澄澈猶爲鳴鶴和未作獲麟絕願
因騎鯨李追此御風列丈夫貴出世功名豈人傑家
書三萬卷獨取服食訣地行即空飛何必挾日月

示周缘祖謝和游城東學舍作

聞有古學舍竊懷淵明欣攝衣造兩塾窺戶無一人
邦風方杞夷廟貌猶殷因先生饌已缺弟子散莫臻
忍飢坐談道嗟我亦晚聞永言百世祀未補平生勤
今此復何國豈與陳蔡鄰永愧虞仲翔弦歌滄海濱

和答龐參軍

周循州彥質在郡二年書問無虛日罷歸過惠爲余留半月既別和此詩送之

我見異人且得異書挾書從人何適不娛羅浮之趾卜我新居而非玄德三顧我廬旨酒荔蕉絕甘分珍雖云晚接數面自親海隅一笑豈云無人無酒酤我或乞其隣將行復止眷言孜孜苟有于中傾倒出之奕奕千言粲焉陳詩觴行筆落了不容思丱妙侍側兩髦丫分歌舞壽我永爲歡欣曲終悽然仰視浮雲此曲此聲何時復聞擊鼓其鏜船開艫鳴顧我而言雨泣載零子卿白首當還西京遼東萬里亦歸管寧感子至意託辭西風吾生一塵寓形空中願言謙亨君子有終功名在子何異我躬

和連雨獨飲二首

吾謫海南盡賣酒器以供衣食獨有一荷葉盃工製美妙留以自娛乃和淵明連雨獨飲

平生我與我舉意輒相然豈止磁石鍼雖合猶有間此外一子由出處同偏僊晚景最可惜分飛海南天糾纏一作纆不吾欺寧此憂患先顧影一盃酒誰謂無往還寄語海北人今日爲何年醉裏有獨覺夢中無雜言

阿堵不解醉誰歟此頽然誤入無功鄉掉臂嵇阮間飲中八仙人與我俱得僊淵明豈知道醉語忽談天

偶見此物眞遂超天地先醉醒可還酒此覺無所還
清風洗徂暑連雨催豐年床頭伯雅君此子可與言
和贈羊長史
得鄭會嘉靖老書欲於海船載書千餘卷見借
因讀淵明贈羊長史詩云愚生三季後慨然念
黃虞得知千載事上賴古人書次其韻以謝鄭
君
我非皇甫謐門人如摯虞不特兩鴟酒肯借一車書
欲令海外士觀經似鴻都結髮事文史俯仰六十踰
老馬不耐放長鳴思服輿故知塵根在未免病藥俱
念君千里足歷塊猶踟躕好學眞伯業比肩可相如
此書久已熟救我今荒蕪顧慚桑榆迫豈厭詩酒娛
奏賦病未能草玄老更疎猶當距楊墨稍欲懲荆舒
和乞食
莊周昔貸粟猶欲舂脫之魯公亦乞米炊煮尚不辭
淵明端乞食亦不避嗟來嗚呼天下士死生寄一杯
斗水何所直遠汲愁姜詩幸有餘薪米養此老不才
至味久不壞可爲子孫貽
和胡西曹示顧賊曹
長春如稚女飄搖倚輕颸卯酒暈玉頰紅綃卷生衣

低顏香自斂含睇意頗微寧當娣黃菊未肯姒戎葵
誰言此弱質閱歲觀盛衰頹然疑薄怒沃盥未可揮
瘴雨吹蠻風凋零豈容遲老人不解飲短句餘清悲

游斜川和正月五日與兒子過出游作

謫居淡無事何異老且休雖過靖節年未失斜川游
春江淥未波人臥船自流我本無所適汎汎隨鳴鷗
中流遇洑洄捨舟步曾丘有口可與飲何必逢我儔
過子詩似翁我唱兒輒酬未知陶彭澤頗有此樂不
問點爾何如不與聖同憂問翁何所笑不爲由與求

和己酉歲九月九日

十月初吉菊始開乃與客作重九因次韻淵明
己酉歲九月九日一首胡廣飲菊潭水而壽然
李固傳贊云其視胡廣趙戒猶糞土也

今日我重九誰謂秋冬交黃花與我期草中實後凋
香餘白露乾色映青松高悵望南陽野古潭霏慶霄
伯始真糞土平生夏畦勞飲此亦何益內熱中自焦
持我萬家春一酹五柳陶夕英幸可掇繼此木蘭朝

和癸卯歲始春懷古田舍二首

儋人黎子雲兄弟居城東南躬農圃之勞偶與
軍使張中同訪之居臨大池水木幽茂坐客欲

爲釀錢作屋余亦欣然許之名其屋曰載酒堂

用淵明始春懷古田舍韻作二首

退居有成言垂老竟未踐何曾淵明歸屢作敬通免
休閑等一味妄想生愧靦淵明本用緬字聊取其同音字聊
將自知明稍積在家釜城東兩黎子室邇人自遠呼
我釣其池人魚兩忘返使君亦命駕恨子林塘淺
茅茨破不補嗟子乃爾貧菜肥人愈瘦竈閑井常勤
我欲致薄少解衣勸坐人臨池作虛堂雨急瓦聲新
客來有美載果熟多幽欣丹荔破玉膚黃柑溢芳津
借我三畝地結茅爲子鄰鴂舌儻可學化爲黎母民

和飲酒二十首

吾飲酒至少常以把杯爲樂往往頹然坐睡人見其醉而吾中了然蓋莫能名其爲醉爲醒也在揚州時飲酒過午輒罷客去解衣盤礴終日歡不足而適有餘因和淵明飲酒二十首庶以髣髴其不可名者示舍弟子由晁無咎學士

我不如陶生世事纏緜之云何得一適亦有如生時
寸田無荆棘佳處正在茲縱心與事往所遇無復疑
偶得酒中趣空杯亦常持
二豪詆醉客氣湧胸中山漼然忽冰釋亦復在一言

嗇氣實其腹二云當享長年少飲得徑醉此秘君勿傳
道喪士失己出語輒不情江左風流人醉中亦求名
淵明獨清真談笑得此生身如受風竹掩冉衆葉驚
俯仰各有態得酒詩自成
蠢蠕食葉蟲仰空慕高飛一朝傳兩翅乃得粘網悲
啁啾厭巢雀沮澤疑可依赴水在兩殼遭閉何時歸
二蟲竟誰是一笑百念衰幸此未化間有酒君莫違
小舟真一葉下有暗浪喧夜棹醉中發不知枕几偏
天明門前路已度千金山嗟我亦何爲此道常往還
未來寧早計既往復何言
百年六十化念念竟非是是身如虛空誰受譽與毀
得酒未舉杯喪我固忘爾倒床自甘寢不擇菅與綺
頃者大雪年海波飜玉英有士常痛飲飢寒見真情
床頭有敗榼孤坐時一傾未能平體粟且復澆腸鳴
脫衣裹凍酒每醉念此生
我坐華堂上不改麋鹿姿時來蜀岡頭喜見霜松枝
心知百尺底已結千歲奇煌煌凌霄花纏繞復何爲
舉觴酹其根無事莫相羈
芙蓉在秋水時節自闔開清風亦何意入我芝蘭懷
一隨採折去永與江湖乖斷絲不復續斗水何足栖

不如玉井蓮結根天池泥感此每自慰吾事幸不諧
酒中有歸路了了初不迷乘流且復逝抵曲吾當迴
籃輿兀醉守路轉古城隅酒力如過雨清風消半途
前山正可數後騎且勿驅我緣在東南往寄白髮餘
遙知萬松嶺下有三畝居
民勞吏無德歲美天有道暑雨避麥秋溫風送蠶老
三咽初有聞一溉未濡槁詔書寬積欠父老顏色好
再拜賀吾君獲此不貪寶頹然笑阮籍醉几書謝表
我夢入小學自謂總角時不記有白髮猶誦論語辭
人閒本兒戲顛倒略似茲惟有醉時真空洞了無疑
墜車終無傷莊叟不吾欺呼兒具紙筆醉語輒錄之
醉中雖可樂猶是生滅境云何得此身不醉亦不醒
癡如景升牛莫保尻與領點如東郭㕙束縛作毛穎
乃知嵇叔夜非坐虎文炳
我家小馮君天性頗純至清坐不飲酒而能容我醉
歸休要相依謝病當以次豈知山林士肮髒乃爾貴
乞身當念早過是恐少味
去鄉三十年風雨荒舊宅惟存一束書寄食無定迹
每用愧淵明尚取禾三百頎然六男子粗可傳清白
於吾豈不多何事復歎惜

嘵嘵六男子絃誦各一經復生五丈夫戢戢丁欲成
歸田了門戶與國充踐更曾兒初學語玉骨開天庭
淮老如鶴雛破殼已能鳴舉酒屬千里一歡愧凡情
淮海雖故楚無復輕揚風齋廚聖賢雜無事時一中
誰言大道遠正賴三杯通使君不夕坐衙門散刀弓
何人築東臺一郡坐可得亭亭古浮圖獨立表衆惑
蕪城閱興廢雷塘幾開塞明年起華堂置酒弔亡國
無令竹西路歌吹久寂默
晁子天麒麟結交及未仕高才固難及雅志或類己
各懷伯業能共有丘明恥歌呼時就君指我醉鄉里
吳國門下客賈誼獨見紀請作鵩鳥賦我亦得坎止
行樂當及時綠髮不可恃
蓋公偶談道齊相獨適眞頹然不事事客至先飲醇
當時劉項罷四海創痍新三杯洗戰國一斗銷彊秦
寂寥千載後陽公嗣前塵醉臥客懷中言笑徒多勤
我時閱舊史獨與三人親未暇飡脫粟苦心學平津
草書亦何用醉墨淋衣巾一揮三十幅持去聽坐人

和止酒

丁丑歲余謫海南子由亦貶雷州五月十一日
相遇於藤同行至雷六月十一日相別渡海余

時病痔呻吟子由亦終夕不寐因誦淵明詩勸
余止酒乃和元韻因以贈别庶幾眞止矣
時來與物逝路窮非我止與子各意行同落百蠻裏
蕭然兩别駕各攜一稚子子室有孟光我室惟法喜
相逢山谷間一月同臥起茫茫海南北粗亦足生理
勸我師淵明力薄且爲己微痾坐杯勺止酒則瘳矣
望道雖未濟隱約見津涘從今東坡室不立杜康祀

還舊居和夢歸惠州白鶴山居作
痿人常念起夫我豈忘歸不敢夢故山恐興墳墓悲
生世本暫寓此身念念非鵝城亦何有偶拾鶴毳遺
窮魚守故沼聚沫猶相依大兒當門戶時節供丁推
夢與鄰翁言憫默憐我衰往來付造物未用相招麾

和始作鎭軍參軍經曲阿
虞人非其招欲往畏簡書穆生責醴酒先見我不如
江左古弱國强臣擅天衢淵明墮詩酒遂與功名踈
我生値良時朱金義當紆天命適如此幸收廢棄餘
獨有愧此翁大名難久居不思犧牛龜兼取熊掌魚
北郊有大賚南冠解囚拘眷言羅浮下白鶴返故廬

和庚戌歲九月中於西田穫早稻
蓬頭二獠奴誰謂愿且端晨興洒掃罷飽食不自安

願治此圃畦少資主游觀晝功不自覺夜氣乃潛還
旱韭欲爭春晚菘先破寒人間無正味美好出艱難
早知農圃樂豈有非意干尚恨不持鉏未免騂我顏
此心苟未降何適不間關休去復歇去菜食何所歎

和丙辰歲八月中於下潠田舍穫

聚糞西垣下鑿泉東垣隈勞辱何時休宴安不可懷
天公豈相喜雨霽與意諧黃菘養土羔老楮生樹雞
未忍便烹煑繞觀日百迴跨海得遠信冰盤鳴玉哀
茵陳點膾縷照坐如花開一與蜑叟醉蒼顏兩摧頹
齒根日浮動自與粱肉乖食菜豈不足一作好呼兒
拆雞栖

和乙巳歲三月為建威參軍使都經錢溪

喬木卷蒼藤浩浩崩雲積謝家堂前燕對語悲宿昔
仰看桄榔樹玄鶴舞長翮新年結荔子主人黃壤隔
溪陰宜館我稍省薪水役相如賣車騎五畝亦可易
但恐鵩鳥來此生還蕩析誰能插籬槿護此殘竹柏

和游城北謝氏廢園作

辛丑七月赴假還江陵夜行途中作口號

和郊行步月

缺月不蚤出長林踏青冥犬吠主人怒愧此閭里情

怪我夜不歸茜袂窺柴荊雲間與地上待我兩友生
驚鵲再三起樹端已微明白露淨原野始覺丘陵平
暗蛩方夜績孤螢亦宵征歸來閉戶坐寸田且默耕
莫赴花月期免爲詩酒縈詩人如布穀聒聒常自名

和詠二疎

二疎事漢時迹寓心已去許侯何足道寧識此高趣
可怜魏丞相免冠謝陋舉中興多名臣有道獨兩傅
世途方轂擊誰肯行此路是身如委蛻未蛻何所顧
已蛻則兩忘身後誰毀譽所以遺子孫買田豈先務
我常游東海所歷若有素神交久從君屢夢今乃悟
淵明作詩意妙想非俗慮庶幾二大夫見微而知著

和詠三良

此生太山重忽作鴻毛遺三子死一言所死良已微
賢哉晏平仲事君不以私我豈犬馬哉從君求蓋帷
殺身故有道大節要不虧君爲社稷死我則同其歸
顧命有治亂臣子得從違魏顆真孝愛三良安足希
仕宦豈不榮有時纏憂悲所以靖節翁服此黔婁衣

和詠荊軻

秦如馬後牛呂氏非復嬴天欲厚其毒假手李客卿
功成志自滿積惡如陵京滅身會有時徐觀可安行

沙丘一狼狽笑落冠與纓太子不少忍顧非萬人英
魏韓裂智伯肘足本無聲胡爲棄成謀託國此狂生
荆軻不足說田子老可驚燕趙多奇士惜哉亦虛名
殺父囚其母此豈容天庭亡秦只三戶況我數十城
漸離雖不傷陛戟加周營至今天下人愍燕欲其成
廢書一太息可見千古情

和讀山海經十三首

陶淵明讀山海經十三首其七首皆仙語余讀
抱朴子有所感用其韻賦之

今日天始霜衆木斂以疎幽人掩窗臥明景翻空廬
開心無良友寓眼得奇書建德有遺民道遠我無車
無糧食自足豈謂穀與蔬愧此稚川翁千載與我俱
畫我與淵明可作三士圖學道雖恨晚賦詩豈不如
稚川雖獨善愛物均孔顏欲使蟪蛄流知有龜鶴年
辛勤破封執苦語劇移山博哉無窮利千載食此言
淵明雖中壽雅志仍丹丘遠矣無懷民超然邈無儔
奇文出纊息豈復生死流我欲作九原異世爲三游
子政信奇逸妙算窮陰陽淮仙枕中訣養練歲月長
豈伊臭濁中爭此頃刻光安知青藜火丈人非中黃
亂離棄弱女破冢割恩憐寧知效龜息三歲號窮山

長生定可學當信仲弓言支床竟不死抱一無窮年
三山在咫尺靈藥非草木玄芝生太元黃精出長谷
仙都浩如海豈不供一浴何當從山火束縕分寸燭
蜀士李八百穴居吳山陰默坐但形語從者紛如林
其後有李寬雞鶴非同音口耳固多僞識真要在心
黃華育甘谷靈根固深長廖井窖丹砂紅泉涌尋常
二女戲口耳一作鼻松膏以爲粮聞此不能寐起坐
夜未央
談道鄙俗儒遠自太史走仲尼實不死於聖亦何負
紫文出吳宮丹雀本無有遼哉廣桑君獨顯三季後
金丹不可成安期渺雲海誰謂黃門妻至道乃近在
支解竟不傳化去空餘悔金成亦安用御氣本無待
鄭君故多方玄翁所親指奇文二百篇了未出生死
素書在黃石豈敢辭跪履萬法等成壞金丹差可恃
古强本妄庸蔡誕亦夸士曼都斥仙人謁帝輕舉止
學道未有得自欺誰不爾稚川亦隘人疏錄此庸子
東坡信畸人涉世真散材仇池有歸路羅浮豈徒來
踐蛇及茹蠱心空了無猜攜手葛與陶歸哉復歸哉

和雜詩十一首

斜日照孤隙始知空有塵微風動衆竅誰信我忘身

一笑問兒子與汝定何親從我來海南幽絕無四隣
耿耿如缺月獨與長庚晨此道固應爾不當怨尤人
故山不可到飛夢隔五嶺真遊有黃庭閉目寓兩景
室空無可照火滅膏自冷披衣起視夜海闊河漢永
西窗半明月散亂梧楸影良辰不可繫逝水無留騁
我苗期後枯持此一念靜
真人有妙觀俗子多妄量區區勸粒食此豈知子房
我非徒跣相終老懷未央免死縛淮陰徇功指平陽
哀哉亦可羞世路皆羊腸
相如偶一官嗤鄙蜀父老不記犢鼻時滌器混傭保
著書曾幾許渴肺灰土燥琴臺有遺魄笑我歸不早
作書遺故人皎皎我懷抱餘生幸無愧可與君平道
孟德黠老狐姦言嗾鴻豫哀哉喪亂世梟鸞各騰翥
逝者知幾人文舉獨不去天方斲漢室豈計一郗慮
昆蟲正相齧乃比蘭相如我知公所坐大名難久住
細德方險微豈有容公處既往不可悔庶爲來者懼
博大古真人老聃關尹喜獨立萬物表長生乃餘事
稚川差可近儻有接物意我頃登羅浮物色恐相值
徘徊朱明洞沙水自清駛滿把菖蒲根歎息復棄置
藍橋近得道常苦世褊迫西遊王屋山不踐長安陌

爾來寧復見烏道度太白昔與吳遠游同藏一瓢窄
潮陽隔雲海歲晚儻見客伐薪供養火看作栖鳳宅
南榮晚聞道未肯化庚桑陶頑鑄强獷枉費塵與糠
越子古成之韓生教休粮參同得靈鑰九鎖啓伯陽
鵝城見諸孫貧苦爲我傷空餘焦先室不傳元化方
遺像似李白一奠臨江觴
餘齡難把玩妙解寄筆端常恐抱永歎不及丘明遷
親友復勸我放心餞華顛虛名非我有至味知誰飡
思我無所思安能觀諸緣已矣復何歎舊說易兩篇
申韓本自聖陋古不復稽巨君縱獨欲借經作巖崖
遂令青衿子珠璧人人懷鑿齒井蛙耳信謂天可彌
大道久分裂破碎日愈離我如終不言誰悟角與羈
吾琴豈得已昭氏有成虧
我昔登朐山出日觀滄涼欲濟東海縣恨無石橋梁
今茲黎母國何異于公鄉蠔浦既黏山暑路亦飛霜
所欣非自圖不怨道里長

和擬古九首

有客叩我門繫馬門前柳庭空鳥雀散門閉客立久
主人枕書臥夢我平生友忽聞剝啄聲驚散一杯酒
倒裳起謝客夢覺兩愧負坐談雜今古不答顏愈厚

問我何處來我來無何有
酒盡君可起我歌巳三終由來竹林人不數濤與戎
有酒從孟公愼勿從楊雄崎嶇頌沙麓塵埃汙西風
昔我未嘗達今者亦安窮窮達不到處我在阿堵中
客去室幽幽鵩鳥來坐隅引吭伸兩翮太息意不舒
吾生如寄耳何者爲我廬去此復何之少安與汝居
夜中聞長嘯月露荒榛蕪無問亦無答吉凶兩何如
少年好遠游蕩志隘八荒九夷爲藩籬四海環我堂
盧生與若士何足期杳茫稍喜海南州自古無戰場
奇峯望黎母何異嵩與邙飛泉瀉萬仞舞鶴雙低昂
分泒未入海膏澤彌此方芋魁儻可飽無肉亦奚傷
馮洗古烈婦翁媼國于茲策勳梁武後開府隋文時
三世更險易一心無磷緇錦傘平積亂犀渠破餘疑
廟貌空復存碑板漫無辭我欲作銘誌慰此父老思
遺民不可問僂句莫余欺犦牲菌雞卜我當一訪之
銅鼓壺盧笙歌此迎送詩
沉香作庭燎甲煎紛相和豈若注微火縈煙嫋清歌
貪人無飢飽胡椒亦求多朱劉兩狂子隕墜如風花
本欲竭澤漁奈此明年何 朱初平劉誼欲冠帶黎人以取水
沉耳

雞窠養鶴髮及與唐人游來孫亦垂白頗識李崖州
再逢盧與丁閱世真東流斯人今在亡未遽掩一丘
我師吳季子守節到晚周一見春秋末渺焉不可求
城南有荒池瑣細誰復採幽姿小芙蕖香色獨未改
欲爲中州信浩蕩絶雲海遙知玉井蓮落蕊不相待
攀躋及少壯已矣那容悔矣一作失

黎山有幽子形槁神獨完負薪入城市笑我儒衣冠
生不聞詩書豈知有孔顏翛然獨往來榮辱未易關
日暮鳥獸散家在孤雲端問答了不通歎息指屢彈
似言君貴人草莽栖龍鸞遺我吉貝布海風今歲寒

和東方有一士

缾居本近危甑墜知不完夢求忘楚弓笑解適越冠
忽然反自照識我本來顏歸路在腳底殽潼失重關
屢從淵明游雲山出毫端借君無絃琴寓我非指彈
豈惟舞獨鶴便可躡飛鸞還將嶺茅瘴一洗月闕寒
此東方一士正淵明也不知從之游者誰乎若了得此一段我即淵明淵明即我也

集歸去來詩十首

命駕欲何向忻忻春木榮世人無往復鄉老有逢迎
雲外流泉遠風前飛鳥輕相攜就衡宇酌酒話交情

涉世恨形役告休成老夫良欣就歸路不復向迷途
去去徑有（一作猶）菊行行田欲蕪無情親有還往清酒
引罇壺
與世不相入膝琴聊自（一作盡）歡風光歸笑傲雲物
寄游觀言話審無勸心懷良獨安東皋清有趣植杖
日盤桓
世事非吾事駕言歸路尋向時迷有命今日悟無心
庭內菊歸酒窗前風入琴寓形知已老猶未倦登臨
雲岫不知遠巾車行復前僕夫尋老木童子引清泉
矯首獨傲世委心還樂天農夫告春事扶老向良田
富貴良非願鄉關歸去休攜琴已尋壑載酒復經丘
翳翳景將入涓涓泉欲流農夫人不樂我獨與之游
觴酒命僮僕言歸無復留輕車尋絕壑孤棹入清流
乘化欲（一作亦）安命息交還絕游琴書樂三徑老矣
亦何求
歸去復歸去帝鄉安可期鳥還知已倦雲出欲何之
入室還攜幼臨流亦賦詩春風吹獨立不是傲親知
役役倦人事來歸車載奔征夫問前路稚子候衡門
入息亦詩策出游常酒樽交親書已絕雲壑自相存
寄傲疑今是求榮感昨非聊欣樽有酒不恨室無衣

丘壑世情遠田園生事微柯庭還獨眄時有鳥歸飛

和貧士七首

余遷惠州一年衣食漸窘重九俯邇樽俎蕭然乃和淵明貧士詩七首以寄許下高安宜興諸子姪并令過同作

長庚與殘月耿耿如相依以我旦暮心惜此須臾暉青天無今古誰知織鳥一作烏飛我欲作九原獨與淵明歸俗子不自悼顧憂斯人飢堂堂誰有此千駟良可悲

夷齊耻周粟高歌誦虞軒產祿彼何人能致綺與園古來避世士死灰或餘煙末路益可羞朱墨手自研淵明初亦仕絃歌本誠言不樂乃徑歸視世差獨賢

誰謂淵明貧尚有一素琴心閑手自適寄此無窮音佳辰愛重九芳菊起自尋疏巾歎虛漉塵爵笑空斟忽餉二萬錢顏生良足欽思送酒家保勿違故人心

人皆有耳目夫子曠與婁弱毫寫萬象水鏡無停酬閑居惜重九感此歲月周端如孔北海只有尊空憂二子不並世高風兩無儔我後五百年清夢未易求

芙蓉雜金菊枝葉長闌干遙憐退朝人餻酒出大官豈知江海上落英亦可飡典衣作重陽徂歲慘將寒

無衣粟一作寒我膚無酒顰我顏貧居眞可歎二事
長相關
老詹亦白髮惠州太守詹範字器之相對垂霜蓬賦詩殊
有味涉世非所工杖藜山谷間狀類渤海龔半道要
我飲意與王弘同有酒我自至不須遣龐通門生與
兒子杖屨聊相從
我家六兒子流落三四州辛苦更不識今與農圃儔
買田帶脩竹築室依清流未能遣一力分汝薪水憂
坐念北歸日此勞未易酬我獨遺以安鹿門有前脩

和桃花源詩

世傳桃源事多過其實攷淵明所記止言先世避秦亂來此則漁人所見似是其子孫非秦人不死者也又云殺雞作食豈有仙而殺者乎舊說南陽有菊水水甘而芳民居三十餘家飲其水皆壽或至百二三十歲蜀青城山老人村有見五世孫者道極險遠生不識鹽醯而溪中多枸杞根如龍蛇飲其水故壽近歲道稍通漸能致五味而壽亦益衰桃源蓋此比也歟使武陵太守得而至焉則已化爲爭奪之場久矣嘗意天壤之間若此者甚衆不獨桃源余在頴州夢

至一官府人物與俗間無異而山川清遠有足樂者顧視堂上榜曰仇池覺而念之仇池武都氏故地楊難當所保余何爲居之明日以問客客有趙令時德麟者曰公何爲問此此乃福地小有洞天之附庸也杜子美蓋云萬古仇池穴潛通小有天神魚人不見福地語真傳近接西南境長懷十九泉何時一茅屋送老白雲邊他日工部侍郎王欽臣仲至謂余曰吾嘗奉使過仇池有九十九泉萬山環之可以避世如桃源也

凡聖無異居清濁共此世心閑偶自見念起忽已逝欲知真一處要使六用廢桃源信不遠藜杖可小憩躬耕任地力絕學抱天藝臂雞有時鳴尻駕無可稅苓龜亦晨吸杞狗或夜吠耘樵得甘芳齕齧謝炮製子驥雖形隔淵明已心詣高山不難越淺水何足厲不知我仇池高舉復幾歲從來一生死近又等癡慧蒲澗安期境在廣川羅浮稚川界夢往從之游神交發吾蔽桃花滿庭下流水在戶外却笑逃秦人有畏非真契

和歸去來兮辭

子瞻謫居昌化追和淵明歸去來兮蓋以無何
有之鄉爲家雖在海外未嘗不歸云爾

歸去來兮吾方南遷安得歸臥江海之瀕洞弔鼓角之悽悲迹泥蟠而愈深時電往而莫追懷西南之歸路夢良是而覺非悟此生之何常猶寒暑之異衣豈襲裘而念葛蓋得觕而喪微我歸甚易匪馳匪奔俯仰還家下 闔門藩垣雖闕堂室故存挹我天醴注之窪樽飲月露以洗心飧朝霞而眩顏混客主以爲一俾婦姑之相安知盜竊之何有乃掊門而折關廓圜鏡以外照納萬象而中觀治廢井以晨汲濬百泉之夜還守靜極以自作時爵躍而鯢桓歸去來兮請終老於斯游我先人之弊廬復舍此而焉求均海南與漠北挈往來而無憂畸人告余以一言非八卦與九疇方飢須粮已濟無舟忽人牛之皆喪但喬木與高丘驚六用之無成自一根之反流望故家而求息曷中道而三休已矣乎吾生有命歸有時我初無行亦無留駕言隨子聽所之豈以師南華而廢從安期謂易稼之終枯遂不溉而不耔師淵明之雅放和百篇之新詩賦歸來之清引我其後身蓋無疑

和劉柴桑續添

萬刼亙起滅百年一踟躇漂流四十年今乃言卜居且喜天壤間一席亦吾盧稍理蘭桂叢盡平狐兎墟黄巒出舊枅紫茗抽新畬我本早衰人不謂老更劬邦君助畚鍤鄰里通有無竹屋從低深山窗自明疎一飽便終日高眠忘百須自笑四壁空無妻老相如

歌辭

竹枝歌并序

竹枝歌本楚聲幽怨惻怛若有所深悲者豈亦往者之所見有足怨者歟夫傷二妃而哀屈原思懷王而憐項羽此亦楚人之意相傳而然者且其山川風俗鄙野勤苦之態固已見於前人之作與今子由之詩故特緣楚人疇昔之意爲一篇九章以補其所未道者

蒼梧山高湘水深中原北望度千岑帝子南遊飄不返惟有蒼蒼楓桂林楓葉蕭蕭桂葉碧萬里遠來超莫及乘龍上天去無蹤草木無情空寄泣水濱擊鼓何喧闐相將扣水求屈原屈原已死今千載滿船哀唱似當年海濱長鯨徑千尺食人爲糧安可入招君不歸海水深海魚豈解哀忠直吁嗟忠直死無人可惜懷王西入秦秦關已閉無歸日章華不復見車輪

君王去時簫鼓咽父老送君車軸折千里逃歸迷故鄉南公哀痛彈長鋏三戸亡秦信不虛一朝兵起盡讙呼當時項羽年最少提劍本是耕田夫橫行天下竟何事棄馬烏江馬垂涕項王已死無故人首入漢庭身委地富貴榮華豈足多至今唯有塚嵯峨故國淒涼人事改楚鄉千古爲悲歌

山坡陁行

山坡陁兮下屬江勢崖絶兮游波所蕩如頽牆松茀律兮百尺旁拔此驚葛藟之上不見日兮下可依吾曳杖兮吾僮亦吾之書隨藐余望兮水中泜頎然而長者黃冠而羽衣幹頤坦腹盤石箕坐兮 亦有址安不危四無人兮可忘飢仙人偓佺自言其居瑤之圃一日一夜飛相往來不可數使其開口言兮豈惟河漢無極驚余心默不言兮蹇昭氏之不鼓琴憺將山河與日月長在若有人兮夢中仇池我歸路此非小有兮噫乎何以樂此而不去昔余游於葛天兮身非陶氏猶與偕乘渺茫良未果兮僕夫悲余焉懷聊逍遙兮容與晞余髮兮蘭之渚余論世兮千載一人猶並時余行詰曲兮欲知余者稀峨峨洋洋余方樂兮譬余繫舟於水魚潛鳥舉亦不知何必每念輒得

應余若響坐有如此兮人子期

鳴泉思思君子也君子抱道且殆而時始弗與民咸思之鳴泉故基堙圮殆盡眉山蘇公搔首踟躕作鳴泉思以思之

鳴泉鳴泉經雲而瀉湲拔其毛骨者脩竹蒸爲雲氣者霏煙山夔莫能隱其怪野翟詎敢藏其妍茅蘆蕭蕭昔有人焉其高如山其清如水其心金與玉其道砥與絃執德汲世落月入地英名皎然陽曦麗天舊隱寂寂新篁娟娟思彼君子我心若懸谷鳥在上巖花炫前鳴泉鳴泉能使我宛結而華顛

轆轤歌

新繫青絲百尺繩心在君家轆轤上我心皎潔君不知轆轤一轉一惆悵何處春風吹曉幕江南綠水通珠閣美人二八顏如花泣向花前畏花落臨春風聽春鳥別時多見時少愁人一夜不得眠瑤井玉繩相對曉

美哉一首送韋城主簿歐陽君

美哉水洋洋乎我懷先生送之子于城隅洋洋乎美哉水送之子至于新渡念彼嵩雒眷焉西顧之子于邁至於白馬白馬舊邦其構惟新邦人流涕畫舫之

孫相其口鬚尚克似之先生遺民之子往字

辨道歌

北方正氣名祛邪東郊西應歸中華離南爲室坎爲家先凝白雪生黃芽黃河流駕紫河車水精池產紅蓮花赤龍騰霄驚盤蛇姹女含笑嬰兒呀十二樓瞰靈泉霆華池玉液陰交加子馳午前無停差三田聚寶真生涯龜精鳳髓填谽谺天地駭有鬼神嗟一丹休別內外砂長脩久餌須升遐腸中澄結無餘相俗骨變換顏如葩哀哉世人爭齒牙指僞爲真正爲哇輕肥甘美形驕奢譎詭詐妄言矜誇遊魚在網兔在罝一氣頓盡猶嘔啞餘生所託誠樓槎九原枯髀如亂麻胡不割衆如鏌鎁空與利名交掌拏胡不讓霜如文騙可惜貪愛相漫塗真心道意非不嘉滄金閑話非虛譁何須橫議相疵瘕衆口並發鳴羣鴉安知聚散同魚蝦自纏如繭居如蝸日懷嗔喜甘籠簇其去死地猶獵猴吾恨爾見有所遮海波或至驚井蛙烏輪卽晚蟾影斜吾時俱覩超雲霞

與葉淳老侯敦夫張秉道同相視新河秉道有詩次韻二首

君不見元帥府前羅萬戟濤頭未順千弩射至今鳳

鳳山下路長借一箭開兩翼我鑿西湖還舊觀一眼已盡西南碧又將回奪浮山險千艘夜下無南北坐陳三策本人謀惟留一諾待我畫老病思歸亶暫寓功名如幻終何得從來自笑畫蛇足此事何殊食雞肋憐君嗜好更迂闊得我新詩喜折屐江湖粗了我徑歸餘事後來當潤色一庵閑掛洞霄宮井有丹砂水長赤

荊溪父老愁三害下斬長蛟本無賴平生倔強韓退之識字猶爲鰐魚戒石門之役萬金耳首鼠不爲吾已隘江湖開塞古有數兩鷁飛來告成壞勸農使者非常人一言已破黎民駭上饒使君更超逸坐睨浮山如累塊髯張乃我結襪生詩酒淋漓出狂怪我作水衡生作丞他日歸朝同此拜

陳守道

一氣混淪生復生有形有心卽有情共見利欲飲食事各有爪牙頭角爭爭時怒發霹靂火險處直在嶔巖坑人僞相加有餘怨天真喪盡無純誠徒自取先用極力誰知所得皆空名少微處士松柏寒蓬萊真人冰玉清山是心兮海爲腹陽爲神兮陰爲精渴飲靈泉水飢食玉樹枝白虎化坎青龍離鎖禁姹女關

嬰兒樓臺十二紅玻璃金公木母相東西純鉛真汞星光輝烏升兔降無年期停顏卻老只如此哀哉世人迷不迷

老人行

有一老翁老無齒處處無人問年紀白髮如絲向下垂一雙眸子碧如水不裹頭又無履相識雖多少知己問翁畢竟何所止笑言只在紅塵裏秋風獵獵行雲飛老人此意無人會目注雲歸心自知黃口小兒莫相笑老人舊日曾年少浪迹常如不繫舟地角天涯知自跳亦曾樂半夜傳籌醉朱閣美人如花弄絃索只恨樽前明月落亦曾憂羇旅他鄉迫暮秋故國日邊無信息斷鴻空逐水長流或安貧或安富或爵通侯封萬戶一任秋霜換鬢毛本來面目長如故水有蘋兮山有芝人意雖存事已非有時卻憶經遊處都似茫茫春夢歸邇來尤解安貧賤不爲公卿強陪面皎如明月在秋潭動着依前還不見還不見可柰何空使遠人增眷戀但祇從他隨物轉青樓黃閣長相見若相見莫慇懃卻是翁家舊主人

襄陽樂府三篇

野鷹來

野鷹來萬山下荒山無食鷹苦飢飛來爲爾繫綵絲北原有兔老且白年年養子秋食菽我欲擊之不可得年深兔老鷹力弱野鷹來城東有臺高崔嵬臺中公子着皮袖東望萬里心悠哉鷹何在嗟爾公子歸無勞使鷹可呼亦凡曹天陰月黑狐夜嘷

上堵吟

臺上有客吟秋風悲聲蕭散飄入宮臺邊游女來竊聽欲學聲同意不同君悲竟何事千里金城兩稚子白馬爲塞鳳爲關山川無人空且閑我悲亦何苦江水冬更深鯿魚冷難捕悠悠江上聽歌人不知我意徒悲辛

襄陽樂

使君未來襄陽愁提戈入市裹氈裘自從氈裘南渡沔襄陽無事多春遊襄陽春遊樂何許峴山之陽漢江浦使君朱旆來翩翩人道使君似羊杜道邊逢人問洛陽中原苦戰春田荒北人聞道襄陽樂目送飛鴻應斷腸

仙都山鹿

老泉詩序云至豐都縣將遊仙都觀見知縣李長官云固知君之將至也此山有鹿甚老而猛

獸獵人終莫能害將有客來遊鹿輒夜鳴故常
以此候之而未嘗失余聞而異之乃爲作詩　東
坡同賦
日月何促促塵世苦局束仙子去無蹤故山遺白鹿
仙人已去鹿無家孤棲悵望層城霞至今聞有遊洞
客夜來江市叫平沙長松千樹風蕭瑟仙宮去人無
咫尺夜鳴白鹿安在哉滿山秋草無行迹

白鶴吟留鍾山覺海

白鶴聲可憐紅鶴聲可惡白鶴招不來紅鶴揮不去
長松受穢死乃以紅鶴故北山道人曰美者自美吾
何爲而喜惡者自惡吾何爲而怒去自去耳吾何馭
而追來自來耳吾何妨而拒吾豈厭喧而求靜吾豈
好丹而非素汝謂松死吾無依焉吾方捨陰而坐露

虛飄飄三首

虛飄飄畫簷蛛結網銀漢鵲成橋塵漬雨桐葉霜飛
風柳條露凝殘點見紅日星曳餘光橫碧霄虛飄飄
比浮名利猶堅牢
虛飄飄花飛不到地虹起謾成橋入夢雲千疊遊空
絲萬條蜃樓百尺橫蒼海鴈字一行書絳霄虛飄飄
比人身世猶堅牢

虛飄飄風寒吹絮浪春水暖冰橋勢緩靉垂線聲乾葉下條雨中瀝點隨流水風裏絲雲横碧霄虛飄飄比時富貴猶堅牢

次韻張錫棠美述志名宗夔

仲子甘心織屨避萬鍾淵明不肯折腰爲五斗一年鴻雁識來往終日沐猴誰去取知錫詩意慕兩君讀書要在存心久平生所談性命奧長棄不憂金石朽我今已習鶩子定猶復晨朝怖頭走刳心先擬射聲名不作羊鄒悲峴首雲梯兩矢集無方我已中灰同墨守恐錫自是禹門鱗未可潛逃入吾藪琢磨晚覺孟光賢畏我故言時被肘錫能鉏我青門瓜正午時來休老手

賦

老饕賦

庖丁鼓刀易牙烹熬水欲新而釜欲潔火惡陳江右久不改火火色皆青而薪惡勞九蒸暴而日燥百上下而湯鏖嘗項上之一臠嚼霜前之兩螯爛櫻珠之煎蜜滃杏酪之蒸羔蛤半熟而含酒蟹微生而帶糟蓋聚物之夭美以養吾之老饕婉彼姬姜顏如李桃彈湘妃之玉瑟鼓帝子之雲璈命仙人之萼綠華舞古曲

之鬱輪袍引南海之玻黎酌涼州之蒲萄願先生之耆壽分餘瀝於兩髦候紅潮於玉頰驚煖響於檀槽忽纍珠之妙唱抽獨蠒之長繅閔手倦而少休疑吻燥而當膏倒一缸之雪乳列百柂之瓊艘各眼灩於秋水咸骨醉於春醪美人告去已而雲散先生方兀然而禪逃響松風於蟹眼浮雪花於兔毫先生一笑而起渺海闊而天高

菜羹賦幷序

東坡先生卜居南山之下服食器用稱家之有無水陸之味貧不能致煑蔓菁蘆菔苦薺而食之其法不用醯醬而有自然之味蓋易而可常享乃爲之賦辭曰

嗟余生之褊迫如脫兔其何因殷詩腸之轉雷聊禦餓而食陳無芻豢以適口荷鄰蔬之見分汲幽泉以揉濯搏露葉與瓊根爨鉶錡以膏油泫融液而流津適湯濛如松風投糝豆而諧勻覆陶甌之穹崇罷攪觸之煩勤屏醯醬之厚味却椒桂之芳辛水耗初而釜治火增壯而力均滃嘈雜而廉清信淨美而甘分登盤盂而薦之具匕箸而晨湌助生肥於玉池與五鼎其齊珍鄙易牙之效技超傅說而策勳沮彭尸之

爽惑調竈鬼之嫌嗔嗟丘嫂其自隘陋樂羊而匪人先生心平而氣和故雖老而體胖忘口腹之爲累似不殺而成仁竊比予於誰歟葛天氏之遺民

颶風賦

南越志熙安間多颶風颶者具四方之風也常以五六月發未至時雞犬爲之不鳴又嶺表錄云夏秋間有暈如虹者謂之颶母必有颶風

仲秋之夕客有叩門指雲物而告予曰海氛甚惡非祲非祥斷霓飲海而北指赤雲夾日而南翔此颶之漸也子盍備之語未卒庭戶蕭然槁葉蔌蔌驚鳥疾呼怖獸辟易忽野馬之決驟矯退飛之六鷁襲土囊而暴怒掠衆竅之叱吸予乃入室而坐斂衽變色客曰未也此颶之先驅爾少焉排戶破牖殞瓦擗屋礧擊巨石揉拔喬木勢翻渤澥響振坤軸疑屏翳之赫怒執陽侯而將戮鼓千尺之清瀾翻百仞之陵谷吞泥沙於一卷落崩崖於再觸列萬馬而並鶩潰千車而爭逐虎豹讋駭鯨鯢犇蹙類鉅鹿之戰殷聲呼之動地似昆陽之役舉百萬於一覆予亦爲之股慄毛聳索氣側足夜拊榻而九徙晝命龜而三卜蓋三日而後息也父老來唁酒漿羅列勞來僮僕懼定而說

理草木之旣偃輯軒檻之已折補茅屋之罅漏塞牆垣之隤缺已而山林寂然海波不興動者自止鳴者自停湛天宇之蒼蒼流孤月之熒熒忽悟且嘆莫知所營嗚呼小大出於相形憂喜因於相遇昔之飄然者若爲巨耶吹萬不同果足怖耶蟻之緣也吹則墜蝸之集也呵則舉夫噓呵曾不能以振物而施之二蟲則甚懼鵬水擊而三千摶扶搖而九萬彼視吾之惴慄亦爾汝之相莞均大塊之噫氣奚巨細之足辯陋耳目之不廣爲外物之所變且夫萬象起滅衆怪耀眩求髣髴於過耳視空中之飛電則向之所謂可懼者實耶虛耶惜吾知之晚也

思子臺賦

予先君宮師之友史君諱經臣字彥輔眉山人與其弟沆子凝皆奇士博學能文慕李文饒之爲人而舉其議論彥輔舉賢良不中第子凝以進士得官止著作佐郎皆早死且無子有文數百篇皆亡之予少時常見彥輔所作思子臺賦上援秦皇下逮晉惠反復哀切有補於世蓋記其意而亡其辭乃命過作補亡之篇庶幾君子猶得見斯人胸懷髣髴也

客有自蜀遊梁傃關而東覽河華之形勝兮訪秦漢之遺宮得巋然之頹基兮並湖城之西墉弔漢武之暴怒兮悼戾園之憫凶聞父老之哀歎兮猶有歸來望思之遺恫吁犬臺之讒類兮實咀毒而銜鋒敗趙國於俛仰兮又將覆劉氏之宗間漢武之多忌兮謂左右之皆戎殺陽石而未厭兮又瘞禍於宮中忸君王之好殺兮視人命猶昆蟲死者幾何人兮豈問骨肉與王公惑狂傅之淺謀兮不忍忿忿而殺充上曾不鑒予之無聊兮實有豕心負此名而欲亡兮天下其孰吾容苟追死於泉鳩兮冀稍久而自理遘大患於倉猝兮懷孤憤於永已念君老而孰圖兮嗟肉食其多鄙獨三老與千秋兮懷愛君之眷眷犯雷霆之方怒兮消積禍於一言既沈寃之無告兮戮讒人其已晚幸曾孫之無恙乎或慰夫九原雖築臺其何救兮固知已矣之不諫魂煢煢乎其歸來兮蓋庶幾於復見也昔秦之亡也禍始於扶蘇盻斯高之羸豕兮覘其君猶乳虎曾纊息之未定兮乃敢探其穴而啗其雛在晉四世有君不惠孽婦晨雊驪王定制惟慼懷之遭離兮實追蹤於漢戾顧辱后之何知兮亦號呼於既逝寫餘哀於江陵兮發故臣之幽契仍築臺

以望思兮蓋援武以自刎嗚呼噫嘻可弔而不可哂兮亦各其子也彼茂陵之雄傑兮係九戎而鞭百蠻笑堯禹而陋湯武兮蓋將與黃帝俱仙及其失道於幾微兮狐鬼生於左臂如嬰兒之未孩兮易耳目而不知甘泉咫尺而不通兮與式乾其何異既上配於秦皇兮又下比於晉惠君子是以知狂聖之本同而聰明之不可恃也覽觀古初孰哲孰愚皆知指笑乎前人而莫知後之視予方漢武之盛也肯自比於驪山之朽骨而況於金墉之獨夫乎自今觀之三后一律皆以信讒而殺子暱姦而敗國吾築臺以寄哀信同名而齊實彼昏庸者固不足告也吾將以爲明王之龜策自建元以來張湯主父偃之流與丙丞相三長史之徒皆以無罪而夷滅一言以就誅曾無與哀於既往一洗其無辜獨於據也悲歌慷慨泣涕躊躇嗚呼哀哉莫有以楚靈王之言告者曰人之愛其子也亦如予乎天道好還以德爲符惟孟德之鷙忍兮亦嗜殺以爲娛彼楊公之愛脩兮豈減吾之蒼舒恨元化之不可作兮然後知鼠輩之果無同舐犢於晚歲兮又何怨於老臞吾將以嗜殺爲戒也故於末而并書

延和殿奏新樂賦 成德之老來奏新樂

皇帝踐祚之三載也治道旁達王功告成御延和之高拱奏元祐之新聲翕然便坐之前初觀擊拊允也德音之作皆效和平自昔鍾律不調工師失職鄭衞之聲旣盛雅頌之音殆息時有作者僅存遺則於魏則大樂令夔在漢則河間王德傳後世之有考賴斯人之用力時移事改嗟制作之各殊昔是今非知高下之孰得爰有耆德適丁盛時以謂樂之作也臣嘗學之顧近世之所用校古人而失宜峴下朴律猶有太高之弊瑗改照尺不知同失於斯是用稽周官之舊法而均其分寸驗太府之見尺而審其毫釐鑄器而成庶幾改數以正度具書以獻孰謂體知而無師時惟帝俞眷茲元老雖退身而安逸未忘心於論討鏗然鍾磬之調適燦然虡業之華好聊卽便安之所奏黃鍾而歌大成行詠文明之章薦英祖而享神考爾乃停法部之役而衆工莫與肄太常之業而邇臣必陪天聽聰明而下就時風和協以徐回歌曲旣登將歎貫珠之美韶音可合庶覿儀鳳之來斯蓋世格文明俗躋仁壽天地之和旣應金石之樂可奏延英旁矚念故老之不來講武前臨消羣慝之交構然則

律制既立治功日新號令皆發而中節磬筦無聞於奪倫上以導和氣於宮掖下以胥悅豫於臣隣以清濁任意而相譏何憂工玉謂宮商各諧而自遂無愧音臣嗚呼趙鐸固中於宮商周尺仍分於清濁道欲詳解事資學博儻非夔曠之徒孰能正一代之樂

明君可與爲忠言賦 明則知遠能順忠告

臣不難諫君先自明智既審乎情僞言可竭其忠誠虛己以求覽羣心於止水昌言而告恃至信於平衡君子道大而不回言出而爲則事父能孝故可以事君謀身必忠而況於謀國然而言之雖易聽之實難論者雖切聞者多惑苟非開懷用善若轉丸之易從則投人以言有按劍之莫測國有大議人方異詞佞者莫能自直昧者有所不知雖有智者孰令聽之皎如日月之照臨罔有遁形之蔽雖復藥石之瞑眩曾何苦口之疑蓋疑言不聽故確論必行大功可成故衆患自遠上之人聞危言而不忌下之士推赤心而無損豈微忠之能致有至明而爲本是以伊尹醜有夏而歸亳大賢固擇所從百里愚於虞而智秦一身非故相反噫言悅於目前者不見跬步之外論難於耳順者有以百年而與苟其聰明蔽於嗜好智慮溺

於愛憎因其所喜而爲善雖有願忠而孰能心苟無邪既坐瞻於百里人思其效將或錫之十朋彼非謂之賢而欲違知其忠而莫受目有昧則視白爲黑心有蔽則以薄爲厚遂使諛臣乘隙以彙進智士知微而出走仲尼不諫懼將困於婦言叔孫詭辭畏不免於虎口故明王審遜志之非道知拂心之謂忠不求耳目之便每要社稷之功有漢宣之賢充國得盡破羌之討有魏明之察許允獲伸選吏之公大哉事君之難非忠何報雖曰伸於知己而無自辱於善道詩不云乎哲人順德之行可以受話言之告

快哉此風賦

時與吳彥律舒堯文鄭彥能各賦兩韻子瞻作第一第五韻占風字爲韻餘皆不錄

賢者之樂快哉此風雖庶民之不共眷佳客以攸同穆如其來既偃小人之德颯然而至豈獨大王之雄若夫鷁退宋都之上雲飛泗水之湄寥寥南郊怒號於萬竅颯颯東海鼓舞於四維固以陋晉人一吷之小笑玉川兩腋之卑野馬相吹摶羽毛於汗漫應龍所處作鱗甲以參差

復改科賦

新天子兮繼體承乾老相國兮更張孰先慣科場之積弊復詩賦以求賢探經義之淵源是非紛若考辭章之聲律去取昭然原夫詩之作也始於虞舜之朝賦之興也本自兩京之世迤邐陳齊之代綿邈隋唐之裔故遒人徇路爲察治之本歷代用之爲取士之制近古不易高風未替祖宗百年而用此號曰得人朝廷一旦而革之不勝其弊謂專門足以造聖域謂變古足以爲大儒事吟哦者皆童子爲彫篆者非壯夫殊不知採摭英華也簇之如錦繡較量輕重也等之如錙銖韻韻合璧聯聯貫珠稽諸古其來尚矣考諸舊不亦宜乎特令可畏之後生心潛六義佇見大成之君子名振三都莫不吟詠五字之章鋪陳八韻之旨字應周天之日兮運而無積句合一歲之月兮終而復始過之者成疣贅之患不及者貽缺折之毀曲盡古人之意乃全天下之美遭逢日月忻歡者諸子百家抖擻歷圖快活者九經三史議夫賦曷可已義何足非彼文辭泛濫也無所統紀此聲律切當也有所指歸巧拙由一字之可見美惡混千人而莫違正方圓者必藉於繩墨定隱括者必在於樞機所以不用孔門惜楊雄之未達其逢漢帝嘉司馬之知微

噫昔元豐之新經未頒臨川之字說不作止戈爲武
兮曾試於京國通天爲王兮必舒於禁籥孰不能成
始成終誰不道或詳或略秋闈較藝終期李廣之雙
鵰紫殿唱名果中禰衡之一鶚大凡法旣久而必弊
士貽患而益深謂罷於開封則遠方之隘者空自韞
玉取諸太學則不肖之富者私於懷金雖負淩雲之
志未酬題柱之心三舍旣與賄賂公行於庠序一年
爲限孤寒半老於山林自是憤愧者莫不顰眉公正
者爲之切齒思罷者而未免欲改之而未止羽翼成
商山之父謳歌歸吾君之子諫必行言必聽焉此道
飄飄而復起

東坡續集卷第二

東坡續集卷第四

書簡

與李方叔四首

久不奉書問爲愧遞中辱手書勞勉益厚無狀何以致足下拳拳之不忘如此比日起居何如今歲暑毒十倍常年雨晝夜不止病夫氣息而已想足下閉門著述自有樂事間從諸英唱和談論此可羡也何時得會合惟萬萬自重不宣

又

秋試時不審從吉未若可下文字須望鼎甲之捷也暑中旣不飲酒無緣作字時有一二輒爲人取去無以塞好事之意亦不願足下如此僻好也近獲一銅鏡如漆色光明冷徹背有銘云漢有善銅出白陽取爲鏡清如明左龍右虎俌之字體雜篆隸真漢時字也白陽不知所在豈南陽白水陽乎如字應作而字使耳左月右日皆未甚曉更閑爲考之

又

頃年於稠人中驟得張秦黃晁及方叔履常意謂天不愛寶其獲蓋未艾也比來經涉世故間關四方更欲求其似邈不可得以此知人決不徒出不有立於

先必有覺於後也如方叔飄然布衣亦幾不免淳甫少游又安所獲罪遂斷棄其命言之何益付之清議而已憂患雖已過更宜慎口以安晚節

又

承示喻長安君偶患臂痛不能舉某於錢塘武朝議處傳得一方云其初本施渥寺丞者因寓居京師甜水巷見乞兒兩足拳捺展子行渥嘗以飲食錢物遺之凡期年不衰尋赴任數年而還復僦曩居則乞兒已不見矣一日見於相國寺前行走如飛渥就問之則曰遇人傳兩藥方服一料已能走耳服之立效其後已傳數人皆神妙但手足上疾皆可服不拘男子婦人秘之秘之其方元只是王氏博濟方中方但人不知耳博濟誤以虎脛爲虎腦便請長安君合服必驗朝雲者死於惠州久矣別後學書頗有楷法亦學佛法臨去誦六如偈以絕葬之惠州棲禪寺僧作亭覆之榜曰六如亭最荷夫人垂顧故詳及之

與陳公密三首

途中喜見令子得聞動止之詳繼領專使手書且審即日尊體清勝感慰感慰無量差借白直兜乘擔索一一仰煩神用孤旅獲濟荷德之心未易云云喻來日晚方

達蒙里卽如所教出陸至南華南華留半日卽造宇下一吐區區預深欣躍

又

行役艱羈託庇以濟分既丹劑拯其衰疾此意豈可忘哉其餘言謝莫盡令子昆仲比辱書亦未暇修書悚息悚息悚息曹三班廉幹非常遠送愧感二絕句發一笑

又

窮途棲屑獲見君子開懷抵掌爲樂未央公既王事靡寧某亦歸心所薄忽遽就別如何可言別後亟辱惠書詞旨增重且審起居佳勝感慰深矣某已度嶺已脫問鵬之憂行有見蝎之喜但遠德惆悵未忘于情新春保練以需驛召

與徐仲車

昨日既蒙言贈今日又荷心送盎然有得載之而南矣辱手教極甚厚愛孔子所謂忠焉能勿誨乎當書諸紳寢食不忘也

與吳秀才

某啓相聞久矣獨未得披寫相盡常若有所負罪廢淪落屏迹郊野初不意舟從便道有失修敬不謂過

子衡冒大熱間關榛莽曲賜臨顧一見灑然遂若平生之懽典刑所鍾既深歎仰而大篇璀璨健論抑揚蓋自去中州未始得此勝侶也欽佩俯求衰晚何以爲對送別堤下怳然如夢覺陳迹具存豈有所遇而然耶留示珠玉正快如九鼎之珍徒咀嚼一臠宛轉而不忍下咽也未知舟從定作幾日計早晚過金陵當得款奉

與彥正判官

古琴當與響泉韻磬並爲當世之寶而鏗金瑟瑟遂蒙輟惠報賜之間赧汗不已又不敢遠逆來意謹當傳示子孫永以爲好也然某素不解彈適紀老枉道見過令其侍者快作數曲拂歷鏗然正如若人之語也試以一偈問之若言琴上有琴聲放在匣中何不鳴若言聲在指頭上何不於君指上聽錄以奉呈以發千里一笑也寄惠佳紙名蒴重煩厚意一一捧領訖感怍不已適有少冗書不周謹

與毛澤民推官二首

公素人來得書累幅既聞起居之詳又獲新詩一篇及公素寄示雙石記居夷久矣不意復聞韶濩之餘音喜慰之極無以云喻久廢筆硯不敢繼和必識此

意會合無期臨書惘惘秋暑萬萬以時自厚

寓居粗遣本帶一幼子來今者長子又授韶州仁化令冬中當挈家至此某已買得數畝地在白鶴峯上古白鶴觀基也已令斫木陶瓦作屋三十許間今冬成去七十無幾矧未必能至耶更欲何之以此神氣粗定他更無足爲故人念者　聖主方設科求宏詞公儻有意乎

又

新居在大江上風雲百變足娛老人也有一書齋名思無邪閑知之寄示奇茗極精而豐南來未始得也亦時復有山僧逸民可與同賞此外但緘而藏之耳佩荷厚意永以爲好秋興之作追配騷人矣不肖何足以窺其粗遇不遇自有定數然非厄窮無聊何以發此奇思以自表於世耶敬佩來貺傳之知音感愧之極數日適苦壅嗽殆不可堪强作報滅裂死罪

與陳輔之

某啓昨日承訪及病重不及起見愧仰深矣熱甚起居何如萬里海表不死歸宿田里得疾遂有不起之憂豈非命耶若得少駐復與故人一笑此又望外也力疾書此數字

與温公

春來景仁丈自洛還復辱賜教副以超然雄篇喜抃累日尋以出京無暇比到官隨分紛紏久稽裁謝悚怍無已比日不審台候何如某强顏忝竊中所愧於左右者多矣未涯瞻奉惟冀爲國自重謹奉啓問

某再啓超然之作不惟不肖附託以爲寵遂使東方陋州爲不朽之盛事然所以獎與則過矣久不見公新文忽領獨樂園記誦味不已輒不自揆作一詩聊發一笑耳彭城嘉山水魚蟹爭訟寂然盜賊衰少聊可藏拙但朋遊闊遠舍弟非久赴任益岑寂矣謫居窮僻如在井底杳不知京洛之耗不審邇日寢食何如某以愚暗獲罪咎自己招無足言者但波及左右爲恨殊深雖高風偉度非此細故所能塵垢然某思之不啻芒背爾寓居去江無十步風濤烟雨曉夕百變江南諸山在几席此幸未始有也雖有窘乏之憂亦布褐藜藿而已瞻晤無期臨書悵然伏乞以時善加調護

與魯直二首

晁君寄騷細看甚奇信其家多異材耶然有少意欲魯直以己意微箴之凡人文字務使平和至足餘溢

爲奇怪蓋出於不得已爾晁文奇怪似差早然不可直云耳非謂其諱也恐傷其邁往之氣當爲朋友講磨之語乃宜不知公謂然否

又

某啓方惠州遣人致所惠書承中塗相見尊候甚安卽日想已達黔中不審起居何似云云大率似長沙審爾亦不甚惡也惠州久已安之矣度黔亦無不可處之道如聞行囊中無一錢塗中頗有好事者能相濟給否某雖未至此然亦凜凜然水到渠成不煩預憂但數日苦痔病百藥不瘳遂斷肉菜五味日食淡麪兩梡胡麻茯苓抄數盃其戒又嚴於魯直但未能作文自誓且日戒一日庶幾能終之非特愈痔所得多矣子由得書甚能有益於枯槁也文潛在南極安少游謫居甚自得淳甫亦然皆可喜獨元老奄忽爲之流涕病劇久矣想非由遠適也幽絶書問難繼惟倍萬保重不宣

有姪壻王郎名庠滎州人文行皆超然筆力有餘出語不凡可收爲吾黨也自蜀遣人來惠云云魯直在黔決當往見求書爲先容嘉其有奇操故爲作書然舊聞大夫人多病未易遠去謾爲一言眉山有程道誨

者亦奇士文益老王郎蓋師之此兩人者有致窮之具而與不肖爲親又欲往求魯直其窮殆未易瘳也

與陳傳道五首

某啓久不接奉思仰不可言辱專人以書爲貺禮意兼重捧領惕然且審比來起居佳勝某以衰病難於供職故堅乞一閑郡不謂更得煩劇然已得請不敢更有所擇但有廢曠不治之憂耳而來書乃有遇不遇之說甚非所以安全不肖也某凡百無取入爲侍從出爲方面此而不遇復以何者爲遇乎來使力告回區區百不盡一乍遠千萬自愛

又

衰朽何取而傳道昆弟過聽相厚如此數日前屢常謁告自徐來宋相別王八子安偕來方同舟下信宿而歸又承傳道亦欲至靈壁以部役沂上不果佩荷此意何時敢忘又承以近詩一冊爲賜筆老而思深蘄配古人非求合於世俗者也幸甚幸甚錢塘詩皆率然信筆一一煩收錄秪以暴其短耳

又

某方病市人逐利好刊某拙文欲毀其板矧欲更令人刊邪當俟稍暇盡取舊詩文存其不甚惡者爲一

集以公過取其言當令錄一本奉寄今所示者不惟有脫誤其間亦有他人文也知日課一詩甚善此技雖高才非甚習不能工也聖俞昔嘗如此某近絶不作詩蓋有以非面莫究獨神道碑墓誌數篇爾碑蓋被旨作而誌文以景仁丈世契不得辭欲寫呈文多無暇聞都下已刊板想卽見之也某頃伴虜使頗能誦某文以此知虜中皆有中原文字故爲此碑（謂富公碑也）欲使虜知通好用兵利害之所在也昔年在南京有問僕此事故終之李公文集引得閑當作向所示集古文留子由處有書令撿送也

又

久不上問愧負深矣忽枉手訊勞來勤甚夙昔之好不替有加兼審比來起居佳勝感慰兼集新舊諸詩幸得敬覽不意餘生復見斯作古人日遠俗學衰陋作者風氣猶存若家伯仲間近見報履常作正字伯仲介特之操處險益勵時流孰知之者用是占之知公議少伸耶傳道豈久莞庫者未由面談惟冀厚自愛重而已

又

來詩欲和數首以速欲發此价故未暇閑居有少述

作何日見公昆仲當出相示宮觀之命已過忝矣此外只有歸田爲急承見教想識此懷履常未及拜書因家信道區區

與龐安常

端居靜念思五臟皆止一而腎獨二蓋萬物之所終始生之所出死之所入故也太玄罔直蒙酋冥罔爲冬直爲春蒙爲夏酋爲秋冥復爲冬則此理也人之四支九竅凡兩者皆水屬也兩腎兩足兩外腎兩手兩目兩鼻皆水之升降出入也手足外腎舊說固與腎相表裏而鼻與目皆古未之言也豈亦有之而僕觀書少不見耶以理推之此兩者其液皆鹹非水而何僕以爲不得此理則內丹不成此又未易以筆墨究也古人作明目方皆先養腎水而以心火煖之以脾固之脾氣盛而水不下泄心氣下則水上行水不下泄而上行目安得不明哉孫思邈用磁石爲主而以朱砂神麴佐之豈此理也夫安常博極羣書而善窮物理當爲僕思之是否一報某書

與王敏仲八首

某垂老投荒無復生還之望昨與長子邁訣已處置後事矣今到海南首當作棺次便作墓仍留手疏與

諸子死即葬於海外庶幾延陵季子嬴博之義父既可施之子子獨不可施之父乎生不挈棺死不扶柩此亦東坡之家風也此外燕坐寂照而已所云途中邂逅意謂不如其已所欲言者豈有過此者乎故覼縷此紙以代面別

又

某啓得郡旣謝即不敢久留故人事有不周方欲奉啓告別遽辱惠問且審起居佳勝寵喻過實深荷獎借日夕遂行益遠萬萬以時自重不宣

又

羅浮山道士鄧守安字道立山野拙訥然道行過人廣惠間敬愛之好爲勤身濟物之事嘗與某言廣州一城人好飲鹹苦水春夏疾疫時所損多矣惟官員及有力者得飲劉王山井水貧下何由得惟蒲澗山有滴水岩水所從來高可引入城蓋二十里以下耳若於岩下作大石槽以五管大竹續處以麻纏漆塗之隨地高下直入城中又爲一大石槽以受之又以五管分引散流城中爲小石槽以便汲者不過用大竹萬餘竿及二十里間用葵茆苫蓋大約不過費數百千可成然須於循州置少良田令歲可得租課五

七千者令歲買大筋竹萬竿作栰下廣州以備不住
抽換又須於廣州城中置得小房錢可以日掠二百
能與哀悚恐悚恐

又

聞遂作管引蒲澗水甚善每竿上須鑽一小眼如菉
豆大以小竹針窒之以驗通塞道遠日久無不塞之
理若無以驗之則一竿之塞輒累百竿矣仍願公擘
畫少錢令歲入五十餘竿竹不住抽換永不廢僭言
必不訝也

又

富公碑詞甚愧不工公更加粉飾豈至是哉舟中病
暑疲倦不謹恕之

又

某再啓林醫遂蒙補授於旅泊處衰病非小補也又
工小兒產科幼累將至且留調理渠欲往謝未令去
也乞不罪治瘴止用薑葱豉三物濃煮熱呷無不效
者而土人不知作豉入此州無黑豆聞五羊頗有之
便乞爲致三石得爲作豉散飲病者不罪不罪

與鄭靖老二首

某啓到雷州見張君俞首獲公手書累幅欣慰之極

不可云喻到廉廉守乃云公已離邕矣方悵然欲求問從者所在少通區區忽得來教釋然又得新詩皆秀傑語幸甚幸甚別來百罹不可勝言置之不足道也志林竟未成但草得書傳十三卷甚賴公兩借書籍檢閱也向不知公所存又不敢帶行封作一籠寄邁處令訪尋歸納如未有便且寄廣州何道士處已深囑之必不散墜某留此過中秋或至月末乃行至北流作竹筏下水歷容藤至梧與邁約令般家至梧相會中子迨亦至惠矣卻雇舟泝賀江而上水陸數節方至永老業可柰可柰未會間以時自重不宣

又

某見張君俞乃始知公中間亦爲小人所捃摭令史以下固不知退之諱辯也而鄉貳等亦爾耶進退有命豈此輩所制知公奇偉必不經懷也某鬚髮盡白然體力元不減舊或不卽死　聖恩汪洋更一赦或許歸農則帶月之鋤可以對秉也本意專欲歸蜀不知能遂此計否蜀若不歸卽以杭州爲佳朱邑有言子孫奉祠我不如桐鄉之民不肖亦云然外物不可必當更臨事隨宜但不卽死歸田可必也公欲相從於溪山間想是真誠之願水到渠成亦不須預慮也

此生真同露電豈通把玩耶某頓首

上韓昭文

某啓違遠旌棨忽已數月改歲緬想台候勝常邊徼往還從者殊勞目望馬首但迂拙動成罪戾恐不能及見公之還而去耳餘寒伏冀爲國自重因李祕校行謹奉啓參候不宣

與李延評

某啓經由特辱枉訪適以臥病數日及連日會集殊無少暇治行忽遽不及詣謝明日解維遂爾違闊豈勝愧負

與黃敷言二首

某啓疊辱寵訪感慰感慰兼集晚來起居佳勝承來晨啓行以衰疾畏寒不果往別悚怍深矣衝涉雨霰萬萬保練謹令兒子候違不宣

又

少事干煩一書與惠州李念四秀才告爲到廣州日專遣一人達之不罪交代民師且爲再三致意某再拜

與陸固朝奉

某啓久留屬疾不敢造請負愧已深茲者啓行又不

往別悚怍之至謹奉手啓代違

與謝民師推官二首

某啓衰病枯槁百念已忘緇衣之心尚餘此耳蒙不鄙棄贈以瑰瑋藏之巾笥永以爲好今日遂行不果走別愧負千萬謹奉手啓代違

又

某蒙錄示近報若果的免湖外之行衰羸之幸可勝言哉此去不住許下則歸陽羨民師還朝受任或相近得再見幸矣兒子輩並沐寵問及覽所賜過詩何以克當然句法有以發小子矣感荷感荷旅次不盡

與黃洞秀才二首

某啓經過幸一再見人來辱書甚荷存記兼審比來起居佳勝爲慰未由款奉千萬保嗇

又

寄示石刻感愧雅意求書字固不惜但尋常因事點筆隨卽爲人取去今卻於此中相識處覓得三紙付去蓬仙因降致區區之意某再啓

與滕達道二十三首

某到此時見荊公甚喜時誦詩說佛也公莫略往一見和甫否餘非面莫能盡某近到筠見子由他亦得

旨指射近地差遣想今已得替矣吳興風物足慰雅懷郡人有賈收耘老者有行義極能詩公擇子厚皆禮異之某尤與之熟願公時顧慰其牢落也近過文肅公樓徘徊懷想風度不能去某至楚泗間欲入一文字乞於常州住若幸得請則扁舟謁公有期矣

又

某啓別後不意遽聞國故哀號追慕迨今未已惟公忠孝體國受恩尤異悲苦之懷必萬常人比日起居何如某日夕過江徑往毗陵相去益近時得上問也爲時自重不宣

又

某再啓承差人送到定國書所報未必是實也都下喜妄傳事而此君又不審乃四月十七日發來邸報至今不說是可疑也一夫進退何足道所喜保馬戶導洛堆垛皆罷茶鹽之類亦有的耗矣二聖之德日新可賀可賀令子各安勝未及報狀也

又

某啓耘老至又辱手書及耘老道起居之詳感慰不可言某留家儀眞獨來常以河未通致公見思之深又有舊約便當往見而家無壯子弟須却還般挈定

居後一日可到也惟深察近日京口時有差除或云當時亦未是實計當先起老鎬僕或得連茹耶惠貺三十壺攜歸餉婦矣於耘老能道不宣某頓首

又

聞張郎已授得發勾春中赴上安道必與之俱來某若得旨當與之同舟于南窮困之中一段樂事古人罕有也不知遂此意否秦太虛言公有意拆却逍遙堂橫廊切謂宜且留之想未必爾聊且言之明年見公當館於此公雅度宏偉欲其軒豁卑意又欲其窈窕深密也如何不罪四聲可罷之萬一浮沉反爲患也幸深思之不罪

又

某再啓前者惠建茗甚奇醉中裁謝不及悚愧之極本州見闕不敢久住遠接人到便行會合邈未有期不免悵惘舍弟召命蓋虛傳耳君實恩禮既異責望又重不易不易某舊有獨樂園詩云兒童誦君實走卒知司馬持此將安歸造物不我捨今日類詩讖矣見報中憲言玉汝右揆當世見在告必知之京東有幹幸示諭

又

許爲置朱紅累子不知曾令作否若得之攜以北行
幸甚如不及己亦非急務不罪

又

某干求累子已蒙佳惠又爲别造朱紅尤爲奇少物
意兩重何以當克捧領訖感愧無量舊者昨寄在常
州令子由帶入京俟到不日便持上也

又

鰒魚三百枚黑金碁子一副天麻煎一篰聊爲土物
不罪浼觸令子思渴冗中不及别啓

又

某晚生蒙不鄙與名又令與立字似涉僭易願公自
命卻示及作字說乃寵幸也

又

近得安道公及張郎書甚安健子由想已過矣青州
資深相見甚極歡今日赴其盛會閑恐要知

又

屢枉專使感怍無量兼審比來尊體勝常以慰下情
某近絶佳健見教如元素黜罷薄有所悟遂絶此事
仍不復念方知中有無量樂回顧未絶乃無量苦辱
公厚念故盡以奉聞也晚景若不疊打此事則大錯

雖二十四州鐵打不就矣既欲發一笑且欲少補左右耳不罪不罪

又

公解印入覲當過岐亭故縣預以書見約輕騎走見極不難愼勿枉道見過想深識此意乍冷萬乞自重

又

承差人借示李成十幅圖遂得縱觀幸甚幸甚且蹔借留令李明者用公所教法試摹看只恐多累筆耳此本眞奇絕月十日後當於徐守處借人賫內令專愛護也

又

某閑廢無所用心專治經書一二年間欲了却論語書易舍弟亦了卻春秋詩雖拙學然自謂頗正古今之誤粗有益於世瞑目無憾往往又笑不會取快活是措大餘業聞令子手筆甚高見其寫字想見其人超然者也

又

某啓知前事尚未已言既非實終當別白但目前紛紛衆所共悉也然平生學道專以待外物之變非意之來正須理遣耳若緣此得蹔休逸乃公之雅意也

黃當江路過往不絕語言之間人情難測不若稱病
不見爲良計二年不知出此今始行之耳西事得其
詳乎雖廢棄未忘爲國家慮也此信的可示其略否
書不能盡區區

又

示喻宜甫夢遇於傳無有某聞見不廣何足以質然
冷煖自知殆未可以前人之有無爲證也自聞此事
而士大夫多異論意謂中塗必一見得相參扣竟不
果此意衆生流浪火宅纏繞愛賊故爲飢火所燒然
其間自有燒不著處一念清淨便不服食亦理之常
無足怪者方其不食不可強使食猶其方食不可強
使之不食也此間何必生異論乎願公以食不食爲
日莫以仕不仕爲寒暑此外默而識之若以不食爲
勝解則與異論者相去無幾矣偶蒙下問輒此奉廣
而已不罪

又

少懇干聞不罪某好攜具野飲欲問公求紅朱果子
兩卓二十四隔者極爲左右費然遂成藉草之樂爲
不淺也有便望頒示悚息悚息某感時氣臥疾逾月
今已全安但幼累更臥尚紛紛也措道人名世昌綿

竹人多藝然可閑攷驗亦足以遣滯也留此幾一年與之稍熟恐要知

又

某欲面見一言者蓋爲吾儕新法之初輒守偏見至有異同之論雖此心耿耿歸於憂國而所言差謬少有中理者今聖德日新衆化大成回視向之所執益覺疎矣若變志易守以求進取固所不敢若嘵嘵不已則憂患愈深公此行尚深示知非靜退意但以老病衰晚舊臣之心欲一望清光而已如此恐必獲對公之至意無乃出於此乎輒恃深眷信筆直突千萬恕之死罪安道公殆是一代異人示諭極慰喜慰喜

又

某再啓近在揚州入一文字乞常州住如向所面議若未有報至南都當再一入也承郡事頗煩齊整想亦期月之勞爾微疾雖無大患然願公無忽之常作猛獸毒藥血盆膿囊觀乃可勿孤吾黨之望而快羣小之志也情切言盡恕其拙幸甚所有二賦稍晴寫得寄上次只有近寄潘谷求墨一詩錄呈可以發笑也衲衣尋得不用更尋累卓感留意悚怍之甚甘子

已拜賜矣北方有幹幸示諭

又

某屏居如昨舍弟子由得安問此外不煩遠念久不
朝覲緣此得望見清光想足慰公至意其他無足云
者貴眷令子各計安勝闕 中前急足遠寄必已收得
略示諭

又

某啓一別十四年流離契闊不謂復得見公執手恍
然不覺涕下風俗日惡忠義寂寥見公使人差增氣
也別來情懷不佳忽得來教甚解鬱鬱且審起居佳
勝爲慰某以少事更數日方北去宜興田已問去若
得稍佳者當扁舟徑往視之遂一至湖見公固所願
然事有可慮者恐未能往也若得請居常則固當至
治下攪撓公數月也未間惟萬萬爲時自重

又

某再啓別諭具感知愛之深一一佩刻董田已遣人
去問宜興親情若果爾當乘舟徑往成之然公欲某
到吳興則恐難爲不欲盡談唯深察之到南都欲一
狀申禮曹凡刊行文字皆先毁板如所教也

又

有監酒高侍禁永康者與之外姻聞亦甚謹幹望略照庇如察其可以翦拂又幸也

與朱康叔十七首

某啓專使至復領手教契愛愈厚可量感服仍審比日起居佳勝爲慰舍弟已部賤累到此平安皆出餘庇不煩念及珍惠雙壺遂與子由累醉公之德也隆暑萬萬以時自重行膺殊相人還上謝

又

令子歸侍左右日有庭闈之樂恨未際見不敢輒奉書近見提舉司薦章稍慰輿議可喜可喜作墨竹人近爲少閑暇俟宛轉求得當續置之呵呵酒極醇美必是故人特遣下廳也某再拜

又

某再拜近奉書并舍弟書想必達胡掾至領手教具審起居佳勝兼承以舍弟及賤累至特有厚貺羊麪酒果一捧領訖但有慚怍舍弟離此數日來教尋附洪州遞與之已遷居江上臨臯亭甚清曠風晨月夕杖屨野步酌江水飲之皆公恩芘之餘波想味風義以慰孤寂尋得去年六月所寫詩一軸寄去以爲一笑酷暑萬乞保練

又

某啓酷暑不可過百事隳廢稍疎上問想不深訝比日伏想尊履佳勝别乘過郡承賜教及惠新酒到此如新出甕極爲珍奇感愧不可言因與二三佳士會同飲盛德也秋熱更望保練行膺峻陟

又

胡掾與語如公之言佳士佳士渠方寄家齊安時得與之相見也令子必且盤桓待下中前示諭姻親事可留示年月日恐求親者欲知之造次造次

又

郭寺丞一書乞指揮送與其人甚有文雅必蒙清顧也聞其墜馬傷手不至甚乎

又

某啓因循稍疎上問不審近日尊候何如某蒙庇如昨秋色益佳郡事稀少想有遊樂無緣展奉但積思念乍冷萬冀以時自重

又

某啓近附黄岡縣遞拜書必達專人過此領手教具審起居佳勝淒冷此歲行盡會合何時以增悵然唯祈善保數文宅計此月末方離陳南河淺澁想五六月閒方到此荷公憂恤之深其家固貧甚然鄉中亦

有一小莊子且隨分過也歸老之說恐未能如雅志

又修理積弊已就倫次監司朝廷豈有遽令放閑耶

問及物食天漸熱難久停恐空煩費也海味亦不苦

食既忝雅契自當一一奉白

又

示諭親情事專在下懷然此中殊少士族若有所得

當立上聞也寫字俟少閑續納上墨竹如可尊意當

取次致左右畫者在此不遠必可求也呵呵

某啓近王察推至辱書承起居佳勝方欲裁謝又枉

教勸益增感愧數日來偶傷風百事皆廢今日微減

尚未有力區區之懷未能盡也乍暄惟冀以時珍攝

稍健當別上問次

又

閣名久思未獲佳者更乞詳閣之所向及側近故事

迹爲幸董義夫相聚多日甚歡未嘗一日不談公美

也舊好誦陶潛歸去來嘗患其不入音律近輒微加

增損作般涉調哨遍雖微改其詞而不改其意請以

文選及本傳考之方知字字皆非創入也謹小楷一

本寄上卻求爲書拋塼之謂也亦請錄一本與元弼

爲病勸不及別作書也數日前飲醉後作頑石亂篠

一紙私甚惜之念公篤好故以奉獻幸檢至

又

令子必在左右計安勝不敢奉書舍弟已到官傳聞筠州大水城內丈餘不知虛的也屏贊硯銘無用之物公好事之過不敢不寫裝成送去乞一覽少事不免上干聞有潘原秀才以買僕事被禁某與其兄潘丙解元甚熟最有文行原自是佳士有舉業望賜全庇暑月得早出爲此人父母皆篤老聞之憂恐萬端公以仁孝名世能哀之否特舊干瀆不敢逃罪天覺出監之作本以爲公家寶而公乃輕以與人謹收藏以鎮篋笥然尋常不揆以亂道塵獻想公亦隨手將與人耳呵呵

又

某啓武昌傳到手教繼辱專使墮簡感服併深比日尊體佳勝節物清和江山秀美府事整辦日有勝遊恨不得陪從耳雙壺珍貺一洗旅愁甚幸甚幸佳果收藏有法可愛可愛拙疾乍到不諳土風所致今已復常矣子由尚未到真寸步千里也未由展奉尚冀以時自重

又

與可船日夕到此爲之法然想公亦耳子由到比須留也住五七日恐知之前曾錄國史補一紙不知到否因書略示諭生細酒四器正濟所乏珍感生酒暑中不易調停極清然閔仲叔不以口腹累人某每蒙公眷念遠致珍物勞人重費豈不省所安耶所問凌翠至今虛位雲乃權發遣耳何足掛齒牙呵呵馮君方想如所諭極煩留念又蒙傳示秘訣何以當此寒月得暇當試之天覺亦不得書此君信意簡率乃其常態未可以疎數爲厚薄也酒法是用菉豆爲麴者耶亦曾見說來不曾錄得方如果佳錄示亦幸

又

疊蒙寄惠酒醋麪等一一收檢愧荷不可言不得即時裁謝想仁明必能恕察老媳婦得疾初不輕今已安矣不煩留念食隔已納武昌吳尉處矣適少冗不敢稽留來使少間別奉狀次

又

見天覺書中言當世云馮君有一學服朱砂法甚奇惟康叔可以得之不知曾得未若果得不知能見傳否想於不肖不惜也

又

今日偶讀國史見杜羔一事頗與公相類嗟嘆不足故書以奉寄然幸勿示人恐有嫌者江令乃爾深可罪然猶望公憐其才短不逮而已屢有干瀆蒙不怪幸甚其令章憲令日恐到此知之

杜羔有至性其父河北一尉而卒母非嫡經亂不知所之會堂兄兼為澤潞判官嘗鞫獄於私第有老婦辯對見羔出入竊語人曰此少年狀類吾夫訊之乃羔母也自此迎待而歸又往訪先人之墓邑中故老已盡不知所在館於佛寺日夜悲泣忽視屋柱煤煙之下見數行字拂而視之乃父遺迹云我子孫若求吾墓當於某村家問之羔哭而往果有老父年八十餘指其丘壠因得歸葬羔官至工部尚書致仕此出唐李肇國史補近偶觀書歎其事頗與朱康叔相似因書以遺之元豐三年九月二十五日記

又

近日隨例紛冗有疎上問不審起居何如兩日來武昌如聞公在告何也豈尊候小不佳乎無由躬問左右但有馳系冬深寒澁尤宜慎護

又

章質夫求琵琶歌詞不敢不寄呈安行言有一旣濟鼎樣在公處若鑄造時幸亦見爲作一枚不用甚大者不昇不昇前日人還曾附古木叢竹兩紙必已到今已寫得經藏碑附上令子推官侍下計安勝何時赴任未敢拜書也

與胡深夫五首

某啟自聞下車日欲作書紛冗衰病因循至今疊辱書誨感愧交集比日起居佳勝未緣瞻奉伏望以時保練

又

乍到整葺想勞神用浙西數郡倒被淫雨颶風之患而秀之官吏獨以爲無災以故紛紛至此公下車倍加綏撫不惜高價廣糴以爲嗣歲之備憲司行文欲收糴米此最良策而推戶專斗所不樂故妄造語言聰明所照必不搖也病中手字不謹

又

某久與周知錄兄弟遊其文行才器實有過人不幸遭喪生計索然未能東歸九江託迹治下竊謂仁明必有以安之不在多言今託柳令咨白究中不盡區區

彥霖之政光絶前後君復爲僚可喜船斬新轂借知之究中不一

又

某以衰病紛冗裁書不謹惟恕察王京兆因會幸致區區久不發都下朋舊書必不罪也

又

與朱行中舍人四首

某啓别後兩奉狀想一一聞達比日履玆春和台候勝常某留滯贛上以待春水至此月末乃發瞻望悵惋南海雖外然雅量固有以處之矣詩酒之樂恨不日陪接也更冀若時爲國保練不宣某再拜

又

某已得舟尚在贛石之下若月末不至當乘小舟往就之買公用人以節級持所賫錢竄去又以疾疫氣多死亡以此求還亦官舟無用多人故悉遣回皆以指揮嚴切甚得力乞知之適少冗馳問不盡區區某再拜

又

少事不當上煩東莞資福長老祖堂者建五百羅漢閣極宏麗營之十年今成矣某近爲作記公必見之

塗中爲告文安國篆額甚妙今封附去人公若欲觀拆開不妨卻乞差一公人賫付祖堂者不罪某再拜

又

某啓蒙眷厚借撥行李人感愧不在言也但節級朱立者無狀侵漁不已又遂竄去林聰者又毆平人幾死見禁幸所毆者漸安決不死耳此中多言於法有礙不可帶去故輒牒虔二云得明公書令某遣還多難畏事想必識此心也買公用人於法無礙故仍舊帶去此二十餘人皆謹力不作過望不賜罪窮途作事皆此類慚怍不可言得二座船不失所幸不貽念陋句數首端欲發一笑耳某再拜

與李之儀五首

某年六十五矣體力毛髮正與年相稱或得復與公相見亦未可知已前者皆夢已後者獨非夢乎置之不足道也所喜者在海南了得易書論語傳數十卷似有益於骨朽後人耳目也少遊遂卒於道路哀哉痛哉世豈復有斯人乎端叔亦老矣迨云鬚髮已皓然然顏極丹且渥僕亦正如此各宜閟嗇庶幾復見也兒姪輩在治下頻與教督一書幸送與某大醉中不成字不罪不罪

又

某啓契闊八年豈謂復有見日漸近中原辱書尤數喜出望外比日起居佳勝某已得舟決歸許如所教而長子邁遽捨字深以爲恨報除輦運似亦不惡近日除目時有如人所料者此後端叔必已信安矣但老境少安餘皆不足道乍熱萬萬以時自愛某再拜

又

某以囊裝罄盡而子由亦久困無餘故欲就食淮浙已而深念老境知有幾日不可復作兩處又得子由書及見教語尤切已決歸許下矣但須少留儀真令兒子往宜興剗制變轉往還須月餘約至許下已七月矣去歲在廉州託孫叔靜寄書及小詩達否叔靜云端叔一生坎軻晚節益牢落正賴魚軒賢德能委曲相順適以忘百憂此豈細事不爾人生豈復有佳味乎叔靜相友想得其詳故輒以奉慶忝契不罪

又

近孫叔靜奉書遠遞得達否比來尊體如何眷聚各安勝某蒙恩領真祠世間美仕復有過此者乎伏惟君恩之重不可量數遙知朋友爲我喜而不寐也今已到虔即往淮浙間居處多在毗陵也子由聞已歸

許秉燭相對非夢而何一書乞便與餘惟萬萬自愛

某再拜

又

某啓辱書多矣無不達者然不一一答非特衰病簡懶

之過實以罪垢深重不忍更以無益寒温之問玷累

知交然竟不免累公慚負不可言比日承已赴潁昌

伏惟起居佳勝眷聚各安慶某移永州過五羊度大

庾至吉出陸由長沙至永荷叔靜挐舟相送數十里

大浪中作此書上問無他祝惟保愛之外酌酒與婦

飲尚勝俗侶對梅二丈詩云耳

與馮祖仁四首

某啓䟽言伏承艱疚退居久矣日月逾邁哀痛理極

未嘗獲陳區區少解思慕萬一實以漂寓窮荒人事

斷絶非敢慢也比辱手䟽且審孝履支持廓然愈遠

追慟何及伏冀俯禮適變寬中強食謹奉慰䟽不次

又

蒙示長牋粲然累幅光彩下燭衰朽增華但以未拜

告命不敢具啓答謝感怍不可言喻老瘁不復疇昔

但偶未死耳水道間關寸進更二十餘日方至曲江

首當詣宇下區區非面不旣乏人寫大狀不罪手拙

簡略不次

又

昨日辱遠迓喜慰雖名客散已夜不能造門蚤來又聞已走松楸未敢上謁領手教愧悚無地至節想惟孝思難堪柰何來日當往謁慰節辰蒙惠羊邊酒壺仁者之餽謹以薦先感佩不可言也

又

兩日不果詣見伏計孝履如宜欲告借前日盛會包子廚人一日告白朝散絶早遣至不罪不罪家人輩欲遊南山祖仁若無事可能同到彼閑行否

與黄師是

行計屢改近者幼累舟中皆伏暑自愍一年在道路矣不堪復入汴出陸又聞子由亦窘用不忍更以三百指諉之已決意旦夕渡江過毘陵矣荷憂愛至深故及之子由一書政爲報此事乞蚤與達之塵埃風葉滿室隨掃隨有然不可廢掃以爲賢於不掃也若知本無一物又何加焉有詩録呈簾卷窗穿戸不扃隙塵風葉任縱横幽人睡足誰呼覺攲枕床前有月明一笑一笑某再拜

與廣西憲曹司勳五首

某啟奉別忽二載犇走南北不暇附書申問子由轉附到天門冬煎故人於我至矣日夜服食幾月遂盡之到惠州又遞中領手書懶廢已放不卽裁謝死罪死罪

又 一云與林天和

某啟專人辱書仰服眷厚仍審比來起居清勝至慰至慰長子未得耗小兒數日前往河源獨幹築室極爲勞冗承惠牙蕉數品有未嘗識者幸得徧嘗感愧不已忽忽奉謝

又

某啟數日稍清冷伏惟起居佳勝構架之勞殊少休暇思企清論日積滯念尙冀保衞區區之至因吳子野行附啟不宣

又

某啟專人至賜教累幅慰拊周至且審比來起居佳勝感慰兼至某得罪幾二年矣愚陋貪生輒緣聖主寬貸之慈灰心槁形以盡天年卽目殊健也公別後聞微疾盡去想今益康佳養生亦無他術安寢無念神氣自復知呂公讀華嚴有得固所望於斯人也居閑偶念一事非吾子方莫可告者故崇儀陳侯忠勇

絕世死非其罪廟食西路威靈肅然願公與程之邵議之或同一削乞載祀典使此侯英魄少信眉於地中如何如何然慎勿令人知不肖有言也陳侯有一子在高郵白首頗有立知之蒙惠奇茗丹砂烏藥敬餌之矣西路洞丁足制交人而近歲綏馭少方殆不可用願為朝廷熟講之此外惟萬萬自重

又

公勸某不作詩又卻索近作閑中習氣不免有一二然未嘗傳出也今錄三首奉呈看畢便毀之切祝千萬惠州風土差厚山水秀邃食物粗有但少藥耳近報有永不敘復旨揮正坐穩處亦且任運也子由頻得書甚安某惟少子隨侍餘皆在宜興見今全是一行腳僧但喫些酒肉耳此書此詩只可令之邵一閱餘人勿視也

與晦夫 一云與趙仲脩

某啓辱答教感服風月之約敢不敬諾庾公南樓所謂老子於此興復不淺便當攜被往也

與范夢得八首

某啓一別俯仰十五年所喜君子漸用足為吾道之慶比日起居何如某旦夕南遷後會無期不能無悵

惘也過揚見東平公極安行復見之矣新著必多無緣借觀爲耿耿耳乍暄惟順候自重因李豸秀才行附啓上問不宣

又

某啓辱教字起居佳勝郊外路遠不當更煩屈臨可且寢處耳有事以書垂喻可也界紙望示及來日自不出只在舟中靜坐惠貺鳳團感意眷之厚熱甚不謹

又

某啓辱教承台候康勝爲慰得請知幸以未謝尚稽謁見竦息竦息子功復舊物甚慰衆望來日方往浴室也人還忽卒不宣

又

某啓不肖所得寡薄惟公愛念以道義相期眷子無窮既承感戀不可言乍寒不審起居休否某已次陳橋瞻望益遠惟萬萬以時自重

又

今日謁告不克往見辱教伏承文體佳勝楊君舉家人服其藥多效亦覺其穩審然近見王定國云張安道書云曾下疏藥數日不能食又謝之不滿意然不

知果爾否有聞不敢不盡

又

某啓辱手柬且審起居佳勝爲慰和篇高絶木與種者皆被光華矣幸甚幸甚舊句奇偉試當强勉繼作忽忽不宣

又

某啓違遠二年瞻仰爲勞辱書承起居佳勝慰喜可之極比日履此秋涼起居佳勝少選到岸即伏謁以盡區區

與孫叔靜七首

昨日辱臨顧夙昔之好不替有加感歎深矣屬飲藥汗後不可以風未即詣謝又枉使旌重增悚愓捧手教且審尊體佳勝日夕造謁以究所懷

又

辱手教伏審晚來起居佳勝惠示珠攬頃所未見非獨下視沙塘矣應當一笑羊麪酒醋爲惠禮意兼厚敬已拜賜感佩之極

又

前日辱下顧尚未走謝悚息不已捧手教承起居佳勝卑體尚未清快坐阻談論爲悵惘也惠示妙劑及

方獲之幸甚從此衰疾有瘳矣

又

已别瞻企不去心辱手教且審佳勝感慰之極早來風起舟不敢解故復少留因來淨惠與惠州三道人語耳無緣重詣臨紙惋悵

又

令子重承訪及不暇往别爲愧深矣珍惠菜膳增感怍也河源藤已領衰疾可恃矣

又

眉山人有巢谷者字元修曾應進士武舉皆無成篤於風義已七十餘矣聞某謫海南徒步萬里來相勞問至新興病亡官爲槀殯錄其遺物於官庫元修有子蒙在里中某已使人呼蒙來迎喪頗助其路費仍約過永而南當更資之但未到耳旅殯無人照管或毁壞暴露願公愍其不幸因巡檢至其所特爲一言於彼守令得稍修治其殯常戒主者保護之以須其子之至則恩及存亡耳死罪死罪

又

去德彌月思仰縈懷比日履此新陽起居增勝行路百阻至英方再宿矣少留數日此去尤艱閔借舟未

知能達韶否流行坎止輒復任緣不煩深念也後會未卜惟萬萬爲國自重

答劉貢父二首

久闊暫聚復此違異悵惘至今公私紛紛有失馳問辱書感怍無量字畫妍潔及問來使云尊貌比初下車時皙且澤矣聞之喜甚比來起居想益佳何日歸覲慰士大夫之望未閒萬萬爲時自重不宣

又

某忝冒過甚出於素獎然迂拙多忤而處爭地不敢作久安計兄當有以教督之血指汗顏旁觀之誚忝何忝何舉官之事有司逃失行之罪歸咎於兄清明在上豈可容此小子何與焉茯苓松脂雖乏近效而歲計有餘未可棄也默坐反照瞑目數息當記別時語耶

答曾子宣三首

某啓流落江湖晚復叨遇惟公知炤如一日也孤愚寡與日親高誼謂可永久不謂尚煩藩翰之寄違闊以來思仰日深辱書教伏審履茲秋涼台候萬福欣慰之極二聖思治求人如不及公豈久外惟千萬順時爲國自愛

又

自公之西有識日望詔還豈獨契愛之末邊落寧肅公豈久外哉示喻塔記久不馳納愧恐之極乞少寬之秋涼下筆也親家柳子良宣德赴潞幕獲在屬城知幸知幸謹奉手啓冗迫不盡區區

又

某啓辱教伏承台候萬福爲慰塔記非敢慢蓋供職數日職事如麻歸即爲詞頭所迫率以半夜乃息五更復起實未有餘暇乞限一月所敢食言者有如河願公一笑而恕之旦夕當上一邂逅而別

與李公擇

秋色佳哉想有以爲樂人生惟寒食重九愼不可虛擲四時之變無如此節者近有潮州人寄一物其上云扶劣膏不言何物狀似羊脂而堅盛竹筒中公識此物否味其名必佳物也若識之當詳以示可分去或問習南海者子由近作棲賢僧堂記讀之慘凜覺崩崖飛瀑逼人寒栗

與姜唐佐秀才六首

某啓特辱遠訪意貺甚重衰朽廢放何以獲此悚汗不已經宿起居佳勝長牋詞義兼美窮陋增光病臥

不能裁荅聊奉手啓

又

某啓昨日辱夜話甚慰孤寂示字承起居安勝奇䢜佳惠感服至意當同啜也適睡不即答悚息某頓首

又

今者霽色尤可喜食已當取天慶觀乳泉潑建茶之精者念非君莫與共之然蚤來市無肉當相與啖菜飯爾不嫌可只今相過某啓上

又

適寫此簡得來示知巡檢有會更不敢邀請會若散早可來啜茗否酒麪等承佳惠感愧感愧來日飯必如諾十月十五日白

又

某啓別來數辱問訊感怍至意毒暑具喜起居佳勝堂上嘉慶甚慰所望也知非久適五羊益廣學問以卒遠業區區之禱此外萬萬自重不宣

又

某已得合浦文字見治裝不過六月初離此只從石排或澄邁渡海無緣更到瓊會見也此懷甚惘惘因見貳車略道下懇有一書至兒子邁處從者往五羊

時爲帶去轉託何崇道附達爲幸

兒子治裝冗甚未及奉啓所借烟蘿子兩卷吳志四

冊會要兩冊並馳納

與傅維巖秘校四首

某啓專人至承不鄙罪廢長牋見及援證古今陳義

甚高伏讀愧感仍審比來起居佳勝至慰至慰守局

海徼淹屈才美然仕無高下但能隨事及物中無所

愧即爲達也伏暑萬萬自愛不宣

又

衰病裁答草草不訝知不久美解屛即獲會見至喜至

喜掩骼之事知甚留意日夕再遣馮何二士面稟亦

有錢物在二士處此不覼縷曾城荔子一籃付去人

持上不罪不罪某又上

又

某啓遠蒙惠書非眷念之厚何以及此仍審比來起

居佳勝感慰兼集老病之餘復此窮獨豈有再見之

期尚冀勉進學問以究遠業餘惟萬萬自愛不宣

又

官事有暇得爲學不輟否有可與往還者乎此間百

事不類海北但杜門面壁而已彼中如有麁藥治病

者爲致少許此間如蒼朮橘皮之類皆不可得但不嫌麤賤爲相度致數品不罪不罪

與林天和長官二十三首

某啓近辱手書冗中不果卽答悚息悚息春寒想體中佳勝火後凡百想勞神用勤民之意計不倦也未由披奉萬萬自愛不宣

又

某啓專人辱書具審起居佳勝爲慰春物益妍時復尋賞否想亦以雨軫懷也未由往見萬萬若時加攝不宣

又

小兒往循已數日矣賤累閏月初可到此新居旦夕畢工承問及感感不已領書又惠筍蕨益用愧刻聞相度移邑果爾否

又

某啓辱手教伏承起居佳勝甚慰馳仰承問賤累正月末已到贛上矣閏月上旬必到此也考室勞費乃老業也旦夕遷入未由會見萬萬以時自重不宣

又

花木栽感留意惠貺鹿肉尤增慚荷某又上

珍倣宋版印

又

某啓近數奉書想皆達雨後清和起居佳勝花木悉佳品又根撥不傷遂成幽居之趣荷雅意無窮未即面謝爲媿耳人還忽忽不宣

又

某啓昨辱訪别尤荷厚眷恨老病龍鍾不果詣達愧負多矣經宿起居何如果成行未忘己爲民誰如君者願益進比道譬之農夫不以水旱而廢麃蔉也此外萬萬自愛不宣

又

某啓比日蒸熱體中佳否承惠楊梅感佩之至聞山薑花欲出錄夢得詩去庶致此䰟也呵呵豐樂橋數木匠請假暫歸多日不至敢煩旨麾句押送來爲幸草草奉啓不罪

又

某啓人來辱書具審比日尊體佳勝甚慰所望出意加減秧馬曲盡其用非拊字究心何以得此具白太守矣乍熱萬萬以時加嗇不宣

又

某啓人來辱手教具審起居佳勝吏民畏愛謠頌布

聞甚慰所望秩馬聊助美政萬一耳何足云云乎承示
諭愧悚之至僧磨已成秋涼當往觀也毒熱萬萬爲
民自愛不宣

又

某啓辱教承微疾已平起居清勝甚慰馳仰暑雨不
常官事疲勩攝衛爲難惟加意節調以時休息爲佳
也忽忽不宣

又

某啓多日不奉書思仰之至伏暑尊體何如惠貺荔
子極佳郡中絶少得與數客同飲幸甚幸甚未由合
會萬萬以時自愛某再拜

又

某啓辱手教承起居佳勝久以冗率有闕馳問愧企
深矣承惠龍眼牙蕉皆郡中所乏之感怍之至未由瞻
奉萬萬以時自重不宣

又

高君一臥遂化深可傷念其家不失所否瘴疫横流
僵仆者不可勝計柰何柰何某亦旬日之間喪兩女
使謫居牢落又有此狠狽想聞之亦爲之憮然也某
再啓

又

某啓近日辱書伏承別後起居佳勝甚慰馳仰數夕月色清絶恨不同賞想亦對景獨酌而已未即披奉萬萬自重人還布啓不宣

又

某啓近辱過訪病中恨不款奉人來枉手教具審起居佳勝至慰至慰日夕中秋想復佳風月莫由陪接增悵仰也乍涼萬萬自重不宣

又

某啓人還奉書必達即候漸涼起居佳否疊煩頤旨感怍交深未緣面謝惟祝若時自重不宣

又

某啓秋高氣爽伏計尊候清勝公宇已就想日有佳思未緣披奉萬萬以時珍嗇不宣

又

某啓前日人回裁謝必達比日履茲薄冷起居佳否未緣展奉但有翹想尚冀保衞區區之至不宣

又

某啓近奉狀知入山未還即日想已還治起居佳否往來衝冒然勝遊討不爲勞也未瞻奉閒更乞若時

自重不宣

又

某啓辱書伏承起居佳勝示諭幼累已到誠流寓中一喜然老穉紛紛口衆食貧向之孤寂未必不佳也可以一笑蒸鬱未解萬萬以時自重不宣

骨肉遠至重爲左右費羊麪鱸魚已拜賜矣感怍之至

又

某啓從者往還見過皆不款奉愧仰何勝辱書承起居清勝聞還邑以來老穉鼓舞數日調治想復清暇矣歲莫萬萬加愛不宣

又

某啓昨日江干邂逅未盡所懷來日欲奉屈蚤膳庶少款曲闕人不獲躬詣不罪

與張朝請五首

某啓兄弟流落同造治下蒙不鄙遺眷待有加感服高誼悚佩不已別來未幾思仰日深比來起居何如

某已到瓊過海無虞皆託餘庇旦夕西去回望逾遠後會無期惟萬萬若時自重慰此區區途次裁謝草草不宣

又

海南風物與治下略相似至於食物人烟蕭條之甚去海康遠矣到後杜門默坐喧寂一致也蒙差人津送極得力感感舍弟居止處若得蚤成令渠獲一定居遺物離人而遊於獨乃公之厚賜也兒子幹事未暇上狀不罪某上啓

又

某再啓聞已有詔命甚慰輿議想日夕登途也當別具賀幅某闕人寫啓狀止用手書乞加恕也子由荷存庇深矣不易一二言謝也新春海上嘯詠之餘有足樂者島中孤寂春色所不到也某再拜

又

某啓久不上狀想察其衰疾多畏非簡慢也新軍使來捧教字且審比日起居佳勝感慰兼極某到此數臥病今幸少閒久逃空谷日就灰槁而已因書瞻望又復悵然尚冀若時自厚區區之餘意也不宣

又

新釀四壺開嘗如宿昔香味醇冽有京洛之風逐客何幸得此但舉杯屬影而已海錯亦珍絕此雖島外人不收此得之又一段奇事也眷意之厚感怍無已

答漢卿

某啓辱教承起居佳勝爲慰知不久入城遂當一見何幸如之地黃煎已領感怍適自局中還熱甚濊塞奉書地黃煎蒙寄惠極佳薑蜜之劑甚適宜也仰煩神用愧感不可言

謝呂龍圖三首京師

龍圖閣老執事某西蜀之鄙人幼承家訓長知義方粗識名教遂堅晚節兩登進士舉一中茂才科故當世名公巨卿亦嘗賜其提挈愛憐之意故歐公引之於其始韓公薦之於其中今又閣下舉之於其後自惟末學辱大賢者之知出自天幸然君子之心以公而取士其小人之志終荷恩以歸心但空省循何由論報比者上以片言隻字謝德於門下而其誠之所加意有所不能盡意之所至言有所不能宣故其見於筆舌者止此而已惟高明有以容而亮之

又

前以拙訥上塵聽覽方懼獲罪於門下而無以容其誅又辱答教言辭款密禮遇優隆而褒揚之句有加於前日此不肖所以且喜且懼而莫知所措也珍函已捧受訖謹藏之於家以爲子孫之美觀蔀屋之陋

復生光彩陳根之朽再出英華乃閤下煖然之春有以嫗育成就之故也擇日齋沐再詣館下臨紙踧訥情不能宣伏惟恕其愚

又

某久以局事汨沒殊不獲覯止竊惟應得疎絶之罪於左右不意寬仁含垢察其俗狀之常情恕其簡略之小過光降書辭曲加勞問拜貺之際益增厚顏旦夕詣賓次盛暑伏惟爲朝廷自愛上副注倚之心下慰輿人之望

與楊濟甫

爲別忽已半歲傾想之懷遠而益甚即日起居何如貴眷各安不自離家至荆南數次奉書計並聞達前月半已至京一行無恙得臘月中所惠書甚慰遠意見在西崗賃一宅子居住恐要知悉春暄未緣會見千萬珍重珍重

答王龍圖

辱簡承孝履如宜新詩寵行甚幸但稱道太過非所以安不肖也餘所論謹在意

與楊濟甫鳳翔

奉別三更歲律思渴日深即日履此新春起居多勝

貴聚各佳安某前月十四日到鳳翔十五日已交割
訖人事紛紛久稽裁問想自尊君襄事後來漸獲閑
靜營幹諸事必且濟辦某此與與賤累如常今因范元
歸奉書聞露氣侯漸和更希珍重

與蒲誠之六首

某啓聞軒馬已至多時而性懶作書不因使賫手教
來雖有傾渴之心終不能致一字左右也悚愧悚愧
盛熱殊不可過承起居佳裕甚喜甚喜某此並無恙
京師得信亦安但近得山南書報伯母於六月十日
傾背伯父之喪未及一年而災禍仍重如此何以為
心家兄惟三哥在左右大哥二哥必取次一人歸山
南謀扶護還鄉也人生患難至有如此極者煩惱煩
惱知郡事頗簡足以尋繹舊學也同僚中有可與相
處而樂者否新牧倅皆在此常相見恐知悉殘暑更
冀順時珍重

又

近聞員祕丞言聞於誠之韓益州欲令誠之替某若
得請固所喜幸也然某盡今歲方及二年不知朝廷
肯令某成資解去否若必俟三考則於誠之為太淹
緩安用也向經由時甚恨不款曲今若因此得從容

接奉何喜如之陳文日日見甚安

又

近遞中辱書方欲附問人來又承手教審聞起居佳勝差慰瞻望新命必已下伏增欣慶苟相知豈必爲交代但奉見稍遠耳承又須歸覲奔波良不易也秋冷千萬善愛

又

聞車騎已在二曲卽見風采喜慰可知冒寒行李不易久此併左獲奉清游幸甚也

又

今日比欲更接清話少頃而人事紛紛至今不得暫息欲奉謁次聞府官盡出接張省簉須至日出城恐訝不來走此聞達

又

長安之別忽然改歲伏計履茲新春起居增慶某明日至府謁見預增欣抃然不免有少事干聒爲本府帶得接新戎兵士數十人比謂到京卻中途逢本官行李頗闕事欲告於貴府添差防護廂軍十餘人昨本有防護二十人爲華州減卻十人但只依元數亦差較也告早爲擘畫某更不住後日絶早發去也特

眷契喋喋喧瀆幸爲留念

與楊濟甫

冬寒遠想起居佳勝此去替不兩月更不能歸鄉且入京去愈遠依黯近得王道矩書云朝夕一來此相看告便如遞中惠一書貴知道矩幾日起發此幹告早及某只十二月十七八閒離岐下也

答楊濟甫二首除喪還朝

某近領臘下教墨感服眷厚兼審起居佳勝某此與賤累如常舍弟差入貢院更半月可出都下春色已盛但塊然獨處無與爲樂所居廳前有小花圃課童種菜亦少有佳趣傍宜秋門皆高槐古柳一似山居頗便野性也漸暖惟千萬珍重

又

遞中屢得數書知尊體佳勝貴眷各安示及發遞引目契勘得並到但鄉親書皆五六十日不獨濟甫也府推之命只是暫權發遣更月餘正官到即仍舊管官誥院也府中冗絆非拙者所樂恐知都下所須示及

與楊濟甫

近領來書喜知眠食佳安某此與賤累並安陳州舍

弟亦安不煩念及久客都下桂玉所迫囊裝並竭今冬積雪四五尺僦居儆陋殊無聊惟日望一差遣出去耳未由披奉千萬珍重

答寶月大師二首

久不奉書蓋冗惰相因必未訝也史厚秀才及蔡子華處領來書知法體佳勝此中並安請補外蒙恩除杭倅日旦夕出京且往陳州相聚至九月初方行愈遠鄉里曷勝依黯累示及瑜隆紫衣師號近爲干得王詵駙馬奏瑜爲海慧大師文字更旬日方出圓覺經云法界海慧照了諸相文潞公亦許奏隆紫衣然須俟來年遇聖節方可奏已差祠部吏人到王駙馬宅計會瑜師文字纔得便入遞次莫更一兩月方得勑出此事自難得偶成此二事也臨行草草書不盡此懷惟千萬珍重

又

屢蒙寄紙一一愧荷駙馬都尉王晉卿畫山水寒林冠絕一時非畫工能髣髴得一古松帳子奉寄非吾兄別識不寄去也幸祕藏之亦使蜀中工者見長意思也他甚珍惜不妄與人

與大覺禪師璉公杭倅

人至辱書伏承法候安裕傾向傾向昨奉聞欲捨禪月羅漢非有他也先君愛此畫私心以爲捨施莫如捨所甚愛而先君所與厚善者莫如公又此畫頗以靈異累有所覺於夢寐不欲盡談嫌涉怪爾以此益不欲於俗家收藏意只如此而來書乃見疑欲換金水羅漢開書不覺失笑近世士風薄惡動有可疑不謂世外之人猶復爾也請勿復談此某比乏人可令賫去兵卒之類又不足分付告吾師差一謹幹小師賫籠仗來迎取并古佛一軸亦同捨也錢塘景物樂之忘歸舍弟令自陳州得替當授東南幕官冬初恐到此亦未甚的詩筆計益老健或借得數首一觀良幸到此亦有拙惡百十首閑暇當錄寄也

答范夢得二首

久以事牽不遑奉書深以爲愧中間安上處及遞中捧來教具審起居佳勝某旅官粗遣春夏閒殊少事近日併覺冗坌盜賊獄訟常滿蓋新法方行故也疲薾無狀館中清佚至爲福地然知平日交遊皆不在何以爲樂某旬日來被差本州監試得閑二十餘日在中和堂望海樓閑坐漸覺快適有詩數首寄去以發一笑

又

久不奉書愧負不可言不審比辰起居佳否某此粗遣但親友疎闊旅懷牢落爾屢得蜀公書知佳健二家兄書云每去輒留食食倍於我輩此大慶也頻得潞公手筆皆詳悉精好富公必時見之聞其似四十許人信否君實固甚清安得此數公無恙差慰人意無緣面言惟順時自愛

與郭功父五首

昨日承顧訪殊慰久闊經夕起居佳否某出院本欲往見以下痢乏力未果想未訝也略奉啓布謝萬一

又

元本闕四字瞻奉喜慰可量既以不出又數日臥病遂元本闕五字起居佳否某下痢雖止尚羸薾也謹奉啓布謝

又

兒子歸來別無可爲土物御筆一雙賜墨一圭新茶二餅皆得之大臣家眞物也不罪浼瀆

又

辱訪臨感怍獨以忽遽爲恨迫行不往謝惟寬恕乍熱萬萬自重

又

別來瞻仰無窮風雪凝寒從者勤矣辱書承起居甚佳爲使者即至必且暫還惟萬萬自重

東坡續集卷第四

東坡續集卷第五

書簡

與康公操都官三首

某稔聞才業之美尚淹擢用向承非罪被移衆論可惜賢者處之想恬適也希聲久不得書承示諭方知得蜀州應甚慰意二浙處處佳山水守官殊可樂鄉人之至此者絕少舉目無親故而杭又多事時投餘隙輒出訪覽亦自可卒歲也東陽自昔勝處見劉夢得有三伏生秋之句此境猶在否未知會晤之日但有企詠

又

所索詩非敢以淺陋爲辭但希世絕境衆賢所共詠歎不敢草草爲寄也幸恕察

又

向辱教久欲裁謝值出入紛紛無定因循至今即日履茲春和起居佳適向承寄示圖記及詩實深慰仰此眞得賢者之樂雖鄙拙亦欲勉作歌詩庶幾附託高人絕境以傳永久適會紛紛未暇更旬日當寄上也

答楊君素

久不奉書遞中領來教欣承起居佳勝眷愛各無恙
奉別忽四年薄廩維絆歸計未成懷想親舊可勝惋
歎吾丈優游自得心恬體舒必享龜鶴之壽劣姪與
時齟齬終當捨去相從林下也

與楊濟甫

久不奉書亦少領來訊思念不去心不審即日起居
佳否眷愛各無恙某此安健官滿本欲還鄉又為舍
弟在京東不忍連年與之遠別已乞得密州風土事
體皆佳又得與齊州相近可以時得沿牒相見私願
甚便之但歸期又須更數年瞻望墳墓懷想親舊不
覺潸然未緣會面惟冀順候自重

與周開祖

某忝命皆出奬借尋自杭至吳與見公擇而元素子
野孝叔令舉皆在湖燕集甚盛深以開祖不在坐為
恨別後每到佳山水處未嘗不懷想談笑出京北去
風俗既椎魯而游從詩酒如開祖者豈可復得乃知
向者之樂不可得而繼也令舉特來錢塘相別遂見
送至湖久在吳中別去真作數日惡然詩人不在大
家省得三二五十首唱酬亦非細事

與何浩然

人還辱書且喜起居佳勝寫真奇絕見者皆言十分形神甚奪真也非故人倍常用意何以及此感服之至所要詩稍暇作寫去雙幅已令蜀中織造至便寄納未卽會見千萬珍重

答水陸通長老五首密州

近過蘇臺不得一見而別深爲耿耿專人來辱書且喜法履清勝某到此旬日郡僻事少足養衰拙然城中無山水寺宇朴陋僧麤野復求蘇杭湖山之遊無復髣髴矣何日會集慰此牢落唯萬萬自重

又

三瑞堂詩已作了納去惡詩竟何用是家求之如此其切不敢不作也惠及温柑甚奇此中未嘗識也栗子兩篭不足爲報但此中所有只此耳單君旣必常相見路中屢有書去久望來書且請附密州遞寄數字告爲速達此意

又

別後一向冗忙有疎奉問疊辱手教愧悚良深仍審履茲初涼法體增勝爲慰承開堂未幾學者日增吾師久安閑獨迫於衆意無乃少勞然以濟物爲心應不計勞逸也未緣奉謁千萬珍重人還布謝

又

姚君篤善好事其意極可佳然不須以物見遺也惠香十八罐卻託還之已領其厚意與收留無異實爲他相識所惠皆不留故也切爲多致此懇

又

且說與姚君勿疑訝只爲自來不受非親舊之餽恐他人卻見怪也元伯昆仲因見各爲致懇乍到未及奉書

答陳履常二首

吳中屢得瞻見時以餘棄洗濯蒙鄙別來仰佇日深遞中首辱教尺感服良厚即日履茲酷暑起居何如貴眷令子各佳勝披奉杳然臨紙悵惘惟冀爲時調護

又

遠承寄貺詩刻讀之灑然如聞玉音何幸獲此榮觀不獨以見作者之格且足以知風政之多暇而高躅之難繼也輒和光祿庵二絕聊以寄欽羨之懷一笑投之可也所須接骨丹方謹錄呈高密連年旱蝗應副朔方百須紛然疲茶日俟汰逐企仰仙館如在雲漢矣因風不吝誨字

答程彝仲二首

某啟奉別積年因循不脩書問每以爲愧遞中辱手書勞問甚厚感戴不可言也承以科詔入都跋履之餘起居佳否老兄循道既久文行愈粹決無終否不振之理更少貶以就繩墨卽當俯拾也未緣披奉惟冀以時自重謹因鄉人李君行奉啟布問

又

得聖此行得失必且西歸計無緣過我而東武任滿當在來歲冬杪亦無緣及見於京師矣此任滿日舍弟亦解罷當求鄉里一任與之西還近制既得連任蜀中遂可歸老守死墳墓也心貌衰老不復往日惟念斗酒隻雞與親舊相從耳星橋別業比來更增葺否因便無惜一兩字

與王慶源二首

陵州遞中辱書及詩如接風論忽不知萬里之遠也卽日履茲秋暑尊候何似某此粗遣雖有江山風物之美而新法嚴密風波險惡況味殊不佳退之所謂閑居食不足從官力難任兩事皆害性一生長苦心正謂此矣知叔丈年來頗窘此事有定分但只以安健無事多子孫爲樂亦可自遣何時歸休得相從田

里但言此心已馳於瑞草橋之西南矣秋暑更冀以
時珍重

又

高密風土食物稍佳但省租公庫減削索然貧儉始
至值歲飢人豪剽劫無虛日凡督捕姦宄五七十人
近始肅然闢訟頗簡稍葺治園亭居之亦粗可樂但
時登高西南引領即悵然終日近稍能飲酒終日可
飲十五銀盞他日粗可奉陪於瑞草橋路上放歌倒
載也

答金山寶覺禪師

去歲赴官迫於程限不能枉舟一別中流縱望雲山
杳然有不可及之歎既渡江遂蒙輕舟見餞復得笑
語一餉之樂暫荷之懷殆不可勝言別來因循未及
奉書專人至辱教累幅慰喻反復讀之爽然如對妙
論仍審比來法履佳勝某此粗遣但未有會見之期
臨紙惘然惟萬萬自重至游堂記即當下筆遞中寄
去近有後杞菊賦一首寫寄以當一笑

答富道人

承錄示祕方及寄遺藥具感厚意然此事本林下無
以遣日聊用適意可也若待以爲生則爲造物者所

惡矣僕方苟祿出仕豈暇爲此謹卻馳納且寄之左右異日歸田卻咨請感愧之至

答周開祖

遞中辱書教累幅如接笑語即日遠想起居佳勝某此無恙已被旨移河中府候替人十二月上旬中行相去益遠矣往日相從湖山之景何緣復有別後百事紛紛皆不足道惟令舉逝去令人不復有意於茲世細思此公所以不壽者而不可得不免爲之出涕讀所示祭文紀述略盡其美甚善其家能入石否亦欲作一首哀詞未暇也當作寄去開祖筆力頗長魏武所謂老而能學惟予與袁伯業眞難得也寄示山圖欲尋善本而不可得者新詩清絕輒和兩首取笑浩然亭續和寄去今日大雪與客飲於玉山堂適遣人往舍弟處遂作此書手冷殊不成字惟冀自重而已

答蜀僧幾演

幾演大士蒙惠蟠龍集向已盡讀數冊迺詩迺文筆力奇健深增歎伏僕嘗觀貫休齊已詩尤多凡陋而遇知得名赫奕如此蓋時文凋弊故使此二僧爲雄强今吾師老於吟詠精敏豪放而汨沒流俗豈亦有

幸不幸耶然此道固亦澹泊寂寞非以蘄人知而鼓譽也但鳴一代之風雅而已旣承厚貺聊奉廣耳

與人

違去門下已八年愚魯罷殆人事廢書疏缺然怠慢之罪宜在譴絕比承柄用又不以時隨衆修賀蓋疎懶愧縮日復一日不知復憐恕之否即日履茲寒凝台候萬福某去替止數月而貧困難以赴闕相次乞江浙一郡君幸得之拜見未可期惟冀爲國自重

答張主簿

改歲無緣展慶伏惟履茲新春百福來集旬日前辱教感服眷厚不即馳答悚怍悚怍何日披奉但有馳仰餘寒冀以時自重

與人二首

浙右之別遂不上問至今想必察其情也特枉書問感慰慰兼集比日起居何如涉海恬然繼以題擢衆論翕然知忠信之可恃名實之相副也雅故之末欣慰可量

又

前日使車道由郡下雖展接顔表殊慰瞻傃之懷惟是禮勞不腆實深愧悚逮茲違間吏役絆縶未皇奉

書以伸惓惓之情特蒙高明遠貺珍牘披繹數四感仰交懷初暑微熱切承跋履之餘動止佳勝未緣會集臨紙增慨

與眉守黎希聲二首徐州

傾向已久展奉無由竊計比日履茲酷暑起居佳勝某占籍部中不獲俯伏門下一修桑梓之儀瞻望鈴齋豈勝懷仰伏惟順時爲民自愛

又

去歲王秀才西歸奉狀必達卽日遠想起居佳勝承朝廷俯徇民欲有旨借留雖滯留高步士論未厭而鄉閭之慶特以自私而已然山水之秀園亭之勝士人之衆多食物之便美計公亦自樂之志歸也某久去墳墓貪祿忘家念之輒面熱但差使南北不敢自擇爾何時復得一笑爲樂尚冀爲時自重

又

向自密得赴河中至陳橋受命改差彭城便欲赴任以兒子娶婦暫留城東景仁園中旦夕自汴東去愈遠風問可勝悵然墳墓每煩戒敕惟增感噎堂兄欲葬祖墳爲諸房衆多某旣不敢果決恐衆意難允也乞知之

答李才元

熱甚竟不再別悵仰殊深辱教承起居佳勝寵惠皆奇筆雅制刻荷無已仁者之惠誠足慰彼黎庶然不知者以爲見教以是搖之呵呵安道舍弟當具道盛意乍遠萬乞保重即復顯用以慰士望

答范蜀公

前日辱書并新詩累幅詞格清美欽味不釋手屬使者交至紛紛無暇裁謝後時再領手教愧悚無地比日起居何如未由披奉萬萬以時自重

答晁叔美二首

自別兩辱存問荷眷契之厚無以爲喻日欲裁謝而拙鈍懶放因循至今計明哲雅量不深譴過而自訟亦久矣即日不審尊履何如某此無恙但奉行新政多不如法勘劾相尋日竢汰遣耳若得放歸過淮必遂候見未間爲國自重

又

向承出按淮甸不即具賀幅者以吾兄素性亮直而此職多有可愧者計非所樂耳然仁者於此時力行寬大之政少紓吏民於網羅中亦所益不小此中常賦之外徵斂雜出而鹽禁繁密急於兵火民既無告

吏亦僅且免罪益苟簡矣向聞吾兄議論頗與時輩不合今茲躬履其事必有可觀者矣令兄佳士久淹諸君亦自知之

與蒲廷淵

河中永洛出棗道家所貴事見眞誥唐有道士侯道華嘗得無核者三食之後竟竊鄧太主藥上昇君到彼試求之但恐得之不偶然非力求所能致爾

與晁君成

苦寒審尊履佳勝新文極爲精妙久不見之甚慰喜莊子用志不分乃疑於神古語以疑爲似耳如易陰疑於陽世俗不知乃改作凝不敢不告人還草草

與范子豐六首

伏審子豐南宮殊捷慶抃可量即日想已唱第必在高等期集之暇起居佳勝某更五七日泝汴愈遠左右臨書悵然惟祈愼重別膺亨寵

又

小事拜聞欲乞東南一郡聞四明明年四月成資尚未除人託爲問看回書一報前所託殊不蒙留意恐非久東南遂請愈難望矣無乃求備之過乎然亦愼不可泛愛輕取也人還且略示諭

又

近專人奉狀達否即日起居何如貴眷各安局事漸清簡否某幸無恙水旱相繼流亡盜賊漸起決口未塞河水日增勞苦紛紛何時定乎近乞四明不知可得否不爾但得江淮間一小郡皆可樂更不敢有擇也子豐能為一言於諸公間乎試留意人還仍乞一報幸甚奉見無期惟萬萬以時自重

又

稍不通問伏想起居佳勝侍郎丈必在郊外過夏台候必更康安某此與幼累如常八月九月間秋水既過彭城城下儆備高麗使已還四明可以易守當更理前請也會合杳未有涯萬萬自重

又

南方夏熱殊非中原之比入秋稍得清涼然夏田旱損七八鹽法更變課入不登雖閑局不免以此為累自餘粗如常也子中子老頃在左右今已赴官未何時參候北望不勝馳情

又

新珠想日長進愛婿無恙甚望丈人高等待乞利市也納銀一笏託用買圓熟珠子二千枚少錢告那出

便納上昏嫁所須不可柰何甚非情願幸留意承問似叔頗長成每日作詩讀史但蒙拙少訓督耳內孫想益聰淑諸郎娘各計安也

答王慶源

久以官冗不暇上問忽辱手訊喜知車從已達輦下起居佳勝即日南宮必榜出矣淪屈已久必遂了當欣賀良深來書謙抑過當四方赴者甚衆豈獨吾叔元昆勸駕良合事宜恨此拘縶無緣於東華門外奉接京師一別二十餘年豈惟吾儕衰老可歎至於都城風物事體索然無復往時矣東南守官極可樂而民間蹙迫不聊生懷抱殊不佳深願慶源了當後千萬一來相從數月少慰平生幸勿以他事爲辭至懇至懇

答參寥

別來思企不可言每至逍遙堂未嘗不悵然也爲書勤勤不忘如此仍審比來法體康佳感服兼至二詩皆清妙讀之不釋手且和一篇爲答所要真贊尚未作來人又不敢久留甚愧知且伴太虛爲湯泉之遊甚善甚善某開春乞江浙一郡候見去處當以書奉約也要墨納兩笏皆佳品也餘惟爲法自重適有數

客遠來相看陪接少暇奉啓不盡意

與文與可三首徐州

與可抱才不試循道彌久尚未聞大用公議不厭計當在卽然廊廟間誰爲邱公議者乎老兄旣不計較但乍失爲郡之樂而有桂玉之困又卻不見使者嘗面得失相乘除亦略相當也彭門無事甚可樂但未知今夏得免水患否子由頻得書甚安示諭秋冬過覲甚幸甚幸令嗣昆仲各計安勝爲學想皆成就矣

又

離浙中已四年向亦有少浙物久已分散零落矣有藥玉船兩隻獻上恰好吻酌不通客矣呵呵杭州故人頗多致之不難當續營之但恐得後不肯將盛作見借也

又

近屢於相識處見與可近作墨竹惟劣弟只得一竿未說字說潤筆只到處作記作贊備員火下亦合剩得幾紙專令此人去請幸毋久秘不爾不惟到處亂畫題云與可筆亦當執所惠絕句過狀索二百五十疋也呵呵

與鮮于子駿三首

久不奉狀方深愧悚遞中伏辱手教幷新文石刻等疾讀喜快無量卽辰起居佳否公文學德度宜在朝廷久此遠外何也然聞一路蒙被仁政不爾吏民皆在倒懸中也況鄉井墳墓在焉計居之甚以爲樂某到郡正一年諸況粗遣歲凶民貧力所無如之何者多矣然在己者未嘗敢行所愧也如此而已忝厚眷故及未緣瞻奉惟冀以時自重

又

忝厚眷不敢用啓狀必不深訝所惠詩文皆蕭然有遠古風味然此風之亡也久矣欲以求合世俗之耳目則疎矣但時獨於閑處開看未嘗以示人蓋知愛之者絕少也所索拙詩豈敢措手然不可不作特未暇耳近卻頗作小詞雖無柳七郎風味亦自是一家呵呵數日前獵於郊外所獲頗多作得一闋令東州壯士抵掌頓足而歌之吹笛擊鼓以爲節頗壯觀也寫呈取笑

又

故人劉格字道純故友劉恕道原之親弟讀書強記辯博文詞粲然可觀而立節強鯁吏事亦健君實頗知之餘人未識也欲告子駿與一差遣收置門下公

若可以踏逐辟召幸先之敢保稱職也旦夕歸南康軍待闕公若有以處之他必願就也某非私之也爲時惜才也

與何正道教授三首一作何正通

忝命假守出於獎庇禮當詣謝以衰疾疲曳不給於力愧悚無已乍熱起居佳勝登舟迫遽不果造別益增仰戀

又

辱書承起居佳勝鄉校淹留然使徐之士子識文章瑰瑋之氣非小補也某又復西上紛紛無補甚愧朋友矣

又

張聖塗來稍聞動止爲慰退之所難乃今見之大匠旁觀愧汗深矣行役匆匆不盡區區

與歐陽仲純五首

去歲城東屢獲陪從蒙益既多樂亦無量既別日苦賤事不克馳問慚負不可言即日起居何如見報除審簿信否殊不知即日從者所在徒有仰詠某蒙庇粗遣彭門本無一事足以藏拙河水一至事無不有中間幾殆者數矣必亦聞之今方稍安而夏秋之患

未可量葢命窮所至感召此何時復得一笑之樂也近時數首聊以破顔餘寒萬萬以時自重

又

伯仲叔弼昆仲各計安勝楊掾行速未及拜書乞道下懇子由在南都時得書無恙彭城最處下流水患甲於東北奏乞錢與夫爲夏秋之備數章皆不報曹河若可塞固大善不爾倉卒之間不免調急夫使係省錢豈暇復稟命乎所費必多而爲備不如先事之精也人微言輕信命而已仲純知我之深者聊復及之

又

去春寄舍國門屢辱臨顧喜慰無量别來逾年奔走俗狀未嘗通問瞻企徒深即日履此煩暑起居何如眷愛各安否傳聞車馬已到宛丘相去甚近書問自此可時相及矣千萬順時珍重

又

崔度者頃年在陳與與之甚熟今作過海之行妻子仍在陳學幸略與垂顧

又

伯仲兄聞監西岸已視事未叔弼近託孫元忠附書

季嘿今安在因風無惜惠問宛丘誰與往還有可與
語者否

答周開祖二首 湖州

別久思渴不言可知一路候問來耗忽辱教喜慰良
深乍寒起居佳勝承脫湖北之行而得樂清正如舍
魚而取熊掌甚可賀也某忝命甚便其私即遂面話
此不盡懷

又

長篇奇妙無狀每蒙存錄如此之厚但賜多而報寡
故人知其慚拙必不罪也今輒和一首少謝不敏且
資一笑惠及海味珍感來人遽還未有以報但愧怍
無窮到郡不見令舉此恨何極嘗奠其殯不覺一慟
有刻石必見之更不錄呈有幹一一示及李無悔近
見訪留此旬餘亦許秋涼再過也

答呂熙道二首

平時企詠賢者獨恨隔闊耳既至治下謂當朝夕繼
見而病與人事奪之又迫於行忽遽捨去可勝歎耶
別來方欲上問先辱手教益增悚怍比日起居何如
後會未可期惟萬萬以時自重

又

南都住半月恍然如一夢耳思企德義每以悵然舍
弟朴訥寡徒非長者輕勢重道誰肯相厚者湖州江
山風物不類人間加以事少睡足真拙者之慶有幹
不外

答范純夫

向者深望軒從一來而還領手示知徑赴治實增悵
惘比日起居佳勝日對五老想有佳思此間湖山信
美而衰病不堪煩但有歸蜀之興耳未由會集千萬
以時自愛

與道甫

昨日特蒙不外鄙拙袖出盛文相示辭贍格老覽之
令人亹亹忘倦非大手筆未易至此受教良多不敢
擅爲巾笥之藏謹令人歸納文府伏乞視至未審從
人何日成行亦須示諭

與孫子思七首

奉別未幾思企已深比日起居佳勝聞軒從及境即
遂披對豈勝慰喜

又

事冗有疎上謁思企之深不審起居佳否來日輒欲
邀從者同憲車議少事本欲躬詣爲公擇見訪不果

幸賜臨顧

又

屢辱垂訪尚稽走謁經宿起居佳否借示諸刻一清心目又足見雅尚之不凡也謹卻馳納

又

過辱枉顧知事務冗迫不敢久留語紙軸納去餘空紙兩幅留與五百年後人跋尾也呵呵耘叟詩亦佳

又

疊辱車騎往謝甚疎惟故人深照不以爲譴也經宿尊候佳勝書四紙并藥方馳上方須面授其秘也并硯不一

又

近辱軒從雖屢接奉既别思仰無窮人事衮衮未遑上問先枉寵訊伏審起居佳勝感慰感慰兼深仲通來知在府中計與子由輩游從甚樂未緣再會惟萬萬以時自重

又

比來新詩必多無緣借觀豈勝渴仰示諭諸公處敢不出力但恐言輕不能有益耳

與程得聖秘校二首

近省榜到郡首承高過歡慰可量況困累年行業克富鄉曲榮耀交游喜快甚休甚休春風暄和奉計即日起居安勝御試必更在高等盤桓都下爲況何如惟順時珍愛

又

某去秋因鄉人自高密過此託致手書不知達否奉違累歲無緣一接談笑傾仰殊甚榜中鄉人所識惟吾兄一人其餘豈盡新俊耶車馬必少留都下因風無惜惠問

與人

託庇隣封每荷存記特辱榮訊愧汗可量即辰履茲霜候起居佳勝未緣參見惟日瞻企尚冀以時珍衞區區

與樂推官黄州

疊辱臨訪欲少款奉多事因循繼以臥病愧負深矣數日起居佳否知明日啓行無緣面別尚冀保練慰此區區

答李昭玘

無便久不奉書王子中來且出所惠書益知動止之詳爲慰無量比日尊體何如既拜賜雪堂新詩又獲

觀負日軒諸詩文耳目昡駭不能窺其淺深矣老病
廢學已久而此心猶在觀足下新製及魯直無咎明
略等諸人唱和於拙者便可格筆不復措辭近有李
豸者陽翟人雖狂氣未除而筆墨瀾翻已有漂沙走
石之勢嘗識之吾子中殊長進皆左右之賜也何時
一笑未間惟萬萬自重

答范蜀公四首

李成伯長官至辱書承起居佳勝甚慰馳仰新居已
成池圃勝絶朋舊子舍皆在人間之樂復有過此者
乎某凡百粗遣春夏間多患瘡及赤目杜門謝客而
傳者遂云物故以爲左右憂聞李長官說以爲一笑
平生所得毀譽殆皆此類也何時獲奉几杖臨書惘
惘

又

蒙示諭欲爲卜鄰此平生之至願也寄身函丈之側
旦夕聞道又况忝姻戚之末而風物之美足以終老
幸甚幸甚但囊中止有數百千已令兒子持往荆渚
買一小莊子矣恨聞命之後然京師尚有少房緡若
果許爲指揮從者幹當賣此業可得八百餘千不識
可納左右否所賜手書小字如芒知公目益明此大

慶也某早衰多病近日亦能屏去百事澹泊自持亦便佳健異日必能陪從也

又

承別紙示諭麴蘖有毒平地生出醉鄉土偶作祟眼前妄見佛國公欲哀而救之問所以救者小子何人固不敢不對公方立仁義以爲城池操詩書以爲干櫓則舟中之人盡爲敵國雖公盛德小子亦未知勝負所在願公宴坐靜室常作是念當觀彼能惑之性安所從生又觀公欲救之心作何形段此猶不立彼復何依雖黃面瞿曇亦須斂衽而況學之者耶聊復信筆以發公千里一笑而已

又

顛仆罪戾世所鄙遠而丈丈獨收錄欲令撰先府君墓碑至爲榮幸復何可否之間而不肖平生不作墓誌及碑者非特執守私意蓋有先戒也反覆計慮愧汗而已仁明洞照必深識其意所賜五體書謹爲子孫之藏幸甚幸甚無緣躬伏門下道所以然者皇恐之至

答言上人

去歲吳興倉卒爲別至今耿耿譴居窮陋往還斷盡

遠辱不遺尺書見及感怍殊深比日法體佳勝札翰愈精健詩必稱是不蒙見示何也雪齋清境發於夢想此間但有荒山大江脩竹古木每飲村酒醉後曳杖放腳不知遠近亦曠然天眞與武林舊游未見議優劣也何時會合一笑惟萬萬自愛

答通禪師

謫居窮僻懶且無便書問曠絕故人不遺兩辱手教具審比來法體甚輕安感慰深至僕晚聞道照物不明陷於吏議愧我道友所幸聖恩寬大不卽誅殛想亦大善知識法力冥助也祿廩旣絕因而布衣蔬食於窮苦寂澹之中卻粗有所得未必不是晚節微福兩書開諭周至常置座右也未緣展謁萬萬以時自重

答道源秘校

謫居窮陋首見故人釋然無復有流落之歎衰病奇拙所向累人自非卓然獨見不以進退爲意者誰肯辱與往還每惟此意何時可忘別來又復初夏思企不可言遠想卽日尊候佳勝兩辱手書懶不卽答討已獲罪左右然惟故是能知其性氣蓋懶作書者有素耳中實無他也更望寬之知到官又復對換想高

懷處之無適而不可江令竟不肯少留健決非庸人所及也無由面見以時自重

與王慶源

竄逐以來日欲作書爲問舊既懶惰加以閑廢百事不舉但慚怍而已即日體中何如眷愛各佳某幼累並安但初到此喪一老乳母七十二矣悼念久之近亦不復置懷寓居官亭俯迫大江几席之下雲濤接天扁舟草屨放浪山水間客至多辭以不在往來書疏如山不復答也此味甚佳生來未嘗有此適知之免憂近文郎行寄紙筆與叢郎到甚遲也未緣會面惟萬萬自愛

答李寺丞二首

久別渴詠遞中辱書且審起居清勝至慰至慰某謫居粗遣廢棄之人每自嫌鄙況於他人君獨收卹有加平素風義之厚足以愧激頹靡也未緣會見萬萬以時自愛

又

遠蒙分輟清俸二千極愧厚意然長者清貧僕所知也此不敢請又重違至意輒請至年終來春即納上感愧不可言也僕雖遭憂患狼狽然匹如當初不及

第卽諸事易了荷憂念之深故以解懸慮

與陳季常九首

近因往螺師店看田既至境上潘尉與龐醫來相會因視臂腫云非風氣乃藥食毒也非鍼去之恐作瘡乃已遂相率往麻橋龐家住數日鍼療尋如其言得愈矣歸家領所惠書及藥并荷憂愛之深至仍審比來起居佳安曾青老翁須傳燈錄皆已領一一感佩五代史亦收得所看田乃不甚佳且罷之蘄水溪山乃爾秀邃耶龐醫熟接之乃奇士知新屋近撰本草爾雅謂一物而多名也見劉頌具說深欲走觀近得公擇書云四月中乃到此想季常亦未遽北行當與之偕往耳非久太守處借人遣賫家傳去別細奉書

又

柴炭已領感怍感怍東坡昨日立木殊耽耽也

又

王家人力來及專人并獲二緘及承雄編贊詠異夢證成仙果甚喜幸也某雖竊食靈芝而君爲國鑄造藥力縱在君前陰功必在君後也呵呵但累書聽流言以誣平人不得無所損也懸弧之日請一書示諭當作賀詩切祝切祝比日起居佳否何日決可一游

郡城企望日深矣臨皋雖有一室可憩從者但西日可畏承天極相近或門前一大舸亦可居到後相度未間萬萬以時自重

又

欲借易家文字及史記索隱正義如許告季常爲帶來季常未嘗爲王公屈今乃特欲爲我入州州中士大夫聞之聳然使不肖增重矣不知果能命駕否春甕但不惜不須更爲恨也

又

鄭巡檢到領手誨具審到家尊履康勝羈孤結戀之懷至今未平也數日前率然與道源過江游寒溪西山奇勝殆過於所聞獨以坐無狂先生爲深憾耳呵呵示諭武昌田曲盡利害非老成人吾豈得聞此送還人諸物已領易義須更半年功夫練之乃可出想秋末相見必得拜呈也近得李長吉二詩錄去幸秘之目疾必已差茂木清陰自可愈此餘惟萬萬順時自重

又

示諭武昌一策不勞營爲坐減半費此眞上策也然某所慮又恐好事君子便加粉飾云擅去安置所而

居於別路傳聞京師非細事也雖復往來無常然多言何所不至若大霈之後恩旨稍寬或可圖此更希爲深慮之仍且密之爲上

又

稍不奉書渴仰殊深辱書承起居佳勝新居漸畢工甚慰想望數日得君字韻詩茫然不知醉中拜書道何等語也老息婦云一絕乞秀英君大爲愧悚真所謂醉時是醒時語也蒙不深罪甚幸雖知來篇非實語猶且收執庶幾萬一莫更要寫眷記否呵呵柳簿云某奉託者不知得之於誰安有此理來書雄冠之語亦無人見但有答柳二書云陳季常要寫眷記欲與寫云文武寀寮常居祿位亦如與季常書作戲耳何名爲託哉想公必不以介意不答最妙日夜望季常入州但可惜公擇將至若不爭數日而吾三人者不一相聚劇飲數日爲可惜耳有人往舒五七日必回可見其的若不來續以書布聞茶臼更留作樣幾日日近新闋甚多篇篇皆奇遲公來此口以傳授餘惟萬萬自愛

又

疊辱來貺且喜尊體已全康復然不受盡言遂欲聞

公何也公之養生效歲有成績今又示病彌月雖使皐陶聽之未易平反公之養生正如小子之圓覺可謂害腳法師鸚鵡禪五通氣毬黄門妾也至禱

又

孫巨源之姪甚佳士兼甚仰盛德云云當去請見某告以季常不蓄烏巾十餘年矣又不欲便裹帽奉謁他必自去見公也鎮中得一好官人亦非細事叔宣書已附去西方多事此君卻了得莫遂奮起否見報趙二罷相州取勘他稱病乞不下獄不知爲何事私甚憂之公聞其詳否又報舒亶乞郡閑知之

答吳子野四首

濟南境上爲別便至今矣其間何所不有置之不足道也專人來忽得書且喜居鄉安穩尊體康健某到黄已一年半處窮約故是宿昔所能比來又加便習自惟罪大罰輕餘生所得君父之賜也躬耕漁樵真有餘樂承故人千里問訊憂卹之深故詳言之何時會合臨紙惘惘

又

承三年廬墓葬事誠盡又以餘力葺治園亭教養子弟此皆古人之事業所望於子野也復覽諸公詩文

益增愧歎介夫素不識之筆力乃爾奇逸耶僕所恨近日不復作詩文無緣少述高致但夢想其處而已子由不住得書無恙寄示墓誌及諸刻珍感虞直講一帖不類近世筆迹可愛可愛近日始解畏口慎事雖已遲猶勝不悛也奉寄書簡且告勿入石至懇至懇

又

寄惠建茗數品皆佳絕彼土自難得更蒙輟惠慚悚慚悚沙魚赤鯉皆珍物感怍不可言扶劣膏不識其爲何物但珍藏之莫測所用因書幸詳以示諭也近有李明者畫山水新有名頗用墨不俗輒求得一橫卷　長可用木床繞屛附來人納上江郡乃無一物爲回信慚悚之至兒子無恙承問及

又

每念李六丈之死使人不復有處世意復一覽其詩爲涕下也黃州風物可樂供家之物亦易致所居江上俯臨斷岸几席之下即是風濤掀天對岸即武昌諸山時時扁舟獨往若子野北行能迂路一兩程即可相見也

與李公擇二首

知治行窘用不易僕行年五十始知作活大要是慳
爾而文以美名謂之儉素然吾儕爲之則不類俗人
眞可謂澹而有味者又詩云不戢不難受福不那口
體之欲何窮之有每加節儉亦是惜福延壽之道此
似鄙吝且出之不得已也然自謂長策不敢獨用故
獻之左右住京師尤宜用此策也一笑

又

示及新詩皆有遠別惘然之意雖兄之愛我厚然僕
本以鐵心石腸待公何乃爾耶吾儕雖老且窮而道
理貫心肝忠義塡骨髓直須談笑死生之際若見僕
困窮便相憐則與不學道者大不相遠矣兄造道深
中必不爾出於相愛好之篤而已然朋友之義專務
規諫輒以狂言廣兄之意爾雖懷坎壈於時遇事有
可尊主澤民者便忘軀爲之禍福得喪付與造物非
兄僕豈發此看訖便火之不知者以爲詬病也

答湖守刁景純二首

因循不奉書不覺歲月乃爾久耶過辱不遺遠賜存
問感激不可言也比日竊惟鎮撫多暇起居勝常吳
興風物夢想見之嘯詠之樂恨不得相陪聞風謠藹
然足慰所望夏暄萬萬自重

又

舊詩過煩鐫刻及墨竹橋字并蒙寄惠感愧兼集吳興自晉以來賢守風流相望而不肖獨以罪去垢累溪山景純相愛之深特與洗飾此意何可忘耶在郡雖不久亦作詩數十首久皆忘之獨憶四首錄呈爲一笑耘老病而貧必賜清顧幸甚

答蘇子平先輩二首

違別滋久思詠不忘中間累辱書教久不答知罪知罪遠煩專使手書勞問且審比日起居佳安感慰殊甚書詞華潤字法精美以見窮居篤學日有得也某凡百粗遣厄困既久遂能安之昔時浮念雜好掃地盡矣何時會合慰此惘惘

又

遠煩遣僕手書足矣更蒙厚惠足下困約中何力致此愧灼不可言已一一依數領訖感怍而已兒子令往荊南幹少事未還還卽令答教也所要先丈哀詞去歲因夢見作一篇無便寄去今以奉呈無令不相知者見若入石則切不可也至祝至祝

與蔡景繁十四首黃州

自聞車馬出使私幸得託迹部中欲少布區區又念

以重罪廢斥不敢復自比數於士友間但愧縮而已豈意仁人矜閔尚賜記錄手書存問不替疇昔感悚不可言也比日履茲煩暑尊體何如無緣少奉教誨臨書悵惘尚冀以時保頤少慰拳拳

又

近奉書想必達比日不審履茲隆暑尊體何如某臥病半年終未清快近復以風毒攻右目幾至失明信是罪重責輕召災未已杜門僧齋百想灰滅登覽遊從之適一切罷矣知愛之深輒以布聞何日少獲瞻望前塵惟萬萬爲時自重

又

某謫居幽陋每辱存問漂落之餘恃以少安今者又遂一見慰幸多矣衝陟薄寒起居何如區區之素即獲面既

又

頒示新詞此古人長短句詩也得之驚喜試勉繼之晚即面呈

又

違闊數日悽戀不去心切惟顧愛之厚想時亦反顧也比來跋履之暇起居何如某蒙庇如昨度公能復

來當在明年秋矣某杜門謝客以寂默爲樂耳作遠
萬乞爲國保重

又

凡百如常至後杜門壁觀雖妻子無幾見況他人也
然雲藍小袖者近輒生一子想聞之一拊掌也惠及
人參感感海上奇觀恨不與公同遊東海縣一帆可
到聞益奇瑋曩恨不一往也公常往否大篇或可追
賦果寄示幸甚幸甚

又

前日親見許少張暴卒數日間又聞董義夫化去人
命脆促真在呼吸間耶益令人厭薄世故也少張徒
步奔喪死之日囊橐罄然殆無以斂其弟麻城令尤
貧云無寸壠可歸想公聞之悽惻也料朝廷亦憐之
如公言重可爲一言否輒此僭言不深譴否

又

特承寄惠奇篇伏讀驚聳李白自言名章俊語絡繹
間起正如此耳謹已和一首并藏笥中爲不肖光寵
異日當奉呈也坐廢已來不惟人嫌私亦自鄙不謂
公顧待如此當何以爲報冬至後便杜門謝客齋居
小室氣味深美坐念公行役之勞以增永歎春間行

部若果至此當有少要事面聞近見一僧甚異其所得深遠矣非書所能一一

又

承愛女微疾今必已全安矣某病咳逾月不已雖無可憂之狀而無憀甚矣臨皋南畔竟添卻屋三間極虛敞便夏蒙賜不淺晌山臨海石室信如所諭前某嘗攜家一游時家有胡琴婢就室中作濩索涼州凜然有冰車鐵馬之聲婢去久矣因公復起一念果若游此當有新篇果爾者亦當破戒奉和也呵呵

又

近專人還奉狀必達忽復中夏永日杜門無如思渴仰何不審履茲薄熱起居何似向雖畫扇比已絕筆昨日忽飲數酌醉甚正如公傳舍中見飲時狀也不覺書畫十扇皆遍筆迹麄略大不佳眞壞卻也適會人便寄去爲一笑耳

又

黃陂新令李籲到未幾其聲藹然與之語格韻殊高比來所見縱小有才多俗吏儔輩如此人殆難得公好人物故輒不自外耳近葺小屋强名南堂暑月少紓蒙德殊厚小詩五絕乞不示人

又

辱書伏承尊體佳勝驚聞愛女遽棄左右切惟悲悼之切痛割難堪柰何柰何情愛著人如黐膠油膩急手解雪尚爲沾染若又反復尋繹更纏繞人矣區區願公深照一付維摩莊周令處置爲佳也劣弟久病終未甚清快或傳已物故故人皆有書驚問眞爾猶不恤況謗傳耶無由面談爲耿耿耳何時當復迎謁未間惟萬萬爲國自重

又

近來頗佳健一病半年無所不有今又一時失去無分毫在者足明憂喜浮幻舉非眞實因此頗知衞生之經平日妄念雜好掃地盡矣公比來諸況何如刻刷之來不少勞乎思渴之至非筆墨所能盡也

又

西閣詩不敢不作然未敢便寫板上也閣名亦思之未有佳者蔡謨蔡廓名父子也晉宋間第一流輒以仰比公家不知可否徐秀才前曾面聞留此書令請見此人有心膽重氣義試收錄之異日或有用也公許密石硯若有餘者可輟卽付徐可也

與吳子野二首

少時在冊府嘗及接見先侍講下風死生契闊俯仰一世乃與君相遇江湖感嘆不已辱訪山中殊不盡款意數日起居佳否以拙疾畏風不果上謁解去漸遠萬萬以時自重

又

令子秀才辱長牋之賜辭旨清婉家法凜然欽味不已老拙何以爲謝但有愧負

與幾道宣義

久放江湖務自屏遠書問之廢無足深訝比日侍奉之暇起居何如某凡百如舊向者以公擇在舒時蒙相過既去索然無復往還每思檻泉之遊宛在目前聞河決陽武歷下得無有曩日之患乎得暇遺數字慰此窮獨

與江惇禮秀才五首

罪廢屏居忽辱示問累幅粲然覽之茫然自失比日侍奉外起居無恙僕雖晚生猶及見君之王父也追想一時風流賢達豈可復夢見哉得所惠書詞章溫雅指趣近道庶幾昔人三復甚喜獨恨所稱道過當舉非其實想由相愛之深不覺云耳自是可略之也久不得貢父翁書因家信略爲道意無緣面言臨紙

惆悵

又

向示非國語論鄙意素不然之但未暇為書爾所示甚善柳子之學大率以禮樂為虛器以天人為不相知云云雖多皆此類爾此所謂小人無忌憚者君正之大善至於時令斷刑貞符四維之類皆非是前書論之稍詳今冗迫粗陳其略須見乃盡言然迂學違世不敢自是因君意合偶復云云爾

又

所示徐君為朝中知之者亦衆不肖固嘗愛仰然老朽無狀豈能為之增重向者亦獲從諸公之後時掛一名以發揚遺士而近者不許連名此事便不繼然所示亦當在心有問焉固當以此告也

又

疊辱臨顧感怍無量錄示神告得聞前人偉蹟固後生之幸然事體不小未敢輒作文字非面莫究也

又

十論十二說已一再讀矣不獨歎文詞之美亦以見存誠求道之至也科舉數不利想各有時箕裘不廢半年可必也曾過江遊寒溪西山否見邑人王文甫

兄弟為致意近有書必達之矣

與徐司封

適辱車騎寵存感怍無窮晚來尊體佳勝某與陳君略出至安國遂覺拙疾稍作欲告明日少休後日恭與盛集可否無狀慚負多矣幸甚

答湖守滕達道

忽復中夏永日杜門思仰無窮比來起居何如張奉議來稍獲聞問甚慰所望府第已成雄冠荆楚足使來者想見公之風度無緣一寓目但有企想

答陳季常三首

侯馬鋪行奉書未達間領來誨具審起居佳勝至慰至慰答京洛書過當過當此何足稱先生篤於風義至自割瘦脛以啖我可謂至矣然以化不為鷺鷥者則恐未能也彼不相知者視僕之飢飽如觀越人之肥瘠耳雖象亦未易化也鄉諺有云缺口鑷子者公識之乎想當拊掌絕倒知過節入州甚幸未間萬萬自重缺口鑷子者取一毛不拔恐未嘗聞故及

又

別後凡四辱書一一領厚意具審起居佳勝為慰又惠新詞句句警拔詩人之雄非小詞也但豪放太過

恐造物者不容人如此快活一枕無礙睡輒亦得之耳公無多奈我何呵呵所要謝章寄去聞車馬早晚北來恐此書到日已在道矣故不覼縷

又

置中疊辱手示并惠果羞感愧增極酒隱堂詩當塗中抒思不敢草草作公是大檀越豈復持牌也一笑

與錢世雄

久不奉書蓋無便亦懶怠之罪未深訝否比日起居何如某與賤累如常曾託施宣德附書及遺教經跋尾必達也吳江宦況如何僚有佳士否垂虹聞已復舊信否旅寓不覺歲復盡江上久居益可樂但終未有少田生事漂浮無根爾兒子明年二月赴德興人口漸少當稍息肩餘無可慮會合何時萬萬自愛因便往三衢奉啓

答任德翁

自蒲老行後一向冗懶不作書子姪來領手教感愧無量仍審尊體佳勝爲慰慰昆仲首捷聞之欣快起我衰病矣當遂冠天下士蔡州未足云云也陳季常歸又得動止之詳小四乃能爾爾師中不死矣此間凡事可問大小吏不覼縷未期會晤萬萬自愛

與周主簿

罪廢衰朽過辱臨顧增愧汗也晚來起居佳勝甚欲詣謝巾褐草野不敢造門幸加矜恕

與知郡朝散

前日辱降屈業已不出無緣造謝信宿尊體萬福筠州茶芽少許謾納上并利心肺藥方拜呈范醫昨呼與語本學之外又通星曆甚可佳也

與文郎

不審荼毒以來氣力何似變故如昨兩易晦朔追慕無窮柰何柰何中前人還辱書重增哽噎吾親孝誠深篤若不少節哀摧惟意所及不以後事爲念何以仰慰堂上之心惟萬萬寬中强食

與楊元素八首

近兩辱手教以多病不即裁謝愧悚殊深比日仰惟履茲溽暑台候清勝某病後百事灰心無復世樂然內外廓然皆獲輕安何時瞻奉略道所以然者未間伏惟爲時自重

又

涉暑疲劇書問稍缺愧仰無量比日起居勝常近領手誨承小疾盡去體力加健此大慶也更望倍加保

嗇側聽嚴召以慰輿論

又

承令弟見訪岸下無泊處又苦風忽忽別去至今不足示諭田事方憂見罪乃蒙留念如此感幸不可言某都不知彼中事但公意所可無不便者軍屯之東三百石者便爲下狀甚佳李教授之兄又云官務相近有一莊大佳（此彭寺丞見報）亦閑與問看今日章質夫之子過此已託於舟中載二百千省上納到乞與留下果蒙公見念令有歸老之資異日公爲蒼生復起當却爲公葺治田園以報今日之賜也適新舊守到發冗甚不一一

又

示諭秀才唐君許爲留念兼令幹人久遠幹之幸甚幸甚某未能去此間更無人可以往幹必須至奉煩唐君也未嘗相識便蒙開許必以元素之故也深欲作書爲謝適陳甚非久別附問且乞道區區天覺彭寺丞皆蒙書示亦未及奉啓敢乞致下懇

又

遞中領手教伏審台候勝常爲慰某凡百如舊近又大霈庶得歸農乎公决起典郡無疑也近嘉州魏秀

才兄弟行附手問不審得達否歲行盡伏冀順時爲人自重

又

筆凍寫不成字不罪不罪舍弟近得書無恙不知相去幾里但遞中書須半月乃至也奇方承錄示感戴不可言固當珍秘也近一相識錄得公明所編本事曲子足廣奇聞以爲閑居之鼓吹也然切謂宜更廣之但囑知識間令各記所聞即所載日益廣矣輒獻三事更乞揀擇傳到百四十許曲不知傳得足否

又

近於城中葺一荒園手種菜果以自娛陳季常者近在州界百四十里住時復往來伯誠親弟近問之云不曾參拜其人甚奇偉得其一詞以助本事

又

承示諭定襄胡家田公與唐彥議之必無遺策小子坐享成熟知幸知幸近答唐君書并和紅字韻詩必皆達矣胡田先佃後買所謂抱橋深浴把纜放舡也呵呵凡事既不免干瀆左右乞一面裁之不須問某也尚有二百千省若須使乞示喻求便附去見陳季常慥云京師見任郎中其季之子欲賣荊南頭湖莊

子去府五六十里有米五百來石厥直六百千先只要二百來千餘可迤邐還不知信否又見樂宣德言此田甚好但稅稍重告爲問看彭寺丞之流近日更不敢託他也浼亂尊聽負荆不了也

答上官長官二首

專人至辱書及詩文二冊捧領驚喜莫知所從得伏觀書詞博雅純健有味其言次觀古律詩用思深妙有意於古作者卒讀莊子論筆勢浩然所寄深矣非淺學所能到自惟無狀罪戾汩沒不緣半面獲此三貺幸甚幸甚老謬荒廢不近筆硯忽已數年顧視索然無以爲報但藏之巾笥永以爲好而已適病中人還草率

又

詩篇多寫洞庭君山景物讀之超然神馳於彼矣見教作詩既才思拙陋又多難畏人不作一字者已三年矣所居臨大江望武昌諸山如咫尺時復葉舟縱遊其間風雨雲月陰晴蚤暮態狀千萬恨無一語略寫其彷彿耳會面未由惟萬萬以時珍重何時美解當一過我耶

與人

示諭燕子樓記某於公契義如此豈復有所惜況得託附老兄與此勝境豈非不肖之幸但困躓之甚出口落筆爲見憎者所箋注兒子自京師歸言之詳矣意謂不如牢閉口莫把筆庶幾免矣雖託云向前所作好事者豈論前後卽異日稍出災危不甚爲人所憎當爲公作耳千萬哀察

與巢元脩

日日望歸今日得文甫書乃云昨日始與君瑞成行東坡荒廢春笋漸老餅餤已入末限聞此當俟駕耶老兄別後想健某五七日來苦壅嗽殊甚飲食語言殆廢矣有樂事今日漸佳近日牢城失火燒蕩十九雪堂亦危潘家皆奔避堂中飛熖已燎簷矣幸而先生兩瓢無恙四柏亦吐芽矣

與千乘姪

念二一秀才別來又復春深相念不去心邁自北還得手書及見數詩慰喜不可言日月不居奄已除服哀念忽忽如何可言久不知鄉書想諸叔已下各安子明徽累想免矣因書略報大舅書中甚相稱更在勉力副尊長意家門凋落逝者不可復如老叔固已無望而子明子由亦已潦倒頭顱可知正望姪輩振起

耳念此不可不加意未由會合千萬自愛

與蒲傳正

千乘姪屢言大舅全不作活計多買書畫奇物常典錢使欲老弟苦勸公卑意亦深以爲然歸老之計不可不及今辦治退居之後決不能食淡衣麤杜門絶客貧親知相干決不能不應副此數事豈可無備不可但言我有好兒子不消與營產業也書畫奇物老弟近年視之不啻如糞土也縱不鄙言爲然且看公士錫面少留意也

與子明兄

兄才氣何適不可而數滯留蜀中此回必免衝替何似一入來寄家荊南單騎入京因帶少物來遂謀江淮一住計亦是一策試思之他日子孫應舉遊宦皆便也弟亦欲如是但先人墳墓無人照管又不忍與子由作兩處兄自有三哥一房鄉居莫可作此策否又只恐亦不忍與三哥作兩處也吾兄弟俱老矣當以時自娛世事萬端皆不足介意所謂自娛者亦非世俗之樂但胸中廓然無一物卽天壤之內山川草木虫魚之類皆是供吾家樂事也如何如何記得應舉時見兄能謳歌甚妙弟雖不會然常令人唱爲何

詞近作得歸去來引一首寄呈請歌之送長安君一
盞呵呵醉中不罪

與子安兄

近於城中得荒地十數畝躬耕其中作草屋數間謂
之東坡雪堂種蔬接果聊以忘老有一大曲寄呈爲
一笑爲書角大遠路恐被拆更不作四小哥二哥及
諸親知書各爲致下懇巢三見在東坡安下依舊似
虎風節愈堅師授某兩小兒極嚴常親自煑猪頭灌
血睛作姜豉菜羹宛有太安滋味此書到日相次歲
猪鳴矣老兄嫂團坐火爐頭環列兒女墳墓咫尺親
眷滿目便是人間第一等好事更何所羨可轉此紙
呈子明也近購獲先伯父親寫謝蔣希魯及第啓一
通躬親褾背題跋寄與念二令寄還二哥因書問取

與王元直

黄州真在井底杳不聞鄉國信息不審比日起居何
如郎娘各安否此中凡百粗遣江上弄水挑菜便過
一日每見一邸報須數人下獄得罪方朝廷綜核名
實雖才者猶不堪其任況僕頑鈍如此其廢棄固宜
但有少望或聖恩許歸田里得款段一僕與子衆丈
楊文宗之流往來瑞草橋夜還何村與君對坐莊門

喫瓜子炒豆不知當復有此日否存道奄忽使我至今酸辛其家亦安在人還詳示數字餘惟萬萬保愛

答圓通秀禪師

聞名之久而得之詳莫如魯直亦如所諭也自惟潦倒遲暮五十終不聞道區區持其所有欲以求合於世且不可得而況世外之人想望而不之見耶不謂遠枉音問推予過當豈非醫門多病息黥補劓特有良藥乎未脫罪籍身非我有無緣頂謁山門異日聖恩許歸田當畢此意也

答寶月大師三首

近遞中兩奉書必達新歲想法體康勝無緣集會悵望可量屢屢要經藏碑本以近日斷作文字不欲作既遠書丁寧又悟清日夜煎督遂與作得寄去如不嫌罪廢即請入石碑額見令悟清持書往安州干滕元發大字不知得否其碑不用花草欄界只鐫書字一味已有大字額向下小字但直寫文詞更不須寫大藏經碑一行及撰人寫人姓名即古雅不俗切祝切祝又有小字行書一本若有工夫更入一小橫石亦佳黃州無一物可充信建茶一角子勿訝塵浼餘惟萬萬保練適冗中清師行奉啓草草

又

此間諸事但問清師卽詳也清又游禮練事多能可喜可喜海惠及隆大師各計安勝每念鄉舍神爽飛去然近來頗常齋居養氣自覺神凝身輕他日天恩放停幅巾杖屨尚可放浪於岷峨間也知吾兄亦清健髮不白更請自愛晚歲爲道侶也餘附清師口陳此不覼縷

又

有吳道子絹上畫釋迦佛一軸雖頗損爛然妙迹如生意欲送院中供養如欲得之請示一書卽爲作記并求的便附去可裝在版子上仍作一龕子此畫與前來菩薩天王無異但人物小而多耳

答趙昶晦之四首

性喜寫字而怕作書親知書問動盈篋笥而終歲不答對之太息而已乃知剖符南徼賢者處之固不擇遠近劇易矧風土舊諳習而兵與多事適足以發明利器但恨愚暗何時復得攀接耳

又

南事方興計貴郡亦非靜處長者固自有處之矣聞廟略必欲郡縣荒服就使必克正是添一熙河屯守

餽餉中原無復寧歲況其不然憂患未易言也履險
涉難可以濟者其惟邁德寡怨之君子乎

又

示諭處患難不戚戚只是愚人無心肝耳與鹿豕木
石何異所謂道者何曾夢見舊收得蜀人蒲永昇山
水四軸亦近歲名筆其人已亡矣聊致齋閤不罪浼
瀆藤既美風土又少訴訟優游卒歲又復何求某亦
甚樂此安土忘懷如一黃人元不出仕而已

又

久不奉狀懶惰之過遠辱信使慚愧交懷承被命再
任遠徼不足久留賢者然彼人受賜多矣晦之風績
素聞使者交章佇聞進擢以爲交遊故人光寵

與蹇序辰四首

欲一奉見豈徒然哉深深有所欲陳者而竟不遂可勝
歎耶子由在部下甚幸但去替不遠耳輒有一書及
少信煩從吏甚不當爾恃眷必不深責季常可勸之
一起深欲圖其見坐處也一噱

又

前日已奉書昨日食後垂欲上馬赴約忽兒婦眩倒
不知人者久之救療至今雖稍愈尚昏昏也小兒輩

未更事義難捨去遂成失信想仁明必恕其不得已也然負愧深矣乍煖起居何如閒廢之人徑往一見謂必得之乃爾齟齬人事真不可必也後會何可復期惟萬萬爲國自重

又

江上一別今歲餘矣不謂尚蒙存記手書見及感愧不可言衝涉薄寒起居佳安甚慰所望承奉使江表鄉閭之末亦切以爲寵但罪廢之餘不可復自比數故舊書詞過重只益惶悚旦夕欲遂一見惟冀順候自重

又

不得一見而別私情甚不足人常蔽於安佚而違於憂患願深照此理況美才令聞豈久棄者耶

答濠州陳章朝請二首 黃州

錢塘一別如夢中事爾後契闊何所不有置之不足道也獨中間述古捐館有識相弔矧故人僚吏相愛之深者然終無一字以解左右蓋罪廢窮奇動輒累人故往還杜絕至今思之慚負無量昨遠辱書問便欲裁謝而春夏以來臥病幾百日今尚苦目病再枉手教喜知尊體康勝貴眷各佳安罪廢屏居交游皆

斷絕縱復通問不過相勞慰而已孰能如公遠發藥石以振吾過者哉已往者布出不可復掩矣期於不復作而已無緣一見臨紙耿耿萬萬以時自重

又

每辱不遺時枉書問感愧深矣比日起居佳勝某自竄逐以來不復作詩與文字所諭四望起廢固宿志所願但多難畏人遂不敢爾其中雖無所云而好事者巧以醖釀便生出無窮事也切望憐察示諭學琴足以自娛私亦欲爾但老懶不能復勞心耳有盧山崔閑者極能此遠來見客且留之時令作一弄也江倅遞中辱書此人回欲裁謝適苦寒嗽而此人又告去甚急故未果且爲道此其子文格甚高議論與世俗異也可畏劉宗古近過此甚安健絕無遷謫意江親亦可與言

與徐得之十首

適辱手簡且審起居佳勝知當少留雪堂所需字詩款曲爲之此與國書可便遣也

又

數日相從遽別情悰惘然晚來起居佳勝後會未可期惟萬萬以時自重

又

十一郎昆仲不及再別惟節哀慎重爲禱葬期不遠想途中不復滯留凡事稟議大阮爲佳仍恕造次

又

昨日已別情悰惘然辱教喜起居佳勝風雨如此淮浪如山舟中搖撼不可存濟亦無由上岸但闔戶擁衾耳想來日亦未能行若再訪幸甚

又

逾年相從情均骨肉乍此遠別悵戀可知辱書承起居佳勝爲慰來日離此水甚慳澁不知趁得十五日上否得之亦宜早發勉此歲月間早遂定居爲佳也餘萬萬自重

又

小兒蒙下問未暇上狀不罪宗人過望皆公之賜也叨恩叨恩公不能無愧更爲多致謝懇也

又

承舟御不遠數百里相從風義之重感慰何極經宿起居何如郡中雖留數日竟少暇陪接又不得一候館舍遂爾遠別可量悵惘

又

得之晚得子聞之喜慰可知不敢以俗物爲賀所用石硯一枚送上須是學書時矣知似太早計然俯仰間便自見其成立但催迫吾儕日益潦倒爾恐得之惜別又復前去家中闕人抱孩兒深爲不皇呵呵

又

別後所辱手教一一皆領罕遇信便不克裁謝甚愧負也再到舊遊不見故人深爲惘惘然喜久客牢落得遂歸計也比日已還侍下起居佳勝會合何時臨書悵然

又

定省之暇稍葺閑軒簞瓢雖黍有以自娛想無所慕於外也閩中多異人隱居釣得之不爲簪組所縻倘得見斯人乎僕益衰老强顔少留如傳舍耳因風時惠問

答程彛仲推官二首

闊別永久多難流落百事廢弛不復通問獨吾兄不忘疇昔時枉遠書感怍不可言仍審比來起居佳勝又讀別紙所記山水園亭之勝廢卷閉目如到其間幸甚幸甚吾兄潛德晚遇當遂光大惟厚自愛慰朋友之望

又

某與幼累皆安子由頻得書無恙元修去已久矣今必還家所要亭記豈敢於吾兄有所惜但多難畏人不復作文字惟時作僧佛語耳千萬體察非推辭也遠書不欲盡言所示自是一篇高文大似把飯叫飢聊發千里一笑會合無期臨書悽然

答君瑞殿直

春來未嘗一日閑欲去奉謁遂成食言愧愧辱書承起居佳勝爲慰君猷知四月末乃行猶可一見否乍暄惟萬萬自重

與景倩

昨日辱訪大慰久渴經宿起居佳勝食已本欲奉謁適陳季常來故且已衆客頗懷公高論可能只今一訪否禮不當爾意公期我於度外也

與趙仲修二首

瘡病不往見而仁人敦舊屢承車馬感愧不可言雨涼切惟起居佳勝旦夕當獲面謝

又

公清貧更煩輟惠羊邊謹已拜賜使我有數日之飽公亦乃無淡旬蔬食耶一噱

與人二首

兩日瘡痛殊甚不果見辱簡且喜佳勝二詩高妙讀之喜慰幸甚病中裁謝草草

又

兩日瘡痛不出思渴思渴今猶楚痛未已鍾乳九更求數服吐血者復作也不罪不罪

與孟亨之

今日齋素食麥飣筍脯有餘味意謂不減芻豢念非吾亨之莫識此味故餉一各并建茗兩片食已可與道媼對啜也

與何聖可

辱示朱先生所著書詩詞義深矣淺學曾不足以窺其萬一結髮求道篤老不衰世間有幾人而匏繫於此不得一望其履綦慨歎不已久廢筆硯無以報此嘉貺益增愧赧

與毛維瞻

歲行盡矣風雨淒然紙窗竹屋燈火青熒時於此間得少佳趣無由持獻獨享為愧想當一笑也

與劉器之

辱書極論內外丹事劣弟初不及此受賜多矣輒拜

呈方丈銘一首更告與與敲琢看唐彥道處亦有一贊并爲看過因家兄黿年行奉啓半醉中書字不謹

代夫人與福應眞大師

久不聞法音馳仰殊深卽日遠想起居安穩兒隨夫遠謫百念灰滅持誦之餘幸無恙何時復見一洗嶺瘴春寒千萬爲法自重不宣旌德縣君王氏兒再拜

答開元明座主二首

久別思企不忘辱書具審法履安勝爲慰賢上人前年來此尋往金山多時不得消息不知今安在也石橋用工初不滅裂云何一水便爾敗壞無乃亦是不肖窮蹇所累耶何時復相見千萬保愛

又

開元大殿非吾師學行人神響應安能便成可喜可喜此書附聖傳途中更不封勿訝勿訝

與無釋老師

吾師要寫大字特爲飲酒數杯只用尋常小筆作二額八字者可入石六字可上碑兩旁刻年月日及官位姓名字小不稱大伽藍示及大筆皆市人用者不可使也惠及奇蔬感服之至

與清隱老師二首

黃長生人來辱書承起居佳勝爲慰示及黃君佳篇及山中圖刻欲令有所紀述結緣淨境此宿所願也但多病久廢筆硯里中故人屢有求詩文者皆未能副其請也千萬勿訝

又

淨因之會茫然如隔生矣名言絕境寤寐不忘何日得脫纓絆一聞笑語思渴思渴

與人

辱書承起居清勝奇墨吾儕共寶併蒙輟惠慚悚之甚敬佩厚意也

與金山佛印禪師 離黃州

辱書伏承道體安佳甚慰馳仰見約遊山固所願也方迫往筠州未即走見還日如約忽忽布謝

與王文甫

數日不審尊候何如前蒙恩量移汝州比欲乞依舊黃州住細思罪大責輕君恩至厚不可不奔赴數日念之行計決矣見已射得一舟不出此月下旬起發沿流入淮泝汴至雍丘陳留間出陸至汝勞費百端勢不得已本意終老江湖與公扁舟往來而事與心違何勝慨歎計公聞之亦悽然也甚有事欲面話治

行殊未集冗迫之甚公能三兩日間特一見訪乎至
望至望元弼藥并書乞便與送達三五日間買得瓷
器更煩差人得否

東坡續集卷第五

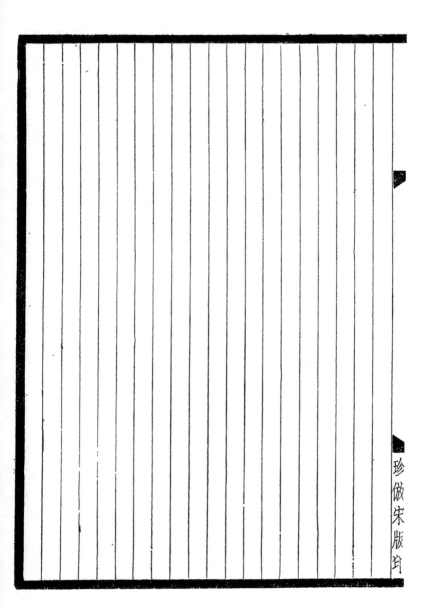

東坡續集卷第六

書簡

與楊元素二首

陳主簿人還領手教伏承比日台候萬福深慰馳仰人物豐盛池館清麗足供嘯詠之樂數日來人皆云公移徐州雖未是實語然理當如此惟汲汲行復遷擢矣某本欲秋間往見而汝州之行度不可免見治裝舟行自洛陽出陸百八十里至汝雖繚繞遭回然久困資用殆盡決不能陸行耳無緣詣別惟望順時爲國自重

又

城南有亞父冢然非也冢在居巢城北有劉子政墓昔欲爲起一祠堂以水大不果公若有餘力爲成之亦佳城西有楚元王墓曾出獵至其下石佛山亦佳觀

與胡道士

昨日起離中途逆風吹往北岸幾葬魚腹知之二詩錄寄到後幸一兩字附遞至他州貴知達玉芝善守護無爲有力者所取餘惟保愛

與人

久不奉書疊承枉教字慰感良深比日起居佳勝汝郡務簡儒師清閑於此相從豈非甚幸區區非面莫究令兄不敢別狀乞道懇

與佛印禪師三首

專人來辱書累幅勞問備至感怍不已臘雪應時山中苦寒法體清康一水之隔無緣躬詣道場少聞謦欬但深馳仰

又

夢想高風忽復披奉欣慰可知但累日煩擾爲愧耳重承人船相送益用感怍別來法體何如後會不遠萬萬保練

又

專人來復書教并偈捧讀慰喜且審比日法體安穩幸甚幸甚今聞秀老赴召爲衆望公來長蘆如何如何某方議買劉氏田成否未可知須與留數日攜家入山決矣殤子之戚亦不復經營惟感覺老憂愛之深也大虛已去知之

答賈耘老四首

久不奉書尚蒙記錄遠枉手教且審比日動止佳勝感慰感慰兼集寄示石刻足見故人風氣之深且與世異

趣也新詩不蒙錄示數篇何也貧困詩人之常齒落目昏當是爲雙荷葉所困未可專咎詩也某髮少加白耳餘如故未緣往見萬萬自愛

又

僕已買田陽羨當告聖主哀憐餘生許於此安置幸而許者遂築室於荆溪之上而老矣僕當閉戶不出公當扁舟過我也醉甚不成字不罪見滕公且告爲卑末送相子來揚州

又

久放江湖不見偉人昨在金山滕元發以扁舟破巨浪來相見出船巍然使人神聳好箇沒興底張鎬相公見時且爲致意別後酒狂甚長進也老杜云張公一生江海客身長九尺鬚眉蒼謂張鎬也蕭嵩薦之云用之則爲帝王師不用則窮谷一病叟耳

又

今日舟中無他事十指如懸槌適有人致嘉酒遂獨飲一盃醺然徑醉念賈處士貧甚無以慰其意乃爲作怪石古木一紙每遇飢時輒以開看還能飽人否若吳興有好事者能爲君月致米三石酒三斗終君之世者便以贈之不爾者可令雙荷葉收掌須添丁

長以付之也

與千之姪

必強姪近在泗州得書喜知安樂房眷子孫各無恙秋賦又不利老叔甚失望然慎勿動心益務積學而已人苟知道無適而不可初不計得失也聞姪欲暫還鄉信否叔舟行幾一年近於陽羨買得少田意欲老焉尋奏乞居常見邸報已許文字必在南都此行略到彼葬卻老妳一姨子由乾妳也住二十來日卻乘舟還陽羨姪能來南都一相見否叔甚欲一往見傳正自惟罪廢之餘動輒累人故不果爾甚有欲與姪言者非面不盡想不憚數舍之遠也寒暖不定惟萬萬自愛

與潘彥明

別來思念不去心遠想起居佳安眷愛各無恙不見黃榜未敢馳賀想必高捷也某兩曾奉書達否屢夢東坡笑語覺後悵然也已買得宜興一小莊且乞居彼遂爲常人矣公必已赴省試謾發此書不復覼縷惟千萬保愛

與開元明師五首

奉別累年舟過境上懷想不忘遣人惠書具知法體

安穩感慰感慰兼集咫尺無由往見萬萬自愛

又

石橋之壞每爲悵然吾師經營非不堅盡當由窮蹇之人所向無成累此橋耶知尚未有涯但勿廢此志歲豐人紓會當成耳僕已得請居常州暫至南京即還南也知之

又

中前經過幸聞清論深欲還日再上謁以數相知約在棲賢且自德安徑赴之遂成食言悚息不已比日法體何如拙詩一首聊以記一時之事耳不須示人切祝切祝

又

久復一見甚以爲慰泥雨遠煩瓶錫不克款語但有感愧乍遠千萬保愛

又

近過南都見致政太保張公公以所藏禪月羅漢十六軸見授云衰老無復玩好而私家畜畫像乏香燈供養可擇名藍高僧施之今吾師遠來相別豈此羅漢契緣在彼乎敬以奉贈亦太保公之本意也

答王定國三首

辱惠書并新詩妙曲大慰所懷河凍膠舟咫尺千里意思牢落可知得此佳作終日喜快滯悶冰釋幸甚近在常置一小莊子歲可得百石似可足食非不知揚州之美窮猿投林不暇擇木也承欲一相見固鄙懷至願但不如彼此省事之爲愈也

又

禦瘴之術惟絕慾練氣一事本自衰晚當然初不爲瘴而作也其餘坦然無疑雞猪魚蒜遇著便喫生老病死符到奉行此法差似簡徑也君實嘗云定國瘴煙窟裏五年面如紅玉不知道能如此否老人知道則不如爾頑愚卽過之先帝升遐天下所共哀慕而不肖與公蒙恩尤深固宜作挽詞少陳萬一然有所不敢者耳必深察此意無狀罪廢衆欲置之死而先帝獨哀之而今而後誰復出我於溝壑者歸耕沒齒而已矣

又

近絕少過臨賓客知其衰懶不能與人爲輕重見顧者漸少殊覺自幸昨日偶見子華嗟嘆老弟之遠外蒙囑聞過必相告吾弟大節過人而小事亦不經意正如作詩高處可以追配古人而失處亦受嗤於拙

目薄俗正好點檢人小疵不可不留意也

答靈鷲遵老二首

前日壁間一見新偈便向泥土上識君今日復蒙古藤奇句益知前言之不妄也然旣傳之諸祖何不自家留使旣已倒持輒當逆化呵呵

又

疊辱手教且審法體佳勝扇子妙句開發良多本欲攀和恐久立大衆呵呵

答楊元素赴登州

專人至辱長牋爲貺禮意兩過契故不淺乃爾見䟽悚息悚息比日起居何如登州謝章未上不敢致啓事近所傳蓋非實也未由合并千萬順時保愛人還適在瓜洲道中裁謝不如禮

與楊康功

兩日大風孤舟掀舞雪浪中但闔戸擁衾瞑目塊坐耳楊次公惠法醞一器小酌徑醉醉中與公作得醉道士石詩托楚守寄去一笑某有三兒其次者十六歲矣頗知作詩今日忽吟淮口遇風一篇粗有可觀戲爲和之并以奉呈子由過彼可出示之令一笑也

答姚秀才三首

過蘇首辱垂訪到官又枉教字皆未克陳謝又煩專使惠問勤厚如此可量感愧比日起居何如寄示詩編石刻良爲珍玩以見好事之深篤也溽暑未解萬萬以時保練

又

近專人還奉書必達入秋差涼體中佳否咫尺披奉無由尚冀保練慰此想念

又

昨惠及千字荷雅意之厚法書固人所共好而某方欲省緣除長物舊有者猶欲去之又況復收耶謹附封納不訝

答王慶源二首登州還朝

近辱書幷寄新詩伏讀感慰不已屬多事未及繼和不審比來尊體何如貴眷各均安某凡百如昨夢想歸路如痿人之不忘起也溽暑向隆萬乞以時保重

又

令子兩先輩必大富學術非久騰踔矣五五哥五五七哥及十六郎臨行宂迫不果拜書因見道意登州下臨漲海枕簟之下天水相連蓬萊三山彷彿可見春夏間常見海市狀如烟雲爲樓觀人物之象數日前

偶見之有一詩錄呈爲笑也史三儒長老近蒙書冗中未及答因見乞道區區海市詩可轉呈也京師有幹乞示下

答潘彥明二首

行役無定久不奉書至登州領所惠書承起居佳勝甚慰思企到郡席不暖復蒙詔追勉强奔走愧歎不已緬懷舊遊殆不勝情承太夫人尊候如昨昌言令兄亦蒙惠書冗甚未及答且伸意㪅甫與宗公頤各爲致區區餘惟萬萬自重

又

少事奉聞吳待制謫居於彼想不免牢落望諸君一往見之諸事與照管某向者流落非諸君相伴何以度日雪堂如要偃息且與打摞相伴使忘遷謫之意亦諸君風義也不罪不罪

與子安兄二首

拜違十八年終未有省侍之期歲行盡但有懷仰即日履茲寒凝尊體康勝姪男女各長成東塋每煩照管感涕不可言某到不旬日又有起居舍人之命方力辭免年歲間當請一鄉郡歸去漸謀退省耳未即瞻奉萬乞以時自重

又

子由亦有司諫之命想不久到京東塋芟松甚煩照管如更合芟間告兒與楊五哥略往覷當分明點數根槎交付佃戶免致輒便偷斫也不然與出榜立賞召人告偷斫者亦佳一切告留意相度阿膠半斤真阿井水煎者青州貢棗五斤充信而已京師有幹乞示及

與潘彥明四首

辱書喜承起居佳勝眷聚各佳某老病還朝不爲久計已乞郡矣何時扁舟還鄉一過舊樓溷亂故人旬日而去言之悵然大熱千萬保愛

又

久不聞問方增渴仰忽領手字方知丈丈傾逝聞之悲怛不可言比日追慕之餘孝履且支持否某衰病懷歸夢想江上又聞耆舊凋喪可勝悽惋未由往慰惟冀節哀自重以畢後事

又

東坡甚煩葺治乳媼墳亦蒙留意感戴不可言令子各計安寶兒想見頎然矣郭興宗舊疾必全平愈酒坊果如意否韓氏園亭曾與葺乎若果有亭榭佳者

可以小圖示及當爲作名寫牌然非華事者則不足名也張醫博討安勝一場災患且喜無事風顛不少減否何親必安竹園復增葺否以上諸人各爲再三申意僕暫出苟祿耳終不久客塵間東坡不可令荒茀終當作主與諸君遊如昔日也願徧致此意

又

近附黃兵書必達比日孝履何如劉全父來頗聞動止殊慰想念京塵衮衮無佳思緬懷昔遊悵惘而已昌言及諸故人皆未及書必察其少暇伸意伸意乍暄千萬節哀自重

與王慶源二首

久不奉狀愧仰增積即日遠想起居佳勝叔丈脫屣縉紳放懷田里絕人遠矣某羇廢流落今復强顏周行有愧而已若聖恩憐其老鈍年歲間乞與一鄉郡歸陪杖屨復講昔日江上攜壺藉草之樂只是不得拽腳相送先發遣酒壺歸瑞草橋於義儉矣記得否呵呵何幸如之未間惟望厚自頤養以享無疆之壽

又

遠沐寄示老手高風詠歎不已甚欲和謝公私紛紛少暇竟未果悚悚七八兩秀才各計安爲學想日益

早奮場屋慰親意也知宅醞甚奇日與蔡子華楊君素聚會每念此即致仕之興愈濃也示諭要畫酒後信手豈能復佳寄一扇一小軸去作笑耳

答佛印禪師

經年不聞法音徑術荒澁無與鋤治忽領手教累幅稍覺洒然仍審比來起居佳勝行役二年水陸萬里近方弛檐老病不復往日而都下人事十倍於外吁可畏也復欲如去年相對溪上聞八萬四千偈豈可得哉南望山門臨書悽斷苦寒爲衆自重

與王文甫

多時不奉書思仰不去心比日履茲酷暑體中佳勝數日以伏暑下府初安乏力而潘二丈速行略奉此數字殊不盡意西山詩一冊當今能文之士多在其間幷拙詩親寫與鄧聖求詩同納上或能爲入石安溪亦佳不然寫放壁中可也

與運判應之

多日不接奉渴仰殊深大熱伏想起居佳勝承日夕啓行無緣往別鄉里何幸被蒙豈弟之政但賢者遠去有識所歎也衝犯酷暑千萬自愛

與范子功二首

違闊歲久書問不繼自咎之深殆無所容伏惟盛德雅度有以容之比日竊計鎮撫之暇台候萬福某蒙庇粗遣驟遷過分備員無補惟雅眷有以教督之乃幸毒熱伏冀順時爲國自重

又

久疎上問愧仰增劇承軒旆將至起居佳勝欣慰不已暫還舊席卽膺柄用輿議所屬小子得少託餘庇尤爲厚幸區區卽遂面究

與知縣十首

紛冗久疎上問辱書感愧比日履兹春温起居何如未由展奉徒深渴仰尚冀保練以慰區區

又

近屢辱書數裁謝但苦冗中不盡意耳比日起居何如惠筍已拜賜新奇之味遠能分惠感愧無已

又

頻示誨感服勤眷乍暄伏計尊體佳勝前去當入府果爾否

又

近者疊辱臨訪紛冗中不盡所懷枉手教具審起居佳勝感慰感慰兼集何日復入城得少款聚未間萬萬自

重

又

近辱回教感慰深矣比日履茲伏暑起居清勝咫尺莫由會遇引領來塵庶幾少盡區區未間萬萬自重

又

人來辱手教承比日起居佳勝思企高義未緣款奉臨思悵惘示諭書醉公石固佳但目昬罷倦每書過百十字輒意闌恐旦夕閑暇耳毒熱萬萬以時自重

又

近日雖獲一再見終不盡區區辱書告別又不即裁答何量愧悚宿昔稍涼起居勝常景物漸嘉邑事多暇想有以為樂此外萬萬自重

又

疊辱手教感慰兼集邑事清簡起居勝常小兒蒙不鄙外荷德殊深矣未由接奉千萬以時自重

又

兒子遂獲託庇知幸魯鈍多不及事惟痛與督勵也切祝切祝晉卿相見殿門外惘然如夢中人也人世何者非夢耶亦不足多談但喜其容貌蔚然如故非有過人能如是耶

又

昨日辱示佳篇詞韻高絶非此句無以發揚醉公也

兩冷起居佳否二碑納上

與人二首

辱教伏承尊體康勝某以拘文不克造請初不知微

恙今聞已安愈甚慰馳仰然猶加保愛也

又

違闊忽復周歲思仰日深衝涉薄冷起居清勝卽獲

瞻奉下情欣躍區區併遂面盡

與張正己

特承訪别愧企良深晴寒起居佳勝寶月書信弁念

二姪一書煩從者附行不訝不訝正寒衝冒千萬加

愛

答李方叔翰林

承示新文如子駿行狀丰容雋狀甚可貴也有文如

此何憂不達相知之久當與朋友共之至於富貴則

有命矣非綿力所能必致姑務安貧守道使志業益

充自當有獲鄙言拙直久乃信爾照察幸甚

答毛滂

再辱示手教伏審酷熱起居清勝見諭某何敢當徐

思之當不爾非足下相期之遠某安得聞此言感愧深矣體中微不佳奉答草草

與王慶源三首

久不上狀愧仰增積即日退居多暇尊體勝常某進職北扉皆出獎庇自頃流落江湖日欲還鄉追陪杖屨爲江路藉草之遊夢想見之今日國恩深重憂責殊大報塞愈難退居何日西望惋悵殆不勝懷想叔丈與丈人及諸姪歲時相遇樂不可名雖清貧難堪然熬波之餘必及鴒原應不甚寂寞也歲晚苦寒伏乞保重

又

近奉慰疏必達比日尊體何如某與幼弱凡百粗遣人生悲樂過眼如夢幻不足追惟以時自娛爲上策也某名位過分日負憂責惟得幅巾還鄉平生之願足矣幸公千萬保愛得爲江邊攜壺藉草之遊樂如之何

又

向要紅帶今寄一條去卻是小兒子輩聞翁要此頗盡功句當釘造不知稱尊意否拙詩一首并黃秦二君皆當今以詩文名世者各賦一首寫作黃素經一

卷並託孫子發宣德寄上京師有所須但請示及

答劉貢父

某江湖之人久留輦下如在樊籠豈復佳思也人情責重百端而衰病不能應副動是罪戾故人知我想復見憐耶後會未可期臨書悵惘禪理氣術比來加進否世間關身事特有此耳願更着鞭區區之禱也

與范蜀公六首

日望旌旆之至不敢復上問不謂高懷超然不屑世故堅臥莫致有識悵惘然孤風凜然足以下激頹靡雖非赫赫可指之功其於二聖忠厚之治所補多矣比日履茲寒凝台候何如未由瞻奉伏冀萬萬爲國自重

又

某碌碌無補久竊非據又舍弟繼進皆以疎愚處必爭之地公議未厭豈可久安非遠當乞一郡以自效或得過謁少聞誨語大幸也始者竊意丈丈絕意軒冕然猶當强到闕一見嗣聖今乃確然如此殊乖素望然士大夫甚高此舉也冗中不盡區區

又

伏承歸政得請恩禮優異伏惟慶慰公孤風亮節久

信天下而有識今日尤復歸心勉强暫起以慰二聖之望幡然復退以安無窮之福出處之間雍容自得眞可爲後世法矣官守所縻不獲躬詣謹奉手啓區區萬一

又

今晚忽得報承子豐承事遽至大故聞之悲痛殆不可言美才懿行期之遠到今乃止此士友所共痛惜而況姻戚之厚悲惋可量丈丈高年罹此苦毒有識憂懸伏惟高明痛以理遣割難忍之愛上爲朝廷下爲子孫親友自重不勝懍懍

又

近者子豐攜長子承務見過見其風骨秀整聞向下二子甚奇死生壽夭皆常事惟有後可以少慰丈丈意幸以此自遣

又

子功淳父皆欲謁告省覲某恨不同往曉解左右臨書悽愴

與楊元素二首

向馳賀緘及因李教授行附問各已達否比日履茲微涼台候何似某蒙庇粗遣如聞公欲一謁元老果

否不若遂遊廬阜況職當按行他日世事一復奉謗欲為此行豈可得哉餘惟萬萬為人自重

又

某近數章請郡未允數日來杜門待命期於必得耳公必聞其畧蓋為臺諫所不容也昔之君子惟荆是師今之君子惟温是隨所隨不同其為隨一也老弟與温相知至深始終無間然多不隨耳致此煩言蓋始於此然進退得喪齊之久矣皆不足道老兄相知之深恐願聞之不須為人言也令子必得信計安

與張太保安道

某以不善俯仰屢致紛紛想已聞其詳近者凡四請郡杜門待命幾二十日文母英聖深照情偽德音琅然中外聳服幾至有所行遣而諸公燮和之數日有旨與言者數君皆促供職明日皆當見蓋不敢兼臥嫌若復伸前請爾蒙知愛之深不敢不盡幸為察之褊淺多忤有愧教誨之素臨書悒悒

與李端伯寶文三首

自附啓河朔爾後紛紛不獲繼問左右比日伏審鎮撫之暇台候萬福蜀中本易治而或者擾之公既深得民情而民亦素服公政切想下車以來笑談無事

行春之樂無由託後乘陪賓客之末但深想望舍弟鎖宿殿廬未及奉狀

又

張君房助教陵井人本治儒術已而爲醫有過人者識病通變而性極厚恐欲知之某寵祿過分碌碌無補久以爲愧近屢請郡未獲若得歸掃墳墓遂得望見豈勝厚幸但恐政成促召在日暮耳冗中不盡區區

又

邑子每來稔聞豈弟之政西南泰然不肖與受賜多矣幸甚幸甚小姪千之初官得在麾下想蒙教誨成就也曾拜聞眉士程遵誨者文詞氣節皆有可取不知曾請見否

答呂元鈞三首

適辱教值局中不即答悚息悚息熱甚尊體佳安隆暑衝冒何不少待秋涼必亮此意非面莫盡香不欲附去恐損其人之高節紛紛之議未聞其詳可否示諭餘俟朝中可既

又

中間承進職雖少慰人望然公當在廟堂此豈足賀

也此間語言紛紛比來尤甚士大夫相顧避罪而已何暇及中外利害大計乎示諭但閔然而已非久季常人行當盡區區

又

屢與令子語欽愛才美但尚屈太官未厭公論耳季常近得書亦見黃州人言體氣頗安壯但口眼微動耳來求藥物已寄去餘具令子口白

答史彥明主簿二首

別後冗懶相因不果上問愧企增劇遠辱書教感服深矣比日起居何如衰病懷歸請郡未獲何時展奉少道苑結歲晚厚愛少慰區區

又

新寧想未赴上前所欲發書至時可示諭也程懿叔去後旅思牢落聞已到郡矣寄惠秋石極感留意新春龍鶴菜羹有味舉箸想復見憶耶

與千之姪

獨立不懼者惟司馬君實與叔兄弟耳萬事委命直道而行縱以此竄逐所獲多矣因風寄書此外勤學自愛近來史學凋廢去歲作試官問史傳中事無一兩人詳者可讀史書爲益不少也

與楊君素二首

奉別忽二十年思仰日深書問不繼每日以爲愧比日動止何似子姪十九兄弟遠來得聞尊體康健異常不勝慶慰知騎驢出入步履如飛能登木自採荔支此希世奇事也雖壽考自天亦是身心空閑自然得道也某衰倦早白日夜懷歸會見之期想亦不遠更望順時自重少慰區區因孫宣德歸附手啓上問

又

某去鄉二十一年里中尊宿零落殆盡惟公龜鶴不老松柏益茂此大慶也無以表異輒送暖脚銅缶一枚每夜熱湯注滿密塞其口仍以布單裹之可以達旦不冷也道氣想不假此聊致區區之意而已令子三七秀才及外甥十一郎各計安

與黃州故人

某竊祿過分憂責自重顏衰鬢禿不復江上形容也屢乞郡未得但懷想曩游發於夢想也洗眼揩牙藥得之幸甚切望掛意覆盆子必已採得望多寄也都下有幹示及十二十三兩先輩各致區區忙甚未及書艾淸臣亦然京師宂迫殊不款曲也

答龐安常二首

久不爲問思企日深過辱存記遠枉書教具聞起居佳勝感慰感慰兼集惠示傷寒論真得古聖賢救人之意豈獨爲傳世不朽之資蓋已義貫幽明矣謹當爲作題首一篇寄去方苦多事故未能便付去人然亦不久作也老倦甚矣秋初決當求去未知何日會見臨書悁悁惟萬萬以時自愛

又

人生浮脆何者爲可恃如君能著書傳後有幾念此便當爲作數百字仍欲送杭州開板也知之

答程懿叔

人來辱書喜知起居佳勝眷愛各萬福郡政清暇稍有樂事處以無心强梗自服甚善甚善所望於吾弟也某凡百如昨但碎累各病醫人不離門勞費百端日、有外補之興行先尚未到亦不聞遠近之耗未緣會合新春保練別膺殊渥

答李方叔三首

疊辱手教愧荷不已雪寒起居佳勝示諭固識孝心深至然某從來不獨不作不書銘誌但緣子孫欲追述祖考而作者皆未嘗措手也近日與溫公作行狀書墓誌者獨以公嘗爲先妣墓銘不可不報耳其他

決不爲所辭者衆矣不可獨應命想必獲罪左右然
公度某無他意意盡於此矣悚息悚息

又

承遂舉三十喪哀勞極矣此古人事復見於君恨不
能兼助耳不易不易阡表與墓誌異名而同實固難
如教不罪不罪某莫歸困甚來人又立行不復覼縷

又

某以虛名過實士大夫不察責望逾涯朽鈍不能副
其求復致紛紛欲自致省靜寡過之地以餞餘年不
知果得此願否故人見愛以德不應更虛華粉飾以
重其不幸承示諭但有愧汗耳

與王定國

數日臥病在告不審起居佳否知今日會兩壻清虛
陰森正好劇飲坐無狂客冰玉相對得無少澹否扶
病暫起見與子由簡大駡書尺往還正是擾人可憎
之物公乃以此爲喜怒乎仙人王遠云得此書當復
劇口大駡之固應爾然而不可以徒駡也知公澹甚
往發一笑張十七必在坐幸仰意

與李端叔

辱書并示伯時所畫地藏某本無此學安能知其所

得於古者爲誰何但知其爲軼妙而造神能於道子之外探顧陸古意耳公與伯時想皆期我於度數之表故特相示耶有近評吳畫百十字輒封呈并畫納上

與李伯時

辱手示及惠新醞感愧殊深即日起居佳勝洗玉池銘更寫得小字一本比之大字者稍精請用陳伯脩之說更刻於石柱上爲佳人還奉謝

與范純父

三辱示諭鄙意不移公休之餽人子之心也不肖之辭夙昔之分也某已領其意而辭其物物有齊量意豈有窮哉昔人已聘還圭璋庶幾此義

與辯才禪師三首

久不奉書愧仰增深比日切惟法履佳休某忝冒過分碌碌無補日望東南一郡庶幾臨老復聞法音尚冀以時爲衆自愛

又

某尚與兒子竺僧名迨於觀音前剃落權寄緇褐去歲明堂恩已奏授承務郎謹與買得度牒一道以贖此子今附趙君賚納取老師意剃度一人仍告於觀

音前略祝願過悚息悚息

又

某有少微願須至仰煩切料慈照必不見罪某與舍弟某捨絹一百匹奉爲先君霸州文安縣主簿累贈中大夫先妣武昌郡太君程氏造地藏菩薩一尊并座及侍者二人菩薩身之大小如中形人所費盡以此絹而已若錢少即省鏤刻之工可也乞爲指揮選匠便造造成示及專求便船迎取欲京師寺中供養也煩勞神用媿悚不已

與浴室用公

去鄉久不復相聞知得來示及退翁書乃審公正信法子而吾先友史彥輔十三丈之甥也又承寄示正信偈頌塔銘感歎不可言比日法體勝常知長講起信自講入禪把纜放船甚善甚善輒題數句塔銘後以補闕逸未即相見千萬爲法自重大雪後手凍不復成字

與張元明二首

數日起居佳否有一詮秘大師者與之久故患痢後腸滑甚困欲煩一往視療之可否在興國寺戒壇院此一高行僧也便同作福田呵呵

又

數日起居佳勝適在院中得王郎簡帖如此今封呈切告輟忙一往他必不敢荷留且請周念副此人友愛急難之心切望切望

與家復禮

前日辱訪別悵戀不已陰寒起居佳否送行詩別寫得一本都勝前日書者復納去遠道萬萬自重

答劉元忠三首 杭州

專人辱書承昆仲遠寄詩文讀之喜慰殆不可言喜諫議公之有子也比日雪寒起居佳否詩文皆大佳然法曹君所製尤佳也爲之不已何所不至輒出一詩爲謝取笑取笑未由披奉千重節哀自重

又

聞愛弟傾逝手足之痛如何可言柰何柰何盛德之後何乃止此壽夭默定非追悼所及千萬寬中自愛而已無由面慰臨紙哽塞

又

先公傳久欲作以官事衮衮未暇成當卽寄去也所要白雲居士字不知足下自謂耶抑爲他人求也既不識其人不欲便寫若乃是自謂則未願足下爲此

名號也必亮此言黃素卻寫一絶句納去不訝

答王慶源

久不奉書愧仰兼極令姪元直遠訪首出教字感慰之懷未易盡陳比日履茲春和尊體何如某爲郡初遣衰病懷歸日欲致仕既忝侍從理難驟去須自藩鎮乞小郡自小郡乞宮觀然後可得也自數年日夜營此近已乞越雖未可知而經營不已會當得之致仕有期則拜見不遠矣惟望倍加保嗇庶歸鄉日猶能陪侍杖屨上下山谷間也楮冠玳簪聊表遠意玳簪已七八十年物閱數名公矣幸服用之

與引伴高麗練承議三首

辱回教感服不已數日極寒徒御良苦切惟起居佳勝早潮不知應否想不出今晚必渡引望飢渴專人候問

又

來日若晚渡酒五行已夜矣本州舊例雖夜已深人使猶秉燭復謁當夜下書請次日大排不知如何又二十日正是國忌若待二十一日大排又過三日勑限不知可打散不坐否乞一一示諭得以預備矣

又

中使已到三十里若高麗使只今來辭酒罷卻可迎中使老業未盡有此蒼忙望公慈造一言得只今上馬爲幸

與潘彥明二首

久不奉書切惟起居佳勝老拙凡百如舊出守舊治頗得湖山之樂但歲災傷拯救勞弊無復齊安放懷自得之娛也彥明與故人諸翁頗見念否何時會合臨紙惘惘新春萬萬自重

又

兩兒子新婦各爲老乳母任氏作燒化衣服幾件敢煩長者丁囑一幹人令剩買紙錢數束仍厚鋪新蒭於墳前一酹而燒之勿觸動爲佳恃眷念之深必不罪干浼悚息悚息

與陳懿叔二首

稍不聞問思企增劇比日起居何如貴眷各安勝廣東近亦得書甚安子由使虜亦還矣某近忽苦腰痛在假數日今雖强出視事尚未全健已乞宣城或宮觀去此雖暫病亦欲漸爲退休之計耳吾弟治績遠聞當卽召用少慰公議

又

承拜命移漕巴峽薄慰衆望方欲奉書使至辱教字且審起居清勝懿叔才地治狀當召還清近此何足道得一省墳墓仍見親知爲可賀耳衰病疲厭何時北趍歸路仰羡而已知在江上咫尺莫緣一見臨紙惘惘

答聞復上人

辱書并詩誦詠不釋手感慰之極比日起居何如示諭欲以高文發明儒釋固所望於左右也某數日病在告今日頗快來日欲出視事然尚少力粗和得來詩未能盡意花瓷不難得但去人已負重後信當致也詩中似欲之故及未相見間萬萬自愛

與趙德麟二首

候吏來特承書教禮意兼重感怍不已比日起居何如養痾便郡得親宗彥幸甚行役迫遽裁謝草略想蒙恕察

又

明守一書託爲致之育王大覺禪師仁廟舊所禮遇嘗見御筆賜偈頌其略云伏覩大覺禪師其敬之如此今聞其困於小人之言幾不安其居可歎可歎太守聰明老成必能安全之願公因語款曲一言正使

凡僧猶當以仁廟之故加禮而況其人道德文采推重一時乎此老今年八十二若不安全當使何往恐朝廷聞之亦未必喜也某方與撰宸奎閣記日夕附去公若見此老且爲致意

與大覺禪師璉公二首

奉別二十五年幾一世矣會見無時此懷可知到此日欲奉書因循至今辱書具審起居安穩南方耆舊彫落惟明有老師杭有辯才道俗所共依仰蓋一時盛事此來時得從辯才游老病昏塞頗有所警發恨不得一見老師更與與鑽磨也歲暮山中寒苦千萬爲衆自重

又

要作宸奎閣碑謹以撰成衰朽廢學不知堪上石否見叅寥說禪師出京日 英廟賜手詔其略云任性住持者不知果有否如有切請錄示全文欲添入此一節切望子細錄到卽便添入仍大字寫一本付侍者賫歸上石也惟速爲妙碑上別作一碑首如唐以前制度刻字額十五字仍刻二龍夾之碑身上更不寫題自古制如此最後方寫年月撰人銜位姓名更不用著立石人及在任人名銜此乃近世俗氣極不

典也下爲龜趺承之請令知事僧依此

與大别才老三首

專人來辱書伏承法體清勝甚慰想望山門虚寂長夏安隱燕坐湛然得無所得無緣面話惟萬萬自愛

又

昨日辱訪宂迫未遑詣謝領手教且審法履勝常爲慰語錄蒙借開發蒙鄙爲惠甚厚

又

衰疾無狀衆所鄙遠禪師超然絶俗乃肯惠顧此意之厚如何可忘還山以來道體何如相見杳未有期日深馳仰寒凝爲衆自重

與承天明老五首

近辱臨訪紛宂不遂款接愧怍無量比日道體何如法涌赴闕道俗一意皆欲嗣此道場緣契已定想便屈臨副此誠仰餘非面莫究

又

人還辱書蒙峻拒不識道眼有何揀擇深所未喻也衆意堅甚計雖百卻不已幸早戒途比日起居何如即見不復覼縷

又

衆詣漕臺敦請已許爲行下相次新太守過此當力求之想亦必勸行吾師豈能盡違之耶至時不免來此不如今日赴衰病之請卻非世情也

又

法涌始者甚不欲赴法雲而張都尉之請既堅遂不能違亦云契緣在彼非力辭可免法涌既不得免則吾師今者亦必無緣辭避幸便副衆心毋煩再三也欽企欽企

又

適辱書知不違衆願即當西渡喜慰之至比日法履康勝某雖被旨去郡猶能少留及見升堂聞第一義也

與佛印禪師三首

治行草草不復上問忽奉手筆曠若發蒙且審比日戒體輕安又承退席雲臥尤仰高風也未緣展晤引跂尤劇

又

久不奉書忽辱惠教且審徂暑戒體輕安承有金山之召應便領徒東來叢林法席得公臨之與長蘆對峙名壓淮右豈不盛哉渴聞至論當復咨叩惟早趣

裝途中善愛

又

塵勞衰衰忽得來書讀之如蓬蒿藜藿之逕而聞謦欬之音可勝慰悅且審即日法履輕安又重以慰也某蒙恩擢寘詞林進陪經幄是爲儒者之極榮實出禪師之善禱也餘熱千萬自重

與孫正孺二首

數日前因來人奉書必達比日伏想履茲餘熱起居佳勝某已八上章乞郡旦夕必有指麾且輟忙爲公作得送行詩跋尾以先祖諱故不欲作冠篇也未由會合千萬保愛

又

某頑健稍勝昔日老兄眠食不衰否闊遠無他囑惟倍萬保嗇而已勿將作汎汎常語過耳也千萬千萬入石時莫用邊花欄界之類古碑惟石上有書字耳少着花草欄界便俗狀也不罪不罪偶與子由飲半盞酒便大醉不成字

與王元直

別久思詠春深不審起居佳否眷愛各康勝某與二十七娘甚安小添寄叔並無恙新珠必甚長成諸親

各安旅宦寡悰思歸未由豈勝悵悵某爲權倖所疾久矣然捃摭無獲徒勞掀攪取笑四方耳不煩遠憂未緣會面惟冀以時珍衛

答王聖美

昨日庭中望見喜慰久渴辱教伏承尊體佳勝無緣造門尚冀邂逅復少須與人還布謝草草

答青州張秘校

承攜長牋下訪不克迎奉爲愧經宿伏惟尊履佳勝示諭乃宰物者之事非不肖所能致也幸賜深亮

與王慶源之子

某自去歲聞宣義叔丈傾逝尋遞中奉慰疏必已聞達爾後紛冗少暇繼以行役不定久闕書問愧悚不已叔丈平昔以文行著稱里閭於場屋晚乃少遂終不振顯惟望昆仲力學砥礪以顯揚不墜爲心乃未慼區區之望也因信惠一二字

與王正夫朝奉三首

遞中辱書人至復枉手示併增感慰卽日起居如宜襄事薄遽哀苦至矣無由助執紼臨紙惋歎尚冀寬中毋毀以就遠業

又

大年哀詞恨拙訥不盡盛德聊塞孝心萬一何日西
行傾想之極曹子方因會致區區

又

惠示誌文伏讀感歎拙詞何足刻石媿媿子方見過
聞動止爲慰慰餘非面莫究

答楊禮先三首

新歲日欲往見紛紛未由辱簡承尊體已安復感慰
兼集厚貺猻皮石硯蠟燭物意兩重不敢違命但有
愧灼

又

話別草草惘然不已信宿起居佳勝明日果成行否
拙詩聊發一笑

又

久闊暫聚喜慰不可言但苦都下紛紛不盡款意别
來思仰增劇亟辱手教承已到郡起居康福眷愛各
無恙寄示石刻暴揚鄙拙極爲悚怍衰病懷歸又復
歲暮牢落可知切想坐穎之餘日與知舊往還此樂
可羡也

與潮守王朝請滌二首

承寄示士民所投牒及韓公廟圖此古之賢守留意

於教化者所爲非簿書俗吏之所及也顧不肖何足以記此公意既爾衆復過聽亦不敢固辭但迫行冗甚未暇成之願稍寬假遞中附往也子野誠有過人公能禮之甚善向蒙寵惠高文欽味不已但老懶廢學無以塞盛意悚怍不已

又

承諭欲撰韓公廟碑萬里遠意不敢復以淺陋爲詞謹已撰成付來价其一已先遞矣卷中者乃某手書碑樣止令書史錄去請依碑樣止模刻手書碑首既有大書十字碑中不用再寫題目及碑中既有太守姓名碑後更不用寫諸官銜位此古碑制度不須徇流俗之意也但一切依此樣仍不用周回及碑首花草欄界之類只於淨石上模字不着一物爲佳也若公已替卽告封此簡與吳道人勾當也

與吳子野

文公廟碑近已寄去潮州自文公未到則已有文行之士如趙德者蓋風俗之美久矣先伯父與陳文惠公相知公在政府未嘗一日忘潮也云潮人雖小民亦知禮義信如子野言也碑中已具論矣然謂瓦屋始於文公者則恐不然嘗見文惠公與伯父書云嶺

外瓦屋始於宋廣平自爾延及支郡而潮尤盛魚鱗
鳥翼信如張燕公之言也以文惠書考之則文公前
已有瓦屋矣傳莫若實故碑中不欲書此也察之

答龜山長老四首

忽辱書感慰無量比日法履佳否名爲實賓學者之
意師何用此重煩示諭過當未緣展晤千萬爲衆自
重

又

張君子都尉聞是舊檀越爲奏海照之號今託林承
議附納勑牒請作一書致君子貴知到也本欲爲書
海照堂大字作牌納去屢寫皆不佳不可用待非久
告文安國爲作篆字也

又

奉別忽半年思仰無窮比日履茲餘寒法體何如側
聞居山漸久道俗嚮服新命既下想慰衆意未瞻奉
間千萬以時自重

又

前者過謁雖不款留然開慰已多矣辱書審聞別後
法履清勝山門久隳經始爲勞然龍象所在淮山已
自改觀矣未期會集幸爲衆自愛

與佛印禪師二首

阻闊忽復歲暮忽枉教翰具審法履佳勝久不至京只衰疾倦於游從無有會晤之日惟冀良食自愛煩置白掛甚愧厚意賜茶五角聊以將意餘冀倍萬保練

又

人至承誨示知欲裝取道會見不遠豈勝欣慰向冷跋涉自愛

答王定國二首潁州

辱書感慰謗燄已熄端居委命甚善然所云百念灰滅萬事懶作則亦過矣丈夫功名在晚節者甚多定國豈愧古人哉某未嘗求事但事來即不以大小爲之在杭所施亦何足道但無愧怍而已過蒙示諭慚汗若使定國居此所爲當更驚人亦豈特止此而已本州職官董華密人能具道政事歎服不已但恨公命未通爾靜以待之勿令中途齟齬自然獲濟如國手棋不須大段用意終局便須贏也

又

張公臥病不勝憂懸急要文集不敢不附去在任二年到京數月無頃刻暇時公屬我文集當有所刪潤

雖不肖豈敢知此然公知我之深舉世無比安敢復有形迹實願傾副公萬一故不敢草草編録到潁方有少暇正欲編次而遽索之且乞定國一言檢閲仍以相付幸也

與趙德麟二首

數日不接思渴之至衝冒風雪起居何如端居者知愧矣佛陁波利之虐一至此耶乃知退之排斥不爲無理也呵呵酒二壺迎勞惟加鞭

又

昨日幸接笑語今日知舉掛聞之後時不及往慰悚息悚息三日臂痛今日幸減録舊詩一篇奉呈聞公亦欲借示詩藁幸付去人上清宮成而有德音意謂守臣當有賀表如何如何謀之於公幸略垂示

與辯才禪師

別來思仰日深比日道體何如某幸於鬧中抽頭得此閑郡雖未能超然遠引亦退老之漸也思企吳越諸道友及江山之勝不去心或更送老請會稽一次老師必能爲此一郡道俗少留山中勿便歸安養不肖更得少接清游何幸如之惟千萬保愛

答參寥二首

兩得手書具審法體佳勝辯才遂化去雖來去本無
而情鍾我輩不免悽愴也今有奠文一首并銀二兩
託爲致茶果一奠之穎師得書且喜進道紙尾待得
閑寫去餘惟萬萬自重

又

某在潁一味適其自得也承惠家園新茗珍感之至
紫衣牒色已付錢今冬必得已託王晉卿取附遞至
智果也四公子亭他輩非吝但近日人言尤可畏薄
惡之甚故未可也必深悉此潁上人道業必進託爲
傳語聰公病懶不寫書不訝不訝邁已赴河間來書
續附去次少游近致一場鬧皆羣小忌其超拔也今
且無事聞知之

與汪道濟二首

專使至辱書感服存記且審比來起居佳勝甚慰馳
仰未卜會見惟祈保練

又

某見報移汶上而勑未下老病不堪寄任方欲力辭
未知得免否令子日夕相見甚安知之

與范純父侍郎二首

到潁半年始此上問懶慢之罪跼蹐無地中間辱書

及承拜命貳卿亦深慶慰然公議望公在禁林想即有此拜也春暖起居何如某移廣陵甚幸舍弟欲某一到都下乞見而行路既稍迂而老病務省事且自潁入淮矣不克一別臨書惘惘

又

某衰病日侵而使客旁午高麗復至公私勞弊殆不能堪但以連歲災傷不敢別乞小郡然來年闕食之憂未知攸濟日俟罪譴而已李唐夫一宅甚安沉酣江山旬日忘歸非久赴任也

與明父權府提刑

到官半歲依庇德宇獲遂解去感服深矣臨行寵餞再三益愧眷厚別後切想起居佳勝某已達泗上迎送人等謹遣還府今日留一飯晚遂發去愈遠左右回望悵然尚冀保練以須顯拜

與孔毅父二首

到揚吏事清暇而人事十倍於杭甚非老拙所堪也熟觀所歷數路民皆積欠爲大患仁聖撫養八年而民未蘇者正坐此事爾方欲出力理會誰肯少助我者乎此間去公咫尺爾而過往妄造言語者或言公欲括田而招兵近問得皆虛想出於欲邀功賞而不

願公來者也事之濟否皆天也君子盡心而已無由
面見臨紙惘惘

又

到此得所賜書即於遞中上謝豈不達耶續蒙示諭
王景尋文集某猶及從其人游當依所教然近日士
大夫以某不作銘誌故變文爲集引耳已屢辭之今
恐未可遽作也不罪不罪前日得舍弟書報志公婢
偶傷大湯初甚驚惋連得書已全安無痕矣恐要知
在京數日見其慧利長進無病後毋撫之如己出也
除夜紛紛奉啓不謹

與范純夫四首

別後不一奉書懶慢之罪未有以解然別時亦先自
陳矣比日履茲初冬起居佳勝切聞屢進拜喜抃無
量與子功同侍邇英此最搢紳之所榮慕又聞有旨
許講罷奏事想日有補正也未緣會合千萬自重

又

奉書不數愧仰可知辱手教且審起居佳勝爲慰某
凡百粗遣聞天官之除老病有加那復堪此即當力
辭乞閑郡爾側聆大用以快羣望未間千萬以時自
重

又

忠文公碑固所願託附但平生本不爲此中間數公蓋不得已不欲卒負初心自出都後更不作不爲已辭數家矣如大觀其一也今不可復寫千萬亮察魯直日會且致區區兩辱書皆未答直懶爾別無說然魯直不容我誰復能容我者

又

前日見報知新拜卽欲奉書爲賀又恐草草念行役間迫猝未能便如禮故不免發數字想不深訝不罪之喜豈獨以樂正好善之故耶更不必盡談公議所屬想公有以處之矣私意但望公不力辭若又力辭乃似辭難矣餘亦見子由書中乍熱起居如何乍遠千萬爲道自愛

答趙德麟二首

人來辱書伏審履茲畏暑起居佳勝爲慰見念之深正如懷仰之意不肖獨賴晁無咎在此方憂其去若果得德麟爲代眞天假老拙也旣未欲來此寄居常令爲於高郵尋安下處續當馳報也未間萬萬自重

又

別後思仰不可言切計起居佳勝得舍弟書奉太夫

人久服藥近已康復伏惟懽慶到郡兩月公私勞冗有稽上問想未深責會合未期惟冀侍奉外千萬保重

與人三首

欽服下風爲日久矣遲暮相從傾蓋如故非氣類自然抑宿昔緣契也人來辱手教得聞起居勝常堂上康福感慰感慰深矣某凡百如故又得無咎切磨知幸

又

久別思詠日深衰疾多故人事弛廢過蒙手書存錄益用愧負比日起居佳勝如聞已有召命想即超用以慰公論未間萬萬爲國自重

又

出守幸獲相聚每得見脩然忘歸爲益多矣別來起居何如到揚人事紛紛坐想清游可復得哉乍熱千萬自重

與范子功四首

見舍弟說知得雍信幼孫夭逝聞之怛然便欲往見從者已散去切想慈念之深不能無動然竟亦何益惟千萬以理照遣日夕面究

又

辱教承晚來起居佳勝團茶及匣子香藥夾等已領
珍感珍感栗子之求不太廉乎便不得更送一箇笓
籬耶呵呵

又

宿來起居佳勝已馳簡邀伯揚來日會啓聖公能枉
轡甚幸子由明日奠酹後便往啓聖公可到彼早食
也某略到押賜處便往

又

廣嚴之會謹如教計必請陳四也分惠佳茆感感獨
飲一盃遂醉書不成字

答李方叔六首

別久音問缺然忽承惠教愧仰何勝秋暑未過起居
何如未由會面萬萬順時珍重

又

專人辱啓事長書及手簡累幅意既甚厚非所敢當
又蒙教以不逮非君子直亮期人之遠何以及此然
衰病之餘豈任此責愧悚之極比日起居佳勝惠示
猻皮等物皆所不敢當禮曹之傳蓋妄也信箠元不
發卻付來人蓋近日親知所寄示一切辭之非獨於
左右也千萬恕察知非久入京見訪幸甚未間千萬

珍重不宣

又

前日所貺高文極爲奇麗但過相粉飾深非所望殆是益其疾耳無由往謝悚汗不已

又

近者雖獲屢見迫於多故不盡區區别來辱書且喜體中佳勝某方杜門請郡章四上未允方更請耳會見未可期千萬順時自愛至禱

又

前日辱訪客衆不及款話兩三日又無緣接奉思企不可言手教爲貺慚感無量苦寒諸況何如常日不獨以禁令不得瞻奉又以差館伴紛紛殊不暇也衰病疲曳欲脫而不可得可勝歎耶

又

連日殿門祗候不果致問辱簡承起居佳勝來日行香罷又須一弔康公晚乃歸方叔能枉訪夜話爲别甚幸餘留面話

答潘彥明

辱書感慰無量比日起居何如别來不覺九年衰病有加歸休何日往來紛紛徒有愧歎知東坡甚葺治

故人仍復往還其間否會合無期臨紙悵惘

與鞠持正二首

兩日薄有秋氣伏想起居佳勝蜀人蒲永昇臨孫知
微水圖四面頗爲雄爽杜子美所謂白波吹素壁者
願挂公齋中真可以一洗殘暑也近晚上謁次

又

知腹疾微作想卽平愈文登雖稍遠百事可樂島中
出一藥名白石芝者香味初若嚼茶久之甚美聞甚
益人不可不白公知也白石芝狀如石耳而有香味
惟此爲辯秘之秘也

答趙德麟三首還朝

累辱手教感慰無量比日起居佳勝大禮日近隨分
冗迫未得卽見賢者深增悵惘也乍寒萬萬以時自
重

又

紛紛尚未暇往見思企之極陰寒起居佳勝否甘釀
佳貺輒踐前言作賦可轉呈安定否無事見臨幸甚

又

辱教承台候佳勝拙疾猶未退尚潮熱惡寒也來日
必赴盛會未得後日猶恐當謁告也辱意甚寵適會

如此非所願幸千萬加恕子由固當馳赴也穆公且
喜漸安臥病書此不謹

與人三首

吏役往還得見風采爲幸已多重承存錄延顧極厚
感佩無量自別來一向冗迫不即裁謝慚負可知令
子齋郎至領手教且審起居佳勝乍此暌隔翹想日
深尚冀珍調少慰鄙願

又

辱示長牋詞旨過重適少冗迫來使不敢久稽未及
占詞爲答想知照未甚訝也惶恐惶恐疊蒙惠長松
以扶老病感佩不可言天覺臨別時亦許寄來因到
彼可爲督之藥名品方狀精詳之極非故人留意之
深何以及此未有以答厚意但積悲感都下委示及

又

疊辱臨訪欲少款奉多事因循繼以臥病負愧深矣
知明日啓行無緣面別尚冀保練

與王賢良

近辱臨訪連日紛冗不及款奉竊惟起居佳勝寵示
新作感服至意

答楊濟甫

久以私撓不作書累蒙惠問且審起居佳勝爲慰衰
年咎責移殃家室此月一日以疾不起痛悼之深非
老人所堪奈何奈何又以受命出帥定武累辭不獲
須至勉强北行家事寥落懷抱可知因見青神王十
六秀才亦爲道此會合何時臨書悽斷惟千萬順時
自愛

與子安兄四首

十九郎兄弟遠至特蒙手誨恭審比來尊體佳勝甚
慰繫望骨肉久別乍聚問訊親舊但有感歎知兄杜
門守道爲鄉里推愛弟久客倦游情懷常不佳日望
歸掃墳墓陪侍左右耳方暑敢冀以時自重

又

往蒙示先伯父事迹但有感涕專在卑懷重承誨諭
惶悚之至正冗迫中不敢久留來人未暇寫諸親知
書乞爲致意非久徧發也

又

墓表又於行狀外尋訪得好事皆參驗的實石上除
字外幸不用花草及欄界之類才着欄界便不古花
木尤俗狀也唐以前碑文皆無告照管模刻子細爲
佳不罪不罪

又

每聞鄉人言四四九五九九兩姪爲學勤謹事舉業尤有功審如此吾兄不亡矣惟深念負荷之重益自修飭乃是顏閔之孝賢於毀頓遠矣此間五郎六郎乍失母毀痛難堪亦以此戒之矣吾兄清貧遭此固不易處某亦爲一年兩喪困於醫藥殯斂未有以相助且只令楊濟甫送二千爲一奠餘俟少暇也

與聖用弟三首

聖用小二秀才弟別後冗迫不即奉書想未訝也比日體中佳安今日榜出且喜小十捷解喜慰之極此郎君爲學勤至文詞成就來春必殊等也前賀無疑向聞弟當復入來想必成行也小十甚安健日夕相見不用憂未相會間千萬保愛子由爲朝陵去未及奉書

又

十郎司理不及別作書初官但事事遵稟小二叔教誨官事勿苟簡公勤靜恕勿急求舉主曹事辦集上官必不汝遺劉漕行父叔與之契舊因見但道此意俟到定州款曲作書也餘惟侍奉外多愛夜中目昏不成字勿訝勿訝

又

方叔兄未及拜書且爲致意子安二哥近有書未及再上狀因見亦爲致懇

與子由赴定州

某爲迫行事冗不及作孫子發書乞爲致意近者奏辟吏部胥子初妄執言本官係合入遠人礙辟舉條及反覆詰之迺始伏云若今年九月二十七日本官成資後別無遺闕即不該入遠可以奏辟某尋有公文申部乞會問本州即見得成資已前有無遺闕凡爭數日乃肯據狀會同請與孫子發言略說與本州官員言早與果決分明回一成資無遺闕文字來免爲猾胥妄生枝節或更孫宣德與一願就及本州官員及所頃替非有服親一狀尤佳京師大抵官不事事而吏橫也

與參寥

吳子野至出穎沙彌行草書瀟然有塵外意決知不日脫穎而出不可復沒矣可喜可喜近遞中附呂丞相所奏妙總師號牒去必已披受訖即日起居何如某來日出城赴定州南北夐隔然請會稽之意終未已也當更俟年歲間耳未會間千萬善愛

答范純父

所示連日入問聖候極是極是見說執政逐日入問宗室亦逐日問候也已將簡報錢尹令府中差人徧報諸公矣

與孫子發二首

專人來辱書承近日尊體佳勝蒙許就辟慰浣深矣奏檢附呈已發訖某行期不過九月半間會見不遠更祈順時自重

又

貴眷各計安勝公宇已令粗葺什物麄陋然亦粗足更有幹示喻塗中幸不滯留早到慰勤遲幸也

與錢濟明二首

別後至今遂不上問想察其家私憂患也遠辱專使手書且審侍奉起居康勝感慰兼極老妻奄忽令已半年衰病豈復以此自纏但晚景牢落亦人情之不免重煩慰諭銘佩至意然公亦自有愛女之戚初不知奉疏後時慚負不已出守中山謂有緩帶之樂而邊政頹壞不堪開眼頗費鋤治近日逃軍衰止盜賊皆出疆矣幕客得李端叔極有助聞兩浙連熟呻吟瘡痍遂一洗耳何時會合臨書惘惘

又

寄惠洞庭珍苞塞上所不識分餉將吏並戴嘉貺也
無以爲報親書松醪一賦爲信想發一笑也近得單
季隱書云公有一瘸藥方極神奇某長孫有此病多
年不差可見傳否如許幸遞中示及

與孫子發二首南遷

人還辱教具審别後起居佳勝貴眷各康寧至慰至
慰某到郡甚健忝鄉且親平時不爲不知公因此行
觀公舉措方恨前此知公未盡勉進此道爲朋友光
寵餘惟萬萬以時自愛

又

子發以古人自期信道深篤雖窮達在天未可前定
然必有聞於時而傳於後也幸益自愛重以究遠業
臨行不盡區區

與開元明師二首

辱簡并惠扇碑及借示木石等皆佳妙但去長物爲
陸行計無所置之謹留筆一束以領雅意餘回納不
訝不訝

又

辱書且審法履佳勝且知從者嘗至符離見待久之

感愧深矣借示跋尾石刻足見存誠篤至卻附來人納上元本未會集間千萬珍重

與任德翁

半月不面思企深劇辱書承孝履如宜金陵雖久駐奉伺不至知亦留滯如此某在磁湖夾阻風風已累日今日風亦不苦順且寸進前去恐亦未能遠也不知德翁今晚能到此否傾渴之至

與張元明二首

前日承追餞南都又送子由至筠風義之厚以增感槩比日具審起居佳勝萬里之別後會杳未有期伏乞善加保練

又

遠辱專人惠書輔以藥物極濟所乏衰疾有賴矣感刻感刻不知何時還蜀中自此音問遂隔曷勝惘惘

與黃元翁

某垂老投荒衆所鄙遠見孫提點言獨有存恤孤旅之意感激不已到治下當作陸行必留數日款見也

答劉無言

此行但有感恩知罪省分絕欲守此四言行之終身庶保餘年得還田畝但未知有無後命爾

與孫子發三首

別來思企不可言比日尊體何如某蒙庇粗遣旦夕離南都如聞言者尚紛紛英州之命未保無改也凡百委順而已幸不深慮愈遠萬萬以時自重

又

郡中諸公未能一一奉狀因見各爲致意過真定見楊采朝議此人有實學隱德河朔似此者以一二數矣其子迪簡亦善吏某已舉之矣欲告提刑大夫來年一京削敢煩子發爲道此懇或持此簡呈憲使又幸

又

一起寫書十六七封不能復謹勿罪勿罪

與程德孺

在定辱書未裁答閒倉猝南來遂以至今比日切惟起居佳勝老兄罪大責薄未塞公議再有此命兄弟俱竄家屬流離汙辱親舊然業已如此但隨緣委命而已任德翁同行月餘其見老兄處憂患次第可具問更不詳書也懿叔赴闕今何在因書道區區後會無期臨書惘惘餘熱萬萬以時珍重

答錢濟明三首 惠州

專人遠辱書存問加厚感悚無已比日郡事餘暇起居何如某到貶所闔門省愆之外無一事也瘴鄉風土不問可知少年或可久居老者殊畏之唯絕嗜欲節飲食可以不死此言已書諸紳矣餘則信命而已近來親舊書問已絕理勢應爾濟明獨加於舊高義凜然固出天資但愧不肖何以得此會合無期臨紙愴恨

又

近在吳子野處領手教尚稽答謝愧悚之至遠蒙差人固佩荷契義而卓契順者又可奇也無以答其意與寫數紙公可取一閱也寄惠白朮極所欲得也牋格甚高想見風裁回信惟有紫團參一板疑可以奉親故不可以微鮮爲愧也兩兒子曾拜見否凡百想有以訓之幼子過相隨甚幹事且不廢學蒙令子惠書回答簡率一一封納必不罪也

又

嶺南家家造酒近得一桂酒法釀成不減王晉卿家碧香亦謫居一喜事也有一頌親作小字錄成切勿示人千萬千萬

答張嘉父

久不奉書過辱不遺遠枉教尺具審起居佳勝感慰交集著述想日益富示諭治春秋學此學者本務又何疑焉此書自有妙用學者罕能理會若求之繩約中乃近法家者流苛細繳繞竟亦何用惟丘明識其妙用然不肯盡談微見端兆欲使學者自見之故僕以爲難蓋嘗悔少作矣未敢輕論也凡人爲文至老多有所悔僕嘗悔其少矣然著成一家之言則不容有所悔當且博觀而約取如富人之築大第儲其材用既足而後成之然後爲得也愚意如此是否夜寒筆凍眼昏不罪不罪

答徐得之二首

張君來辱書存問周至感激不已即日哀慕之餘孝履如宜某到惠已半年凡百粗遣既習其水土風氣絕欲息念之外浩然無疑殊覺安健也兒子過頗了事寢食之餘百不知管過亦頗力學長進也子由頻得書甚安一家今作四處住惠筠許常也然皆無恙得之見愛之深故詳及之不須語人也瞻企邈然臨書悃悃乍熱惟萬萬節哀順變自重

又

詹使君仁厚君子也極蒙他照管仍不輟攜具來相

就極與君猷相善每言及相對悽然君猷諸子得耗否十四郎後來修學如何

答吳秀才

人來領書且喜尊體佳勝并示歸鳳賦與寄遠妙詞亦清麗玩味爽然然僕方杜門念咎不願相知過有粉飾以重其罪此賦自別有所寄則善不肖決不敢當幸察之察之

東坡續集卷第十八

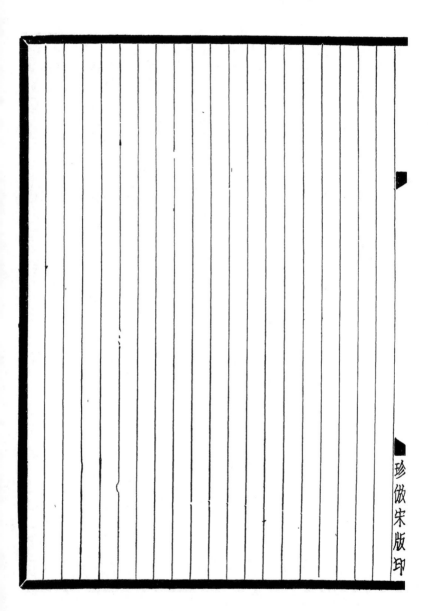

東坡續集卷第七

書簡

答參寥三首

專人遠來辱首書并示近詩如獲一笑之樂數日喜慰忘味也某到貶所半年凡百粗遣更不能細說大略秪似靈隱天竺和尚退院後卻在一個小村院子折足鐺中罨糙米飯喫便過一生也得其餘瘴癘病人北方何嘗不病是病皆死得人何必瘴氣但苦無醫藥京師國醫手裏死漢尤多參寥聞此一笑當不復憂我也故人相知者卽以此語之餘人不足與道也未會合間千萬爲道善愛自重

又

穎沙彌書迹巉聳可畏他日眞妙總門下龍象也老夫不復止以詩句字畫期之矣老師年紀不少尚留情詩句字畫間爲兒戲事耶然此回示詩超然眞游戲三昧也居閑不免時時弄筆見索書字要楷法輒生數篇終不甚楷也秪一讀了付穎師收勿示餘人也雪浪齋詩尤奇偉感激感激轉海相訪一段奇事但聞海舶遇風如在高山上墜深谷中非愚無知與至人皆不可處胥靡遺生恐吾輩不可學若是至人

無一事冒此嶮做什麽千萬勿萌此意穎師喜於得預乘桴之游耳所謂無所取裁者其言不可聽切切相知之深不可不盡道其實耳自揣餘生必須相見公但記此言非妄語也

又

淨慧琳老及諸僧知因見致懇知爲默禱於佛令亟還中州甚荷至意自揣省事以來亦粗爲知道者但道心數起數爲世樂所移奪恐是諸佛知其難化故以萬里之行相調伏耳少游不憂其不了此境但得他老兒不動懷其餘不足云也愈承務知爲少游展力此人不凡可喜可喜今有一書與之告專一人與轉達仍有書令兒子輩準備信物令送去愈處託求穩當舶主附與廣州何道士也見說自有斤重脚錢數日體例甚熱

答南華辯禪師五首

竄逐流離愧見方外人之舊達觀一視延館加厚洗心歸休得見祖師幸甚幸甚人來辱書具審法體佳勝感慰兼集某到惠已二百日杜門養痾凡百粗遣不煩留意念

又

專人遠來獲手教累幅具審法履佳勝感慰兼極又蒙遠致筠州書信流落羈寓每煩淨衆愧佩深矣承惠及罌粟鹹豆等益荷厚意泉銘模刻甚精某此凡百如宜不煩念及未由瞻謁懷想不已熱甚惟萬萬爲衆自愛

又

所要寫柳碑大是山中闕典不可不立石已輟忙揮汗寫出仍作一小記成此一事小生結緣於祖師不淺矣荒州無一物可寄只有桄榔杖一枚木韌而堅似可采勿笑勿笑舍弟及總師等書信領足比有人去已發書矣張惠蒙去歲爲令看船不得禮拜祖師及衣鉢甚不足今因來人令相照管一往不訝啗聒此子多病來時告令一得力莊客送回也留住五七日可矣

又

淨人來辱書具審法體勝常深慰馳仰至此二年再涉寒暑粗免甚病行館僧舍皆非久居之地已置園築室爲苟完之計方斫木陶瓦其成當在中冬也

又

近苦痔疾極無聊看書筆硯之類殆皆廢也而要寫

王維劉禹錫碑未有意思下筆又觀二碑格力淺陋
非子厚之比也

答王商彥

忝親戚之末未嘗修問左右又方得罪屏居敢望記
及之專人遠來辱牋教累幅稱述過重慰勞加等幸
甚即日履茲秋暑尊體何如某仕不知止臨老竄逐
罪垢增積玷污親友足下昆仲曲敦風義萬里遣人
問安否意其可忘書詞雅健陳義甚高但非不肖所
稱也蜀粵相望天末何時會合臨書悵惘未審受任
何地來歲科詔玗聞峻擢以慰願望未間更冀若時
自重

與程天侔七首惠州

去歲過治下幸獲接奉別後有闕上問過沐省記遠
辱手教且審起居佳勝感慰兼集長牋見寵禮意過
當非衰廢所宜承當伏讀愧汗而已未由會見萬萬
以時自重

又

乏人寫公狀幸恕簡略示諭固合如命但罪廢閑冷
衆所鄙遠決無響應之理近發書多不答未欲頻瀆
也幸矜炤

又

至後福履增勝辱訪不果見悚怍無量寵惠羊酒紙茗極荷厚意答謝稽緩不罪不罪

又

適辱訪別豈勝悵仰晚來起居佳勝爲餞蔡守遂不得詣違尚丐珍練

又

少事干煩過河源日告伸意仙尉差一人押木匠作頭王皋暫到郡外令計料數間屋材惟速爲妙爲家私紛冗不及寫書千萬勿罪幸甚

又

江君訪別本欲作書醉熟手軟不能多書獨遣此紙而已老拙墓道空能誦楞嚴之語而實無所見賢者得之便能發明如此誦語精妙過辱開示感怍無已龍眼晚實愈佳特蒙分惠感怍之至錢數封呈煩聒增悚

又

白鶴峯新居成當從天侔求數色果木太大則難活太小則老人不能待當酌中者又須土磒稍大不傷根者爲佳不罪不罪

與程正輔提刑二十四首

近聞使旆少留番禺方欲上問侯長官來伏承傳誨意旨甚厚感怍深矣比日履茲新春起居佳勝知車騎不久東按儻獲一見慰幸可量未間伏冀以時自重

又

竄逐海上諸況可知聞老兄來頗有佳思昔人以三十年爲一世今吾老兄弟不相從四十二年矣念此令人悽斷不知兄果能爲弟一來否然亦有少拜聞某獲譴至重自到此旬日便杜門自屛雖本郡守亦不往拜其辱良以近臣得罪省躬念咎不得不爾老兄到此恐亦不敢出迎若以骨肉之愛不責末禮而屈臨之餘生之幸非所敢望也其餘區區殆非紙墨所能盡惟千萬照悉而已德孺懿叔久不聞耗想頻得安問八郎九郎亦然令子幾人侍行若巡按必同行因得一見又幸舍弟近得書云在湖口見令子新婦亦具道尊意感服不可言

又

專人至承賜教累幅感慰兼極比日履茲春陽尊體佳勝知春夏間方按行此邦豈勝繫望韶州風物甚

美園亭德孺所治殊不知有可與爲樂者否未披奉
間更冀若時保練

又

老兄近日酒量如何弟終日把盞積計不過五銀盞
耳然近得一釀法絕奇色香味皆疑於官法矣使旆
來此有期當預醞也向在中山創作松醪有一賦閑
錄呈以發一笑

又

數日聞使旆來此喜慰不可言方欲遣人奉狀遽捧
手教感慰兼至比日涉履風濤起居佳勝日夕瞻奉
併陳區區

又

某深欲出迎郊外業已杜門知兄知愛之深必不責
此然愧悚甚矣專令小兒走舟次也知十秀才侍行
喜得會見不及別奉書

又

昨日辱承款語傾盡感慰深矣經宿起居佳勝所貺
皆珍奇物意兩重敢不拜賜少頃面謝

又

謫居窮寂誰復顧者兄不惜數舍之勞以成十日之

會惟此恩意如何可忘别後不免數日牢落切惟尊懷亦悵然也但凝望沛澤北歸得復會見爾到廣少留否比日起居何如某到家無恙不煩念及未參侯間萬萬若時自重

又

河源事上下繆悠而已有一信篭并書欲附至子由處輒以上干然不須專差人但與尋便附達或轉託洪吉間相識達之其中乃是子由生日香合等它是二月二十日生得前此到爲佳也不罪不罪

又

兩甥相聚多日備見孝義之誠深慰所望未暇别書悉之悉之兒子適令幹少事未及拜狀輒已和得自水山詩錄呈爲笑并亂做得香積數句同附上前本併納去硜字輒用桱字蓋攀例也呵呵

又

近檢法行奉書未達間伏蒙賜教并寄惠柑子此中雖有然似此佳者卽不識也十有二壞耳謹如教略嘗不多啖也比日還府以來起居佳勝某與兒子如昨不煩念及大郎三郎有近耗未歲暮無緣會合惟冀若時珍練

又

和示香積詩眞得淵明體也某喜用陶韻作詩蓋有四五十首不知老兄要錄何者待稍閑編成一軸附上也只告不示人耳橋錢必不足用學錢且告老兄留取切告切告前所問者已得實狀本州必已申去蓋亦只止是矣

又

近鄉僧法舟行奉書必達惠州急足還辱手教且審起居佳勝感慰兼集寵示詩域醉鄉二首格力益清妙深欲繼作不惟高韻難攀又子由及諸相識皆有書痛戒作詩有說不欲詳言其言切甚不可不遵用空被來貺但慚汗而已兄欲寫陶體詩不敢奉違今寫在揚州日二十首寄上亦乞不示人也未由會合日聽除音而已餘惟萬萬若時自重

又

承服温胃藥舊疾失去伏惟慶慰反復尋究此至言也拙恙亦當服温平行氣藥耳德孺書信已領尚未聞所授豈當到闕乎兄亦歸覲耳何用更求外補惠及佳麪感怍適有河源乾菌少許并香篆一枚頗大謾納去作笑有肉蓯容因便寄示少許無即已也侯

晉叔實佳士頗有文采氣節恐兄不久歸闕此人疑不當遺也故略爲記之不罪

又

少猊昌聞向所見海會長老甚不易得院子亦漸興葺已建法堂甚宏壯某亦助施三千緡足令起寢堂歲終當圓備也院旁有一陂詰曲羣山間長一里有餘意欲買此陂屬百姓見說數十千可得稍加葺築作一放生池囊中已罄輒欲緣化老兄及子由各出十五千足某亦竭力共成此一事所活鱗介歲有萬數矣老大沒用處猶欲作少有爲功德不知兄意如何可便乞附至不罪不罪

又

此中魚湖之利下塘常爲啓閉之所歲終竭澤而取略無脫者今若作放生池但牢築下塘永不開江水漲冒即聽其自在出入則所活不貲矣

又

廣州多松脂閎甫嘗買用桑皮灰煉得甚精因話告求數斤仍告正輔與買生者十斤因便寄示舶上硫黄如不難得亦告爲買通明者數斤欲以合藥散鐵爐燉可作時羅夾子者亦告爲致一副史飲者三物

皆此中無有不罪

又

某前者留博羅一日再見鄧道士所聞別無異者方欲邀來郡中款問也續寄丹砂已領感愧之極某於大丹未明了直欲以此砂試煮煉萬一伏火亦恐成藥耳成否當續布聞比日得七哥書遞中已附謝也六郎十郎各計安未及別書所要書字墨竹固不惜徐寄去也外曾祖遺事錄呈

又

蜜極佳荔枝蒙頒賜謹附謝懇蘇州錢倅差一般家人又借惠力院一行者契順與宜與通問萬里勞人甚愧其意因令附此書或略賜照管幸甚卒子與借請少許幸甚幸甚

又

忽復殘臘會合無緣不能無天末流離之念也急足回辱書具審尊體康勝仍示佳語五章字字新奇歎詠不已老嫂奄隔更此徂歲想加悽斷然終無益惟日遠日忘爲得理也某近苦痔殊無聊杜門謝客兀然坐忘爾新春爲國自愛早膺北歸殊寵

又

某覩近事已絶北歸之望然中心甚安之未話妙理達觀但譬如元是惠州秀才累舉不第有何不可知之免憂詩屢欲和韻嶮又已更老手五賡殆難措辭也亦苦痔無情思耳惠黄雀感愧感愧子由一書告蚤入皮筒幸甚幸甚

又

河南兄弟已歸左右想哀慕之極切希爲親自寛也近有慰疏未暇別紙

又

殘臘只數日感念聚散不能無異鄉之嘆不審兄諸況何如子舍到否新年不獲奉觴惟祝早膺召命未間更乞爲時自重

又

人來辱書伏蒙履茲新春起居佳勝至孝通直已還左右感慰良深且聞有北轅之耗尤副卑望詠史等詩高絶每篇洒是一論屈滯它作絶句也前後惠詩皆未和非敢懶也蓋子由近有書深戒作詩其言切至當焚硯棄筆不但作而不出也不忍違其憂愛之意所以遂不作一字惟深察吾兄近詩益工孟德有言老而能學惟余與袁伯業此事不獨今人不能古

人亦自少也未拜命間頻示數字慰此牢落餘惟萬萬爲時自重

與廣東提舉蕭大夫二首

春和切惟起居佳勝某罪譴得託迹麾下幸甚到惠即欲上問杜門省咎人事俱廢以故後時想不深訝未緣瞻奉伏冀爲時自重

又

伏審使旆巡按至惠得侍遂際見何幸如之某始寓僧舍凡百不便近因正輔至郡許假館行衙不及面稟輒已遷入悚側不已想仁愛顧恤不深訝也

答王敏仲四首

再辱手教感戴深矣仍審比日台候康勝至慰至慰某凡百如昨新居日夕畢工即遷入長子邁自浙中般挈由循州徑路來閏月可至此漸似無事可以卻掃安居矣新政豈弟已穆然嶺海間矣更蒙下訪粗識仁人之用心也欣慰之極未緣面盡臨紙惋結

又

浮玉聞遂化去殊不知異事可聞其略乎其母今安在謗者之言何足信也丹元事亦告盡錄示決不示人也起居之語未曉亦告指示近頗覺養生事絕不

用求新奇惟老生常談便是妙訣嚥真納息真丹頭仍須用尋常所聞般運泝流法令積久透徹乃効也孟子曰事在易而求諸難道在邇而求諸遠董生云尊其所聞則高明矣行其所知則光大矣

又

春候清穆切惟撫馭多暇起居百福甘雨應期遠邇滋洽助喜慰也某凡百粗適遷新居已浹日小窗疎籬頗有幽趣賤累亦不久到矣未期瞻奉萬萬爲國自重

又

兩蒙賜教感慰深至曾因周循州行奉狀想已塵覽卽日台候何如越人事嬉遊盛於春時高懷俯就想復與衆同之天色澄穆亦惟此時也莫緣陪後乘西望增慨

與范純夫

某謂居瘴鄉惟靜絕欲念爲萬全之良藥公久已爾不在多祝也子由極安常燕坐胎息而已有一書附納長子邁自宜與挈兩房來已到循州一行並安過近往迎之得耗旦夕到此某見獨守舍耳次子迨在許下子由長子名遲者官滿來筠省覲亦不久到恐

要知六婦與二孫並安健過去日留一書并數品藥在此今附何秀才去如聞公目疾尚未平幸勿過服涼藥暗室瞑坐數息藥功何緣及此兩承惠錫器極荷重意丹霞觀張天師遺跡儻有良藥異事乎令子不及別書侍奉外多慰子功之喪忽已除祥哀哉柰何諸子想各已之官某孫婦甚長日夕到此矣

與蕭朝奉

近得見令兄提舉稍聞動止之詳爲慰少事輒冒聞幸恕率易兒子邁般挈數房賤累自虔易小舟由龍南江至方口出陸至循州下水到惠賤官重累敢望矜恤特爲於郡中諸公醵借白直數十人送至方口計未遠出州界切望垂念已於循州擘畫得數十人至方口迎之也流落困苦想加愍察

答王莊叔二首

遠辱教書具道三十年前都下與先人往還伏讀感涕仁人念舊手簡見及足矣書辭累幅禮意莊重此何過也伏審斬焉在疚哀慕之餘起居如宜某罪廢遠屏有玷知識重蒙獎飾衰朽增光會合未期尚冀節哀自重

又

某多病杜門人事都絶懶習已成筆硯殆廢承長牋寵貺裁謝苟簡愧負深矣黄茆海瘴正作於秋蒸暑麾汗不能盡意恕之

與循守周文之二首

近日屢獲教音及林增城至又得聞動止之詳併深感慰桃荔米酒諸信皆達矣荷佩厚眷難以盡喻今歲荔子不熟土產早者旣酸且少而增城晚者不至方有空寓嶺表之歎忽信使至坐有五客人食百枚飽外又以歸遺皆云其香如練家紫但差小耳二廣未嘗有此異哉又使人健行八百枚無一損者此尤異也林令奇士幸此少留公所與者故自不凡也蒸暑異常萬萬以時珍嗇

又

鄭君知其俊敏篤問學觀所爲詩文非止科場手段也人去忙作書不及相見且致此意李公弼亦再三傳語承許遠訪何幸如之海州窮獨見人卽喜況君佳士乎林行婆當健有香與之到日告便送去也八郎房下不幸傷悼

與封守朱朝請二首

前日蒙示所藏諸書使末學稍窺家傳之秘幸甚幸

甚恕先所訓尤爲近古某方治此書得之頗有所開益拜賜之重若獲珠貝又重煩令子運筆益用愧悚老朽不揆輒立訓傳尚未必工異日當以奉呈也新說方熾古學崩壞言之傷心區區所欲陳未易究也臨紙慨然

又

公於春秋發明固多矣舍弟頗治此學異日相見當出其書互相考也然此書近遭廢錮尚未蒙牽復公尚敢言及耶想當一噱

與李大夫

近奉狀已達比日伏計起居佳勝旱勢如此撫字之懷想極焦勞舊見太平廣記云以虎頭骨縋之有龍湫中能致雨仍須以長綆繫之雨足乃取出不爾雨不止在徐與與黃試之皆驗敢以告

與周文之二首

近蒙寄示畫圖及新堂面勢仍求榜名嶺南無大寒甚暑秋冬之交勾萌盜發春夏之際柯葉潛改四時之運默化而人不知民居其間衣食之奉終歲一律寡求而易安有足樂者若吏治不煩卽其所安而與之俱化豈非牧養之妙手乎文之之治循已用此道故

以默化名此堂如何可用便請題榜也

又

聞公服何首烏是否此藥溫厚無毒李習之傳正爾㗳之無炮製今人乃用棗或黑豆之類蒸熟皆損其力僕亦服此藥但採得陰乾便擣羅爲末棗肉或煉蜜和入臼中萬杵乃丸服極有力無毒恐未得此法故以奉白

與人

累日欲上謁竟未暇辱教承足疾未平不勝馳繫足疾惟葳靈仙牛膝二味爲末蜜丸空心服必效之藥也但葳靈仙難得真者俗醫所用多藁本之細者爾其驗以味極苦而色紫黑如胡黃連狀且脆而不韌折之有細塵起向明示之斷處有黑白暈俗謂之有鴝鵒眼此數者備然後爲真服之有奇驗腫痛拘攣皆可已久乃有走及奔馬之效二物當等分或視臟氣虛實

牛膝酒及熟水皆可下獨忌茶耳犯之不復有效若常服此即每歲收櫟阜莢芽之極嫩者如造草茶法貯之以代茗飲此效屢嘗目擊知公疾苦故詳以奉白元素書已作稍暇詰見

與惠州都監

君南來清節幹譽爲有識所稱皆曰此東坡弟子由門下客也兩漢之士多起於游徼卒史至公卿者多矣願君益廣學問以期遠到

與史氏太君嫂

某謫海南狼狽廣州知時姪及弟流落中尤爲慶乃知三哥平生孝義廉靜自守嫂賢明教誨有方天不虛報也明日當渡大海聊致此書嫂知意而已

與林濟甫二首儋耳

眉兵至承惠書具審尊體佳勝眷愛各安某與幼子過南來餘皆留惠州生事狼狽勞苦萬狀然胸中亦自有翛然處也今日到海岸地名遞角場明日順風即過 矣回望鄉國眞在天末留書爲別未間遠惟以時自重

又

某兄弟不善處世並遭遠竄墳墓單外念之感涕惟濟甫以久要之契始終留意死生不忘厚德

答劉元忠

近別伏惟起居安勝短牋不盡意察之柳伯通因會爲致區區歐陽秀才寘談道甚妙可與閑遊懷思文忠公愛其屋上烏況族子弟之佳者乎餘惟萬萬若

時自重

答王敏仲

兒子還辱手書具審起居佳勝感慰感慰兼極舟行至扶胥急足示問乃知有袁州之命歎惋而已行止孰非天者復何言哉道　所照知已平適但治行忽遽亦少勞神矣

答程全父推官六首儋耳

別遽逾年海外寡獨人事斷絕莫由通問船到忽枉教音喜慰不可言仍審起居清安眷愛各佳某與兒子粗無病但黎蜑雜居無復人理資養所急求輒無有初至僦官屋數椽近復遭迫逐不免買地結茅僅免露處而囊爲一空困厄之中何所不有置之不足道聊爲一笑而已平生交舊豈復夢見懷想清遊時誦佳句以解牢落

又

閣下才氣秀發當爲時用久矣遐荒安可淹駐想益輔以學以昌其詩乎僕焚毀筆硯已五年尚寄味此學隨行有陶淵明集陶寫伊鬱正賴此耳有新作遞中示數篇迺珍惠也山川風氣能清佳否孰與惠州比此間海氣蒸溽不可言引領素秋以日爲歲也寄

既佳酒豈惟海南所無殆二廣未嘗見也副以糖水精麪等一一感銘非眷存至厚何以得此悚怍之至此間紙不堪覆瓿來者已竭有便可寄百十枚否不必甚佳者

又

便舟來辱書問訊既厚矣又惠近詩一軸爲賜尤重流轉海外如逃深谷既無與晤語者又書籍舉無有惟陶淵明一集柳子厚詩文數冊常置左右目爲二友今又辱來貺清深溫麗與陶柳真爲三矣此道比來幾熄海北亦豈有語此者耶新春伏想起居佳勝某與兒子亦粗遣窮困日甚親友皆疏絕矣公獨收䘏加舊此古人所難也感怍不可言惟萬萬以時自愛

又

令子先輩辱書及新詩感慰彌甚筆力益進家有哲匠矣何復下問乎老病百事皆廢尤倦寫書故止附此紙不別緘也不罪不罪

又

兒子比抄得唐書一部又借得前漢欲抄若了此二書便是窮兒暴富也呵呵老拙亦欲爲此而目昏心

疲不能自苦故樂以此告壯者爾紙茗佳惠感怍感怍丈丈惠藥米醬薑鹽糖等皆已拜賜矣江君先輩辱書深欲裁謝連寫數書倦甚且爲多謝不敏也

又

久不得毗陵信如聞浙中去歲不甚熟曾得家信否彼土出藥否有易致者不拘名物爲寄少許此間舉無有得者卽爲希奇也間或有麤藥以授病者入口如神蓋未嘗識耳

答程天侔三首

去歲僧舍屢會當時豈知爲樂今者海外無復夢見聚散憂樂如反覆手幸而此身尚健得來訊喜侍奉清安知有愛子之戚襁褓泡幻不須深留戀也僕離惠州後大兒子房下亦失一男孫悲愴久之今則已矣此間食無肉病無藥居無室出無友冬無炭夏無寒泉然亦未易悉數大率皆無爾惟有一幸無甚瘴也近與兒子結茅屋數椽居之僅庇風雨然勞費已不貲矣賴十數學生助工作躬泥水之役愧之不可言也尚有此身付與造物者聽其運轉流行坎止無不可者故人知之免憂熱萬萬自愛

又

近得子野書甚安陸道士竟以疾不起葬於河源矣前會豈非一夢耶僕旣病倦不出然亦無與往還者闔門面壁而已新居在軍城南極湫隘粗有竹樹烟雨濛晦真蜑塢獠洞也惠酒絕佳舊在惠州以梅醞爲冠此又遠過之牢落中得一醉之適非小補也

又

新詩過蒙寵示格律深妙非淺學所能彷彿歎誦不已老拙無以答厚意但藏之永以爲好耳

與鄭嘉會二首

船人回奉狀必達比日起居佳勝貴眷令子各安某與過亦幸如昨初賃官屋數間居之旣不佳又不欲與官員相交涉近買地起屋五間一龜頭在南汙池之側茂林之下亦蕭然可以杜門面壁少休也但勞費貧窘耳此中枯寂殆非人世然居之甚安況諸史滿前甚可與語者也箸書則未日與小兒編排齊整之以須異日歸之左右也小客王介石者有士君子之趣起屋一行介石躬其勞辱甚於家隸然無絲髮之求也顧某念之有可以照庇之者幸不惜也死罪死罪柯仲常舊有契因見道區區

又

邁後來相見否久不得其書聞過房下臥疾正月尚未得耗亦憂之公爲取一書求瓊州海舶或來人之便封題與瓊倅黄宣義託轉達甚幸也見説瓊州不論時節有人船便也衆妙堂記一本寄上本不欲作適有此夢夢中語皆有妙理皆實云爾僕不更一字也不欲隱沒之又皆養生事無可醖釀者故出之

與僧隆賢二首

甚慰疏言不意寶月大師宗古老況捐衆示化切惟孝誠深至攀慕涕泗久而不忘仍承已畢大事忽復更歲觸物感慟奈何奈何某謫居遼夐無由往奠追想宗契之深悲愴不已惟昆仲節哀自重以副遠誠謹奉疏慰不次謹疏正月日趙郡蘇某慰疏上

又

舟榮二大士遠來極感至意舟又冒涉嶺海尤爲愧荷也寶月塔銘本以罪廢流落恐玷高風不敢輒作而舟師哀請誠切故勉爲之也海隅漂泊無復歸望追懷疇昔永望悽斷

與楊濟甫二首

寶月師孫來得所惠書喜知尊體佳勝眷聚各清安至慰至慰某凡百粗遣北歸未有期信命且過不煩

念及惟聞墳墓安靖非濟甫風義之篤何以得此感荷不可言舟師云當一到眉此中諸事可問其詳也遠祝惟若時珍重而已

又

遠蒙厚惠蜀紙藥物等一一如數領訖感怍之至人行速無佳物充信謾寄腰帶一條俗物增愧不罪不罪

與元老姪孫四首

元老姪孫秀才屢得書感慰十九郎墓表本是老人欲作今豈推辭向者猶作寶月誌文況此文義當作但以日近憂畏愈深飲食語默百慮而後動想喻此意也若不死終當作耳近來鬚鬢雪白加瘦但健及啖啜如故耳相見無期惟當勉力進道起門戶爲親榮老人僵仆海外亦不恨也

又

姪孫元老秀才久不聞問不識即日體中佳否蜀中骨肉想不住得安信老人住海外如昨但近來多病瘦悴不復往日不知餘年復得相見否循惠不得書久矣旅況牢落不言可知又海南連歲不熟飲食百物艱難及泉廣海船絕不至藥物醬酢等皆無厄窮

至此委命而已老人與過子相對如兩苦行僧耳然胸中亦超然自得不改其度知之免憂所要志文但數年不死便作不食言也姪孫既是東坡骨肉人所覷看住京凡百倍加周防切祝切祝今有書與許下諸子又恐陳浩秀才不過許只令送與姪孫切速爲求便寄達餘惟千萬自重

又

姪孫近來爲學何如恐不免趨時然亦須多讀書史務令文字華實相副期於適用乃佳勿令得一第後所學便爲弃物也海外亦粗有書籍六郎亦不廢學雖不解對義然作文極俊壯有家法二郎五郎見說亦長進曾見他文字否姪孫宜熟看前後漢史及韓柳文有便寄近文一兩首來慰海外老人意也

又

趙先輩儋人此中凡百可問而知也鄉里出百藥煎如收得可寄一二斤趙還時可附也無即已

與范元長八首

某慰疏言不意凶變先公內翰遽捐館舍聞訃慟絕天之喪予一至於是生意盡矣伏惟至孝承務元長昆仲孝誠深至追慕罔極何辜于天罹此禍酷荼毒

如昨奄易寒暑哀毀日深奈何奈何某謫籍所拘莫由往弔承望長號此懷難諭謹奉手疏上慰不次謹疏

又

流離僵仆九死之餘又聞淳夫先公傾逝痛毒之深不可云諭久欲奉疏不遇便人又舉動艱礙憂畏日深今茲書問亦未必達且略致區區耳

又

先公已矣惟望昆仲自立不墜門戶千萬留意其遠者大者勿徇一至之哀致無益之毀與先公相照誰復如某者此非苟相勸勉而已切深體此意餘不敢盡言

又

先公論往古事著述多矣想一一寶藏此豈復待鄙言耶某當遣人致奠海外窮苦不能如意不敢作奠文想蒙哀恕也歸葬知未得請苦痛之極惟千萬寬中順受此中百事遠不及雷化百憂所集然亦强自遣也

又

聖善郡君不及拜慰狀待次乞致區區沉香少許望

於內翰靈几焚之表末友一慟之意而已

又

孫行者至辱書承孝履如宜闔宅皆安感慰之極所諭傳初不待君言心許吾亡友久矣平生不作負心事未死要不食言然今則不可九死之餘憂畏百爲想蒙矜察不即副來意臨紙哀噎海外粗聞新政有識感涕靈几儻遂北轅乎未間千萬節哀自重

又

聖善郡君承起居佳適因侍次致下悃乞爲骨肉保愛寬懷以待北歸也子進諸舅曾得安信否

又

毒暑遠惟孝履如宜海外相聞近事南來諸人恐有北轅之漸而吾友翰林公獨隔幽顯言之痛裂忘生矧昆仲純篤之性感慟摧割如何可言奈何奈何老朽一言非苟以相寬者先公清德絕識高文博學并獨今世所無古人亦罕有能兼者豈世間混混生死流轉之人哉其超然世表如千佛之所云必矣況其平生自有表見於無窮者豈必區區較量頃刻之壽否耶此意卓然唯昆弟深自愛得歸亦勿亟遽俟秋稍涼而行爲佳某深欲一見左右赴合浦不惜數舍

之迂但再三思慮不敢爾必深察臨行必預有書相報熱甚萬萬節哀自重

與秦少游

某已封書訖乃得移廉之命故復作此紙治裝十日可辦但須得泉人許九船即牢穩可恃餘蜑舟多不堪而許見在外邑未還須至少留待之約此二十五六間可登舟並海岸行一日至石排相風色過渡一日至遞角場但相風難刻日爾已有書託吳君雇二十壯夫來遞角場相等但請雇下未要發來至渡海前一兩日當別遣人去報若得及見少游即大幸也今有一書與唐君內有兒子書託渠轉附去料舍弟已行矣餘非面莫究

與楊子微二首

某與尊公濟甫半生闊別彼此鬚鬢雪白而相見無期言之悽斷尊公乃令閤下萬里遠來海外訪其生死此乃古人難事聞之感歎不已辱書具審起居佳安尊公已下各得安勝至慰之極軾十月中必達潁昌矣回馭少留一須款見餘祝若時自重

又

某與舍弟流落天涯墳墓免於樵牧者尊公之賜也

承示喻感愧不可言聞井水嘗竭而復溢信否見今
如何因見細喻

與范元長六首北歸

到雷獲所留書承車從盤桓此邦以須一見而某滯
留不時至遂爾遠别且不獲一慟几筵之前者非愛
數舍之勞也以厄困爲畏故爾此老繆之罪想矜察
比日孝履如宜否方此炎毒萬萬扶護哀苦勞艱如
何可言忝親友之末不能匍匐赴救已矣不復云也
獨前所見委文字不敢不留意今託少游議其詳餘
惟節哀自重某不敢拜狀郡君惟千萬俯爲存殁寬
心自重乞呈此紙

又

某如聞有移黃之命若果爾當自黃而廣須惠州骨
肉到同往計公昆仲扶護舟行當過黃又恐公自湖
南路行不由江即不過黃不知某能及公前到黃廣
乎漂零江海身非己有未知歸宿之地其敢必會見
之日耶惟昆仲金石迺心困而不折庶幾先公之風
沒而不忘也臨紙哽塞言不盡意

又

過雷州奉書必達到容南知昆仲皆苦瘴痢又聞尋

已痊損不知即日如何扶護哀苦又須勉强開解卑
心憂懸書不能盡奉囑之意唯深察此心哀哉少游
痛哉少游遂喪此傑耶賴昆仲之力不至狼狽某日
夜前去十六七間可到梧若少留一見尤幸某到梧
當留以待惠州人至同泝賀江也速遣此人達書

又

永州人來辱書承孝履粗遣甚慰思望比謂梧州追
及又將相從泝賀已而水乾無舟遂有番禺之行遂
與公隔絕不得一拜先公及少游之靈爲大恨也同
貶先逝者十人聖政日新天下歸仁惟逝者不可返
如先公及少游眞爲冀北之空也徒存僕輩何用言
之痛隕何及某卽度庾嶺欲徑歸許昌與舍弟處必
遂一見昆仲未間惟萬萬强食自重

又

某忽有玉局之除可爲歸田之漸矣痛哲人之亡誦
殄瘁之章如何可言早收拾事迹編次著譔相見日
以授也處素因會多方勉之以不墜門戶爲急監司
無與相知者及毛君亦不識未敢發書前路問人有
可宛轉爲言者專在意也漂流江湖未能赴救以爲
慚負有銀五兩與少游齋僧乞轉與處素也

又

承中間郡君服藥疾勢不輕且喜安復侍次致懇千萬寬中保衛爲請

與孫叔靜三首

辱手教具審尊體佳勝甚慰馳仰拙疾亦漸平矣明日當出詣見燒羊蒙珍惠下逮童孺矣

又

累歲闊別不意相逢海上握手一笑豈偶然哉亟辱專使教筆具審起居佳勝感慰兼集玉局之除已有訓詞似不忘也得免湖外之行餘生厚幸至英當求人至永請告勑遂度嶺過贛歸陽羨或歸潁昌老兄弟相守過此生矣乍遠萬萬爲國自重

又

久留治下辱眷待之厚既過重矣而愛念之意拳拳不已更勤從者遠至金剎自惟衰朽何以獲此比來數日思渴不已長至俯邇不克展慶此心南鶩矣令子煩遠餞不及別狀惟侍外珍愛

與朱行中舍人六首

違闊滋久向往徒勤比日履茲寒凝起居佳勝承旌馭至已即欲走謁謹奉手啓上問區區

某謫居歲久未嘗冠幘比日又苦小瘡不能巾裹欲服帽請見先令咨稟如許乃敢前詣幸不深責

又

真陽一見大慰夙昔忽遽就別悵惘可知行役紛紛且未有便尚稽馳問專使辱書且審下車以來台候康健感慰兼集某蒙被如昨更五六日離韶愈遠左右伏冀爲國自重

又

前蒙借示新詩久矣不見斯作也然世俗識真者少獨唱誰和帳句謝民師公若不以位貌爲間亦庶幾於班斤郢斲也老拙百念灰寂獨一觴一詠亦未能忘陋句數首錄寄以爲一笑手啓上謝恃知照不深責也

又

某再拜般家人蒙轂借行計遂辦非眷念特達何以及此言謝不盡悚息而已

又

近因還使上問必已聞達連雨凝陰遠想台候康勝某蒙庇粗遣已達虔州少留須水度更半月行也南

海靜治有足樂者想聞妙唱自南而北也後會未期
萬萬若時爲國自重

與歐陽晦夫

愁霖終日坐企談晤不審尊候佳否地獄變相已跋其後可詳味之似有補於世者并字數紙納去某所苦已平無憂聞少游惡耗兩日爲之食不下然來卒說得滅裂未足全信非久唐簿必有書來言日夕話別次仁人之饋固當捧領但以離海南修人爭致贍遺受之則若饕餮然所以一路俱不受若至此獨拜寵賜則見罪者必衆謹令馳納千萬恕察仍寢來耗幸甚幸甚

答陳承務二首

傾蓋一笑慰喜殊深奉違信宿懷想不已亟辱手教且喜起居佳勝已到蒙里承丈丈借差人轎孤旅獲濟感幸不可言愈遠萬萬若時自重

又

孤拙困踣言無足采足下獨悅之少年敏銳所存如此實增欽歎然此事以臨利害不變爲難也

答南華明老三首

衰病復還南華深欲一別祖師因見仁者遽辱專使

手書何慰如之卽日履此薄寒法履佳勝旦夕離英
但江路方欲寸進不卽會見企望之極惟萬萬爲衆
自重

又

流浪臭濁久矣道眼多可傾蓋如舊清游累日一洗
無餘幸甚幸甚專使惠手書具聞別後法體安穩爲
慰久留贛上待水猶更旬日南望山門馳神杳靄更
祈若時爲衆保練

又

某以促裝登舟冗甚作書極草草寵示四韻可謂奇
特聊答四句想一大笑也石刻已領感感潘生果作
墨否如成寄一九伯固念親懷歸甚矣道話解之

答錢濟明三首

去歲海南得所寄異士大形清中丹一九卽時服之
下田休休焉蓋數日後又得迨所賚來手書今又領
教誨及清詩數篇高妙絶俗想見謫居以來探道箸
書雲升川增可慕可畏可歎可賀也及錄示訓詞誨
以所不及此曾子所謂愛人以德者敬遵用不敢忘
幸甚幸甚

又

已到虔州二月十間方離此此行決往常州居住不
知郡中有屋可得以典買者否如無可居卽欲往舒
州眞州皆可如聞常州東門外有裴氏宅出賣虔守
霍子侔大夫言告公令一幹事人與問當若果可居爲
問其有幾何度力所及卽徑往議之俟至金陵當別
遣人咨稟也若遂此事與公杖屨往還樂此餘年踐
哀詞中始願也張嘉父今安在想日益不止塗中見
秦少游奄忽爲天下惜此人物哀痛至今聞魯直無
咎輩皆起而公獨爲猘子所齧尚棲遲田間聖主天
縱幽蔀畢照公豈久廢者惟萬萬寬中自厚

又

某忽又聞公有閨門之戚悲惋不已賢淑令人久同
憂患乍失內助哀毒何堪然人生此苦十人而九結
髮偕老殆無而僅有也惟深照痛遣勿留胸次令子
哀疚難堪惟當勉爲親庭節減摧慕本欲作慰疏適
旅中有少紛擾燈下倦怠不能及也千萬恕察某若
住常卽自與公相聚若常不可居亦須到潤與程德
孺相見公若枉駕一至金山又幸也

答蘇伯固三首北歸

人至辱書承別後起居佳勝感慰深矣念親懷舊之

心何時可以易此顧未有以爲計當且少安之神明知公心如此當自有感應非久見師是當謀之某留虔州已四十日雖得舟猶在贛外更五七日乃乘小舫往即之勞費百端又到此長少臥病幸而皆愈僕卒死者六人可駭住處非舒則常老病唯退爲上策子由聞已歸至潁昌矣會合何日萬萬保嗇

又

某凡百如昨但撫視易書論語三書即覺此生不虛過如來書所諭其他何足道三復誨語欽誦不已寄惠鍾乳及檀香大濟要用乳已足剩不煩更寄也感愧之至江晦叔已到霍子侔往太和聽命三兒子皆促裝登舟未暇上狀春暉亭記亦以忙未暇作少間當爲作也令子疾知減退可喜可喜

又

住計龍舒爲多大盆如命取去爲暑中浮瓜沉李之一快也論語說得暇當錄呈源脩二老行當見之并道所諭也到虔州日往諸剎遊覽始見中原氣象泰然不肉而肥矣何時得與公久聚盡發所蘊相分付耶龍舒聞有一官莊可買已託人問之若遂則一生足食杜門矣燈下倦書不盡所懷

與錢志仲三首

兩日不見渴仰兼懷切惟起居佳勝昨日水東尋幽訪古頗有所得恐欲知之藥方已領感感

又

流落晚途始獲瞻奉顧遇之重有過平生幸甚幸甚別來伏惟起居佳勝漲水遂失贛險不覺到吉皆德庇所及其餘未易一一道謝也日遠後會未期豈免悵戀

又

某去此不復滯留至安居處當縷細馳問不敢外輒用手啓特深眷也烏絲當用寫道書一篇非久納上惡詩不足錄也事簡客稀高堂清風有足樂者想時復見念耶吉州幕柳致與與之久故知其吏幹過人不能和衆多獲嫌忌然其實無他也憔悴將老矣念非大度盛德孰能收而用之試以衆難必有可觀者藥有毒乃能已疾馬不蹄齧多拙於行惟深念才難勿責全也若公遂成就之此子極有可採必爲門下用特明照僭言死死罪死罪

與劉器之

志仲本以烏絲欄求某　耳某自出意欲與寫

廣成子解篇舟中熱倦 然此意終仕也今豈可食言哉病不能作志 乞封此紙去

與寇君

經宿雨涼起居佳勝昨辱迂顧稍聞餘論退想忠懸之英烈有槩乎中衰病不出無緣上謁少選解去惟萬萬自重

與人二首

遠枉書教存問甚厚兼審比來起居佳勝慰感兼集寄示石刻仰佩至意何時會合少發所懷臨書但有慨歎

又

某日望歸蜀耳終當過岐雍間徜徉少留以償宿昔之意君自名臣子才美漸著豈復久浮沉里中宜及今爲樂異時一爲世故所縻求此閑適豈可復得耶偶記舊與彭年一詩讀之蓋淚下也斯人有才而病廢故常多感慨可念可念聊復錄此奉呈想亦爲之惘然也

與宋漢傑二首

某初仕即佐先公蒙顧遇之厚何時可忘流落闊遠不聞昆仲息耗每以惋歎辱書累幅話及疇昔良復

慨然三十餘年矣如隔晨耳而前人彫喪略盡僕亦
僅能生還人世一大夢耳俛仰百變無足怪者唐輔令
兄今復何在未及奉書因信略道區區某只候水來
即行矣餘留面盡

又

前日裁謝草略重煩問訊眷意愈厚感愧不已仍審
起居佳勝寵賜新詩詞格甚美伏讀慰喜但恨衰晚
無以當此嘉貺也

與胡郎仁脩三首

某慰疏言不意變故奄罹艱疚伏惟孝誠深篤追慕
痛裂荼毒難堪柰何柰何比日攀號愈遠摧毀何及
伏惟順變從禮以全純孝某未獲躬詣靈幃臨書哽
噎謹奉慰疏不次

又

某得彭城書知太夫人捐館聞問哀痛不已行役無
便未果奉疏人至忽辱手書伏審攀慕之餘孝履粗
遣至慰至慰至慰某本欲居常得舍弟書促歸許下甚力
今已決計泝汴至陳留陸行歸許矣日夕到儀眞暫
留令邁一到常可以款見矣

又

小二娘知持服不易且得無恙伯翁一行甚安健得翁翁二月書及三月内許州相識書皆言一宅康安亦得九郎書書字極長進今已到太平州相次須一到潤州金山寺但無由至常州看小二娘有所幹所闕一一早道來萬萬自愛

與外生柳閎

展如外生人來得書知奉太夫人康寧新婦外孫各無恙北歸萬里無足言者獨不見我令妹賢妹夫此心如割介夫何負亦早世念之痛不去心數年豈賢雋厄會耶相見當一慟以寫之茲不一一

與人二首

嶺海闊絶不謂生還後得瞻奉慰幸之極比日履此秋涼起居佳福少選到岸即遂伏謁

又

某疲病加乏使令輒用手啓通問特公雅度闊略細謹耳然亦皇恐不可言也

答虔人王正彦先生

辱教承起居佳勝沐饋遺重增感灼茗布領抹皆珍物已捧領訖今日與家人輩遊東禪及景德如相訪就彼亦可

與程德孺運使三首

近蒙專使至虔遠致時服寢衣之餽尋附啓布謝必達比日起居佳勝眷愛各康健某候水過贛今方達南康軍約程四月末間到眞州當遣兒子邁往宜興取行李某當泊船瓜洲以待之不知德孺可因巡按至常潤相約同遊金山否患難之餘老兄弟復一相聚曠世奇事也可不略喻及餘萬萬自重

又

某此行本欲居淮浙間近得子由書苦勸來潁昌相聚不忍違之已決從此計泝汴至陳留出陸也今有一狀于漕司一坐船乞早爲差下令且在常州岸下候邁到彼乘來切望留意早早得之免滯留爲幸懿叔必常得信令子新先輩必已赴任未及書因家信道區區

又

告爲買杭州程奕筆百枚及越州紙二千幅常使及展手者各半不罪不罪正輔知已到京非久上狀次乞因信致懇

答淸涼長老

昨辱佳頌見貺足爲衰朽之光未緣面謝

答錢濟明三首

人來領手教及二詩乃信北歸災退併獲此佳寵幸甚幸甚又知詩人窮而後工然詩語朗練無衰氣如季札者聽亦有以知君之晚節也比日起居佳勝某此去不住滯然風水難必期公閑居難以遠涉須某到真遣人奉約與德孺同來金山迺幸也所懷未易盡言併俟面陳唯萬萬自重

又

某得來書乃知廖明略復官參寥落髮張嘉父春秋博士皆一時慶幸獨吾濟明尚未何也想必在旦夕因見參寥復服恨定慧欽老早化然彼視世夢幻安以復爲兒子迨道其化於壽州時甚奇特想必聞其詳乃知小人能害其衣服爾至於其不可壞者乃當緣厄而愈勝爾舊有詩八首寄之已寫付卓契順臨發乃取而燔之蓋亦知其必厄於此等也今錄呈濟明可爲寫放舊居挂劍徐君之墓也欽詩乃極佳尋本末獲有法嗣否當爲載之其語錄中契順又不知安在矣吾濟明刻舟求劍皆可笑也

又

居常之計本久定矣爲子由書來苦勸歸許以此胸

中殊未定待面議決之所示孫君宅子甚感其厚意且爲多謝上元令姪行見之矣王范二君處皆當力言也劉道人若能同濟明來會深所望未敢奉書且爲致此意

答廖明略二首

遠去左右俯仰十年相與更此百罹非復人事置之勿污筆墨可也所幸平安復見天日彼數子者何辜獨先朝露吾儕皆可慶寧復戚戚於旣往哉公議皎然榮辱竟安在其餘夢幻去來何啻蚊虻之過目前也矧公才學過人遠甚雖欲忘世而世不我忘晚節功名直恐不免爾老朽欲屛歸田里猶或得見蜂蟻之微尋以變滅終不足道區區仰念有以廣公之意者切欲啓事上答冗迫不能就惟深亮之

又

衰陋之甚惟有歸田杜門面壁更無餘事示諭極過當讀之悚汗毗陵異政謠頌藹然至今不忘爲民除穢以至蠆尾吳越戶知之此非特兒子能言也聖主明如日月行遂展慶衆論如此目昏不能多書悚怍不已

答孔毅夫二首

久不通問訃識其無它北歸所過皆公之舊迹或見清詩以增感歎忽辱手書及子由家訊窮途一笑豈易得哉比日起居佳安眷聚各康寧仙舟想非久到闕某當老江淮間矣會合未期萬萬自重

又

中間嘗父傾逝不能一奉慰疏但荒徼一慨而已慚負至今承諭子由不甚覺老聞公亦蔚然如昔不肖雖皤然亦無苦恙劉器之乃是鐵人但逝者數子百身莫贖柰何江上微雨飲酒薄醉書不能謹

答蘇伯固

辱書勞問愈厚實增感纍兼審尊體佳勝今日到金山寺下雖極艱澀然尚可寸進則且乘大舟以便幼累必不可前則固不可辭小艇也餘生未知所歸宿且一切信任乘流得坎行止非我也離英州日已得玉局敕感恩之外實荷餘庇得來示又知少游乃至如此某全軀得還非天幸而何但益痛少游無窮已也同貶死去大半最可惜者范純父及少游當爲天下惜之柰何柰何子由想已在巴陵得宮觀指揮訃便沿流還潁昌某行無緣追及昨在途中風聞公下痢想安復矣

答王幼安三首

索居八年未嘗一通問每以慚負屢得許下兒姪書云比來親族或斷往來唯幼安昆仲待遇加厚聞之感激人來辱書累幅陳義慨然如接古人語信王謝風氣傳之有自也老病強答不復成語不罪不罪

又

某初欲就食宜興今得子由書苦勸歸潁昌已決意從之矣舟已至廬山下不久當獲造謁未間冀若時保嗇

又

蒙示諭過重雖愛念如此然憂患之餘未忘憂畏朋友當思有以保全之者過實之譽願爲掩諱之也許暫假大第幸甚幸甚非所敢望也得託庇偏廡謹不敢薰污稍定居當求數畝荒隙結茅而老焉若未即塡溝壑及見伯仲功成而歸爲鄉里房舍客伏臘相勞問何樂如之餘非面莫究

答胡道師

再過廬阜俯仰十九年陵谷草木皆失故態栖賢開先之勝殆亡其半幻景虛妄理固當爾獨山中道友契好如昔道在世外良非虛語道師又不遠數百里

負笈相從秉燭相對恍若夢寐秋聲宿雲了然在吾目中矣幸甚幸甚乍別遠枉專使手書且審已還舊隱起居勝常明日解舟愈遠萬萬以時自重

與李公擇

逆風數日爲左右滯留而孤旅蒙幸多矣但以久別得一見風度亦不復以別去爲戚也比日伏惟起居佳勝小舟汎汎風浪聲中此懷又費照遣矣古鐵納上餘萬萬善愛

與黃師是三首

北歸江淮間蒙四遣人墜教且致家信非眷念特深何以及此比日履茲畏暑起居清勝少御之除未滿公論但朝廷正欲君子在內耳行別展慶未間萬萬若時自重

又

子厚得雷聞之驚歎彌日海康地雖遠無瘴癘舍弟居之一年甚安穩望以此開譬太夫人也

又

人來兩捧教賜具審起居康勝仲子之戚惟當日遠日忘想痛割腸何所及中年以後出涕能令目闇此最可惜用鄙言慎勿出一滴也兒子之愛雖深比之

自愛其目豈不有間幸深念之餘惟萬萬為國自重

與子由二首

子由弟得黃師是遣人賫來四月二十二日書喜知近日安勝兄在真州與一家亦健行計南北居幾變矣遭値如此可歎可笑兄已決計從弟之言向居潁昌行有日矣適値程德孺過金山往會之并一二親故皆在坐頗聞北方事有決不可往潁昌近地居者事皆可信人所報大抵相忘安排攻擊者北行漸近決不靜爾今已決計居常州借得一孫家宅極佳浙人相喜決不失所也更留真十數日便渡江往常逾年行役且此休息恨不得老境兄弟相聚此天也吾其如天何亦不知天果於兄弟終不相聚乎士君子作事但只於省力處行此行不遂相聚非本意甚省力避害也候到定疊一兩月方遣邁去注官迨去般家過則不離左右也葬地弟請一面果決八郎婦可用吾無不用也更破十緡買地何如留作葬事千萬莫徇俗也林子中病傷寒十餘日便卒所獲幾何遺恨無窮哀哉兄萬一有稍起之命便具所苦疾狀力辭之與迨過閉戶治田養性而已千萬勿相念今託師是致此書

又

程德孺言弟令出銀二百星見借兄度手下尚未須如此已辭之矣德孺兄弟意極佳感他感他數日熱甚舟中揮汗寫此不及作諸姪書且伸意夫人晚年且更慎護勿令小有疾副子孫意五郎婦更與照管慰安之使令五郎般挈也八郎續親極好但吾儕難自言可託人與說今師是已除太僕少恐遂北行兄不能見又恐來省母蘇州若見當令探其意也少留眞欲緝房緡令整齊也五娘七娘近皆得書與孫皆安胡郎亦有書來甚安行見之矣

與馮祖仁三首

昨日奉辭瞻戀殊甚日來孝履佳否先什輒已題跋鶴鹿馬三軸迫行不暇題謹同納上祖仁方在疚更不煩遠出昨所云金山之行可罷也乍遠保重

又

辱回教及蒙以巖硯法醖嘉蔬珍果等爲餉已捧領訖顧無以當之適苦嗽昏倦裁謝草草

又

辱牋教累幅文義粲然禮意兼重非老朽所敢當藏之巾笥以爲光寵幸甚幸甚比日孝履何如到韶累日疲於人事又苦河魚之疾少留調理乃行益遠愈

增瞻繫也歲莫惟更節哀自重

與郭功甫二首

昨辱寵臨久不聞語殊出意表蓋所謂得未嘗有也經宿起居佳勝閑居致厚餽拜賜慚感只今上謁次一面足矣幸不置酒

又

某今日私忌未敢上謁辱詩和呈爲一笑青皮一斤不以餉公則無與嘗者矣

答孔毅父

日至陽長仁者履之百順萃止病廢掩關負暄獨坐醺然自得恨不同此佳味也呵呵誨諭過重乏人修寫乃以手簡爲謝悚息

答畢先輩

適辱從者臨貺書教禮意兼重殆非不肖所堪書詞高妙伏讀增歎病不能冠帶遂不果見愧悚無地

與米元章九首

嶺海八年親友曠絕亦未嘗關念獨念吾元章邁往淩雲之氣清雄絕世之文超妙入神之字何時見之以洗我積歲瘴毒耶今真見之矣餘無足云者

又

兩日來疾有增無減雖遷閘外風氣稍清但虛乏不能食口殆不能言也兒子於何處得寶月觀賦琅然誦之老夫臥聽之未半躍然而起恨二十年相從知元章不盡若此賦當過古人不論今世也天下豈常如我輩憒憒耶公不久當自有大名不勞我輩說也若欲與公談則實未能想當更後數日耶

又

某昨日歸臥遂夜海外久無此熱殆不能堪柳子厚所謂意象非中國人也宗相遂棄世當爲天下惜也餘非面莫究

又

某兩日病不能動口亦不欲言但困臥耳承示太皇草聖及謝帖皆不敢於病中草草題跋謹具馳納俟小愈也河水污濁下流薰蒸益病今日當還往通濟亭泊雖不當遠去左右且就快風活水一洗病滞稍健當奉談笑也

又

昨日詩發一笑耳慎勿刻石太師雄篇已領夾軸且留下

又

數日不聞來音謂不我顧復渡江矣辱教即承起居
佳勝感慰倍常匆匆布謝

又

某昨日啖冷過度夜暴下旦復疲甚食黄耆粥甚美
臥閲四印奇古失病所在明日會食乞且罷需稍健
或雨過翛然時也印卻納

又

某食則脹不食則羸甚昨夜通旦不交睫端坐飽蚊
子耳不知今夕云何度示及古文幸甚謝帖未敢輕
跋欲書數句了無意思正坐老謬耳眠食皆未佳無
緣遂東當續拜簡

又

某一病幾不相見今日始覺有絲毫之減然未能作
書也

與錢濟明三首

一夜發熱不可言齒間出血如蚯蚓者無數迨曉乃
止憊甚細察疾狀專是熱毒根源不淺當專用清涼
藥已令用人參麥門冬茯苓三味煮濃汁渴即少啜
之餘藥皆罷也莊生聞在宥天下未聞治天下也如
此而不愈則天也非吾過矣楊評事與一來亦佳到

此諸親知所餉一無留者獨拜蒸作之餉切望只此而已

又

家有黄筌畫龍拔起兩山間陰威凜然舊作郡時以祈雨有應今夕具香燈試禱之濟明雖家居必不廢閔雨意可來燔一炷香否

又

蒙示諭昨日所得過矣思無邪吾子自有老拙何爲者神藥希代之寶理貫幽明未敢輕議少留諦觀俟從者見臨乃面論也妙毀見分幸甚所問已得其端通緩頗否不倦日烈見顧爲望

與徑山長老惟琳二首

臥病五十日日以增劇已頹然待盡矣兩日始微有生意亦未可必也適睡覺忽見刺字驚歎久之暑毒如此豈耆年者出山旅次時耶不審比來眠食何如某扶行不過數步亦不能久坐老師能相對臥談少頃卽告晚涼更一訪

又

嶺南萬里不能死而歸宿田野遂有不起之憂豈非命也夫然生死亦細故耳無足道者惟爲佛爲法爲

衆生自重

東坡續集卷第七

東坡續集卷第八

序

八境圖後序

南康江水歲歲壞城孔君宗翰爲守始作石城至今賴之某爲膠西守孔君實見代臨行出八境圖求文與詩以遺南康人使刻諸石其後十七年某南遷過郡得遍覽所謂八境者則前詩未能道其萬一也南康士大夫相與請於某曰詩文昔嘗刻石或持以去今亡矣願復書而刻之時孔君既沒不忍違其請紹聖元年八月十九日

聖散子後序

聖散子主疾功效非一去年春杭之民病得此藥全活者不可勝數所用皆中下品藥略計每千錢即得千服所濟已及千人由此積之其利甚博凡人欲施惠而力能自辦者猶有所止若合衆力則人有善利其行可久今募信士就楞嚴院修製自立春後起施直至來年春夏之交有入名者徑以施送本院昔薄拘羅尊者以訶梨勒施一病比丘故獲報身身常無衆疾施無多寡隨力助緣疾病必相扶持功德豈有限量仁者惻隱當崇善因吳郡陸廣秀才施此方并

藥得之於智藏主禪月大師寶澤乃鄉僧也其陞廣見在京施方并藥在麥麴巷居住

送人序

士之不能自成其患在於俗學俗學之患枉人之材窒人之耳目誦其師傳造字之語從俗之文才數萬言其爲士之業盡此矣夫學以明理文以述志思以通其學氣以達其文古之人道其聰明廣其聞見所以學也正志完氣所以言也王氏之學正如脫墼案其形模而出之不待脩飾而成器耳求爲桓璧彝器其可乎

送水丘秀才序

水丘仙夫治六經百家說爲歌詩與揚州豪俊交游頭骨磽然有古丈夫風其出詞吐氣亦往往驚世俗予知其必有用也仙夫其自惜哉今之讀書取官者皆屈折拳曲以合規繩曾不得自伸其喙仙夫恥不得爲將歷瑯琊之會稽浮沅湘遡瞿塘登高以望遠搖槳以泳深以自適其適也過予而語行予謂古之君子有絕俗而高有擇地而泰者顧其心常足而已坐於廟堂君臣賡歌與夫據槁梧擊朽枝而聲舂然不知其心之樂奚以異也其在窮也能知舍其在通

也能知用予以是卜仙夫之還也仙夫勉矣哉若夫習而不試往卽而獨後則仙夫之屐可以南矣

觀宋復古畫序

舊說房琯開元中嘗宰盧氏與道士邢和璞出遊過夏口村入廢佛寺坐古松下和璞使人鑿地得甕中所載婁師德與永禪師書笑謂琯曰頗憶此耶琯因悵然悟前生之爲永禪師也故人柳子玉寶此畫云是唐本宋復古所臨者元祐六年三月十九日余自杭還朝宿吳松江夢長老仲殊挾琴過予彈之有異聲熟視琴頗損而有十三絃予嘆息不已殊曰雖損尚可修曰柰十三絃何殊不答誦詩曰度數形名豈偶然破琴今有十三絃此生若遇邢和璞方信秦箏是響泉予夢中了然識其所謂旣覺而忘之明日晝臥復夢殊來理前言再誦其詩方驚覺而殊適至意其非夢也問之殊蓋不知是歲六月見子玉之子子文于京師求得其畫乃作詩并書所夢其上子玉名瑾善作詩及行草書復古名迪畫山水草木蓋妙絕一時仲殊本書生棄家學佛通脫無所着皆奇士也詩曰破琴雖未修中有琴意足誰云十三絃音節如佩玉新絃雖高張絲絃不附木宛然七絃箏動與世

好逐陋矣房次律因循墮流俗懸知董庭蘭不識無絃曲

獵會詩序

雷勝隴西人以勇敢應募得官爲京東第二將武力絶人騎射敏妙按閱於徐徐人欲觀其能爲小獵城西又有殿直鄭亮借職繆進者皆騎而從弓矢刀槊無不精習而駐泊黃宗閔舉止如諸生戎裝輕騎出馳絶衆客皆驚笑樂甚是日小雨甫晴土潤風和觀者數千人曹子桓云建安十年始定冀州濊貊貢良弓燕代獻名馬時歲之春勾芒司節和風扇物弓燥手柔草茂獸肥與兄子丹獵於鄴西手獲獐鹿九狐兔三十馳騁之樂邊人武吏日以爲常如曹氏父子横槊賦詩以傳於世乃可喜耳衆客既各自寫其詩因書其末以爲異日一笑

講田友直字序

韓城田益字遷之黃庭堅以謂不足以配名更之曰友直予曰益者三友何獨取諸此某曰夫直者剛者之長也千夫諾諾不如一士之諤諤誠得直士與居彼不資吾子之過切瑳琢磨成子金玉使子日知不足雖然取直友猶有四物有直而脩於直者有直而

陷於曲者有曲而盜名直者有曲而遂其直者邦有道無道如矢此直而修於直者也其父攘羊而子證之此直而陷於曲者也或乞醯焉乞諸其鄰此曲而盜名直者也子爲父隱此曲而遂其直者也其二端可願其二端不可願爲吾子擇益友也嘗以是觀之

送張道士序

古者贈人以言彼雖不吾乞猶將發藥也蓋未有不吾乞而亦有待發藥者以吾友之賢茲又奚乞雖然我反乞之曰與吾友心肺之識幾三年矣非同頃暫也今乃別去遂默默而已乎抑不足教乎豈無事於教乎將周旋終始籠絡蓋遮有所惜乎嗟僕之才陋甚也而吾友每過愛豈信然乎止於此可乎抑容有未至當勉乎自念明於處己暗於接物其不可至死以不喜故譏罵隨之抑足恤乎將從從然與之合乎身且老矣家且窮矣與物日忤而取途且遠矣將明滅如草上之螢乎浮沉如水中之魚乎陶者能圓而不能方矢者能直而不能曲將爲陶乎將爲矢乎山有蕨薇可羹也野有麋鹿可脯也一絲可衣也一瓦可居也詩書可樂也父子兄弟妻孥可游衍也將謝世路而適吾所自適乎抑富貴聲名以偷夢幻之快

乎行乎止乎遲乎速乎吾友其可教也默默而已非所以望吾友也

江子靜字序

友人江君以其名存之求字於予予字之曰子靜夫人之動以靜爲主神以靜舍心以靜充志以靜寧慮以靜明其靜有道得己則靜逐物則動以一人之身晝夜之氣呼吸出入未嘗異也然而或存或亡者是其動靜殊也後之學者始學也既累於仕其仕也又累於進得之則樂失之則憂是憂樂係於進矣平旦而起日與事交合我則喜忤我則怒是喜怒係於事矣耳悅五聲目悅五色口悅五味鼻悅芬臭是愛欲係於物矣以眇然之身而所係如此行流轉徙日還月化則平日之所養尚能存耶喪其所存尚安明其己之是非與夫在物之真僞哉故君子學以辨道道以求性正則靜靜則定定則虛虛則明物之來也吾無所增物之去也吾無所虧豈復爲之欣喜愛惡而累其真歟君齒少才銳學以待仕方且出而應物所謂靜以存性不可不念也能得吾性不失其在己則何往而不適哉

論

儒者可與守成論

聖人之於天下也無意於取也譬之江海百谷赴焉譬之麟鳳鳥獸萃焉雖欲辭之豈可得哉禹治洪水排萬世之患使溝壑之地疏爲桑麻魚鼈之民化爲衣冠契爲司徒而五教行棄爲后稷而蒸民粒世濟其德至於湯武拯塗炭之民而置之於仁壽之域故天下相率而朝之此三聖人者蓋推之而不可去逃之而不能免者也於是益修其政明其教因其民不易其俗以是得之以是守之傳數十世而民不叛豈有二道哉周室既衰諸侯並起力征爭奪者天下皆是也德既無以相過則智勝而已矣智既無以相傾則力奪而已矣至秦之亂則天下蕩然無復知有仁義矣漢高帝以三尺劍起布衣五年而併天下雖稍輔於仁義然所用之人常先於智勇所行之策常主於權謀是以戰必勝攻必取天下既平思所以享其成功而安於無事以爲子孫無窮之謀而武夫謀臣舉非其人莫與爲者故陸賈譏之曰陛下以馬上得之豈可以馬上治之叔孫通亦曰儒者難與進取可與守成於是酌古今之宜與禮樂之中取其簡而易知近而易行者以爲朝覲會同冠昏喪祭一代之法

雖足以傳數百年上下相安然不若三代聖人取守一道源深而流長也夫武夫謀臣譬之藥石可以伐病而不可以養生儒者譬之五穀可以養生而不可以伐病宋襄公爭諸侯不擒二毛不鼓不成列以敗於泓身夷而國蹙此以五穀伐病者也秦始皇焚詩書殺豪傑東城臨洮北築遼水民不得休息傳之二世宗廟蕪滅此以藥石養生者也善夫賈生之論曰仁義不施攻守之勢異也夫世俗不察直以攻守爲二道故具論三代以來所以取守之術使知文武禹湯之盛德亦儒者之極功而陸賈叔孫通之流蓋儒術之粗也

物不可以苟合論

論曰昔者聖人之將欲有爲也其始必先有所甚難而其終也至於久遠而不廢其成之也難故其敗之也不易其得之也重故其失之也不輕其合之也遲故其散之也不速夫聖人之所爲詳於其始者非爲其始之不足以成而憂其終之易敗也非爲其始之不足以得而憂其終之易失也非爲其始之不足以合而憂其終之易散也天下之事如是足以成矣如是足以得矣如是足以合矣而必曰未也又從而節

文之綢繆委曲而爲之表飾是以至于今不廢及其後世求速成之功而倦於遲久故其成也止於其足以成欲得也止於其足以得欲合也止於其足以合而其甚者又不能待其足其始不詳其終將不勝弊嗚呼此天下治亂享國長短之所出歟聖人之治制爲君臣父子夫婦朋友也坐而治政奔走而執事此足以爲君臣矣聖人懼其相易而至於相陵也於是爲之車服采章以別之朝覲位著以嚴之名非不相聞也而見必以贄心非不相信也而出入必以籍此所以久而不相易也杖屨以爲安飲食以爲養此足以爲父子矣聖人懼其相褻而至於相怨也於是制爲朝夕問省之禮左右佩服之飾族居之爲歡而異宮以爲別合食之爲樂而異膳以爲尊此所以久而不相褻也生以居於室死以葬於野此足以爲夫婦矣聖人懼其相狎而至於相離也於是先之以幣帛重之以媒妁不告於廟而終身以爲妾晝居於內而君子問其疾此所以久而不相狎也安居以爲黨急難以相救此足以爲朋友矣聖人懼其相瀆而至於相侮也於是戒其羣居嬉遊之樂而嚴其射享飲食之節足非不能行也而待擯相之詔口非不能言也

而待紹介之傳命此所以久而不相瀆也天下之禍莫大於苟可以爲而止夫苟可以爲而止則君臣之相陵父子之相怨夫婦之相離朋友之相侮久矣聖人憂焉是故多爲之節易曰藉用白茅無咎苟錯諸地而可矣藉之用茅何咎之有此古之聖人所以長有天下而後世之所謂迂闊也又曰嗑者合也物不可以苟合故受之以賁盡矣

士燮論

料敵勢強弱而知師之勝負此將帥之能也不求一時之功愛君以德而全其宗嗣此社稷之臣也鄢陵之役楚晨壓晉師而陳諸將請從之范文子獨不欲戰晉卒敗楚楚子傷目子反殞命范文子疑若懦而無謀者矣然不及一年三郤誅厲公弒胥童死欒書中行偃幾不免於禍晉國大亂鄢陵之功實使之然也有非常之人然後有非常之功聖人所甚懼也夜光之珠明月之璧無因而至前匹夫猶或按劍而況非常之功乎故聖人必自反曰此天之所以厚於我乎抑天之禍余也故雖有大功而不忘戒懼中常之人銳於立事忽於天戒日尋干戈而殘民以逞天欲全之則必折其萌芽挫其鋒芒使知其所悔天欲亡

之以美利誘之以得志使之有功以驕士玩於寇讐而侮其民人至於亡國殺身而不悟者天絶之也嗚呼小民之家一朝而獲千金非有大福必有大咎何則彼之所獲者終日勤勞不過數金耳所得者微故所用狹無故而得千金豈不驕其志而喪其所守哉由是言之一天下者得之艱難則失之不易得之既易則失之亦然漢高皇帝之得天下親冒矢石與秦楚爭轉戰五年未嘗得志既定天下復有平城之圍故終其身不事遠略民亦不勞繼之文景不言兵唐太宗舉晉陽之師破竇建德虜王世充所過者下易於破竹然天下始定外攘四夷伐高昌破突厥終其身師旅不解幾至於亂者以其親見取天下之易也故兵之勝負不足以爲國之强弱而足以爲治亂之兆蓋有戰勝而亡有敗而興者矣會稽之棲而勾踐以霸黃池之會而夫差以亡有以使之也夫晉虢公敗戎于桑田晉卜偃知其必亡曰是天奪之鑒而益其疾也晉果滅虢此范文子所以不得不諫諫而不納而又有功敢逃其死哉使其不死則厲公逞志必先圖於范氏趙盾之事可見矣趙盾雖免於死而不免於惡名則范文子之智於趙宣子也遠矣

宋襄公論

魯僖公二十二年冬十月一日己巳朔宋公及楚人戰于泓宋師敗績春秋書戰未有若此之嚴而盡也曰宋公天子之上公宋先代之後於周爲客天子有事膰焉有喪拜焉非列國諸侯之所敢敵也而曰及楚人戰于泓楚夷狄之國人微者之稱以天子之上公而當夷狄之微者至於敗績宋公之罪蓋可見矣而穀梁之傳以爲文王之師不過是學者疑焉故不可以不辯宋襄公非獨行仁義而不終者也以不仁之資盜仁者之名爾齊宣王有牽牛而過堂下者曰牛何之曰將以釁鍾王曰舍之吾不忍其觳觫若無罪而就死地夫舍一牛於德未有所損益者而孟子與之以王所謂以不忍人之心行不忍人之政三代之所共也而宋襄公執鄫子用於次睢之社君子殺一牛猶不忍而宋公戕一國若犬豕然而忍爲之天下孰有不忍者耶泓之役身敗國衄乃欲以不重傷不禽二毛欺諸侯人能紾其兄之臂以取食而能忍飢於壺飧者天下知其不情也襄公能忍於鄫子而不忍於重傷二毛此豈可謂其情也哉桓文之師存亡繼絶猶不齒於仲尼之門況用人於夷鬼以求霸

而謂王者之師可乎使鄫子有罪而討之雖聲於諸侯而戮於社天下不以爲過若以喜怒與師則秦穆公獲晉侯且猶釋之而況敢用諸淫昏之鬼乎以愚觀之宋襄公王莽之流襄公以諸侯爲可以名得王莽以天下爲可以文取也其得喪小大不同其不能欺天下則同也其不鼓不成列不能損襄公之虐其抱孺子而泣不能蓋王莽之簒使莽無成則宋襄之得志亦一莽也古人有言圖王不成其弊猶足以霸襄公行王者之師猶足以當桓公之師一戰之餘救死扶傷不暇此獨妄庸耳齊桓晉文得管仲子犯而與襄公有一子魚不能用豈可同日而語哉自古失道之君如是者多矣死而論定未有如宋襄公之欺於後世者也

屈到嗜芰論

屈到嗜芰有疾召其宗老而屬之曰祭我必以芰及祥宗老將薦芰屈建命去之君子曰不違而道唐柳宗元非之曰屈子以禮之末忍絕其父將死之言且禮有齋之日思其所樂思其所嗜子木去芰安得爲道甚矣柳子之陋也子木楚卿之賢者也夫豈不知爲人子之道事死如事生況於將死丁寧之言棄而

不用人情之所忍乎是必有大不忍於此者而奪其情也夫死生之際聖人嚴之薨於路寢不死於婦人之手至於結冠纓啓手足之末不敢不勉其於死生之變亦重矣父子平日之言可以恩掩義至於死生至嚴之際豈容以私害公乎曾子有疾稱君子之所貴乎道者三孟僖子卒使其子學禮於仲尼管仲病勸桓公去三豎夫數君子之言或主社稷或勤於道德或訓其子孫雖所趣不同然皆篤於大義不私其躬也如此今赫赫楚國若敖氏之賢聞於諸侯身爲正卿死不在民而口腹是憂其爲陋亦甚矣使子木行之國人誦之太史書之天下後世不知夫子之賢而唯陋是聞子木其忍爲此乎故曰是必有大不忍者而奪其情也然禮之所謂思其所樂思其所嗜此言人子追思之道也曾晳嗜羊棗而曾子不忍食父沒而不能讀父之書母沒而不能執母之器皆人子之情自然也豈待父母之命耶今薦芰之事若出於子則可自其父母則爲陋耳豈可以飲食之故而成父莫大之陋乎曾子寢疾曾元難於易簀曾子曰君子之愛人也以德細人之愛人也以姑息若以柳子之言爲然是曾元爲孝子而曾子顧禮之末易簀於

病華之中爲不仁之甚也中行偃死視不可含范宣子盥而撫之曰事吳敢不如事主猶視欒懷子曰主苟終所不嗣事於齊者有如河乃暝嗚呼范宣子知事吳爲忠於主而不知報齊以成夫子愛國之美其爲忠則大矣古人以愛惡比之美疢藥石曰石猶生我疢之美者其毒滋多由是觀之柳子之愛屈到是疢之美子木之違父命藥石也哉

續歐陽子朋黨論

歐陽子曰小人欲空人之國必進朋黨之說嗚呼國之將亡此其徵歟禍莫大於權之移人而君莫危於國之有黨有黨則必爭爭則小人者必勝而權之所歸也君安得不危哉何以言之君子以道事君人主必敬之而疎小人唯予言而莫予違人主必狎之而親疎者易間而親者難睽也而君子不得志則奉身而退樂道不仕小人者不得志則徼倖復用唯怨之報此其所以必勝也蓋嘗論之君子如嘉禾也封殖之甚難而去之甚易小人如惡草也不種而生去之復蕃世未有小人不除而治者也然去之爲最難斥其一則援之者衆盡其類則衆之致怨也深小者復用而肆威大者得志而竊國善人爲之掃地世主爲

之屏息譬斷蛇不死刺虎不斃其傷人則愈多矣齊田氏魯季孫是已齊魯之執事莫非田季之黨也歷數君不忘其誅而卒之簡公弑昭哀失國小人之黨其不可除也如此而漢黨錮之獄唐白馬之禍忠義之士斥死無餘君子之黨其易盡也如此使世主知易盡者之可戒而不可除者之可懼則有瘳矣且夫君子者世無若是之多也小人者亦無若是之衆也凡才智之士銳於功名而嗜於進取者隨所用耳孔子曰仁者安仁智者利仁未必皆君子也冉有從夫子則爲門人之選從季氏則爲聚斂之臣唐柳宗元劉禹錫使不陷叔文之黨其高才絕學亦足以爲唐名臣矣昔欒懷子得罪於晉其黨皆出奔樂王鮒謂范宣子曰盍反州綽邢蒯勇士也宣子曰彼欒氏之勇也余何獲焉王鮒曰子爲彼欒氏乃子之勇也嗚呼宣子蚤從王鮒之言豈獨獲二子之勇且安有曲沃之變哉愚以謂治道去泰甚耳苟黜其首惡而貸其餘使才者不失富貴不才者無所致憾將爲吾用之不暇又何怨之報乎人之所以爲盜者衣食不足耳農夫市人焉保其不爲盜而衣食既足盜豈有不能返農夫市人也哉故善除盜者開其衣食之門使

復其業善除小人者誘以富貴之道使隨其黨以力取威勝者蓋未嘗不反爲所噬也曹參之治齊曰愼無擾獄市獄市姦人之所容也知此亦庶幾於善治矣姦固不可長而亦不可不容也若姦無所容君子豈久安之道哉牛李之黨偏天下而李德裕以一夫之力欲窮其類而致之必死此其所以不旋踵罹仇人之禍也姦臣復熾忠義益衰以力取威勝者果不可耶愚是以續歐陽子之說而爲君子小人之戒

龍虎鉛汞論

人之所以生死未有不自坎離者坎離交則生分則死必然之道也離爲心坎爲腎心之所然未有不正雖桀跖亦然其所以爲桀跖者以內輕而外重故常行其所不然者爾腎强而溢則有欲念雖堯顏亦然其所以爲堯顏者以內重而外輕故常行其所然者爾由是觀之心之性法而正腎之性淫而邪水火之德固如是也子產曰火烈人望而畏之水弱人狎而玩之達者未有不知此者也龍水者也精也血也出於腎而肝藏之坎之物也虎火者也鉛也氣也力也出於心而肺主之離之物也心動則氣隨之而作腎溢則精血隨之而流如火之有煙焰未有復反於薪

者也世之不學道者其龍常出於水故龍飛而汞輕其虎常出於火故虎走而鉛枯此生人之常理也順此者死逆此者僊故真人之言曰順行則為人逆行則為道又曰五行顛倒術龍從火裏出五行不順行虎向水中生有隱者教余曰人能正坐瞑目調息握固心定息微則徐閉之達磨胎息法亦須閉若如佛經待其自止恐卒不能到也雖無所念而卓然精明毅然剛烈如火之不可犯息極則小通之微則復閉之方其通時亦復一息一息歸之下丹田中也為之推數以多為賢以久為功不過十日則丹田溼而水上行愈久愈温幾至如烹上行之水蓊然如雲烝于泥丸蓋離者麗也著物而見火之性也吾目引於色耳引於聲口引於味鼻引於香火輒隨而麗之今吾寂然無所引於外火無所麗則將安往水者其所妃也勢必從之坎者陷也物至則受水之性也而況其配乎水火合則火不炎而水自上則所謂龍從火裏出也龍出於火則龍不飛而汞不乾旬日之外腦滿而腰足輕方閉息時常卷舌而上以舐懸癰雖不能到而意到焉久則能也如是不已則汞下入口方調息時則潄而烹之須滿口而後嚥若未滿且留口中候後次仍以空氣送至丹田

常以意養之久則化而爲鉛此所謂虎向水中生也此論奇而通妙而簡決爲可信者然吾有大患平生發此志願百十回矣皆謬悠無成意此道非捐軀以赴之刳心以受之盡命以守之不能成也吾今年已六十名位破敗兄弟隔絶父子離散身居蠻夷北歸無日區區世味亦可知矣若復謬悠於此眞不如人矣故數日來別發誓願譬如古人避難窮山或使絶域齧草啗雪彼何人哉已令造一禪榻兩大案明窗之下日專欲治此弁已作乾蒸餅百枚自二月一日爲首盡絶人事飢則食此餅不飲湯水不啗他物細嚼以致津液或飲少酒而已午後略睡一更臥三更乃起坐以達旦有日采日有月采月餘時非數息煉陰則行今所論龍虎訣爾如此百日或有所成不讀書不著文且一時束起以待異日不遊山水除見道人外不接客不會飲皆無益也深恐易流之性不能終踐此言故先作書以報庶幾他日有慚於弟而不敢變也此事大難不知其果能不慚否此書旣以自堅又欲以及弟也卷舌以舐懸癰近得此法初甚秘惜云此禪家所得向上一路千金不傳人之所見如此雖可笑然極有驗也但行之數日閒舌下筋微急

痛當以漸馴致若舌尖果能及懸癰則致華池之水莫捷於此也又言此法名洪鑪上一點雪宜且祕之

上張安道養生訣論

近來頗留意養生讀書延納方士多矣其法數百擇其簡而易行者間或爲之輒驗今此法特奇妙乃知神仙長生不死非虛語也其效初亦不甚覺但積累百餘日功用不可量比之服藥其力百倍久欲獻之左右其妙處非言語文字所能形容然可道其大略若信而行之必有大益其狀如左

每夜以子後（三更三四點至五更以來）披衣起（只牀上擁被坐亦可）面東若南盤足叩齒三十六通握固（以兩拇指握第二或第四指握拇指兩手拄腰腹間）閉息（閉息最是道家要妙處先須閉息卻慮埽滅座相使心澄湛諸念不起自覺出入息調勻卽閉定口鼻也）內觀五臟肺白肝青脾黃心赤腎黑（當求五臟圖掛壁上使心中熟識五臟六腑之形狀）次想心爲炎火光明洞徹下入丹田中待腹滿氣極卽徐出氣（不得令耳聞）惟出入均調卽以舌接唇齒內外漱鍊精液（若有鼻液亦須漱使不嫌其鹹煉久自然甘美此是真氣不可弃之）也未得嚥復前法閉息內觀納心丹田調息漱津皆依前法如此者三津液滿口卽低頭嚥下以氣送入

丹田須用意精猛令津與氣谷谷然有聲徑入丹田又依前法爲之凡九閉息三嚥津而止然後以左右手熱摩兩脚心此湧泉穴上徹頂門氣訣之妙及臍下腰脊間皆令熱徹徐徐摩之使微汗出不妨不可喘促爾次以兩手摩熨眼面耳項皆令極熱仍案捉鼻梁左右五七下梳頭百餘梳而臥熟寢至明

右其法至簡易在常久不廢而有深功且試行一二十日精神自已不同覺臍下實熱腰腳輕快久而不已去仙不遠但當習閉息使漸能持久以脈候之五至爲一息近來閉得漸久每閉百二十至而開蓋已閉得二十餘息也又不可强閉多時使氣錯亂或奔突而出反爲之害愼之愼之又須常節晚食令腹中寬虛氣得回轉晝日無事亦時時閉目內觀漱鍊津液嚥之摩熨耳目以助眞氣蓋清淨專一即易見功矣神仙至術有不可學者一忿躁二陰險三貪慾公雅量清德無此三疾竊謂可學故獻其區區篤信力行他日相見復陳其妙者文章書口訣多枝辭隱語卒不見下手徑路今且直指精要可謂至言不煩長生之根本也幸深加寶祕勿使庸妄窺之以泄至道也

論武王

武王克殷以殷遺民封紂子武庚祿父使其弟管叔鮮蔡叔度相祿父治殷武王崩祿父與管蔡作亂成王命周公誅之而立微子於宋蘇子曰武王非聖人也昔者孔子蓋罪湯武顧自以爲殷之子孫而周人也故不敢然數致意焉曰大哉巍巍乎堯舜也禹吾無閒然其不足於湯武也亦明矣曰武盡美矣未盡善也又曰三分天下有其二以服事殷周之德其可謂至德也已矣伯夷叔齊之於武王也蓋謂之弑君至恥之不食其粟而孔子予之其罪武王也甚矣此孔氏之家法也世之君子苟自孔氏必守此法國之存亡民之死生將於是乎在其孰敢不嚴而孟軻始亂之曰吾聞武王誅獨夫紂未聞弑君也自是學者以湯武爲聖人之正若當然者皆孔氏之罪人也使當時有良史如董狐者南巢之事必以叛書牧野之事必以弑書而湯武仁人也必將爲法受惡周公作無逸曰殷王中宗高宗及祖甲及我周文王茲四人迪哲上不及湯下不及武王亦以是哉文王之時諸侯不求而自至是以受命稱王行天子之事周之王不王不計紂之存亡也使文王在必不伐紂紂不見

伐而以考終或死於亂殷人立君以事周命爲二王後以祀殷君臣之道豈不兩全也哉武王觀兵於孟津而歸紂若改過否則殷人改立君武王之待殷亦若是而已矣天下無王有聖人者出而天下歸之聖人所不得辭也而以兵取之而放之而殺之可乎漢末大亂豪傑並起荀文若聖人之徒也以爲非曹操莫與定海內故起而佐之所以與操謀者皆王者之事也文若豈教操反者哉以仁義救天下天下既平神器自至將不得已而受之不至不取也此文王之道文若之心也及操謀九錫則文若死之故吾常以文若爲聖人之徒者以其才似張子房而道似伯夷也殺其父封其子其子非人也則可使其子而果人也則必死之楚人將殺令尹子南子南之子棄疾爲王馭士王泣而告之既殺子南其徒曰行乎曰吾與殺吾父行將焉入然則臣王乎曰棄父事讎吾弗忍也遂縊而死武王親以黃鉞誅紂使武庚受封而不叛豈復人也哉故武庚之必叛不待智者而後知也武王之封蓋亦有不得已焉耳殷有天下六百年賢聖之君六七作紂雖無道其故家遺民未盡滅也三分天下有其二殷不伐周而周伐之誅其君夷其社

稷諸侯必有不悅者故封武庚以悅之此豈武王之意哉故曰武王非聖人也

論養士

春秋之末至于戰國諸侯卿相皆爭養士自謀夫說客談天雕龍堅白同異之流下至擊劍扛鼎雞鳴狗盜之徒莫不賓禮靡衣玉食以館於上者何可勝數越王勾踐有君子六千人魏無忌齊田文趙勝黃歇呂不韋皆有客三千人而田文招致任俠姦人六萬家於薛齊稷下談者亦千人魏文侯燕昭王太子丹皆致客無數下至秦漢之間張耳陳餘號多士賓客廝養皆天下豪俊而田橫亦有士五百人其略見於傳記者如此度其餘當倍官吏而半農夫也此皆姦民蠹國者民何以支而國何以堪乎蘇子曰此先生之所不能免也國之有姦猶鳥獸之有鷙猛昆蟲之有毒螫也區處條理使各安其處則有之矣鋤而盡去之則無是道也吾考之世變知六國之所以久存而秦之所以速亡者蓋出於此不可以不察也夫智勇辯力此四者皆天民之秀傑也類不能惡衣食以養人皆役人以自養者也故先王分天下之富貴與此四者共之此四者不失職則民靖矣四者雖異先

王因俗設法使出於一二代以上出於學戰國至秦出於客漢以後出於郡縣吏魏晉以來出於九品中正隋唐至今出於科舉雖不盡然取其多者論之六國之君虐用其民不減始皇二世然當是時百姓無一人叛者以凡民之秀傑者皆以客養之不失職也其力耕以奉上皆椎魯無能爲者雖欲怨叛而莫爲之先此其所以少安而不卽亡也始皇初欲逐客用李斯之言而止既幷天下則以客爲無用於是任法而不任人謂民可以恃法而治謂吏不必才取能守吾法而已故隳名城殺豪傑民之秀異者散而歸田畝向之食於四公子呂不韋之徒者皆安歸哉不知其能槁項黃馘而老死於布褐乎抑將輟耕歎息以俟時也秦之亂成於二世然使始皇知畏此四人者有以處之使不失職秦之亡不至若此之速也縱百萬虎狼於山林而飢渴之不知其將噬人世以始皇爲智吾不信也楚漢之禍生民盡矣豪傑宜無幾而代相陳豨從車千乘蕭曹爲政莫之禁也至文景武帝之世法令至密矣然吳王濞淮南梁王魏其武安之流皆爭致賓客世主不問也豈悠於之禍以爲爵祿不能盡縻天下之士故少寬之使得或出於此也

邪若夫先王之政則不然曰君子學道則愛人小人學道則易使也嗚呼此豈秦漢之所及也哉

論秦

秦始皇十八年取韓二十二年取魏二十五年取越取楚二十六年取燕取齊初并天下蘇子曰秦并天下非有道也特巧耳非幸也然吾以謂巧於取齊而拙於取楚其不敗於楚者幸也嗚呼秦之巧亦創於智伯而已魏韓肘足接而智伯死秦知創智伯而諸侯終不知師魏韓秦并天下不亦宜乎齊湣王死法章立君王后佐之秦猶伐齊也法章死王建立六年而秦攻趙齊楚救之趙乏食請粟於齊而齊不予秦遂圍邯鄲幾亡趙趙雖未亡而齊之亡形成矣秦人知之而不加兵於齊者四十餘年夫以法章之才而秦伐之建之不才而秦不伐何也太史公曰君王后事秦謹故不被兵夫秦欲并天下耳豈以謹故置齊也哉吾故曰巧於取齊者所以大慰齊之心而解三晉之交也齊秦不兩立秦未嘗須臾忘齊也而四十餘年不加兵者豈其情乎齊人不悟而與秦合故秦得以其間取三晉三晉亡齊蓋岌岌矣方是時猶有楚與燕也三國合猶足以拒秦秦大出兵伐楚伐燕

而齊不救故二國亡而齊亦虜不閱歲如晉取虞虢也可不謂巧乎二國既滅齊乃發兵守西界不通秦使嗚呼亦晚矣秦初遣李信以二十萬人取楚不克乃使王翦以六十萬攻之蓋空國而戰也使齊有中主具臣知亡之無日而掃境以伐秦以久安之齊而入厭兵空虛之秦覆秦如反掌也吾故曰拙於取楚然則柰何曰古之取國者必有數如取齧齒也必以漸故齒脫而兒不知今秦易楚以爲是齧齒也可拔遂抉其口一拔而取之兒必傷吾指必齧故秦之不亡幸也非數也吳爲三軍迭出以肄楚三年而入郢晉之平吳隋之平陳皆是物也惟符堅不然使堅知出此以百倍之衆爲迭出之計雖韓白不能支而況謝玄牢之之流乎吾以是知二秦之一律也始皇幸勝而堅不幸耳

論魯隱公

魯隱公元年不書卽位攝也公子翬請殺桓公公曰爲其少故也吾將授之矣使營菟裘吾將老焉翬懼反譖公于桓而使賊弑公歐陽子曰隱公非攝也使隱而果攝也則春秋不書爲公春秋書爲公則隱非攝無疑也蘇子曰非也春秋約之信史隱攝而桓弑

著於史也詳矣周公攝而克復子者也以周公薨故
不稱王隱公攝而不克復子者也以魯公薨故稱公
史有謚國有廟春秋獨得不稱公乎然則隱公之攝
也禮歟曰禮也何自聞之曰聞之孔子曾子問曰君
薨而世子生如之何孔子曰卿大夫士從攝主北面
於西階南何謂攝主曰古者天子諸侯卿大夫士一
無士字之世子未生而死則其弟若兄弟之子次當
主者爲攝主子生而女也則攝主立男也則攝立退
此之謂攝主古之人有爲之者季康子是也季桓子
且死命其臣正常曰南孺子之子男也則以告而立
之女也則肥也可桓子卒康子卽位既葬康子在朝
南氏生男正常載以如朝告曰夫子有遺言命其圉
臣曰南氏生男則以告於君與大夫而立之今生矣
男也敢告康子請退康子之謂攝主古之道也孔子
行之自秦漢以來不修是禮也而以母后攝孔子曰
惟女子與小人爲難養也使與聞外事且不可曰牝
鷄之晨惟家之索而況可使攝位而臨天下乎女子
爲政而國安惟齊之君王后吾宋之曹高向也蓋亦
千一矣自東漢馬鄧不能無譏而漢呂后魏胡武靈
唐武氏之流蓋不勝其亂王莽楊堅遂因以易姓由

是觀之豈若攝主之庶幾乎使母后而可信也則攝主何爲而不可信若均之不可信則攝主取之猶吾先君之子孫不猶愈於異姓之取哉或曰君薨百官總己以聽冢宰三年何用攝主曰非此之謂也嗣天子長矣宅憂而未出令則以禮從一作設冢宰若太子未生生而弱未能君也則三代之禮孔子之學決不以天下付異姓其付之攝主也夫豈非禮而周公行之歟故隱公亦攝主也鄭玄儒之陋者也其傳攝主也曰上卿代君聽政者也使子生而女則上卿豈繼世者乎蘇子曰攝主先王之令典孔子之法言也而世不知習見母后之攝也而以爲當然故吾不可不論以待後世之君子

論隱公里克李斯鄭小同王允之

公子翬請殺桓公以求太宰隱公曰爲其少故也吾將授之矣使營菟裘吾將老焉翬懼反譖公於桓公而殺之蘇子曰盜以兵擬人人必殺之夫豈獨其所擬塗之人皆捕擊之矣塗之人與盜非仇也以爲不擊則盜且并殺己也隱公之智曾不若塗之人哀哉隱公惠公繼室之子也其爲非嫡與桓均耳而長於桓隱公追先君之志而授國焉可不謂仁人乎惜乎

其不敏於智也使隱公誅翬而讓桓雖夷齊何以尚玆驪姬欲殺申生而難里克則施優來之二世欲殺扶蘇而難李斯則趙高來之此二人之智若出一人而受禍亦不少異里克不免於惠公之誅李斯不免於二世之虐皆無足哀吾獨表而出之爲萬世戒君子之爲仁義也非有計於利害然君子所爲義利常兼而小人反是李斯聽趙高之謀非其本意獨畏蒙氏之奪其位故勉而聽高使斯聞高之言卽召百官陳六師而斬之其德於扶蘇豈有既乎何蒙氏之足憂釋此不爲而具五刑於市非愚而何嗚呼亂臣賊子猶蝮蛇也其所螫草木猶足以殺人況其所噬齧者歟鄭小同爲高貴鄉公侍中常詣司馬師師有密疏未屏也如廁還問小同見吾疏乎曰不見師曰寧我負卿無卿負我遂酖之王允之從王敦夜飲辭醉先寢敦與錢鳳謀逆允之已醒悉聞其言慮敦疑己遂大吐衣面皆汚敦果照視之見允之臥吐中乃已哀哉小同殆哉岌岌乎允之也孔子曰危邦不入亂邦不居有以也夫吾讀史得魯隱公晉里克秦李斯鄭小同王允之五人感其所遇禍福如此故特書其事後之君子可以覽觀焉

論管仲

鄭太子華言於齊桓公請去三族而以鄭爲內臣公將許之管仲不可公曰諸侯有討於鄭未捷苟有釁從之不亦可乎管仲曰君若綏之以德加之以訓辭而率諸侯以討鄭鄭將覆亡之不暇豈敢不懼若總其罪人以臨之鄭有辭矣公辭子華鄭伯乃受盟蘇子曰大哉管仲之相桓公也辭子華之請而不違曹沫之盟皆盛德之事也齊可以王矣恨其不學道不自誠意正身以刑其國使家有三歸之病而國有六嬖之禍故桓公不王而孔子小之然其予之也亦至矣曰桓公九合諸侯不以兵車管仲之力也如其仁曰仲尼之徒無道桓文之事者孟子蓋過矣吾讀春秋以下史得七人焉皆盛德之事可以爲萬世法又得八人焉皆反是可以爲萬世戒故具論之太公之治齊也舉賢而尚功周公曰後世必有篡弒之臣天下誦之齊其知之矣田敬仲之始生也周史筮之其奔齊也齊懿氏卜之皆知其當有齊國篡弒之疑蓋萃於敬仲矣然桓公管仲不以是廢之乃欲以爲卿非盛德能如此乎故吾以謂楚成王知晉之必霸而不殺重耳漢高祖知東南之必亂而不殺吳王濞晉

武帝聞齊王攸之言而不殺劉元海苻堅信王猛而不殺慕容垂唐明皇用張九齡而不殺安祿山皆盛德之事也而世之論者則以謂此七人者皆失於不殺以啓亂吾以謂不然七人者皆自有以致敗亡非不殺之過也齊景公不煩刑重賦雖有田氏齊不可取楚成王不用子玉雖有晉文公兵不敗漢景帝不害吳太子不用晁錯雖有吳王濞無自發晉武帝不立孝惠雖有劉元海中國不亂苻堅不伐晉雖有慕容垂不敢叛明皇不用李林甫楊國忠雖有安祿山亦何能爲秦之由余漢之金日磾唐之李光弼渾瑊之流皆蕃種也何負於中國哉而獨殺元海祿山乎且夫自今而言之則元海祿山死有餘罪自當時言之則不免爲殺無罪豈有天子殺無罪而不得罪於天下（一無下字）者上失其道塗之人皆敵國也天下豪傑其可勝旣乎漢景帝以鞅鞅而殺周亞夫曹操以名重而殺孔融晉文帝以臥龍而殺嵇康晉景帝亦以名重而殺夏侯玄宋明帝以族大而殺王彧齊後主以謠言而殺斛律光唐太宗以讖而殺李君羨武后亦以謠言而殺裴炎世皆以爲非也此八人者當時之慮豈非憂國備亂與憂元海祿山者同乎久矣

世之以成敗爲是非也故凡嗜殺人者必以鄧侯不殺楚子爲口實以鄧之微無故殺大國之君使楚人舉國而仇之其亡不愈速乎吾以謂爲天下如養生憂國備亂如服藥養生者不過慎起居飲食節聲色而已節慎在未病之前而服藥在已病之後今吾憂寒疾而先服烏喙憂熱疾而先服甘遂則病未作而藥殺人矣彼八人者皆未病而服藥者也

論孔子

魯定公十二年孔子言於公曰臣無藏甲大夫無百雉之城使仲由爲季氏宰將隳三都於是叔孫氏先隳郈季氏將隳費公山弗狃叔孫輒率費人襲公公與三子入于季氏之宮孔子命申句須樂頎下伐之費人北二子奔齊遂隳費將隳成公斂處父以成叛公圍成弗克或曰殆哉孔子之爲政也亦危而難成矣孔融曰古者王畿千里寰內不以封建諸侯曹操疑其論建漸廣遂殺融融特言之耳安能爲哉操以爲天子有千里之畿將不利己故殺之不旋踵季氏親逐昭公公死于外從公者皆不敢入雖子家羈亦亡季氏之忌克忮害如此雖地勢不及曹氏然君臣相猜蓋不減操也孔子安能以是時隳其名都而出

其藏甲也哉考於春秋方是時三桓雖若不悅然莫能違孔子也以爲孔子用事於魯得政與民而三桓畏之歟則季桓子之受女樂也孔子能卻之矣彼婦之口可以出走是孔子畏季氏季氏不畏孔子也夫孔子盍姑脩其政刑以俟三桓之隙也哉蘇子曰此孔子之所以聖也蓋田氏六卿不服則齊晉無不亡之道三桓不臣則魯無可治之理孔子之用於世其政無急於此者矣彼晏嬰者亦知之曰田氏之僭惟禮可以已之在禮家施不及國大夫不收公利齊景公曰善哉吾今而後知禮之可以爲國也嬰能知之而莫能爲之嬰非不賢也其浩然之氣以直養而無害塞乎天地之間者不及孔孟也孔子以羇旅之臣得政朞月而能舉治世之禮以律亡國之臣隳名都出藏甲而三桓不疑其害己此必有不言而信不怒而威者矣孔子之聖見於行事至此爲無疑也嬰之用於齊也久於孔子景公之信其臣也愈於定公而田氏之禍不少衰吾是以知孔子之難也孔子以哀公十六年卒十四年陳恒弑其君孔子沐浴而朝告於哀公請討之吾是以知孔子之欲治列國之君臣使知春秋之法者至於老且死而不忘也或曰孔子

知哀公與三子之必不從而以禮告也歟曰否孔子實欲伐齊孔子既告公公曰魯爲齊弱久矣子之伐之將若之何對曰陳恆弑其君民之不與者半以魯之衆加齊之半可克也此豈禮告而已哉哀公患三桓之偪嘗欲以越伐魯而去之夫以蠻夷伐國民不與也皐如出公之事斷可見矣豈若從孔子而伐齊乎若從孔子而伐齊則凡所以勝齊之道孔子任之有餘矣既克田氏則魯之公室自張三桓不治而自服矣此孔子之意也

論周東遷

太史公曰學者皆稱周伐紂居洛邑其實不然武王營之成王使召公卜居九鼎焉而周復都豐鎬至犬戎敗幽王周乃東徙于洛蘇子曰周之失計未有如東遷之繆者也自平王至於亡非有大無道者也頣王之神靈諸侯服享然終以不振則東遷之過也昔武王克商遷九鼎于洛邑成王周公復增營之周公既沒蓋君陳畢公更居焉以重王室而已非有意於遷也周公欲葬成周而成王葬之畢此豈有意於遷哉今夫富民之家所以遺其子孫者田宅而已不幸而有敗至於乞假以生可也然終不敢議田宅今平

王舉文武成康之業而大棄之此一敗而鬻田宅者也夏商之王皆五六百年其先王之德無以過周而後王之敗亦不滅周幽厲然至於桀紂而後亡其未亡也天下宗之不如東周名存而實亡也是何也則不鬻田宅之效也盤庚之遷也復殷之舊也古公遷于岐方是時周人如狄人也逐水草而居豈所難哉衞文公東徙渡河恃齊而存耳齊遷臨淄晉遷于絳于新田皆其盛時非有所畏也其餘避寇而遷都未有不亡雖不即亡未有能復振者也春秋之時楚大饑羣蠻叛之申息之北門不啓楚人謀徙於阪高蔿賈曰不可我能往寇亦能往於是乎以秦人巴人滅庸而楚始大蘇峻之亂晉幾亡矣宗廟宮室盡爲灰燼溫嶠欲遷都豫章三吳之豪欲遷會稽將從之矣獨王導不可曰金陵王者之都也王者不以豐儉移都若弘衞文大帛之冠何適而不可不然雖樂土爲墟矣且北寇方强一旦示弱竄於蠻越望實皆喪矣乃不果遷而晉復安賢哉導也可謂能定大事矣嗟夫平生之初周雖不如楚之强顧不愈於東晉之微乎使平王有一王導定不遷之計收豐鎬之遺民而脩文武成康之政以形勢臨東諸侯齊晉雖强未敢

貳也而秦何自覇哉魏惠王畏秦遷于大梁楚昭王畏吳遷于鄀頃襄王畏秦遷于陳考烈王畏秦遷于壽春皆不復振有亡徵焉東漢之末董卓劫帝遷于長安漢遂以亡近世李景遷于豫章亦亡吾故曰周之失計未有如東遷之繆者也

論范蠡伍子胥大夫種

越旣滅吳范蠡以爲句踐爲人長頸鳥喙可與共患難不可與同安樂乃以其私徒屬浮海而行至齊以書遺大夫種曰蜚鳥盡良弓藏狡兎死走狗亨子可以去矣蘇子曰范蠡獨知相其君而已以吾相蠡蠡亦鳥喙也夫好貨天下賤士也以蠡之賢豈聚斂積實者何至耕於海濱父子力作以營千金屢散而復積此何爲者哉豈非才有餘而道不足故功成名遂身退而心終不能自放者乎使句踐有大度能始終用蠡蠡亦非清淨無爲以老於越者也吾故曰蠡亦鳥喙者也魯仲連旣退秦軍平原君欲封連以千金爲壽連笑曰所貴於天下士者爲人排難解紛而無所取也卽有取是商賈之事連不忍爲也遂去終身不復見逃隱於海上曰吾與其富貴而詘於人寧貧賤而輕世肆志焉使范蠡之去如魯連則去聖人不

遠矣嗚呼春秋以來用舍進退未有如范蠡之全者也而不足於此吾是以累歎而深悲焉蘇子曰子胥種蠡皆人傑而楊雄曲士也欲以區區之學疵瑕此三人者以三諫不去鞭尸藉館爲子胥之罪以不强諫勾踐而棲之會稽爲種蠡之過雄聞古有三諫當去之說卽欲以律天下士豈不陋哉三諫而去爲人臣交淺者言之如宮之奇洩冶乃可耳至如子胥吳之宗臣與國存亡者也去將安往哉百諫不聽繼之以死可也孔子去魯未嘗一諫又安用三父不受誅子復讎禮也生則斬首死則鞭屍發其至痛無所擇也是以昔之君子皆哀而恕之雄獨非人子乎至於藉館闔閭與羣臣之罪非子胥意也勾踐困於會稽乃能用二子若先戰而强諫以死之則雄又當以子胥之罪罪之矣此皆兒童之見無足論者不忍三子之見誣故爲一言

論商鞅

商鞅用於秦變法定令行之十年秦人大悅道不拾遺山無盜賊家給人足民勇於公戰怯於私鬭秦人富强天子致胙於孝公諸侯畢賀蘇子曰此皆戰國之遊士邪說詭論而司馬遷闇於大道取以爲史吾

嘗以爲遷有大罪二其先黃老後六經退處士進姦雄蓋其小小者耳所謂大罪二則論商鞅桑弘羊之功也自漢以來學者恥言商鞅弘羊而世主獨甘心焉皆陽諱其名而陰用其實甚者則名實皆宗之庶幾其成功此司馬遷之罪也秦固天下之强國而孝公亦有志之君也修其政刑十年不爲聲色畋游之所敗雖微商鞅有不富强乎秦之所以富强者孝公敦本力穡之效非鞅流血刻骨之功也而秦之所以見疾於民如豺虎毒藥一夫作難而子孫無遺種則鞅實使之至於桑弘羊斗筲之才穿窬之智無足言者而遷之言曰不加賦而上用足善乎司馬光之言也曰天下安有此理天地所生財貨百物止有此數不在民則在官譬如雨澤夏澇則秋旱不加賦而上用足不過設法陰奪民利其害甚於加賦也二子之名在天下如蛆蠅糞穢也言之則汙口舌書之則汙簡牘二子之術用於世者滅國殘民覆族亡軀者相踵也而世主獨甘心焉何哉樂其言之便己也夫堯舜禹湯世主之父師也諫臣弼士世主之藥石也恭敬慈儉勤勞憂畏世主之繩約也今使世主日臨父師而親藥石履繩約非其所樂也故爲商鞅弘羊之

術者必先鄙堯笑舜而陋禹也曰所謂賢主者專以天下適己而已此世主所以人人甘心而不悟也世有食鍾乳烏喙而縱酒色以求長年者蓋始於何晏晏少而富貴故服寒食散以濟其欲無足怪者彼之所爲足以殺身滅族者日相繼也得死於寒食散豈不幸哉而吾獨何爲效之世之服寒食散疽背嘔血者相踵也用商鞅桑弘羊之術破國亡宗者皆是也然而終不悟者樂其言之美便而忘其禍之慘烈也

論封建

秦初幷天下丞相綰等言燕齊荊地遠不置王無以鎮之請立諸子始皇下其議羣臣皆以爲便廷尉斯曰周文武所封子弟同姓甚衆然後屬疏遠相攻擊如仇讎諸侯更相誅伐天子弗能禁止今海內賴陛下神靈一統皆爲郡縣諸子功臣公賦稅重賞賜之甚足易制天下無異意則安寧之術也置諸侯不便始皇曰天下共苦戰鬬不休以有侯王賴宗廟天下初定又復立國是樹兵也而求其寧息豈不難哉廷尉議是分天下爲三十六郡郡置守尉監蘇子曰聖人不能爲時亦不失時時非聖人之所能爲也能不失時而已三代之興諸侯無罪不可奪削因而君之

雖欲罷侯置守可得乎此所謂不能爲時者也周衰諸侯相幷齊晉秦楚皆千餘里其勢足以建侯樹屏至於七國皆稱王行天子之事然終不封諸侯不立强家世卿者以魯三桓晉六卿齊田氏爲戒也久矣世之畏諸侯之禍也非獨李斯始皇知之始皇旣幷天下分郡邑置守宰理固當然如冬裘夏葛時之所宜非人之私智獨見也所謂不失時者而學士大夫多非之漢高又欲立六國後張子房以爲不可世未有非之者李斯之論與子房何異世特以成敗爲是非耳高帝聞子房之言吐哺罵酈生知諸侯之不可復明矣然卒王韓彭英盧豈獨高帝子房亦與焉故柳宗元曰封建非聖人意也勢也昔之論封建者曹元首陸機劉頌及唐太宗時魏徵李百藥顏師古其後則劉秩杜佑柳宗元宗元之論出而諸子之論廢矣雖聖人復起不能易也故吾取其說而附益之曰凡有血氣必爭爭必以利利莫大於封建封建者爭之端而亂之始也自書契以來臣弑其君子弑其父父子兄弟相賊殺有不出於襲封而爭位者乎自三代聖人以禮樂教化天下至刑措不用然終不能已篡弑之禍至漢以來君臣父子相賊虐者皆諸侯王

子孫其餘卿大夫不世襲者蓋未嘗有也近世無復封建則此禍幾絕仁人君子忍復開之歟故吾以李斯始皇之言柳宗元之論當爲萬世法也

論始皇漢宣李斯

秦始皇時趙高有罪蒙毅按之當死始皇赦而用之長子扶蘇好直諫上怒使監蒙恬兵於上郡始皇東游會稽並海走琅琊少子胡亥李斯蒙毅趙高從道病使蒙毅還禱山川未及還上崩李斯趙高矯詔立胡亥殺扶蘇蒙恬蒙毅卒以亡秦蘇子曰始皇制天下輕重之勢使內外相形以禁奸備亂可謂密矣蒙恬將三十萬人威震北方扶蘇監其軍而蒙毅侍帷幄爲謀臣雖有大姦賊敢睥睨其間哉不幸道病禱祠山川尚有人也而遣蒙毅故高斯得成其謀始皇之遣毅毅見始皇病太子未立而去左右皆不可以言智然天之亡人國其禍敗必出於智所不及聖人爲天下不恃智以防亂恃吾無致亂之道耳始皇致亂之道在用趙高夫閹尹之禍如毒藥猛獸未有不裂肝碎首者也自書契以來惟東漢呂強後唐張承業二人號良善豈可望一二於千萬以徼必亡之禍哉然世主皆甘心而不悔如漢桓靈唐肅代猶不足

深怪始皇漢宣皆英主亦湛於趙高恭顯之禍彼自以爲聰明人傑也奴僕薰腐之餘何能爲及其亡國亂朝乃與庸主不異吾故表而出之以戒後世人主如始皇漢宣者或曰李斯佐始皇定天下不可謂不智扶蘇親始皇子秦人戴之久矣陳勝假其名猶足以亂天下而蒙恬持重兵在外使二人不卽就誅而復請之則斯高無遺類矣以斯之智而不慮此何哉蘇子曰嗚呼秦之失道有自來矣豈獨始皇之罪自商鞅變法以殊死爲輕典以參夷爲常法人臣狼顧脅息以得死爲幸何暇復請方其法之行也求無不獲禁無不止鞅自以爲軼堯舜而駕湯武矣及其出亡而無所舍然後知爲法之敝夫豈獨鞅悔之秦亦悔之矣荆軻之變持兵者熟視始皇環柱而走莫之救者以秦法重故也李斯之立胡亥不復忌二人者知法令之素行而臣子之不敢復請也二人之不敢復請亦知始皇之鷙悍而不可回也豈料其僞也哉周公曰平易近民民必歸之孔子曰有一言而可以終身行之其恕矣乎夫以忠恕爲心而以平易爲政則上易知而下易達雖有賣國之奸無所投其隙倉卒之變無自發焉其令行禁止蓋有不及商鞅者矣

而聖人終不以彼易此鞅立信於徙木立威於棄灰刑其親戚師傅積威信之劇以至始皇秦人視其君如雷電鬼神不可測也古者公族有罪三宥然後寘刑今至使人矯殺其太子而不忌太子亦不敢請則威信之過也故夫以法毒天下者未有不反中其身及其子孫者也漢武始皇皆果於殺者也故其子如扶蘇之仁則寧死而不請如戾太子之悍則寧反而不訴知訴之必不察也戾太子豈欲反者哉計出於無聊也故爲二君之子者有死與反而已李斯之智蓋足以知扶蘇之必不反也吾又表而出之以戒後世人主之果於殺者

論項羽范增

漢用陳平計間疎楚君臣項羽疑范增與漢有私奪其權增大怒曰天下事大定矣君王自爲之願賜骸骨歸卒伍未至彭城疽發背死蘇子曰增之去善矣不去羽必殺增獨恨其不蚤耳然則當以何事去增勸羽殺沛公羽不聽終以此失天下當以是去邪曰否增之欲殺沛公人臣之分也羽之不殺猶有君人之度也增曷爲以此去哉易曰知幾其神乎詩曰相彼雨雪先集維霰增之去當於羽殺卿子冠軍時也

陳涉之得民也以項燕扶蘇項氏之興也以立楚懷王孫心而諸侯叛之也以弒義帝且義帝之立增爲謀主矣義帝之存亡豈獨爲楚之盛衰亦增之所與同禍福也未有義帝亡而增獨能久存者也羽之殺卿子冠軍也是弒義帝之兆也其弒義帝則疑增之本也豈必待陳平哉物必先腐也而後蟲生之人必先疑也而後讒入之陳平雖智安能間無疑之主哉吾嘗論之義帝賢主也獨遣沛公入關而不遣項羽識卿子冠軍於稠人之中而擢以爲上將不賢而能如是乎羽既殺卿子冠軍義帝必不能堪非羽弒帝則帝殺羽不待智者而後知也增始勸項梁立義帝諸侯以此服從中道而弒之非增之意也夫豈獨非其意將必力爭而不聽也不用其言而殺其所立羽之疑增必自是始矣方羽殺卿子冠軍增與羽比肩而事義帝君臣之分未定也爲增計者力能誅羽則誅之不能則去之豈不毅然大丈夫也哉增年已七十合則留不合則去不以此時明去就之分而欲依羽以成功陋矣雖然增高帝之所畏也增不去項羽不亡嗚呼增亦人傑也哉

論好德錫之福

昔聖人既陳五常之道而病天下不能萬世而常行也故爲之大中之教曰賢者無所過愚者無所不及是之謂皇極極之於人也猶方之有矩也猶圓之有規也皆有以繩乎物者也聖人安焉而入乎其中賢者俛而就之愚者跂而及之聖人以爲俛與跂者皆非其自然而猶有以彊之者故於皇極之中又爲之言曰苟有過與不及而要其終可以歸皇極之道者是皇極而已矣故洪範曰凡厥庶民有猷有爲有守汝則念之不協于極不罹于咎皇則受之又悲天下有爲善之心而不得爲善之利也有求中之志而不知求中之道也故又爲之言曰而康而色曰予攸好德汝則錫之福時人斯其惟皇之極聖人之待天下如此其廣也其誘天下之人不忍使之至於罪戾如此其勤且備也天下未有好德之實而自言曰予攸好德聖人以爲是亦有好德之心矣故受而爵祿之天下之爲善而未協于中也則受而教誨之又恐夫民之愚而不我從也故遜其言卑其色以下之如是而不從然後知其終不可以教誨矣故又爲之言曰凡厥正人既富方穀汝弗能使有好于而家時人斯其辜于其無好德汝雖錫之福其作汝用咎且夫其

始也恐天下之人有可以至於皇極之道而上之人不誘而教誨之也故曰予攸好德汝則錫之福其終也恐天下之以虛言而取其爵祿也故曰于其無好德汝雖錫之福其作汝用咎蓋聖人之用心憂其始之不幸而懼其終之至於僥倖也故其言如此之詳備夫君子小人不可以一道待也故皇極之中有待小人之道不協于極而猶受之至於待君子之道何其責之深也曰無偏無黨無反無側無有作好無有作惡而後可以合於皇極然則先王御天下之術蓋用此歟

論鄭伯克段于鄢隱元年

春秋之所深譏聖人之所哀傷而不忍言者三晉趙鞅帥師納衞世子蒯聵于戚齊國夏衞石曼姑帥師圍戚而父子之恩絕公與夫人姜氏遂如齊而夫婦之道喪鄭伯克段于鄢而兄弟之義亡此三者天下之大戚也夫子傷之而思其所以至此之由故其言尤爲深且遠也且夫蒯聵之得罪於靈公逐之可也逐之而立其子是召亂之道也使輒上之不得從王父之言下之不得從父之令者靈公也故書曰晉趙鞅帥師納衞世子蒯聵于戚蒯聵之不去世子者是

靈公不得乎逐之之道靈公何以不得乎逐之之道逐之而立其子也魯桓公千乘之君而陷於一婦人之手夫子以爲文姜之不足譏而傷乎桓公制之不以漸也故書曰公與夫人姜氏道如齊言其禍自公作也段之禍生於愛鄭莊公之愛其弟也足以殺之耳孟子曰舜封象於有庳使之源源而來不及以政孰知夫舜之愛其弟之深而鄭莊公賊之也當太叔之據京城取廩延以爲己邑雖舜復生不能全兄弟之好故書曰鄭伯克段于鄢而不曰鄭伯殺其弟段以爲當斯時雖聖人亦殺之而已矣夫婦父子兄弟之親天下之至情也而相殘之禍至如此夫豈一日之故哉穀梁曰克能也能殺也不言殺見段之有徒衆也段不稱弟不稱公子賤段而甚鄭伯也于鄢遂也猶曰取之其母之懷中而殺之云爾甚之也然則爲鄭伯宜柰何緩追逸賊親親之道也嗚呼以兄弟之親至交兵而戰固親親之道絕已久矣雖緩追逸賊而其存者幾何故曰於斯時也雖聖人亦殺之而已矣然而聖人固不使至此也公羊傳曰母欲立之己殺之如勿與而已矣而又區區於當國內外之言是何思之不遠也左氏以爲段不弟故不稱弟如二

君故曰克稱鄭伯譏失教求聖人之意若左氏可以有取焉

論鄭伯以璧假許田桓元年

鄭伯以璧假許田先儒之論多矣而未得其正也先儒皆知夫春秋立法之嚴而不知其甚寬且恕也皆知其譏不義而不知其譏不義之所由起也鄭伯以璧假許田者譏隱而不譏桓也始其謀以周公之許田而易泰山之祊者誰也受泰山之祊而入之者誰也隱既已與人謀而易之又受泰山之祊而入之然則爲桓公者不亦難乎夫子知桓公之無以辭於鄭也故譏隱而不譏桓何以言之隱八年書曰鄭伯使宛來歸祊又曰庚寅我入祊入祊云者見魯之果入泰山之祊也則是隱公之罪既成而不可變矣故桓元年書曰鄭伯以璧假許田而已夫許田之入鄭猶祊之入魯也書魯之入祊而不書鄭之入許田是不可以不求其說也鄭伯使宛來歸祊庚寅我入祊見鄭之來歸而魯之入之也鄭伯以璧假許田者見鄭之來請不見魯之與之也見鄭之來請而不見魯之與之者見桓公之無以辭於鄭也嗚呼作而不義使後世無以辭焉則夫子之罪隱深矣夫善觀春秋者

觀其意之所嚮而得之故雖夫子之復生而無以易之也公羊曰曷爲繫之許近許也諱取周田也穀梁曰假不言以以非假也非假而曰假諱易地也春秋之所爲諱者三爲尊者諱敵爲親者諱敗爲賢者諱過魯親者也非敗之爲諱而取易之爲諱是夫子之私魯也

論取郜大鼎于宋 桓二年

孔子何爲而作春秋哉舉三代全盛之法以治僥倖苟且之風而歸之於至正而已矣三代之盛時天子秉至公之義而制諸侯之予奪故勇者無所加乎怯弱者無所畏乎強匹夫懷璧而千乘之君莫之敢取焉此王道之所由興也周衰諸侯相并而強有力者制其予奪邾莒滕薛之君惴惴焉保其首領之不暇而齊晉秦楚有呑諸侯之心孔子慨然歎曰久矣諸侯之恣行也後世將有王者作而不遇焉命也故春秋之法皆所以待後世王者之作而舉行之也鍾鼎龜玉天子之所以分諸侯使諸侯相傳而世守也桓二年取郜大鼎于宋戊申納于太廟且夫鼎也不幸使齊挈而有之是齊鼎也是百傳而不易未可知也仲尼曰不然是鼎也何爲而在魯之太廟曰取之宋

宋安得之曰取之郜故書曰郜鼎郜之得是鼎也得之天子宋以不義取之而又以與魯也後世有王者作舉春秋之法而行之魯將歸之宋宋將歸之郜而後已也昔者子路問孔子所以爲政之先子曰必也正名乎故春秋之法尤謹於正名至於一鼎之微而不敢忽焉聖人之用意蓋深如此夫以區區之魯無故而得器是召天下之爭也楚王求鼎於周王曰周不愛鼎恐天下以器讎楚也鼎入宋而爲宋入魯而爲魯安知夫秦晉齊楚之不動其心哉故書曰郜鼎明魯之不得有以塞天下之爭也穀梁傳曰納者內弗受也以爲周公不受也又曰號從中國名從主人而左氏記臧哀伯之諫愚於公羊有取焉曰器從名地從主人宋始以不義取之故謂之郜鼎至於地之與人則不然俄而可以爲其有矣善乎斯言吾有取之

論齊侯衛侯胥命于蒲 桓三年

荀卿有言曰春秋善胥命詩非屢盟其心一也敢試論之謹按桓三年書齊侯衛侯胥命于蒲說春秋者鈞曰近正所謂近正者以其近古之正也古者相命而信約言而退未嘗有歃血之盟也今二國之君誠

信協同言約而會可謂近古之正者已何以言之春秋之時諸侯競鶩爭奪日尋拂違王命糜爛生聚前日之和好後日之戰攻曾何正之尚也觀二國之君胥命于蒲自時厥後不相侵伐豈與夫前日之和好後日之戰攻者班也故聖人於春秋止一書胥命而已荀卿謂之善者取諸此也然則齊也衞也聖人果善之乎曰非善也直譏爾曷譏爾譏其非正也周禮大宗伯掌六禮以諸侯見王爲文乃有春朝夏宗秋覲冬遇時會衆同之法言諸侯非此六禮罔得踰境而出矣不識齊衞之君以春朝相命而出耶以夏宗相命而出耶或以秋覲相命而出耶以冬遇相命而出耶或以時會相命而出耶衆同相命而出耶非春朝夏宗秋覲冬遇時會衆同而出則私相爲會耳私相爲會匹夫之舉也以匹夫之舉而謂之正其可得乎宜乎聖人大一王之法而誅之也然而聖人之意豈獨誅齊衞之君而已哉所以正萬世也荀卿不原聖人書經之法而徒信傳者之說以謂春秋善胥命失之遠矣且春秋二百四十二年間諸侯之賢者固亦鮮矣奚待於齊衞之君而善其胥命耶信斯言也則姦人得以勸也未嘗聞聖人作春秋而勸姦人也

論禘于太廟用致夫人 僖八年

甚哉去聖之久遠三傳紛紛之不同而莫或之折也
禘于太廟用致夫人左氏曰禘而致哀姜非禮也凡
夫人不薨于寢不殯于廟不赴于同不祔于姑則弗
致也公羊曰夫人何以不氏譏以妾爲妻也蓋聘于
楚而脅于齊媵女之先至者也穀梁曰成風也言夫
人而不言氏姓非夫人也立妾之詞非正也夫人之
我可以不夫人乎夫人卒葬之我可以不卒葬之乎
一則以宗廟臨之而後貶焉一則以外之弗夫人而
見正焉三家之說左氏疏矣夫人與公一體也有曰
公曰夫人既葬公以謚配公夫人以謚配氏此其不
易之例也蓋有既葬稱謚而不稱夫人者矣天王使
宰咺來歸惠公仲子之賵秦人來歸僖公成風之襚
而未有不稱謚而稱夫人也公羊之說又非人情無
以信於後世以齊楚之彊齊能脅魯使以其媵女爲
夫人而楚乃肯安然使其女降爲妾哉此甚可怪也
且夫成風之爲夫人非正也春秋以爲非正而不可
以廢焉故與之不足之文而已矣方其存也不可以
不稱夫人而去其氏及其沒也不可以不稱謚而去
其夫人皆所以示不足於成風也況乎禘周公而用

致焉則其罪固已不容於貶矣故公羊曰用者不宜用者也致者不宜致者也禘用致夫人非禮也

論閏月不告朔猶朝于廟文六年

春秋之文同其所以爲文異者君子觀其意之所在而已矣先儒之論閏月不告朔者牽乎猶朝于廟之說而莫能以自解也春秋之所以書猶者二曰如此而猶如此者甚之之詞也辛巳有事于太廟仲遂卒于垂壬午猶繹是也曰不如此而猶如此者幸之之詞也不郊猶三望閏月不告朔猶朝于廟是也夫子傷周道之殘缺而禮樂文章之壞也故區區焉掇拾其遺亡以爲其全不可得而見矣得見一二斯可矣故書曰猶朝于廟者傷其不告朔而幸其猶朝于廟也夫子之時告朔之禮亡矣而有餼羊者存焉夫子猶不忍去以志周公之典則其朝于廟者乃不如餼羊之足存歟公羊傳曰曷爲不言告朔天無是月也穀梁傳曰閏月者附月之餘日也天子不以告朔而喪事不數也而皆曰猶者可以已也是以其幸之之詞而爲甚之之詞宜其爲此異端之說也且夫天子諸侯之所爲告朔聽政者以爲天歟爲民歟天無是月而民無是月歟彼其孝子之心不欲因閏月以廢

喪紀而人君乃欲假此以廢政事歟夫周禮樂之衰豈一日之故有人焉開其端而莫之禁故其漸遂至於掃地而不可救文十六年夏六月公四不視朔公羊傳曰公有疾也何言乎公有疾不視朔自是公無疾不視朔也故夫有疾而不視朔者無疾而不視朔之原也閏月而不告朔者常月而不告朔之端也聖人憂焉故謹而書之所以記禮之所由廢也左氏傳曰閏以正時時以作事事以厚生生民之道於是乎在不告閏朔棄時政也何以爲民而杜預以爲雖朝于廟則如勿朝以釋經之所書猶之意是亦曲而不通矣

論用郊 成十七年

先儒之論或曰魯郊僭也春秋譏焉非也魯郊僭也而春秋之所譏者當其罪也賜魯以天子之禮樂者成王也受天子之禮樂者伯禽也春秋之譏魯郊也上則譏成王次則譏伯禽成王伯禽不見於春秋而夫子無所致其譏也無所致其譏而不譏者春秋之所以求信於天下也夫以魯而僭天子之郊其罪惡如此之著也夫子以爲無所致其譏而不譏焉則其譏之者固天下之所用而信之也郊之書於春秋者

其類有三書卜郊不從乃免牲者譏卜常祀而不譏郊也鼷鼠食郊牛角郊牛之口傷改卜牛者譏養牲之不謹而不譏郊也書四月五月九月郊者譏郊之不時而不譏郊也非卜常祀非養牲之不謹非郊之不時則不書不書則不譏也禘于太廟者爲致夫人而書也有事于太廟者爲仲遂卒而書也春秋之書郊者猶此而已故曰不譏郊也郊祀者先王之大典而夫子不得見之於周也故因魯之所有天子之禮樂而記郊之變焉耳成十七年九月辛丑用郊公羊傳曰用者不宜用者也九月非所用郊也穀梁傳曰夏之始猶可以承春以秋之末承春之始蓋不可矣且夫郊未有至九月者也曰用者著其不時之甚也杜預以爲用郊從史文或說用然後郊者皆無取焉

論會于澶淵宋災故 襄三十年

春秋之時忠信之道缺大國無厭而小國屢叛朝戰而夕盟朝盟而夕會夫子蓋厭之矣觀周之盛時大宗伯所制朝覲會同之禮各有遠近之差遠不至於疎而相志近不至於數而相瀆春秋之際何其亂也故曰春秋之盟無信盟也春秋之會無義會也雖然紛紛者天下皆是也夫子將譏之而以爲不可以勝

譏之也故擇其甚者而譏焉桓二年會于稷以成宋亂襄三十年會于澶淵宋災故皆以深譏而切責之也春秋之書會多矣書其所會而不書其所以會書其所以會桓之稷襄之澶淵而已矣宋督之亂諸侯將討之桓公平之不義孰甚焉宋之災諸侯之大夫會以謀歸其財既而無歸不信孰甚焉非不義不信之甚春秋之譏不至於此也左氏之論得其正矣皆諸侯之大夫而書曰某人某人會于澶淵宋災故尤之也不書魯大夫諱之也且夫見鄰國之災匍匐而救之者仁人君子之心也既言而忘之既約而背之委巷小人之事也故書其始之爲君子仁人之心而後可以見後之爲委巷小人之事春秋之意蓋明白如此而公羊傳曰會未有言其所爲者此言其所爲何錄伯姬也且春秋爲女子之不得其所而死區區焉爲人之死錄之是何夫子之志不廣也穀梁曰不言災故則無以見其爲善澶淵之會中國不侵夷狄夷狄不入中國無侵伐八年善之也晉趙武楚屈建之力也如穀梁之說宋之盟可謂善矣其不曰息兵故何也嗚呼左氏得其正矣

論黑肱以濫來奔昭三十一年

諸侯之義守先君之封土而不敢有失也守天子之疆界而不敢有過也故夫以力而相奪以兵而相侵者春秋之所謂暴君也侵之雖不以兵奪之雖不以力而得之不義者春秋之所謂汙君也鄭伯以璧假許田晉侯使韓穿來言汶陽之田歸之于齊此諸侯之以不義而取魯田者也邾庶其以漆閭丘來奔莒牟夷以防茲來奔黑肱以濫來奔此魯之以不義而取諸侯之田者也諸侯以不義而取魯田魯以不義而取諸侯之田皆不容於春秋者也夫子之於庶其牟夷黑肱也責之薄而於魯也罪之深彼其竊邑叛君爲穿窬之事市人屠沽且羞言之而安足以重辱君子之譏哉夫魯周公之後守天子之東藩招聚小國叛亡之臣與之爲盜竊之事孔子悲傷而悼痛之故於三叛之人具文直書而無隱諱之詞蓋其罪魯之深也先儒之說區區於叛人之過惡其論固已狹矣且夫春秋豈爲穿窬盜竊之人而作哉使天下之諸侯皆莫肯容夫如此之人而穿窬盜竊之事將不禁而自絕此春秋之所以用意於其本也左氏曰或求名而不得或欲蓋而名彰書齊豹盜三叛人名而公羊之說最爲疎謬以爲叔術之後而通濫於天下

故不繫黑肱於邾嗚呼誰謂孔子而賢叔術耶蓋嘗論之黑肱之不繫邾也意其若欒盈之不繫于晉歟欒盈既奔齊而還入曲沃以叛故書曰欒盈入于晉黑肱或者既絕于邾而歸竊其邑以叛歟當時之簡牘既亡其詳不可得而聞矣然以類而求之或亦然歟穀梁曰不言邾別乎邾也不言濫子非天子之所封也此尤迂闊而不可用矣

論春秋變周之文 何休解

二家之傳迂誕奇怪之說公羊爲多而何休又從而附成之後之言春秋者黜周王魯之學與夫讖緯之書者皆祖公羊公羊無明文何休因其近似而附成之愚以爲何休公羊之罪人也凡所謂春秋變周之文從商之質者皆出於何氏愚未嘗觀焉滕侯薛侯來朝齊侯使其弟年來聘何休曰質家親親故先滕侯而加錄齊侯之母弟且夫親親者周道也先宗盟而後異姓者周制也鄭忽出奔衞公羊傳曰忽何以名春秋伯子男一也詞無所貶何休曰商爵三等春秋變周五等之爵而從焉記曰諸侯失地名而文十二年郕伯來奔公羊亦曰何以不名兄弟詞也忽之出奔其爲失國豈不甚明而春秋獨無貶哉雖然公

羊何爲而爲此說也春秋未踰年之君皆稱子而忽
獨不然此公羊之所以爲此說也且春秋之書夫豈
一槩衞宣未葬而嗣子稱侯以出會書曰及宋公衞
侯燕人戰鄭忽外之無援內之無黨一夫作難奔走
無告鄭人賤之故赴以名書曰鄭忽出奔衞衞侯未
踰年之君也鄭忽亦未踰年之君也因其自侯而侯
之因其自名而名之皆所以變常而示譏也且夫以
例而求春秋者乃愚儒之事也孔子行夏之時乘殷
之輅服周之冕又曰郁郁乎文哉吾從周由此觀之
夫子皆有取於三代而周居多焉況乎採周公之集
以作春秋而曰變周之文者吾不信也

東坡續集卷第八

東坡續集卷第九

策問三首

昔人有言鄒魯守經學齊楚多辨智韓魏時有奇節自漢以來豪傑之士多出山東西國家承平百年文武並用所以輔成人才者可謂至矣而五路學者尚未逮古豈山川氣俗有今昔之殊將教養課試之法未得其要各以所習之經聞于師者著于篇

古者有勸農之官力田之科與孝弟同而自漢以來率用戸口登耗黜陟守宰今民去南畝而游市井者官不禁載耒耜而適四方者關不譏也戸口盈縮無復賞罰此豈治世所當然耶今欲依古義爲農桑之政計戸口而爲考課之法而議者或以爲毋益有擾有司惑焉當何施而可

古者禮刑相爲表裏禮之所去刑之所取詩曰淑問如皐陶在泮獻囚而漢之盛時儒者皆以春秋斷獄今世因人以立事因事以立法事無窮而法日新則唐之律令有失於本矣而況禮與春秋儒者之論乎夫欲追世俗而忘返則教化日微泥經術而爲斷則人情不安願聞所以折衷於斯二者

私試策問一首

問任人而不任法則法簡而人重任法而不任人則法繁而人輕法簡而人重其弊也請謁公行而威勢下移法繁而人輕其弊也人得苟免而賢不肖均此古今之通患也夫欲人法並用輕重相持當安所折衷使近古而宜今有益而無損乎今舉於禮部者皆用糊名易書之法選於吏部者皆用長守不易之格六卿之長不得一用其意而胥吏姦人皆出沒其間此豈治世之法哉如使有司皆若唐以前得自以其意進退天下士大夫官吏恣擅流言紛紜之害將何以止之夫古之人何修而免於此夫豈無術不講故也願聞其詳

擬殿試策問

皇帝若曰嗚呼維天佑民實相乃后錫以多士咸造在廷顧朕不德何以致此永惟子大夫釋畎畝之安輕千里之遠而從朕遊者夫豈爲利祿哉聞之於師而欲獻之於君修之於家而欲刑之於國者子大夫之本意也朕願聞之朕卽位改元于今三年縱未及孔子之有成猶當庶幾於子路之言有勇且知方者而風俗未厚刑政未清陰陽未和厥咎安在朕虛心忘己以來衆言而朝廷闕失之政斯民利害之實有

所未聞含垢藏疾以待四夷而羌戎未斂兵不得解施舍已責捐利與民而農民未安商旅不行此三者朕之所疑日夜以思而未獲者也其悉言之無有所隱朕將親覽焉

策

禹之所以通水之法

自禹而下至於秦千有餘年濱河之民班白而不識濡足之患自漢而下至於今數千年河之爲患縣縣而不絕豈聖人之功烈至漢而熄哉方戰國之用兵國于河之壖者三晉爲多而魏文侯時白圭治水最爲有功而孟子譏其以鄰國爲壑自是之後或決以攻或溝以守新防交興而舊道旋失然聖人之跡尚可以訪之於耆老秦不亟治而遺患於漢漢之法又不足守夫禹之時四瀆唯河最難治以難治之水而用不足守之法故歷數千年而莫能以止也聖人哀憐生民謀諸廊廟之上左右輔弼之臣又訪諸布衣之間苟有所懷孰敢不盡蓋陸人不能舟而沒人未嘗見舟而便操之親被其患知之宜詳當今莫若訪之海濱之老民而與天下之水學古者將有決塞之事必使通知經術之臣計其利害又使水工行視地

勢不得其工不可以濟也故夫三十餘年之間而無一人能興水利者其學士也禹貢之說非其詳矣然而高下之勢先後之次水之大小與其蓄洩之宜而致力之多少亦可以槩見大抵先其高而後低下始於北之冀州而東至於青徐南至於荆揚而西訖於梁雍之間江河淮泗既平而衡漳滏水伊洛瀍澗之屬亦從而治濬畎澮導九川瀦大野陂九澤而蓄洩之勢便兖州作十三載而嵎夷既略故其用力各有多少之宜此其凡也孟子曰禹之治水也水由地中行此禹之所以通其法也愚竊以爲治河之要宜推其理而酌之以人情河水湍悍雖亦其性然非堤防激而作之其勢不至如此古者河之側無居民棄其地以爲水委今也堤之而廬民其上所謂愛尺寸而忘千里也故曰堤防省而水患衰其理然也

脩廢官舉逸民

古者民羣而歸君君擇臣而教其民其初蓋甚簡也唐虞以來頗可見矣歷夏商至周法令日滋而官亦隨益故其數三百六十蓋亦有不得已也書曰唐虞稽古建官惟百又曰夏商官倍亦克用乂言其官雖多於古而天下亦以治也周之衰也宣王振之號爲

中興而重黎之後失其守而爲司馬氏陵遲至孔子之時周公之典蓋壞矣卿世卿大夫世大夫而賢者無以進孔子慨然而嘆欲脩廢官舉逸民以歸天下之心行四方之政而春秋亦譏世祿之臣蓋傷時之至也自秦更三代之制官秩一變漢循其舊往往增置歷世沿襲以至于今遂爲大備愚恐冗局之耗民而未知廢官之可舉也然古之官其名存其實亡者多矣司農卿不責以金穀之虛贏尚書令不問以百官之殿最此豈非王體之重歟國家自天聖中詔天下以經術古文爲事自是博學之君子莫不羣進於有司然所以待之之禮未盡故潔廉難合之士尚未盡出今優其禮而天下之逸民至矣且夫山嵓林谷之士雖有豪傑之才固未知有簿書吏事也而剛毅訐直不識諱忌故先王置之拾遺補闕之間此其屬任之方也噫自孔子沒世之君子安其富貴而不復思念天下有廢而不脩之官逸而不舉之民今明策丁寧而求之以發孔子千載之長憂此天下之幸也

天子六軍之制

周禮之言田賦夫家車徒之數聖王之制也其言五等之君封國之大小非聖人之制也戰國所增之文

也何以言之按鄭氏說武王之時周地狹小故諸侯之封及百里而止周公征伐不服斥大中國故大封諸侯而諸公之地至五百里不知武王之時何國不服而周公之所征伐者誰也東征之役見于詩書豈其廓地千里而史不載耶此甚可疑也周之初諸侯八百春秋之世存者無數十鄭子產有言古者大國百里今晉楚千乘若無侵小何以至此子產之博物其言宜可信先儒或以周禮爲戰國陰謀之書亦有以也王制公侯百里伯七十里子男五十里而孟子之說亦如此此三代之通法魯之車千乘僭也春秋大蒐大閱皆以譏書言其車之多徒之衆非魯之所宜有故曰大也夫周之制四丘爲甸甸出長轂一乘魯之無千甸之封亦明矣然公車千乘之見于詩何也孟子曰說詩者不以文害辭不以辭害意天子之馬止於十二閑而詩有騋牝三千美其富不譏其僭不害其爲詩也夫千乘之積雖爲七萬五千人而有羨卒處其半焉故三萬者公徒而已魯襄公之十一年初作三軍僖公之世未至於三萬愚又疑夫詩人張而大之也

休兵久矣而國用益困

中國之有夷狄之患猶人之有手足之疾也不忍藥石之苦針砭之傷一日流而入於骨髓則愚恐其苦之不止於藥石而傷之不止於針砭也中國以禽獸視二虜故每歲啖以厚利使就羈紲聖人之愛中國而不欲殘民之心古未嘗有矣然夷狄貪惏漸不可啓日富日驕久亦難制故自寶元以來賦斂日繁雖休兵十有餘年而民適以困者潛削而不知也昔先皇帝震怒舉大兵問罪匈奴師不踰時而醜虜就盟西夏之役邊臣治兵振旅不及數年旋亦解甲彼其時之費與今無已之賂不可以同日而語矣天子恭儉過於文景百官奉法無敢踰僭而二虜者實殘吾民此天下雄俊英偉之士所以搤腕而太息也且夫舉天下之大而誅數縣之虜故上下交足而內外莫不驩欣棄有限之財而塞無厭之心故取於民者愈多而藏於國者愈急此天下之所明知而易達之理惟上之人實圖之

關隴游民私鑄錢與江淮漕卒爲盜之由

三代之所以養民者備矣農力耕而食工作器而用商賈資焉而通之於天下其食無不義之食也其器無不義之器也商賈通之而不以不義資之也夫以

飲食器用之利而皆以義得焉使民之所以要利者非義無由也後之世賦取無度貨幣無法義窮而詐勝夫三代之民非誠好義也使天下之利皆出於義而民莫不好也後之所以使民要利者非詐無由也是故法令日滋而弊益煩刑禁甚嚴而姦不可止嗚呼久矣其如此也治其本朝令而夕從救其末百世不改也私鑄之弊始於錢輕使錢之直若金之直雖賞之不爲也今秦蜀之中又裂紙以爲幣符信一加化土芥以爲金玉奈何其使民不奔而效之也夫樂生而惡死者天下之至情也我且以死拘之然猶相繼而赴於市者饑寒驅其中而無以自生也曰等死耳而或免焉漕卒之慾生於窮乏而無告家乎舟楫之上長子孫乎江淮之間布褐不完藜藿不給大冬積雪水之至涸而龜手爛足者累歲不得代不爲盜賊無所逞志若稍優其給而代其勞宜亦衰息耳夫見利而不動者伯夷叔齊之事也窮困而不爲不義者顏淵之事也以伯夷叔齊顏淵之事而求之無知之民亦已過矣故夫廷尉大農之所患者非民之罪也非兵之罪也上之人之過也

南省說書十道

問供養三德爲善

對易者聖人所以盡人情之變而非所以求神於卜筮也自孔子沒學者惑乎異端之說而左丘明之論尤爲可怪使夫伏羲文王孔子之所盡心焉者流而入于卜筮之事甚可憫也若夫季友豎牛之事若親見而指言之固君子之所不取矣雖然南蒯之說頗爲近正其卦遇坤之比而其繇曰黃裳元吉黃者中之色也裳者下之飾也元者善之長也夫以中庸之道守之以謙抑之心而行之以體仁之德以爲文王之兆無以過此矣雖然君子視其人觀其德而吉凶生焉故南蒯之筮也遇坤之比而不祥莫大焉且夫負販之夫朝而作暮而息其望不過一金之儲使之無故而得千金則狂惑而喪志夫以南蒯而得文王之兆安得不狂惑而喪志哉故曰供養三德爲善又曰參成可筮而南蒯無以勝之所以使後世知夫卜筮之不可恃也穆姜筮于東宮遇艮之八史曰是謂艮之隨其繇曰元亨利貞而穆姜亦知其無以當之故左氏之論易唯南蒯穆姜之事爲近正而其餘者君子之所不取也杜預之論得之矣以爲洪範稽疑

之說通龜筮以同卿士之數學者觀夫左氏之書而正之以杜氏之說庶乎其可也謹對

問小雅周之衰

對詩之中唯周最備而周之興廢於詩爲詳蓋其道始於閨門父子之間而施及乎君臣之際以被冒乎天下者存乎二南后稷公劉文武創業之艱難而幽厲失道之漸存乎二雅成王纂承文武之烈而禮樂文章之備存乎頌其愈削而至于諸侯者在乎王黍離蓋周道之盛衰可以備見於此矣小雅者言王政之小而兼陳乎其盛衰之際者也夫周雖衰文武之業未墜而宣王又從而中興之故雖怨刺並興而未列於國風者以爲猶有王政存焉故曰小雅者兼乎周之盛衰者也昔之言者皆得其偏而未備也季札觀周樂歌小雅曰其周之衰乎文中子曰小雅烏乎衰其周之盛乎札之所謂衰者蓋其當時親見周之衰而不覩乎文武成康之盛也文中子之所謂盛者言文武之餘烈歷數百年而未忘雖其子孫之微而天下猶或宗周也故曰二子者皆得其偏而未備也太史公曰國風好色而不淫小雅怨誹而不亂當周之衰雖君子不能無怨要在不至於亂而已文中

子以爲周之全盛不已過乎故通乎二子之說而小雅之道備矣謹對

問君子能補過

對甚哉聖人待天下之通且恕也朝而爲盜跖莫而爲伯夷聖人不棄也孟僖子之過也其悔亦晚矣雖然聖人不棄也曰猶愈乎卒而不知悔者也孟僖子之過可悲也已仲尼之少也賤天下莫知其爲聖人魯人曰此吾東家丘也又曰此鄹人之子也楚之子西齊之晏嬰皆當時之所謂賢人君子也其言曰孔丘之道迂闊而不可用況夫三桓之間而孰知夫有僖子之賢哉僖子之病也告其子曰孔丘聖人之後也其先正考甫三命益恭而弗父何以有宋而授厲公華父督之亂無罪而絕於宋其後必有聖人今孔丘博學而好禮殆其是歟爾必往師之以學禮嗚呼孔子用於魯三月而齊人畏其覇以僖子之賢而知夫子之爲聖人也使之未仕而授之以政則魯作東周矣故曰孟僖子之過可悲也已雖然夫子之道充乎天下者自僖子始懿子學乎仲尼請於魯君而與之車使適周而觀禮焉而聖人之業然後大備僖子之功雖不能用之於未仕之前而猶能救之於已沒

之後左丘明懼後世不知夫僖子之功也故丁寧而稱之以爲補過之君子昔仲虺言湯之德曰改過不吝夫以聖人而不稱其無過之爲能而稱其改之爲善然則補過者聖人之徒歟孟僖子者聖人之徒也謹對

問侵伐土地分民何以明正

對三傳侵伐之例非正也左氏有鍾鼓曰伐無曰侵公羊觕曰侵精曰伐穀梁包人民駈牛馬曰侵斬樹木壞宮室曰伐愚以謂有隙曰侵有辭曰伐齊桓公侵蔡隙也蔡潰遂伐楚辭也司馬九伐之法負固不服則侵之賊賢害民則伐之然則負固不服者近乎隙賊賢害民者近乎辭周之衰也諸侯相吞而先王之疆理城廓蓋壞矣故侵伐之間夫子尤謹而書之蓋古者有分土而無分民諸侯之侵地者猶不容於春秋而況包人民駈牛馬哉桓公侵蔡不書所侵之地者侵之無辭也楚子入陳鄉取一人謂之夏州春秋略而不書以謂駈民之非正也嗚呼春秋之際非獨諸侯之相侵也晉侯取天子之田而賜樊之人不服愚又知春秋之不忍書乎此也謹對

問魯猶三望

對先儒論書猶之義者可以已也愚以爲不然春秋之所以書猶者二一曰如此而猶如此者甚之之辭也公子遂如齊至黃乃復辛巳有事於太廟仲遂卒于垂壬午猶繹萬入去籥是也曰不如此而猶如此者幸之之辭也閏月不告月猶朝于廟不郊猶三望是也夫子傷周道之衰禮樂文章之壞而莫或救之也故區區焉掇拾其遺亡以爲其全不可得而見矣得見一二斯可矣故閏月不告月猶朝于廟者憫其不告月而幸其猶朝于廟也不郊猶三望者傷其不郊而幸其猶三望也夫郊祀者先王之大典而夫子不得親見之於周也故因魯之所行郊祀之禮而備言之耳春秋之書三望者皆爲不郊而書也或卜郊不從乃免牲猶三望或郊牛之口傷改卜牛牛死乃不郊猶三望穀梁傳曰乃者亡乎人之辭也猶者可以已之辭也且夫魯雖不郊而猶有三望者存焉此夫子之所以存周之遺典也若曰可以已則是周之遺典絕矣或曰魯郊僭也而夫子何存焉曰魯郊僭也而夫子不譏夫子之所譏者當其罪也賜魯以天子之禮樂者成王也受天子之禮樂者伯禽也春秋而譏魯郊也上則譏成王次則譏伯禽成王伯禽不見

于經而夫子何譏焉故曰猶三望者所以存周之遺典也范甯以三望爲海岱淮公羊以爲太山河海而杜預之說最備曰分野之星及國中山川皆因郊而望祭之此說宜可用謹對

問魯作丘甲

對先王之爲天下也不求民以其所不爲不強民以其所不能故其民優游而樂易周之盛時其所以賦取於民者莫不有法故民不告勞而上不闕用及其衰也諸侯恣行其所以賦取於民者唯其所欲而刑罰隨之故其民至於窮而無告夫民之爲農而責之以工也是猶居山者而責之以舟楫也魯成公作丘甲而春秋譏焉穀梁傳曰古者農工各有職甲非人人之所能爲也丘作甲非正也而杜預以爲古者四丘爲甸甸出長轂一乘戎馬四匹牛十二頭甲士三人步卒七十二人而魯使丘出之也夫四丘而後爲甸魯雖重斂安至於四倍而取之哉哀公用田賦曰二吾猶不足而夫子譏其殘民之甚未有四倍而取者也且夫變古易常者春秋之所譏也故書作三軍舍中軍初稅畝作丘甲用田賦者皆所以譏政令之所由變也而穀梁杜氏之說如此之相戾安得不辨

其失而歸之正哉故愚曰穀梁之說是謹對

問雩月何以爲正

對雩者先王所以存夫愛民之心而已也天之應乎人君者以其德不以其言也人君脩其德使之無愧乎其中而又何禱也雖然當歲之旱也聖人不忍安坐而視民之無告故爲之雩雩者先王之所以存夫愛人之心而已也爲傳者不達乎此而爲是非紛紛之論亦可笑矣穀梁傳曰月雩正也秋大雩非正也冬大雩非正也月雩之爲正何也其時窮人力盡是月不雨則無及矣雩之必待其時窮人力盡何也雩者爲旱請也古人之重請以爲非讓也嗚呼爲民之父母安視其急而曰毛澤未盡人力未竭以行其區區之讓哉愚以爲凡書雩者記旱也一月之旱故雩書月一時之旱故雩書時書雩之例時月而不日唯昭公之末年八月上辛大雩季辛又雩而昭公之雩非旱雩也公羊以爲又雩者聚衆以逐季氏然則旱雩之例亦可見矣傳例曰凡災異歷日者月歷月者時歷時者加日又雩記旱也旱記災也故愚以此爲例謹對

問大夫無遂事

對春秋之書遂一也而有善惡存焉君子觀其當時之實而已矣利害出於一時而制之於千里之外當此之時而不遂君子以爲固上之不足以利國下之不足以利民可以復命而後請當此之時而遂君子以爲專專者固所貶也而固者亦所譏也故曰春秋之書遂一也而有善惡存焉君子觀其當時之實而已矣公子結媵陳人之婦于鄄遂及齊侯宋公盟公羊傳曰媵不書此何以書以其有遂事書大夫無遂事此其言遂何大夫出疆有可以安國家利社稷則專之可也公子遂如周遂如晉公羊亦曰大夫無遂事此其言遂何公不得爲政也其書遂一也而善惡如此之相遠豈可以不察其實哉春秋者後世所以學爲臣之法也謂遂之不譏則愚恐後之爲臣者流而爲專謂遂之皆譏則愚恐後之爲臣者執而爲固故曰觀乎當時之實而已矣西漢之法有矯詔之罪而當時之名臣皆引此以爲據若汲黯開倉以賑飢民陳湯發兵以誅郅支若此者專之可也不然獲罪於春秋矣謹對

問定何以無正月

對始終授受之際春秋之所甚謹也無事而書首時

事在二月而書王二月事在三月而書王三月者例也至於公之始年雖有二月三月之書而又特書正月隱元年春王正月二月三月公及邾儀父盟于蔑莊元年春王正月三月夫人孫于齊所以揭天子之正朔而正諸侯之始也公羊傳曰緣民臣之心不可一日無君緣始終之義一年不二君不可曠年無君故諸侯皆踰年卽位而書正月定公元年書曰王三月晉人執宋仲幾于京師先儒疑焉而未得其當也嘗試論之春秋十有二公其得終始之正而備卽位之禮者四文公成公襄公哀公也攝而立不得備卽位之禮者一隱公也先君不以其道終而已不得備卽位之禮者六桓公莊公閔公僖公宣公昭公也先君不以其道終而又在外者二莊公定公也在外踰年而後至者一定公也且夫先君雖在外不以其道終然未嘗有踰年而後至者則是二百四十二年未嘗一日無君而定公之元年魯之統絶者自正月至于六月而後續也正月者正其君也昭公未至定公未立季氏當國而天子之正朔將誰正耶此定之所以無正月也公羊傳曰正月者正卽位也定無正月者卽位後也定哀多微辭而何休以爲昭公出奔國當絶

定公不得繼體奉正故諱爲微詞嗚呼昭公絕而定公又不得立是魯遂無君矣穀梁以爲昭無正終故定無正始觀莊公元年書正則不言而知其妄矣謹

對

問初稅畝

對古者公田曰籍籍借也言其借民力以治此也詩曰雨我公田遂及我私言民之必先公田也傳曰私田稼不善則非吏公田稼不善則非民言上之必卹私田也民先其公而上卹其私故民不勞而上足用也宣公無恩信於民民不肯盡力於公田故按行擇其善畝而稅之公羊傳曰稅畝者何履畝而稅也夫民不盡力於公田者上之過也宣公不責己悔過擇其善畝而稅之宜其民之謗讟而災異之作也稅畝之明年冬蝝生公羊傳曰蝝生不書此何以書幸之也猶曰受之云爾上變古易常應是而有天災其諸則宜於此焉變矣何休以爲宣公懼災復古故其後大有年愚以爲非也按春秋書作三軍後又書舍中軍書躋僖公後又書從祀先公事之復正未嘗不書宣公而果復古也春秋當有不稅畝之書故何休之說愚不信也謹對

易解十八變而成卦八變而成小卦

四營爲一變三變而一爻六爻爲十八變也三變之餘四數之得九爲老陽得六爲老陰得七爲少陽得八爲少陰故乾之策二百一十有六坤之策百四十有四取老而言也凡九六爲老七八爲少其說未之聞也或曰陽極於九其次則七也極者爲老其次爲少則當老於十而少於八也曰陰不可加於陽故十不用十不用猶當老於八而少於六也則又曰陽順而上其成數極於九陰逆而下其成數極於六自下而上陰陽均也稺於子午而壯於巳亥始於復姤而終於乾坤者陰猶陽也曷嘗有進其而退陰與逆順之別乎且夫自然而然者天地且不能知而聖人豈得與於其間而制其予奪哉惟唐一行之學則不然以爲易固言之矣十有八變而成卦八卦而小成則十八變之間有八卦焉人莫之思也變之初有多少其一變也不五則九其二與三也不四則八八與九爲多五與四爲少多少者奇耦之象也三變皆少則乾之象也乾所以爲老陽而四數其餘得九故以九名之三變皆多則坤之象也坤所以爲老陰而四數其餘得六故以六名之三變而少者一則震坎艮之

象也震坎艮所以爲少陽而四數其餘得七故以七名之三變而多者一則巽離兌之象也巽離兌所以爲少陰而四數其餘得八故以八名之故七八九六者因餘數以名陰陽而陰陽之所以爲老少者不在是而在乎三變之間八卦之象也此唐一行之學也

奏議

郊祀奏議

劄子奏臣伏見九月二十二日詔書節文俟郊禮畢集官詳議設（一作祠）皇地祇事及郊祀之歲廟饗典禮聞奏者臣恭覩　陛下近者至日親祀郊廟神祇享答實蒙休應然則圓丘合祭允當天地之心不宜復有改更臣竊惟議者欲變祖宗之舊圓丘祀天而不祀地不過以謂冬至祀天於南郊陽時陽位也夏至祀地於北郊陰時陰位也以類求神則陽時陽位不可以求陰也是大不然冬至南郊既祀上帝則天地百神莫不從也古者秋分夕月於西郊亦可謂陰位矣至於從祀上帝則以冬至而祀月於南郊議者不以爲疑今皇地祇亦從上帝而合祭於圓丘獨以爲不可則過矣書曰肆類于上帝禋于六宗望于山川偏于羣神舜之受禪也自上帝六宗山川羣神莫

不畢告而獨不告地祇豈有此理哉武王克商庚戌柴望柴祭上帝也望祭山川也一日之間自上帝而及山川必無南北郊之別也而獨略地祇豈有此理哉臣以知古者祀上帝則幷祀地祇矣何以明之詩之序曰昊天有成命郊祀天地也此乃合祭天地經之明文而說者乃以比之豐年秋冬報也曰秋冬各報而皆歌豐年則天地各祀而皆歌昊天有成命也是大不然豐年之詩曰豐年多黍多稌亦有高廩萬億及秭爲酒爲醴烝畀祖妣以洽百禮降福孔皆歌於秋可也歌於冬亦可也昊天有成命之詩曰昊天有成命二后受之成王不敢康夙夜基命宥密於緝熙單厥心肆其靖之終篇言天而不及地頌所以告神明也未有歌其所不祭祭其所不歌也今祭地於北郊歌天而不歌地豈有此理也臣以此知周之世祀上帝則地祇在焉歌天而不歌地所以尊上帝故其序曰郊祀天地也春秋書不郊猶三望左氏傳曰望郊之細也說者曰三望太山河海或曰淮海也又或曰分野之星及山川也魯諸侯也故郊之細及其分野山川而已周有天下則郊之細獨不及五嶽四瀆乎嶽瀆猶得從祀而地祇獨不得合祭乎秦燔詩

書經籍散亡學者各以意推類而已王鄭賈服之流
未必皆得其真臣以詩書春秋攷之則天地合祭久
矣議者乃謂合祭天地始於王莽以爲不足法臣竊
謂禮當論其是非不當以人廢光武皇帝親誅莽者
也尚采用元始合祭故事謹按後漢書郊祀志建武
二年初制郊兆於洛陽爲圓壇八陛中又爲重壇天
地位其上皆南向西上此則漢世合祭天地之明驗
也又按水經注伊水東北至洛陽縣圓丘東大魏郊
天之所準漢故事爲圓壇八陛中又爲重壇天地位
其上此則魏世合祭天地之明驗也唐睿宗將有事
於南郊賈曾議曰有虞氏禘黃帝而郊嚳夏后氏禘
黃帝而郊鯀郊之與廟皆有禘禘于廟則祖宗合食
於太祖禘于郊則地祇羣望皆合於圓丘以始祖配
享蓋有事祭非常祀也三輔故事祭於圓丘上帝后
土位皆南面則漢嘗合祭矣時褚元量郭山惲等皆
以曾言爲然明皇天寶元年二月勑曰凡所祠享必
在躬親朕不親祭禮將有闕其皇地祇宜如南郊合
祭是月二十日合祭天地於南郊自後有事于圓丘
皆合祭此則唐世合祭天地之明驗也今議者欲冬
至祀天夏至祀地蓋以爲用周禮也臣請言周禮與

今禮之別古者一歲祀天者三明堂享帝者一四時迎氣者五祭地者二享宗廟者四凡此十五者皆天子親祭也而又朝日夕月四望山川社稷五祀及羣小祀之類亦皆親祭此周禮也　太祖皇帝受天眷命肇造宋室建隆初郊先享宗廟並祀天地自　真宗以來三歲一郊必先有事景靈徧享太廟乃祀天地此國朝之禮也夫周之禮親祭如彼其多而歲行之不以爲難今之禮親祭如此其少而三歲一行不以爲易其故何也古者天子出入儀物不繁兵衛甚簡用財有節而宗廟在大門之內朝諸侯出爵賞必於太廟不止時祭而已天子所治不過王畿千里唯以齋祭禮樂爲政事能守此則天下服矣是故歲歲行之率以爲常至於後世海內爲一四方萬里皆聽命於上機務之繁萬倍於古日力有不能給自秦漢已來天子儀物日以滋多有加無損以至于今非復如古之簡易也今所行皆非周禮三年一郊非周禮也先郊二日而告原廟一日而祭太廟非周禮也郊而肆赦非周禮也優賞諸軍非周禮也自后妃以下至文武官皆得廕補親屬非周禮也自宰相宗室以下至百官皆有賜賚非周禮也此皆不改而獨於地

祇則曰周禮不當祭於圓丘此何義也議者必曰今之寒暑與古無異而宣王薄伐玁狁六月出師則夏至之日何爲不可祭乎臣將應之曰舜一歲而巡四岳五月方暑而南至衡山十一月方寒而北至常山亦今之寒暑也後世人主能行之乎周所以十二歲一巡者唯不能如舜也夫周已不能行舜之禮而謂今可以行周之禮乎天之寒暑雖同而禮之繁簡則異是以有虞氏之禮夏一有商字有所不能行夏商之禮周有所不能用時不同故也宣王以六月出師驅逐玁狁蓋非得已且吉父爲將王不親行也今欲定一代之禮爲三歲常行之法豈可以六月出師爲比乎議者必又曰夏至不能行禮則遣官攝祭祀亦有故事此非臣之所知也周禮大宗伯若王不與則攝位鄭氏注曰王有故則代行其祭事賈公彥疏曰有故謂王有疾及哀慘皆是也然則攝事非安吉之禮也後世人主不能歲歲親祭故命有司行事其所從來久矣若親郊之歲遣官攝事是無故而用有故之禮也議者必又曰省去繁文末節則一歲可以再郊臣將應之曰古者以親郊爲常禮故無繁文今世以親郊爲大禮則繁文有不能省也若帷城幔屋盛夏

則有風雨之虞　陛下自宮入廟出郊冠通天乘大輅日中而舍百官衞兵暴露於道鎧甲具裝人馬喘汗皆非夏至所能堪也王者父事天母事地不可偏也事天則備事地則簡是於父母有隆殺也豈得以爲繁文末節而一切欲省去乎國家養兵異於前世自唐之時未有軍賞猶不能歲歲親祠天子出郊兵衞不可簡省大輅一動必有賞給今三年一郊傾竭帑藏猶恐不足郊賚之外豈可復加若一年再賞國力將何以給分而與之人情豈不失望議者必又曰三年一祀天又三年一祀地是又非臣之所知也三年一郊已爲疏闊若獨祭地而不祭天是因事地而愈疏於事天自古未有六年一祀天者如此則典禮愈壞欲復古而背古愈遠神祇必不顧享非所以爲禮也議者必又曰當郊之歲以十月神州之祭易夏至方澤之祀則可以免方暑舉事之患此又非臣之所知也夫所以議此者爲欲舉從周禮也今以十月易夏至以神州代方澤不知此周禮之經耶抑變禮之權耶若變禮從權而可則合祭圓丘何獨不可十月親祭地十一月親祭天先地後天古無是禮而一歲再郊軍國勞費之患尚未免也議者必又曰當郊

之歲以夏至祀地祇於方澤上不親郊而通爟火天子於禁中望祀此又非臣之所知也書之望秩周禮之四望春秋之三望皆謂山川在境內而不在四郊者故遠望而祭也今所在之處俛則見地而云望祭是爲京師不見地乎此六議者合祭可否之決也夫漢之郊禮尤與古戾唐亦不能如古本朝祖宗欽崇祭祀儒臣禮官講求損益非不知圜丘方澤皆親祭之爲是也蓋以時不可行是故參酌古今上合典禮下合時宜較其所得已多於漢唐矣天地宗廟之祭皆當歲徧今不能歲徧是故徧於三年當郊之歲又不能於一歲之中再舉大禮是故徧於三日此皆因時制宜雖聖人復起不能易也今並祀不失親祭而北郊則必不能親往二者孰爲重乎若一年再郊而遣官攝事是長不親事地矣三年間郊當祀地之歲而暑雨不可親行遣官攝事則是天地皆不親祭也夫分祀天地決非今世之所能行議者不過欲於當郊之歲祀天地宗廟分而爲三耳分而爲三有三不可夏至之日不可以動大衆舉大禮一也軍賞不可復加二也自有國以來天地宗廟唯享此祭累聖相承唯用此禮此乃神祇所歆祖宗所安不可輕動之

則有吉凶禍福不可不慮三也凡此三者臣熟計之無一可行之理伏請從舊爲便昔西漢之衰元帝納貢禹之言毀宗廟成帝用丞相衡之議改郊位皆有殃咎著於史冊往鑒甚明可爲寒心伏望 陛下詳覽臣此章則知合祭天地乃是古今正禮本非權宜不獨初郊之歲所當施行實爲無窮不刊之典願
陛下謹守太祖建隆 神宗熙寧之禮無更改易郊祀廟享以敉寧上下神祇仍乞下臣此章付有司集議如有異論即須畫一解破臣所陳六議使皆屈伏上合周禮下不爲當今軍國之患不可固執更不論當今可與不可施行所貴嚴祀大典早以時定取進止

貼黃唐制將有事于南郊則先朝獻太清宮朝享太廟亦如今禮先二日告原廟先一日享太廟然議者或亦以爲非三代之禮臣謹按武王克商丁未祀周廟庚戌柴望相去三日則先廟後郊亦三代之禮也奉 聖旨令集議官集議聞奏

論時政狀

臣聞之益戒于禹曰任賢勿貳去邪勿疑仲虺言湯

之德曰用人惟己改過不吝秦穆喪師于崤悔痛自
誓孔子錄之自古聰明豪傑之主如漢高帝唐太宗
皆以受諫如流改過不憚號爲秦漢以來百王之冠
孔子曰君子之過如日月之食焉過也人皆見之更
也人皆仰之聖賢舉動明白正直不當如是耶所用
之人有邪有正所作之事有是有非是非邪正兩言
而足正則用之邪則去之是則行之非則改之此理
甚明如飢之必食渴之必飲豈有別生義理曲加粉
飾而能欺天下哉書曰與治同道罔不興與亂同事
罔不亡　陛下自去歲以來所行新政皆不與治同
道立條例司遣青苗使斂助役錢行均輸法四海騷
動行路怨咨自宰相已下皆知其非而不敢爭臣愚
憃不識忌諱乃者上疏論之詳矣而學術淺陋不足
以感動聖明近者故相舊臣藩鎮侍從雜然爭言其
不便以至於臺諫二三人者本其所與締交唱和表
裏之人也然猶不免一言其非者豈非物議沸騰事
勢迫切而不可止歟自非見利忘義居之不疑者孰
肯始終膠固不自湔洗如吳師孟乞免提舉胡宗愈
不願檢詳如逃垢穢惟恐不脫人情畏惡一至於此
近者中外讙言　陛下已有悔悟意道路相慶如蒙

珍倣宋版印

大賚實望　陛下旬日之間渙發德音洗蕩乖僻追還使者而罷條例司今者側聽所爲蓋不過使監司體量抑配而已比之未悟所較幾何此孟子所謂知兄臂之不可紾而姑勸以徐知鄰雞之不可攘而月取其一帝王改過豈如是哉臣又聞　陛下以爲此法且可試之三路臣以爲此法譬如醫者之用毒藥以人之死生試其未效之方三路之民豈非　陛下赤子而可試以毒藥乎今日之政小用則小敗大用則大敗若力行而不已則亂亡隨之臣非敢過爲危論以聳動　陛下也自古存亡之所寄者四人而已一曰民二曰軍三曰吏四曰士四人者一失其心則足以生變今　陛下一舉而兼犯之青苗助役之法行則農不安均輸之令出則商賈不行而民始憂矣併省諸軍迫逐老病至使戍兵之妻與士卒雜處其間貶殺軍分有司降配遷徙淮甸僅若流放年近五十人人懷憂而軍始怨矣內則不取謀於元臣侍從而專用新進小生外則不責成於守令監司而專用青苗使者多置閑局以擯老成而吏始解體矣　陛下臨軒選士天下謂之龍飛榜而進士一人首削舊恩示不復用所削者一人而已士莫不悵恨者以

陛下有厭薄其徒之意也今用事者又欲漸消進士純取明經雖未有成法而小人招權自以爲功更相扇搖以謂必行而士始失望矣今進士半天下自二十以上便不能誦憶注義爲明經之學若法令一更則士各懷廢棄之憂而人才短長終不在此昔秦禁挾書而諸生皆抱其業以歸勝廣相與出力而亡秦者豈有他哉亦徒以失業而無歸也故臣願 陛下勿復言此民憂軍怨吏解體而士失望禍亂之源有大於此者乎今未見也一日有急則致命之士必寡矣方是之時不知希合苟容之徒能爲 陛下收板蕩而止土崩乎去歲諸軍之始併也左右之人皆以士心樂併告 陛下近者放停軍人李興告虎翼史率錢行賂以求不併則士卒不樂可知矣夫諂諛之人苟務合意不憚欺罔者類皆如此故凡言百姓樂請青苗錢樂出助役錢者皆不可信 陛下以爲青苗抑配果可禁乎不惟不可禁乃不當禁也何以言之若此錢放而不收則州縣官吏不免責罰若此錢果不抑配則願請之戶後必難收前有抑配之禁後有失陷之罰爲 陛下官吏不亦難乎故臣以爲既行青苗錢一作使則不當禁抑配其勢然也人皆謂

陛下聖明神武必能徙義修慝以致太平而近日之事乃有文過遂非之風此臣之所以憤懣太息而不能已也昔賈充用事天下憂恐而庾純任愷勠力排之及充出鎮秦涼忠臣義士莫不相慶屈指數日以望惟新之化而馮紞之徒更相告曰賈公遠放吾等失勢矣於是相與獻謀而充復留則晉氏之亂成於此矣自古惟小人爲難去何則去一人而其黨莫不破壞是以爲之計謀游說者衆也今天下賢者亦將以此觀　陛下爲進退之決或再失望則知幾之士相率而逝矣豈皆如臣等輩偷安懷祿而不忍去哉猖狂不遜忤　陛下多矣不敢復望寬赦俯伏引領以待誅殛

辨謗劄子

臣今月七日見臣弟轍與臣言趙君錫賈易言臣於元豐八年五月一日題詩揚州僧寺欣幸先帝上僊之意臣今省憶此詩自有因依今具陳述臣於是歲三月六日在南京聞先帝遺詔舉哀掛服了當迤邐往常州是時新經大變臣子之心孰不憂懼至五月間因往揚州竹西寺見百姓父老十數人相與道傍語笑其間一人以兩手加額云見說好箇少年一作

帝官家其言雖鄙俗不典然臣實喜聞百姓謳歌吾
君之子出於至誠又是時臣得請歸耕常州蓋將老
焉而淮浙間所在豐熟因作詩云此身已覺都無事
今歲仍逢大有年山寺歸來聞好語野花啼鳥亦欣
然蓋喜聞此語故竊記之於詩書之當道僧舍壁上
臣若稍有不善之意豈敢復書壁上以示人乎又其
時去先帝上僊已及兩月決非山寺歸來始聞之語
事理明白無人不知而君錫等輒敢挾情公然誣罔
伏乞付外施行稍正國法所貴今後臣子不為仇人
無故加以惡逆之罪取進止

奏狀

準尚書省劄子蘇軾元豐八年五月一日於揚州僧
寺留題詩一首八月八日三省同奉　聖旨令蘇軾
具留題因依實封聞奏
右臣所有前件詩留題因依臣已於今日早具劄子
奏聞訖乞檢會降付三省施行謹錄奏聞伏候
勑旨

縣榜附一本作書濟衆方後

先朝值夷狄懷服兵革寢息而又體質恭儉在位四
十有二年宮室苑囿無所益故民無暴賦横徭而生

齒歲登墾田日廣至于法令則去苛慘尚寬簡守令則進賢良退貪殘牛酒以禮高年粟帛以旌孝行廣惠以稟惸獨寬恤以省力役除身丁之算弛鹽榷之利故能道迎休祥年穀登衍其裕民之德固已浹肌膚而淪骨髓矣然猶慊然憂下民之疾疢無良劑以全濟於是詔太醫集名方曰簡要濟衆凡五卷三策鏤板模印以賜郡縣俾人得傳錄用廣拯療意欲錫以康寧之福躋以仁壽之域已而縣與律令同藏殆逾一紀窮遠之民或莫聞知聖澤壅而不宣吏之罪也乃書以方版揭之通會不獨流傳民間痊痾愈疾亦欲人人知上恩也後之君子儻不以是爲誚歲一檢案之使無遺毀焉

右具如前須至牓示嘉祐七年正月日

舉黃庭堅自代狀

蒙恩除臣翰林學士伏見某官黃某孝友之行追配古人瑰瑋之文妙絕當世舉以自代實允公議

舉劉景文狀

臣自少聞趙元昊寇延州危急環慶將官劉平以孤軍來援姦臣不救平遂戰沒竟罵賊不食而死平有數子皆才用絕人不幸早世今臣所與同僚西京左

藏庫副使權兩浙西路兵馬都監兼東南第三將劉季孫則平之少子篤志力學博通史傳工詩能文輕利重義雖文臣中亦未易得而其練達武經講習邊政乃其家學至於奮不顧身臨難守節以臣度之必不減平今平諸子獨有季孫在而年已五十有八雖備位將領未盡其用伏望朝廷特賜採察擢置邊廷要害之地觀其施爲別加陞進不獨爲忠義之勸亦以廣文武之用如蒙朝廷擢用後犯入已贓及不如所舉臣甘伏朝典

舉趙德麟狀

右臣聞之詩曰懷德惟寧宗子維城宗室之有人邦家之光社稷之衞也周之盛時其卿士皆周召毛原非王之伯叔父則其子弟也逮至兩漢河間東平之德歆向之文天下以爲口實而唐之宗室武略如道宗孝恭文章如白與賀者不可以一二數而以功名至宰相者有九人焉自建隆以來累聖執謙不私其親幹國治民不及宗子雖有文武異才終身不試
神宗皇帝實始慨然欲出其英髦與天下共之故增立教養選舉之法行之二十年出入中外漸就器使未見有卓然顯聞稱先帝意者夫豈無人蓋朝廷未

有以大聳勸之耳臣伏見左承議郎簽書潁州節度判官廳公事趙令時事親篤孝內行純備博學經史手不釋卷吏事通敏文采俊麗志節端亮議論英發體兼衆器無適不宜臣嘗見其所著述筆力雅健博貫子史蓋清廟之瑚璉明堂之杞梓也使其生於幽遠猶當擢用而況近託肺腑已蒙試用者乎伏望聖慈特賜考察召致館閣養其高才而遂其遠業以風動宗室觀示海內成先帝之意不以臣人微言輕而廢其請也若後不如所舉甘伏朝典

赴英州乞舟行狀

臣某言近准誥命落兩職追一官謫守嶺南小郡臣尋火急治裝星夜上道今已行次滑州而自聞命已來憂悸成疾兩目昏障僅分道路左手不仁右臂緩弱六十之年頭童齒豁疾病如此理不久長而所負罪名至重上孤恩義下愧平生悸傷血氣憂隔飲食所以疾病有加無瘳加以素來不善治生祿賜所得隨手耗盡道路之費囊橐已空臣本作陸行日夜奔馳速於赴任而疾病若此資用不繼英州接人卒未能至定州送人不肯前去雇人買馬之資無所從出道盡塗窮譬如中流失舟抱一浮木恃此爲命而木

將沉臣之哀危亦云極矣竊伏思念得罪以來三改
謫命聖恩保全終付一郡豈期聖主至仁至明尚念
八年經筵之舊臣意欲全其性命乎臣若强衰病之
餘生犯三伏之毒暑陸走炎荒四千餘里則僵仆中
途死於逆旅之下理在不疑雖罪累之重不足多惜
而死非其道則非仁聖不殺全育之意也輒已分散
骨肉令長子帶往近地躬耕就食臣只帶家屬數人
前去汴泗之間乘舟泛江倍道而行至南康軍出陸
赴任所貴醫藥粥食不至大段失所臣切揣自身多
病早衰氣息僅屬必無生還之道然尚延晷刻於舟
中畢餘生於治所雖以瘴癘死於嶺表亦所甘心比
之陸行斃於中道藁葬路隅常爲羈鬼則猶有間矣
恭惟
聖主之德下及昆虫以臣曾經親近任使必
不欲置之死地所以輒爲行舟之計敢望天慈少加
憫惻臣無任

奏乞封太白山神狀附爲太守宋選作

伏見當府郿縣太白山雄鎮一方載在祀典按唐天
寶八年詔封山神爲神應公迨至皇朝始改封侯而
加以濟民之號自去歲九月不雨徂冬及春農民拱
手以待飢饉粒食將絕盜賊並興臣採之道塗得於

父老咸謂此山舊有湫水試加禱請必獲響應尋令擇日齋戒差官莅取臣與百姓數千人待於郊外風色慘變從東南來隆隆獵獵若有驅導既至之日陰威凜然油雲蔚興始如車蓋既日不散遂彌四方化爲大雨罔不周飫破驕陽於鼎盛起二麥於垂枯鬼神雖幽報答甚著臣竊以爲功效至大封爵未允使其昔公而今侯是爲自我而左降揆以人意殊爲不安且此山崇高足亞五岳若賜公爵尚虛王稱校其有功實未爲過伏乞朝廷更下所司詳酌可否特賜指揮者

上初卽位論治道二首 代呂申公

道德

人君以至誠爲道以至仁爲德守此二言終身不易堯舜之主也至誠之外更行他道皆爲非道至仁之外更作他德皆爲非德何謂至誠上自大臣下至小民內自親戚外至四夷皆推赤心以待之不可以絲毫僞也如此則四海之內親之如父子信之如心眼未有父子相圖心眼相欺者如此而天下之不治未之有也絲毫之僞一萌於心如人有病先見於脈如人飲酒先見於色聲色動於幾微之間而猜阻行於

千里之外强者爲敵弱者爲怨四海之內如盜賊之憎主人鳥獸之畏弋獵則人主孤立而危亡至矣何謂至仁視臣如手足視民如赤子戢兵省刑時使薄斂行此六事而已矣禍莫逆於好用兵怨莫大於好起獄災莫深於興土功毒莫深於奪民利此四者陷民之坑穽而伐國之斧鉞也去此四者行彼六者而仁不可勝用矣傳曰至誠如神又曰至仁無敵審能行之當獲四種福以人事言之則主逸而國安以天道言之則享年永而卜世長此必然之理古今已試之效也去聖益遠邪說滋熾厭常道而求異術文姦言以濟暴行爲申商之學者則曰人主不可以不學術數人主天下之父也爲人父而用術於其子可乎爲莊老之學者則曰聖人不仁以百姓爲芻狗欲窮兵黷武則曰吾以威四夷而安中國欲煩刑多殺則曰吾以禁姦慝而全善人欲虐使厚斂則曰吾以强兵革而誅暴亂雖若不仁而卒歸於仁此皆亡國之言也秦二世王莽嘗用之矣皆以經術附會其說書曰惟辟作福惟辟作威此言威福不可移於臣下也欲威福不移於臣下則莫若捨己而從衆衆之所是我則與之衆之所非我則去之夫衆未有不公而人

君者天下公議之主也如此則威福將安歸乎今之說者則不然曰人主不可以不作威福於是違衆而用己己之耳目終不能徧天下要必資之於人愛憎喜怒各行其私而浸潤膚受之說行矣然後從而賞罰之雖名爲人主之威福而其實左右之私意也姦人竊吾威福而賣之於外則權與人主侔矣書曰威克厥愛允濟愛克厥威允罔功威者畏威之謂也愛者懷私之謂也管仲曰畏威如疾民之上也從懷如流民之下也畏威之心勝於懷私則事無不成今之說者則不然曰人君當使威刑勝於惠愛如是則予不如奪生不如殺堯不如桀而幽厲桓靈之君長有天下此不可不辨也

刑政

書曰臨下以簡御衆以寬此百世不易之道也昔漢高帝約法三章蕭何定律九篇而已至於文景刑措不用歷魏至晉條目滋章斷罪所用至二萬六千二百七十二條而姦益不勝民無所措手足唐及五代止用律令國初加以注疏情文備矣今編敕續降動若牛毛人之耳目所不能周思慮所不能照而法病矣臣愚謂當熟議而少寬之人主前旒蔽明黈纊塞

耳耳目所及尚不敢盡而況察人於耳目之外乎今御史六察專務鉤考簿書責發細微自三公九卿救過不暇夫詳於小必略於大其文密者其實必踈故近歲以來水旱盜賊四民流亡邊鄙不寧皆不以責宰相而尚書諸曹文牘繁重窮日之力書紙尾不暇此皆苛察之過也不可以不變易曰理財正辭禁民爲非曰義先王之理財也必繼之以正辭其辭正則其取之也義三代之君食租衣稅而已是以辭正而民服自漢以來鹽鐵酒茗之禁貸權易之利皆心知其非而冒行之故辭曲而民爲盜今欲嚴刑妄賞以去盜不若捐利以予民衣食足而盜賊自止夫興利以聚財者人臣之利也非社稷之福省費以養財者社稷之福也非人臣之利何以言之民者國之本而刑者民之賊興利以聚財必先煩刑以賊民國本搖矣而言利之臣先受其賞近歲宮室城池之役南蠻西夏之師車服器械之資略計其費不下五千萬緡求其所補卒亦安在若以此積粮則沿邊皆有九年之蓄西夷北邊望而不敢近矣趙充國有言湟中穀斛八錢吾謂糴三百萬斛羌人不敢動矣不待煩刑賊民而邊鄙以安然爲人臣之計則無功可賞故凡

人臣欲與利而不欲省費者皆爲身謀非爲社稷計也人主不察乃以社稷之深憂而徇人臣之私計豈不過甚矣哉

表狀

代普寧王賀冬表

七日來復陽旣進而歲功成八風不姦樂已調而君道得惟聖在御與天同符恭惟 皇帝陛下嗣守洪基丕承先志法小毖以求助期旣醉之太平淵默臨朝順陽道之消長清淨爲治俾物類以昭蘇受福無疆成功不宰臣猥以暗弱仰荷誨憐敢先百辟之朝以祝萬年之壽

謝御膳表

臣伏蒙聖恩特賜寬假將理今月七日又再蒙中使臨賜御膳問其治療之增損督以朝參之日辰臣下履淵冰上負芒刺蹄涔雖小能延兩耀之光寸草何知莫報三春之澤正使豚魚幽陋木石堅頑亦將激勵忘軀奔走赴職而臣尚有無厭之請敢守不移之愚在法當誅原情可憫實以負薪之疾積有歲時勿藥之祥恐非旦夕終願江淮之一郡以安犬馬之餘生尚冀此身未填溝壑期於異日別効涓涘

代滕達道景靈宮奉安表

衣冠出游巍乎宮闕之盛祖考來格燦然日月之明新禮光前彌文範後繼以作解之雷雨仍收繪像之子孫聳觀華夷淪浹枯朽竊以祀無豐殖祭不欲昵自仁率親故同宮而合享惟聖作則實考古而便今庶民子來五福交應蔚山河之增氣紛嶽瀆以來朝仙木蟠根五聖既聯於龍袞靈芝擢秀九莖復出於齋房 皇帝陛下舜孝格天堯文冠古損益漢唐之典故潤色祖宗之規摹壽考萬年永作人神之主本支百世共承宗廟之休臣出守遠方阻觀盛禮會祠壇下莫覩熈然之光留滯周南竊與命也之嘆

上皇帝賀冬表

易稱來復蓋知天地之心禮戒無爲以待陰陽之定恭惟 皇帝陛下堯仁冠古舜孝通神種德兆民躬行文景之儉游心六藝灼知周孔之情人既和而歲自豐天不違而壽無極臣久緣衰病待罪江湖莫瞻北極之光但罄南山之祝

上太皇太后賀正表

堯曆授時夏正建統氣迎交泰之會祥應重明之朝恭惟 太皇太后陛下道無能名德博而化天人所

助本義易之益謙慈儉不居得老氏之三寶時逢吉日福集清宮臣職守江湖心馳象魏天威咫尺想聞清蹕之音眉壽萬年遠奉稱觴之慶

擬作

代侯公說項羽辭并敘

漢與楚戰敗於彭城太公間走見獲於楚項羽常置軍中以爲質漢王遣辯士陸賈說項羽請之不聽後遣侯公羽許之遂歸太公侯公之辯過陸生矣而史闕其所以說羽之辭遂探其事情以補之作代侯公說項羽辭

漢王四年遣辯士陸賈東說項王請還太公項王弗聽賈還漢王不懌者累日左右計無所出侯公在軍中而未知名乃趨進而言曰秦爲無道荼毒天下戮人之父刑人之子如刈草菅大王奮不顧身建大義除殘賊爲萬民請命今秦氏已誅天下且定民之父子室家皆得保完以相守也其慶大矣宜與太公享萬歲無窮之歡不幸太公拘於强讎以重大王夙夜之憂臣聞主憂臣辱主辱臣死大臣諸臣未有輸忠出奇以還太公之屬車蹈義死節以折項王之狠心者臣恐天下有以議漢爲無人矣此臣等之罪也臣

願先即辱國之誅漢王嘻嚱曰吾惟不孝不武而太公暴露拘辱於楚者三年矣吾重念天下大計未獲即死之此吾所以早夜痛心疾首東嚮而不忘也顧爲之柰何侯公曰臣雖不敏願大王假臣華車一乘騎卒十人臣朝馳至楚壁而暮與太公驂乘而歸可乎漢王慢罵曰腐儒何言之易也夫陸賈天下之辯士吾前日遣之智窮辭屈抱頭鼠竄顛狽而歸僅以身免若何言之易也侯公曰待人以必能者不能則喪氣倚事之必集者不集則挫心大王前日之遣賈也恃之爲必能之人望之有必集之事今賈乃困辱而歸是大王氣喪而心挫也宜有以深鄙臣也且大王一失任於陸賈乃遂懲艾以爲無足使令者是大王示太公之無還期待天下爲無士也漢王曰吾豈忘親者耶顧若無足以辦此且項王陰忮不仁徒觸其鋒與之俱靡耳侯公曰昔趙平原君苦秦之侵欲結楚從也求其可與從適楚者二十人蓋擇於門下也食客數千得十九焉其一人無得也最下客毛遂請行平原君不擇而與之俱卒至強楚廷叱其王而定從於立談之間者毛遂功也日者趙王武臣見獲於燕以其臣陳餘張耳之賢擇人請王往者十輩無

一返者終於養卒請行朝炊未終乃與趙王同載而歸此大王之所知者臣乃今日願爲大王之毛遂養卒大王何慊不辱平原餘耳之聽哉漢王曰善乃飭車十乘騎卒百人以遣侯公侯公至楚晨扣軍門謁項王曰臣聞漢王之父太公爲俘囚臣切慶大王獲所以勝於漢者前日漢王遣使請之而大王不與至將烹焉臣切弔大王似不䘏楚矣項王嗔目大怒叱侯公曰若自薦死乃欲爲而主行說以僥倖也且吾親與人角而獲其父固將甘心焉今乃言無䘏者何也侯公曰臣以區區之身備漢之使而有謁於大王故大王以臣爲漢游說而忘忠楚也大王試幸聽之使其言有可用則楚漢之大利兩君之至歡豈臣之私幸也使其言無可用則臣徐蹈鼎鑊以從太公之烹蓋未晚也項王曰太公之不得歸必矣若將何言侯公曰夫漢王失職怏怏而西因思歸之士收豪傑之伍舉梁漢之師下巴蜀之粟并三秦定齊魏日引而東以與大王決一旦之命大王視其志因將一天下朝諸侯建七廟定大號爲萬世基業耶抑將區區徇匹夫之節爲曾參之孝而已者耶且連兵帶壘與楚百戰以決雌雄乃有天下三分之二大王軍覆將

死自救不暇凡所以運奇決敵爲大王之劫敵者在漢王與諸將了事耶抑太公實爲之也耶雖庸人孺子固知之然則太公獨一亡似人耳不足爲楚漢之輕重大王幸虜獲之而禍福實係焉視其用之如何耳得所以用而用之者强失所以用而用之者亡苟爲失其所用未若不獲之爲善也大王所以久拘而不歸者固以要之誠是也且要而能致之則權在我要而不能致則權在人權之所在以戰必克則要者名也歸者實也大王苟不得志於名當速收効於實無爲兩失而自遺其患是以臣竊爲大王愼惜此舉也大王固嘗置之俎上而命之矣彼報之曰必欲烹之願分羹焉且父子相愛之情豈相遠哉方漢王窘於彭城二子同載推墮捐之弗顧也安知其視父不與子同也太公之囚楚者三年矣彼誠篤於愛父固將捐兵解甲膝行頓顙楚之轅門爲之請一日之命今勵士方力督戰方急無一日而忘於楚從事此其志在天下無以親爲也大王今不歸之以收其實將久留之以執其名故曰似不恤楚也項王怒氣少息徐曰顧吾所雠者漢王爾其父何與耶且漢王親以其身投吾掌握者數矣我常易而釋之今乃曰東向

必欲亡楚而後已故吾深仇之欲菹醢其父聊快於一時況與之歸耶侯公曰辱大王幸賜聽臣臣請言其不可者夫首建大義誅暴秦者惟楚世爲賢明顯名於天下者惟楚天下豪傑樂從而爭赴者惟楚被堅執銳爲士卒先所向摧靡莫如大王兵强將武百戰百勝莫如大王諸侯畏懾惟所號令莫如大王割地據國連城數十莫如大王持此數者以令天下朝諸侯建大號何待于今然而爲之八年智窮兵敗士殭日促反爲漢雌大王嘗自知其所以失乎項王曰吾誠每不自知如公言焉公試論吾所以失者侯公曰大王知夫博者事乎夫財均則氣均氣均則敵偶然後勝負之勢決於一時今大王求與漢博方布席徒手未及投地而驟以己資推遺之已而財索氣竭徒手而校之則大王之勝勢去矣夫仁義禮智所以取天下之資而制敵之具也大王乃棄資委具以爲無所事以故漢皆獲而收執之此所以自引而東視大王如無也項王曰何謂棄資委具侯公曰夫秦民之不聊生久矣漢王之入關也秋毫無所犯解秦之罟約法三章民大慶悅惟恐其不王秦也大王之至燔燒屠戮酷甚於秦秦人失望何以爲仁大王始與

諸侯受約懷王先入關者王之漢王出萬死不顧一生之計叩關決戰降俘其主以待大王而大王背約遷之南鄭何以爲信大王以世爲楚將方舉大義不立其後無以令天下遂共立懷王而稟聽之及天下且定乃陽尊爲帝而放殺之何以爲義以范增之忠陳平之智韓信之勇皆人傑爭天下者視此三人爲之存亡然而增死於疑平信去而不用何以爲智是以漢王於其入關也天下歸其仁其還定三秦也天下歸其信爲義帝縞素也天下歸其義其用平信也天下歸其智此四者大王素有之資可畜之具惟其委棄而不用故漢皆得而收執之是以大王未得所以稅駕也方今之勢漢王者高資富室也大王者窶人也天下者市人也市人不趨窶人而趨高資富室明矣然則大王今日之資恃有一太公爾天所以相楚也今不歸之以伸區區之信義紓日夕之急臣恐漢人怒氣益奮戰士倍我是大王又以其資遺漢且將索然而爲窮人矣此臣所以爲大王寒心也夫制人之與見制於人克人之與見克於人豈同日而語哉願大王熟計之項王曰孤所以恩漢者亦至矣然去輒背我今其父在此猶日急歸誠一旦歸之徒益

其氣爾侯公曰不然臣聞懷敵者強怒敵者亡大王於漢有足懷而制之乃欲怒而鬭之臣意天溺大王之衷將遂孤楚矣大王誠惠辱一介之使護太公且致言漢王曰前日太公播越於外羈旅微軍獲侍盥沐三年于茲而君王方深督過之是以下國君臣未敢議太公之歸今君王勑駕迎之孤恐久稽君王旦暮問安侍膳之歡敢不承令敬遣下臣衞送太公之屬車以還行宮孤亦願自今之日與君王捐忿與瑕繼平昔之歡君王有以報不穀者皇天后土實與聞之如此而漢不解甲罷兵以答大義則曲在彼矣大王因之號令士卒以趨漢王此秦所以獲晉惠公也今大王不辱聽臣臣無所受命而歸漢王固將慟哭於軍曰楚之讎我者深矣使者再返而太公不歸矣且號爲舉大義除殘賊拯萬民終之有不共戴天之讎何面目以視天下今日之事有楚無漢有漢無楚吾將前死楚軍不返顧矣漢王持此感怒士心整甲而趨楚軍此伍子胥所以鞭平王之尸也項王曰善吾聽公姑無烹公第還語而王令罷兵吾今歸之矣侯公曰此又不可夫智貴乎早決勇貴乎必爲早決者無後悔必爲者無棄功王陵楚之驍將也一旦亡

去漢大王拘執其母將以還陵也而其母慷慨對使者爲陵陳去就之義勑陵無還遂伏劍而死故天下皆賢智其母而莫不哀其死也今太公幽囚鬱抑於大王之軍久矣今聞使者再返而大王無意幸赦還之臣竊意其變生於無聊不勝恚辱之積一旦引決以蹈陵母之義則大王悔恐自失雖欲同漢軍之鋒不可得矣臣聞來而不可失者時也蹈而不可失者機也方今大王糧匱師老無以支漢而韓信之軍乘勝之鋒亦且至矣大王雖欲解而東歸不可得矣臣願大王因其時而用其機急歸太公與漢王約中分天下割鴻溝以西爲漢以東爲楚大王解甲登壇建號東帝以撫東方之諸侯亦休兵儲粟以待天下之變漢王老且厭兵尚何求哉固將世爲西藩以事楚矣項王大悅聽其計引侯生爲上客召太公置酒高會三日而歸之太公呂后既至漢王大悅軍皆稱萬歲卽日封侯公平國君曰此天下辯士所居傾國者故號平國君焉

擬孫權答曹操書

權白孟德足下辱書開示禍福使之內殺子布外擒劉備以自効書辭勤款若出至誠雖三尺童子亦曉

然知利害所在矣然僕懷固陋敢略布昔田橫齊之遺虜漢高祖釋酈生之憾遣使海島謂橫來大者王小者侯猶能以刀自剄不肯以身辱於劉氏韓信以全齊之地束手於漢而不能死於牖下自古同功一體之人英雄豪傑之士世亂則藉以剪伐承平則理必猜疑與其受韓信之誅豈若死田橫之節也哉僕先將軍破虜遭漢陵夷董卓僭亂焚燒宗廟發掘陵寢故依袁術以舉義師所指城邑響應天下思得董卓而食之不厭不幸此志未遂而無祿早世先兄伯符嗣命馳驅鋒鏑周旋江漢豈有他哉上以雪天子之恥下以畢先將軍之志耳不意袁術亦僭位號汚辱義師又聞諸君各盜名字伯符提偏師進無所歸退無所守故資江東為之業耳不幸有荆軻舞陽之變不以權不肖使統部曲以卒先臣之志僕受遺以來臥薪嘗膽悼日月之逾邁而歎功名之不立上負先臣未報之忠下忝伯符知人之明且權先世以德顯於吳權若効諸君有非常之志縱不蒙顯戮豈不墜其家聲耶漢自桓靈以來上失其道政出多門宦官之亂纔息董卓之禍復興催汜未誅袁劉割據天下所恃惟權與公及劉備三人耳比聞卓已鯨鯢天

子反正僕意公當掃除餘孽同獎王室上助天子與
宗廟社稷之靈退居藩國無失春秋朝覲之節而足
下乃有欺孤之志威挾天子以令天下妄引曆數陰
搆符命昔笑王莽之愚今竊歎足下蹈覆車也僕與
公有婚姻之舊加之同好相求然自聞求九錫納椒
房不唯同志失望天下甚籍籍也劉備之兵雖少然
僕觀其爲人雄材大略寬而有容拙於攻取巧於馭
人有漢高祖之餘風輔以孔明未可量也且以忠義
不替曩昔僕以爲今海內所望惟我二人耳僕之有
張昭正如備之孔明左提右挈以就大事國中文武
之事盡以委之而見教殺昭與備僕豈病狂也哉古
諺有之輔車相依脣亡齒寒僕與劉備實有脣齒相
須之勢足下所以不能取武昌又不能到成都者吳
蜀皆存也今使僕取蜀是吳不得獨存也蜀亡吳亦
隨之矣晉以垂棘屈產假道於虞以伐虢夫滅虢是
所以取虞虞以不知故及禍足下意何以異此古人
有言曰白首如新傾蓋如故言以身託人必擇所安
孟德視僕豈惜此尺寸之土者哉特以公非所托故
也苟文若與公共起艱危一旦勸公讓九錫意便憾
使卒憂死矧僕與公有赤壁之隙雖復盡釋前憾然

豈敢必公不食斯言乎今日歸朝一匹夫耳何能爲哉縱公不見害交鋒兩陣之間所殺過當今其父子兄弟實在公側怨讎多矣其能安乎季布數窘漢王及卽位猶下三族之令矧足下記人之過忘人之功不肯忘文若於九錫其肯赦僕於赤壁乎孔文舉與楊德祖海內奇士足下殺之如阜隸豈復有愛於權天下之才在公右者卽害之矣一失江東豈容復悔耶甘言重幣幸勿復再

制誥

元祐元年九月六日明堂赦文

門下聖人之德無以加孝帝王之典莫大承天朕以眇眇之身煢煢在疚永惟置器之重惕若臨淵之深承明繼成思有以迪先王之烈紹志述事未足以慰天下之心仰繫母慈揔攬政體緝熙百度和樂四方賴帝既臨海寓寧乂三垂之兵靡警萬邦之年屢豐庶幾大同光嗣成美深惟六聖之制必躬三歲之祠維茲肇禋屬予訪落喪有以權而從變祭無以卑而廢尊顧言揔章古重宗祀以教諸侯之孝以得萬國之心我享維天下武式文王之典大孝嚴父孔子謂周公其人追惟先猷嘗講茲禮包舉儒術咨諏縉紳

刺六經放逸之文斥衆言淆亂之蔽嘉與四海靈承
一天華顯慶之兼尊隆永徽之專配成於獨斷昇予
沖人遵遺教於前著成法於後涓選吉日裒輯上儀
奉釁琳宮奠玉路寢神之弔矣燕及皇天誰其配之
既右烈考於時夙齋輅之駕祓袞冕之章備庶物之
徽追三牲之養靈游而風馬下孝奏而日月光暘然
履霜詎勝悽愴之意僾然出戶如聞歎息之聲秩祐
賚我思成侍臣助予惻楚既迄成於熙事敢專饗於
閎休宜布洪恩以暨諸夏云云於戲漢庭祀帝著於
即阼之踰年唐室施仁固以御門之吉日蓋禮盛者
文縟澤大者流長尚賴文武之英屏翰之雋協恭致
治以輔邦家

元祐三年六月德音赦文

門下朕以眇躬獲御大器仰 聖后之慈訓荷 先
烈之永圖四載于茲涉道尚淺凜然祗惕若履淵冰
思所以慰安人心奉若天道常慮一夫之失所以傷
萬物之太和蠲苛去煩夙夜願治洒遹自去冬連月降
雪異常今春已來久陰不霽農民失職商旅不通比
屋之間凍餒彌甚常寒之罰咎在朕躬惟日兢兢以
圖消復潔精致禱神眷未孚克己自持協氣無應切

慮四方獄犴冤滯尚多工役煩興人咨胥怨鬱成繆
盭之變以干陰陽之和宜均渙恩以召善氣云云於
戲遇災祗戒聿脩信順之誠正事布和庶獲天人之
助咨爾中外咸體朕懷

樂語

集英殿春宴教坊詞

教坊致語　中和化育萬壽排場

臣聞人和則氣和故王道得而四時正今樂猶古樂
故民心悅而八音平幸此聖朝陶然化國飭三農於
保介維莫之春與五福於太平既醉以酒共惟　皇
帝陛下乘乾有作出震無私憲章六聖之典謨斟酌
百王之禮樂天方胙於舜孝人已誦於堯言故得彝
倫敘而水土平北流軌道壬人退而蠻夷服西旅在
庭稍寬中昃之憂一均湛露之澤方將麴蘗羣賢而
惡旨酒鼓吹六藝而放鄭聲雖白雪陽春莫致天顏
之一笑而獻芹負日各盡野人之寸心臣猥以賤工
叨塵法部幸獲望雲之喜敢陳擊壤之音不揆蕪才
上進口號

口號

萬人歌舞樂芳辰長養恩深第四春令下風雷常有

信時來草木豈知仁璿璣已正三堦泰玉琯初知九
奏純更欲年年同此樂故應相繼得元臣
勾合曲
太平無象善萬物之得時和氣致祥喜八風之從律
大合鈞天之奏克諧治世之音上奉嚴宸教坊合曲
勾小兒隊
斑白之老既無負戴之憂齠齔之童亦遂嬉遊之樂
行歌道路聯袂闕庭仰奉宸慈小兒入隊
隊名
初成莫春服來獻太平謠
問小兒隊
聚戲里閭豈識九重之奧成文綴兆忽隨六樂之和
宜近彤墀悉陳來意
小兒致語
臣聞春爲陽中生物各遂其性樂以天下聖人豈私
其身故飲食盡忠臣心而遊豫爲諸侯度方遲日之
無事矧嗣歲之有年大啓壁門肅陳燕豆共惟皇
帝陛下道隆而德備質文而性仁揔攬羣材蓋天授
之神策澄清庶政故民獻以寶符顧良辰樂事之難
并宜羣臣嘉賓之並集廣場千步方山立於衆工大

樂九成固海涵於雜技臣等沐浴膏澤詠歌昇平幸
以髡髦之微得參舞羽之末敢干宸聽伏俟俞音

勾雜劇

臚傳已久陛楯將更宜資載笑之歡少進羣優之技
緩調絲竹雜劇來歟

放小兒隊

清歌屢奏蓋曲盡於下情妙舞載陳示不遺於小物
旣畢沛風之和稍同沂水之歸再拜天墀相將好去

勾女童隊

燕私之樂下侍於臣工靡曼之觀聊同於俚俗審音
而作振袂稍前上奉宸歡兩軍女童入隊　隊名
瑞日明歌扇仙飈動舞衣

問女童隊

工師奏技侍衞聳觀顧游女之何施集彤庭而有待
欲知來意宜悉敷陳

女童致語

妾聞聖人授民以時王者與衆同樂故倉庚鳴而蠶
女出游魚躍而靈沼春蓋良辰豈易得哉亦賢者而
後樂此伏惟　皇帝陛下温恭允塞緝熙光明學無
常師文武識其大者仁能濟衆堯舜其猶病諸齊泰

階之六符走重譯之萬里天人並應禮樂將興豈惟塵土之賤儆敢度乾坤之廣大萬舞九奏雖未象於成功間歌三終亦庶幾於頌德欲殫末技少効寸誠

勾雜劇

風斜御柳既窮綺麗之觀日轉庭槐少進詼優之戲再調絲竹雜劇來歟

放女童隊

翠袖風回已盡折旋之妙文茵霞卷尚觀顧步之餘再拜天墀相將好去

齋日致語口號

旋復陰陽配五支於六幹誕彌歲月與元日為三申神后降慶於當年曾孫効誠於茲日亘不煩巧歷自契真符道俗謳謠天人協應　太皇太后陛下功高任姒德配唐虞上推顧託之心下布仰成之政寶慈與儉蹈光憲之成規卻狄安邦襲烈武之餘慶三朝順履萬壽維新雖絳縣之老人難窮甲子如楚南之靈木莫計春秋臣賤等草茅心傾葵藿採民謳於擊壤効樂語之陳詩

媧皇得道自神仙金母長生不計年甲子會逢三朔日歲星行看百周天消兵漸覺腰無犢種地方知禍

有田彤管何人書後會椒花椿頌一時編

黃樓致語口號

百川返壑五稼登場初成百尺之樓適及重陽之會高高下下既休畚鍤之勞歲歲年年共覩茱萸之美共惟知府學士民人所恃憂樂以時度餘力而取羨材因備災而成勝事起東郊之壯觀破西楚之淫名賓客如雲來四方之豪傑鼓鍾隱地竦萬目之觀瞻實與徐民長爲佳話

一新柱石壯嚴闉更值西風落帽辰不用游從誇燕子直將氣焰壓波神山川尚遶當時國城郭猶飄廣陌塵誰凭欄干賞風月使君留意在斯民

趙倅成伯母生日致語口號

昔年占夢適當重九之佳辰今日獻香願祝大千之遐算慶婦姑之同日雜茱菊以稱觴殺雞已效於龐公剪髮敢資於陶母但某叨居樂部忝預年家不度蕪材上塵口號

今朝壽酒泛黃花鬱鬱葱葱氣滿家但得唐兒舞一曲莫嫌國小向長沙

王氏生子致語口號

人中五日知織女之暫來海上三年喜花枝之未老

事協紫銜之夢歡傾白髮之兒好人相逢一杯徑醉
伏以某人女郎蒼梧仙裔南海貢餘憐謝瑞之早孤
潛炊相助嘆張鎬之沒興遇酒輒歡采楊梅而朝飛
擘青蓮而暮返長新玉女之年貌未厭金膏之掃除
萬里乘桴已慕仲尼而航海五絲繡鳳將從老子以
俱仙東坡居士尊俎千峯笙簧萬籟聊設三山之湯
餅共傾九醞之仙醪尋香而來苒天風之引步此興
不淺炯江月之升樓
羅浮山下已三春松筍穿堦晝掩門太白猶逃水仙
洞紫簫來問玉華君天容水色聊同夜髮澤膚光自
鑑人萬戶春風爲子壽坐看滄海起揚塵

寒食宴提刑致語口號

良辰易失四者難幷故人相逢五斗徑醉況中年離
合之感正寒食清明之間時乎不可再來賢者而後
樂此恭惟提刑學士才本天授學爲人師事業存乎
斯民文章蓋其餘事望之已試於馮翊翁子暫還於
會稽知府學士接好隣邦締交冊府莫逆之契義等
於天倫不腆之辭意勤於他主力講兩君之好可無
七子之詩欲使異時爭傳盛事
雲間畫鼓疊春雷千騎尋芳戲馬臺半道已逢山簡

醉萬人爭看謫仙來淮西按部威尤凜歷下懷仁首
重回還把去年留客意折花臨水更徘徊

東坡續集卷第九

東坡續集卷第十

頌

英宗皇帝御書頌

嘉祐中太常博士周秉以文行選爲諸王記室宗室之賢者多敬愛之時英宗皇帝龍潛藩邸嘗賜秉手書其家寶之臣過曲江見其孫袁州司法參軍超出以示臣謹稽首再拜爲之頌曰

雲漢之章融爲慶雲結爲甘露融而不晞結而不散

以壽冒其子孫建中靖國元年月日臣蘇某記

東坡羹頌幷引

東坡羹蓋東坡居士所煮菜羹也不用魚肉五味有自然之甘其法以菘若蔓菁若蘆菔若薺皆揉洗數過去辛苦汁先以生油少許塗釜緣及瓷盌下菜湯中入生米爲糝及少生薑以油盌覆之不得觸觸則生油氣至熟不除其上置甑炊飯如常法既不可遽覆須生菜氣出盡乃覆之羹每沸湧遇油輒不又爲盌所壓故終不得上不爾羹上薄飯則氣不得達而飯不熟矣飯熟羹亦爛可食若無菜用瓜茄皆切破不揉洗入罨熟赤豆與秔米半爲糝餘如煮菜法應純道人將適廬山求其法

以遺山中好事者以頌問之

甘若常從極處回鹹酸未必是鹽梅問師此箇天真味根上來麼塵上來

油水頌

熙寧元年七月二十八日元叔設食嘉祐謁長老觀佛牙趙郡蘇某爲之頌曰

水在油中見火則起油水相搏水去油住湛然光明不知有火在火能寶內外淨故若不經火油水同定非真定故見火復起

猪肉頌

淨洗鐺少着水柴頭罨煙焰不起待他自熟莫催他火候足時他自美黃州好猪肉價賤如泥土貴者不肯喫貧者不解煮早晨起來打兩椀飽得自家君莫管

食豆粥頌

道人親煑豆粥大衆齊念般若老夫試挑一口已覺西家作馬

答子由頌

子由問黃檗長老疾云五蘊皆非四大空身心河嶽盡圓融病根何處容他住日夜還將藥石攻

不知黃檗如何答老僧代云有病宜須著藥攻寒將火燭熱時風病根既是無容處藥石還同四大空六月二十日

禪戲頌

已熟之肉無復活理投在東坡無礙羹釜中有何不可問天下禪和子且道是肉是素喫得是喫不得是大奇大奇一盌羹勘破天下禪和子

答孔子君頌

夢中投井入半而止出入不能本非住處我今何爲自此作苦忽然夢覺身在牀上不知向來本元無井不應復作出入住想道無深淺亦無遠近見物失空空未嘗滅物去空現亦未嘗生應當正遠作如是觀

醉僧圖頌

人生得坐且穩坐劫劫地走覓什麼今年且痴東禪屎明年去拽西林磨

贊

李端叔傳神贊

龍眠居士畫李端叔東坡老人贊之曰

須髮之拳然眉宇之淵然披胷腹之擨然以爲可得而見歟則漠乎其無言以爲不可得而見歟則已見

畫於龍眠矣嗚呼將爲既琢之玉以投其天乎其將爲不雨之雲以拖其全乎抑將游戲此世而特出於兩者之間也

三笑圖贊

彼三士者得意忘言盧胡一笑其樂也天嗟此小童麋鹿狙猿爾各何知亦復粲然萬生紛綸何鄙何妍各笑其笑未知孰賢

李西平畫贊

以吾觀西平王提孤軍自北方赴行在走懷光斬朱泚如反掌及其後帥鳳翔與隴右瞰河湟兵益振謀既臧終不能取尋常墮賊計困平涼卒罷兵仆三將誰之咎在廟堂斬馬劍誅延賞爲菹醢不足償覽遺像涕泗滂

醉吟先生畫贊

黃金斗碧玉壺足踏東流水目送西飛鳥皃擁髻顧影者真子干之侍妾奮髯直眎非列仙之臞儒

夢作司馬相如求畫贊幷序

夜夢嚴君平司馬相如揚子雲合席而坐子雲曰長卿久欲求公作畫贊予辭以罪戾之餘久廢筆硯子雲懇祈不獲已爲之既成子雲戲予曰三賦

果足以重趙乎予曰三賦足以重趙則予之太玄果足以重趙乎爲之一笑而散

長卿有意慕藺之勇言還故鄉閭里是聳景星鳳凰以見爲寵煌煌三賦可使趙重

東莞資福寺再生柏贊

生石首肯裴松肘回是心苟真金石爲開堂去柏枯其留復生此柏無我誰爲柏榮方其枯時不枯者存一枯一榮皆方便門人皆不聞瓦礫說法今聞此柏熾然常說

題三國名臣贊

西漢之士多智謀薄於名義東京之士尚風節短於權略兼之者三國名臣也而孔明巍然三代王者之佐未易以世論

忠懿王贊見山集

文武忠懿堂堂如春中有櫻里不以示人雷行八區震驚聽聞提十五州共爲帝民送君者自崖而返以安樂其子孫九萬里則風斯在下矣眇大物而成仁

李伯時所畫沐猴馬贊

吾觀沐猴以馬爲戲至使此馬竊銜詭轡沐猴宜馬真虛言爾

文與可枯木贊

怪木在廷枯柯北走窮猿投壁驚雀入牖居者蒲氏畫者文叟贊者蘇子觀者如流

救月圖贊

癡蟇臠肉睥睨天目偉哉黑龍見此蛇服蟇死月明龍反其族乘雲上天兩我百穀

題王靄畫如來出山相贊

頭鬅鬙耳卓朔適從何處來碧色眼有角明星未出萬家閑外道天魔猶奏樂錯不錯安得無上菩提成等正覺

畫佛贊

我願世尊足指按地三千大千淨琉璃色其中衆生靡不解脫如日出時眠者皆作如雷震時蟄者皆動並證無上永不退轉

東林第一代廣慧禪師真贊

忠臣不畏死故能立天下之大事勇士不顧生故能立天下之大名是人於道亦未也特以義重而身輕然猶所立如此而況於出三界了萬法不生不老不病不死應物而無情者乎堂堂總公僧中之龍呼吸爲雲噫欠爲風且置是事聊觀其一戲蓋將拊掌談

笑不起于坐而使盧山之下化爲梵釋龍天之宮

篆般若心經贊

草隸用世今千載少而習之手所安如舌於言無揀擇終日應對惟所問忽然使作大小篆如正行走値牆壁縱復學之能粗通操筆欲下仰尋索譬如鸚鵡學人語所習則能否則默心存形聲與點畫何暇復求字外意世人初不離世間而欲學出世間法舉足動念皆塵垢而以俄頃作禪律禪律若可以作得所不作處安得禪善哉李子小篆字其間無篆亦無隸心忘其手手忘筆筆自落紙非我使正使忽忽不少暇倏忽千百初無難稽首般若多心經請觀何處非般若

蘇軾之妻王氏名閏之字季章年四十六元祐八年八月一日卒于京師臨終之夕遺言捨所受用使其子邁迨過爲畫西方阿彌陁佛紹聖元年六月九日像成奉安于金陵清涼寺乃爲贊曰

佛子在時百憂繞臨行一念何由了口誦南無阿彌陁如日出地萬國曉何況自捨所受用畫此圓滿天日表見聞隨喜悉成佛不擇人天與蟲鳥但當常作

平等觀本無憂樂與壽夭丈六長身不爲大方寸千佛夫豈小此心平處是西方閉眼便到無魔嬈

六觀堂贊

我觀衆生念念爲人晝不見心夜不見身佛言如夢非想非因夢中常覺孰爲形神我觀衆生終日凝怖土偶不然無罣礙故佛言如幻永離愛惡飢殍畫餅無有是處我觀衆生起滅不停以是爲故乃有死生佛言如泡泡本無成能壞能成雖佛不能我觀衆生顛倒已久以光爲無以影爲有佛言光影我亦舉手從此永斷日中狂走我觀衆生同游露中對面不見衣沾眼蒙佛言如露一照而通蒙者既滅照者亦空我觀衆生神通自在於電光中建立世界佛言如電言發意會佛與衆生了無雜壞垂慈老人嘗作是觀自一至六六生千萬生故無窮一故不亂東坡無口孰爲此贊

膠西蓋公堂照壁畫贊 幷引卽師子屏風贊

陸探微畫師子在潤州甘露寺李衞公鎮浙西所留者筆法奇古絕不類近世予爲甘露寺有詩云破板陸生畫青猊戲盤山上有二天人揮手如翔鸞筆墨雖欲盡典刑再不刊者也熙寧九年十一

月十五日命工摹置膠西蓋公堂中且贊之云
高其目仰其鼻奮然吐舌威見齒舞其足前其耳左
顧右盼喜見尾雖猛而和蓋其戲置之高堂護燕几
啼呼顛沛走百鬼嗟乎妙哉古陸子

元華子真贊

方口而髯秀眉覆顴示我其華我識其元我來從之
目擊道存我有陋室茅茨采椽洒掃庭戸窗牖廓然
虛空無人願受予言

髑髏贊

黃沙枯髑髏本是桃李面而今不忍看當時恨不見
業風相鼓轉巧色美倩盼無師無眼禪看便成一片

自海南歸過淸遠峽寶林寺敬贊禪月所
畫十八大阿羅漢

第一賓度羅跋囉墮尊者

白氎在膝貝多在巾目視超然忘經與人面顱百皺
不受刀鑷無心掃除留此殘雪

第二迦諾迦代蹉尊者

耆年何老粲然復少我知其心佛不妄笑瞋喜雖幻
笑則非瞋施此無憂與無量人

第三迦諾迦跋梨隨闍尊者

揚眉注目拊膝橫拂問此大士爲言爲默默如雷霆
言如牆壁非言非默百祖是式
第四蘇頻陁尊者
聃耳屬肩綺眉覆顴音權輔骨也佛在世時見此耆年
開口誦經四十餘齒時聞雷霆出一彈指
第五諾矩羅尊者
善心爲男其室法喜背癢孰爬有木童子高下適當
輕重得宜使眞童子能如茲乎
第六跋陁羅尊者
美很惡婉自昔所聞不圓其輔有圓者存現六極相
代衆生報使諸佛子具佛相好
第七迦理迦尊者
佛子三毛髮眉與須既去一作芸其二一則有餘因
以示衆物無兩遂既得無生則無生死
第八代闍羅弗多尊者
兩眼方用兩手自寂用者注經寂者寄膝二法相忘
亦不相捐是四句偈在我指端
第九戒博迦尊者
一劫七日剎那三世何念之勤屈指默計屈者已往
信者未然孰能住此屈伸之間

第十半託迦尊者

垂頭沒肩俛目注視不知有經而況字義佛子云何飽食晝眠勤苦功用諸佛亦然

第十一羅怙羅尊者

面門月滿（一作圓）瞳子電爛示和猛容作威喜觀龍象之姿魚鳥所驚以是幻身爲護法城

第十二那迦犀那尊者

以惡轆物（轆一作駮）如火自爇以信入佛如水自濕垂眉捧手爲誰虔恭大（一作導）師無德水火無功

第十三因揭陀尊者

捧經持珠杖則倚肩植杖而起經珠乃閑不行不立不坐不臥問師此時經杖何在

第十四伐那婆斯尊者

六塵旣空出入息滅松摧石隕路迷草合逐獸于原得箭（一作已）忘弓偶然汲水忽然相逢

第十五阿氏多尊者

勞我者晳休我者黠如晏如岳鮮不僻淫是哀駘它澹臺滅明各妍于心得法眼正

第十六注荼半託迦尊者

以口說法法不可說以手示人手去法滅生滅之中

自一作了然真常是故我法不離色聲

第十七慶友尊者

以口誦經以手數一作數法是二道場各自起滅孰知毛竅八萬四千皆作佛事說法熾然

第十八賓頭盧尊者

右手持杖左手拊右爲手持杖爲杖持手宴坐石上安以杖爲無用之用世人莫知

捕魚圖贊

荇秀水暖黿魚出戲獨一作忽蛙無朋寂寞鼓吹孰謂魚樂强羸相屠去是哆口以完長須

馬祖龐公真贊

南岳坐下一馬四蹄踏殺天下馬後復一老龐一口吸盡西江天下是老師脚西江卽渠儂口不知誰踏誰殺何緣自吸自受曇秀作六偈述龐公事東坡讀而首肯之爲書此贊

玉巖隱居陽行先真贊

道不二德不孤無人所有有人所無世之所爭者五天嗇其三而畀其二是以日計之不足歲計之有餘也

葆光法師真贊

嗟夫法師行年四十有四而不知牝牡之欲身居京邑而不營利欲之私體無威容口無文詞頭如蓬華性如鹿麋意之所向雖金石莫隔而鬼神莫逆此所以陟降天門睥睨帝所而終莫能疑者邪

醴泉觀真靖崇教大師真贊

北方有神君出內岡與冥被髮拊劍馭兩靈國之東南福其庭注然天醪涌其泠汰選妙士守籥扃翛然真靖有典刑眉間三出杳而清何必控鯉浮南溟

清都謝道士真贊

謝道士生丙子真一存長不死欲識清都面目一江春水東流滔滔直入滄海大至蓬萊頂頭

李伯時作老子新沐圖遺道士蹇拱辰趙郡蘇某見而贊之一云子由作

老聃新沐晞髮于庭其心淡然若忘其形夫子與回見之而驚入而問之强使自名曰豈有已哉夫人皆然惟役於人而喪其天其人苟忘其天則全四肢百骸孰爲吾纏死生終始孰爲吾遷彼赫赫者將爲吾溫彼肅肅者將爲吾寒一溫一寒交而萬物生焉物皆賴之而況吾身乎溫爲吾和寒爲吾堅忽乎不知而更千萬年葆光志之夫非養生之根乎

辯才大師真贊

予頃年嘗聞妙法於辯才老師今見其畫像乃以所聞者贊之卽之浮雲無窮去之明月皆同欲知明月所在在汝唾霧之中

應夢觀音贊

稽首觀音宴坐寶石忽忽夢中應我空寂觀音不來我亦不往水在盆中月在天上

思無邪齋贊

飲食之精草木之華集我丹田我丹所家我丹伊何鉛汞丹砂客主相守如巢養鷄培以戊己耕以赤蛇化以丙丁滋以河車乃根乃株乃實乃華晝煉于日赫然丹霞夜浴于月皓然素葩金丹自成曰思無邪此贊信筆直書不加點定殆是天成非以意造也紹聖元年十月二十日

羅漢贊

左手持經右手引帶爲卷爲開是義安在已讀則卷未讀則開我無所疑其音如雷

傅大士贊

善慧執板南泉作舞借我門槌爲君打鼓

普照王贊卽僧伽贊

盲人有眼不自知忽然見日喜而舞非謂日月有在
士實自慶我眼根在泗濱大士誰不見而有熟視不
見者豈彼無眼業障故以知見者皆希有若能使作
希有見從此成佛如反掌傳摹世間千萬億皆自大
士法身出麻田供養東坡贊見者無數悉成佛

銘

孔毅甫鳳咮石硯銘

昔予得之鳳凰山下龍焙之間今君得之劍浦之上
黯黮之灘如樂之和如金之堅如玉之有潤如舌之
有泉此其大凡也爲然爲不然然然也雖胡越同名猶
可不然徒與此石谿而產何異於九鵬而一鶚

魯直所惠洮河石硯銘

洗之礪發金鐵琢而泓堅密澤郡洮岷至中國棄于
劍參筆墨歲丙寅斗南北歸予者黃魯直

故人王頤有自然端硯硯之成於片石上
稍稍如磨治而已銘曰

其色馬肝其聲磬磬其文水中月真寶石也而其德則
正其形天合其於人也略是故可使而不可役也

楊次公家浮磬銘

清而直朴而一雖有鄭衛無自而入以託於君子之

室

裙靴銘并序

予在黄州時夢神考召入小殿賜宴乃令作宮人裙銘又令作御靴銘

百疊漪漪風皺六銖縱縱雲輕獨立含風廣殿微聞環珮來聲

寒女之絲銖積寸累天步所臨雲蒸雷起

周文炳瓢硯銘

以汝爲硯槊肖而瓢質以汝爲瓢硯剖而腹實飲西江之水吾以汝礪齒懸河之辯其以爾借面不卽不離執曰非道人之應器

王定國硯銘二首

石出西山之西北山之北戎以發劍予以試墨劍止一夫敬墨以爲萬世則吾以是知天下之才皆可以納諸聖賢之域

又

月之從星時則風雨汪洋翰墨將此是似黑雲浮空謾不見天風起雲移星月凜然

雪浪石盆銘

一作雪浪齋銘并引

予於中山後圃得黑石白脈如蜀孫位孫知微所畫石間奔流盡水之變又得白石曲陽爲大盆以盛之激水其上名其室曰雪浪齋云

畫水之變獨一作蜀兩孫當世一作與不傳者歸九原異哉駮石雪浪翻石中乃有此理存玉井芙蓉丈八盆伏流飛空漱其根東坡作銘豈多言四月辛酉紹聖元古今畫水唯作平遠細皺獨有孫知微畫活水盡其變態

谷庵銘

孔公之堂名虛白蘇子堂後作圓屋堂雖白矣庵自黑知白守黑名曰谷谷庵之中空無物非獨無應亦無答洞然神光照毫髮

德威堂銘幷敘

元祐之初詔起大師潞公於洛命以重事公惟仁宗英宗神考三聖眷荷之重不敢以既老爲辭杖而造朝期年乃求去詔曰昔西伯善養老而太公自至魯穆公無人子思之側則長者去之公自爲謀則善矣獨不爲朝廷惜乎又曰唐太宗以干戈之事尚能起李靖於既老而穆宗文宗以燕安之際不能用裴度於未病治亂之效於斯可見公讀詔聳然不敢言去蓋復留四年天下無事朝廷

奠安乃力請而歸公之在朝也契丹使耶律永昌劉霄來聘軾奉詔館客與使者入覲望見公殿門外卻立改容曰此潞公也耶所謂以德服人者問其年曰何壯也軾曰使者見其容未聞其語其總理庶務酬酢事物雖精練少年有不如貫穿古今洽聞强記雖專門名家有不逮使者拱手曰天下異人也公既歸洛西羌首領有溫谿心者請於邊吏願獻良馬於公邊吏以聞詔聽之公心服天下至于四夷書曰德威惟畏德明惟明世所以守伯夷之典用皐陶之法者以其德也若夫非德之威雖猛而人不畏非德之明雖察而人不服公修德於几席之上而其威折衝於萬里之外退居於家而人望之如在廊廟可不謂德威乎公之子及爲河陽守公將往臨之吏民喜甚自洛至三城歡呼之聲相屬及作堂以待公而請銘於軾乃榜之曰德威而銘之曰

德威惟畏德明惟明惟師潞公展也大成公在洛師嵩洛有光篤言三城河流不揚願公百年子孫千億家于兩河日見顏色西戎來朝祗慄公門豈惟西人（一作兩河）四方其訓之

文勛篆銘

世人篆字隸體不除如浙人語終老帶吳安國用筆意在隸前汲冢魯壁周鼓秦山

葬枯骨銘并敘

有宋紹聖二年官葬暴骨于是是豈無主仁人君子斯其主矣東坡居士銘其藏曰

人耶天耶隨念而徂有未能然宅此稿𩾬後有君子無廢此心陵谷變遷復棺衾之

卓錫泉銘并敘

六祖初住曹溪卓錫泉涌清涼滑甘贍足大衆逮今數百年矣或時小竭則衆汲于山下今長老辯公住山四歲泉日涌溢聞之嗟異爲作銘曰

祖師無心心外無學有來扣者雲涌泉落問何從來初無所從若有從處來則有窮初住南華集衆須水水性融會豈有無理引錫指名寒泉自冽衆渴得飲如我說法云何至今有溢有枯泉無溢枯蓋其人乎辯來四年泉水洋洋烹煮濯溉飲及牛羊手不病汲肩不病負匏勺瓦盂莫知其故我不求水水則許我訊於祖師其亦可哉

桄榔庵銘并敘

東坡居士謫于儋耳無地可居偃息于桄榔林中摘葉書銘以記其處
九山一區帝爲方輿神尻以遊孰非吾居百柱屓贔萬瓦披敷上棟下宇不煩兵夫海氛瘴霧吞吐吸呼蝮蛇魑魅出怒入娛習苦堂奧雜處童奴東坡居士强安四隅以動寓止以實託虛放此四大還於一如東坡非名岷峨非廬須髮不改示現毗盧無作無止無欠無餘生謂之宅死謂之墟三十六年吾其捨此跨汗漫而遊鴻蒙之都乎

石塔戒衣銘

石塔得三昧初從戒定入是故常寶護登壇受戒衣吾聞得道人一物不留二云何此法衣補緝成百衲諸法念已逝此衣非昔衣此法非生滅衣盋無壞者振此無塵衣洗此無垢人壞則隨他去是故終不壞

參寥泉銘幷敘

予謫居黃參寥子不遠數千里從予於東城留期年嘗與同遊武昌之西山夢相與賦詩有寒食清明石泉槐火之句語甚美而不知其所謂其後七年予出守錢塘參寥子在焉明年卜智果精舍居之又明年新居成而予以寒食去郡實來告行舍

下舊有泉出石間是月又鑿石得泉加洌參寥子擷新茶鑽火煮泉而瀹之笑曰是見于夢九年衛公之爲靈也久矣坐人皆悵然太息有知命無求之意乃名之參寥泉爲之銘曰

在天雨露在地江湖皆我四大滋相所濡偉哉參寥彈指八極退守斯泉一謙四益予晚聞道夢幻是身眞即是夢夢即是眞石泉槐火九年而信夫求何伸實弊汝神

夕庵銘

與晝皆作霧散毛脈夜氣旣歸肝膽是宅我銘夕庵惟以照寂八萬四千忽然而一

何公橋銘 英州

天壤之間水居其多人之往來如鵝在河順水而行雲駛鳥疾維水之利千里咫尺亂流而涉過膝則止維水之害咫尺千里沔彼濫觴蛙跳鯈游溢而懷山神禹所憂豈無一木支此大壞舞于盤渦冰坼雷解坐使此邦晝爲兩州鷄犬相聞胡越莫救允毅何公甚勇于仁始作石梁其艱其勤將作復止吏此百難公心如石匪鐵則堅公以身先民以悅使老壯負石如負其子疏爲玉虹隱爲金堤直欄橫檻百賈所棲

我來與公同載而出讙呼闐道抱其馬足我歎而言
視此滔滔未見剛者孰爲此橋願公千歲與橋壽考
持節復來以慰父老如朱仲卿食于桐鄉我作銘詩
子孫不忘

廣心齋銘

細德險微愛爭彼我君子廣心物無不可心不運寸
中積瑣瑣得之戚戚忿欲生火沃以遠水井泉無波
天下爲量萬物一家前聖後聖惠我光華

十二琴銘

震陵孤桐

震陵孤桐下陽岑音如澗泉響深林二聖元祐歲丁
卯器巧名之張益老

香林八節

河渭之水多土其聲厚以沉江漢之水多石其聲激
而清香林八節是謂天地之中山水之陰

號鍾

薄則播厚則石後則哆弇則鬱長甬則震無此五疾
則鳴而中律是謂號鍾之實

玉磬

其清越以長者玉也聽萬物之秋者磬也寶如是中

藜藿不再食以是樂飢不以告糴

松風

忽乎青蘋之末而生有極於萬竅號怒而實無失其蕩枝蟠葉霎而脫其枯風鳴松耶松鳴風耶

古媧黃

煉石補天之年截匏比竹之音雖不可得見吾知古之猶今木聲犂然當於人心非參寥者孰鈞其深

南風

聲歌南風舜作則欲報父母天罔極

歸鶴

琴聲三疊舞胎仙肉飛不到夢所傳白鶴歸來見曾玄隴頭松風入朱絃

秋風

秋風度而草木先驚感秋者絃直而志不平攬變衰之色爲可憐之聲不戰者善將傷手者代匠悲莫悲於湘濱樂莫樂於濠上

漁根

襏襫大須蕭然於萬物之表槁項黃馘闖然於一葦之航與鷗鷺而物化發山水之天光驚潛魚而出聽是謂魚樵

九州璜

釣漁得九州之璜避紂得九州之王湮沉乎射鮒之谷委蛇乎鳳凰之堂其音不爽惟德之常

天球

天球至意合以人力作者七人傳以華國有蔚者桐僵于下陽之庭奏刀而玉質成器而金聲山川畀之耶其天性之耶

唐陸魯望硯銘

噫先生隱唐餘甘杞菊老樵漁是器寶實相予爲散人出叢書

天石硯銘并叙

某年十二時於所居紗縠行宅隙地中與羣兒鑿地爲戲得異石如魚膚溫瑩作淺碧色表裏皆細銀星扣之鏗然試以爲硯甚發墨無貯水處先君曰是天硯也有硯之德而不足於形耳因以賜某曰是文字之祥也某寶而用之且爲銘曰

一受其成而不可更或主於德或全於形均是二者顧予安取仰唇俯足世固多有

元豐二年秋七月予得罪下獄家屬流離書籍散亂明年至黃州求硯不復得以爲失之

矣七年七月舟行至當塗發書笥忽復見之甚喜以付迨過其匣雖不工先君手刻其受硯處而使工人就成之者不可易也

惠州李氏潛珍閣銘

襲九淵之神龍沕淵潛以自珍雖無心於求世亦擇勝而栖神蔚鵝城之南麓擢仙李之芳根因石阜以庭宇跨飲江之鼇黿岌飛簷與鐵柱插淸江之漪淪眩古潭之百尺涵萬象於瑤琨耿月魄以終夜湛天容之方春信蒼蒼之非色極深遠而自然疑貝闕與珠宮有玉函之老人予南征其萬里友魚鰕與蛭螾逝將去而返顧託江流以投文悼此江之獨西歎妙意之不陳逮公子之東歸寓此懷於一樽雖神龍之或殺終不殺之爲仁

啓

求婚啓

結縭早歲已聯昆弟之姻親垂白南荒尚念子孫之嫁娶敢憑良妁往款高閎軾長子某之第二子符天質下中生有蓬麻之陋祖風綿邈庶幾弓冶之餘伏承故令弟子立先輩之愛女第十四小娘子稟粹德門教成家廟中郎墳典之付豈在他人太真姑舅之

婚復見今日仰緣夙契祇聽俞音

得請近藩假塗治境即諧披奉預切忻愉

定州到狀

謝韓舍人啓

某聞古者至治之世天子推恩以收天下之望有司執法以繩天下之婾蓋不推恩則無所兼容不執法則有所僥倖有司推恩而求名則侵君之權天子執法而責實則失民之望爲君者常病於察爲臣者又失之寬古之明天子信其臣而不惑於多言故有司執法而無所忌古之良有司憂其君而不卹於私計故天下歸怨而不敢辭況欲選材而置官是將教民而圖任唯所利國豈容樹恩今聖上推不忍之心使賢愚皆遂其所欲而大臣用至明之法使工拙不至於相淆嚮者哀憐老儒故爲特奏之令憫惻連坐又開別試之塗此天下所以詠歌至仁鼓舞盛德君臣之體夫豈同條伏惟舍人執事爲時求材憂國忘己所圖甚遠將深計於安危自信至明曾不牽於毀譽變苟且依違之俗去浮僞囂譁之文罷黜俗儒動以千計講通經術得者九人顧茲小才偶在殊選惟天子推恩如此之厚惟大臣執法如此之堅將天下實

被其鈞陶（二字一作休功）豈一夫獨遂其私願感荷激切不能自勝

潁州謝運使啓

衰病倦遊久懷歸意聖恩寬假特乞守符條教闊疏溪湖清遠但坐糜於廩祿顧難繼於賢豪所幸仁明曲垂存撫特先蒙於顧盼使增重於吏民伏惟某官才節上心名高省闥暫屈外臺之寄一蘇右輔之民日望車塵按臨封部少奉誨言之末得爲衰朽之光感佩之私筆舌難旣

答漕使啓

多病早衰屢有江湖之請誤恩過聽遂分疆埸之憂才無取於折衝愧已深於臥鎮敢緣厚德尚許兼容恭惟某官名重縉紳望隆中外承宣帝澤民忘流殍之災肅振臺風吏若親臨之畏顧惟朽鈍得奉教條但交欣悚之懷莫罄瞻依之頌

上執政謝獎諭啓

事有服勤此實守臣之職功無可錄遽膺褒詔之榮聞命惟驚反身自愧伏自河失故道遺患及於東方徐居下流受害甲於他郡比緣衆力獲保孤城灑沈澹災無補洪源之塞增卑培薄僅循下策之施敢圖

天聽之卑乃辱璽書之賜玆蓋伏遇某官左右元聖師保萬民方以一夫不獲爲己羞故衆人皆樂以善告遂緣過聽致此曲恩某敢不祗服訓詞益修吏職深自策其駑鈍庶有補於涓埃過此以還罔知所措

謝王內翰啓

竊以取士之道古難其全欲求倜儻超拔之材則懼其放蕩而或至於無度欲求規矩尺寸之士則病其齷齪而不能有所爲進士之科昔稱浮剽本朝更制漸復古風博觀策論以開天下豪俊之塗精取詩賦以折天下英雄之氣使齷齪者望而不敢進放蕩者退而有所裁此聖人所以網羅天下之逸民追復先王之舊迹元臣大老皆出此塗伏惟內翰執事天材俊麗神氣橫溢奇文高論大或出於繩檢比聲協句小亦合於方圓蓋天下望爲權衡故明主委之黜陟某之不肖與在下風顧惟山野之見聞安識朝廷之忌諱某亦恃有執事之英鑒以爲小節之何拘執事亦將收天下之遺才觀其大綱之所在驟至殊等實聞四方使知大國之選才非顧當時之所悅渺然陋器雖不能勝多士之喧言卓爾大賢自足以破衆人之浮議方將奔走厥職厲精乃心苟庶幾無朝夕之

愆以辱知己亦萬一有毫髮之效少答至仁感懼之
懷不知所措

上留守宣徽啓

右某啓少年游學方成都樂職之秋壯歲效官復淮陽臥理之日矧留都之清淨眷幙府之優閑再枉辟書重收孤迹哀憐廢弃之久誰復肯然綢繆樽俎之歡亦非偶爾伏惟留守宣徽大尉才高一世望重屢朝體河嶽之兼容納涓塵而不間衣食有奉已寬盡室之憂道德照人況復終身之幸其爲感激難盡敷陳

謝交代趙祠部啓

近審新命屈領此邦名實所加吏民交慶夫何駑蹇之步偶茲糠粃之先雖甚內慚實爲大幸恭惟某官清名肅物雅望在人以博學而濟雄文以高才而行直道久試蕭生於馮翊猶煩長孺於淮陽眷此東原幾爲大澤尚呻吟之未復豈罷陋之所堪望公之來以日爲歲祝頌之素寫述難周

賀孫樞密啓

伏審對揚綸綍進領樞機道不虛行必賴股肱之力人惟求舊允符夷夏之瞻恭惟某官德充山甫之將

明氣備孟軻之剛大聲華傾於衆望功業見乎有爲
擁節常山遠過長城之備剸繁京兆遂令鳴鼓之稀
公議益崇貴名愈白用致非常之命以圖保大之勳
惟時運籌旣壯王猷之塞佇觀秉軸更增帝載之熙
某限以郡符阻趨牆仞欣抃之至徒切下懷

上監司謝禮上啓

燕南趙北昔爲百戰之場地利人和今乃四夷之守
觀累朝之命帥皆一代之名臣豈謂寵榮曲加疲陋
顧吏民之易治幸衰朽之少安此蓋伏遇某官碩德
庇民宏才偉世餘膏所燭常分無盡之光蒙霧而行
坐獲不知之潤眷言朽鈍未遂顛隮勉知策厲之勤
少答吹揚之賜

回列郡守倅啓

祇奉詔恩出臨邊寄愧非才之難強託餘庇以少安
豈謂仁私過形存問感佩之至宣寫莫周

賀列郡知通賀冬啓

日旋南極氣兆黃宮竊惟視履之祥宜擁自天之祐
未遑馳問先辱惠音感佩之誠敷述罔旣

賀鄰帥監司年節啓

新曆旣頒蓋履端歸餘之歲羣情交泰正贊陽出滯

之辰恭惟某官厚德鎮浮一作時高名華國非獨疇咨之用已簡上心更膺難老之祥以符民望官守所限展慶無由欣頌之深敷陳罔既

回列郡守倅賀年啓

新曆既頒羣情交泰過蒙流問祗服寵光永惟嗣歲之興必享宜民之祿徒深頌咏莫罄敷陳

謝監司啓二首

近審下車輒嘗進記徒欲聞名於將命未皇盡意以占詞不圖謙光遽錫褒寵感銘既切愧煬并深恭惟某官以舊德之賢當聖朝之選恩足以濟法義足以理財先聲所臨公議同慶凡繫屬部實有賴於庇庥惟是孤蹤更曲蒙於優借此爲過幸豈復勝言

又

伏念頃蓋若故雖自慰於宿心盡言非書故未紓於誠意即膺寵復實佩謙光退屬紛縈遂疎上記遽叨榮問徒益厚顏恭惟某官造道惟深養氣以直理財不愆於義行法不失其恩竊聆下風倍仰厚德不圖幸會遽隸屬封吏畏民懷既仰安於明哲心勞政拙庶粗免於譴訶喜抃至深敷陳莫罄煩歊尚熾參對未期伏冀精頤別卽迅召

賀高陽王侍制啓

伏審顯奉恩綸榮更帥閫鎮武垣之衝要聯內閣之高華公議交俞貴名愈白恭惟某官膺天大任於時有爲發揮才謀更歷事任道能濟而不過事雖難而不辭節在聖心遂益柄任峻登祕近之直重易關防之雄有恩有威方結東人之愛允文允武更紓北顧之憂即觀成功進陟近輔

賀青州陳龍圖啓

伏審光奉詔書往司留憲漢恩予告暫優三最之勤商夢懷人方徯巨川之濟於公自計爲喜可量伏惟某官文武憲邦忠嘉致主衆謂老成之託孰逾舊學之賢而乃力謀退安示有疾病揮金故里雖榮疏傅之歸雅意本朝日望蕭公之入無由追餞徒切瞻依

謝惠生日詩啓

伏蒙某官以某生辰特貽佳什允也風人之作燦然華袞之榮自省庸虛惟知愧汗雖大人占斯干之夢喜獲嘉言而弟子廢蓼莪之篇難忘永慕感佩之素敷染莫周

謝求婚啓

敢議婚姻蓋恃鄉閭之末遂志門閫亦緣聲氣之同

龜筮既從祖考咸喜伏承令子第二小娘子慶闈濯秀豈獨衞公之五長而某第二子某駑質少文庶幾南容之三復恭馳不腆之幣永結無窮之歡悚抃于懷敷述罔既

賀正啓

伏以物壯則老肅殺所以成歲功否終必傾反復然後知天意凡在含生之類休有向榮之心恭惟某官履信體仁秉德直義才無施而不可道得時而愈隆方當稟征元吉之辰宜享既醉太平之福某限居官守阻候門牆瞻頌之深敷宣罔既

賀冬啓

伏以候緹室之淸宮暬告以日卜臺觀之黃祲史書有年共安消長之來以待陰陽之定恭惟某官才猷傑異道德深醇靖共正直之休順獲天人之助某恪守官次阻稱壽觴坐馳傾向之心莫罄安榮之遇

賀正啓

伏以葦桃在戶磔禳以餞餘寒椒柏稱觴燔烈以興嗣歲在時爲泰與物咸新恭惟某官德洽斯民才高當世迹難淹於外補望已隆於本朝慶此朋來之辰必有稟征之福某官守所繫展謁無階頌詠之深敷

寫難盡

謝孫舍人啓

拜命中宸代言西掖聳聞中外交慶士夫竊惟二聖之心蓋以多士爲急滅烽仆鼓而以將帥爲藩垣抵壁捐金而以公卿爲帑廩蓋樽俎有折衝之恃則藜藿無見採之憂某官瑚璉之才杞梓其用學不專於爲己才已效於臨民穆如清風草木皆靡炳然白日霰雪自消茲爲收拾之儲豈特絲綸之任不遺衰朽過辱緘封永敦爲好之懷深負難酬之作

謝呂學士啓

文學之選人才所難邇無世祿之嫌遠絕茅衡之奔剏此國家養賢之地豈爲儒者竊祿之私某官學古入官脩身以道志本爲己行浮於名直諒多聞固可追於益友文史足用曾不愧於古人果膺選掄登清要未皇馳問先辱惠音

答新蘇州黃龍圖啓

伏審光膺詔函移牧吳會先聲所被惠政已孚自顧妄庸敢論疇昔既聯法從之末又竊鄰光之餘金華玉堂帝左右之高選武林茂苑江東南之要藩雖才分闊絕於賢愚而步武差池於先後其爲喜幸宜倍

等流伏惟某官文秀士林才任國器學已試而可用望久養而益隆偃息均勞叔度莫窺於萬頃治行稱首次公行踐於三槐潤澤所加迂愚有託辱移書之周厚實借寵於衰遲銘感之深筆舌難喻

賀提刑馬宣德啓

奉命按刑捧節入境吏民相慶已戴二天之仁衰病自私獨先一日之雅恭承榮問有激懦衷伏惟某官才映士林望高朝論治行聳聞於中外家聲洋溢於縉紳眷三吳之疲民困連年之積潦疇咨明哲宣布厚恩匪惟凋瘵之獲蘇抑亦庸虛之知勉其爲喜幸豈易名言

答曾舍人啓

伏審顯膺制命榮進掖垣風聲所加中外同慶伏以取才之道自昔爲難惟君子之所爲固衆人之莫識奢儉異俗不害徐公之有常用舍皆天孰知令尹之無喜某官異材秀出博學名家世以文明遠繼父兄之業早緣德進簡在裕陵之心今乃援而進之論者惜其晚矣訓詞一出皆丹青潤色之文老拙自降有糠粃在前之歎過蒙寵顧辱示華牋愧無酬德之言徒有得賢之慶感忭之素寫述難周

答秀州胡朝奉啓

伏審初見吏民首行條教隣封甚邇欣謠頌之藹然緘牘先蒙愧勞謙之過矣某官望推朝論才映士林用已試於盤根所居見紀政方觀於餘地不令而行某待罪江湖苟安衰病眷言一郡幸擊柝之相聞矜式百爲知伐柯之不遠其爲欣詠難盡名言

上號州大守啓

伏審光奉宸恩寵分郡寄惟此山河之勝宜膺師帥之權凡在庇庥莫不欣抃切以弘農故地號國舊邦周分同姓之親唐以本支爲尹富庶雅高於二陝鶯花不謝於三川韓公三十一篇風光咸在賈島五十六字景色如初有洪溜灌漑之饒被女郎雲雨之施四時無旱百物常豐寶產金銅充仞諸邑良材松柏贍給中都至於事簡訟稀蕭灑有道山之況魚肥鶴浴依稀同澤國之風自匪臣賢不輕假守故來者未嘗淹久而優恩已見遷除非總一路之轉輸則入六曹而侍從前人可考新命何疑伏惟知府某官學造淵源道升堂奧精祲盡天人之蘊高明窮性命之微中外屢更功名茂著銅虎暫淹於百里朱轓聊寄於三堂仰望精微俯臨民社共傒星言而夙駕思承道

化乎其民某仕版寒蹤賓僚俗吏久仰圭璋之望素欽星斗之名豈謂此時獲依巨庇惟良作牧已興來暮之歌謠有隕自天惟恐別膺於綸綍無任丹懇倍切馳情

賀蔣發運啓

伏審上計入覲拜恩言還擁節東南上寄一方之休戚考圖廣內示將大用之權輿凡在庇庥舉增抃躍恭惟某官受材秀傑秉德純忠蔚然西漢之文深厚爾雅展矣東京之吏悃愊無華雖已得正法眼藏於大祖師猶有一太事因緣於當來世固將入踐卿相坐致功名以斯道而結王知隨所寓而作佛事某竄流已久衰病相仍方稱慶之未皇忽移書之見及欣感之幸筆舌難宣

答杭州交代林侍制啓

伏審新易節旄光臨督府舊政已孚於千里先聲坐振於七州某偶以庸虛適相先後愧無毫髮之善可紀斯民惟有凋瘵之餘以遺君子卽諧瞻奉尤切詠思

答臨江軍知軍啓

泮水政成繆膺桑梓之敬海邦畫諾又覩枳棘之棲

多難百罹流年半世恍如昨夢復見故人伏惟某官居以才稱進由德選淵源師友舊仰鄭公之高讚一作歌詠風流近傳召父之繼不忘疇昔曲賜俯存豈獨憐衰朽而借餘光蓋將敦風義以勵流俗感佩之至筆舌難宣

賀年啓二首

效五物以觀雲咸知歲美備八能而合樂益驗人和伏惟某官進德及時宜民受祿肇履三陽之應永膺百順之歸未遂披承徒增欣詠

又

三陽應律萬寶向榮永惟視履之祥宜獲自天之祐未皇展慶徒切頌言

高麗大使遠迎啓

伏審觀光魏闕自忘浮海之勤授館吳都將有披雲之幸過承謙德先枉華緘感荷之深誦言莫旣

副使啓

伏審祗率邦常來脩方貢適此海隅之守得瞻使節之華首辱緘縢過形謙抑其爲感怍難盡名言

謝大使土物啓

伏審揚舲造朝弭節就舍歸時事於宰旅方勞遠勤

發私幣於公卿亦蒙見及莫遑辭避但切感銘

謝管設大使啓

鳴鹿食野方主禮之粗陳驪駒在門數賓歡之莫盡遽辱移書之重益慚爲具之疎卽遂願言徒增銘佩

副使啓

伏惟舍館初定徒馭少休粗接賓歡方愧簞壺之陋曲敦私好特班琛貢之餘感佩于懷愧怍無量

謝副使啓

伏以裴回弭節必忘靡盬之勤笑語飛觴深懷不腆之愧過承榮問益荷謙勤感服于衷筆舌難盡

罷登州謝杜宿州啓

桑榆晚景忽蒙收錄之恩山海名邦得竊須臾之樂自非明哲少借餘光內自顧其空疎必難逃於曠敗某官高風肅物雅望應時旣愷悌以宜民亦儒雅而飾吏每假齒牙之論曲誠羽翼之私感佩良深敷述奚旣

杭州到狀

得請支郡備員屬城幸茲衰病之餘託在庇庥之末卽諧瞻奉預切欣愉

賀王發運啓

伏審榮膺制檢總領漕權慘舒六路之民表裏大農之政風聲所暨忻悚交幷恭惟某官學術過人忠嘉許國暫屈分符之寄已膺側席之思乃眷東南欲少蘇於疲瘵無心内外當益罄於謀惟凡在庇庥豈勝歡慰

賀新運使張大夫啓（一本作賀葉運使）

伏承抗旌入境揆日臨民方一節之風馳已列城之雲靡剡惟雅故尤激懽悰伏惟某官早以異材著聞美績議法造令久裨於廟謨宣化承流益試之民事自聞新命實慰輿情再惟衰朽之餘得荷寬明之庇其爲厚幸未易究陳（著聞美績下四句一本作望高郎選粲列星之經躔華使周爰稟外臺之風采）

回答館職啓

伏審奉詔明廷升華冊府國有得賢之盛士知稽古之榮虎觀石渠極諸儒之妙選鼇宮金闕笑方士之遠求自喜衰年獲觀盛事恭惟某官學本自得道惟造深温故爲君子之儒多聞推益者之友奇字可學知子雲之苦心亡書復存賴安世之默識不試而用知賢則深某方此賜環遽承枉駕沐誨音之已厚愧馳謁之未遑

答喬舍人啓

某聞人才以智術爲後而以識度爲先文章以華采爲末而以體用爲本國之將興也貴其本而賤其末道之將廢也取其後而弃其先用舍之間安危攸寄故議論慷慨則東漢多徇義之夫學術夸浮則西晉無可用之士與言及此太息隨之元祐以來眞人在位並興多士以出異材眷惟淮海之英久屈江湖之上迨茲顯擢實慰輿情伏惟某官名重儒林才爲國器深厚爾雅非近世之時文直諒多聞蓋古人之益友代言未幾華國著稱豈惟臺省之光抑亦邦家之慶過蒙疏示深服撝謙顧慚衰病之餘莫究欣承之意

謝右史啓

比者誤被聖恩軫及弃物起於貶所付以名藩牧養疲民曾未施於薄效躋攀近侍已再被於寵光祿既多則功不可徼職既崇而責尤當重顧懇辭之莫獲念圖報之未能方以爲憂敢辱見慶此蓋某官德惟樂善志務達人重緣姻好之私賁以文詞之美捧讀數四退增愧慚屬春候之向和宜福祿之益固未遂披奉但切傾懷

賀時宰啓

伏審光膺考慎峻陟宰司孚號揚廷士識上心之所尚置郵傳命人知聖澤之將流靡不欣愉至於鼓舞恭以某官直方以大廣博而良進以正而正邦異乎求以求政貫六經百子之學煥三代兩漢之詞皐稟自殊偉蕭侯之八尺斗南莫競凜深公之一人加以絶識見微曠度舉遠清心省事則法可使復結繩之約强本節用則貨可使若流泉之長材無不可範而成也譬泥之在鈞俗無不可易而善也猶風之靡草是皆還至而有效安見爲事而無功蓋神考貽謀已完具而可按故成王纘要宜纖悉以勿加此大雅兼持而不移矧清衷圖任之愈篤豈緊疎逖所獨詠歌惟民罔知合語則聖凡有詔令率先惠慈固已遐邇爭傳室家胥慶顧此民逢此日之何幸謂吾相勸吾君以愛人歡聲格於九天乖氣消於萬彙在昔小國如彼景公損己一言退星三舍又況以禹湯大信之誥有夔契同寅之言蠢爾憑生猶知助順赫然在上豈不降康某愚有赤心老無佞舌輒忘犯分顧欲輸誠然有難言是在精智蓋無交則莫與苟好諫則必成不惡而嚴匪怒伊教終成大賴豈曰自私伏念某

遭時休明賦命衰薄蚤粗蒙於遴選比久幸於退藏天兩何私笑流行之木偶滄溟不改嘆自蕩之波臣重以傾歲周旋竊嘗撰屨永塗流落無復掃門豈賴補息劓黥彫圬糞朽出鄱見日去益望天悵末力之將殫愧明恩之莫報乃利用安身之何有儻奉法循理之可爲民社非輕猶承宣而惴惴天淵靡外亦戾躍以欣欣某限以在外不獲躬詣省庭顒百執事賀鈞屏下情無任

及第後謝秋賦試官啓

伏以聖人設文章之教本以御民君子在田野之間亦學爲政故知禮樂者可與言化通春秋者長於治人蓋三代之所常行於六經可以備見事爲之制曲爲之防使學者皆能明其心則天下可以運於掌降及近世析爲二塗凡王政皆出於刑書故儒術不通於吏事惟其所以治民者固不本於學而其所以爲學者亦無施於民游庠序者忘朝廷讀法律者損詩賦場屋後進挾聲律一作技以相誇王公大人顧雕蟲而自笑舊學無用古風遂忘終始之意曾不相沿貴賤之間亦因遂闊下之士有學古之志而無學古之功上之人有用儒之名而無用儒之實顧茲揄弊

常切憫嗟苟非當世之大賢孰拯先王之墜典伏惟
某官才出間世志存生民曩在布衣能通天下之務
旋居要職又爲儒者之師一作宗明習政事而皆有
本原守持經術而不爲迂闊世之係望上所深知輟
自朝聯付之文柄命題甚易而不肖者無所兼容用
法至寬而犯令者未嘗苟免觀其發問於策足以盡
人之才講求一作欲聞先聖之心考其詩義深悲古學
之廢訊以歷書條任子之便宜訪成君之故事不泥
於古不牽於今非有苛碎難知之文將觀磊落不羈
之士使天下知文章誠可以致治又知聲律不足以
入官失之者固因而自新得之者不至於捐舊疇一
作平昔所欲一作歎於今遂忘某才無他長學以自
守爲文病拙不能當世俗之心奏籍有名大懼辱賢
材一作人之舉翲然如畀之羽翼追逸翮以並游沛
然如假之舟航臨長川而獲濟偶緣大庇粗遂一名
方將區區於簿書米鹽之間碌碌於塵埃箠楚之地
雖識恩之所自顧力報之未由感懼之懷言不能盡
一作不知所措

謝應中制科啓

臨軒策士方搜絕異之才隨問獻言誤占久虛之等

忽從佐縣擢與評刑內自顧於無甚凜不知其所措
恭惟制治之要惟有取人之難用法者畏有司之不
公故舍其平生而論其一日通變者恐人材之未盡
故詳於採聽而略於臨時茲二者之相形顧兩全而
未有一之於考試而掩之於倉卒所以爲無私也然
而才行之迹無由而深知委之於察舉而要之於久
長所以爲無失也然而請囑之風或因而滋長此隋
唐進士之所以爲有弊魏晉中正之所以爲多姦惟
是賢良茂異之科兼用考試察舉之法每中年輒下
明詔使兩制各舉所聞在家者能孝而恭在官者能
廉而愼臨之以患難而能不變邀之以寵利而能不
回既已得其行己之大方然後責其當世之要用學
博者又須守約而後取文麗者或以用寡而見尤特
於萬人之中求其百全之美凡與中書之召命已爲
天下之選人而又有不可測知之論以觀其默識之
能無所不問之策以考其博通之實至於此而不去
則其人之可知然猶使御史得以求其疵諫官得以
考其素一陷清議輒爲廢人是以始由察舉而無請
謁公行之私終用考試而無倉卒不審之患蓋其取
人也如此之密則夫不肖者安得而容某才不迨人

少而自信治經獨傳於家學爲文不願於世知特以飢寒之憂出求斗升之祿不謂諸公之過聽使與羣豪而並游始不自量欲行其志遂竊俊良之舉不知才力之微論事迂闊而不能動人讀書疎略而無以應敵取之甚愧得而益慚此蓋伏遇某官以堯舜之道輔吾君以伊周之業爲己任恐一夫不獲自盡以爲廟堂之憂思天下所以太平必用芻蕘之說亟收末學以輔大猷然志卑處高德薄寵厚歷觀前輩由此爲致君之資敢以微軀自今爲許國之始過此以往未知所裁（以堯至大猷五十字一本作德爲世之望人位爲時之顯處聲稱所被四方莫不奔趨議論一家多士以爲進退致茲庸末亦與甄收）

下財啓

夙緣契好獲講婚姻顧門閥之雖微特臭味之不遠敬陳納幣之禮以行奠鴈之儀庶徼福于前人永交歡於二姓

答求親啓

藐爾諸孤雖本軒裳之後閔然衰緒莫閑纂組之功伏承某人儒術飭修鄉評茂著許敦兄弟之好永結琴瑟之歡瞻望高門獲接登龍之峻悋勤中饋庶幾

數馬之恭

與邁求親啓

里閈之游篤於早歲交朋之分重以世姻某長子邁
天資朴魯近憑游藝之師傳賢小娘子姆訓夙成遠
有萬石之家法聊伸不腆之幣願結無窮之歡

徐州謝鄰郡陳彥升啓

受代膠西甫違仁庇分符泗上復託恩私祗見吏民
布宣條教郡有溪山之樂庭無爭訟之煩曾何妄庸
獲此僥倖此蓋某官紀綱千載儀表一方議論信於
中朝予奪公於多士衰罷無術旣常荷於兼容勉厲
自將或無忝於知遇感懼之素敷染難宣

湖州上監司先狀

弭棹江郊聳聞風采馳神德守若奉誨音欣抃之深
敷宣莫究

回同官先狀

幸因聯事得遂依仁瞻奉匪遙欣愉良極

黃州還回太守畢仲遠啓

五年嚴譴已甘魚鳥之鄉一舸生還復與搢紳之末
屢將通問輒復自疑方茲入境之初遽已誨音之辱
披緘驚眩撫己汗惶共惟某官師帥斯民表儀多士

道德龔黃之右牢圄坐空風流王謝之間嘯歌自得豈特居人之安堵固將遷客之忘歸路轉湖陰益聽風謠之美神馳鈴下如聞謦欬之音瞻詠實勞敷宣罔既

杭州與莫提刑啓

罷直禁中本緣衰病分符淛右更竊寵榮顧惟頑鈍之資豈任繁劇之寄仰憑多可或賜曲全恭惟某官德望在人才猷簡上肅高風於列郡浹厚德於齊民千佛題名昔忝游從之末三吳按郡想蒙潤澤之餘會見有期瞻依愈切

回蘇州黃龍圖啓

伏審政成京口詔徙吳都眷惟疆境之隣首被風聲之美亟蒙音誨良慰望思伏惟某官賦才敏明秉德仁厚踐揚臺省既久簡於上心偃息江湖尚歷試以民事仰膺殊用以協羣言欣頌之誠口占難盡

代賀歐陽樞密啓代大中公

伏以拜恩王庭署事兵府非徒儒者之盛節實為天下之殊休苟居下風孰不欣抃切以國家分設二府紀綱百官凡奉法循令所以撫民於內者皆效節於中書秉義蹈忠所以捍城於外者皆受制於樞密未

有不能文而能幹兵事未有不知兵而能爲宰臣職
雖或偏道未始異蓋近古之制兵農混於一民自漢
以還文武分爲二職所上者係乎其世所長者存乎
其人求其兼通豈復容易恭以樞密侍郎名冠當代
才雄萬夫通習世務而皆有本源講明經術而不爲
迂闊擢居大位實快羣心武夫悍卒自以爲盡得其
才賢士大夫皆以爲得行其道某分守遠郡寓居近
畿仰大賢之登庸助率土之歡詠

東坡續集卷第十

東坡續集卷第十一

書

上神宗皇帝書

臣近者不度愚賤輒上封章言買燈事自知瀆犯天威罪在不赦席藁私室以待斧鉞之誅而側聽逾旬威命不至問之府司則買燈之事尋已停罷乃知陛下不惟赦之又能聽之驚喜過望以至感泣何者改過不吝從善如流此堯舜禹湯之所勉强而力行秦漢以來之所絕無而僅有顧此買燈毫髮之失豈能上累日月之明而　陛下翻然改命曾不移刻則所謂智出天下而聽於至愚威加四海而屈於匹夫臣今知　陛下可以爲堯舜可與爲湯武可與富民而措刑可與强兵而伏戎虜矣有君如此其忍負之惟當披露腹心捐棄肝腦盡力所至不知其他乃者臣亦知天下之事有大於買燈者矣而獨區區以此爲先者蓋未信而諫聖人不與交淺言深君子所戒是以試論其小者而其大者固將有待而後言今陛下果赦而不誅則是既已許之矣許而不言臣則有罪是以願終言之臣之所欲言者三願　陛下結人心厚風俗存紀綱而已人莫不有所恃人臣恃

陛下之命故能役使小民小民恃 陛下之法故能
勝伏强暴至於人主所恃者誰歟書曰予臨兆民懔
乎若朽索之馭六馬言天下莫危於人主也聚則爲
君臣散則爲仇讎聚散之間不容毫釐故天下歸往
謂之王人各有心謂之獨夫由此觀之人主之所恃
者人心而已人心之於人主也如木之有根如燈之
有膏如魚之有水如農夫之有田如商賈之有財木
無根則槁燈無膏則滅魚無水則死農夫無田則飢
商賈無財則貧人主失人心則亡此必然之理不可
逭之災也其爲可畏從古以然苟非樂禍好亡狂易
喪志詎敢肆其胷臆輕犯人心乎昔子產焚載書以
弭衆言賂伯石以安巨室以爲衆怒難犯專欲難成
而孔子亦曰信而後勞其民未信則以爲厲己也惟
商鞅變法不顧人言雖能驟至富强亦以召怨天下
使其民知利而不知義見刑而不見德雖得天下旋
踵而亡至於其身亦卒不免負罪出走而諸侯不納
車裂以徇而秦人莫哀君臣之間豈願如此宋襄公
雖行仁義失衆而亡田常雖不義得衆而强是以君
子未論行事之是非先觀衆心之向背謝安之用諸
桓未必是而衆之所樂則國以乂安庾亮之召蘇峻

未必非而勢有不可則反爲危辱自古及今未有和易同衆而不安剛果自用而不危者也今　陛下亦知人心之不悅矣中外之人無賢不肖皆言祖宗以來治財用者不過三司使副判官經今百年未嘗闕事今者無故又創一司號曰制置三司條例使六七少年日夜講求於內使者四十餘輩分行營幹於外造端宏大民實驚疑創法新奇吏皆惶惑賢者則求其說而不可得未免於憂小人則以意而度朝廷遂以爲謗謂　陛下以萬乘之主而言利謂執政以天子之宰而治財商賈不行物價騰踊近自淮甸遠及川蜀喧傳百口論說百端或言京師正店議置監官夔路深山當行酒禁拘收僧尼常住減剋兵吏廩祿如此等類不可勝言而甚者至以爲欲復肉刑斯言一出民且狼顧　陛下與二三大臣亦聞其語矣然而莫之顧者徒曰我無其事又無其意何恤於人言夫人言雖未必皆然而疑似則有以致謗人必貪財也而後人疑其盜人必好色也而後人疑其淫何者未置此司則無此謗豈去歲之人皆忠厚而今歲之士皆虛浮孔子曰工欲善其事必先利其器又曰必也正名乎今　陛下操其器而諱其事有其名而辭

其意雖家置一喙以自解市列千金以購人人必不
信謗亦不止夫制置三司條例司求利之名也六七
少年與使者四十餘輩求利之器也驅鷹犬而赴林
藪語人曰我非獵也不如放鷹犬而獸自馴操網罟
而入江海語人曰我非漁也不如捐網罟而人自信
故臣以爲去讒慝而召和氣復人心而安國本則莫
若罷制置三司條例司夫　陛下之所以創此司者
不過以興利除害也使罷之而利不興害不除則勿
罷罷之而天下悅人心安興利除害無所不可則何
苦而不罷　陛下欲去積弊而立法必使宰相熟議
而後行事若不由中書則是亂世之法聖君賢相夫
豈其然必若立法不免由中書熟議不免使宰相此
司之設無乃冗長而無名智者所圖貴於無迹漢之
文景紀無可書之事唐之房杜傳無可載之功而天
下之言治者與文景言賢者與房杜蓋事已立而迹
不見功已成而人不知故曰善用兵者無赫赫之功
豈惟用兵事莫不然今所圖者萬分未獲其一也而
迹之布於天下已若泥中之鬬獸亦可謂拙謀矣
陛下誠欲富國擇三司官屬與漕運使副而　陛下
與二三大臣孜孜講求磨以歲月則積弊自去而人

不知但恐立志不堅中道而廢孟子有言其進銳者其退速若有始有卒自可徐徐十年之後何事不立孔子曰欲速則不達見小利則大事不成使孔子而非聖人則此言亦不可用書曰謀及卿士至于庶人合時大同乃底元吉若逆多而從少則靜吉而作凶今自宰相大臣旣以辭免不爲則外之議論斷亦可知宰相人臣也且不欲以此自污而 陛下獨安受其名而不辭非臣愚之所識也君臣宵旰幾一年矣而富國之効茫如捕風徒聞內帑出數百萬緡祠部五千耳以此爲術其誰不能且遣使縱橫本非令典漢武遣繡衣直指桓帝遣八使皆以守宰狼籍盜賊公行出於無術行此下策宋文帝元嘉之政比於文景當時責成郡縣未嘗遣使及至孝武以郡縣遲緩始命臺使督之以至蕭齊此弊不革故景陵王子良上疏極言其事以爲此等朝辭禁門情態即異暮宿州縣威福便行驅迫郵傳折辱守宰公私煩擾民不聊生唐開元中宇文融奏置勸農判官使裴寬等二十九人並攝御史分行天下招攜戶口檢責漏田時張說楊瑒皇甫璟楊相如皆以爲不便而相繼罷黜雖得戶八十餘萬皆州縣希旨以主爲客以少爲多

及使百官集議都省而公卿以下懼融威勢不敢異
辭　陛下今讀之觀其所行爲是爲否近者均稅寬
恤冠蓋相望朝廷亦旋覺其非而天下至今以爲謗
曾未數歲是非較然臣恐後之視今猶今之視昔且
其所遣尤不適宜事少而員多人輕而權重夫人輕
而權重則人多不服或致侮慢以興爭事少而員多
則無以爲功必須生事以塞責　陛下雖嚴賜約束
不許邀功然人臣事君之常情不從其令而從其意
今朝廷之意好動而惡靜好同而惡異指趣所在誰
敢不從臣恐　陛下赤子自此無寧歲矣至於所行
之事行路皆知其難何者汴水濁流自生民以來不
以種稻秦人之歌曰涇水一石其泥數斗且溉且糞
長我禾黍何嘗曰長我粳稻耶今欲陂而清之萬頃
之稻必用千頃之陂一歲一淤三歲而滿矣　陛下
遽信其說即使相視地形萬一官吏苟且順從眞謂
　陛下有意興作上糜帑廩下奪農時堤防一開水
失故道雖食議者之肉何補於民天下久平民物滋
息四方遺利蓋略盡矣今欲鑿空尋訪水利所謂即
鹿無虞豈惟徒勞必太煩擾凡所擘劃利害不問何
人小則隨事酬勞大則量才錄用若官司格沮並重

行黜降不以赦原若材力不辦與與修便使許申奏替換賞可謂重罰可謂輕然並終不言諸色人妄有申陳或官司誤興功役當得何罪如此則妄庸輕剽浮浪姦人自此爭言水利矣成功則有賞敗事則無誅官司雖知其疎豈可便行抑退所在追集老少相視可否吏卒所過雞犬一空若非灼然難行必須且爲興役何則格沮之罪重而誤興之過輕人多愛身勢必如此且古陂廢堰多爲側近冒耕歲月既深已同永業苟欲興復必盡追收人心或搖甚非善政又有好訟之黨多怨之人妄言某處可作陂渠規壞所怨田產或指人舊業以爲官陂冒佃之訟必倍今日臣不知朝廷本無一事何苦而行此哉自古役人必用鄉戶猶食之必用五穀衣之必用桑麻川之必用舟航地之必用牛馬雖其間或有以他物充代然終非天下所可常行今者徒聞江浙之間數郡行此而欲措之天下是猶見燕晉之棗栗岷蜀之蹲鴟而欲以廢五穀豈不難哉又欲官賣所在坊場以充衙前顧直雖有長役更無酬勞長役所得既微自此必漸衰散則州郡事體憔悴可知士大夫捐親戚棄墳墓以從宦於四方者宣力之餘亦欲取樂此人之至情也若

凋弊太甚廚傳蕭然則似危邦之陋風恐非太平之盛觀　陛下試慮及此必不肯爲且今法令莫嚴於御軍軍法莫嚴於逃竄禁軍三犯廂軍五犯大率處死然逃軍常半天下不知雇人爲役與廂軍何異若有逃者何以罪之其勢必輕於逃軍則其逃必甚於今日爲其官長不亦難乎近者雖使鄉戶頗得雇人然而所雇逃亡鄉戶猶任其責今遂欲於兩稅之外別立一科謂之庸錢以備官雇則雇人之責官所自任矣自唐楊炎廢租庸調以爲兩稅取大曆十四年應干賦斂之數以立兩稅之額則是租調與庸兩稅既兼之矣今兩稅如故奈何復欲取庸聖人立法必慮後世豈可於常稅之外別出科名萬一不幸後世有多欲之君輔之以聚斂之臣庸錢不除差役仍舊使天下怨讟推所從來則必有任其咎者矣人欲使坊郭等第之民與鄉戶均役品官形勢之家與齊民並事其說曰周禮田不耕者出屋粟宅不毛者有里布而漢世宰相之子不免戍邊此其所以藉口也古者官養民今者民養官給之以田而不耕勸之以農而不力於是乎有里布屋粟夫家之征而民無以爲生去爲商賈事勢當耳何名役之且一歲之戍不過

三日三日之雇其直三百今世三大戶之役自公卿以降無得免者其費豈特三百而已大抵事若可行不必皆有故事若民所不悅俗所不安縱有經典明文無補於怨若行此二者必怨無疑女戶單丁蓋天民之窮者也古之王者首務恤此而今 陛下首欲役之此等苟非戶將絕而未亡則是家有丁而尚幼若假之數歲則必成丁而就役老死而沒官富有四海忍不加恤孟子曰始作俑者其無後乎春秋書作丘甲用田賦皆重其始爲民患也青苗放錢自昔有禁今 陛下始立成法每歲常行雖云不許抑配而數世之後暴君污吏 陛下能保之歟異日天下恨之國史記之曰青苗錢自 陛下始豈不惜哉且東南買絹本用見錢陝西糧草不許折兌朝廷既有著令職事又每舉行然而買絹未嘗不折鹽糧草未嘗不折鈔乃知青苗不許抑配之說亦是空文只如治平之初揀刺義勇當時詔旨慰諭明言永不戍邊著在簡書有如盟約于今幾日論議已搖或已代還東軍或欲抵換弓手約束難恃豈不明哉縱使此令決行果不抑配計其間願請人戶必皆孤貧不濟之人家若自有贏餘何至與官交易此等鞭撻已急則繼

之逃亡逃亡之餘則均之鄰保勢有必至理有固然且夫常平之為法也可謂至矣所守者約而所及者廣借使萬家之邑止有千斛而谷貴之際千斛在市物價自平一市之價既平一邦之食自足無操瓢乞丐之弊無里正催驅之勞今若變為青苗家貸一斛則千斛（一作戶）之外孰救其飢且常平官錢常患其少若盡數收糴則無借貸若留充借貸則所糴幾何乃知常平青苗其勢不能兩立壞彼成此所喪愈多虧官害民雖悔何逮臣竊計　陛下欲考其實則必亦問人人知　陛下方欲力行必謂此法有利無害以臣愚見恐未可憑何以明之臣頃在陝西見刺義勇提舉諸縣臣嘗親行愁怨之民哭聲振野當時奉使還者皆言民盡樂為希合取容自古如此不然則山東之盜二世何緣不覺南詔之敗明皇何緣不知今雖未至於斯亦望　陛下審聽而已昔漢武之世財力匱竭用賈人桑羊之說買賤賣貴謂之均輸于時商賈不行盜賊滋熾幾至於亂孝昭既立學者爭排其說霍光順民所欲從而予之天下歸心遂以無事不意今者此論復興立法之初其說尚淺徒言徙貴就賤用近易遠然而廣置官屬多出緡錢豪商大

賈皆疑而不敢動以為雖不明言販賣然既已許之
變易變易既行而不與商賈爭利者未之聞也夫商
賈之事曲折難行其買也先期而與錢其賣也後期
而取直多方相濟委曲相通倍稱之息由此而得今
官買是物必先設官置吏簿書廩祿為費已厚非良
不售非賄不行是以官買之價比民必貴及其賣也
弊復如前商賈之利何緣而得朝廷不知慮此乃捐
五百萬緡以與之此錢一出恐不可復縱使其間薄
有所獲而征商之額所損必多今有人為其主牧牛
羊者不告其主以一牛而易五羊一牛之失則隱而
不言五羊之獲則指為勞績　陛下以為壞常平而
言青苗之功虧商稅而取均輸之利何以異此　陛
下天機洞照聖略如神此事至明豈有不曉必謂已
行之事不欲中變恐天下以為執德不一用人不終
是以遲留歲月庶幾萬一臣竊以為過矣古之英主
無出漢高酈生謀撓楚權欲復六國高祖曰善趣刻
印及聞留侯之言吐哺而罵曰趣銷印夫稱善未幾
繼之以罵刻印銷印有同兒戲何嘗累高祖之知人
適足以明聖人之無我　陛下以為可而行之知其
不可而罷之至聖至明無以加此議者必謂民可與

樂成難與慮始故勸　陛下堅執不顧期於必行此乃戰國貪功之人行險僥倖之說　陛下若信而行之則是徇高論而逆至情持空名而邀實禍未及樂成而怨已起矣臣之所願結人心者此之謂也士之進言者爲不少矣亦嘗有以國家之所以存亡曆數之所以長短告　陛下者乎夫國家之所以存亡者在道德之淺深而不在乎强與弱曆數之所以長短者在風俗之厚薄而不在乎富與貧道德誠深風俗誠厚雖貧且弱不害於長而存道德誠淺風俗誠薄雖强且富不救於短而亡人主知此則知所輕重矣是以古之賢君不以弱而忘道德不以貧而傷風俗而智者觀人之國亦必以此察之齊之强也周公知其後必有篡弑之臣衞至弱也季子知其後亡吳破楚入郢而陳大夫逢滑知楚之必復晉武既平吳何曾知其將亂隋文既平陳房喬知其不久元帝斬郅支朝呼韓功多於武宣矣偷安而王氏之釁生宣宗收燕趙復河湟力强於憲武矣銷兵而龐勛之亂起臣願　陛下務崇道德而厚風俗不願　陛下急於有功而貪富强使　陛下富如隋强如秦西取靈武北取燕薊謂之有功可也而國之長短則不在此夫國

之長短如人之壽夭人之壽夭在元氣國之長短在
風俗世有尫羸而壽考亦有盛壯而暴亡若元氣猶
存則尫羸而無害及其已耗則盛壯而愈危是以善
養生者慎起居節飲食導引關節吐故納新不得已
而用藥則擇其品之上性之良可以久服而無害者
則五藏和平而壽命長不善養生者薄節慎之功遲
吐納之效厭上藥而用下品伐真氣而助強陽根本
已危一作空僵仆無日天下之勢與此無殊故臣願
陛下愛惜風俗如護元氣古之聖人非不知深刻
之法可以齊衆勇悍之夫可以集事忠厚近於迂闊
老成初若遲鈍然終不肯以彼而易此者顧其所得
小而所喪大也曹參賢相也曰慎無擾獄市黃霸循
吏也曰治道去泰甚或譏謝安以清談廢事安笑曰
秦用法吏二世而亡劉晏爲度支專用果銳少年務
在急速集事好利之黨相師成風德宗初卽位擢崔
祐甫爲相祐甫以道德寬大推廣上意故建中之政
其聲翕然天下想望庶幾正觀及盧杞爲相諷上以
刑名整齊天下馴致僥薄以及播遷我仁祖之御天
下也持法至寬用人有敘專務掩覆過失未嘗輕改
舊章然考其成功則曰未至以言乎用兵則十出而

九敗以言其府庫則僅足而無餘徒以德澤在人風俗知義是以升遐之日天下如喪考妣社稷長遠終必賴之則仁祖可謂知本矣今議者不察徒見其末年吏多因循事不振舉乃欲矯之以苛察齊之以智能招來新進勇銳之人以圖一切速成之効未享其利澆風已成且天時不齊人誰無過國君含垢至察無徒若 陛下多方包容則人才取次可用必欲廣置耳目務求瑕疵則人不自安各圖苟免恐非朝廷之福亦豈 陛下所願哉漢文欲用虎圈嗇夫釋之謂利口傷俗今若以口舌捷給而取士以應對遲鈍而退人以虛誕無實爲能文以矯激不仕爲有德則先王之澤遂將散微自古用人必須歷試雖有卓異之器必有已成之功一則使其更變而知難事不輕作一則待其功高而望重人自無辭昔先主以黃忠爲後將軍而諸葛亮憂其不可以爲忠之名望素非關張之倫若班爵遽同則必不悅其後關羽果以爲言以黃忠豪勇之姿以先主君臣之契尚復慮此而況其他乎世常謂漢文不用賈生以爲深恨臣嘗推究其旨竊謂不然賈生固天下之奇才所言亦一時之良策然請爲屬國欲係單于則是處士之大言少

年之銳氣昔高祖以三十萬衆困于平城當時將相羣臣豈無賈生之比三表五餌人知其疎而欲以困中行說尤不可信兵凶器也而易言之正如趙括之輕秦李信之易楚若文帝亟用其言則天下殆將不安使賈生常歷艱難亦必自悔其說用之晚歲其術必精不幸喪亡非意所及不然文帝豈棄才之主絳灌豈蔽賢之士至於晁錯尤號刻薄文帝之世止於太子家令景帝既立以爲御史大夫申屠嘉發憤而死紛更政令天下騷然及至七國發難而錯之術亦窮矣文景優劣於此可見大抵名器爵祿人所奔趨必使積勞而後遷以明持久而難得則人各守其分不敢操求今若多開驟進之門使有異外之得公卿侍從跬步可圖其得者既不以僥倖自名則不得者必皆以沈淪爲恨使天下常調舉生妄心恥不若人何所不至欲望風俗之厚豈可得哉選人之改京官常須十年以上薦更險阻計析毫釐其間一事聱牙常至終身淪棄今乃以一人之薦舉而予之猶恐未稱章服隨至使積勞久次而得者何以厭服哉夫常調之人非守則令員多闕少久已患之不可復開多門以待巧進若巧者侵奪已甚則拙者迫怵無聊利

害相形不得不察故近歲朴拙之人愈少而巧進之士益多惟 陛下重之惜之哀之救之如近日三司獻言使天下郡選一人催驅三司文字許之先次指射以酬其勞則其數年之後審官吏部又有三百餘人得先占闕常調待次不其愈難此外勾當發運均輸按行農田水利已據監司之體各懷進用之心轉對者望以稱旨而驟遷奏課者求爲優等而速化相勝以力相高以言而名實亂矣惟 陛下以簡易爲法清淨爲心使姦無所緣而民德歸厚臣之所願厚風俗者此之謂也古者建國使內外相制輕重相權如周如唐則外重而內輕如秦如魏則外輕而內重內重之弊必有奸臣指鹿之患外重之弊必有大國問鼎之憂聖人方盛而慮衰常立法以救弊國家賦籍揔於計省重兵聚於京師以古揆今則似內重共惟祖宗所以預圖而深計固非小臣所能臆度而周知然觀其委任臺諫之一端則是聖人過防之至計歷觀秦漢以及五代諫爭而死蓋數百人而自建隆以來未嘗罪一言者縱有薄責旋即超升許以風聞而無官長風采所繫不問尊卑言及乘輿則天子改容事關廊廟則宰相待罪故仁宗之世議者譏宰相

但奉行臺諫風旨而已聖人深意流俗豈知蓋擢用臺諫固未能皆賢所言亦未必皆是然須養其銳氣借其重權者豈徒然哉將以折姦臣之萌而救內重之弊也夫姦臣之始以臺諫折之而有餘及其既成以干戈取之而不足今法令嚴密朝廷清明所謂姦臣萬無此理然養猫所以去鼠不可以無鼠而養不捕之猫畜狗所以防姦不可以無姦而畜不吠之狗

陛下得不上念祖宗設此官之意下為子孫立萬世之防朝廷紀綱孰大於此臣自幼小所記及聞長老之談皆謂臺諫所言常隨天下公議公議所與臺諫亦與之公議所擊臺諫亦擊之及至英廟之初始建稱親之議本非人主大過亦無禮典明文徒以衆心未安公議不允當時臺諫以死爭之今者物論沸騰怨讟交至公議所在亦可知矣而相顧不發中外失望夫彈劾積威之後雖庸人亦可以奮揚風采消委之餘雖豪傑有不能振起臣恐自茲已往習慣成風盡為執政私人以致人主孤立紀綱一廢何事不生孔子曰鄙夫可與事君也歟哉其未得之也患得之既得之患失之苟患失之無所不至矣臣始讀此書疑其大過以為鄙夫之患失不過備位而苟容及

觀李斯憂蒙恬之奪其權則立二世以亡秦盧杞憂
懷光之數其惡則誤德宗以再亂其心本生於患失
而其禍乃至於喪邦孔子之言良不爲過是以知爲
國者平居必常有忘軀犯顏之士則臨難庶幾有徇
義守死之臣苟平居尚不能一言則臨難何以責其
死節人臣苟皆如此天下亦曰殆哉君子和而不同
小人同而不和和如和羹同如濟水故孫寶有言周
公上聖召公大賢猶不相悅著於經典兩不相損晉
之王導可謂元臣每與客言舉坐稱善而王述不悅
以爲人非堯舜安得每事盡善導亦斂衽謝之若使
言無不同意無不合更唱迭和何者非賢萬一有小
人居其間則人主何緣得以知覺臣之所謂願存紀
綱者此之謂也臣非敢歷詆新政苟爲異論如近日
裁減皇族恩例刊定任子條式脩完器械閱習鼓旗
皆　陛下神算之至明乾剛之必斷物議既允臣敢
有詞然至於所獻三言則非臣之私見中外所病其
誰不知昔禹戒舜曰無若丹朱傲惟慢遊是好舜豈
有是哉周公戒成王曰無若商王受之迷亂酗于酒
德哉王豈有是哉周昌以漢高爲桀紂劉毅以晉武
爲桓靈當時人君曾莫之罪而書之史冊以爲美談

使臣所獻三言皆朝廷未嘗有此則天下之幸臣與有焉若有萬一似之則　陛下安可不察然而臣之爲計可謂愚矣以螻蟻之命試雷霆之威積其狂愚豈可屢赦大則身首異處破壞家門小則削籍投荒流離道路雖然　陛下必不爲此何也臣天賦至愚篤於自信向者與議學校貢舉首違大臣本意已期竄逐敢意自全而　陛下獨然其言曲賜召對從容久之至謂臣曰今政令得失安在雖朕過失指陳可也臣即對曰　陛下生知之性天縱文武不患不明不患不勤不患不斷但患求治太速進人太銳聽言太廣又俾述其所以然之狀　陛下頷之曰卿所獻三言朕當熟思之臣之狂愚非獨今日　陛下容之久矣豈有容之於始而不赦之於終恃此而言所以不懼臣之所懼者譏刺既衆怨仇實多必將詆臣以深文中臣以危法使　陛下雖欲赦臣而不得豈不殆哉死亡不辭但恐天下以臣爲戒無復言者是以思之經月夜以繼日書成復毀至于再三感　陛下聽其一言懷不能已卒吐其說惟　陛下憐其愚忠而卒赦之不勝俯伏待罪憂恐之至

續添

上皇帝書徐州上

臣以庸材備員冊府出守兩郡皆東方要地私竊以爲守法令治文書赴期會不足以報塞萬一輒伏思念東方之要務 陛下之所宜知者得其一二草具以聞而 陛下擇焉臣前任密州建言自古河北與中原離合常係社稷存亡而京東之地所以灌輸河北缾竭則罍恥脣亡則齒寒而其民喜爲盜賊爲患最甚因爲 陛下畫所以待盜賊之策及移守徐州覽觀山川之形勢察其風俗之所上而考之於載籍然後又知徐州爲南北之襟要而京東諸郡安危所寄也昔項羽入關旣燒咸陽而東歸則都彭城夫以羽之雄略捨咸陽而取彭城則彭城之險固形便足以得志於諸侯者可知矣臣觀其地三面被山獨其西平川數百里西走梁宋使楚人開關而延敵材官騶發突騎雲縱真若屋上建瓴水也地宜菽麥一熟而飽數歲其城三面阻水樓堞之下以汴泗爲池獨其南可通車馬而戲馬臺在焉其高十仞廣袤百步若用武之世屯千人其上聚櫑木砲石凡戰守之具以與城相表裏而積三年糧於城中雖用十萬人不易取也其民皆長大膽力絶人喜爲剽掠小不適意

則有飛揚跋扈之心非止爲盜而已漢高祖沛人也項羽宿遷人也劉裕彭城人也朱全忠碭山人也皆在今徐州數百里間耳其人以此自負凶桀之氣積以成俗魏太武以三十萬人攻彭城不能下而王智興以卒伍庸材恣睢於徐朝廷亦不能討豈非以其地形便利人卒勇悍故耶州之東北七十餘里即利國監自古爲鐵官商賈所聚其民富樂凡三十六冶冶戶皆大家藏鏹巨萬常爲盜賊所窺而兵衞寡弱有同兒戲臣中夜以思即爲寒心使劇賊致死者十餘人白晝入市則守者皆棄而走耳地既產精鐵而民皆善鍛散冶戶之財以嘯召無賴則烏合之衆數千人之仗可以一夕具也順流南下辰發巳至而徐有不守之憂矣使不幸而賊有過人之才如呂布劉備之徒得徐而逞其志則京東之安危未可知也近者河北轉運司奏乞禁止利國監鐵不許入河北朝廷從之昔楚人亡弓不能忘楚孔子猶小之況天下一家東北二冶皆爲國興利而奪彼與此不已隘乎自鐵不北行冶戶皆有失業之憂詣臣而訴者數矣臣欲因此以征冶戶爲利國監之捍屏今三十六冶冶各百餘人採鑛伐炭多飢寒亡命彊力鷙忍之民

也臣欲使冶戶每冶各擇有材力而忠謹者保任十人籍其名於官授以劒仗刀槊教之擊刺每月兩衙集於知監之庭而閱試之藏其刃於官以待大盜不得役使犯者以違制論冶戶爲盜所擬久矣民皆知之使冶出十人以自衞民所樂也而官又爲除近日之禁使鐵得北行則冶戶皆悅而聽命姦猾破膽而不敢謀矣徐城雖險固而樓櫓敝惡又城大而兵少緩急不可守今戰兵千人耳臣欲乞移南京新招騎射兩指揮於徐此故徐人也嘗屯於徐營壘材石既具矣而遷於南京異時轉運使分東西路畏餽餉之勞而移之西耳今兩路爲一其去來無所損益而足以爲徐之重城下數里頗產精石無窮而奉化廂軍見闕數百人臣願募石工以足之聽不差出使此數百人者常採石以甃城數年之後舉爲金湯之固要使利國監不可窺則徐無事徐無事則京東無虞矣沂州山谷重阻爲逋逃淵藪盜賊每入徐州界中

陛下若採臣言不以臣爲不肖願復三年守徐且得兼領沂州兵甲巡檢公事必有以自效京東惡盜多出逃軍逃軍爲盜民則望風畏之何也技精而法重也技精則難敵法重則致死其勢然也自 陛下置

將官修軍政士皆精銳而不免於逃者臣嘗考其所由蓋自近歲以來部送罪人配軍者皆不使役人而使禁軍軍士當部送者受牒卽行往反常不下十日道路之費非取息錢不能辦百姓畏法不敢貸貸亦不可復得惟所部將校乃敢出息錢與之歸而刻其糧賜以故上下相持軍政不修博弈飲酒無所不至窮苦無聊則逃去爲盜臣自至徐卽取不係省錢百餘千別儲之當部送者量遠近裁取以三月刻納不取其息將吏有敢貸息錢者痛以法治之然後嚴軍政禁酒博比期年士皆飽煖練熟技藝等第爲諸郡之冠　陛下遣敕使按閱所具見也臣願下其法諸郡推此行之則軍政修而逃者衰亦去盜之一端也

臣聞之漢相王嘉曰孝文帝時二千石長吏安官樂職上下相望莫有苟且之意其後稍稍變易公卿以下轉相促急司隸部刺史發揚陰私吏或居官數月而退二千石益輕賤吏民慢易之知其易危小失意則有離畔之心前山陽士徒蘇令從橫吏士臨難莫肯伏節死義者以守相威權素奪故也國家有急取辦於二千石二千石尊重難危乃能使下以王嘉之言而考之於今郡守之威權可謂素奪矣上有監司

伺其過失下有吏民持其長短未及按問而差替之命已下矣欲督捕盜賊法外求一錢以使人且不可得盜賊凶人情重而法輕者守臣輒配流之則使所在法司覆按其狀劾以失入惴惴如此何以得吏士死力而破姦人之黨乎由此觀之盜賊所以滋熾者以　陛下守臣權太輕故也臣願　陛下稍重其權責以大綱闊略其小過凡京東多盜之郡自青鄆以降如徐沂齊曹之類皆慎擇守臣聽法外處置强盜頗賜緡錢使得以布設耳目畜養爪牙然緡錢多賜則難常少又不足於用臣以爲每郡可歲別給一二百千使以釀酒凡使人葺捕盜賊得以酒予之敢以爲他用者坐贓論賞格之外歲得酒數百亦足以使人矣此又治盜之一術也然此皆其小者其大者非臣之所當言欲默而不發則又私自念遭值　陛下英聖特達如此若有所不盡非忠臣之義故昧死復言之昔者以詩賦取士今　陛下以經術用人名雖不同然皆以文詞進耳考其所得多吳楚閩蜀之人至於京東西河北河東陝西五路蓋自古豪傑之場其人沈鷙勇悍可任以事然欲使治聲律讀經義以與吳楚閩蜀之人爭得失於毫釐之間則彼有不仕

而已故其得人常少夫惟忠孝禮義之士雖不得志不失爲君子若德不足而才有餘者困於無門則無所不至矣故臣願　陛下特爲五路之士別開仕進之門漢法郡縣秀民推擇爲吏考行察廉以次遷補或至二千石入爲公卿古者不專以文詞取人故得士爲多黄霸起於卒史薛宣奮於書佐朱邑選於嗇夫丙吉出於獄吏其餘名臣循吏由此而進者不可勝數唐自中葉以後方鎮皆選列校以掌牙兵是時四方豪傑不能以科舉自達者皆爭爲之往往積功以取旄鉞雖老姦巨盜或出其中而名卿賢將如高仙芝封常清李光弼來瑱李抱玉段秀實之流所得亦已多矣王者之用人如江河江河所趨百川赴焉蛟龍生之及其去而之他則魚鱉無所還其體而鯢鰌爲之制今世胥史牙校皆奴僕庸人者無他以陛下不用也今欲用胥史牙校而胥史行文書治刑獄錢穀其勢不可廢鞭撻鞭撻一行則豪傑不出於其間故凡士之刑者不可用而用者不可刑故臣願

陛下採唐之舊使五路監司郡守共選士人以補牙職皆取人材心力有足過人而不能從事於科舉者祿之以今之庸錢而課之鎮稅場務督捕盜賊之

類自公罪杖以下聽贖依將校法長吏得薦其才者第其功閥書其歲月使得出仕比任子而不以流外限其所至朝廷察其尤異者擢用數人則豪傑英偉之士漸出於此塗而姦猾之黨可得而籠取也其條目委曲臣未敢盡言惟　陛下留神省察昔晉武平吳之後詔天下罷軍役州郡悉去武備惟山濤論其不可帝見之曰天下名言也而不能用及永寧之後盜賊蠭起郡國皆以無備不能制其言乃驗今臣於無事之時屢以盜賊爲言其私憂過計亦已甚矣
陛下縱能容之必爲議者所笑使天下無事而臣獲笑可也不然事至而圖之則已晚矣干犯天威罪在不赦臣軾誠惶誠恐頓首頓首謹言

代張方平諫用兵書

臣聞好兵猶好色也傷生之事非一而好色者必死賊民之事非一而好兵者必亡此理之必然者也夫惟聖人之兵皆出於不得已故其勝也享安全之福其不勝也必無意外之患後世用兵皆得已而不已故其勝也則變遲而禍大其不勝也則變速而禍小是以聖人不計勝負之功而深戒用兵之禍何者興師十萬日費千金內外騷動殆於道路者七十萬家

內則府庫空虛外則百姓窮匱飢寒逼迫其後必有盜賊之憂死傷愁怨其終必致水旱之報上則將帥擁衆有跋扈之心下則士衆久役有潰叛之志變故百出皆由用兵至於興事首議之人冥謫尤重蓋以平民無故緣兵而死怨氣充積必有任其咎者是以聖人畏之重之非不得已不敢用也自古人主好動干戈由敗而亡者不可勝數臣今不敢復言請爲

陛下言其勝者秦始皇既平六國復事胡越戍役之患被於四海雖拓地千里遠過三代而墳土未乾天下怨叛二世被害子嬰就擒滅亡之酷自古所未嘗有也漢武帝承文景富溢之餘首挑匈奴兵連不解遂使侵尋及於諸國歲歲調發所向成功建元之間兵禍始作是時蚩尤旗出長與天等其春戾太子生自是師行三十餘年死者無數及巫蠱事起京師流血僵尸數萬太子父子皆敗班固以爲太子生長於兵與之終始帝雖悔悟自克而歿身之恨已無及矣隋文帝既下江南繼事夷狄煬帝嗣位此心不衰皆能誅滅彊國威震萬里然而民怨盜起亡不旋踵唐太宗神武無敵尤喜用兵既已破滅突厥高昌吐谷渾等猶且未厭親駕遼東皆志在立功非不得已而

用其後武氏之難唐室凌遲不絕如綫蓋用兵之禍物理難逃不然太宗仁聖寬厚克己裕人幾至刑措而一傳之後子孫塗炭此豈爲善之報也哉由此觀之漢唐用兵於寬仁之後故其勝而僅存秦隋用兵於殘暴之餘故其勝而遂滅臣每讀書至此未嘗不掩卷流涕傷其計之過也若使此四君者方其用兵之初隨卽敗衄惕然戒懼知用兵之難則禍敗之興當不至此不幸每舉輒勝故使狃於功利慮患不深臣故曰勝則變遲而禍大不勝則變速而禍小不可不察也昔 仁宗皇帝覆育天下無意於兵將士惰偷兵革朽鈍元昊乘閒竊發西鄙延安涇原麟府之間敗者三四所喪動以萬計而海內晏然兵休事已而民無怨言國無遺患何者天下臣庶知其無好兵之心天地鬼神諒其有不得已之實故也今 陛下天錫勇智意在富彊卽位以來繕甲治兵伺候鄰國羣臣百寮窺見此指多言用兵其始也弼臣執國命者無憂深思遠之心樞臣當國論者無慮害持難之識在臺諫之職者無獻替納忠之議從微至著遂成厲階既而薛向爲橫山之謀韓絳效深入之計陳升之呂公弼等陰與之協力師徒喪敗財用耗屈較之

寶元慶曆之敗不及十一然而天怒人怨邊兵皆叛
京師騷然　陛下爲之旰食者累月何者用兵之端
陛下作之是以吏士無怒敵之意而不直　陛下
也尚賴祖宗積累之厚皇天保祐之深故使兵出無
功感悟聖意然淺見之士方且以敗爲恥力欲求勝
以稱上心於是王韶搆禍於熙河章惇造釁於梅山
熊本發難於渝瀘然此等皆戕殺已降俘纍老弱困
弊腹心而取空虛無用之地以謂武功使　陛下受
此虛名而忽於實禍勉強砥礪奮於功名故沈起劉
彝復發於安南使十餘萬人暴露瘴毒死者十而五
六路之人斃於輸送貲糧器械不見敵而盡以爲用
兵之意必且少衰而李憲之師復出於洮州矣今師
徒克捷銳氣方盛　陛下喜於一勝必有輕視四夷
陵侮敵國之意天意難測臣實畏之且夫戰勝之後
陛下可得而知者凱旋捷奏拜表稱賀赫然耳目
之觀耳至於遠方之民肝腦屠於白刃筋骨絕於餽
餉流離破產鬻賣男女薰眼折臂自經之狀　陛下
必不得而見也慈父孝子孤臣寡婦之哭聲　陛下
必不得而聞也譬猶屠殺牛羊刳臠魚鱉以爲膳羞
食者甚美見食者甚苦使　陛下見其號呼於挺刃

之下宛轉於刀几之間雖八珍之美必將投筯而不
忍食而況用人之命以爲耳目之觀乎且使 陛下
將卒精强府庫充實如秦漢隋唐之君則旣勝之後
禍亂方興尚不可救而況所任將吏罷軟凡庸較之
古人萬萬不逮而數年以來公私窘乏內府累世之
積掃地無餘州郡征稅之儲上供殆盡百官廩俸僅
而能繼南郊賞給久而未辦以此舉動雖有智者無
以善其後矣且饑疫之後所在盜賊蠭起京東河北
尤不可言若軍事一興横斂隨作民窮而無告其勢
不爲大盜無以自全邊事方深內患復起則勝廣之
形將在於此此老臣所以終夜不寐臨食而歎至於
慟哭而不能自止也且臣聞之凡舉大事必順天心
天之所向以之舉事必成天之所背以之舉事必敗
蓋天心向背之迹見於災祥豐歉之間今自近歲日
蝕星變地震山崩水旱癘疫連年不解民死將半天
心之向背可以見矣而 陛下方且斷然不顧興事
不已譬如人子得過於父母惟有恭順靜默引咎自
責庶幾可解今乃紛然詰責奴婢恣行箠楚以此事
覩未有見赦於父母者故臣願 陛下遠覽前世興
亡之迹深察天心向背之理絶意兵革之事保疆睦

鄰安靜無爲爲社稷長久之計上以安二宮朝夕之養下以濟四方億兆之命則臣雖老死溝壑瞑目於地下矣昔漢祖破滅羣雄遂有天下光武百戰百勝祀漢配天然至白登被圍則講和親之議西域請吏則出謝絶之言此二帝者非不知兵也蓋經變既多則慮患深遠今　陛下深居九重而輕議討伐老臣庸懦私竊以爲過矣然而人臣納說於君因其旣厭而止之則易爲力迎其方銳而折之則難爲功凡有血氣之倫皆有好勝之意方其氣之盛也雖布衣賤士有不可奪自非智識特達度量過人未有能於勇銳奮發之中舍己從人惟義是聽者也今　陛下盛氣於用武勢不可回臣非不知而獻言不已者誠見陛下聖德寬大聽納不疑故不敢以衆人好勝之常心望於　陛下且意　陛下他日親見用兵之害必將哀痛悔恨而追咎左右大臣未嘗一言臣亦將老且死見先帝於地下亦有以藉口矣惟　陛下哀而察之

上皇帝書

臣軾謹昧死再拜皇帝陛下臣伏以今月初五日南至文武百僚入賀所以賀一陽來復也謹按易復卦

雷在地中復先王以至日閉關商旅不行后不省方
說易者曰乾六陽之氣也爲十一月爲十二月爲正
月爲二月爲三月爲四月而乾之陽復矣陽極則陰
生陰生則夏至矣坤六陰之氣也爲五月爲六月爲
七月爲八月爲九月爲十月而坤之陰極矣陰極則
陽生陽生則冬至矣自太極分爲二儀二儀分爲四
象四象分爲十二月十二月分爲三百六十五日五
日爲一候分爲七十二候三候爲一氣分爲二十四
氣上爲日月星辰下爲山川草木鳥獸蟲魚不出此
陰陽之氣升降而已惟人也全天地十干之氣十月
而成形故能天能地能人一消一息一呼一吸晝夜
與天地相通差舛毫忽則邪沴之氣干之矣故於冬
至一陽之生也五陰在上五陽在伏而一陽初生於
伏之下其氣至微其兆絪縕可以靜而不動可以畜
養而不可以發宣故乾之初九爻曰潛龍勿用孔子
曰陽在下也言陽氣方潛於下未可以用也先王於
是日閉關商旅不行后不省方關者門戶所由以關
闢也商旅者動以利心也后者凡居人上者謂之羣
后所以治事者也方者事也門戶不開則微陽閉而
不出也利心不動則外物感而不應也方事不省則

視聽收而不發也先王奉若天道如此之密用之於國則安靜而不勞用之於身則沖和而不竭昔者伏羲神農黃帝堯舜皆得此道臣敢因至日以獻伏乞聖慈留神省覽實社稷無疆之福

上韓魏公乞葬董傳書

軾再拜近得秦中故人書報進士董傳三月中病死軾往歲官岐下始識傳至今七八年知之熟矣其為人不通曉世事然酷嗜讀書其文字蕭然有出塵之姿至詩與楚詞則求之於世可與傳比者不過數人此固不待軾言公自知之然傳嘗望公不為力致一官軾私心以為公非有所愛也知傳所稟付至薄不任官耳今年正月軾過岐下而傳居喪二曲使人問訊其家而傳徑至長安見軾於傳舍道其飢寒窮苦之狀以為幾死者數矣賴公而存又且薦我於朝吾平生無妻近有彭駕部者聞公薦我許嫁我其妹若免喪得一官又且有妻不虛一作世人皆公之賜軾既為傳喜且私憂之此二事生人之常理而在傳則為非常之福恐不能就今傳果死悲夫書生之窮薄至於如此其極耶夫傳之才器固不通於世用然譬之象犀珠玉雖無補於飢寒要不可使在泥塗中此

公所以終薦傳也今父子暴骨僧寺中孀母弱弟自謀口腹不暇決不能葬軾與之故舊在京師者數人相與出錢賻其家而氣力微薄不能有所濟甚可憫笑公若猶憐之不敢望其他度可以葬傳者足矣陳繹學士當往涇州而宋迪度支在岐下公若有以賜之軾且斂衆人之賻并以予陳而致之宋使葬之有餘以予其家傳平生所爲文當使人就其家取之若獲當獻諸公干冒左右無任戰越

上王兵部書

荊州南北之交而士大夫往來之衝也執事以高才盛名作牧於此蓋亦嘗有以相馬之說告于左右者乎聞之曰騏驥之馬一日行千里而不殆其脊如不動其足如無所着升高而不輕走下而不軒其伎藝卓絶而效見明著至於如此而天下莫有識者何也不知其相而責其技也夫馬者有昂目而豐臆方蹄而密睫捷乎若深山之虎曠乎若秋後之兔遠望目若視日而志不存乎芻粟若是者飄忽騰踔去而不知所止是故古之善相者立於五達之衢一日而眄之聞其一鳴顧而循其色馬之技盡矣何者其相溢於外而不可蔽也士之賢不肖見於面顏而發泄於

辭氣卓然其有以存乎耳目之間而必曰久居而後察則亦名相士者之過矣夫軾西州之鄙人而荆之過客也其足跡偶然而至於執事之門其平生之所治以求聞於後世者又無所挾持以至於左右蓋亦易疎而難合也然自蜀至於楚舟行六十日過郡十一縣三十有六取所見郡縣之吏數十百人莫不孜孜論執事之賢而教之以求通於下吏且執事何脩而得此稱也軾非敢以求知而望其所以先後於仕進之門者亦徒以爲執事立於五達之衢而庶幾乎一目之眄或有以信其平生爾夫今之世豈惟王公擇士士亦有所擇軾將自楚遊魏自魏無所不遊恐他日以不見執事爲恨也是以不敢不進不宣軾再拜

與劉宜翁書

軾頓首宜翁使君先生閣下秋暑竊惟尊體起居萬福軾久別因循不通問左右死罪死罪愚闇剛褊仕不知止白首投荒深愧朋友然定命要不可逃置之勿復道也惟有一事欲謁之先生出於迫切深可憫笑古之學者不憚斷臂刳眼以求道今若但畏一笑而止則過矣某齠齔好道本不欲婚宦爲父兄所强

一落世網不能自逭然未嘗一念忘此心也今遠竄荒服負罪至重無復歸望杜門屏居寢飯之外更無一事胸中廓然實無荆棘竊謂可以受先生之道故託里人任德公親致死懇古之至人本不恪惜道術但以人無受道之質故不敢輕付之某雖不肖竊自謂有受道之質三謹令德公口陳其詳伏料先生知之有素今尤哀之想見聞此欣然拊掌盡發其祕也幸不惜辭費詳作一書付德公以授程德孺表弟令專遣人至惠州路遠難於往返咨問幸與軾盡載首尾勿留後改以俟憤悱也或有外丹已成可助成梨棗者亦望不惜分惠迫切之誠真可憫笑矣夫心之精微口不能盡而況書乎然先生筆端有口足以形容難言之妙而軾亦眼中無障必能洞視不傳之意也但恨身在謫籍不能千里踵門北面摳衣耳昔葛稚川以丹砂之故求句嶁令先生儻有意乎嶠南山水奇絕多異人神藥先生不畏嵐瘴可復談笑一遊則小人當奉杖屨以從矣昨夜夢人爲作易卦得大有上九及覺而占之乃郭景純爲許邁筮有元吉自天祐之之語遽作此書庶幾似之其餘非書所能盡惟祝萬萬以時自重不宣

上王刑部書

軾今日得於州吏伏審執事移使湖北竊以江陵之地實楚之故國巴蜀甄越三吳之出入者皆取道於是爲一都會其山川之勝蓋歷代所嘗用武焉其間吳蜀魏氏亦悉力爭之宋有天下王師平高繼冲至于降孟昶下周保權又皆出此其人才之秀風物之美有屈宋伍爾之賦詠存焉建節旄而使者專有是土其見倚之重爲吏之樂豈細也哉然執事處之則未足賀誠以執事之材力地望宜進任於時不宜任此或者以謂蠻反南方用兵湖北鄰也宜擇人撫之故以屬執事使誠有是議當出於廟堂非愚所得知所不敢臆定所敢伏思者人患材不足施或不得施豈以位之彼此大小爲擇哉於執事之心當亦若是肆吾力充吾職而已豈以位之彼此大小動吾意哉固執事之所務也不宣軾再拜

與佛印禪老書

軾啓歸宗化主來辱書方欲裁謝棲賢遷師處又得手教眷與益勤感怍無量數日大熱緬想山門方適清和法體安穩雲居事迹已領冠世絕境大士所廬已難下筆而龍居筆勢已自超然老拙何以加之幸

稍寬假使得款曲抒思也昔人一涉世事便爲山靈勸回俗駕今僕蒙犯塵埃垂三十年困而後知返豈來使點涴名山而山中高人皆未相識而迎許之何以得此豈非宿緣也哉向熱順時自愛不宣軾再拜

收得美石數百枚戲作怪石供一篇以發一笑開卻此例山中齋粥今後何憂想復大笑也更有野人於墓中得銅盆一枚買得以盛怪石并送上結緣

謝歐陽內翰書

右軾啓竊以天下之事難於改爲自昔五代之餘文教衰落風俗靡靡日以塗地　聖上慨然太息思有以澄其源疏其流明詔天下曉諭厥旨於是招來雄俊魁偉敦厚朴直之士罷去浮巧輕媚叢錯采繡之文將以追兩漢之餘而漸復三代之故士大夫不深明　天子之心用意過當求深者或至於迂務奇者怪僻而不可讀餘風未殄新弊復作大者鏤之金石以傳久遠小者轉相模寫號稱古文紛紛肆行莫之或禁蓋唐之古文自韓愈始其後學韓而不至者爲皇甫湜學皇甫湜而不至者爲孫樵自樵以降無足觀矣伏惟內翰執事天之所付以收拾先王之遺文

天下之所待以覺悟學者恭承王命親執文柄意其必得天下之奇士以塞明詔軾也遠方之鄙人家居碌碌無所稱道及來京師久不知名將治行西歸不意執事擢爲第二惟其素所蓄積無以慰士大夫之心是以羣嘲而聚罵者動滿千百亦惟恃有執事之知與衆君子之議論故恬然不以動其心猶幸御軾不爲有司之所排使得搢笏跪起謝恩于門下聞之古人士無賢愚惟其所遇蓋樂毅去燕不復一戰而范蠡去越亦終不能有所爲軾願長在下風與賓客之末使其區區之心長有所發夫豈惟軾之幸亦執事將有取一二焉不宣軾謹啓

謝范舍人書

右軾啓聞之古人民無常性雖土地風氣之所稟而其好惡則存乎其上之人文章之風惟漢爲盛而貴顯暴著者蜀人爲多蓋相如唱其前而王褒繼其後峨冠曳佩大車駟馬徜徉乎鄉閭之中而蜀人始有好文之意弦歌之聲與鄒魯比然而二子者不聞其能有所薦達豈其身之富貴而遂忘其徒耶嘗聞之老人自孟氏入朝民始息肩救死扶傷不暇故數十年間學校衰息天聖中伯父解褐西歸鄉人嘆嗟觀

者塞塗其後執事與諸公相繼登於朝以文章功業聞於天下於是釋耒耜而筆硯者十室而九比之西劉又以遠過且蜀之郡數十軾不敢遠引其他蓋通義蜀之小州而眉山又其一縣去歲舉于禮部者凡四五十人而執事與梅公親執權衡而較之得者十有三人焉則其他可知矣夫君子之用心於天下固無所私愛而於父母之邦苟有得之者其與之喜樂豈如行道之人漠然而已哉執事與梅公之於蜀人其始風動誘掖使聞先王之道其終度量裁置使觀天子之光與相如王褒又甚遠矣軾也在十三人者之中謹因閽吏進拜于庭以謝萬一又以賀執事之鄉人得者之多也

上梅龍圖書

右軾啓軾聞古之君子欲知是人也則觀之以言言之不足以盡也則使之賦詩以觀其志春秋之世士大夫皆用此以卜其人之休咎死生之間而其應若影響符節之密夫以終身之事而決于一詩豈非誠發於中而不能以自蔽邪傳曰登高能賦可以爲大夫矣古之所以取人者何其簡且約也後之世風俗薄惡漸不可信孔子曰今吾於人也聽其言而觀其

行知詩賦之不足以決其終身也故試之論以觀其所以是非於古之人試之策以觀其所以措置於今之世而詩賦者或以窮其所不能策論者或以掩其所不知差之毫毛輒以擯落後之所以取之者何其詳且難也夫惟簡且約故天下之士皆敦朴而忠厚詳且難故天下之士虛浮而矯激伏惟龍圖執事骨鯁大臣朝之元老憂恤天下慨然有復古之心親較多士存其大體詩賦將以觀其志而非以窮其所不能策論將以觀其才而非以掩其所不知使士大夫皆得寬然以盡其心而無有一日之間蒼皇擾亂偶得偶失之歎故君子以爲近古軾長於草野不學時文詞語甚朴無所藻飾意者執事欲抑浮剽之文故寧取此以矯其弊人之幸遇乃有如此感荷悚息不知所裁

上荊公書

某頓首再拜特進大觀文相公執事近者經由屢獲請見存撫教誨恩意甚厚別來切計台候萬福某始欲買田金陵庶幾得陪杖屨老於鍾山之下既已不遂今來儀眞又二十餘日日以求田爲事然成否未可知也若幸而成扁舟往來見公不難也向屢言高

郵進士秦觀太虛公亦粗知其人今得其詩文數十首拜呈詞格高下固已無逃於左右獨其行義飭脩才敏過人有志於忠義者其請以身任之此外博綜史傳通曉佛書講集醫藥明練法律若此類未易一一數也才難之歎古今共之如觀等輩實不易得願公少借齒牙使增重於世其他無所望也秋氣日佳微疾想已失去伏冀順時候爲國自重

上韓樞密書

某頓首上樞密侍郎閣下某受知門下似稍異於尋常人蓋嘗深言不諱矣明公不以爲過其在錢塘時亦蒙以書見及語意親甚自爾不復通問者七年於茲矣頃聞明公入西府門前書生爲作賀啓數百言軾輒裂去曰明公豈少此哉要當有輔於左右者昔侯霸爲司徒其故人嚴子陵以書遺之曰君房足下位至台鼎甚善懷仁輔義天下悅阿諛順旨要領絕世以子陵爲狂以軾觀之非狂也方是時光武以布衣取天下功成志滿有輕人臣之心躬親吏事所以待三公者甚薄霸爲司徒奉法循職而已故子陵有以感發之今　陛下之聖不止光武而明公之賢亦遠過侯霸某雖不用然有位於朝未若子陵之獨善

也其得盡言於左右良不爲過今者貪功僥倖之臣勸上用兵於西北使斯言無有則天下之幸孰大於此不幸有之大臣所宜必爭也古今兵不可用明者計之詳矣明公亦必然之軾不敢復言獨有一事以爲臣子之忠孝莫大於愛君愛君之深者飲食必祝之曰使吾君子孫多長有天下此豈非臣子之願歟古之人君好用兵者多矣出而無功與有功而君不賢者皆不足道也其賢而有功者莫若漢武帝唐太宗武帝建元元年蚩尤旗見其長亘天後遂命將出師略取河南地建置朔方其春戾太子生自是之後師行蓋十餘年兵所誅夷屠滅死者不可勝數巫蠱事起京師流血僵尸數萬太子父子皆敗故班固以爲太子生長於兵與之終始唐太宗既平海內破滅突厥高昌吐谷渾等且猶未厭親駕征遼東當時大臣房魏輩皆力爭不從使無辜之民身膏草野於萬里之外其後太子承乾齊王祐吳王恪皆繼相誅死其餘遭武氏之禍殘殺殆盡武帝好古崇儒求賢如不及號稱世宗太宗克己求治幾致刑措而其子孫遭罹如此豈爲善之報也哉由此言之好兵始禍者既足以爲後嗣之累則凡忍恥含垢以全人命其爲

子孫之福審矣某既無狀竊謂人主宜聞此言而明公宜言此此言一聞豈惟朝廷無疆之福將明公子孫實世享其報某懷此欲陳久矣恐未信而諫則以爲謗不勝區區之忠故移致之明公雖以此獲罪不愧不悔皇天后土宜聞此言

上呂相公書

某昨日面論邢夔事愚意本謂邢鼻是平人邢夔妄意其爲盜殺之若用犯時不知勿論法深恐今後欲殺人者皆因其疑似而殺但云我意汝是盜即免矣公言此自是謀殺若不勘出此情安用勘司某歸而念公言既心服矣然念近者西京奏秦課兒於大醉不省記中行殺南貴就縛至醒取衆證爲定作可憫奏已得旨貸命而門下別取旨斷死竊聞輿議亦恐貸之啓奸若殺人者得以醉免爲害大矣某始者亦以爲然固已書過錄黄甫用公昨日之言思之若今後實醉不醒而殺其情可憫可以原貸若託醉而殺自是謀殺有勘司在邢夔犯時不知秦課兒醉不省記皆在可憫之科而邢夔臀杖編管秦課兒決殺似輕重相遠情有未安人命至重若公以爲然文字尚在尚書省可追改也

上呂僕射論浙西災傷書

某近上章論浙西淫雨颶風之災伏蒙恩旨使與監司諸人議所以為來歲之備者謹已條上二事某材術短淺禦災無策但知叫號朝廷乞寬減額米截賜上供言狂計拙死罪死罪然三吳風俗自古浮薄而錢塘為甚雖室宇華好被服粲然而家無宿舂之儲者蓋十室而九自經熙寧飢疫之災與新法聚斂之害平時富民殘破略盡家家有市易之欠人人有鹽酒之債田宅在官房廊傾倒商賈不行市井蕭然譬如衰羸久病之人平時僅自持支更遭風寒暑濕之變便自委頓仁人君子當與意外持護未可以壯夫常理期也今年錢塘賣常平米十八萬石得米則叩頭誦佛云官家將八萬石米於烏鳶狐狸口中奪出數十萬人此恩不可忘也夫以區區戰國公子尚知焚券市義今以十八萬石米易錢九萬九千緡而能活數十萬人此豈下策也哉竊惟仁聖在上輔以賢哲一聞此言理無不行但恐世俗諂薄成風揣所樂聞與所忌諱不以仁人君子期左右爭言無災或言有災而不甚積衆口之驗以惑聰明此某之所私憂過慮也八月之末秀州數千人訴風災吏以為法有

訴水旱而無訴風拒閉不納老幼相騰踐死者十一人方按其事由此言之吏不喜言災者葢十人而九不可不察也某既條上二事且以關白漕憲兩司而官吏皆來見某曰此固當今之至計也然恐朝廷疑公爲漕司地柰何某曰吾爲數十萬人性命言也豈恤此小小悔吝哉去年秋冬諸郡閉糴商賈不行某既劾奏通之又舉行災傷法約束本路不得收五穀力勝錢三郡米大至施及浙東而漕司官吏緣此慍怒幾不見容文符往來僚吏恐悚以某之私意其不爲漕司地也審矣力勝之免去歲已有成法然今歲未敢舉行者實恐再忤漕司怨咎愈深此則某之疲懦畏人不免小有回屈之罪也伏望明公一言檢舉成法自朝廷行下使五穀流通公私皆濟上以明君相之恩下以安孤危之迹不勝幸甚去歲朝旨免力勝錢止於四月浙中無麥須七月初乃見新穀故自五月以來米價復增某亦曾奏乞展限至六月終不報今者若蒙施行則乞以六月爲限去歲恩旨寬減上供額米三分之一而戶部必欲得見錢浙中遂有錢荒之憂某奏乞以此錢和買銀絹上供三請而後可今者若蒙施行即乞一時行下某竊度事勢若不

珍倣宋版印

且用愚計來歲恐有流殍盜賊之憂或以其狂淺過計事難施用即乞別除一小郡仍選才術有餘可以坐消災沴者使任一路之責幸甚幸甚干冒台重伏深戰悚不宣

上執政乞度牒賑濟及因修廨宇書

去年浙中冬雷發洪太湖水溢春又積雨蘇湖常秀皆水民就高田秧稻以待水退及五六月稍稍分種十不及四五分而又繼之以旱以故早晚皆傷高下並損自元豐以來民之艱食未有如今歲者也某已三奏其事至今未報蓋人微言輕理自當爾然亦恐監司諸郡不盡以實奏而廟堂所訪問往來之人或揣所樂聞不盡以實告故朝廷以某言爲過耳不然豈有仁聖在上羣賢並用而肯恬不爲意乎入冬以來緣諸郡閉糴而稅務用例違條收五穀力勝錢故米價長至八九十衢睦等州至百餘錢皆足錢炎炎可畏某用印板出榜千餘道止絕此兩事自半月來米穀流通價亦稍平然浙中無麥青黃之交當在來秋而熟不熟又未可知民懲熙寧流殍之禍上戶有米者皆靳惜而不肯出其勢非大出官米不能救此患自正月至七月中本州裏外九縣日糶官米千五

百石乃可以平價救飢計當用米三十一萬五千石今本州常平除兌充軍粮外止有十七萬石漕司許於鄰郡運致三萬石尚少一十一萬五千石計窮理迫須至控告某近以本州廨宇弊壞奏乞度牒二百道脩完未蒙開允欲以此度牒募人於諸縣納米度可得二萬五千石然後減價糶賣每斗六十度可得錢萬五千貫且以此錢完廨宇雖不及元計料錢數且脩完緊要處亦粗可足用則是此度牒一出而兩利也伏望相公深念本州廨宇弊壞已甚不可不脩及今完葺所費尚少後日大壞其費必倍又因以募人納米出糶救飢設使不因修完廨宇朝廷以飢民之故特出聖恩乞與二百道度牒猶不爲過而況救飢脩屋兩用而並濟乎某愚惷少慮仰恃廟堂諸公仁賢卹民必不忍拒此請意此度牒可以必得以此不俟回降指揮輒以一面告諭商旅令儲峙米斛具水陸腳乘以須度牒之至深望果斷不疑於一兩日內降付急遞日與吏民延頸跂踵雖大旱望雲執熱思濯未喻其急也若不蒙哀察則是使某失信商旅坐視流殍其爲慚惶狼狽未易遽言至時朝廷雖加誅殛何補於事兼某近者奏爲本路轉運司今年合

起年額米斛百六十萬乞特許且起一半或三分之二其餘候豐熟日隨年額起發未蒙恩許今年漕司窘迫實倍常歲異時預買紬絹錢常於歲前散絕今尚闕太半剗刷之急蓋不遺餘力矣若非朝廷少加矜察則督迫之急害必及民近蒙朝旨許輟上供二十萬石出糶此大惠也然更望朝廷輟留三十萬石若無米可糶只乞以此錢收買銀絹上供雖無補於飢而散錢在民少解錢荒之患亦上策也此外只有勸誘富民出穀助官賑貸及用常平錢米募民工役二事然皆難行勸誘之利未及貧民而誅求之禍先及上戶浙中富民欠官錢者十人而九決無可勸誘之理至於募民工役亦非實惠若散募飢貧不堪工役鳥獸聚散得錢便走熙寧中嘗行此事名爲召募其實不免於等第上差科官支錢米盡入役夫而本戶又須帖錢雇人凶年人戶重有此擾此虛名無實利少害多惟有多糶官米一事簡而易行米價既低民無貧富均享其利惟望相公留意則一路幸甚某拙於言語不能盡寫憂危之狀以曉左右惟有發書之日西向再拜叩頭默禱庶幾區區丹誠可以感動萬一也

與章子厚書

某頓首再拜子厚參政諫議執事去歲吳興謂當再獲接奉不意倉卒就逮遂以至今卽日不審台候何似某自得罪以來不敢復與人事雖骨肉至親未肯有一字往來忽蒙賜書存問甚厚憂愛深切感嘆不可言也恭聞拜命與議大政士無賢不肖所共慶快然某始見公長安則語相識云子厚奇偉絕世自是一代異人至於功名將相乃其餘事方是時應某者皆憮然今日不獨爲足下喜朝之得人亦自喜其言之不妄也某所以得罪其過惡未易以一二數也平時惟子厚與子由極口見戒反覆甚苦而某強狠自用不以爲然及在囹圄中追悔無路謂必死矣不意聖主寬大復遣視息人間若不改者某真非人也來書所云若痛自追悔往咎清時終不以一眚見廢此乃有才之人朝廷所惜如某正復洗濯瑕垢刻磨朽鈍亦當安所施用但深自感悔一日百省庶幾天地之仁不念舊惡使保首領以從先大夫於九原足矣某昔年粗亦受知於聖主使少循理安分豈有今日追思所犯真無義理與病狂之人蹈河入海者無異方其病作不自覺知亦窮命所迫似有物使及至狂

定之日但有慚耳而公乃疑其再犯豈有此理哉然異時相識但過相稱譽以成吾過一旦有患難無復有相哀者惟子厚平居遺我以藥石及困急又有以收恤之真與世俗異矣黃州僻陋多雨氣象昏昏也魚稻薪炭頗賤甚與窮者相宜然某平生未嘗作活計子厚所知之俸入所得隨手輒盡而子由有七女債負山積賤累皆在渠處未知何日到此見寓僧舍布衣蔬食隨僧一飡差爲簡便以此畏其到也窮達得喪粗了其理但廩祿相絕恐年載間遂有飢寒之憂不能不少念然俗所謂水到渠成至時亦必自有處置安能預爲之愁煎乎初到一見太守自餘杜門不出閑居未免看書惟佛經以遣日不復近筆硯矣會見無期臨紙惘然冀千萬以時爲國自重

答劉巨濟書

某啓人來辱書累幅承起居無恙審比來憂患相仍情懷牢落此誠難堪然君在侍下加以少年美才當深計遠慮不應戚戚徇無已之悲賢兄文格奇拔誠如所云不幸早世其不朽當以累足下見其手書舊文不覺出涕詩及新文愛玩不已都下相知惟司馬君實劉貢父當以示之恨僕聲勢低弱不能力爲發

揚然足下豈待人者哉與吳秀才書論佛大善近時士人多學談理空性以追世好然不足深取時以此取之不得不爾耳僕老拙百無堪向在科場時不得已作應用文不幸爲人傳寫深可羞愧以此得虛名天下近世進人以名平居雖孔孟無異一經試用鮮不爲笑以此益羞爲文自一二年來絕不復爲今足下不察猶以所羞者譽之過矣舍弟差入貢院更月餘方出家孟侯雖不得解卻用往年衣服不赴南省得免解其兄安國亦然勤國亦捷州解皆在此因風時惠問以慰飢渴何時會合臨紙悵然惟強飯自重

與孫運句書

某啓脾能母養餘臟故養生家謂之黃婆司馬子微著天隱子獨教人存黃氣入泥丸能致長生太倉公言安穀過期不安穀不及期以此知脾胃完固百疾不生近見江南老人年七十二狀貌氣力如四五十人問其所得初無異術但云平生習不飲湯水耳常人日飲數升吾日減一合今但沾唇而已脾胃惡濕飲少胃強氣盛液行自然不濕雖冒暑遠行亦不念水此可謂至言不繁聞曼叔比得腫疾皆以利水藥去之中年以後一利一衰豈可數乎當及今無病時

力養胃氣若士能制水病何由生陳彥升云少時得此病服商陸防己之類皆不效金液丹灸臍下乃愈此亦固胃助陽之意也但火力外物不如江南老人之術耳薑橘辣藥例能張肺多爲腫媒不可服有書以告之爲佳也

與王庠書

某啓某遠蒙差人致問安否輔以藥物眷意甚厚自二月廿五日至七月十二日凡二百二餘日乃至水陸蓋萬餘里矣罪戾遠黜既爲親友憂又使此兩人者跋涉萬里比其還家幾盡此歲此君愛我之過而重其罪也但喜比來侍奉多暇起居佳勝某罪大責薄居此固宜無足言者瘴癘之邦僵仆者相屬於前然亦皆有以取之非寒煖失宜則飢飽過度苟不犯此者亦未遽病也若大期至固不可逃又非南北之故矣以此居之泰然不煩深念前後所示著述文字皆有古作者風力大略能道意所欲言者孔子曰辭達而已矣辭至於能達止矣不可以有加矣經說一篇誠哉是言也西漢以來以文設科而文始衰自賈誼司馬遷其文已不逮先秦古書況其下者文章猶爾況所謂道德者乎所論周勃則恐不然平勃未嘗

一日忘漢陸賈爲之謀至矣彼視祿產猶几上肉但將相和調則大計自定若如君言先事經營則呂后覺悟誅兩人而漢亡矣某少時好議論古人既老涉世更變往往悔其言之過故樂以此告君也儒者之病多空文而少實用賈誼陸贄之學殆不傳於世老病且死獨欲以此教子弟豈意姻親中乃有王郎乎三復來貺喜忭不已應舉者志於得而已今程試文字千人一律考官亦厭之未必得也如君自信不囘必不爲時所棄也又況得失有命決不可移乎勉守所學以卒遠業相見無期萬萬自重而已不宣某再拜

又二首

某啓二卒遠來承手書兩幅問勞教誨憂愛備盡仍審侍奉多暇起居萬福感愧深矣某罪責至重上不忍誅止竄嶺海感恩念咎之外不知其他來書開說過當非親朋相愛保全之道悚息悚息寄示高文新詩詞氣比舊益見奇偉粲然如珠貝溢目非獨鄉閭世不乏人爲喜又幸珍材異產近出姻戚數日讀不釋手每執以告人曰此吾家王郎之文也老朽廢學久矣近日尤不近筆硯見少時所作文如隔世事他

人文也足下猶欲使議論其間是顧千里於伏櫪也某少時本欲逃竄山林父兄不許迫以婚宦故汨沒至今南遷以來便自處置生事蕭然無一物大略似行脚僧也近日又苦痔疾呻吟幾百日緣此斷葷血鹽酪日食淡麪一斤而已非獨以愈疾實務自枯槁以求寂滅之樂耳初欲獨赴貶所兒女輩涕泣求行故與幼子過一人來餘分寓許下浙中散就衣食既不在目前便與之相忘如本無有也足下過相愛乃遣萬里相問無狀自取既爲親友憂及又使此兩人者蒙犯瘴霧崎嶇往來吾罪大矣寄遺藥物并方皆此中無有芎尤奇味得日食以禦瘴也某惟舊患痔今頗發作外無他故不煩深念會晤無期惟萬萬以時保練

某啓前後所寄高文無不達者每見增歎伏但恨老拙無以少答來貺又流落海隅不能少助聲名於當時然格力自天要自有公論雖欲不顯揚不可得也程夫子尚困場屋王賢良屈於州縣皆造物有不可曉者海隅風土甚惡亦有佳山水而無佳寺院無士人無醫無藥杜門食淡不飲酒亦粗有味也目昏倦作書又此信發書極多不能盡察之

答陳季常書

某啓。惠兵還辱得季常手書累幅審知近日尊候安勝擇括等三鳳毛皆安爲學日益喜慰無量某罪大責薄聖恩不貲知幸念咎之外了無絲髮掛心置之不足復道也自當塗聞命便遣骨復還陽羨獨與幼子過及老雲并二老婢共吾過嶺到惠將半年風土食物不惡吏民相待甚厚孔子云雖蠻貊之邦行矣豈欺我哉自數年來頗知內外丹要處冒昧厚祿負荷重寄決無成理自失官後便覺三山跬步雲漢咫尺此未易遽言也所以云云者欲季常安心家居勿輕出入老劣不煩過慮決須幅巾草屨相從於林下也亦莫遣人來彼此鬚髯如戟莫作兒女態也在定日作松醪賦一首今寫寄擇等庶以發後生妙思着鞭一躍當撞破烟樓也長子邁作吏頗有父風二子作詩騷殊勝咄咄皆有跨竈之興想季常讀此捧腹絶倒也今日遊白水佛跡山山上布水三十仞雷輥電散未易名狀大略如項羽破章邯時也自山中歸來燈下裁答信筆而書紙盡乃已託郡中作皮筒送去想黃人見某書必不沉墜也子由在筠極安慮此者與某無異也書云云老軀極健度去死遠在讀之三

復喜可知也吾儕但斷卻少年時無狀一事誠是然他未及子由見人說顏狀如四十歲人信此事不幸負人也不宣某再拜

與吳秀水書

某啟遠辱專人惠教具審比來起居佳勝感慰之至某與子野先生遊幾二十年矣始以李六丈待制師中之言知其爲人李公人豪也於世少所屈服獨與子野書云白雲在天引領何及而子野一見僕便論出世間法以長生不死爲餘事以煉氣服藥爲土苴耳僕雖未能行然喜誦其言嘗論養生一篇爲子野出也近者南遷至眞揚間見子野無一語及得喪休戚事獨謂僕曰邯鄲之夢猶足以破妄而歸眞子今目見而身履之亦可以少悟矣夫南方雖號爲瘴癘地然死生有命初不由南北也且許過我而歸自到此日夜望之忽得來教乃知子野尚在北不遠當來赴約也長書稱道過實讀之赧然所論孟楊韓諸子皆有理辭氣翛然又以喜子野之有佳子弟也然昆仲以子野之故雖未識面懸相喜者則附遞一書足矣何至使人蠒足遠來又致酒麵海物荔子等僕豈以口腹之故千里勞人哉感愧厚意無以爲喻過

廣州買得檀香數斤定居之後杜門燒香閉目清坐深念五十九年之非耳今分一半非以爲往復之禮但欲知僕汎掃身心澡瀹神氣兀然灰槁之大略也有書與子野更督其南歸相過少留爲僕印可其所已得而訶策其所未至也此外萬萬自重目昏不謹某頓首

與謝民師推官書

某啓近奉違亟辱問訊具審起居佳勝感慰深矣某受性剛簡學迂材下坐廢累年不敢復齒縉紳自還海北見平生親舊惘然如隔世人況與左右無一日之雅而敢求交乎數賜見臨傾蓋如故幸甚過望不可言也所示書教及詩賦雜文觀之熟矣大略如行雲流水初無定質但常行於所當行常止於不可不止文理自然姿態橫生孔子曰言之不文行之不遠又曰辭達而已矣夫言止於達意疑若不文是大不然求物之妙如繫風捕影能使是物了然於心者蓋千萬人而不一遇也而況能使了然於口與手者乎是之謂辭達辭至於能達則文不可勝用矣楊雄好爲艱深之詞以文淺易之說若正言之則人人知之矣此正所謂雕蟲篆刻者其太玄法言皆是類也而

獨悔於賦何哉終身雕蟲而獨變其音節便謂之經可乎屈原作離騷經蓋風雅之再變者雖與日月爭光可也可以其似賦而謂之雕蟲乎使賈誼見孔子升堂有餘矣而乃以賦鄙之至與司馬相如同科雄之陋如此比者甚衆可與知者道難與俗人言也因論文偶及之耳歐陽文忠公言文章如精金美玉市有定價非人所能以口舌定貴賤也紛紛多言豈能有益於左右愧悚不已所須惠力法雨堂字某本不善作大字强作終不佳又舟中局迫難寫未能如教然某方過臨江當往游焉或僧有所欲記錄當作數句留院中慰左右念親之意今日已至峽山寺少留即去愈遠惟萬萬以時自愛不宣

與孫知損運使書作卹

文安北城如涉無人之境其漸可虞廟堂已留意兵久驕惰自合警策之數年乃見効惟極邊弓箭社射生極得力虜所畏憚公必舊知之矣以數勾集一月村堡幾虛公私惴惴北賊亦多相時生心社人亦苦勾集勞費此出入守望與虜長技同親戚墳墓所在人自爲戰不憂其不閑習也宜與永免冬教又當有以優異勸獎之已條上其事更月餘可發此事行之

邊臣無赫赫之功然經久實事無如此者覘者多云可汗老疾欲傳雛雛爲人猜忌好兵邊人盡知之此豈可不留意願公痛爲一言心之精意所不能言上書豈能盡也虜涵浸德澤久矣其勢亦未遽渝盟但恐雛兒鷙忍其下必有不忠貪功好利之人謀之必先使北賊小小盜邊託爲不知若不折其萌芽狃於小利張而不已必開邊隙備禦之策惟安養弓箭社及稍加優異使當淬礪以待小寇策無良於此者矣所條上數事亦甚穩帖不至張皇惟乞免人戶折變所費不多及立閑名目獎社人頭首又乞復回易收息時遣機宜僚屬費少錢糧就地頭賞其高强者耳

與王定國書

罪大責輕得此已幸未嘗戚戚但知識數人緣我得罪而定國爲己所累尤深流落荒服親愛隔絶每念至此覺心肺間便有湯火芒刺今得來教既不見棄絶而能以道自遣無絲髮芥蔕然後知公眞可人而不肖他日猶得以衰顏白髮廁賓客之末也揚州有侍其太保官於煙瘴地十餘年比歸面紅潤無一點瘴氣只是用磨腳心法此法定國自知之更請加功不廢每日飲少酒調食令胃氣壯健安道軟朱砂膏

某在湖親服數兩甚覺有益利可久服子由昨來陳相別面色殊清潤目光炯然夜中行氣臍腹間隆隆如雷聲其所行持亦吾輩所常論者但此君有志節能力行耳粉白黛綠者俱是火宅中狐狸射干之流願公以道眼照破此外又有事須少儉嗇勿輕用錢物一是遠地恐萬一闕乏不繼一是災難中用財惡消厄致福之一端也又遞中領手教知到官無恙自處泰然頓慰懸想知攝二千石風聲震於殊俗一段奇事也某近頗知養生亦自覺薄有所得見者皆言道貌與往日殊別更相闊數年索我閬風之上矣兼畫得寒林墨竹已入神矣行草尤工只是詩筆殊退也不知何故昨所寄臨江軍書久已收得二書反覆議論及處憂患者甚詳既以解憂又以洗我昏蒙所得不少也然所得非苟知之亦允蹈之者願公常誦此語也杜子美困厄中一飲一食未嘗忘君詩人以來一人而已今見定國每有書皆有感恩念咎之語甚得詩人之本意僕雖不肖亦當髣髴於庶幾也近有人惠大丹砂少許光彩甚奇固不敢服然其人教以養火觀其變化聊以悅神度日賓去桂不甚遠朱砂差易致或爲置數兩因寄及稍難即罷非急用也

窮荒之中恐有一奇事但以冷眼陰求之大抵道士非金丹不能羽化而丹材多在南荒故葛稚川求岣嶁令竟化於廉州不可不留意也陳璨一月前直往筠州看子由亦粗傳要妙云非久當此來此人不唯有道術其與人有情義久要不忘如此亦自可重道術多方難得其要然某觀之唯能靜心閉目以漸習之似覺有功幸信此語使氣流行體中痒痛安能近人也邇來江淮間酷暑殆非人所堪況於嶺外唯道德清曠必有以解煩釋悶者入秋來翛然清遠計尊候安勝公學術日益如川之方增幸更着鞭多讀史書仍手自抄爲妙造次造次某自謫居以來可了得易傳九卷論語五卷今又下手作書傳迂拙之學聊以娛老且以爲子孫藏耳子由亦了得詩傳又成春秋集傳閑知之爲一笑耳辱惠書并新詩妙曲大慰所懷河凍膠舟咫尺千里意思牢落可知得此佳作終日喜快滯悶冰釋幸甚幸甚近在常置得一小莊子歲可得百石似可足食非不知揚州之美窮猿投林不暇擇木也

與李方叔書

某頓首方叔先輩足下屢獲來教因循不一一裁答悚

息不已比日履兹秋暑起居佳勝錄示子駿行狀及數詩辭意整暇有加於前得之極喜慰悉累書見責以不相薦引讀之甚愧然其說不可不盡君子之知人務相勉於道不務相引於利也足下之文過人處不少如李氏墓表及子駿行狀之類筆勢翩翩有可以追古作者之道至若前所示兵鑑則讀之終篇莫知所謂意者足下未甚有得於中而張其外者不然則老病昏惑不識其趣也以此私意猶冀足下積學不倦落其華而成其實深願足下爲禮義君子不願足下豐於才而廉於德也若進退之際不甚慎靜則於定命不能有毫髮增益而於道德有丘山之損矣古之君子貴賤相因先後相援固多矣某非敢廢此道平生相知心所謂賢者則於稠人中譽之或因其言以考其實實至則名隨之名不可掩其自爲世用理勢固然非力致也陳履常居都下逾年未嘗一至貴人之門章子厚欲一見終不可得中丞傅欽之侍郎孫莘老薦之某亦掛名其間會朝廷多知履常者故得一官某孤立言輕未嘗獨薦人也爵祿砥世人主所專宰相猶不敢必而欲責於某可乎東漢處士私相謚非古也殆以丘明爲素臣當得罪於孔門矣孟

生貞曜蓋亦蹈襲流弊不足法而況近相名字乎甚不願足下此等也某於足下非愛之深期之遠定不及此猶能察其意否近秦少游有書來亦論足下近文益奇明主求人如不及豈有終汩沒之理足下但以道自守當不求自至若不深自重恐喪失所有言切而盡臨紙悚息未即會見千萬保愛近夜眼昏不一不一某頓首

上知府王龍圖書

執事自軒車之來曾未期月蜀之士大夫舉欣欣然相慶以爲近之所無有下至閭巷小民雖不足以識知君子之用心亦能懽欣踊躍轉相告語諠譁紛紜洋溢布出而不可掩雖戶給之粟帛而人賜之爵其喜樂不如是之甚也伏惟明公何術以致此哉軾也安足以議雖然請得以僭言之蓋明公之於蜀人所以深結其心而納之安居無事以養生送死者有所甚易而亦有所至難夫海濱之人輕游於江河何則其所見者大也昔先魏公宰天下十有八年聞其言語而被其教誨者皆足以爲賢人而況於公乎度其視區區之一方不啻戶庭之小且公爲定州內以養民殖財而外震威武以待不臣之胡爲之三年而四

方稱之況於實非有難辨之事是以公至之日不勞而自成也此其所以爲易者一也自近歲以來蜀人不知有勤卹之如擢筋割骨以奉其上而不免於刑罰有田者不敢望以爲飽有財者不敢望以爲富惴惴焉恐死之無所然皆聞見所熟以爲當然不知天下復有仁人君子也自公始至釋其重荷而出之於陷穽之中方其困急時簞瓢之饋愈於千金是故莫不懽忻鼓舞之至此其所以爲易者二也雖然亦有所至難何者國家蓄兵以衞民而賦民以養兵此二者不可以有所厚薄也然而薄於養兵者其患近而易除厚於賦民者其憂遠而難救故夫庚子之小變起於兵離而甲午之大亂出於民怨由此觀之固有本末也而爲政者徒知畏其易除之近患而不知畏其難救之遠憂而有志於民者則或因以生事非當世大賢孰能使之兩存而皆濟此其所以爲難者一也蜀人之爲怯自昔而然矣民有抑鬱至此而不能以告者且天下未嘗無貪暴之吏惟幸其上之明而可以訴是以猶有所恃今民怯而不敢訴其訴者又不見省幸而獲省者指目以爲凶民陰中其禍嗟夫明天子在上方伯連帥之職執民之權而不能爲之

地哉夫惟天下之賢者則民望之深而責之備若夫庸人誰復求之自頃數公其來也莫不有譽其去也莫不有毀夫豈其民望之深責之備而所以塞之者未至耶今之飢者待公而食寒者待公而衣凡民之失其所者待公而安傾耳聳聽願聞盛德日新而不替此其所以爲難者二也伏惟明公以高世之才何施而不可惟無忽其所以爲易而深思其所難者而稍加意焉將天下被其澤而何蜀之足云某負罪居喪不當輒至貴人之門妄有所稱述誠不勝惓惓之心敢以告諸左右舊所爲文十五篇政事之餘憑几一笑亦或有可觀耳

與葉進叔書

進叔足下僕狷介寡合之人也足下望其貌而壯其氣聆其語而知其心握手見情素交論古今歡然若將與之忘年焉僕不自知何爲而得此於足下也前日南歸草草不能道一辭到家秋氣已高窗戶蕭然思與足下談笑之樂恍乎若相從於夢中既覺而不知臥於虛榻也行日嘗辱贈言意勤辭直讀之使人惻惻動心足下之所以知僕心者至矣所以責善於朋友者亦至矣而又凡所以爲至之中有所不至者

僕得以盡之焉僕聞有自知之明者乃所以知人有自達之聰者乃所以達物自知矣可以無疑矣而徇人則疑於人自達矣可以無蔽矣而徇物則蔽於物今足下自知自達而無可疑可蔽矣豈僕所以得人與物之說耶至以謂僕之交不能把臂服膺以示無間凡此者非疑非蔽也乃僕所以爲狷介寡合者足下顧不亮乎夫投規於矩雖公輸不能使之合何則方圓者殊也雜宮以羽雖師曠不能使之一何則緩急者異也對辯以訥遇剛以柔雖君子不能以無爭何則所性所操之不同也足下聰明過人無世事不通獨不知物理之有參差者乎昔張籍貽韓愈之書責愈以商論文字不能下氣夫以退之而未免矧其下者乎雖然亦思而改之耳恐足下未審此聊復以書

答范景山書

自離東武不復拜書疎怠之罪宜獲譴於左右矣兩辱手教存撫愈厚感愧不可言卽日起居佳勝知局事勞冗殊甚景山雖去軒冕避津要所欲閑耳而不可得乃知吾道艱難之際仁人君子捨衆人所棄猶不可得然憂喜勞逸無非命者出辨此身與之浮沉

則亦安往而不適也某始到彭城幸甚無事而河水一至遂有爲魚之憂近日雖已減耗而來歲之患方未可知法令周密公私匱乏舉動尤難直俟逐去耳久不聞餘論頑鄙無所鐫發恐遂汩沒於流俗矣子由在南都亦多苦事近詩一軸拜呈冗迫無佳意思但堪供笑耳近齊居內觀於生術似有所得子由尤爲造入景山有異書秘訣倘可見教乎餘非面莫盡惟乞萬萬自重

答參寥書

去歲倉卒離湖亦以不一別太虛參寥爲恨留語於僧官不識能道否到黃已半年朋游常少思念公不去心懶且無便故不奉書遠承差人致問殷勤累幅所以開諭奬勉者至矣僕罪大責輕謫居以來杜門念舊而已雖平生親識亦斷往還理固宜爾而釋老數公反復千里致問情義之厚有加於平日以此知道德高風果在世外也見寄數詩及近編得一詳味洒然如接清顏聽軟語也比已焚筆硯斷作詩故無緣屬和然時復一開以慰孤寂幸甚筆力愈老健清熟過於向之所見此於至道殊不相妨何爲廢之邪更與磨揉以追配彭澤未間自愛

答李康年書

向承寵訪教語甚厚因循未及裁謝復枉專使辱書累幅意愈勤重且獲所著通言二編及新詩碑刻廢學之人徒知愛其文之工妙而不能究極其意之所至欽味反復不能釋手幸甚幸甚比日起居何如竊想著書講道馳騁百氏而游於藝學有以自娛忘其窮約也通言略獲披味所發明者多矣謹且借留得爲究觀他書豈敢輒留他日別爲小字寫草書見惠不必心經乃大賜也要跋尾謾寫數字不稱妙筆

答舒堯文書

某啓午睡昏昏使者及門授教及詩振衣起觀頓爾醒快若清風之來得當之也大抵詞律莊重敘事精緻要非囂浮之作昔先零侵漢西疆而趙充國請行吐谷渾不貢于唐而文皇臨朝歎息思起李靖爲將乃知老將自不同也晉師一勝城濮則屹然而霸雖齊陳大國莫不服焉今日魯直之於詩是已公自於彼乞盟可也柰何欲爲兩屬之國則犧牲玉帛焉得而給諸不敢當卽承來命少資嗢噱

答陸道士書

某啓別來歲月乃爾許也涉世不已再罹憂患但知

自晒爾感君不遺手書殷勤如此且審道體安休喜慰之極惠州凡百不惡杜門養痾所念君棄家求道二十餘年不見異人當得異書見許今春相訪果然能踐言何喜如之舊過廬山見蜀道士馬希言似有所知今爲何在曾與之言否黃君高人與世相忘者如某與舍弟何足以致若得一見子由礱錯其所未至則某可以受賜願因足下致懇當可得否韓朴主事多從傅同年遊近傳得漢東僔慔遂帶得來此否因見亦道意羅浮有一鄧道士名守安專靜有守皆世外良友世世外之道金丹爲上儀隣次之服食草木次之胎息三生爲本殆無出此者嵇中散云守之以一養之以和和理日濟同乎大順然後承以靈芝潤以醴泉晞以朝陽綏以五絃不用其他舉以中散爲師矣適飲桂酒一杯醺然逕醉作書奉答真不勤字數矣桂酒乃仙方也釀桂而成盎然玉色非人間物也足下端爲此酒一來有何不可但恐足下拘戒籙不飲道家少飲和神非破戒也餘惟善慶

答孫志康書

自春末聞訃悲愕不已自惟不肖得交於父子間有年矣即日奉疏少通哀誠不獨海上無便又聞志康

從西路迎護莫知往還的耗故因循至今遂辱專使手書累幅愧荷深矣竊承已畢大事營辦勤苦何以堪任即日孝履支持預慰所望誌文實錄讀之感噎自聞變故即欲撰哀詞以表契義萬一不知爵里之詳今復覩此文旦夕當下筆然不願傳出雖志康亦不以相示藏之家笥須不肖啓手足日乃出之也自惟無狀百無所益於故舊惟文字庶幾不與草木同腐故決意爲之然決不敢相示也志康必識此意千萬勿來索看也師是此人甚奇斯人亦可人也哉某謫居已逾年諸況粗遣禍福苦樂念念千逝無足留胸中者又自省罪戾久積理應如此實甘受之今者北歸無日因遂自謂惠人漸作久居計正使終焉亦何所不可志康聞此言可以不深念哉玳瑁藥合見遺乃吾介夫遺意謹炷香拜受志康所惠布蜜藥果等一一捧領感怍無量海上窮陋又謫居貧病乃無少物報謝慚負無量見戒勿與人詩文謹佩至言如見報出都日所聞虛實不可不知勿以告人也舍弟筠州甚安時得書兒姪輩或在陳或在許下兩兒子在宜興某與幼子過在茲明年長子邁當挈他一房來此指射差遣因般過房下來見愛之深恐要知其

詳示諭開歲來此相聚雖爲厚幸然竄逐中唯欲親故謝絕爲孤寂可憐者則孤老猶可以粗安若志康人所指目者而乃不遠千里相求此重增某罪戾也千萬寢之切告切告李太伯雖前輩不相交往然敬其人欲作集引亦終不傳出也承諭世膺可爲聚其前後文集異日示及當與志康商議少加刪定乃傳世也斯人既無後吾輩當與留意李文叔書已領諸兒子爲學頗長迨自宜興寄詩文來甚可觀此等辱雅遊最舊故輒以奉聞然不敢令拜狀無益徒煩報答也會見無期千萬節哀自重

東坡續集卷第十一

東坡續集卷第十二

記

勝相院經藏記

元豐三年歲在庚申有大比丘惟簡號曰寶月修行如幻三摩鉢提在蜀成都大聖慈寺故中和院賜名勝相以無量寶黃金丹砂琉璃真珠旃檀衆香莊嚴佛語及菩薩語作大寶藏湧起于海有大天龍背負而出及諸小龍糾結環繞諸化菩薩及護法神鎮守其門天魔鬼神各執其物以禦不祥是諸衆寶及諸佛子光色聲香自相磨激璀璨芳郁玲瓏宛轉生出諸相變化無窮不假言語自然顯見苦空無我無量妙義凡見聞者隨其根性各有所得如衆飢人入於太倉雖未得食已有飽意又如病人遊於藥市聞衆藥香病自衰減更能取米作無礙飯恣食取飽自然不飢又能取藥以療衆病衆病有盡而藥無窮須臾之間無病可療以是因緣度無量衆時見聞者皆爭捨施富者出財壯者出力巧者出技皆捨所愛及諸結習而作佛事求脫煩惱濁惡苦海有一居士其先蜀人與是比丘有大因緣去國流浪在江淮間聞是比丘作是佛事即欲隨衆捨所愛習周視其身及其

室廬求可捨者了無一物如焦穀芽如石女兒乃至無有毫髮可捨私自念言我今惟有無始已來結習口業妄言綺語論說古今是非成敗以是業故所出言語猶如鍾磬黼黻文章悅可耳目如人善博日勝日負自云是巧不知是業今捨此業作寶藏偈願我今世作是偈已盡未來世永斷諸業塵緣妄想及諸理障一切世間無取無捨無憎無愛無可無不可時此居士稽首西望而說偈言曰

我游衆寶山　見山不見寶　岩谷及草木　虎豹諸龍蛇
雖知寶所在　欲取不可得　復有求寶者　自言已得寶
見寶不見山　亦未得寶故　譬如夢中人　未嘗知是夢
既知是夢已　所夢即變滅　見我不見夢　因以我為覺
不知真覺者　覺夢兩無有　我觀大寶藏　如以蜜說甜
衆生未諭故　復以甜說蜜　甜蜜更相說　千劫無窮盡
自蜜及甘蔗　查梨與橘柚　說甜而得酸　以及鹹辛苦
忽然反自味　舌根有甜相　我爾默自知　不須更相說
我今說此偈　於道亦云遠　如眼根自見　是眼非我有
當有無耳人　聽此非舌言　於一彈指頃　洗我千劫罪

虔州崇慶禪院新經藏記

如來得阿耨多羅三藐三菩提曰以無所得故而得

珍倣宋版印

舍利弗得阿羅漢道亦曰以無所得故而得如來與舍利弗若是同乎曰何獨舍利弗至于百工賤技承蜩意鉤屨豨畫墁未有不同者也夫道之大小雖至於大菩薩其視如來猶若天淵然及其以無所得故而得則承蜩意鉤屨豨畫墁未有不與如來同者也以吾之所知推至其所不知嬰兒生而導之言稍長而教之書口必至於忘聲而後能言手必至於忘筆而後能書此吾之所知也口不能忘聲則語言難於屬文手不能忘筆則字書難於刻雕及其相忘之至則形容心術酬酢萬物之變忽然而不自知也自不能者而觀之其神智妙達不既超然與如來同乎故金剛經曰一切賢聖皆以無爲法而有差別以是爲技則技疑神以是爲道則道疑聖古之人與人皆學而獨至於是其必有道矣吾非學佛者不知其所自入獨聞之孔子曰詩三百一言以蔽之曰思無邪夫有思皆邪也善惡同而無思則土木也云何能使有思而無邪無思而非土木乎烏乎吾老矣安得數年之暇託於佛僧之宇盡發其書以無所思心會如來意庶幾於無所得故而得者謫居惠州終歲無事宜若得行其志而州之僧舍無所謂經藏者獨榜其所

居室曰思無邪齋而銘之致其志焉始吾南遷過虔州與通守承議郎俞君括游一日訪廉泉入崇慶院觀寶會（一作輪）藏君曰是於江南壯麗爲第一其費二千餘萬前長老曇秀始作之幾於成而寂今長老惟湜嗣成之奔走二老之間勸導經營銖積寸累十有六年而成者僧知錫也子能愍此三士之勞以一言記之乎吾蓋心許之俞君博學能文敏於從政而恬於進取數與吾書欲棄官相從學道自虔罷歸道病卒於廬陵虔之士民有巷哭者吾亦爲出涕故作此文以遺湜錫并論孔子思無邪之意與吾有志無書之歎使刻于石且與俞君結未來之因乎紹聖二年五月二十七日記

密州通判廳題名記

始尚書郎趙君成伯爲眉之丹稜令邑人至今稱之余其隣邑人也故知之爲詳君既罷丹稜而余適還眉於是始識君其後余出官於杭而君亦通守臨淮同日上謁辭相見於殿門外握手相與語已而見君於臨淮劇飲大醉於先春亭上而別及移守膠西未一年而君來倅是邦余性不慎語言與人無親疏輒輸寫腑臟有所不盡如茹物不下必吐出乃已而人

或記疏以爲怨咎以此尤不可與深中而多數者處君旣故人而簡易疎達表裏洞然余固甚樂之而君又勤於吏職視官事如家事余得少休焉君曰吾廳事未有壁記乃集前人之姓名以屬於余余未暇作也及爲彭城君每書來輒以爲言且曰吾將託子以不朽昔羊叔子登峴山謂從事鄒湛曰自有宇宙而有此山登此遠望如我與卿者多矣皆堙滅無聞使人悲傷湛曰公之名當與此山俱傳若湛輩乃當如公言耳夫使天下至今有鄒湛者羊叔子之賢也今余頑鄙自放而且老矣然無以自表見於後世自計且不足而況能以及子乎雖然不可以不一言使數百年之後得此文於頹垣廢井之間者茫然長思而一歎也

畫水記

古今畫水多作平遠細皺其善者不過能爲波頭起伏使人至以手捫之謂有窪隆以爲至妙矣然其品格特與印板水紙爭工拙於毫釐間爾唐廣明中處士孫位始出新意畫奔湍巨浪與山石曲折隨物賦形盡水之變號稱神逸其後蜀人黃筌孫知微皆得其筆法始知微欲於大慈寺壽寧院壁作湖灘水石

四堵營度經歲終不肯下筆一日倉皇入寺索筆墨甚急奮袂如風須臾而成作輸瀉跳蹙之勢洶洶欲崩屋也知微旣死筆法中絕五十餘年近歲成都人蒲永昇嗜酒放浪性與畫會始作活水得二孫本意自黃居寀兄弟李懷衮之流皆不及也王公富人或以勢力使之永昇輒嘻笑捨去遇其欲畫不擇貴賤頃刻而成嘗與余臨壽寧院水作二十四幅每夏日挂之高堂素壁卽陰風襲人毛髮爲立永昇今老矣畫益難得而世之識眞者亦少如往時董羽近日常州戚氏畫水世或傳寶之如董戚之流可謂死水未可永昇同年而語也

張龍公祠記

昭靈侯南陽張公諱路斯隋之初家于潁上縣仁社村年十六中明經科唐景龍中爲宣城令以才能稱夫人石氏生九子自宣城罷歸常釣于焦氏臺之陰一日顧見釣處有宮室樓殿遂入居之自是夜出旦歸歸輒體寒而溼夫人驚問之曰我龍也蓼人鄭祥遠者亦龍也與我爭此居明日當戰使九子助我領有絳綃者我也青綃者鄭也明日九子以弓矢射青綃者中之怒而去公亦逐之所過爲谿谷以達于淮

而青緇者投于合肥之西山以死爲龍穴山九子皆化爲龍而石氏葬關洲公之兄爲馬步使者子孫散居潁上其墓皆存焉事見于唐布衣趙耕之文而傳于淮潁間父老之口載於歐陽文忠公之集古錄云自景龍以來潁人世祠之于焦氏臺熙寧中刺史王敬堯始大其廟有宋乾德中蔡州大旱其刺史司超聞公之靈築祠于蔡既雨翰林學士承旨陶穀爲記其事蓋自淮南至于陳蔡許汝皆奔走奉祠景德中諫議大夫張秉奉詔益新潁上祠宇而熙寧中司封郎中張徽奏乞爵號詔封公昭靈侯石氏柔應夫人廟有穴五往往見變異出雲雨或投器穴中則見于池而近歲有得蛻骨于池者金聲玉質輕重不常今藏廟中元祐六年秋旱甚郡守龍圖閣學士左朝奉郎蘇某迎致其骨于西湖之行祠與吏民禱焉其應如響乃益治其廟作碑而銘之銘曰

維古至人泠然乘風變化往來不私其躬道本於仁仁故能勇有殺有生以仁爲終相彼幻身何適不通地行爲人天飛爲龍惠于有生我則從之淮潁之間馬生張公跨歷隋唐顯于有宋上帝寵之先帝封之昭于一方萬靈宗之哀我潁民虒堉而窮地傾東南

潦水所鍾忽焉歸壑千里一空公居其間拯溺弔凶救療疾癘驅攘螟蟲開闔抑揚孰知其功坎坎擊鼓巫師老農斗酒隻雞四簋其鐻度公之居貝闕珠宮揆公之食瓊醴玉饔何以稱之我愧于中公之所饗惟誠與恭誠在平格平格一作愛民民無傷農民字一本作无傷農工恭不在外洗濯厥胸以此事神神聽則聰敢有不然上帝之恫

刻秦篆記

秦始皇帝二十六年初并天下二十八年親巡東方海上登琅琊臺觀出日樂之忘歸徙黔首三萬家臺下刻石頌秦德焉二世元年復刻詔書其旁今頌詩亡矣其從臣姓名僅有存者而二世詔書具在自始皇帝二十八年歲在壬午至今熙寧九年丙辰凡千二百九十五年而蜀人蘇某來守高密得舊紙本於民間比今所見猶爲完好知其存者磨滅無日矣而廬江文勛適以事至密勛好古善篆得李斯用筆意乃摹諸石置之超然臺上夫秦雖無道然所立有絕人者其文字之工世亦莫及皆不可廢後有君子得以覽觀焉

秦太虛題名記

元豐二年中秋後一日余自吳興道杭東還會稽龍井有辯才大師以事邀余入山比出郭日已夕航湖至普寧遇道人參寥問龍井所遣籃輿則曰以不時　是夕天宇開霽林間月明可數毫髮遂弃舟從參寥杖策並湖而行出雷峯度南屏濯足于惠因澗入靈石塢得支徑上風篁嶺憩于龍井亭酌泉據石而飲之自普寧凡經佛寺十五皆寂不聞人聲道傍廬舍或燈火隱顯草木深鬱流水止激悲鳴殆非人間之境行二鼓矣始至壽聖院謁辯才于潮音堂明日乃還高郵秦觀題

覽太虛題名皆予昔時游行處閉目想之了然可數始予與辯才別五年乃自徐州遷于湖至高郵見太虛參寥遂載與俱辯才聞予至欲扁舟相過以結夏未果太虛參寥又相與適越云秋盡當還而予倉卒去郡遂不復見明年予謫居黃州辯才參寥遣人致問且以題名相示時去中秋不十日秋潦方漲水面千里月出房心間風露浩然所居去江無十步獨與兒子邁棹小舟至赤壁西望武昌山谷喬木蒼然雲濤際天因錄以寄參寥使以示辯才有便至高郵亦可錄以寄太虛也

獎諭勑記

勑蘇某省京東東路安撫使司轉運司奏昨黃河水至徐州城下汝親率官吏驅督兵夫救護城壁一城生齒并倉庫廬舍得免漂沒之害遂得完固事河之爲中國患久矣乃者堤潰東注衍及徐方而民人保居城郭增固徒得汝以安也使者屢以言朕甚嘉之

熙寧十年七月十七日河決澶州曹村埽八月二十一日水及徐州城下至九月二十一日凡二丈八尺九寸東西北觸山而上皆清水無復濁流水高於城中平地有至一丈九寸者而外小城東南隅不沉者三版父老云天禧中嘗築二堤一自小市門外絕壕而南少西以屬於戲馬臺之麓一自新牆門外絕壕而西折以屬於城下南京門之北遂起急夫五千人與武衞奉化牢城之士晝夜雜作堤堤成之明日水自東南隅入遇堤而止水牕六先水未至以薪芻爲囊自城外塞之水至而後自城中塞者皆不足恃城中有故取土大坑十五皆與外水相應井有溢者三方皆積水無所取土取於州之南亞夫塚之東自城中附城爲長堤壯其址長九百八十四丈高一丈闊倍之公私船數百以風浪不敢行分纜城下以殺河

之怒至十月五日水漸退城以全明年二月有旨賜錢二千四百一十萬起夫四千二十三人又以發常平錢六百三十四萬米一千八百餘斛募夫三千二十人改築外小城創木岸四一在天王堂之西一在彭城樓之下一在上洪門之西北一在大城之東南隅大坑十五皆塞已而澶州靈平歸成水不復至臣某以謂黃河率常五六十年一決而徐州最處汴泗下流上下二百餘里皆阻山水尤深悍難落不與他郡等恐久遠倉卒吏民不復究知故因上之所賜詔書而記其大略并刻諸石若其詳則藏於有司謂之熙寧防河錄云

潮州修韓文公廟記

匹夫而爲百世師一言而爲天下法是皆有以參天地之化關盛衰之運其生也有自來其逝也有所爲矣故申呂自嶽降傳說爲列星古今所傳不可誣也孟子曰我善養吾浩然之氣是氣也寓於尋常之中而塞乎天地之間卒然遇之則王公失其貴晉楚失其富良平失其智賁育失其勇儀秦失其辯是孰使之然哉其必有不依形而立不恃力而行不待生而存不隨死而亡者矣故在天爲星辰在地爲河嶽幽

則爲鬼神而明則復爲人此理之常無足怪者自東漢已來道喪文弊異端並起歷唐正觀開元之盛輔以房杜姚宋而不能救獨韓文公起布衣談笑而麾之天下靡然從公復歸於正蓋三百年於此矣文起八代之衰道濟天下之溺忠犯人主之怒而勇奪三軍之帥豈非參天地關盛衰浩然而獨存者乎蓋嘗論天人之辯以謂人無所不至惟天不容僞智可以欺王公不可以欺豚魚力可以得天下不可以得匹夫匹婦之心故公之精誠能開衡山之雲而不能回憲宗之惑能馴鱷魚之暴而不能弭皇甫鎛李逢吉之謗能信於南海之民廟食百世而不能使其身一日安於朝廷之上蓋公之所能者天也所不能者人也始潮之人未知學公命進士趙德爲之師自是潮之人皆篤於文行延及齊民至于今號稱易治信乎孔子之言君子學道則愛人小人學道則易使也潮人之事公也飲食必祭水旱疾疫凡有求必禱焉而廟在刺史公堂之後民以出入爲艱前守欲請諸朝作新廟不果元祐五年朝散郎王君滌來守是邦凡所以養士治民者一以公爲師民既悅服則出令曰願新公廟者聽民讙趨之卜地於州城之南七里朞

年而廟成或曰公去國萬里而謫于潮不能一歲而歸沒而有知其不眷戀于潮也審矣軾曰不然公之神在天下者如水之在地中無所往而不在也而潮人獨信之深思之至焄蒿悽愴若或見之譬如鑿井得泉而曰水專在是豈理也哉元祐十年詔封公昌黎伯故榜曰昌黎伯韓文公之廟潮人請書其事于石因作詩以遺之使歌以祀公其詞曰

公昔騎龍白雲鄉手抉雲漢分天章天孫爲織雲錦裳飄然乘風來帝旁下與濁世掃粃糠西遊咸池略扶桑草木衣被昭回光追逐李杜參翶翔汗流籍湜走且僵滅沒倒影不可望作書詆佛譏君王要觀南海窺衡湘歷舜九疑弔英皇祝融先驅海若藏約束鮫鱷如驅羊鈞天無人帝悲傷謳吟下招遣巫陽犦牲雞卜羞我觴於粲荔丹與蕉黃公不少留我涕滂翩然被髮下大荒

方丈記

年月日住持傳法沙門惟謹重建方丈上祝　天子萬壽永作神主斂時五福敷錫庶民地獄天宮同爲淨土有性無性齊成佛道

野吏亭記

故相陳文惠公建立此亭榜曰野吏蓋孔子所謂先進於禮樂者公在政府獨眷眷此邦然庭宇日就圮缺凡九十七年太守朝奉郎方侯子容南圭復完好之

遺愛亭記 代巢元脩

何武所至無赫赫名去而人思之此之謂遺愛夫君子循理而動理窮而止應物而作物去而復夫何赫赫名之有哉東海徐君猷以朝散郎爲黃州未嘗怒也而民不犯未嘗察也而吏不欺終日無事嘯詠而已每歲之春與眉陽子瞻游於安國寺飲酒於竹間亭擷亭下之茶烹而食之公既去郡寺僧繼連請名子瞻名之曰遺愛時穀自蜀來客於子瞻因子瞻以見公公命穀記之穀愚樸羈旅人也何足以知公採道路之言質之於子瞻以爲之記

傳神記

傳神之難在目顧虎頭云傳形寫影都在阿睹中其次在顴頰吾嘗於燈下顧自見頰影使人就壁摸之不作眉目見者皆失笑知其爲吾也目與顴頰似餘無不似者眉與鼻口可以增減取似也傳神與相一道欲得其人之天法當於衆中陰察之今乃使人具

衣冠坐注視一物彼方斂容自持豈復見其天乎凡人意思各有所在或在眉目或在鼻口虎頭云頰上加三毛覺精采殊勝則此人意思蓋在須頰間也優孟學孫叔敖抵掌談笑至使人謂死者復生此豈舉體皆似亦得其意思所在而已使畫者悟此理則人人可以爲顧陸吾嘗見僧惟真畫曾魯公初不甚似一日往見公歸而喜甚曰吾得之矣乃於眉後加三紋隱約可見作俛首仰視眉揚而額蹙者遂大似南都程懷立衆稱其能於傳吾神大得其全懷立舉止如諸生蕭然有意於筆墨之外者也故以吾所聞助發云

熙寧手詔記

楊繪累奏罷諫職兼求外補及乞明加黜責蓋繪未深究朕意繪疏迹遠人立朝寡識不畏强禦知無不爲始一見之便知其忠直可信故翌日卽擢置言職知任亦甚篤矣今日降命蓋謂難與曾公亮兩立於輕重之間故當且避之卿可喻朕此意令早承命或示朕此札亦不妨熙寧元年故翰林學士楊繪以知制誥知諫院上疏論故相曾公亮事先帝直其言然未欲遽行也故除公兼侍讀公力辭不已乃以手詔

賜今龍圖閣學士滕公元發使以手詔賜公公卒不受命而詔遂藏於家是歲四月復除公知諫院以母憂去官其後二十年公沒於杭州喪過京師其子久沖以手詔相示且請記之謹按先帝臨御之初公與滕公皆蒙國士之知凡所以開心見誠相期於度外者類皆如此未究其用爲小人所誣故困於外十有餘年先帝謹於用法故未卽起公然知之未少衰也使先帝尚在公豈流落而不用終身者哉悲夫

應夢羅漢記

元豐四年正月二十一日予將往岐亭宿於團封夢一僧破面流血若有所訴明日至岐亭過一廟中有阿羅漢像左龍右虎儀制甚古而面爲人所壞顧之惘然庶幾疇昔所見乎遂載以歸完新而龕之設于安國寺四月八日先妣武陽君忌日飯僧于寺乃記之責授黃州團練使眉山蘇某記

觀妙堂記

不憂道人謂歡喜子曰來我所居室汝知之乎沉寂湛然無有喧爭嗒然其中死灰槁木以異而同我既名爲觀妙矣汝其爲我記之歡喜子曰是室云何而求我況乎妙事了無可觀既無可觀亦無可說欲求

少分可以觀者如石女兒世世終無有欲求多分可以說者如虛空花究竟非實不說不觀了達無礙超出三界入智慧門雖然如是置之不可執偏強生分別以一味語斷之無疑譬用筌蹄以得魚兎及施燈燭以照坵坑獲魚兎矣筌蹄了忘知丘坑處燈燭何施今此居室孰爲妙與蕭然是非行住坐臥飲食語默具足衆妙無不現前覽之不有都之不無倏知覺知要妙如此當持是言普示來者入此室時作如是觀

法雲寺禮拜石記

夫供養之具最爲佛事先其法不一他山之石平不容垢橫展如席願爲一座具之用晨夕禮佛以此皈依當敬禮無所觀時運心廣博無所不在天上人間以至地下悉觸智光聞我佛修道時芻泥巢頂罷佛氣分後皆受報則禮佛也其心實重有德者至是禮也願一拜一起無過父母乘此願力不墮三塗佛力不可盡石不可盡願力不可盡三者既不可盡二親獲福生生世世亦不可盡今對佛宣白惟佛實臨之

元祐八年七月中旬內殿崇班馬惟寬捨

醉鄉記

醉鄉去中國不知其幾千里也其土曠然無涯無丘

陵阪險其氣和平一揆無晦明寒暑其俗大同無邑居聚落其人甚精無愛憎喜怒吸風飲露不食五穀其寢于于其行徐徐鳥獸魚鼈雜居不知有舟車器械之用昔者黃帝氏嘗獲遊其都歸而冐然喪其天下以爲結繩之政已薄矣降及堯舜作爲千鍾百榼之獻因姑射神人以假道蓋至其邊鄙終身太平禹湯立法禮繁樂雜數十代與醉鄉隔其臣羲和棄甲子而逃冀臻其鄉失路而道夭故天下遂不寧至乎末孫桀紂怒而升其糟丘階級迂伊南嚮而望不見醉鄉武王氏得志于世乃命周公旦立酒人氏之職典司五齊拓土五千里僅與醉鄉達焉三十年刑措不用下逮幽厲迄于秦漢中國喪亂遂與醉鄉絕而臣下之受道者往往初至焉阮嗣宗陶淵明等數十人並遊醉鄉沒身不返死葬其壤中國以爲酒仙嗟乎醉鄉氏之俗豈古華胥氏之國乎何其淳寂也如是予將遊焉故爲之記

睡鄉記

睡鄉之境蓋與齊州接而齊州之民無知者其政甚淳其俗甚均其土平夷廣大無東西南北其人安恬舒適無疾痛札癘昏然不生七情莊然不交萬事蕩

然不知天地日月不絲不穀佚臥而自足不舟不車極意而遠遊冬而絺夏而纊不知其有寒暑得而悲失而喜不知其有利害以謂凡其所目見者皆妄也昔黃帝聞而樂之閉居齋心服形三月弗獲其治疲而睡蓋至其鄉旣寢厭其國之多事也召二臣而告之凡二十有八年而天下大治似睡鄉焉降及堯舜無爲世以爲睡鄉之俗也禹湯股無胈脛無毛剪介爲牲以救天災不暇與睡鄉往來武王克商還周日夜不寢曰吾未定大業周公夜以繼日坐以待旦爲王作禮樂伐鼓扣鐘雞人號于右則睡鄉之邊徼屢警矣其孫穆王慕黃帝之事因西方化人而神遊焉騰虛空乘雲霧卒莫覩所謂睡鄉也至孔子時有宰予者亦棄其學而遊焉不得其塗大迷謬而返戰國秦漢之君悲愁傷生內窮於長夜之飲外累於攻戰之具於是睡鄉始丘墟矣而蒙漆園吏莊周者知過之化爲蝴蝶翩翩其間蒙人弗覺也其後山人處士之慕道者猶往往而至至則囂然樂而忘歸從以爲之徒云嗟夫予也幼而勤行長而競時卒不能至豈不迂哉因夫斯人之問津也故記

淮陰侯廟記

應龍之所以爲神者以其善變化而能屈伸也夏則天飛效其靈也冬則泥蟠避其害也當嬴氏刑慘網密毒流海內銷鋒鏑誅豪俊將軍乃辱身汙節避世用晦志在鵲起豹變食全楚之租故受饋於漂母抱王霸之略蓄英雄之壯圖志輕六合氣蓋萬夫故忍恥胯下洎乎山鬼反璧天亡秦族遇知己之英主陳不世之奇策崛起蜀漢席捲關輔戰必勝攻必剋掃强楚滅暴秦平齊七十城破趙二十萬乞食受辱惡足累大丈夫之功名哉然使水行未殞火流猶潛將軍則與草木同朽麋鹿俱死安能持太阿之柄雲飛龍驤起徒步而取侯王噫自古英津之士不遇機會委身草澤名堙滅而無稱者可勝道哉乃碑而銘之曰書軌新邦英雄舊里海霧朝翻山烟暮起宅臨舊楚廟枕清淮枯松折柏廢井荒臺我停單車思人望古淮陰少年有目無睹不知將軍用之如虎

靜常齋記

虛而一直而正萬物之生芸芸此獨漠然而自定吾其命之曰靜泛而出渺而藏萬物之逝滔滔此獨且然而不忘吾其命之曰常無古無今無生無死無終無始無後無先無我無人無能無否無離無着無證

無修卽是以觀非愚則癡舍是以求非病則狂昏昏默默了不可得混混沌沌茫茫不可論雖有至人亦不可聞聞爲眞聞亦不可知知爲眞知是猶在聞知之域而不足以髣髴況緣迹逐響以希其至不亦難哉旣以是爲吾號又以是爲吾室則有名之累吾何所逃然亦趨寂之指南而求道之鞭影乎

趙先生舍利記

趙先生棠本蜀人孟氏節度使廷隱之後今屬南海人仕至幕職官南海有潘冤者陽狂不測人謂之潘盎南海俚人謂心風爲盎盎常與京師言法華偈頌往來言二云盎日光佛也先生棄官從盎遊盎以謂盡得我道盎旣隱去不知其所終而先生亦坐化焚其衣得舍利數升我與先生之子昶遊故得此舍利四十八粒盎與先生異迹極多張安道作先生墓誌具載其事大今爲大理寺丞知藤州元豐三年十一月十五日以舍利授寶月大師之孫悟清使持歸本院供養巴郡蘇某記

北海十二石記

登舟下臨大海目力所及沙門鼉磯車牛大竹小竹凡五島惟沙門最近兀然焦枯其餘皆紫翠巉絕出

沒濤中真神仙所宅也上生石芝草木皆奇瑋多不識名者又多美石五采斑爛或作金色熙寧己酉歲李天章爲登守吳子野往從之游時解貳卿致政退居于登使人入諸島取石得十二株皆秀色粲然適有船在岸下將轉海至朝子野請於解公盡得十二石以歸置所居歲寒堂下近世好事能致石者多矣未有取北海而置南海者也元祐八年八月十五日

東坡居士蘇某記

子姑神記

元豐三年正月朔日予始去京師來黃州二月朔至郡至之明年進士潘丙謂予曰異哉公之始受命黃人未知也有神降于州之僑人郭氏之第與人言如響且善賦詩曰蘇公將至而吾不及見也已而公以是日至而神以是日去其明年正月丙又曰神復降于郭氏予往觀之則衣草木爲婦人而置筯手中二小童子扶焉以筯畫字曰妾壽陽人也姓何氏名媚字麗卿自幼知讀書屬文爲伶人婦唐垂拱中壽陽刺史害妾夫納妾爲侍妾而其妻妬悍甚見殺於廁妾雖死不敢訴也而天使見之爲直其寃且使有所職於人間蓋世所謂子姑神者其類甚衆然未有如

妾之卓然者也公少留而爲賦詩且舞以娛公詩數十篇敏捷立成皆有妙思雜以嘲笑問神仙鬼佛變化之理其答皆出於人意外坐客撫掌作道調梁州神起舞中節曲終再拜以請曰公文名於天下何惜方寸之紙不使世人知有妾乎予觀何氏之生見掠於酷吏而遇害於悍妻其怨深矣而終不指言刺史之姓名似有禮者客至逆知其平生而終不言人之陰私與休咎可謂智矣又知好文字而耻無聞於世皆可賢者粗爲録之答其意焉

天篆記

江淮間俗尚鬼歲正月必衣服箕箒爲子姑或所能數數畫字黃州郭氏神最異予去歲作何氏録以記之今年黃人汪若谷家神尤奇以箸爲口置筆口中與人問答如響曰吾天人也名全字德通姓李氏以若谷再世爲人吾是以降焉箸篆字筆勢甚奇而字不可識曰此天篆也與予篆三十字云是天蓬呪使以隸字釋之不可見黃之進士張炳曰久闊無恙炳問安所識答曰子獨不記劉苞乎吾即苞也因道炳昔與苞起居語言狀甚詳炳大驚告予曰昔嘗識苞京師青巾布裘文身而嗜酒自言齊州人今不知其

所在豈眞天人乎或曰天人豈肯附箕箒爲子姑神從汪若谷遊哉予亦以爲不然全爲鬼爲仙固不可知然未可以其所託之陋疑之也彼誠有道視王宮豕牢也其字雖不可識而意趣簡古非虛落間竊食愚鬼所能爲者昔長陵女子以乳死見神於先後宛若民多往祠其後漢武帝亦祠之謂之神君震動天下若疑其所托又陋於全矣世人所見常少所不見常多奚必於區區耳目之所及度量世外事乎姑藏其書以待知者

傳

僧圓澤傳

洛師惠林寺故光祿卿李憕居第祿山陷東都憕以居守死之子源少時以貴遊子豪侈善歌聞於時及憕死悲憤自誓不仕不娶不食肉居寺中五十餘年寺有僧圓澤富而知音源與之遊甚密促膝交語竟日人莫能測一日相約遊蜀青城峩眉山源欲自荆州泝峽澤欲取長安斜谷路源不可曰吾已絶世事豈可復道京師哉澤默然久之曰行止固不由人遂自荆州路舟次南浦見婦人錦襠負甖而汲者澤望而泣曰吾不欲由此者爲是也源驚問之澤曰婦人

姓王氏吾當爲之子孕三歲矣吾不來故不得乳今既見無可逃者公當以符呪助我速生三日浴兒時願公臨我以笑爲信後十三年中秋月夜杭州天竺寺外當與公相見源悲悔而爲具沐浴易服至暮澤亡而婦乳三日往視之兒見源果笑具以語王氏出家財葬澤山下源遂不果行反寺中問其徒則既有治命矣後十二年自洛適吳赴其約至所約聞葛洪川畔有牧童扣牛角而歌之曰三生石上舊精魂賞月吟風不要論慚愧情人遠相訪此身雖異性長存呼問澤公健否答曰李公真信士然俗緣未盡愼勿相近惟勤修不墮乃復相見又歌曰身前身後事茫茫欲話因緣恐斷腸吳越山川尋已遍卻回烟棹上瞿塘遂去不知所之後二年李德裕奏源忠臣子篤孝拜諫議大夫不就竟死寺中年八十此出袁郊所作甘澤謠以其天竺故事故書以遺寺僧舊文煩冗頗爲刪改

杜處士傳

杜仲郁里人也天資厚朴而有遠志聞黃環名從之游因陳曰願輔子半夏幸仁憫焉使得旋復自古揚摧環曰子言匪實宜蚤休少從容將訶子矣仲曰人之相仁雖不百合亦自然同況吐新意以前乎吾聞

夫子雖黃冠衆故求決明於子今子微銜吾爲其非
儕乎曰吾如貧者食無餘粮獨活久矣子今肩就何
以充蔚子乎茍迹子之素狂若所請亦大激矣試聞
子之志也曰敢問士何以益智行何以非廉先王不
留行者何事也曰此匪子解也夫得所託者猶之射
干臨於層城也居非地者猶之困於蒺藜也今子宛
如易之所謂井渫不食也非揚淘之而欲其中空清
是坐恆山而望扶桑耳勢不可及已使投垢熟艾以
求別當世則與之無名異矣某蒙甚願子白之曰吾
自通微預知子高良故謾矜子以短而欲亂子言子
能詳微意知所激刺亦無患子矣雖然澤蘭必馨今
王明茍起子爲赤車使者且將封子子甘從之乎曰
吾大則欲伏神以安息小者吾殊于衆而已矣雖登
文石摩螭頭不願也古人有三聘而起松蘿者迫實
用也余將杜衡門以居之爲一白頭翁雖五加皮幣
於我如水萍耳豈當歸之哉環曰然世有陰險以求
石斛之祿者五味子之言可也雖吾亦續隨子矣或
斥之曰船破須筎酒成於麴猶君之錄英才也彼貪
祿角進者可誚之也若夫躑躅而還鄉甘遂意於丁
沉則吾之所謂獨行之民可使君子懷寶烏久居此

爲哉余愛仲舍依人而嘉環能發其心故錄之爲傳

萬石君羅文傳

羅文歙人也其上世常隱龍尾山未嘗出爲世用自秦棄詩書不用儒學漢與蕭何輩又以刀筆吏取將相天下靡然效之爭以刀筆進雖有奇產不暇推擇也以故羅氏未有顯人及文資質溫潤縝密可喜隱居自晦有終焉之意里人石工獵龍尾山因窟入見文塊然居其間熟視之笑曰此所謂邦之彥也豈得自棄於岩穴耶乃相與定交磨礲成就之使從諸生學因得與士大夫游見者咸愛重焉武帝方向學喜文翰得毛穎之後毛純爲中書舍人純一日奏曰臣幸得收錄以備任使然以臣之愚不能獨大用今臣同事皆小器頑滑不足以置左右願得召臣友人羅文以相助詔使隨計吏入貢蒙召見文德殿上望見異焉因玩弄之曰卿久居荒土得被漏泉之澤涵濡浸漬久矣不自枯槁也上復叩擊之其音鏗鏗可聽上喜曰古所謂玉質而金聲者子真是也使待詔中書久之拜舍人是時墨卿楮先生皆以能文得幸而四人同心相得歡甚時人以爲文苑四貴每有詔命典策皆四人謀之其大約雖出於上意必使文潤色

之然後琢磨以墨卿謀畫以毛純成以受楮先生使行之四方遠夷無不達焉上嘗嘆曰是四人者皆國寶也然重厚堅貞行無瑕玷自二千石至百石吏皆無如文者命尚方以金作室以蜀文錦爲薦褥賜之其後于闐進美玉上使以玉作小屛風賜之幷賜高麗所獻銅瓶爲飲器親愛日厚如純輩不敢望也上得羣才用之遂內更制度修律曆講郊祀治刑獄外征伐四夷詔書符檄札文之事皆文等預焉上思其功制詔丞相御史曰蓋聞議法者常失於太深論功者常失於太薄有功而賞不及雖唐虞不能以相勸中書舍人羅文久典書籍助成文治厥功茂焉其以歙之祁門三百戶封文號萬石君世世勿絕文爲人有廉隅不可犯然搏擊非其任喜與老成知書者游常曰吾與兒輩處每慮有玷缺之患其自愛如此以是小人多輕疾之或讒於上曰文性貪墨無潔白稱上曰吾用文掌書翰取其便事耳雖貪墨吾固知不如是亦何以見其才自是左右不敢復言文體有寒疾每冬月侍書輒面冰不可運筆上時賜之酒然後能書元狩中詔舉賢良方正淮南王安舉端紫以對策高第待詔翰林超拜尚書僕射與文並用事紫雖

乏文采而令色尤可喜以故常在左右文浸不用上幸甘泉祠河東巡朔方紫常扈從而文留守長安禁中上還之文塵垢面目顦顇之文因進曰陛下用人誠如汲黯之言後來者居上耳上曰吾非不念爾以爾年老不能無少圓缺故也左右聞之以爲上意不悅因不復顧省文乞骸骨伏地上詔使駙馬都尉金日磾翼起之日磾胡人初不知書素惡文所爲因是擠之殿下顛仆而卒上憫之令宦者瘞於南山下子堅嗣堅資性溫潤文采縝密不減文而器局差小起家爲文林郎侍書東宮昭帝立以舊恩見寵帝春秋益壯喜寬大博厚者顧堅器小斥不用堅亦以落落難合於世自視與瓦礫同昭帝崩大將軍霍光以帝平生玩好器用後宮美人置之平陵堅自以有舊恩乞守陵拜陵寢郎後死葬平陵自文生時宗族分散四方高才奇特者王公貴人以金帛聘取爲從事舍人其下亦與巫醫書算之人游皆有益於其業或因以致富焉

贊曰羅氏之先無所見豈左氏所稱羅國哉考其國邑在江漢之間爲楚所滅子孫疑有散居黟歙間者嗚呼國既破亡而後世猶以知書見用至今不絕人

豈可以無學術哉

江瑤柱傳

生姓江名瑤柱字子美其先南海人十四代祖媚川避合浦之亂徙家閩越閩越素多士人聞媚川之來甚喜朝夕相與探討又從而鐫琢之媚川深自晦匿嘗喟然謂其孫子曰匹夫懷寶吾知其罪矣尚子平何人哉遂棄其孥浪迹泥塗中潛德不耀人莫知其所終媚川生二子長曰添丁次曰馬頰始來鄞江今爲明州奉化人瑤柱世孫也性溫平外懿而內淳稍長去褖類頎長而白皙圓直如柱無絲髮附麗態父友庵公異之且曰吾閱人多矣昔人夢資質之美有如玉川者是兒亦可謂瑤柱矣因以名之生寡欲然極好滋味合口不論人是非人亦甘心焉獨與峨嵋洞車公淸溪遐丘子望湖門章舉先生善出處大略相似所至一坐盡傾然三人者亦自下之以謂不可及也生亦自養名聲動天下鄉閭尤愛重之凡歲時節序冠婚慶賀合親戚燕朋友必延爲上客一不至則慊然皆云無江生不樂生頗厭苦之間或逃避於寂寞之濱好事者雖解衣求之不憚也至於中朝達官名人游宦東南者往往指四明爲善地亦屢屬意

於江生惟扶風馬太守不甚禮之生浸不悅跳身武林道感溫風得中乾疾爲親友强起置酒高會座中有合氏子亦江淮間名士也輒坐生上衆口歎美之曰聞客名舊矣蓋鄉曲之譽不可盡信韓子所謂面目可憎語言無味者非客耶客第歸人且不愛客而棄之海上遇逐臭之夫則客歸矣尚可與合氏子爭乎生不能對大慚而歸語其友人曰吾棄先祖之戒不能深藏海上而薄游樽俎間又無馨德發聞惟腥宜見擯於合氏子而府公貶我固當從吾子游於水下苟不得志雖粉身亦何憾吾去子矣已而果然其後族人復盛於四明然聲譽稍減云

太史公曰里諺有云果蓏失地則不榮魚龍失水則不神物固且然人亦有之嗟乎瑤柱誠美士乎方其爲席上之珍風味藹然雖龍肝鳳髓有不及者一旦出非其時而喪其真衆人且掩鼻而過之士大夫有識者亦爲品藻而置之下士之出處不可不愼也悲夫

黄甘陸吉傳

黄甘陸吉者楚之二高士也黄隱於泥山陸隱於蕭山楚王聞其名遣使召之陸吉先至賜爵左庶長封

洞庭君尊寵在羣臣右久之黃甘始來一見拜温尹平陽侯班視令尹吉起隱士與甘齊名入朝久尊貴用事一日吉位居上甘心銜之羣臣皆疑之會秦遣蘇軫鍾離意使楚楚召燕章華臺羣臣皆與甘坐上坐吉咈然謂之曰請與子論事甘曰唯唯吉曰齊楚約西擊秦吾引兵踰關身犯霜露與枳棘最下者同甘苦率家奴千人戰季洲之上拓地至漢南而歸子功孰與甘曰不如也曰神農氏之有天下也吾剝膚剖肝怡顏下氣以固蔕之術獻上上喜之命注記官陶弘景狀其方略以付國史出爲九江守宣上德澤使童兒亦懷之子才孰與甘曰不如也吉曰是二者皆出吾下而位吾上何也甘徐應之曰君何見之晚也每歲太守勸駕乘傳入金門上玉堂與虞荔申梠梅福棗嵩之徒列侍上前使數子者口呿舌縮不復上齒牙間當此之時屬之於子乎屬之於我乎吉默然良久曰屬之於子矣甘曰此吾之所以居子之上也於是羣臣皆伏歲終吉以疾免更封甘子爲穰侯吉之子爲下邳侯穰侯遂廢不顯下邳以美湯藥官至陳州治中

太史公曰田文論相吳起說相如回車廉頗屈蛭欲

弊衣尹姬悔甘吉亦然傳曰女無好醜入宮見妬士無賢不肖入朝見嫉此之謂也雖美惡之相遼嗜好之不齊亦焉可勝道哉

葉嘉傳

葉嘉閩人也其先處上谷曾祖茂先養高不仕好游名山至武夷悅之遂家焉嘗曰吾植功種德不爲時採然遺香後世吾子孫必盛於中土當飲其惠矣茂先葬郝源子孫遂爲郝源民至嘉少植節操或勸之業武曰吾當爲天下英武之精一槍一旗豈吾事哉因而游見陸先生先生奇之爲著其行錄傳於時方漢帝嗜閱經史時建安人爲謁者侍上上讀其行錄而善之曰吾獨不得與此人同時哉曰臣邑人葉嘉風味恬淡清白可愛頗負其名有濟世之才雖羽知猶未詳也上驚勑建安太守召嘉給傳遣詣京師郡守始令採訪嘉所在命齎書示之嘉未就遣使臣督促郡守曰葉先生方閉門制作研味經史志圖挺立必不屑進未可促之親至山中爲之勸駕始行登車遇相者揖之曰先生容質異常矯然有龍鳳之姿後當大貴嘉以皁囊上封事天子見之曰吾久飫卿名但未知其實爾我其試哉因顧謂侍臣曰視嘉容貌

如鐵資質剛勁難以遽用必槌提頓挫之乃可遂以
言恐嘉曰碪斧在前鼎鑊在後將以烹子子視之如
何嘉勃然吐氣曰臣山藪猥士幸惟　陛下採擇至
此可以利生雖粉身碎骨臣不辭也上笑命以名曹
處之又加樞要之務焉因誡小黃門監之有頃報曰
嘉之所為猶若粗疎然上曰吾知其才第以獨學未
經師耳嘉為之屑屑就師頃刻就事已精熟矣上乃
勑御史歐陽高金紫光祿大夫鄭當時甘泉侯陳平
三人與之同事歐陽疾嘉初進有寵曰吾屬且為之
下矣計欲傾之會　天子御延英促召四人歐但熱
中而已當時以足擊嘉而平亦以口侵陵之嘉雖見
侮為之起立顏色不變歐陽悔曰　陛下以葉嘉見
託吾輩亦不可忽之也因同見帝陽稱嘉美而陰以
輕浮訾之嘉亦訴於上上為責歐陽憐嘉視其顏色
久之曰葉嘉真清白之士也其氣飄然若浮雲矣遂
引而宴之少選間上鼓舌欣然曰始吾見嘉未甚好
也久味其言令人愛之朕之精魄不覺洒然而醒書
曰啓乃心沃朕心此之謂也於是封嘉鉅合侯位尚
書曰尚書朕喉舌之任也由是寵愛日加朝廷賓客
遇會宴享未始不推於嘉上日引對至於再三後因

侍宴苑中上飲酣度嘉輒苦諫上不悅曰卿司朕喉舌而以苦辭逆我余豈堪哉遂唾之命左右仆於地嘉正色曰 陛下必欲甘辭利口然後愛耶臣雖言苦久則有效 陛下亦嘗試之豈不知乎上顧左右曰始吾言嘉剛勁難用今果見矣因含容之然亦以是疎嘉嘉既不得志退去閩中既而曰吾未如之何也已矣上以不見嘉月餘勞於萬機神薾思困頗思嘉因命召至喜甚以手撫嘉曰吾渴見卿久矣遂恩遇如故上方欲南誅兩越東擊朝鮮北逐匈奴西伐大宛以兵革爲事而大司農奏計國用不足上深患之以問嘉嘉爲進三策其一曰搉天下之利山海之資一切籍於縣官行之一年財用豐贍上大悅兵興有功而還上利其財故搉法不罷管山海之利自嘉始也居一年嘉告老上曰鉅合侯其忠可謂盡矣遂得爵其子又令郡守擇其宗支之良者每歲貢焉嘉子二人長曰搏有父風故以襲爵次子挺抱黃白之術比於搏其志尤淡泊也嘗散其資拯鄉閭之困人皆德之故鄉人以春伐鼓大會山中求之以爲常

贊曰今葉氏散居天下皆不喜城邑惟樂山居氏于閩中者蓋嘉之苗裔也天下葉氏雖夥然風味德馨

爲世所貴皆不及閩閩之居者又多而郝源之族爲
甲嘉以布衣遇　天子爵徹侯位八座可謂榮矣然
其正色苦諫竭力許國不爲身計蓋有以取之夫先
王用於國有節取於民有制至於山林川澤之利一
切與民嘉爲策以推之雖救一時之急非先王之舉
也君子譏之或云管山海之利始於鹽鐵丞孔僅桑
弘羊之謀也嘉之策未行於時至唐趙贊始舉而用
之

温陶君傳

石中美字信美中牟人也本姓麥氏旣破隨母羅氏
去其夫而適石氏因冒其姓始中美之生也其父太
卜氏以連山筮之遇師䷆之爻是謂師之革䷰曰生
乎土成乎水而變乎火坎以鞣之坤以布之釜以熟
之口以內之腹以藏之美在其中而暢於四支能者
樂之以爲大腹不能者傷之以爲心病衆所說也善
孰大焉故因以名字之中美幼輕躁疎散與物不合
得其鄉人儲子之意因使從淦水湯先生游旣熟遂
陶而成之爲人白皙而長温厚柔忍在諸石中最有
名儲子因秦故司馬錯李斯子由趙高閻樂並薦於
秦王得與圃田蔡甲肥鄉羊䪥內黃韓音子俱召見

是時王方省覽文書日昃未食見之甚喜曰卿等向皆安在何相見之晚耶未見君子惄如調飢卿等之謂也自是皆得進見充上心腹賜爵士更上食典御日夕召對所獻納時或粗疎上未嘗不盡善也秦王以嫪毐事出文信侯而遷太后怒恚數日不食中美賜爵徹侯食溫定陶二縣號溫陶君中美既被任用凡有造作自丞相以下莫不是之其爲人柔和有以塞讒人之口故也他日秦王坐朝日旰意有所思亟召中美將虛以納之中美不孰計以進其說頗剛鯁志不快之者累日有博士單軫說上曰爲其所傷矣宜有以下之卽無患因追其弟子已升元華於上上意稍平然自是遂踈中美不得爲尚食矣中美曰吾爲尚食日夕自謂不素餐兮者今吾與羊生輩皆不得進縱復有用者將誅辱乎昔也得充心腹而今也遽不信是有不善我之心雖使時或思我彼將不盡矣遂稱疾以侯就第其後子孫生郡郭者散居四方自號渾氏扈氏索氏石氏爲四族云

碑

表忠觀碑

熙寧十年十月戊子資政殿大學士右諫議大夫知

杭州軍州事臣抃言故吳越國王錢氏墳廟及其父
祖妃夫人子孫之墳在錢塘者二十有六在臨安者
十有一皆蕪廢不治父老過之有流涕者謹按故武
肅王鏐始以鄉兵破走黃巢名聞江淮復以八都兵
討劉漢宏幷越州以奉董昌而自居於杭及昌以越
叛則誅昌而幷越盡有浙東西之地傳其子文穆王
元瓘至其孫忠獻王仁佐遂破李景兵取福州而仁
佐之弟忠懿王俶又大出兵攻景以迎周世宗之師
其後卒以國入覲三世四王與五代相終始天下大
亂豪傑蜂起方是時以數州之地盜名字者不可勝
數既覆其族延及于無辜之民罔有孑遺而吳越地
方千里帶甲十萬鑄山煑海象犀珠玉之富甲於天
下然終不失臣節貢獻相望於道是以其民至於老
死不識兵革四時嬉遊歌舞之聲相聞至于今不廢
其有德於斯民甚厚皇宋受命四方僭亂以次削平
而蜀江南負其嶮遠兵至城下力屈勢窮然後束手
而河東劉氏百戰守死以抗王師積骸爲城釃血爲
池竭天下之力僅乃克之獨吳越不待告命封府庫
籍郡縣請吏于朝視去其國如去傳舍其有功於朝
廷甚大昔竇融以河西歸漢光武詔右扶風修理其

父祖墳塋祠以太牢今錢氏功德殆過於融而未及百年墳廟不治行道傷嗟甚非所以勸奬忠臣慰答民心之義也臣願以龍山廢佛祠曰妙因院者爲觀使錢氏之孫爲道士曰自然者居之凡墳廟之在錢塘者以付自然其在臨安者以付其縣之淨土寺僧曰道微歲各度其徒一人使世掌之籍其地之所入以時修其祠宇封殖其草木有不治者縣令丞察之甚者易其人庶幾永終不墜以稱朝廷待錢氏之意臣抃昧死以聞制曰可其妙因院改賜名曰表忠觀

銘曰

天目之山苕水出焉龍飛鳳舞萃于臨安篤生異人絕類離羣奮挺大呼從者如雲仰天誓江月星晦蒙强弩射潮江海爲東殺宏誅昌奄有吳越金券玉冊虎符龍節大城其居包絡山川左江右湖控引島蠻歲將歸休以燕父老曄如神人玉帶毬馬四十一年寅畏小心厥篚相望大貝南金五朝昏亂罔堪託國三王相承以待有德既獲所歸弗謀弗咨先王之志我維行之天胙忠孝世有爵邑允文允武子孫千億帝謂守臣治其祠墳毋俾樵牧愧其後昆龍山之陽歸焉新宮匪私于錢唯以勸忠非忠無君非孝無親

凡百有位視此刻文

宸奎閣碑

皇祐中有詔廬山僧懷璉住京師十方淨因禪院召對化成殿問佛法大意奏對稱旨賜號大覺禪師是時北方之爲佛者皆留於名相囿於因果以故士之聰明超軼者皆鄙其言詆爲蠻夷下俚之說璉獨指其妙與孔老合者其言文而真其行峻而通故一時士大夫喜從之遊遇休沐日璉未盥漱而戸外之屨滿矣　仁宗皇帝以天縱之能不由師傳自然得道與璉問答親書頌詩以賜之凡十有七篇至和中上書乞歸老山中上曰山即如如體也將安歸乎不許治平中再乞堅甚　英宗皇帝留之不可賜詔許自便璉既渡江少留于金山西湖遂歸老于四明之阿育王山廣利寺四明之人相與出力建大閣藏所賜頌詩榜之曰宸奎時京師始建寶文閣詔取其副本藏焉且命歲度僧一人璉歸山二十有三年年八十有三臣出守杭州其徒使來告曰宸奎閣未有銘君逮事昭陵而與吾師遊最舊其可以辭臣謹按古之人君號知佛者必曰漢明梁武其徒蓋常以藉口而繪其像于壁者漢明以察爲明而梁武以弱爲仁皆

緣名失實去佛遠甚恭惟　仁宗皇帝在位四十二年未嘗廣度僧尼崇侈寺廟干戈斧鑕未嘗有所私貸而升遐之日天下歸仁焉此所謂得佛心法者古今一人而已璉雖以出世法度人而持律嚴甚王嘗賜以龍腦鉢盂璉對使者焚之曰吾法以壞色衣以瓦鐵食此鉢非法使者歸奏上嘉歎久之銘曰
巍巍仁皇體合自然神耀得道非有師傳維道人璉逍遙自在禪律並行不相留礙於穆頌詩我既其文惟佛與佛乃識其真咨爾東南山君海王時節來朝以謹其藏

祝文

告文宣王文

嗟嗟元王三代之英言不鉤用於一君而爲無窮之遺教身不寵利於一時而有不朽之餘榮嗟嗟元王以道而鳴肆筆成書吐辭爲經炳然不渝言若丹青久而愈盈聲非雷霆聾者可以使剔目以駭視瞶者可以使抉耳以犇驚柰何轍環天下卒老于行載空言於典籍示後世之儀形回狂瀾於既倒支大厦於將傾揭日月之昭昭破陰氛之冥冥嗟乎一氣之委和與萬物之至精或爲淮夷之蠙珠或爲雲漢之華

星雖光輝之成彩未離乎散聚以流形豈若王之道德愈久而彌明暐暐而華涵涵而停融而在天者為雲漢之文章結而在地者為山嶽之元靈詭然如龍翔鳳躍純乎玉振而金聲嗟嗟元王德博難名某奉王命俯臨邊城畝有滯穗境無交兵鳴玉載道紛袍在庭有踐籩豆有豐粢盛敢用昭薦饗于克誠

告顏子文

志不行於時而能驅世以歸仁澤不加于民而能顯道以終身德無窮通古難其人惟公能之絶世離倫富貴不義視之如雲飲止一瓢不憂其貧受教孔子門人益親血食萬世配享惟神敢不昭薦公乎有聞

告五嶽文

相天以育物者五方之帝也配德以作鎮者五嶽之神也天為真君帝為真宰五嶽者三公之象也某叨受朝寄出守藩土神不虐罰民有豐歲敢用告誠以謝靈貺

秋賽二首

惟神聰明為民依庇宜秩典祀欽奉靈祠況農事之肇興賴神靈之降宥一邦蒙惠已膺風雨之時百里有嚴將享秋冬之報

惟神光昭祀典幽贊化功享廟食以惟嚴垂介福而無爽屬茲豐歲爰舉舊規式陳蠲潔之儀冀報有年之慶

杭州禱觀音祈晴文

三吳之災連歲不稔尚賴朝廷之澤大分倉廩之陳乃眷疲羸僅免流殍今者淫雨彌月秋成半空永惟嗣歲之憂將有流離之懼我大菩薩行平等慈覩此衆生皆同赤子反雨暘於指顧化豐歉於斯須雖某等不德而召災念斯民無辜而可憫願與慈率一拯含生

謝觀音晴文

民無常心固何知於帝力天作淫雨當有感於佛慈慧光照臨陰沴消復拯農工於溝壑寬吏責於簡書某等共銜不報之恩願頌難名之德恭馳梵宇少薦微誠

祈晴文

常平之政覩歲美惡操其贏虛以馭農末秋穀未登已食其陳嗣歲之虞當斂其新迨茲秋暘載穫載舂陰雨害之穡人罔功我發庫泉以實高廩盍勑雨官遄止其霪既暵我埸萬杵皆作待此坻京援我溝壑

不顯大神雨霽在予匪民焉依其忍弗圖

謝晴文

天作淫雨害于粢盛蒙神之休猶得中蒸薄奠匪報式昭厥誠

祈雨文

六月不雨乃時之常或霖或霆於稼則傷稼將有秋民飢所望某也不德守此一方罪在守臣無俾民殃人不能神易雨而暘神其聽之庶乎降康

謝雨文

竊以農事告成旱魃為沴寖罹焦爍之害遂稽收刈之勤自非降靈大庇羣俗以下膏澤之賜庶有豐盈之期實神助之使然豈愚誠之能致是用特臨神宇再款睟容輒傾涓潔之誠仰答靈威之祐

祈雪霧猪泉文

噫嘻我民何辜于天不水則旱于今二年天未悔禍百日不雨雪不斂塵麥不蓋土天子命我禱于山川側聞此山神龍之淵躬拜稽首敢丐一勺得雪盈尺牲酒是酢

祈雪文

水旱輒求惟吏之羞有求不倦惟神之休乙卯之雪

膚寸而已如燔輿薪救以勺水嘉肴旨酒既謝且祈願終其賜盈尺爲期

祭勾芒神文

夫帝出乎震神實輔之玆日立春農事之始將平秩於東作先恭授於人時乃出土牛以示早晚惟神其祐之春律既應農事將作爰出土牛以爲耕候維爾有神實左右之雨暘以時螟螣不作以克有年敢忘其報

祭佛陀波利文

積雪始消陰沴再作小民無辜斃于飢寒草木昆蟲悉罹其虐並走羣望祈而未報意雨霽有數非神得專惟我大士舍法分無爲不入塵數願以大解脫力作不可思議事愍此無生豁然開明盡二月晦雨雪不作大拯羸餓以發信根此大布施寶無限量惟大士念之

祭常山神文

吏實不德無以道迎順氣消復災沴惟神之求神亦閔其不才而嘉其勤凡有告請靡所不答乃者有謁乎神即退之三日時雨周洽去城百里而近蝗獨不生凡我吏民孰不歸德于神然而一雨之後彌月不

繼百里之外蝝生如初豈神能變應於前不能應於後能卹其近不能卹其遠蓋吏不稱職政刑失中戾于民心以不能終神之賜而我州之民比歲飢殍凋殘之餘不復堪命若又不孰則流離之禍其莫知所止矣神之聰明其忍以吏不稱職之所致而不卒救之歟今夏麥垂登而秋穀將槁若時賜霈澤驅攘蟲災以完我西成之資歲秋九月當與吏民復走廟下

祭泗洲塔文

淮南東西連歲不稔士農皆病公私並竭重以浙右大荒無所仰食望此夏苗以日爲歲大麥已秀小麥初孕時雨不至垂將焦枯豐凶之決近在旬日某移牧廣陵所部十郡民窮爲盜吏職所憂才短德薄救之無術伏願大聖普照王以解脫力行平等慈噫欠風雷咳唾雨澤救焚拯溺不待崇朝敬瀝肝膽尚矜聽之

某上承府檄旁採民言供奉安輿願登法座伏願江海貢潤龍天會朝布爲三日之霖適副一邦之望

禱龍水文

雲布多峯日有焚空之勢雨無破塊人懷暍虐之憂雖屢叩於明靈終未懷於通感府主舍人存心爲國

俯念輿民爇香籲以禱祈對龍湫而瘞望伏願明靈
敷感使雨澤以旁滋聖化荐臻致田疇之益濟

祈晴文

均羅之法著于甲令視歲豐凶以馭重輕歲且中熟
雨則害之如此失時公私交病神食此上民命係焉
無俾歉荒以作神羞

墓誌銘

李太師墓誌

李氏之先世有德人使皆好學忠信而文則其成材
五季得之崎嶇兵間亦何所爲世養于蒙以待承平
允文太師發跡于經人知誦之公蹈用之其言皆經
其行中之仁致麟鳳自不覆巢使公逢時鳳鳴其郊
公爲獄官遇囚如子視囚出入如己生死以德報怨
世有或然任其不叛仁人所難是心惟微實聞于帝
無疆之休以來本世世篤生三子其幼益隆如誼仲舒
烏陽是逢始葬于魏物不稱德河流墓改襚以冕服
公之令聞追配太丘子孫公卿有進無羞安安之原
太行之麓有或兆之匪筮匪卜

朱亥墓誌

崔嵬高丘其下爲誰惟魏烈士朱亥是依時惟布衣

不震不驚晉鄙在師孔嚴不孤進承其頤視如豚猳
昔其在屠誰養其威鼓刀市人誰者畏之世之勇夫
殺人如蒿及其所難或失其刀惟是貧賤無以自豪
是謂真勇士之布衣其亦在養有或不養臨事而恐
惟是屠者其養可取

劉夫人墓誌銘 代韓持國作

夫人姓劉氏開封人曾大父處士諱巖大父大理寺
丞諱惟吉考贈右金吾衛將軍諱逵夫人年十七歸
于武功蘇才翁翁諱舜元參知政事諱易簡之孫贈
工部侍郎諱耆之子也少與弟子美聖闢皆有盛名
蘇氏既大家而姑王夫人太尉文正公之息女也嚴
重有識素賢其子自爲擇婦甚難之久乃得夫人夫
人事其姑能委曲順其意嘗侍疾不解衣累月凡姑
所欲不求而獲所不欲無一至前者既愈謂家人曰
微是婦吾不起矣命諸女拜之而弗答也子美聖闢
皆早世夫人待二姒撫諸孤恩禮甚厚子美正獻杜
公婿也杜公聞而賢之曰可以爲女師夫人既老二
子涓澥更守壽春已而涓守襄陽澥復按本道刑獄
夫人皆就養焉及涓徙平陽道京師子注爲尚書郎
拜覲門外士大夫榮之涓侍夫人至管城以疾不起

注逆以歸京師夫人悼涓不已後涓四十五日元豐八年十月五日以疾卒于私第享年八十一夫人孝友慈儉薄於奉身而厚於施人嚴於教子而寬於御下姻族中有悍妬者見之輒慚而化性不蓄財浣衣菲食以終其身涓自蜀還以重錦二十兩以獻夫人夫人喜曰可以適吾意之所欲與者命刀尺以親疏散之一日而盡好誦佛書受五戒預爲送終具甚備至疾革怡然不亂始封隆德縣君後爲彭城縣太君改仁壽縣太君才翁既顯於世矣而位不充其志仕至尚書郎贈光祿大夫而子男七人皆以才顯涓朝奉大夫知潞州澥朝請郎京西提點刑獄注朝散郎尚書司勳郎中洞右贊善大夫將作監丞洪洎汶皆舉進士女二人長適進士虞大蒙次適承議郎郭逢原孫男十三人之顏無爲軍判官之閔早卒之冉汝州梁縣尉之孟之偃之友之恂之悌之邵之楊之南之烈之點孫女十三人曾孫男七人開憲潔商若赤丑曾孫女五人澥將以元豐八年十二月二十四日葬夫人於潤州丹塗縣五老山下才翁之塋使求乞銘才翁於予爲從母子而予娶於蘇氏故知夫人爲詳銘曰

孝友慈儉行爲女師篤於教也輕財樂施屬纊不亂幾於道也壽考康寧子孫多賢不虛報也我銘孔約無有愧辭以信告也

朝雲墓誌銘

東坡先生侍妾曰朝雲字子霞姓王氏錢塘人敏而好義事先生二十有三年忠敬若一紹聖三年七月壬辰卒于惠州年三十四八月庚申葬之豐湖之上栖禪山寺之東南生子遯未朞而夭蓋常從比丘尼義沖學佛法亦粗識大意且死誦金剛經四句偈以絕銘曰

浮屠是瞻伽藍是依如汝宿心惟佛之歸

偈

十二時中偈

十二時中常切覺察遮箇是什麼十二月二十日自泗守席上迴忽然夢得箇消息乃作頌云

百衮油鐺裏恣把心肝煠遮箇在其中不寒亦不熱似則是似則未似不唯遮箇不寒熱那箇也不寒熱出甚叫做遮箇那箇

無相庵偈

出庵見庵入庵見圓問此圓相何所因起非土非木

亦非虛空求此圓相了不可得乃至無有無無有亦無
是中有相名大圓覺是佛心也是諸魔種

送海印禪師偈

海印禪師紀公將赴峨眉往別太子少保趙公於三衢公以三詩贈行復枉道過某於齊安亦求一偈公以元臣大老功成而歸某以非才竊祿得罪而去禪師道眼了無分別洒知法界海惠照了萬殊大小從橫不相留礙直從巴峽逢僧晏道到東坡別紀公當時半破峨眉月還在平羌江水中請以此偈附于三詩之末

南屏激水偈

水激之高如所從來屈伸杓報盡而止止不先平於以觀法

觀藏真畫布袋和尚像偈

柱杖指天布袋着地掉卻數珠好一覺睡

木峯偈

元豐七年臘月朔日東坡居士過臨淮謁普照王塔過襄師房觀所藏佛骨舍利拾山木一峯供養乃說偈曰

枵然無根生意永斷劫火洞然爲君作炭

寒熱偈

今歲大熱八十餘日物我同病是熱非虛方其熱時謂不復涼及其既涼熱復安在凡世寒熱更相顯見熱既無有涼從何立令我又復認此爲涼後日更涼此還是熱畢竟寒熱爲無爲有如此分别皆是衆生客塵浮想以此爲達無有是處使謂爲迷則又不可如火燒木從木生炭從炭生灰爲灰不已了無一物當以此偈更問子由僕在黄州戲書爲江夏李樂道持去後七年復相見京師出此書茫然如夢中語也元祐戊辰六年三月三日

佛心鑑偈

軾第三子過蓄烏銅鑑圜徑數寸光明洞徹元豐八年十一月二日游登州延洪禪院院僧文泰方造釋迦文像乃捨爲佛心鑑且説偈云

鑒中面像熱時炎無我無造無受者心花發明照十方還度如是常沙衆眉山蘇軾元祐元年三月一日立石

戲答佛印偈

百千燈作一燈光盡是恆沙妙法王是故東坡不敢惜借君四大作禪床

養生偈

閑邪存誠練氣養精一存一明一練一清清明乃極丹元乃生坎離乃交梨棗乃成中夜危坐服此四藥一藥一至到極則處幾費千息閑之廓然存之卓然養之郁然煉之赫然守之以一成之以久功在一日何遲之有

易曰閑邪存其誠詳味此字知邪中有誠無非邪者閑亦邪也至於無所閑乃見其誠者幻滅滅故非幻不滅

送僧應託偈

蘇壽明巢穀僧應託與東坡居士皆眉人也會于黃岡將之廬山作偈送之

一般口眼兩般腸肚認取鄉人聞早歸去

王晉卿前生圖偈

王晉卿得破墨三昧又嘗聞祖師第一義故畫邢和璞房次律論前生圖以寄其高趣東坡居士既作破琴詩記夢異矣復說偈曰

前夢後夢真是一此幻彼幻非有二正好長松水石間更憶前身後身事

箴

東交門箴

漢武帝爲竇太主置酒宣室使謁者引納董偃東方朔以謂有斬罪三安得入宣室上爲更置酒北宮而引偃從東司馬門而前更無譏焉作東交門箴

上所好惡民實趨之風俗厚薄君實驅之道之以正民俗罔中唱之以淫實煩有從帝于館陶在齊文姜矧董外人干國亂常旣不能戮反以爲好予飲予燕宣室是傲偉彼臣朔辟戟趨陛讜挙是效剛而有禮改館徹饌北宮東門雖曰從諫東交實存維藩維戚禮法遂遂恣延及齊民惟上所使昔在季孫賞盜以邑魯遂多盜而罔敢詰矧茲王宮姦人是納昭示來世有慚斯闥賁也揚觶杜舉得名殿檻勿輯直臣是旌人孰無過過而勿貳宣室東交實同而名異耳

東坡集首　　東坡集校記上

二葉　宋贈太師制　讜九原之可作　兩本均同按讜當作儻說文讜直言也漢書班固序傳吾久不見班生今日復聞讜言又通作黨謂直言也無通儻之義

東坡本傳

十七葉　軾命舉舊典　原作舊與据宋史改

東坡年譜

四葉　次於逆旅　原作送旅据嘉靖本改

十三葉　及發常平錢米　原作錢未据嘉靖本改

二十葉　重九作醉蓬萊　原作來据嘉靖本改

二十三葉　休嫌五日忽忽守　休字空格据嘉靖本補

三十葉　定州學士硯　原作學生据嘉靖本改

三十九葉　饁婦年七十二云　原作鍂据錢校本改

四十二葉　哲人之萎　原作痿据嘉靖本改

卷一目

一葉　下一行雙行小字　餽歲　原作飢据嘉靖本及本集詩題改

六行雙行小字　咀楚文當作詛

卷四目

五葉　王復秀才所居雙檜二首　原作一据本集詩題改

六葉　次韻答章傳見贈　原作章傳据本集詩題改

新城道中　原作蓮中据本集詩題改

與臨安令宗人同年劇飲　原作厠飲据本集詩題改

卷五目

六葉　虎跑泉　原作鹿跑据本集詩題改

七葉　柏堂竹閣　原作枯堂竹閣嘉靖本作相堂亦誤据本集詩題改

石鏡　原石字闕鏡作照宋本同避諱也

卷十目

十四葉　詩七十七首　原作八据本集詩數改

送孫勉　原作孫逸据本集詩題改

十五葉　游桓山得澤字　原作柏山据本集詩題改　此首下脫戴道士得四字代作一首

次韻田國博夫南京見寄二絕訂二題

詩三首　次韻關尹送魚　原作門据本

集詩題改

卷十二目

十七葉　詩八十九首　原作七十据本集詩數改

卷十四目

二十葉　次韻周穜惠石銚　原作石棹据錢校本

改

二十一葉　章錢二君見和　原作知据本集詩題改

卷十五目

二十一葉　送穆越州　贈葛葦　二題均脫据本集

詩題增嘉靖本亦後增入

卷十六目

二十三葉　用王鞏韻　嘉靖本作同

秋詠石屏　原作狄据本集詩題改

卷十八目

二十六葉　詩一百一十五首　原作七据本集詩數

改

文登白石　原作次据本集詩題改

卷二十二目

三十葉　策問十七首　原作八据本集文數改

私試策問七首　原作八据本集文數改

卷二十四目

三葉　晁君成詩集敘　本集在錢塘勤上人詩

集敘下目在居士集敘下嘉靖本亦誤

東坡集

卷第一

九葉　和子由苦寒　丈夫重出處　原作又夫

又丈壞字据嘉靖本改

和子由論　好之每自譏　原作目据嘉

靖本改

十一葉　中隱堂詩　笑汝益羈孤　原作瀰不成

字据錢校本改

十七葉　和子由聞子瞻將如終南太平宮谿堂讀

書　中間罹旱暵原作旱暵据嘉靖本改

將往終南和子由見寄　窮年弄筆衫袖

烏　原作彩袖据錢校本改

卷第二

五葉　自仙游回至黑水見居民姚氏山亭高絕

可愛復憩其上　念此慚且泚　原作此

据錢校本改

十一葉　石蒼舒醉墨堂　何用草書誇神速開卷

讜悅令人愁　原缺速開卷三字据錢校

本補

十二葉　次韻子由綠筠堂　只應陶靖節　原作

靜据錢校本改

十五葉　次韻張安道讀杜詩　巨筆屠龍手　原

作臣据錢校本改

十九葉　塗山　川鎖支祁水尚渾地埋汪罔骨應

存　原川作用埋作理均据嘉靖本改

逍遙臺注　莊子祠堂在開元寺卽墓爲

堂　原寺作侍卽作郎据嘉靖本改

四望亭注　李紳　原作神据嘉靖本改

卷第三

五葉　甘露寺　遷逝誰控摶　原作搏据嘉靖

本改

九葉　戲子由　畫堂五丈容旂旄　原作五文

据嘉靖本改

越川張中舍壽樂堂　狐裘反衣無乃魯

原作孤裘据嘉靖本改

卷第四

三葉　是日宿水陸寺寄北山清順僧二首　拔

榛覓路衝泥入　原作被榛据嘉靖本改
客位假寐　豈惟主忘客今我亦忘吾
原作我忘客　愠色見鬚蘇　原作鬚須
均据嘉靖本改
六葉　和致仕張郎中春書　蝸殼卜居心自放
原作蝎据嘉靖本改
八葉　和邵同年戲贈賈收秀才　白衣擔酒慰
鰥孤　原作檐酒据嘉靖本改
十葉　至秀州贈錢端公安道　記與嵇康留石
髓　原作稽康据嘉靖本改
十二葉　祥符寺九曲觀鐙　紗籠擎燭逢門入
原作迎門据嘉靖本改

卷第五

九葉　游東西巖　謝公含雅量　原作舍据嘉
靖本改
十葉　宿海會寺　重樓束縛遭澗坑　原作坈
据嘉靖本改
海會寺清心堂　西來達摩尚求心　原
作磨据嘉靖本改
十七葉　和錢安道寄惠建茶　葵花玉銙不易致

原作𨍏据嘉靖本改

二十三葉　成都進士杜暹伯升出家名法通往來吳

中　注暹若及第原作通据本題改

卷第六

十六葉　蘇州姚氏三瑞堂　天公亦恐無人知

原作未据嘉靖本改

十九葉　送段屯田　王事匪鹽君甚劬　原作三

事据嘉靖本改

和屯田荊林館　便當勒鞭策　原作勤

据嘉靖本改

卷第七

二葉　惜花　豈知如今雙鬢催　原作推据嘉

靖本改

八葉　和章七出守湖州　弁峯初見眼應明

原作弃峯据嘉靖本改

十三葉　荼䕷洞　嘉靖本有小注長憶故山一作

半雨半晴此脫

十五葉　喬將行烹鵝鹿出刀劍以飲客以詩戲之

原本鵝作鳩飲客作斂容　便可先呼

報恩子　原作知呼均据嘉靖本改

卷第八

十葉　送顏復兼寄王鞏　注張安道爲太一宮使　原作官据嘉靖本改

十九葉　有言郡東北荊山下可以溝畎積水因與吳正字王戶曹同往相視以地多亂石不果還遊聖女山山有石室如墓而無棺槨或云宋司馬桓魋墓二子有詩次其韻二首　奈有中郎解摸金　原作模据嘉靖本改

卷第九

一葉　春菜　苦筍江豚那忍說　原作苦苟据嘉靖本改

六葉　起伏龍行序　可以致雷雨　原作以置据嘉靖本改

十四葉　密州宋國博以詩見紀在郡雜詠次韻答之　慎勿笑杕杜　原作狀杜据嘉靖本改

卷第十

四葉　登雲龍山　拍手大笑使君狂　原作史据錢校本改

五葉　次韻潛師放魚　不怕校人欺子產　原
作子美据嘉靖本改
七葉　次韻參寥師　無數新詩咳唾成　原作
咏唾据錢校本改
九葉　夜過舒堯文戲作　耐寒石硯欲生冰
原作水据錢校本改
十七葉　答郡中同僚賀雨　吏集泥土滿靴履
原作屨据嘉靖本改
二十一葉　贈錢道人　輕出千鈞諾　原作千鈞据
嘉靖本改
次韻關令送魚　饞涎不易忍流酥　原
作饞延据嘉靖本改
卷第十一
五葉　舶趠風　一時清駛滿江東　原作駃据
嘉靖本改
丁公默送蝤蛑　恠雨腥風入座寒　原
作醒風据嘉靖本改
九葉　與王郎昆仲及兒子邁繞城觀荷花登峴
山亭晚入飛英寺分韻得月明星稀四首
舉杯屬浩渺　萬瓦浮青冥　原作眇

原作青溟均据嘉靖本改
十二葉　次韻和劉貢甫登黃樓見寄　清泝連淮上　原作青泝　巾箱龔砥砆　原作武夫均据錢校本改
十七葉　張先生　能致先生子亦賢　原作子据嘉靖本改
卷第十二
六葉　次韻子由病酒肺疾發　二豎肯逋播　原作二豎据嘉靖本改
九葉　東坡八首　至今誇我賢　原作夸据嘉靖本改
十葉　岐亭道上見梅花　原作道士据嘉靖本改
十三葉　和王鞏　春蔬黃土軟　原作黃士据嘉靖本改
十八葉　寒食雨　寒庖煑寒菜　原作寒萊据嘉靖本改
卷第十三
十葉　次韻王鞏南遷初歸　三年不易　睨倚天壁原缺兩本同

十一葉　子由作二頌石臺長老同公手寫蓮經字
如黑蟻且誦萬偏脅不至席二十餘年余
亦作二首　原作問公据嘉靖本改
十五葉　將至筠先寄遲适遠三猶子　逆旅擔夫
相汝爾　原作檐据嘉靖本改
十六葉　別子由三首　何似鹽車壓千里　原作
監車据錢校本改
二十一葉　陶驥子駿佚老堂二首　我從廬山來
嘉靖本提行分作二首原本誤作一首

卷第十四

八葉　至眞州再和二首　荒祠過瓜步　原作
爪据錢校本改
十一葉　次韻周穜惠石銚　原作石棹据錢校本
改
十四葉　和王斿　娟娟霜月照生還　原作坐還
据嘉靖本改　野梅官柳何時動　原作
野於据嘉靖本改

卷第十五

六葉　蘇子容母陳夫人挽詞　不煩擁笏强垂
魚　原作唾魚　當年太史取家傳　原

作大史均据嘉靖本改

八葉　次韻答賈耘老　牽挽直欲來瓜州　原作爪州据嘉靖本改

十四葉　再過超然臺贈太守霍翔　護羌充國鬢未斑　原作班据錢校本改

十七葉　次韻王定國　世家不可恃　原作侍据嘉靖本改

十八葉　次韻胡完夫　青山別淚尚爛斑　原作爛班据錢校本改

十九葉　送錢承制赴廣南路分都監夾注　頃有佛動之異　原作手異据嘉靖本改

再和夾注　時方闕會稽守　原作方開据嘉靖本改

次韻劉貢父省上喜雨　疎雨蕭蕭未作泥　原作修修据嘉靖本改

二十葉　次韻孔常父送張天覺河東提刑　埋輪家世本留侯　原作宰留侯据嘉靖本改

子河駿馬方爭出　原作駃馬不成字据嘉靖本改

夾注　唐稱昭義步兵　原作陽兵据嘉

靖本改

送張天覺得山字　晻藹鄉□間　鄉据

錢校本補下一字仍闕

卷第十七

三葉

原缺第三第十兩葉据嘉靖本補

九月十五邇英講論語終篇賜執政講讀

史官燕于東宮又遣中使就賜御書詩各

一首臣軾得紫薇花絶句其詞云絲綸閣

下文章靜鐘鼓樓中刻漏長獨坐黃昏誰

是伴紫薇花對紫薇郎翌日各以表謝又

進詩一篇　注摎技屬地　原作也据錢

校本改

五葉

次韻劉貢父所和韓康公憶持國　注唐

蕭氏自瑀及遘八宰相　原作反遘据嘉

靖本改

次韻韓康公置酒見留　重來雪巘已穹

窿　原作穹隆据嘉靖本改

十葉

次韻子由五月一日同轉對　注正元中

詔曰自今　原作中元詔曰　据錢校本

改正卽貞宋避諱改

十六葉　木山聖俞詩　雨侵蘚澀得石瘦　原作
雨侵据嘉靖本改
十九葉　王晉卿所藏著色山二首　縹緲營丘水
墨仙　原作眇据嘉靖本改

卷第十八

一葉　詩一百一十七首　原作十五首　据本
集詩數改
三葉　次韻毛滂法曹感雨詩　強結三友歡
原作三交据嘉靖本改
八葉　次韻劉景文周次元寒食同游西湖　注
一撲膠牙餳　原作一蝶据錢校本改
二十一葉　熙寧中軾通守此郡除夜直都廳囚繫皆
滿日莫不得返舍因題一詩於壁今二十
年矣衰病之餘復忝郡寄再經除夜庭事
蕭然三圄皆空蓋同僚之力非拙朽所致
因和前篇呈公濟子年二通守　因和前
篇　原作因知据嘉靖本改

卷第十九

六葉　黃泥坂詞　襲前人之詭幻　原作詭幼
恐牛羊之予踐　原作子踐均据嘉靖本

本改

十四葉　服胡麻賦　乃瀹乃烝　原作丞据錢校本改

卷第二十

十葉　六一泉銘　予哭于勤舍　原作動据嘉靖本改

十一葉　仁宗皇帝御書頌　太子諭德　原作喻据嘉靖本改

十六葉　黃庭經贊　予既書黃庭內景　原作子据嘉靖本改

十九葉　韓幹畫馬贊　其一欲涉水　原作涉未　則隅目聳耳　原作聳目均据嘉靖本改

卷第二十一

七葉　學士院試春秋定天下之邪正論　爲人君父而不知春秋　原脫父字据嘉靖本添

十一葉　辨論二　婦謂舅嬖妾爲姑　原脫爲字据嘉靖本添

十五葉　思治論　不志于功名　原作忘据嘉靖

本改

卷第二十二

原缺第五葉据嘉靖本補

一葉　策問十七首　原作十八　秋試策問七首　原作八　省試策問三首　原作二均据本集首數改

十一葉　試館職策題　考古以證今　原作詔据嘉靖本改

卷第二十三

七葉　書劉庭式事　昔羊叔子　原作叔予据嘉靖本改

杲卿與庭式善　原作與杲卿据錢校本改

十三葉　書韓魏公黃州詩後　相與募公之詩原作墓据嘉靖本改

十六葉　書篆髓後　雖草本　原作本草因上文而誤今据嘉靖本改

十八葉　書朱象先畫後　朱君象先　原作像据本題及目改

卷第二十四

一葉　送章子平詩集敘一首　原作張据本集
詩題改
敘十四首　嘉靖本作敘十五首中脫晁
君成詩集引當次勤上人詩集序下
二葉　敘十五首　原作十四据嘉靖本改
十七葉　居士集敘　亂周孔之真　原作實据嘉
靖本改

卷第二十五

五葉　徐州謝獎諭表　官守有限　原作有恨
据嘉靖本改
十六葉　謝宣召入院狀　天祚聖神　原作天胙
義通
二十二葉　謝賜御書詩表　書已逼於鍾王　原作
鐘据嘉靖本改

卷第二十六

六葉　杭州謝放罪表　則逆耳之奏形於言
原作之惷据嘉靖本改
八葉　謝賜曆日詔書表　已宣播于王言　原
作主据嘉靖本改
十七葉　賀楊龍圖啓　因墳典而道祁招之詩

原作析据嘉靖本改
卷第二十七
八葉　徐州謝兩府啓　擴悍堅實　原作礦据
錢校本改
十三葉　謝翰林學士啓　永爲巾笥之珍　原作
申笥据嘉靖本改
十四葉　答李寶文啓　蓋闇然而日彰　原作暗
据嘉靖本改
十五葉　謝賈朝奏啓　敢懷盍歸之意　原作蓋
据錢校本改
卷第二十八
十六葉　上蔡省主論放欠書　不當干說　原作
千据嘉靖本改
卷第二十九　子目另葉不接集文與文集各卷
異
十七葉　與章子厚書　以嘯召無賴　原作肅据
嘉靖本改
卷第三十　首缺子目
一葉　答秦太虛書　他日一爲仕宦所縻　原
作官据錢校本改

三葉答李琮書　多勸遷居遷居非月餘不能定　原空二字据錢校本補
卷第三十一
三葉鳳鳴驛記　苟有所不屑　原缺屑字据錢校本補
七葉四菩薩閣記　上六行六字下十行十二字兩本均闕
十四葉錢塘六井記　其一納之石檻　原作襤据嘉靖本改
卷第三十二　首缺子目
原缺第二十葉据嘉靖本補
二葉雩泉記　惟山之澂　原作滋非韻据嘉靖本改
四葉醉白堂記　而皆有後心焉　原作恥心据錢校本改
七葉李氏山房藏書記　而楚獨有左史倚相原作獨在据嘉靖本改
八葉寶繪堂記　王涯之複壁　原作三据嘉靖本改
十一葉眉州遠景樓記　尚未晚也　原作未勉

据嘉靖本改
十三葉　莊子祠堂記　得其寓言之意　原缺意
字据嘉靖本補
卷第三十三　子目另葉不接集文
九葉　表忠觀碑　天祚忠孝　原作胙据錢校
本改
卷第三十四　子目另葉不接集文
十一葉　湖州謁諸廟文　保祐斯民　原作祜据
嘉靖本改
卷第三十五
三葉　祭魏國韓令公文　入贊兵政　原作人
喪我宗臣　原作呂均据嘉靖本改
五葉　祭任鈐轄文　公侯干城　原作扞据嘉
靖本改
十一葉　黃州再祭文與可文　我竄江濆　原作
江濱据嘉靖本改
卷第三十六　首缺子目
一葉　司馬温公行狀　征東大將軍　原作象
据嘉靖本改
二葉　勇且狂　原作曰据嘉

靖本改
六葉　而法官以爲非犯階級
原作法言据錢校本改
七葉　則宜許侍從以上進金
錢　原作待從据嘉靖本改
十三葉　常摘孟子之言曰　原
作譎据嘉靖本改
卷第三十七　首缺子目
二葉　富鄭公神道碑　物故大半　原作太半
据嘉靖本改
八葉　下五行十二字　六行十九字兩本均闕
十葉　富鄭公神道碑　王則據貝州　原作具
据錢校本改
十三葉　武甯節度　原空格据嘉靖本補
十四葉　折其口而服其心　原作圻据嘉靖本改
卷第三十八
一葉　趙清獻公神道碑　以忠言摩士士如晉叔
向　原作摩士　姦宄消亡　原作究均
据嘉靖本改
二葉　知建州崇安縣　原

作崇据嘉靖本改　得不瘐死　原作瘦

三葉　据嘉靖本改

三葉　据嘉靖本改　且多過失　原作笑

四葉　原作公宮据嘉靖本改　公言漢文成五利

五葉　据嘉靖本改　宜特黥配　原作黜

六葉　据嘉靖本改　用捨爲大　原作拾

八葉　据嘉靖本改　長曰屼　原作屼與

次子名同据錢校本改

卷第三十九

三葉　司馬温公神道碑　今陝州夏縣　原作

陝西据嘉靖本改

七葉　范景仁墓志銘　二公既約史相爲傳

原作吏据嘉靖本改

八葉　當還校理　原作常据

嘉靖本改

十葉　大臣嘗建此策矣　原

作比据嘉靖本改
十三葉　復還僊祖　原作復遷
据嘉靖本改
十四葉　又使胡瑗等考正　原
作胡援据錢校本改
卷第四十
二葉　勝相院經藏記　及諸理障　原作及事
据嘉靖本改
東坡後集
卷三目
三葉　次韻滕大夫三首　雪浪石　同前　沈
香石三子目誤作大題
卷四目
六葉　見長蘆天禪師　原作夫据嘉靖本改
卷五目
七葉　同正輔表兄　原作王輔据嘉靖本改
章質夫送酒書至而酒不達　原作到据
本集詩題改
卷六目
八葉　又子由勸不讀書　原作文子由据嘉靖

本改
卷七目
八葉　李伯時畫舊宅圖　原作隱宅据本集詩
題改
十一葉　呂承奉讀書作詩不已貧甚　原作承事
据本集改
寄黃師是　有目無詩
卷八目
詩一首何公橋詩本集在賦前
卷九目
十三葉　李潭六馬圖贊　原作漢据本集改
續養生論　原作添据錢校本改
卷十三目
十五葉　任兵部尚書乞外郡劄子　原作外任据
本集改
十七葉　答謝民師書　原作謝舉廉据本集改
卷十五目
十七葉　瓊州惠通井記　原作泉据嘉靖本改
順濟龍王廟新獲石磬記　原作石磬据
本集改

卷十六目
十八葉　祭柳仲遠文　原作達据本集改
卷二十目
十九葉　東莞資福堂老柏再生贊　原作再生柏
据本集改
後集卷一
十四葉　歐陽叔弼見訪誦陶淵明事歎其絶識叔
弼旣去感槩不已而賦此詩　胡椒銖兩
多　原作錄据嘉靖本改
後集卷二
十三葉　滕達道挽詞　德公少受知於范希文孫
元規　原作晛据宋史孫沔字元規改左
旁誤
後集卷三
五葉　僕所藏仇池石希代之寶也王晉卿以小
詩借觀意在於奪僕不敢不借然以此詩
先之　注自嶺南解官　原作曰据嘉
靖本改
十三葉　丹元子示詩飄飄然有謫仙風氣吳傳正
繼作復次其韻　夢中哦七言　原作我

据嘉靖本改

後集卷四

二葉　次韻子由清汶老龍珠丹　玄珠白壁兩無求　原作云珠据嘉靖本改

五葉　次韻王雄州還朝留别　但遣詩人歌杕杜　原作杖杜据錢校本改

七葉　過高郵寄孫君孚　聞君有負郭　原作員郭据嘉靖本改

十六葉　游羅浮山一首　注綺輅輪囷　原作困据嘉靖本改

後集卷五

二葉　正月二十四日與兒子過賴仙芝王原秀才僧曇穎行全道士何宗一同游羅浮道院及栖禪精舍過作詩和其韻寄邁迨一首　野餉籃有蕙　原作藍据嘉靖本改

九葉　次韻程正輔游碧落洞　孤鴻方避弋　原作戈据嘉靖本改

十六葉　薏苡　玉粒照生光　原作坐光据嘉靖本改

殘臘獨出　疑是左元放　原作兀据嘉

靖本改

後集卷六

十二葉　夜臥濯足　釜鬵鳴颼颼　原作釜鬲据
嘉靖本改

十四葉　五色雀　兩瀠則反是　原作友是据嘉
靖本改

後集卷七

三葉　歐陽晦夫惠琴枕　輪囷濩落非笛材
原作用据嘉靖本改

十一葉　次韻韶倅李通直　注且勸我卜居於
舒　原作歡据嘉靖本改

十三葉　乞數珠　我老安能爲　原作我者据嘉
靖本改

十六葉　次韻江晦叔　原作王据次首題目改

後集卷八

一葉　目　鍾子翼哀辭　原作鐘据嘉靖本改
文同

四葉　秋陽賦　若予者　原作子据嘉靖本改

十二葉　王大年哀詞　面奏功不賞　原作實据
嘉靖本改

後集卷九

十七葉　補龍山文　嘉本前首下有右嘲二字次首下有右解嘲三字　請歌相鼠　原作請飲据嘉靖本改

後集卷十

五葉　夫樊遲之所爲汲汲於學稼者何也　原作旱稼据嘉靖本改

十一葉　策問　士忽胥讓之節　原作皆讓据錢校本改

策問　推尋前世据對策下尚有深觀治迹四字方接孝文

二十一葉　禜社伐鼓　原作禜杜据錢校本改

三十三葉　圜法有九府之名　原作圓　据錢校本改

三十七葉　擬進士對御試策一道　今臣竊恐陛下先入之言　原作竊觀据錢校本改

後集卷十一

十四葉　志林　氏何以支　原作以丈据嘉靖本改

十六葉　刑其親戚師傅　原作傳据嘉靖本改

後集卷十二

二葉　第二狀　未賜開允　原作允据嘉靖本改

九葉　謝三伏早休表　共揚扇暍之風　原作臈据嘉靖本改

十五葉　賀駕幸太學表　青衿之政　原作矜之据嘉靖本改

十七葉　揚州謝到任表　力求穎尾之行　原作賴尾据嘉靖本改

十八葉　散爲扇暍　原作臈据嘉靖本改

十九葉　賀立皇后表　纘女維莘　原作萃据嘉靖本改

後集卷十三

目錄　謝賜曆日表　定州謝到任表　按本集應定州謝到任表第一慰正旦表第二謝賜曆日表第三今謝賜曆日表誤在定州謝到任表之前中又脫慰正旦表

三葉　謝兼侍讀表　故目郡守爲五學　原作
故自据嘉靖本改
十四葉　提舉玉局觀謝表　不厭飯蔬之陋　原
作蔬据錢校本改　慰皇太后上仙表
庶下答於臣民　原作達据嘉靖本改

後集卷十四

一葉　賀鄰帥及監司冬至啓　賀鄰帥及監司
正旦啓　均作師据嘉靖本改
揚州上呂相書　原作杭据總目改
五葉　謝諸郡啓　勉加策勵之勤　原作榮据
嘉靖本改
十七葉　答潮州吳秀才書　比來起居　原作此
据嘉靖本改　且許過我而歸　原作栽
据錢校本改
十六葉　讀之赧然　原作皷
然据錢校本改

後集卷十五

十三葉　峻靈王廟碑　雷煥發酆城獄　原作酆
都据嘉靖本改

後集卷十六

五葉　送張龍公祝文　惠然肯來共者四人
原作首來其者据嘉靖本改
後集卷十八
十一葉　王子立墓志銘　先塋之側　原作塋据
嘉靖本改
十四葉　陸道士墓志銘　龍虎九成無或奸　原
作允成無或好据錢校本改
後集卷十九
四葉　書孫元忠所書華嚴經後　上乞度僧
原作止乞据嘉靖本改
四葉　觀音贊　十六大阿羅漢　原作子六据
嘉靖本改
八葉　水陸法象贊　膏火爲鐙　原作大据嘉
靖本改
十七葉　廣州東莞縣資福寺舍利塔銘　其鼓舞
天下　原作跋据錢校本改
後集卷二十
三葉　夢齋銘　世人之心下空二格　嘉本接
寫
七葉　十八大阿羅漢頌　風止火滅　原作大

據錢校本改
十一葉　補禪月羅漢贊　綺眉覆顴　原作觀據
錢校本改　不受刀籥　原作簫據錢校
本改
十三葉　南華長老重辨師逸事　有終不壞者五
原作暑據錢校本改

東坡內制集　　東坡集校記下

卷二目

四葉　賜馮京韓絳告敕詔書茶藥口宣　原作

馮宗据本集改

卷四目

八葉　賜皇弟祁國公偲生日禮物口宣　原作

祚國公据本集改

卷五目

十一葉　內中御侍以下賀冬至詞語二首　此目

錯文在卷六

十二葉　賜皇弟普甯郡王似生日禮物口宣　此

目錯文在卷九

卷六目

十三葉　內中御侍以下賀年節詞語二首　此目

錯文在卷七

卷七目

十五葉　賜胡宗愈辭免恩命不允詔下脫內中御

侍以下賀冬至詞語二首　賜大遼人使

御筵酒果口宣二首

內制集卷一

二葉　賜金紫光祿大夫守尚書右僕射兼中書侍郎呂公著生日詔　方斯于獻夢之辰
原作斯千据嘉靖本改

八葉　賜河東路諸軍來年春季銀鞋兼傳宣撫問臣僚將校口宣　原作銀鞋据目改

十三葉　賜宰臣呂公著生日禮物口宣　故命爾息其子也　原作恩据嘉靖本改

內制集卷二

十葉　賜鎮江軍節度使充集禧觀使韓絳赴闕詔　請老閑居　原作問居据嘉靖本改

十一葉　諸宮觀寺院等處祈雨青詞齋文　時錫霈澤　原作霈不成字据嘉靖本改

十五葉　五岳四瀆等處祈雨祝文　於神蓋反掌之易　原作伸据錢校本改

十六葉　神宗皇帝御容道場功德疏文　修妙供於珠庭　原作殊据嘉靖本改

十葉　鄭州超化寺祈雨齋文　佛慈所愍　原作佛慈据嘉靖本改

內制集卷三

一葉　賜尚書左丞李清臣乞退不許批答　念

十五葉　我聖祖　原作聖子据嘉靖本改
賜新除依前靜海軍節度使進封南平王
李乾德制誥敕書庶緣大寵　原作又据
嘉靖本改

內制集卷四

四葉　劄子　內降指麾　原作旨据本篇下九
行改

十葉　生擒西蕃鬼章奏告永裕陵祝文　孰知
耘耔之勞　原作耔据錢校本改

內制集卷五

二葉　沿路賜奉安神宗御容禮儀使呂大防銀
合茶藥詔　肆予命爾　原作矛据嘉靖
本改

三葉　太皇太后皇太后皇太妃受冊禮畢奏謝
天地社稷宗廟諸宮觀并諸陵青詞齋祝
文　無任懇禱之至　原作懇倒据嘉靖
本改

十四葉　賜太師文彥博已下罷散興龍節酒果口
宣　以弼亮之任　原作弼量据嘉靖本
改

內制集卷六

二葉　賜外任臣僚進賀太皇太后受冊馬詔敕　式將戴后之心　原作武据嘉靖本改

賜資政殿學士知鄧州韓維進奉謝恩馬詔　儀及於物　原作儀名据嘉靖本改　載惟忠藎　原作盡据錢校本改　下十行同

十七葉　除范純仁特授太中大夫守尚書右僕射兼中書侍郎進封高平郡開國侯加食邑實封餘如故制　予欲守在四夷以汝爲偃兵之姚宋予欲藏於百姓以汝爲息民之蕭曹　原予均作子息作思据嘉靖本改

內制集卷七

一葉　賜新除太中夫人守尚書左僕射兼門下侍郎呂大防辭免恩命不允詔　何以詞爲　原作辭据錢校本改

十一葉　賜新除門下侍郎孫固辭免恩命不允斷來章批答口宣　毋復固詞　原作辭据錢校本改

內制集卷九
五葉　除皇伯祖宗晟特起復制　雖門內以恩
掩義　原作雖閨以恩掩義据錢校本改
七葉　內中御侍已下賀太皇太后冬至詞語
彤史何知　原作形史据錢校本改
內制集卷十
三葉　賜秦甯軍節度觀察留後知相州李珣進
奉賀冬馬一疋詔不忘嘉歎　原作歎嘉
据嘉靖本改
八葉　景靈宮宣光殿　原作靈景据目改按二
卷有二宮受冊奏告景靈宮青詞
樂語
八葉　口號　且種蟠桃莫討春　原作討据嘉
靖本改
請吏黑山歸屬國　原作史据嘉靖本改
十三葉　教坊致語　河行池中　原作何据嘉靖
本改
十四葉　隊名　象舞及青衿　原作矜据嘉靖本
改
十五葉　隊名　生商來瑞鳦　原作气据嘉靖本

改

東坡外制集目

卷中目

五葉　陳侗知陝州　原作洞据本集改

喬執中張安上除漕刑　原作安止据本集改

卷下目

七葉　劉霆知陳留縣　原作之据本集改

楊晟該吳奉雲各轉一官　按集內題作供職楊晟該差使吳奉雲該字應屬下讀

八葉　處士王臨試太學錄　原作大學据本集改

張敦禮節度觀察留後　原作使据本集改

馬傳正大理寺主簿　原作大正据本集改

外制集上

一葉　太常少卿趙瞻可戶部侍郎　自頌功利之臣　原作目頌据嘉靖本改

三葉　新淮南轉運判官蔡濛　原作朦据目改

外制集中

六葉　祖母郭氏周氏贈魯國太夫人　原脫魯

字据嘉靖本補

九葉　鞠承之可秦州通判　原作素州据目改

外制集下

十二葉　李承祐內殿崇班　累勞當遷　原作思

榮据嘉靖本改

蕭士元知隰州　自畏祇率　原作祇服

据嘉靖本改

十六葉　林希中書舍人　博聞强識篤學力行

原作博學据錢校本改

東坡應詔集第一

三葉　策略第一　而可以御萬物哉　原作銜

据錢校本改

應詔集第二

三葉　策別第六　而詔曰弗推　原作昭据嘉

靖本改

七葉　策別第八　昔桓文之霸百官承職　原

百官上衍用字錢校本塗去今改墨丁

椎折羸虛　原作折羸据錢校本改

應詔集第三

一葉　策別第一　設爲高位者　原作誤据嘉靖本改

九葉　策別第十四　臣欲去其二弊　原作一据嘉靖本改

十葉　策別第十五　責之厚賦　原作原賦据嘉靖本改

十一葉　方其貧困之中　原作方感据錢校本改

應詔集第四

一葉　策別十六　而唐室因以微　原作固据嘉靖本改

三葉　而折其驕氣　原作拆据嘉靖本改

十葉　策別十九　往者蜀之有均賊　嘉靖本作妖賊不知均賊指王均之亂也不宜改爲妖

應詔集第五

十三葉　策斷二十五　昔吳之先　原作皆吳据嘉靖本改

至有天下太半　原作太
平据嘉靖本改

應詔集第六

七葉　大臣論下　窮寇弗追　原作弗迫据嘉
靖本改

應詔集第七

七葉　伊尹論　何則　原作可則据嘉靖本改

應詔集第九

三葉　荀卿論　剛愎不遜　原作復据嘉靖本
改

五葉　留侯論　此其所扶持者　原作比其据
嘉靖本改

東坡奏議

卷第一

六葉　諫買浙鐙狀　有京城権酒之議　原作
擢　何如勿買　原作則如均据嘉靖本
改

十四葉　上皇帝書　冒田之訟必倍今日　原作
昬田　陛下誠慮及此　原作試均据嘉
靖本改

十六葉　糧草未嘗不折鈔　原作抄
据嘉靖本改
十八葉　今人爲其主牧羊　原作其
左据嘉靖本改
二十葉　則仁祖可謂知本矣　原作
之本据嘉靖本改
二十三葉　計析毫釐　原作折　利害
相形　原作刑均据嘉靖本改
二十六葉　再上皇帝書　譬之醫者之用毒藥　原
本毒字缺据嘉靖本補

卷第二

二葉　論河北京東盜賊狀　人得升合　原作
勝合据嘉靖本改
六葉　或標異服飾　原
作摽据嘉靖本改
十二葉　上皇帝書　責以大綱　原作貢以据嘉
靖本改
十六葉　乞醫療病囚狀　及至捕傷格鬬　原作
捕賞据嘉靖本改
十九葉　吏且懼罪多方以求免

原作吏耳据嘉靖本改

卷第三

一葉 乞留劉攽狀 原作放据集中題目改

二葉 繳詞頭奏狀 開河糜費 原作麋据嘉靖本改

四葉 燕飲交歡 原作交私据嘉靖本改

二十六葉 乞留顧臨狀 肅正紀綱 原作肅王据嘉靖本改

卷第四

三葉 因擒鬼章論西羌夏人劄子 將驕卒惰原作隋 乃始款塞 原作疑塞均据嘉靖本改

十四葉 大雪論差役不便劄子 而況農民在官原作在言 受恩至深 原作息均据嘉靖本改

卷第五

四葉 轉對條上三事狀 而沿路進瓜果 原作爪果据嘉靖本改

十一葉 乞郡劄子 以臣子大義 原作議据嘉

靖本改
十九葉　論周穜擅議配享自劾劄子　或漁利榷
財　原作擢据嘉靖本改
卷第六
九葉　論高麗進奉狀　今月三日准秀州差人
原作今年三日唯秀州差人据嘉靖本
改
二十七葉　上九十行近歲至因羅計二十四字　原
本作雙行
卷第七
一葉　乞開杭州西湖狀　皓以爲已瑞　原作
以馬据嘉靖本改
七葉　申三省請開湖六條狀　潮已行遠　原
作汀遠据嘉靖本改
卷第八
二葉　乞禁商旅過外國狀　以祭奠士僧淨源
爲名　原作浮源据本集十六卷論高麗進
奉第二狀改
十葉　相度準備賑濟第二狀　官本既貴　原
作貢据嘉靖本改

十四葉　相度準備賑濟第二狀　所損丘山　原作捐据嘉靖本改

卷第九

二葉　乞相度開石門河狀　縱有勇悍敢往之人　原作勇捍据嘉靖本改

六葉　再乞發運司應副浙西米狀　郎所須數目浩瀚　原作浩澣据嘉靖本改

十葉　杭州召還乞郡狀　無以仰報天地生成之德　原作伸報据嘉靖本改

十一葉　上七八九行今者至必如計四十二字原本作雙行

十四葉　進單鍔吳中水利書　宜加迅駛　原作迅駃据嘉靖本改

二十六葉　尤宜先復　原作復字缺据嘉靖本補

卷第十

六葉　論八丈溝不可開狀　亦不知據數申上　原作中上据嘉靖本改

八葉　車水興工　原作切据嘉靖本改

十葉　上七八行今來至朱虞計三十一字　原
本作雙行
十六葉　乞將合轉一官與李直方酬獎狀　尋以
捕獲凌遲　原作凌持据嘉靖本改
十九葉　萬一
減死刺配　原作咸死据嘉靖本改
二十葉　上五行日內二字　原本作雙行
二十三葉　薦宗室令時狀　朝廷未有以大聳勸之
耳　原作未有以夫据嘉靖本改

卷第十一

五葉　下一行自界滿至送納計二十二字　原
本作雙行
十二葉　論積欠六事并乞檢會應詔所論四事一
處行下狀　困苦已極　原作理極据嘉
靖本改
十六葉　同前題　因令看詳畿內負欠　原作因
今据嘉靖本改
再論積欠六事劄子　人如鬼腊　原作
腊据嘉靖本改

卷第十二

二葉　論綱梢欠折利害狀　動使淨盡　原作
靜盡据嘉靖本改
十一葉　乞歲運額斛以到京定殿最狀　侵擾綱
梢於千里之外　原作十里据嘉靖本改
十六葉　乞罷宿州修城狀　均乞與放免　原作
地乞据嘉靖本改
十八葉　乞賻贈劉季孫狀　并已死盡　原作使
盡据嘉靖本改

卷第十三

一葉　乞校正陸贄奏議上進劄子　原作校三
据嘉靖本改
十二葉　上圜丘合祭六議劄子　於緝熙單厥心
原作放据嘉靖本改
二十二葉　乞校正陸贄奏議上進劄子　卽如臣主
之同時　原作臣王　馮唐論頗牧之賢
原作頗收均据嘉靖本改

卷第十四

四葉　乞降度牒修定州禁軍營房狀　持杖入
庫　原作伏据嘉靖本改
十一葉　乞增修弓箭社條約狀　不至忸怵以生

戎心　原作忸忕据嘉靖本改

二十三葉　乞將損弱米貸與人户令賑濟佃客狀

願以此米　原作比米据嘉靖本改

卷第十五

三葉　代張方平諫用兵書　無慮害持難之識

原脫無字据嘉靖本補

十二葉　代李琮論京東盜賊狀　復失河朔　原作復夫据嘉靖本改

十三葉　代呂大防乞錄用呂誨子孫劄子　致忤時宰　原作致悞据嘉靖本改

東坡續集

此集明人所編頗覺雜糅非前六集可比十一卷目並有續添一條可見隨得隨編並無條理不但有目無文又重出前後集及奏議者十餘篇和孔宗翰二絕一卷中又重出快哉此風賦止存兩韻捫蝨新話所稱葉嘉傳乃陳元規作睡鄉醉鄉記鄙俚淺近決非坡作一并攙入嘉靖本又脫去詩四十五篇文四十七篇豈刻時所得本不全耶決非从成化本重刊可知矣均著于校記

卷一目

二葉　次韻謝魯直餽雙井芽茶　原作韻謝次
据嘉靖本改
三葉　戲詠子舟畫兩竹鸜鵒　原作用据嘉靖
本改
卷二目
六葉　過海得子由書下落儋耳復與子瞻相見
一題
八葉　病中邀安國請成伯主會　原作清据嘉
靖本改
東園　下脫徐穆父用杭越唱和韻一題
卷三目
四葉　虛飄飄　下脫次韻張甥棠美述志一題
卷四目
十四葉　與范夢得八首下有與李無悔與李公擇
與程懷立三題有目無文
卷五目
十七葉　與王文甫下有與王慶源一題有目無文
卷六目
十八葉　與子安兄下有與鄉人一題有目無文
答李方叔下脫與與毛滂一題

卷九目

二十三葉　策問五首　子目一禹所以通水之法
二天子六軍　三修廢官舉逸民　四練
兵久矣而國用益困　五關隴游民私鑄
錢與江淮漕卒爲盜之由
策問五首　子目一策問三首　二私試
策問一首　三擬殿試策問一首　今本
集先策問三首　私試策問一首　擬殿
試策問五首無總目　再策問五首　子
目一禹所以通水之法　二修廢官舉逸
民　三天子六軍之制餘同次第均誤

卷十目

二十六葉　玉嵓陽先真贊下有傳大士贊普照王贊
今集在贊類末　應夢觀音贊下脫思無
邪齋贊一題
二十八葉　罷登州謝杜宿州啓下集有杭州到狀賀
王發運啓兩文今誤編于此
答陳提刑啓一題有目無文

續集卷一

一葉　北歸次韻　嘉本無

五葉　次子由詩相慶　正輔既見復次前韻慰鼓盆勸學佛　嘉本無

六葉　呂倚夢得承事借示古今書一軸作詩代跋尾倚年八十一　嘉本無

十葉　次韻黃魯直赤目　寄子由　廣州何道士衆妙堂　嘉本無

十一葉　琴枕　嘉本無

二十四葉　赴嶺表過金陵蔣山泉老召食阻雨不及往　嘉本無

二十九葉　江上值雪效歐陽體限不以鹽玉鶴鷺絮蝶飛舞之類爲比仍不使皓白潔素等字

楚人自古好弋獵　原作戈据嘉靖本改

三十三葉　書堂嶼　原作與据嘉靖本改

次履常臘梅韻　嘉本無

四十三葉　蘆　嘉本有目無詩

四十八葉　次韻范淳父送秦少章　嘉本無

續集卷二

一葉　見魯人孔宗翰題詩二首　嘉本作孔周翰嘗爲仙源令中秋夜以事留于東武官

舍時陳君榮右王君建中皆在郡其後十
七年中秋周翰持節過郡而二君已亡感
時懷舊留詩于壁又其後中秋軾與客飲
于超然臺聞周翰乞此郡客有止句似未
竟第一首下有右孔二字本卷第二十葉
重出後二首有此全題客有下有誦詩者
乃次其韻二篇以爲他日一笑一行是此
本重出二首嘉靖本缺一行謹注于此

二葉　奉和凝祥池　奉和穎叔萬壽觀　正月
十四夜扈從端門觀鐙三絕　嘉本無

三葉　過通判曹仲錫飲書懷兩絕　和喜雨
嘉本無

七葉　馬融石室　嘉本無

八葉　代書寄桃山居士張聖可　六月六日以
病在告獨遊湖上諸寺晚謁損之留題一
絕　重九日以病辭府宴來謁損之燬茶
清話復留小詩　李鈐轄座上分題戴花
二首　嘉本均無

九葉　雪後便欲與同僚尋春一病彌月雜花都
盡獨牡丹在耳劉景文左藏和順闍黎詩

見贈答之　嘉本無
十葉　建中靖國元年正月復過虔再次前韻
嘉本無
十一葉　惠州太守東堂祠故相陳文惠公堂下有
公手植荔枝一株郡人謂之將軍樹今歲
大熟嘗啗之餘下及吏卒其高不可致縱
猿取之　贈何道士　嘉本均無
十五葉　儋州上元過子赴使君會　嘉本無
十六葉　儋耳寄子由　嘉本無
十七葉　書袞儀所藏惠崇畫二首　次韻徐得之
常與余詞上鄰于江淮間將赴登州同舟
至山陽以詩見留別　嘉本均無
二十葉　和孔周翰二首　重出見前　送穆越州
嘉本無
二十一葉　贈葛葦　兩二首　杭州牡丹開時僕猶
在常潤間周令作詩見寄次其韻復送一
首送赴闕　嘉本均無
二十二葉　焦坑寺　嘉本無
二十五葉　嘗天門冬酒　嘉本無
二十九葉　儋耳四絕句　嘉本無

五十九葉　龍山補止　孟嘉解嘲　嘉本無

續集卷三

九葉　歲暮作　和張常侍　乏酒每形言原作之据嘉靖本改

續集卷四

十一葉　與王敏仲啓　脫一葉兩本同嘉本注明以下脫一葉五字無補處按目與王敏仲八首今止存六首

十九葉　與滕達道　語言之間　原作問据嘉靖本改

三十三葉　近附黃岡遞拜書必達　原作近拜据嘉靖本改

五十三葉　與楊濟甫　原作陽据前後目錄改

續集卷五

四十三葉　與楊玄素　注去府五五十六里有米五百來石　原府米二字互換据嘉靖本改

續集卷六

三十六葉　答龜山長老　張君予都尉　原作君子据嘉靖本改

續集卷七

一葉　答參寥　要楷法輒生　原作往据嘉靖
本改
三十六葉　答錢濟明　某若住常　原作往据嘉靖
本改

續集卷八

三葉　觀宋復古畫序　嘉本無
九葉　物不可以苟合論　聖人懼其相瀆而至
於相侮也　原無上相字据嘉靖本補
二十一葉　論武王　嘉本無
二十四葉　論養士　嘉本無
二十五葉　豈悠於之禍　疑
二十九葉　論隱公里克李斯鄭小同王允之　嘉本
無
三十葉　論管仲　嘉本無
三十二葉　與叔孫靜三首下目注缺一葉兩本同今
上下推尋無缺葉之迹不可解
三十三葉　論孔子　嘉本無
三十五葉　論周東遷　嘉本無
三十七葉　論范蠡伍子胥大夫種　嘉本無
三十八葉　論商鞅　嘉本無

四十葉　論封建　嘉本無
四十一葉　論始皇漢宣李斯　嘉本無
四十四葉　論項羽范增　嘉本無
續集卷九
二葉　禹所以通水之法　二天子六軍　上三
行以下互易据嘉靖本改
六葉　天子六軍之制　公侯百里　原作諸侯
据嘉靖本改
二十葉　郊祀奏議　論時政狀　嘉本無
三十三葉　舉黃庭堅自代狀　嘉本刊本卷奏議之
末
三十四葉　舉趙德麟　嘉本無　重奏議第十
三十六葉　乞奏封太白山神狀　嘉本無
續集卷十
三葉　李端叔傳神贊　嘉本無　重後集卷九
四葉　李西平象贊　誅延賞　原作銖据嘉靖
本改
五葉　東莞資福寺再生柏贊　嘉本無　重後
集卷二十
六葉　畫佛贊　嘉本無

七葉　篆般若心經贊　嘉本無
畫西阿彌陀經贊　嘉本無
十七葉　雪浪石盆銘　嘉本無　重後集卷一
十八葉　德威堂贊　嘉本無　重後集入銘類
二十七葉　謝韓舍人啓　嘉本無
二十八葉　潁州謝運使啓　嘉本無
二十九葉　謝王內翰啓　嘉本無
三十二葉　上監司謝禮上啓　嘉本無
三十四葉　賀正啓　凡在舍生之類　原作舍据嘉
靖本改
三十八葉　答臨江軍知軍啓　嘉本無
四十一葉　回答館職啓　嘉本無
四十四葉　及第後謝秋賦試官啓　嘉本無
四十五葉　謝應中制科啓　嘉本無
續集卷十一
一葉　上神宗皇帝書　嘉本無　重奏議卷一
二十葉　上皇帝書　嘉本無　重奏議卷二　二
十三葉下脫一葉兩本同號數不誤今据
奏議卷二補足
二十五葉　代張方平諫用兵書　嘉本無

三十三葉　上韓魏公乞葬董傳書　嘉本無　重正集二十八

三十六葉　與劉宜翁書　北面摳衣　原作樞据嘉靖本改

三十七葉　謝歐陽內翰書　嘉本無

三十八葉　謝范舍人書　嘉本無

三十九葉　上梅龍圖書　嘉本無

四十四葉　上呂僕射論浙西災傷書　嘉本無

續集卷十二

一葉　勝相院藏經記　嘉本無　重正集卷四十

二葉　虔州崇慶禪院新經藏記　嘉本無

五葉　畫水記　嘉本無

六葉　張龍公祠記　嘉本無

八葉　刻秦篆記　嘉本無

九葉　秦太虛題名記　則曰以不時下缺三字兩本均闕

十一葉　潮州修韓文公廟記　嘉本無　重後集十五

三十八葉　表忠觀碑　嘉本無　重正集卷三十三

三九葉　宸奎閣碑　嘉本無　重正集卷三十三

宋蘇長公集分前集四十卷後集二十卷奏議十五卷應詔集十卷內制十卷附樂語外制三卷續集十二卷共一百十卷冠以宋贈太師制敕宋史本傳並年譜黑口本蘇轍作軾墓志稱軾所著有東坡集四十卷後集二十卷奏議十五卷內制十卷外制三卷和陶詩四卷晁陳所載並同而別增應詔集十卷與今所稱東坡七集相近按宋時有南行集坡梁集錢塘集超然集黃樓集眉山集武功集雪堂集黃岡集仇池集毗陵集蘭臺集眞一集岷精集掾庭集百斛明珠集玉局集海上老人集東坡前集後集東坡備成集類聚東坡集東坡大全集東坡遺編等名生前刊行崇甯初年奉詔毀板南宋則有杭本蜀本吉州本建安麻沙本明仁宗時嘗以內閣所藏宋本命工翻刻未竟成化中海虞程某爲吉州守求得宋曹訓刊本與仁宗所刻未完新本重校付梓又加以和陶詩合舊本所無者編爲續集十二卷集中有目錄連屬篇目之卷有不連屬之卷奏議九十兩卷連屬在一篇其連屬者尚存宋本舊式錢求赤書後集云後集

其子過編則正集或坡公手定宋史藝文志云蘇
軾前後集七十卷奏議十五卷補遺三卷南征集
一卷詞一卷南省說書一卷應詔集十卷內外制
十三卷別集四十六卷黃州集二卷續集二卷和
陶詩四卷北歸集六卷儋耳手澤一卷年譜一卷
名目頗爲叢碎亦與今本不合續集止二卷另出
和陶詩四卷宋本如是明人所續則爲十二卷而
和陶詩在其中今宋本不可見以成化本爲最古
至嘉靖十三年江西布政司刊繆宗道所校者白
口本已不如此本如續集詩文共缺九十三首昔
人均未指出今陶齋制府以圖書館藏本刻而傳
之影摹惟肖原板糢糊處則据嘉靖本荃孫又得
錢求赤据宋刻校本佳處尤多以後東坡集當以
此爲佳本矣惟明人所編續集與前後集奏議重
出多篇卽本集中如和孔宗翰詩一卷內亦重出
可謂雜糅至嘉靖本脫落亦只在續集中決非出
自吉本今吉本誤之顯然者据嘉靖本錢校本改
之而别爲札記以志所据嘉靖本之重出脫落亦
著之訛字則記不勝記矣宣統庚戌上元日江陰
繆荃孫校竟䟦於雲自在堪

西元二〇二二年一月一日重製一版

東坡七集　冊四（宋蘇軾撰）

平裝四冊基本定價參仟陸佰元正
（郵運匯費另加）

發行人：張　敏　君

發行處：中　華　書　局

臺北市內湖區舊宗路二段一八一巷八號五樓（5FL., No. 8, Lane 181, JIOU-TZUNG Rd., Sec 2, NEI HU, TAIPEI, 11494, TAIWAN）

客服電話：886-8797-8396

公司傳真：886-8797-8909

匯款帳戶：華南商業銀行西湖分行
179100026931

印　刷：維中科技有限公司
海瑞印刷品有限公司

No. N3061-4

國家圖書館出版品預行編目(CIP)資料

東坡七集/(宋)蘇軾撰. -- 重製一版. -- 臺北市 : 中華書局, 2022.01

冊 ;　公分

ISBN 978-986-5512-78-1(全套 : 平裝)

845.16　　110021472